Sur l'auteur

Jean d'Aillon, né en 1948, vit à Aix-en-Provence. Docteur d'État en sciences économiques, il a fait une grande partie de sa carrière à l'université en tant qu'enseignant en histoire économique et en macroéconomie, puis dans l'administration des Finances, avant de démissionner en 2007 pour se consacrer à l'écriture. Il a reçu en 2011 le Grand Prix littéraire de Provence pour l'ensemble de son œuvre.

JEAN D'AILLON

LE SIGNE DES TROIS

Les chroniques d'Edward Holmes sous la régence du duc de Bedford et durant la cruelle et sanglante guerre entre les Armagnacs et les Bourguignons

INÉDIT

10
18

ISBN 978-2-264-07828-5
Dépôt légal : septembre 2021

QUELQUES PERSONNAGES

Agnès de Beauffort d'Avesnes, sœur de Baudoin

Anselot, servant de Mathieu de Thérouanne

Baudoin de Beauffort d'Avesnes, écuyer

Robert Blondel, chevalier au service de la duchesse d'Anjou

Constance Bonacieux, maîtresse de Gower Watson

Jean Bouron, abbé de Saint-Germain-des-Prés

Enguerrand Chabridel, ancien homme d'armes de Jean sans Peur

Jean Chuffart, chanoine de Notre-Dame et chancelier de la reine Isabeau

Jean IV de Créquy, seigneur de Fressin. Ses fils sont Raoul et Jean.

Jehan Doule, receveur général des tailles

Elnard de Grigny, commissaire sur le fait des confiscations et forfaitures

Edward Holmes, clerc et ancien intendant du baron de Roos

Gabrielle de Landes, chambellane de Nicolas Rolin

Baudoin Le Blanc, bailli de Philippe le Bon

Robert le Diable, comédien

Grégoire Lestrade, commissaire examinateur au Châtelet

Robert Le Maçon, baron de Trèves, chancelier de France

Nicolas Morillon, prieur de Saint-Germain-des-Prés

Marguerite de Rambures, sœur de Roger de Rambures

Roger de Rambures, chevalier

Coline Maqueron, apothicaire

Philippe de Morvilliers, premier président du parlement de Paris

Étienne et Popin Poitevin, cordonnier et corroyeur

Saïtano, ancien astrologue de la reine Isabeau

Mathieu de Thérouanne, chevalier

Étienne de Vignolles, surnommé La Hire, capitaine de Charles VII

Gower Watson, archer anglais

LA MAUDITE GUERRE ENTRE LES ARMAGNACS ET LES BOURGUIGNONS

Le roi de France Charles VI était fou depuis trente ans. Trente ans de malheurs pour le royaume des lys. Au début, son frère Louis d'Orléans et ses oncles Louis d'Anjou, Jean de Berry et Philippe de Bourgogne avaient gouverné durant les crises de démence. Mais l'ambitieux Jean sans Peur, le fils du duc de Bourgogne, s'était heurté à Louis d'Orléans dont on disait qu'il était l'amant de la reine, Isabeau de Bavière. Pour assurer son pouvoir, Jean sans Peur avait fait assassiner Louis d'Orléans en 1407. Après ce meurtre, le duc de Bourgogne s'était emparé du pouvoir d'autant plus facilement que, dans ses accès de lucidité, Charles VI l'approuvait.

Le duc de Berry et le fils du duc d'Orléans, Charles, qui avait épousé la fille du comte Bernard d'Armagnac, avaient alors constitué une ligue contre Jean sans Peur. Le dauphin les ayant rejoints, on nomma ce parti les Armagnacs car c'est Bernard d'Armagnac, seigneur féodal violent et brutal, qui s'était imposé comme chef. Dès lors, deux factions s'affrontèrent dans le royaume de France : les Bourguignons contre les Armagnacs, ces derniers réclamant vengeance pour la mort de Louis d'Orléans.

À Paris, avec la complicité de la confrérie bouchère menée par Simon le Coutelier, dit Caboche, Jean sans Peur avait laissé massacrer les Armagnacs en 1413. Mais après ces violences, il avait été banni par le Conseil du roi et les Armagnacs étaient revenus.

C'est dans ce grand désordre que le nouveau roi d'Angleterre, Henri V, avait envahi la Normandie avec l'aval de Jean sans Peur, même si nombre de Bourguignons avaient combattu les Anglais à Azincourt[1] au côté des Armagnacs.

Vainqueurs, les Anglais s'étaient alliés à Jean sans Peur tandis que les partisans du dauphin conservaient Paris.

Cependant, le roi fou retrouvait de moins en moins souvent la raison et son épouse Isabeau avait plusieurs fois ouvertement marqué sa préférence pour les Bourguignons, aussi le comte d'Armagnac l'avait-il fait enfermer sous le prétexte d'adultère. On racontait que, après avoir été la maîtresse du duc d'Orléans, Isabeau avait été celle du duc de Bourgogne et qu'elle aurait même demandé à ce dernier, avant d'en devenir la maîtresse, de tuer son amant précédent.

En 1418, à la suite d'une félonie, le capitaine bourguignon L'Isle-Adam avait pénétré dans la capitale avec ses troupes. De nouveau, les bouchers parisiens avaient massacré les Armagnacs, dont Bernard d'Armagnac. Le dauphin Charles était parvenu à s'enfuir et à se réfugier à Bourges, protégé par le prévôt de Paris Tanneguy du Châtel.

L'année suivante, ce même Tanneguy du Châtel avait assassiné Jean sans Peur lors d'une conférence de paix avec le dauphin.

1. 25 octobre 1415.

Depuis, le fils de Jean sans Peur, Philippe le Bon, s'était définitivement allié aux Anglais. La reine Isabeau, désormais seule à régner, avait signé à Troyes un traité avec lui et le roi d'Angleterre par lequel Henri V, époux de la fille d'Isabeau et du roi de France, devenait régent du royaume et serait le prochain roi. Quant à Charles, le dauphin réfugié à Bourges, il perdait tout droit à la couronne pour avoir commandité l'assassinat de Jean sans Peur. D'ailleurs, il se murmurait que ce onzième rejeton d'Isabeau de Bavière n'était qu'un bâtard tant sa mère jouait du serre-croupière avec tous les hommes qui lui plaisaient.

Mais ce traité ne réglait rien. Le dauphin n'était nullement vaincu et pouvait compter sur la moitié sud du royaume qui reconnaissait sa légitimité. Il était surtout entouré de redoutables capitaines qui guerroyaient pour leur compte : La Hire, Harcourt, le Bâtard d'Orléans, Poton de Xaintrailles étaient les plus redoutés de ces barons qui ravageaient le Parisis, l'Orléanais, la Picardie et la Champagne avec des mercenaires écossais, aragonais ou espagnols.

Pendant ce temps, dans Paris devenu ville anglaise, vivaient un clerc et un archer : Edward Holmes et Gower Watson…

PREMIÈRE PARTIE

Azincourt

1

Avril 1409, château de Thérouanne

Accompagné de Charles le fauconnier, Mathieu revenait de la chasse avec son épervier sur l'épaule quand, pénétrant dans la cour du château par la porte hors les murs du bourg de Thérouanne, il découvrit des coursiers. Des valets les dessellaient mais l'une des montures avait encore sa jupe jaune tramée d'un créquier de gueules, les armes de Créquy.

Les deux soudoyers et l'écuyer qui se tenaient près des bêtes arboraient des surcottes de la même couleur avec créquier écarlate sur le torse. Par-dessous, les gagiers portaient cottes gamboisées[1] en chanvre et haubergeons à larges manches tandis que l'écuyer était sanglé dans une armure de cuir maclée de plaques de fer aux épaules et aux coudes. Tous trois tenaient à la main une grande chape de pluie détrempée.

Mathieu retint une grimace. Il ne pensait pas qu'on viendrait le chercher si tôt. Malgré cela, il ne laissa point paraître sa contrariété. Elle n'aurait pas été digne du prochain seigneur du château.

1. Matelassées.

Un mois plus tôt, à la fin du banquet donné pour son anniversaire qui avait rassemblé dans la salle basse chevaliers, écuyers et sergents du château, sa mère lui avait demandé de l'accompagner dans sa chambre. Depuis la mort de son père, il ne dormait plus dans l'alcôve auprès d'elle mais dans une pièce de la grosse tour avec un valet serviteur.

Mathilde de Bours, cousine éloignée de Jean de Créquy, ancien chambellan de Charles VI, était veuve depuis trois ans de Guiot, seigneur de la maison forte de Thérouanne, occis lors d'un affrontement avec des chevaucheurs flamands surpris en train de ravager ses terres. Mathieu était l'unique héritier du fief.

Visage grave, elle avait pris place sur sa chaire et lui s'était assis sur une escabelle face à elle. Le cœur serré, il avait remarqué les larmes qui sourdaient aux coins des yeux de sa mère.

— Tu as douze ans aujourd'hui, Mathieu.

Elle s'était tue un instant, ayant du mal à poursuivre. Il n'avait rien fait pour l'aider, car il n'était pas pressé d'entendre ce qu'elle voulait annoncer.

— Tu es un vaillant damoiseau. Les chevaliers du château que tu as servis comme varlet d'armes me le disent sans cesse. Tu pourrais apprendre le métier de guerrier ici, avec eux, mais tu ne serais jamais alors un gentilhomme accompli. Il te faut les meilleurs hommes d'armes, et je veux que tu connaisses le monde.

Il hocha lentement la tête. Ils avaient déjà eu cette discussion. Il avait toujours admiré son père et sa hardiesse au combat, mais il savait qu'il ne l'égalerait jamais. S'il aimait chasser et chevaucher, il lui répugnait de frapper les adversaires qu'on lui présentait. S'il encourageait son épervier à attraper des lièvres, ce n'était jamais lui qui les tuait. Serait-il capable un jour de donner la mort ? Il en doutait. Il manquait de courage et d'assurance.

— Tu connais Raoul et Jean, les fils de mon cousin Jean qui ont ton âge. L'un des chevaliers bannerets de Fressin, que Jean estime fort, a lui aussi un fils de douze ans. Nous l'avons parfois rencontré en nous rendant à Fressin. Il s'agit de Roger, te souviens-tu de lui ?

— Le frère de Marguerite ?

— C'est cela. Roger de Rambures. Jean m'a proposé de t'envoyer chez lui, à Fressin, où tous les quatre vous vous préparerez à devenir écuyers et, je l'espère, chevaliers.

— Je devrai quitter Thérouanne… et vous, ma mère ?

— Pour quelques années. Mais tu reviendras souvent. Il n'y a que huit lieues entre nos châteaux. Et une fois chevalier, tu seras à même de défendre les terres et les gens que ton père t'a laissés.

Il n'avait pas le choix, et avait acquiescé.

Maintenant, les gens de Fressin venaient le chercher.

Il laissa le rapace au fauconnier, salua l'écuyer de Fressin qu'il connaissait vaguement, un damoiseau dans la vingtaine, et, sans le questionner, s'engouffra dans le manoir. Ignorant la grande salle dans laquelle il laissa sa chape de pluie, il gravit l'escalier conduisant à la chambre de sa mère.

Elle se tenait sur sa chaire, dans son habituelle robe turquoise, avec la guimpe qu'elle portait toujours. En face, sur un banc, était assis Renaud de Rambures. Un chevalier de haute taille à la chevelure blonde tirant sur le roux, au front large et aux lèvres épaisses. Rambures approchait les quarante ans. Fils d'un bâtard de Robert de Rambures, mort à la bataille de Crécy, il était issu d'une illustre famille. Son plus proche parent, David de Rambures, était membre du Conseil du roi et grand maître des arbalétriers. Mais lui était un guerrier, seulement un guerrier. Un combattant et rien d'autre. Certes, il n'était ni arrogant ni querelleur mais, pour Mathieu, il avait un défaut rédhibitoire qui ne lui permettrait jamais de venir à la cour : il ne savait pas lire.

Installé sur un coffre, son fils Roger, qui avait les traits épais et la silhouette de son père, mais avec un regard acéré et une expression toujours franche et aimable. Mathieu l'aimait bien. Roger savait lire et connaissait même un peu de latin, comme lui.

En l'observant, Mathieu songeait surtout à Marguerite qui lui ressemblait si peu, avec son délicat visage hérité de sa mère, trépassée l'année précédente. La sœur de Roger avait neuf ans et il espérait de tout son cœur l'épouser tant il la trouvait belle. Toutefois, il n'en avait jamais rien dit à personne.

— Dieu vous bénit, messire, dit-il en pliant un genou et en faisant révérence.

— Dieu te dit bonjour, Mathieu. Roger a hâte que tu arrives. Es-tu prêt ? Ta noble et gracieuse mère m'a dit que tes bagues étaient faites depuis quelques jours.

— Oui, messire.

— Messire de Rambures passera la nuit ici, et vous partirez demain, intervint Mathilde de Bours. Roger logera avec toi dans la tour. Maintenant, assieds-toi et écoute messire de Rambures qui me donne des nouvelles du roi et du duc de Bourgogne.

Mathieu connaissait la situation compliquée de Paris. Sa mère lui avait raconté que, deux ans auparavant, le duc Jean de Bourgogne avait fait assassiner le frère du roi, Louis d'Orléans[1], afin de diriger lui-même la conduite de leur bon roi qui, hélas n'avait plus toute sa tête. Jean sans Peur avait revendiqué le meurtre, assurant qu'il voulait ainsi sauver le royaume, mais avait dû fuir la capitale pour échapper à la vengeance de la famille d'Orléans. Néanmoins, trois mois plus tard, il était revenu et avait été fêté par les Parisiens. Alors gracié par le roi, il dirigeait désormais le Conseil.

Mathieu prit son escabelle et se rapprocha de la cheminée. Après avoir chevauché des heures sous la pluie, il était trempé, malgré sa chape.

— … La paix est faite entre le duc de Bourgogne et la famille d'Orléans, reprit Rambures. Notre duc a signé un aveu à Chartres, m'a dit messire de Créquy. Il s'est même excusé pour son crime. Toutefois, les enfants du duc d'Orléans ont seulement fait mine de pardonner et préparent leur revanche, selon messire qui a rencontré le comte d'Alençon.

— Ce terrible crime plonge le royaume dans un désordre pire que tout, intervint la mère de Mathieu. Le froid de ces derniers hivers et les pluies continuelles augmentent encore la détresse des pauvres gens. Et ceux qui ne meurent pas de faim sont violentés par ces hordes de fredains se disant fidèles au duc de Bourgogne mais qui ravagent nos campagnes d'Artois.

— Je le sais, et je leur ai encore couru sus le mois dernier. Mais, vous le savez, noble dame, ce ne sont

1. 23 novembre 1407.

pas des gens du duc, ce sont des Flamands et des compagnies anglaises qui profitent de la faiblesse du roi et de l'indifférence du duc Jean envers nous. Cependant, tout changera bientôt…

— Comment ?

— Il se dit que Charles d'Orléans épouserait Bonne, la fille du comte d'Armagnac, lequel dispose de suffisamment de gens de guerre pour chasser le duc de Bourgogne de Paris, murmura Rambures, comme s'il ne voulait pas être entendu.

Mathieu ne perdait rien de la conversation, et surtout des non-dits. Sa mère lui avait plusieurs fois narré l'effroyable situation du pays avec un roi qui n'avait plus sa raison et un Conseil au sein duquel se querellaient sans cesse son oncle Berry, son frère Orléans et son cousin Jean de Bourgogne. La France était amputée d'un quart de ses terres depuis la terrible défaite de Poitiers, soixante ans plus tôt, au cours de laquelle le roi Jean le Bon avait été fait prisonnier. Même si le père du roi, le bien-aimé Charles V, avait repris une partie du royaume, les Anglais possédaient toujours la Guyenne et la Gascogne. Plus redoutables pour l'Artois, les Godons tenaient Calais, le Ponthieu et Guînes, aux marches du comté.

Aussi sa mère abordait-elle souvent la difficile situation de Thérouanne et des châtellenies alentour. Ils étaient vassaux du duc Jean mais, depuis que ce dernier avait assassiné le duc d'Orléans, les fidélités se révélaient plus lâches, surtout parce que Jean avait pris langue avec les Anglais. Avant tout, les seigneurs du pays étaient loyaux envers le roi de France, et nombre de chevaliers penchaient pour la maison d'Orléans. C'était le cas de Rambures.

— Cela n'apportera pas la paix, murmura-t-elle. Je prie chaque jour la très sainte Vierge Marie pour qu'elle nous protège des ravages de la guerre.

Renaud de Rambures ne répondit point. La guerre, il ne la craignait pas. Au contraire, il l'espérait. Les batailles redistribuaient les cartes. Elles permettraient à un homme tel que lui d'obtenir un fief. Il avait de grandes ambitions pour son fils et pour lui-même.

S'il avait su quelle effroyable invasion allait ravager l'Artois et la Picardie, il aurait aussi prié la Vierge.

Ils arrivèrent en soirée au château du Fressin. Le souper était terminé et Renaud de Rambures se fit porter quelques charcutailles dans la tour, où il logeait. Il disposait de deux étages, l'un pour ses gens et l'autre pour lui-même, son fils, son écuyer et son varlet. Sa fille Marguerite habitait dans le manoir du seigneur avec d'autres femmes et damoiselles.

Mathieu partagea le grabat de Roger, mais il ne devait pas y rester. Le lendemain, le fils de Renaud le conduisit auprès du chevalier dont il serait varlet d'armes. Ce dernier se nommait Jean de Torcy et son écuyer Wallerant d'Azincourt. Il fut bien accueilli par son nouveau maître qui avait été servant de son propre père. Torcy le questionna pour savoir s'il connaissait le travail des varlets d'un chevalier, et fut satisfait des réponses. Il lui détailla alors sa besogne en lui montrant les meubles de sa chambre.

Chaque jour, principalement le matin, Mathieu aurait à vérifier l'équipement de son maître et de son écuyer. Ce dernier s'occupait des grandes armes : écu, lance, épée, masse et hache. Lui entretiendrait les harnois et soignerait les coursiers.

Sa tâche consisterait donc à roller[1] les hauberts et les haubergeons, à nettoyer les plates d'armures, à vérifier, graisser, cirer et parfois changer sangles, armatures de cuir et aiguillettes nécessaires à l'attache du camail, des ailettes et, plus généralement, de toutes les plates d'armures, articulées ou non, sur les gambisons et les cuirasses matelassées. Comme il pleuvait souvent, l'humidité faisait rouiller le métal et pourrir les cuirs.

Il devrait aussi faire changer les rivets quand ils seraient fatigués, contrôler les charnières des gantelets et s'assurer de la mobilité des doigts. Le bon état du harnois était l'assurance de survie du maître dans un combat.

De surcroît, Mathieu devrait s'occuper des chevaux – Jean de Torcy en avait sept et son écuyer trois –, de leur chanfrein, des brides et des mors, des selles, des coffres à bagages pour les déplacements et, bien sûr, de son propre équipement. Lui-même n'avait pas d'armure mais une brigantine constituée de rivetées sur laquelle il porterait la cotte aux armes de son maître.

L'écuyer lui montra la chambre qu'il partagerait avec lui et un autre varlet. Après quoi, le serviteur de Thérouanne qui l'avait accompagné rangea dans l'encastre[2] qu'il partagerait avec l'autre varlet les vêtures que sa mère lui avait choisies et son équipement. La pièce, bien que sans cheminée, était chauffée par le conduit de l'étage inférieur qui la traversait. De plus, les lits à courtines disposaient d'épaisses tentures.

L'endroit aurait donc été presque confortable si la place n'avait été chiche. Son compagnon de chambre lui expliqua que le château comptait deux douzaines de

1. Battre un vêtement de mailles à coups de bâton, pour en chasser la poussière.

2. Coffre à deux compartiments.

chevaliers, dont plusieurs avec femme et enfants. Certains ne trouvaient logis que dans des masures de la basse-cour.

Pendant son installation, Mathieu demanda timidement à Wallerant d'Azincourt si le seigneur de Créquy possédait des livres.

— Pourquoi ? interrogea l'écuyer visiblement surpris. Crois-tu pouvoir passer ton temps à lire comme un clerc ?

— Non ! Je n'oublierai jamais mes devoirs ! À Thérouanne, ma mère n'a qu'un psautier avec lequel j'ai appris la lecture, mais elle m'a dit qu'il existait toutes sortes de livres enluminés. Notre châtelain m'a aussi décrit de saintes bibles et j'aimerais connaître pareils ouvrages.

— Ma foi, soupira Wallerant qui s'était assis sur le lit, je t'avoue que je ne lis pas. J'ai appris, mais j'ai du mal à déchiffrer les lettres. Sais-tu le latin ?

— Un peu, notre chapelain gardait des textes d'un général romain, Jules César, des commentaires sur la conquête de la Gaule écrits sur parchemin. Je les connais par cœur.

L'écuyer médita un moment avant de proposer :

— Je me renseignerai sur les livres du seigneur de Créquy. Mais, s'il en a, j'aimerais les consulter avec toi, et que tu m'apprennes à les déchiffrer.

Il ajouta :

— Messire de Torcy lit parfaitement bien et parfois j'ai honte de ne pas en être capable.

Ce secret scella leur entente.

Wallerant lui fit ensuite visiter le château. Dans la cour, ils retrouvèrent Roger de Rambures, qui les accompagna.

La forteresse formait un grand carré flanqué de tours à chaque coin et dont la plus grosse constituait le donjon ;

des bâtiments occupés par les chevaliers et les hommes d'armes.

L'ensemble se révélait bien plus vaste que Thérouanne, qui n'était qu'une maison forte construite à l'origine pour la sauvegarde de l'évêque et des notables de la ville en cas d'attaque ennemie.

Dans la cour, et contre la courtine, se dressait également un manoir qui prenait tout un mur de l'enceinte et jouxtait le donjon. En angle avec ces constructions, sur le côté situé face à la porte à herse, s'étendaient des granges et des écuries qui pouvaient abriter plus d'une centaine de chevaux.

Poursuivant la visite, ils franchirent le portail et le pont-levis sur un fossé d'eau croupie profond de deux toises, selon Azincourt. Au-delà s'étendait la basse-cour, entièrement ceinte d'une palissade surmontée de chaffauts et ponctuée d'eschiffes[1] en bois. À l'intérieur de ce grand préau se dressaient maisons, four, chapelle et ateliers d'artisans. Seul un pont dormant, long et étroit, qui surmontait un très large fossé empli d'eau, autorisait l'accès depuis l'extérieur. Ce fossé entourait aussi le reste du château.

Comme Mathieu observait que pareille fortification pourrait soutenir un long siège, l'écuyer précisa qu'il n'en voyait que la partie visible. Car, sous le donjon et le manoir, s'étalaient des entrepôts pour les vivres, sans compter les galeries souterraines qui reliaient les tours.

1. Fortifications flanquantes en bois.

2

Le surlendemain, le sieur de Rambures conduisit Mathieu et son fils Roger auprès du seigneur de Créquy que les chevaliers d'Artois surnommaient : l'Étendard à cause du nombre incroyable d'enseignes et de bannières qu'il avait enlevées dans les batailles. Ce dernier n'habitait pas le manoir, dont la salle basse servait uniquement aux banquets et aux assemblées, tandis que l'étage et les combles se distribuaient en logis pour les chevaliers, les serviteurs et leurs familles.

Jean de Créquy, lui, occupait le donjon quand il n'était pas dans son château de Créquy ou dans sa maison forte de Sains. Il les reçut dans la salle du premier niveau, vaste pièce lambrissée aux voûtes ogivales nervurées. Une cheminée monumentale occupait un pan de mur. Le mobilier était constitué de dressoirs, huches, fourmes et surtout d'un énorme lit fermé aux boiseries ciselées. Les ouvertures, chiches et étroites, tendues de peaux de porc huilées, ne laissaient guère filtrer de lumière, aussi des torches de résine brûlaient-elles en permanence, recouvrant les lambris d'une suie grasse et noirâtre. Sur le sol, deux ou trois molosses se vautraient sur des tapis de jonc.

En robe d'un jaune vif brodé d'écarlate et coiffé d'un chaperon à cornette sinople, l'ancien chambellan de Charles VI se tenait sur sa chaire avec, derrière lui, un grand étendard couleur or, formant tenture, qui portait sa devise : *Nul ne s'y frotte*, au-dessus du créquier de gueules, les armes de son lignage.

Près du seigneur, sur un grand siège à coussin, se tenait son épouse, Jeanne de Roye. Autour d'eux, sur des banquettes, étaient installés les grands commensaux du château : l'intendant, le trésorier, le capitaine et le chambellan, ainsi que les deux aînés du couple seigneurial, Raoul et Jean.

Le premier avait donc l'âge de Mathieu, le cadet deux ans de moins. Affichant un air distant, ce dernier paraissait profondément s'ennuyer.

Mathieu plia les genoux en imitant Roger de Rambures. Le chevalier, lui, s'était contenté d'incliner le torse et de baisser les yeux.

— Mathieu, sois le bienvenu à Fressin. Je souhaite que tu t'y plaises. Es-tu satisfait de ton logis ? demanda Jean de Créquy avec chaleur.

— Oui, seigneur, je ne pourrais être mieux.

— Dès aujourd'hui, messire de Rambures commencera à t'entraîner pour que tu deviennes un vaillant chevalier comme le seront mes fils. Je te sais déjà bon tireur à l'arc et excellent cavalier. Je ne doute pas de ton courage et de ta valeur, mais n'oublie jamais que ces qualités ne suffisent pas pour devenir un preux. Sais-tu à quoi j'attache le plus d'importance ?

— Mon père m'a appris qu'un cœur loyal était préférable à la vaillance, seigneur, déclara fièrement le garçon.

Jean de Créquy, son épouse Jeanne et son aîné Raoul approuvèrent de plusieurs hochements de tête.

— Avec la fidélité. Oui, ton père avait raison.

— Je vous serai fidèle, seigneur. À vous et aux vôtres. Je le jure devant la très sainte Vierge et tous les saints, et que je sois damné pour l'éternité si je trahis ce serment.

De nouveau, Jean opina, cette fois avec un sourire satisfait, puis son regard s'égara vers le jeune Roger de Rambures.

Ce dernier baissa la tête et déclara, d'un ton assuré :

— Je vous serai fidèle, seigneur. Comme mon père.

— Bien, conclut Jean de Créquy, après un instant. Vous vous endurcirez au combat avec mes fils et, je peux vous l'annoncer maintenant, un nouveau compagnon vous rejoindra.

Mathieu ouvrit grands les yeux.

— Baudoin d'Avesnes est le fils de Jean de Beauffort, seigneur d'Avesnes et maître d'hôtel du roi. Les Beauffort peuvent s'enorgueillir d'un valeureux lignage. Ils ont accompagné le comte d'Artois à la croisade de Saint Louis, et plusieurs d'entre eux y ont trouvé la mort. Frossard de Beauffort a été tué par le traître Robert d'Artois[1] en défendant le comté. Baudoin, qui a votre âge, sera ici dans quelques jours.

Il se tourna vers l'intendant :

— Enguerrand, qu'as-tu prévu pour son logis ?

— Il partagera le lit de Mathieu. J'ai déjà prévenu Jean de Torcy. Je n'ai pas trouvé d'autres possibilités.

— Très bien. Mathieu, tu lui feras bon accueil.

— Oui, seigneur.

Conduit par son père escorté d'une lance[2] de huit cavaliers, Baudoin se présenta à Fressin une semaine

1. À son sujet, voir *La Vengeance du Baphomet*, du même auteur.
2. Troupe d'une dizaine d'hommes d'armes commandés par un chevalier. Les lances se groupaient en bannières.

plus tard. C'était un après-midi et, sous les ordres d'un sergent d'armes qui les cinglait de coups de baguette dès qu'ils faiblissaient, les jeunes gens s'épuisaient à frapper des rondins de bois avec leur hache. Ils furent donc soulagés quand les cavaliers apparurent devant le champ où ils s'entraînaient et que le sire de Rambures leur ordonna de s'arrêter.

Jean de Beauffort d'Avesnes était un élégant gentilhomme aux cheveux blonds et bouclés, qu'il portait longs. Souriant, il avait le maintien hardi et l'assurance de ceux qui connaissent leur valeur et celle de leur lignage. Son fils Baudoin arborait la même coiffure avec, en plus, des yeux rieurs. Mathieu remarqua immédiatement le luth attaché dans son dos. Il avait toujours admiré les troubadours, étant incapable de jouer d'un instrument à part la flûte et le tambour.

— N'épuises-tu pas trop ces jeunes gens, Renaud ? plaisanta le seigneur d'Avesnes en s'adressant à Rambures.

— Il le faut, seigneur. Ceux qui ne peuvent soutenir des heures de combat ne survivront pas à une bataille.

— C'est juste, que leur fais-tu faire d'autre ?

— Explique, Étienne ! ordonna le chevalier au sergent.

— Ils courent chaque jour jusqu'à épuisement avec un corselet de cuir alourdi de vingt livres de pierres. Toujours avec ce poids, ils doivent aussi monter à cheval en n'utilisant qu'une main, et gravir les échelles appuyées à cet arbre.

Il désigna un immense chêne.

— Dans quelques jours ils devront grimper sans l'aide de leurs pieds, puis en tenant hache ou épée et écu tandis qu'un des leurs les repoussera avec des bâtons. Plus tard, je leur apprendrai à traverser à la nage le bassin en aval de la Planquette[1] avec le même poids sur le dos.

— Et le maniement de la lance ?

— Ce sera pour bientôt. D'abord le jet de javelot, puis la quintaine[2] à cheval. Chaque jour, ils s'affrontent aussi au moins une heure au bâton et à la harasse[3].

— Ferez-vous une montre cette année ? Je serais curieux de les voir jouter.

— Comme toujours, avant l'hiver, avec les jeunes gens du château. Il y aura plusieurs passes d'armes où vous serez convié, seigneur. Comme tous les châtelains d'Artois qui ont des enfants ici.

— J'ai hâte de voir comment se comportera mon fils !

À ce moment, Baudoin lança un clin d'œil à Mathieu qui lui répondit par une mimique complice.

— Ce sera tout pour aujourd'hui, garçons ! décida le sieur de Rambures. Revenez au château à pied avec les harnois, nettoyez-les et rangez-les !

— Baudoin, descends de selle et accompagne-les ! ordonna son père.

Sur le chemin, les jeunes gens se séparèrent. Les fils du seigneur de Créquy marchèrent devant, loin de leurs compagnons. Ils ne recherchaient point l'amitié du rejeton d'un chevalier sans fief ni celle de l'héritier de Thérouanne, lignage autrement moins illustre que le leur. Peut-être se seraient-ils liés avec un Beauffort d'Avesnes, dont les ancêtres s'étaient croisés et dont

1. Rivière qui passe à Fressin.

2. Il s'agissait d'un mannequin de bois posé sur un pivot et armé d'un bâton. Le cavalier galopait vers lui et le frappait de sa lance en évitant le coup de bâton en retour, quand le mannequin pivotait.

3. Les harasses étaient de grands et lourds boucliers de bois.

le père avait fréquenté la cour du roi, mais Baudoin était resté avec Mathieu. Pis, ayant décroché son luth, il chantait une ballade assortie de grimaces à la fin de chaque refrain, et Raoul et Jean auraient eu honte de fréquenter un ménestrel.

De surcroît, le cadet des Créquy avait été battu par Mathieu dans le dernier combat à la harasse, et il ne digérait pas sa défaite.

Au château, les trois garçons retrouvèrent les valets qui déchargeaient les bagages de Baudoin. Mathieu les conduisit à l'étage où il logeait et Roger de Rambures les accompagna.

Pendant que les domestiques rangeaient ses affaires, Baudoin, assis sur le lit jonché de fleurs de tanaisie répandue le matin par les servantes pour éloigner les puces, fit face aux questions de ses nouveaux amis. Si Roger était déjà allé au château d'Avesnes, ce n'était pas le cas de Mathieu, aussi le joueur de luth parla-t-il longuement du fief de sa famille et s'épancha-t-il sur sa petite sœur, Agnès, qu'il aimait plus que tout. Roger lui révéla à son tour la présence d'une sœur, Marguerite, laquelle, à neuf ans, serait bientôt à marier.

Mathieu demeura silencieux. Chaque fois qu'il croisait Marguerite, il baissait les yeux. Il avait la certitude de l'aimer, mais il n'ignorait pas que sa mère envisageait d'autres projets pour ses noces.

— Quand apercevrai-je la belle Marguerite ? interrogea Baudoin en pouffant.

— Maintenant, si tu veux ! Elle doit filer dans la chambre des dames.

Mathieu approuva en se levant, car il s'était accroupi pour discuter. En songeant qu'il allait voir la damoiselle de son cœur, il venait d'oublier les douloureuses contusions des combats à la harasse.

La chambre des dames se trouvait dans le prolongement de la salle basse du manoir. Une vingtaine de femmes et de jouvencelles s'y rassemblaient pour filer et broder tandis que des servantes préparaient les laines teintes par le teinturier qui travaillait dans la basse-cour.

Évidemment, les jeunes garçons n'y étaient pas admis, aussi Roger dut-il prévenir une servante afin qu'on aille chercher sa sœur.

Après quelques instants d'attente, Marguerite parut. En robe de drap saumon à longues manches, avec un anneau de cuivre tenant le voile de sa chevelure, Mathieu la trouva plus séduisante que jamais.

— Margot, annonça Roger en désignant Baudoin, voici le fils du seigneur d'Avesnes. Il sera désormais avec nous au château et tu le verras souvent.

Elle plia un genou et le damoiseau s'inclina. Presque en même temps, il ajouta :

— Gracieuse damoiselle, puis-je vous faire aubade ?

L'enfant rougit, ne sachant que répondre.

Alors, Baudoin plaça son luth entre ses bras et commença :

À mon jardin croît la fleur souveraine,
La plus belle de la Chrétienté.
Si je la puis voir en très bonne estraine,
De tous mes maux serai réconforté.

À mesure qu'il fredonnait, la jeune Marguerite se pâmait, bouche ouverte, complètement conquise.

Soudain, Baudoin parut beaucoup moins plaisant à Mathieu.

Pourtant sa jalousie passa vite. Le soir, ils soupèrent à l'extérieur avec les varlets et les serviteurs, la salle du manoir étant réservée aux seigneurs, aux chevaliers et aux écuyers. On avait monté un grand pavillon dans la cour à cause de la pluie qui venait de reprendre et chacun avait hâte que la repue, bien maigre hélas, se termine, afin de pouvoir se rendre dans la salle pour la veillée où une flambée les réchaufferait.

Les semaines s'écoulèrent et les trois garçons s'endurcissaient. Ils ne se quittaient jamais et beaucoup, dans leur dos, se moquaient de leur attachement réciproque. Dans leur dos car, à la première raillerie, les trois ne faisaient qu'un et quelques varlets d'armes subirent les représailles du petit groupe après avoir ricané contre l'un ou l'autre de ses membres.

Tous trois étaient comme des frères et pourtant étonnamment dissemblables. Grand et vigoureux, usant facilement de ses poings, Roger de Rambures avait un visage aux traits rudes avec des yeux gris qui paraissaient vouloir toujours défier ses interlocuteurs. Ses cheveux blond roussâtre étaient coupés court au-dessus des oreilles. Baudoin, lui, se révélait plus petit, large d'épaules, joufflu avec un menton rond à fossette, une peau rosâtre et une longue chevelure. Enfin, Mathieu avait une demi-tête de moins que Roger et une demi-tête de plus que Baudoin. Plutôt maigre, affligé d'un visage have et d'un nez en bec d'aigle, il était certainement moins plaisant que ses deux amis, surtout avec ses cheveux noirs ondulés qui formaient bol sur sa tête. Mais il compensait son physique ingrat par un regard d'une rare vivacité. Des trois, il était le plus agile à clarifier une situation compliquée, à distinguer les failles dans une défense, à faire face à des circonstances imprévues.

Leurs caractères différaient aussi beaucoup, mais ces différences les rendaient complémentaires. Roger dégorgeait d'ambition. Il voulait combattre les hordes de fredains qui, dans les campagnes, s'illustraient par leur cruauté. Il ambitionnait de devenir rapidement écuyer, chevalier même, et d'être ainsi appelé à la cour du duc Jean, adulé pour sa vaillance. Des prétentions qui faisaient sourire Baudoin, lequel plaisantait sans cesse. Chaque fois que Roger faisait état de ses visées, il lui répliquait que ce n'est pas en exterminant quelques gueux, fussent-ils réunis dans un arroir de sauvages, que le duc de Bourgogne entendrait ses louanges et l'appellerait près de lui. Les familiers de Jean sans Peur étaient avant tout les enfants des familiers de son père et, pour devenir chevalier et se couvrir de gloire, mieux valait mener une opération militaire sur Calais, reprendre sans délai la ville aux Anglais et obtenir la reconnaissance du roi de France.

Bien sûr, même s'il était lucide, Baudoin se gaussait. Et ce d'autant plus qu'il ponctuait ses déclarations de chants guerriers agrémentés de notes de son luth. Néanmoins, ses railleries cachaient peut-être une forme de pusillanimité car, lorsque Roger lui demandait s'il l'accompagnerait dans pareille expédition, le jeune d'Avesnes demeurait évasif.

Mathieu, lui, n'éprouvait pas pareil appétit. Il voulait seulement pouvoir défendre son fief, sa mère, ses gens, comme l'avait fait son père. Plus secrètement, si les récoltes redevenaient abondantes, obtenir assez de redevances de ses paysans pour acheter des livres.

Quand ils avaient terminé leur travail de varlet d'armes et les entraînements avec le sergent Étienne et messire de Rambures, les trois amis se livraient à leurs loisirs. Roger aimait travailler avec le forgeron du château et avait fabriqué trois couteaux, un pour chacun d'eux, qu'ils arboraient tous à leur ceinture. Baudoin jouait du luth, et donnait des leçons à Mathieu, tandis que ce dernier s'amusait à composer un herbier. Il cueillait toutes sortes de fleurs et les faisait sécher, ensuite il s'efforçait de les peindre sur des planchettes de bois avec des pigments obtenus chez le teinturier de la basse-cour.

Le seigneur, sa famille et nombre de serviteurs et de chevaliers partirent en juillet pour le château de Créquy, mais l'entraînement se poursuivit pour les trois garçons. Raoul et Jean les rejoignirent à la fin de l'été afin de préparer la montre.

Au début du mois de septembre, alors que les pluies avaient repris après quelques jours secs, Jean de Créquy décida que les jeunes gens qui participeraient à la montre pouvaient se rendre dans les châteaux de leur famille afin de prévenir les leurs de la passe d'armes.

Jean de Torcy et le sire de Rambures annoncèrent donc aux trois varlets qu'ils partiraient ensemble pour Thérouanne, puis se rendraient à Avesnes. Étienne, le sergent, les accompagna car ce voyage faisait partie de leur entraînement de chevalier. Il les fit ainsi chevaucher dans les bois, passer des rivières à gué et affronter plusieurs fausses embusques pour lesquelles ils devaient montrer leur vigilance.

À Thérouanne, les retrouvailles de Mathieu avec sa mère furent troublées par ce qu'elle lui annonça. Elle avait pris langue avec le seigneur de Tramecourt dont la fille cadette venait d'avoir trois ans. Il était d'accord pour la doter d'un bois voisin de Thérouanne, d'une belle parcelle de terre et de mille deniers artésiens lors de ses noces avec Mathieu, dans dix ou douze ans. Le pauvre garçon n'osa donc lui parler de Marguerite qui, elle, était sans dot. Il s'en ouvrit à ses amis et Roger lui répliqua qu'il avait dix ans devant lui et que, d'ici là il serait libre de faire ce qu'il voudrait. Quant à Baudoin, il prit la chose sur le ton de la plaisanterie et déclara :

— C'est donc moi qui épouserai Marguerite. Mais si tu veux, j'ai une sœur à peine plus âgée que Marie de Tramecourt que mon père dotera aussi bien car il l'aime beaucoup.

Le lendemain, ils partirent donc pour Avesnes. Mathieu rencontra la petite Agnès qui avait quatre ans, et l'ignora autant qu'il l'aurait fait avec Marie de Tramecourt.

Ce fut à leur retour à Créquy qu'un page vint le chercher. La dame de Roye le demandait.

Mathieu le suivit dans le donjon et on le conduisit au deuxième étage, dans une chambre où se trouvait l'épouse du seigneur en compagnie de son maître Jean de Torcy, de l'écuyer Wallerant et du chapelain.

L'héritier de Thérouanne s'agenouilla.

La dame de Roye lui sourit et fit signe à Jean de Torcy de parler.

— Wallerant m'a dit que tu savais lire, Mathieu, et que tu lui avais demandé si le seigneur possédait des livres.

— Oui, messire, répondit le garçon, rouge de confusion.

— Qu'as-tu lu ?

— Notre psautier, et des pages de Jules César commentant sa guerre en Gaule.

— En latin ? intervint le chapelain.

— Oui, mon père.

— Tu lis donc le latin ?

— Oui, mon père, mais tout de même pas comme un clerc.

— Mathieu de Thérouanne, il y a plusieurs livres ici, d'autres à Stains et à Créquy, que mon mari a achetés ou qui lui viennent de son père, intervint la châtelaine. Ils sont sans prix, mais un chevalier qui sait lire et connaît la Sainte Bible n'a pas de prix non plus. Tu pourras venir les consulter dans cette chambre quand le père François t'y convoquera. Messire de Torcy désire que Wallerant d'Azincourt soit avec toi, que tu l'aides à lire et que tu le fasses écrire. Cela te convient-il ?

— Oui, noble et gracieuse dame, balbutia Mathieu qui tremblait de bonheur.

Après avoir dégluti, il osa demander :

— Quels livres pourrai-je lire ?

Elle fit signe au chapelain de parler. Ce dernier se leva et s'approcha d'une armoire à casiers. À l'aide d'une clef, il en ouvrit un, dévoilant des registres et des feuillets.

— Le seigneur possède un psautier et huit textes de versets bibliques en langue d'oïl, tous assortis de conseils de morale et illustrés de miniatures. Quelques-uns présentent des fragments de l'Ancien Testament en latin et en langue de France. Il a également plusieurs manuscrits illuminés contant l'histoire de Lancelot.

— Ces livres sont très précieux ! insista la dame de Roye.

— J'en prendrai grand soin, je vous le jure.

— J'ai aussi un abécédaire dans lequel sainte Anne apprend à lire à Marie, et un second qui a servi à

Saint Louis. Vous pourrez les utiliser avec messire d'Azincourt.

À compter de ce jour, et plusieurs fois par mois, Mathieu et Wallerant furent appelés dans le donjon. Chaque fois, le chapelain déposait des feuillets illustrés de miniatures sur le lectrin. L'écuyer et le jeune varlet d'armes se plaçaient sur le banc et ce dernier lisait chaque mot en le montrant à son compagnon qui fit rapidement de grands progrès. Au bout de quelques mois, il fut capable de lire seul les récits de Chrétien de Troyes et d'écrire de petits textes sur une tablette de cire.

L'une de ces lectures tourmenta Mathieu. Dans un récit, Lancelot devait délivrer Guenièvre, celle qu'il aimait, enlevée et enfermée par un méchant homme qui défendait l'accès à sa prison par de fabuleux obstacles tels une rivière, des lions et des enchantements, et qui finalement s'attaquait à lui dans un duel sans merci. L'héritier de Thérouanne s'interrogeait souvent. Serait-il capable de sauver Marguerite si elle l'appelait à son aide ? De tout cœur, il souhaitait qu'elle le mette à l'épreuve.

La montre eut lieu à la fin du mois d'octobre dans un pré devant le château. La pluie fut hélas au rendez-vous et les chevaux ne purent manœuvrer car ils s'enfonçaient dans la boue jusqu'aux genoux. Seuls les archers parvinrent à se distinguer.

Mathieu, ayant chuté dans la gadoue lors de son combat aux bâtons avec Baudoin, en tira une leçon : une bataille ne devait pas se livrer sous la pluie. Mais Roger lui répondit que lui ne craignait pas la pluie.

Il jugeait même qu'elle pouvait être une alliée dans un combat.

Marguerite ne cessait de les admirer et, quelques jours plus tard, alors que Mathieu lui montrait ses peintures de plantes, elle tomba en pâmoison devant une fleur de mouron rouge éclatante de vie. Les trois garçons décidèrent alors secrètement de lui faire un cadeau. Son frère lui forgea une fibule que Mathieu et Baudoin parvinrent à émailler d'une fleur de mouron avec l'aide d'un artisan. Après la lui avoir offerte, et alors qu'elle pleurait de joie et d'émotion car elle n'avait encore jamais eu de bijou hormis l'anneau de cuivre pour sa chevelure, Baudoin proposa ceci à ses amis :

— Et si la fleur de mouron devenait notre signe à tous trois ? Notre signe de reconnaissance et d'amitié éternelle ?

— Je peux la peindre sur nos harasses, proposa Mathieu.

Roger approuva et ce fut fait le lendemain.

À partir de ce moment, pour les gens du château, la fleur de mouron rouge devint le signe des Trois, comme on surnommait les damelots.

3

L'hiver se révéla glacial. Tout le monde souffrit du froid et de la faim. Plusieurs chevaux durent être abattus par manque de fourrage pour les nourrir et, comme les vivres manquaient, on les mangea. Les gens du château partaient chasser chaque jour, mais même le gibier se faisait rare. Beaucoup d'habitants trépassèrent de froid ou de maladie, surtout des vieillards, des femmes et des nourrissons.

Il y eut disette de bois et le vin gelait dans les chambres par manque de feu. Chacun sortait donc chaque jour en ramasser de plus en plus loin, sauf lorsque la neige tombait dru.

Mathieu et Baudoin possédaient d'épaisses couvertures et des peaux de loups. Aussi, quand ils ne pouvaient quitter la tour, ils restaient des heures avec Roger, serrés les uns contre les autres. Mathieu inventait de nouvelles aventures de Lancelot que Baudoin versifiait et mettait en musique.

Enfin, l'hiver se termina et c'est par la visite du père de Baudoin revenant de Paris que les gentilshommes du château apprirent l'alliance des partisans du duc d'Orléans avec le comte Bernard d'Armagnac, comme le pressentait Renaud de Rambures quelques mois plus tôt.

Le Seigneur se montra bienveillant envers ses créatures car le printemps fut moins pluvieux et les semis purent se faire.

Les damoiseaux poursuivaient désormais leur préparation au combat à cheval, avec des charges à la lance et des affrontements à la masse ou à l'épée.

À treize ans, malgré la famine de l'hiver, les trois garçons se révélaient particulièrement vigoureux. Tous se montraient adroits à l'arc et Mathieu avait dressé un faucon. Plusieurs fois par semaine, dispensés d'entraînement, ils partaient chasser pour revenir le soir chargés de gibier.

C'est ainsi qu'un jour ils aperçurent une troupe anglaise qui venait de Guînes et se rendait sans doute à Calais. Une douzaine d'hommes conduits par un chevalier. Roger se désola qu'ils ne soient que trois. Plus nombreux, ils se seraient jetés sur eux, les auraient exterminés et se seraient couverts de gloire.

Ou ils auraient trouvé la mort, songea Mathieu, beaucoup moins téméraire que son ami. Ils étaient encore bien jeunes et fort mal équipés face à des guerriers éprouvés, songeait-il.

L'été vint et, avec le beau temps, ménestrels et jongleurs se succédèrent. Ce fut durant les moissons qu'un troubadour raconta, à travers une lugubre complainte, comment les Armagnacs et les Bourguignons se disputaient les faubourgs de Paris et les laidures qu'ils pratiquaient en mettant les habitations au pillage. À la suite de la sombre ballade, les questions fusèrent : Venait-il de Paris ? Avait-il assisté aux pillages ? Oui, répondit-il, et j'ai vu bien des maisons arsintes[1] par les malemaisnies des partisans d'Orléans.

Chacun s'efforça de se rassurer en se persuadant que les gens du comte d'Armagnac ne viendraient pas jusqu'en Artois.

L'hiver arriva plus tôt que l'année précédente et se montra tout aussi rude. Il y eut d'autres morts parmi les plus faibles et, à cause de la disette, apparut un pullulement d'estropiats et de robeurs qui pillaient, volaient et massacraient les paysans. Pour comble d'infortune, les loups proliférèrent. Jean de Créquy envoyait chaque jour des troupes afin de protéger les villages de Sains et de Fressin ainsi que leurs tenanciers. Mais, la nuit, fermes et bergeries isolées demeuraient sans défense. Il décida donc de placer des garnisons dans les métairies les plus importantes. Les trois damelots, son fils Raoul, le sire de Torcy et son écuyer s'installèrent dans l'une d'elles, à un mille du château.

Comme la demeure du fermier était trop petite, ils logeaient dans l'étable, vaste salle occupée par deux douzaines de moutons, trois bœufs, quelques vaches, des poules et des canards. Les hommes y laissèrent leurs chevaux et s'y construisirent un abri de fortune, en bois et en paille, avec une grande couchette. Pas de feu, mais la chaleur animale se révéla suffisante. Suffisante aussi pour la prolifération de puces, de poux et d'araignées.

Chaque jour, trois d'entre eux partaient chevaucher dans les alentours, les autres demeuraient sur place.

Un dimanche après-midi de décembre, alors que la neige couvrait le sol sur un demi-pied, les trois garçons

1. Incendiées.

se trouvaient seuls. Torcy, Wallerant et Raoul étaient partis le matin.

Le ciel était si sombre que le tenancier était déjà rentré chez lui avec ses gens et ses chiens qu'il ne laissait plus dehors depuis que des gueux en avaient tué deux.

Mathieu et ses amis avaient fait cuire un lièvre imprudent, tué d'une flèche, et maintenant ils le dévoraient dans l'étable dont la porte ouverte permettait de voir au loin la campagne enneigée, car le portail de la clôture ne serait fermé qu'au retour des patrouilleurs.

Rageur, un molosse du fermier qu'ils avaient gardé avec eux, se mit soudain à gronder doucement. Les moutons, jusque-là silencieux, bêlèrent et se rassemblèrent craintivement dans un coin.

En alerte, les damoiseaux se levèrent pour aller à la porte. Ils aperçurent alors au loin des taches noires dans la neige. Six ou sept… non, huit… qui se rapprochaient lentement. Des corbeaux ?

Que nenni car, au bout d'un moment, ils discernèrent des hommes vêtus de peaux de loups munis d'épieux, de guisarmes ou de vouges.

Mathieu s'efforça de maîtriser sa peur. Pour la première fois, il portait l'épée de son père, que sa mère lui avait donnée. Une large et lourde lame dont il serrait nerveusement la poignée gainée de cuir. Allait-il se montrer vaillant et digne de lui ? Baudoin, devenu livide, devait se poser les mêmes questions, et Roger n'arrivait pas à maîtriser ses tremblements.

Huit hommes contre trois jeunes varlets ! Aucune victoire possible pour eux.

— Les arcs ! décida Mathieu. Laissons-les approcher. Nous tirerons quand ils seront proches comme nous l'a appris Étienne.

Chacun saisit son arme, encocha une flèche et ils se placèrent de part et d'autre de la porte et à la seule fenêtre. L'intérieur étant sombre, les maraudeurs ne pouvaient les repérer.

Maintenant, ayant senti des intrus, les chiens dans la ferme aboyaient. Rageur continuait de grogner et Roger, que cela oppressait, le fit taire. Les chevaux, inquiets, grattaient la paille du sol de leurs sabots.

Les estropiats approchaient. Désormais, on les distinguait bien. Couverts de plusieurs couches de hardes sous leur manteau en peau de loup entrouvert, ils tenaient serrées, à deux mains, les hampes de leurs armes.

Au portail de la palissade, ils s'arrêtèrent, inquiets sans doute de ne pas le trouver fermé. Ils examinèrent alentour. Personne dehors. La ferme était close et la porte de l'étable ouverte. Ils attendirent un moment, puis, rassurés, s'avancèrent. Ils marchaient lentement, s'enfonçant à chaque pas dans la neige molle.

Ils se trouvaient à trois toises quand Mathieu donna l'ordre de tirer. Les flèches pénétrèrent dans les corps en faisant des bruits obscènes. Les garçons encochèrent aussitôt un autre trait.

Quand leurs compagnons tombèrent, les gueux hésitèrent et trois tournèrent même les talons pour fuir.

Les nouvelles flèches sifflèrent et trois autres marauds s'affaissèrent. Alors, les survivants s'efforcèrent de détaler. Pas facile à cause de l'épaisseur de la neige.

— Allons ! cria Roger après avoir saisi son épée.

Baudoin l'imita mais Mathieu préféra prendre une lance.

Ils sortirent pour rattraper les fugitifs. Rageur s'élança à leurs côtés en aboyant. En chemin, Roger s'acharna de coups d'épée sur un corps qui gémissait afin de l'achever, laissant ses compagnons partir devant.

La porte de la ferme s'ouvrit et manants et laboureurs, qui avaient dû observer l'engagement depuis quelque fenestron, se précipitèrent munis de haches et de fourches.

Maintenant, ils étaient une douzaine à poursuivre les maraudeurs en hurlant : « Mortaille ! » « Massacre ! » Essoufflés, les intrus se retournèrent pour faire face.

Alors, chacun s'arrêta. Les pilleurs brandissaient leurs redoutables gouges. Mathieu étant le seul à disposer d'une lance, il sut que c'était à lui de combattre. Il s'avança, tenant fermement son javelot à deux mains. Ses adversaires sourirent en voyant le jouvencel les défier. Le plus jeune des maraudeurs frappa la lance pour l'écarter, mais le garçon de Thérouanne repoussa la guisarme comme Étienne le lui avait appris. Dans l'instant, d'un geste brusque, il enfonça le fer de sa lance dans le ventre du robeur de chemin. À ce moment, le fermier envoya sa hache sur le second détrousseur qui la reçut dans la tête. Lui tomba à genoux, crâne ouvert d'où saillait sa cervelle.

Dès lors, ce fut la curée et tout le monde se jeta sur les corps pour les percer, les trancher et les déchirer.

La boucherie se poursuivant, Mathieu et Baudoin s'en écartèrent et revinrent vers les premiers déconfits atteints par les flèches. Deux étaient parvenus à s'asseoir. Ils demandèrent miséricorde mais les garçons les achevèrent sans hésiter en leur enfonçant leurs lames d'épée dans le torse.

Le carnage terminé, Mathieu s'appuya sur la hampe de sa lance et resta un moment immobile, s'efforçant de calmer ses tremblements. Il venait de tuer trois hommes et se mit à prier pour demander son pardon.

Puis il rentra dans l'étable avec le chien en proie à un écœurement douloureux.

Pendant ce temps, les fermiers et Roger tirèrent les cadavres jusqu'à un chêne où, à l'aide de cordes de chanvre, ils les pendirent par les pieds et leur ouvrirent le ventre afin que, par l'exemple, ils dissuadent les autres maraudeurs.

Au crépuscule, le sire de Torcy revint avec Raoul de Créquy et son écuyer. Le chevalier afficha sa satisfaction pour la vaillance de ses varlets. Lui-même et ses hommes avaient tué d'autres maraudeurs, mais sans rencontrer de résistance et donc sans acquérir de gloire. Les pillards n'ayant que des coutelas, ils avaient été meurtris uniquement à coups de hache et de marteau. Mathieu observa un brin de jalousie chez le fils aîné du seigneur de Créquy quand celui-ci apprit avec quel courage il s'était battu.

L'année 1411 s'écoula sans autre malaventure. Mathieu revint plusieurs fois à Thérouanne où sa mère lui reparla de son mariage. Toutefois, le garçon demeura évasif. Elle n'insista pas, sentant que son fils devenait un homme et lui échappait.

Les Trois avaient maintenant quatorze ans. Tous avaient désormais poil au menton. Ils avaient participé à d'autres chevauchées et combattu de nombreux pillards. Ils avaient encore tué et Roger y avait pris goût.

Durant l'été de l'an 1411, on apprit que la reine de France s'était réfugiée à Melun tant les troubles dans Paris devenaient dangereux. Il se disait que son époux le roi lui avait demandé de négocier une paix avec le duc de Berry car les Armagnacs rôdaient autour de la capitale, où ils tentaient d'entrer.

À l'automne, on sut, par des colporteurs que les gens d'Orléans avaient pillé Saint-Denis, mais que le duc de Bourgogne les avait chassés avec l'aide d'Anglais appelés à la rescousse.

L'on parlait désormais ouvertement d'une alliance entre le duc Jean et les Godons, nos ennemis, une union contre nature que tout le monde réprouvait au château.

En novembre, une nouvelle épidémie se déclara dans le pays. Un catarrhe qui laissait le malade épuisé et parfois le conduisait au trépas. Mathieu et Baudoin furent atteints et surmontèrent le mal. Mais pas Jean de Créquy, déjà affaibli par une blessure. Le seigneur trépassa le dernier jour du mois et fut inhumé dans l'église de Fressin. Son fils Raoul, âgé de quinze ans, devint le nouveau châtelain.

Durant l'hiver, un peu moins froid que les précédents, les nobles du pays s'assemblèrent dans la maison forte de Sains, à la demande de la dame de Créquy, pour décider s'ils soutenaient leur duc dans son alliance avec Henri IV, le nouveau et ambitieux roi d'Angleterre qui avait renversé son oncle Richard II. Toutefois, ils ne parvinrent pas à un accord. Jean de Beauffort d'Avesnes, appuyé par le jeune Raoul de Créquy, refusait toute compromission avec les Anglais, mais d'autres sires approuvaient leur duc, soit par fidélité, soit parce qu'ils souhaitaient la paix.

L'année 1412 fut celle de la première grande estourmie pour Mathieu car le château fut attaqué par une malemaisnie.

À la fin de l'hiver, à l'aurore d'une nuit glaciale, quatre ou cinq douzaines de gueux, de soudoyers sans solde et de chevaliers félons apparurent aux yeux des guetteurs. Ils mirent le feu à quelques maisons autour de l'église, massacrèrent les habitants qui n'avaient pu fuir et prirent position à bonne distance de l'entrée de la basse-cour.

Après quoi, ils envoyèrent un héraut annoncer leurs conditions.

Leur compagnie, commandée par le fameux bâtard picard Mérigot, lèverait le siège contre dix marcs d'argent ou son équivalent, cinquante chevaux et autant de moutons. Sinon ils ravageraient les fermes alentour, incendieraient la palissade, s'attaqueraient au château et ne feraient pas de quartier.

La bande avait apporté de gros pieux taillés en pointe qu'elle planta devant le pont dormant, seul passage permettant d'entrer ou de quitter la forteresse. Les fredains s'installèrent derrière cette palissade avec arcs et arbalètes, hors de portée des tirs depuis les hourds. Toute charge de chevaliers sortant du château était ainsi vouée à être brisée net.

La cour basse ayant été évacuée, Raoul de Créquy et le capitaine de Fressin réunirent les hommes dans la cour. La garnison était forte de douze chevaliers, un peu plus d'écuyers, trente-cinq archers en comptant les artisans, palefreniers et valets, plus une vingtaine de varlets d'armes qui avaient de douze à seize ans, pour la plupart fins tireurs et bons combattants. Les forces des assiégés étaient donc supérieures à celles de l'herpaille, mais comment la chasser sans subir de grosses pertes ?

C'était la question que se posait Mathieu. Il ignorait bien sûr que Raoul de Créquy avait la réponse, son aïeul ayant aménagé un moyen secret pour quitter le donjon sans passer par le portail.

Le capitaine rassembla les meilleurs archers et expliqua son plan aux chevaliers bannerets, dont Rambures, qui conduiraient une charge avec lui. Baudoin en ferait partie, mais pas Roger et Mathieu qui furent affectés avec les archers.

Le chambellan les conduisit alors dans le donjon, jusqu'à la chambre de la châtelaine. Raoul de Créquy venait d'y arriver avec son frère Jean. Par la fenêtre qui donnait sur la campagne, à l'opposé de l'entrée du château, ils laissèrent descendre une échelle de corde tirée d'un coffre. L'intendant, présent également, attacha une perche de deux toises à une corde et la fit aussi passer par la fenêtre. Comme les autres archers, Mathieu, intrigué, regardait ces préparatifs sans comprendre. Aucun n'osait parler. Tous avaient leur trousse de flèches à la taille et tenaient leur arc.

Le cadet des Créquy se déshabilla et leur demanda de faire de même. Il fit un paquet de ses vêtements et de ses armes, dont un carquois de flèches, qu'on lui attacha sur le dos. Après quoi, il passa par la fenêtre et, aidé par le capitaine, s'agrippa à l'échelle qu'il descendit facilement, comme s'il l'avait déjà fait. Seulement, en bas, s'étendait un fossé empli d'eau vaseuse large de trois toises et profond de deux. Allait-il le franchir à la nage ? L'eau devait être glaciale.

Il n'en fut rien, et un archer expliqua à voix basse à Roger et Mathieu, qui se dévêtaient à leur tour, ce qui allait se passer, car lui connaissait le secret.

Une lourde chaîne était tendue à deux pieds sous le niveau d'eau, scellée dans la muraille et dans des pieux par le grand-père du seigneur, invisible sous les plantes aquatiques. Il suffisait de marcher dessus avec une perche posée sur l'eau pour assurer sa stabilité.

C'est ce que fit Jean de Créquy qui traversa, trempé jusqu'à la taille. Il avait attaché la corde ayant servi à descendre la perche à un anneau dans le mur. Sorti du fossé, il en noua l'autre extrémité à une longue pierre érigée là pour cet usage, puis commença à se rhabiller en grelottant.

Il était désormais aisé de traverser le fossé en marchant sur la chaîne et en se tenant au cordage. Seuls le froid et l'eau glaciale rendaient l'entreprise éprouvante. Les archers descendirent par l'échelle et se retrouvèrent vite de l'autre côté, où ils se rhabillèrent. Ensuite, le chambellan et le jeune seigneur prirent la tête de cette troupe qui contourna en silence la forteresse, à bonne distance et dissimulée dans les haies et les fourrés.

Ils arrivèrent ainsi à l'arrière de la malemaisnie et se rassemblèrent à trois cents pieds d'elle : la portée de leurs arcs. Tous grelottaient de froid, mais ne doutaient point que la bataille allait les échauffer. Le cadet des Créquy lança alors une flèche rouge vers les cieux. Le signal.

Immédiatement les battants du portail s'ouvrirent et son aîné Raoul parut, à cheval et en armure. Les fredains s'apprêtaient à le prendre pour cible quand les flèches adverses les atteignirent par-derrière.

Mérigot le Bâtard n'eut pas le temps de réagir. Ses hommes tombèrent autour de lui tandis que les chevaliers sortaient au galop en contournant les pieux, lance en avant. Des cavaliers furent atteints par des flèches et des chevaux s'écroulèrent, mais les autres exterminèrent les assiégeants en quelques instants d'une rare sauvagerie. Mérigot lui-même fut empalé dans une épaule. Les archers accoururent alors en hurlant, et tous les estropiats furent mis hors d'état de nuire.

Mathieu ne fut pas le dernier à massacrer avec la vaillante brette de son père.

Le soir, on fêta la victoire. Quelques hommes avaient été blessés, mais aucun gravement. Les fredains encore vifs, dont Mérigot, furent écorchés et pendus aux arbres alentour où ils hurlèrent toute la nuit.

Quelques jours plus tard, la veuve de Jean de Créquy convoqua Roger de Rambures, Baudoin de Beauffort et Mathieu de Thérouanne en présence de Jean de Torcy et de messire de Rambures, et bien sûr de ses fils.

— Damoiseaux, je n'ai eu qu'à me louer de vous. À quinze ans, vous avez fait preuve de votre valeur. C'est l'âge auquel Raoul est devenu écuyer, aussi le serez-vous dimanche avec Jean. Après la messe, la cérémonie aura lieu dans l'église de Fressin.

Bien sûr, les damelots s'attendaient à entrer dans ce nouvel état, certains garçons n'étaient-ils pas écuyers dès quatorze ans ? Néanmoins, ils débordaient de bonheur et d'émotion et ils restèrent à genoux devant la mère de leur seigneur, les larmes inondant leur visage.

Durant deux jours, ils se préparèrent, firent nettoyer leurs plus beaux atours et prièrent sans cesse à la chapelle pour que Dieu les protège et leur donne du courage.

Lors de la cérémonie qui suivit, le chapelain bénit les épées que Jean de Créquy leur remit. Toutefois, secrètement, Mathieu avait décidé qu'il n'utiliserait désormais que celle de son père.

Ce fut après cet honneur que Jean de Torcy annonça à Baudoin et à Mathieu qu'ils seraient ses écuyers car Wallerant retournait à Azincourt où il serait adoubé chevalier. Roger de Rambures, lui, deviendrait l'écuyer de son père. Les deux nouveaux écuyers furent aussi autorisés à se rendre dans leur famille pour annoncer la nouvelle à leurs parents, et Roger les accompagna.

Les Trois partirent donc ensemble. Tant à Thérouanne qu'à Avesnes, des banquets furent donnés pour fêter leur nouvel état.

Quelques jours plus tard, Raoul de Créquy décida que des jeunes gens, enfants de chevaliers de châteaux alentour, leur seraient attachés comme varlets d'armes. Charles Longueval fut donné à Roger, Enguerrand de Beauffort – frère de Baudoin – à Mathieu et Gérard Applaincourt à Baudoin.

À la fin de l'automne, on apprit que la paix était revenue à Paris. À la tête de son armée et de troupes bourguignonnes, le roi Charles VI, sous la pression du duc Jean sans Peur, était parti assiéger Bourges afin de mettre son oncle le duc de Berry à la raison. Toutefois, la campagne militaire avait tourné court et un traité de paix avait été signé[1]. Charles d'Orléans et Jean de Bourgogne s'étaient mutuellement pardonné et avaient même échangé un baiser de paix.

Malheureusement, à l'occasion de cette campagne, Jean sans Peur avait loué les services du duc de Lancastre, deuxième fils du roi d'Angleterre, pour renforcer ses propres compagnies, et ce dernier, débarqué en France avec quelques milliers d'hommes, refusait de partir si on ne lui payait pas une somme extravagante. En attendant, il ravageait la Normandie.

Aussi, Raoul de Créquy, comme les autres châtelains d'Artois, demeura en alerte, mais les troupes anglaises ne commirent pas de pillage dans leur comté.

À l'occasion de la fête de Noël, chevaliers, écuyers et clercs qui savaient rimer, violoner, chanter ou conter

1. Traité de paix d'Auxerre.

de belles histoires ébanoyèrent les gens du château. Parmi eux, les damoiseaux à la fleur de mouron rouge et leurs servants se taillèrent un franc succès en chantant et en mimant une chanson que le frère de Baudoin leur avait apprise, tandis que ce dernier et Mathieu jouaient du luth :

As-tu point mis ton haut bonnet, petit, petit, bonhomme
As-tu point mis ton haut bonnet, petit bonhomme, bonhomet ?
Et je ne vous demande, mande mie,
Je ne vous demande, mande point.
Et au jardin de mon père entrai,
M'amiette j'y trouvai
Et trois fleurs d'amour j'y cueillis
Et je ne vous demande, mande mie,
Je ne vous demande, mande point.
Je lui fis un chapelet
De mouron et de muguet.
Et je ne vous demande, mande mie,
Je ne vous demande, mande point.

À la strophe des trois fleurs, ils se tapèrent comiquement la poitrine, à l'endroit de l'image du mouron.

Marguerite applaudit plus que tout le monde.

L'hiver fut une nouvelle fois rigoureux et, en janvier, Raoul de Créquy fut choisi comme représentant des châtellenies du pays aux États du royaume[1] que le roi convoquait pour lever de nouveaux impôts afin de payer une armée qui chasserait les Anglais. Toutefois, l'assemblée tourna court car les membres du clergé

1. Le 30 janvier 1413.

et Jean de Bourgogne, qui y fit la loi, s'opposèrent à la levée de nouveaux subsides et exigèrent du roi qu'il répare d'abord les désordres de l'État et réduise les pensions de ses proches.

Ce fut à la fin du printemps 1413 qu'un troubadour vint rapporter, à travers des couplets et des pantomimes à la fois tristes et drôles, comment les bouchers de Paris, fervents partisans du duc de Bourgogne, imposaient maintenant leur loi dans la capitale avec le soutien du duc. La ville se vidait de ses plus riches bourgeois qui s'enfuyaient. Il raconta, dans un épouvantable récit rimé, les exploits du boucher Caboche et de Simon l'écorcheur qui imposaient la dictature du tranchelard et faisaient massacrer les partisans de la faction d'Orléans.

Il n'y avait plus d'État, aussi, pour se prémunir de toute future agression, Raoul de Créquy, son frère et leur mère firent édifier de nouvelles fortifications autour de la basse-cour et engranger vivres et fourrage. Malgré tout, ils craignaient peu une attaque d'Armagnacs dans ce pays appartenant à Bourgogne et que le duc protégeait.

La dictature des bouchers ne dura guère, même si elle fut particulièrement sanglante. À l'automne, les gens de Fressin apprirent que les Cabochiens, attaqués par les bourgeois parisiens, avaient fui la capitale avec Jean sans Peur.

De nouveau, leur duc avait perdu la partie et les Armagnacs reprenaient les rênes du royaume.

Une autre nouvelle parvint à Fressin, mais peu y attachèrent d'importance. Le roi Henri IV d'Angleterre venait de trépasser et c'est son aîné, Henri V, qui avait reçu la couronne. Ce dernier, disait-on, était un bon à rien et ne faisait que courir les tavernes. La France ne l'intéressait point. Au moins, grâce à lui, le péril anglais était-il écarté.

À la fin du mois de février 1414, comme d'autres damoiseaux des châtellenies des environs de Fressin, les trois amis, désormais écuyers, se rendirent avec leur seigneur à un tournoi organisé par Jean Le Flamenc, châtelain de Varesme.

La fête était donnée à l'occasion du mariage de sa fille Isabelle et les sires présents rivalisèrent de richesse avec leurs tenues et leurs coursiers étaient plus beaux les uns que les autres.

Antoine de Bourgogne, frère de Jean sans Peur et duc de Brabant, vint même avec plusieurs loups cerviers[1] tachetés de jaune dressés pour la chasse qui suscitèrent l'admiration de tous.

Mais la réunion fut également l'occasion d'un conseil. Les seigneurs invités apprirent ainsi que leur duc venait d'être déclaré ennemi du roi et banni[2] de France. Jean sans Peur voulait donc s'assurer de la fidélité de ses vassaux pour entreprendre une reconquête, et il leur demandait de contribuer au paiement de mercenaires.

Les châtelains assurèrent Antoine de Bourgogne de leur loyauté envers son frère, mais beaucoup se montrèrent réticents à s'armer contre leur roi. Le duc n'insista pas, puisque ces nobles gens n'étaient point ses vassaux. Il repartit le lendemain pour une réunion des États de Brabant.

1. Lynx.
2. 16-17 février 1414.

4

De l'été 1414 à l'été 1415

À dix-sept ans, les trois amis se révélaient des guerriers accomplis. Sur le chemin du retour du tournoi, Raoul de Créquy annonça à Mathieu et à Baudoin qu'ils avaient largement fait leurs preuves et n'avaient plus grand-chose à apprendre dans le métier des armes. Il savait qu'il pouvait compter sur eux et, en ces temps troublés, ils devaient maintenant songer à protéger leur propre châtellenie, surtout Mathieu qui était héritier.

Depuis la mort de son père, Raoul avait changé. Le damoiseau distant, souvent méprisant et parfois envieux envers les trois damelots avait laissé place à un jeune seigneur résolu, circonspect et plutôt bienveillant.

— Si vous le souhaitez, vous pouvez bien sûr rester à Fressin où vous aurez la place que vous méritez, conclut-il.

Mathieu, qui attendait cette délivrance, le remercia. Baudoin décida lui aussi de rentrer à Avesnes, non sans promettre au seigneur de Créquy de le rejoindre quand il ferait appel à lui.

Une semaine plus tard, Mathieu revint donc à Thérouanne. Roger et Baudoin l'avaient accompagné ainsi que leurs trois varlets. Ils y restèrent quelques jours, puis tous les six se rendirent à Avesnes, à deux jours de cheval.

La petite Agnès avait neuf ans et son frère plaisanta encore sur un éventuel mariage avec son ami, mais ce ne fut pas le cas de son père : Jean de Beauffort d'Avesnes interrogea Mathieu en tête à tête. Il serait satisfait s'il épousait sa fille, dit-il, et il parla cette fois clairement de la dot. Il savait combien était forte l'amitié entre lui et son fils et, en ces temps troublés, l'union de leurs familles ne présenterait que des avantages.

Mathieu bredouilla, remercia, mais parvint à ne pas s'engager. Au retour du tournoi, il avait déclaré sa flamme à Marguerite, même si elle n'avait rien répondu.

Était-elle plus attirée par Baudoin, comme il le craignait ? Ou n'osait-elle s'exprimer parce qu'elle se savait sans dot ?

Ce fut donc fort tourmenté que l'héritier de Thérouanne se sépara de ses amis. Tous trois se promirent cependant une amitié éternelle, jurèrent de se revoir bientôt et de garder sur leurs armes la fleur de mouron rouge.

Il revint chez lui avec Enguerrand de Beauffort qui devait rester son varlet. À quinze ans, ce dernier ne ressemblait guère à son frère. C'était un véritable colosse, malheureusement avec un esprit limité, aussi Mathieu ne pouvait-il compter sur ses conseils.

En effet, au château familial, il se retrouva seul. Plusieurs serviteurs n'avaient pas survécu aux derniers hivers. Ne restaient que deux chevaliers, trois écuyers et une poignée d'hommes d'armes. D'ici à quelques mois, il serait le maître du fief, mais un fief ruiné par le froid, la misère et les bandes de ravageurs qui avaient brûlé plusieurs de leurs fermes.

Sa mère lui montra le coffre où elle rangeait précieusement les redevances des tenures. Il était vide. Or il fallait reconstruire des murs et réparer les toitures qui prenaient l'eau. Elle n'avait cependant pas les moyens d'acheter des matériaux ni de rémunérer des maçons. Elle lui révéla que les quelques pièces d'argent que les tenanciers lui avaient remises depuis son départ avaient servi à payer son séjour à Fressin, car Jean de Créquy n'éduquait pas les damoiseaux *gratis pro Deo*.

Voilà pourquoi elle tenait à son mariage avec la cadette du seigneur de Tramecourt.

Mais, lui rétorqua-t-il, de telles noces ne pourraient avoir lieu avant sept ou huit ans, et c'est maintenant qu'ils avaient besoin d'argent. Elle le reconnut et lui avoua que Jean de Fosseux, seigneur de Nivelles et de Wismes, qui venait de perdre son épouse Catherine d'Ailly, lui avait proposé le mariage. Si elle lui laissait Thérouanne en dot.

Auquel cas, lui, Mathieu, n'aurait plus rien, et demeurerait un pauvre écuyer.

— Donnons-nous un an, proposa-t-il. Je vais travailler dans le fief et, s'il le faut, j'obtiendrai un prêt auprès d'un juif de Bruges.

Dès le lendemain, avec le frère de Baudoin, il se mit au labour dans une tenure abandonnée dont le tenancier était mort.

Le Seigneur dut entendre ses prières et être satisfait de ses efforts car la terre devait rendre une belle récolte.

Quand il ne travaillait pas aux champs, Mathieu faisait bûcheron, charpentier ou maçon avec les gens du château. Même les deux chevaliers du fief, Martin

Saint-Julien et Jacques de Clety, anciens compagnons de son père, participèrent à l'effort.

À la fin de l'été, lorsque les pluies revinrent, la mère de Mathieu fut assurée qu'ils mangeraient à leur faim durant l'hiver, et qu'ils pourraient même se chauffer. C'est à ce moment-là que Baudoin vint lui rendre visite accompagné de sa sœur et de son père.

Cette fois, le projet de noce fut abordé avec la mère de Mathieu et un accord se fit. Le mariage aurait lieu dans quatre ans. En attendant, Jean de Beauffort prêterait une centaine de livres à son futur gendre.

Beauffort apportait aussi d'inquiétantes nouvelles. Le nouveau roi d'Angleterre, Henri V, que tout le monde avait jugé comme un médiocre et un débauché passant ses nuits à boire, se révélait homme d'État autoritaire et ambitieux. Il ne cessait de dire que ses intentions étaient de recouvrer son héritage : la France, rien de moins, que les Valois avaient volée à ses aïeuls.

Mathieu goûta avec plaisir son premier hiver comme seigneur de Thérouanne. Il avait confortablement aménagé l'étage au-dessus de l'ancienne chambre de ses parents et sa mère s'y était installée. Ainsi il occupait désormais le logis seigneurial et restait proche d'elle. Sans être devenue prospère, la situation du fief s'améliorait. Il se faisait obéir, et les redevances des tenanciers revenaient, rarement en pièces d'argent, certes, mais au moins en blé, en œufs et en animaux.

En janvier, il fut prévenu par un messager du passage d'une imposante troupe anglaise qui venait de Calais pour se rendre à Paris. Toutefois, l'ambassade, conduite par le roi Henri V, passa par le comté de Guînes et ne s'approcha pas de Thérouanne.

Quelques semaines plus tard, ce fut une visite de Baudoin et Roger, accompagnés, chose étonnante, de Jean de Créquy avec leurs varlets d'armes et des archers. Il y eut banquet et échange de souvenirs. Comme Mathieu, ses amis affichaient toujours la fleur de mouron rouge sur leur surcotte, et il sentit chez Jean le regret de ne pas avoir rejoint leur confrérie.

Eux aussi apportaient des nouvelles ; le roi Charles VI, de retour à Paris où un fidèle du duc d'Orléans, Tanneguy du Châtel, était désormais garde de la prévôté, avait reçu l'ambassade anglaise à la fin du mois de janvier. De magnifiques festivités s'étaient déroulées, dont le clou avait été un tournoi au cours duquel le dauphin, le duc d'Alençon, le duc d'Orléans et Antoine de Bourgogne avaient jouté contre les chevaliers anglais.

S'étaient ensuivies des discussions portant sur le mariage de la fille de Charles VI avec Henri V. De telles noces marqueraient la fin des querelles entre les deux nations, se félicitait chacun. En attendant, Henri V acceptait de prolonger la trêve en cours[1].

Mais, par la suite, Mathieu apprit que les négociations étaient difficiles et n'aboutissaient pas. Henri soufflait le chaud et le froid : il disait renoncer à la Normandie, au Maine et à l'Anjou, mais il menaçait d'envahir la France s'il n'obtenait pas le reste de ce qu'il demandait. Pour le satisfaire, le duc de Berry, au nom du Conseil, lui offrait le duché de Guyenne, le Limousin et huit cent mille couronnes pour la dot de Catherine de France, et pourtant cela ne suffisait pas au roi anglais.

1. Elle fut signée le 24 janvier.

En vérité, et personne n'en prenait conscience en France, Henri V jouait double jeu. Alors qu'il protestait de ses intentions pacifiques, il faisait conduire dans les ports de Southampton et de Winchelsea tous les navires que l'on pouvait armer, et il appelait tous les gentilshommes d'Angleterre à le rejoindre.

Avec les hommes du château, Mathieu abattait des arbres destinés au remplacement des charpentes lorsqu'il vit débouler deux cavaliers. Tous s'interrompirent et, hache en main, attendirent que les visiteurs approchent.

Il s'agissait de Roger de Rambures et de son servant Charles Longueval.

Le premier mit pied à terre en criant :

— Les Anglais ont débarqué !

Les questions fusèrent aussitôt tandis qu'on les entourait.

— Le roi d'Angleterre est-il à leur tête ?

— Où sont-ils ?

— Une armée ? Importante ?

— Quand ?

Roger de Rambures répondit à Mathieu tandis que Longueval débitait aux autres ce qu'il savait en ponctuant ses commentaires de « Corne diable » et de « Sang Dieu » menaçants qui visaient les Anglais.

Il ressortit de toutes ces explications qu'une immense flotte anglaise, comprenant plus de mille bateaux, avait débarqué à l'embouchure de la Seine, près de Harfleur, voici trois jours ; on était alors le vendredi 16 août. Des messagers envoyés auprès de Raoul de Créquy assuraient que les témoins avaient vu des milliers de chevaliers et d'archers, et des centaines d'ouvriers. Il y avait même des canons !

Roger se montrait excité, à la fois inquiet et joyeux. Inquiet car, si cette armée était aussi forte, elle allait ravager la Normandie et peut-être la Picardie et l'Artois. Joyeux aussi, car cela promettait de belles batailles, au cours desquelles il ferait enfin ses preuves.

Ils revinrent ensemble au château, mais Roger ne comptait pas s'arrêter. Il voulait poursuivre jusqu'à Avesnes, annoncer la nouvelle à Baudoin, puis prévenir les châtelains de Wismes, Azincourt et Tramecourt.

Selon Raoul de Créquy, chacun devait se tenir prêt. Nul doute que le roi de France rassemblerait une armée en faisant appel à ses vassaux.

La même nouvelle était parvenue à Paris et le dauphin[1], que son père avait nommé capitaine général, chargea le président du parlement de prendre langue avec Jean sans Peur et Charles d'Orléans. Il demandait aux deux princes de rassembler chacun cinq cents bassinets, c'est-à-dire autant de lances, soit cinq mille hommes. En attendant ces troupes, il chargea Charles d'Albret, cousin germain de son père et connétable de France, de réunir une armée par mandatements aux baillis et sénéchaux du royaume.

Choisir ce dernier comme capitaine devait se révéler une faute grave car d'Albret détestait le duc Jean qui l'avait démis de sa charge de connétable lorsqu'il était au pouvoir. De surcroît, quelques mois plus tôt, Charles d'Albret avait négocié avec le duc de Clarence, frère d'Henri V, des troupes mercenaires pour

1. Il s'agit de Louis de France, duc de Guyenne et gendre de Jean sans Peur.

combattre Jean sans Peur. Le connétable ne considérait donc pas les Anglais comme des ennemis. De fait, le duc de Bourgogne ne répondit pas. Pis, il demanda à ses vassaux de ne pas obéir à l'appel royal.

Le surlendemain, Mathieu partit pour Fressin avec Baudoin et Roger. Ils rencontrèrent là-bas plusieurs seigneurs du pays et entendirent les dernières nouvelles.

Le roi d'Angleterre avait bel et bien débarqué avec une immense armée. Plus de deux mille chevaliers et écuyers, au moins six mille archers. En tout, on parlait de dix mille hommes. Pareilles forces entouraient déjà Harfleur.

Heureusement, des troupes de gentilshommes normands se rassemblaient à Rouen sous les ordres du maréchal Boucicaut[1]. Ce dernier avait participé à la dernière croisade contre les Turcs avec Jean sans Peur. Comme lui, il avait été fait prisonnier et avait dû payer rançon. Guerrier valeureux, il était, hélas, mauvais capitaine.

Raoul de Créquy annonça qu'il partait le rejoindre afin d'empêcher la prise de Harfleur.

Mathieu, Roger et Baudoin, comme bien d'autres, voulurent l'accompagner, mais il s'y opposa. Le jeune seigneur de Créquy n'accepta avec lui que Renaud de Rambures et quelques hommes, tout en demandant aux autres tenants de fiefs, chevaliers et écuyers de se tenir prêts. Il reviendrait sans tarder avec des nouvelles fraîches et lèverait alors une armée. Tous jurèrent qu'ils rejetteraient l'Anglais à la mer.

1. Jean II Le Meingre, surnommé Boucicaut.

Renaud de Rambures fut de retour deux semaines plus tard porteur de bonnes nouvelles. Si les Anglais avaient bloqué Harfleur, la ville possédait de solides murailles dont les mines et les canons anglais ne venaient pas à bout. Sa solide garnison de quatre cents hommes était commandée par le sire d'Estouteville qui faisait de fréquentes sorties sur le camp anglais, lequel manquait cruellement de vivres – la chaleur ayant gâté ses provisions – et était décimé par la dysenterie. Certes, pour se ravitailler, les troupes d'Henri V ravageaient les campagnes, mais vilains et laboureurs ne se laissaient pas faire.

Par ailleurs, messire Villiers de L'Isle-Adam et le sire de Basqueville escortés de leurs chevaliers normands avaient été rejoints par cinq cents hommes menés par le sire de Gaucourt. Raoul de Créquy se trouvait avec eux. Ensemble, ils menaient la vie dure aux Anglais, et l'ost royal arriverait sous peu pour les renforcer.

Tous les chevaliers présents voulaient rejoindre cette armée, mais Renaud de Rambures leur dit que le seigneur de Créquy ne souhaitait pas les voir quitter leurs châteaux. Villiers de L'Isle-Adam craignait que le roi d'Angleterre n'eût demandé à Calais des renforts et des vivres, auquel cas, ce serait aux seigneurs de l'Artois d'arrêter troupes et convois. En conséquence, il ne fallait pas affaiblir leurs garnisons.

Rambures repartit toutefois avec une poignée de guerriers.

Une quinzaine de jours plus tard, Raoul de Créquy et Renaud de Rambures revinrent avec, hélas !, une troupe bien dégarnie. Pleins d'amertume, ils annoncèrent que Harfleur s'était rendue, mais que l'heure de la revanche était proche.

— La ville assiégée manquait de vivres, expliqua Raoul. Elle espérait être secourue par l'ost royal, mais le dauphin et Charles d'Albret, qui se trouvaient à Vernon, n'ont pas bougé. Qui plus est, le connétable a interdit à ses lieutenants de tenter quoi que ce soit.

— Quel déshonneur ! cracha le père de Baudoin.

— Déshonneur pour le dauphin, mais honte aussi pour Jean de Bourgogne, intervint Mathieu. Que n'a-t-il envoyé des gens !

— Son frère Antoine était présent, observa Raoul de Créquy. Et beaucoup de féaux bourguignons, comme moi.

— Pourquoi Villiers de L'Isle-Adam et le maréchal Boucicaut n'ont-ils pas tenté de faire lever le siège ? demanda Jean de Créquy.

— Leurs troupes étaient bien insuffisantes, répondit son frère.

— Les Anglais auraient perdu deux mille hommes à cause des fièvres, ajouta le sieur de Rambures. Mais ils sont encore trop nombreux.

— Que sont devenus les défenseurs de Harfleur ? s'enquit Mathieu.

— Les plus fortunés sont partis pour l'Angleterre comme prisonniers, avec le butin du pillage de la ville. Quant aux habitants, Henri V les a traités avec une dureté sans égale. Ceux qui ont refusé de faire allégeance à l'Angleterre ont été chassés de la ville avec femmes et enfants. Ces pauvres gens ont été la proie des ribauds qui rôdaient alentour. Si Boucicaut a pu en sauver, beaucoup ont été pillés, tués et les femmes ont subi les pires affronts.

Le silence se fit, jusqu'à ce que Raoul reprenne la parole :

— Mais l'heure de la revanche approche. Henri V est maintenant dans une nasse. Il ne peut se diriger vers Rouen où il trouverait en face de lui l'armée française. Il n'a donc que deux solutions : soit il s'enferme et peu à peu évacue ses gens par bateau, mais l'ost royal va marcher sur Honfleur et il ne pourra sauver toutes ses troupes, soit il tente de gagner Calais, et alors nous ne le laisserons pas faire.

— Devons-nous rejoindre l'armée française ? demanda Beauffort.

— Attendons les ordres du roi, décida Raoul de Créquy après un moment de réflexion. Si l'on nous demande d'arrêter les Anglais sur la route de Calais, nous le ferons plus facilement depuis nos châteaux. Et si le siège est mis sur Honfleur, il nous suffira de deux jours pour nous y rendre.

Mathieu regagna donc Thérouanne avec Baudoin, lequel poursuivit seul vers Avesnes.

Quelques jours plus tard, le 9 octobre, un messager de Charles d'Albret vint prévenir Mathieu que l'armée anglaise avait quitté Harfleur et longeait la côte pour se rendre à Calais. On devait à tout prix l'empêcher de passer la Somme, de manière à l'immobiliser le temps que l'armée française arrive à Abbeville et la détruise. Les ponts seraient brisés et les gués gardés, avait décidé le connétable.

Les hommes d'armes et les chevaliers de Fressin et de Thérouanne furent envoyés à Pont-Rémy, fief de Philippe de Wancourt, entre Abbeville et Amiens, où se trouvait un gué. Ils soutiendraient le seigneur des lieux qui en défendait l'accès.

Baudoin, son père et six autres chevaliers les rejoignirent avec leurs lances. Ils se retrouvèrent ainsi environ à trois cents pour barrer le gué avec des fortifications de fortune et des archers.

Le 13 octobre, ils furent prévenus par un éclaireur que les Anglais approchaient, n'ayant jusque-là déniché aucun moyen de franchir le fleuve. Chacun se mit en place et, en fin de matinée, ils aperçurent l'immense troupe qui s'étalait sur des centaines de toises. Des cavaliers s'approchèrent, ayant certainement connaissance du gué, mais une volée de flèches les éloigna. Henri allait-il tout de même tenter de passer ? S'il le faisait, il connaîtrait de fortes pertes car le flot était haut et les piétons, la plupart des archers, auraient de l'eau jusqu'à la taille et même au-dessus durant la traversée. Comme il leur faudrait du temps pour traverser, ils seraient exterminés sans peine.

Mais Henri V n'insista pas et fit continuer ses gens vers Amiens.

Les trois écuyers à la fleur de mouron rouge les auraient bien pris en chasse pour ne pas manquer la bataille qui ne tarderait pas, mais ils avaient ordre de ne pas bouger, et ils obéirent.

Chaque jour, des éclaireurs venaient les informer de la situation. L'armée du roi de France avait quitté Abbeville pour Amiens et Corbie. Henri V suivait toujours la Somme. Les Français allaient le poursuivre et, déjà, des hérauts du duc d'Orléans et du connétable d'Albret avaient approché le roi d'Angleterre pour décider avec lui du lieu de la bataille. Les lys de France étaient quatre fois plus nombreux que les léopards anglais. L'issue ne faisait aucun doute.

Toutefois, le 19 octobre, Mathieu et ses amis apprirent que, la veille, le Lancastre avait fait franchir la Somme à son armée sur un pont de fortune[1].

Les Anglais fonçaient maintenant vers Calais et il fallait leur couper la route.

Mathieu et ses compagnons quittèrent sur-le-champ leur position. Deux jours plus tard, ils avaient rejoint l'immense armée française. Ils ne se trouvaient plus très loin de Fressin et d'Azincourt.

1. À Voyennes.

5

18 octobre 1415, la Somme à Voyennes

— *Hurry ! Hurry !* criait Humphrey de Lancastre[1].

Malgré la vigueur de sa jeunesse, Gower Watson n'en pouvait plus.

— Par les cornes de Belzébuth, Gloucester veut notre mort ! souffla-t-il en s'adressant à Franklin.

— Celui-là, si les mangeurs de grenouilles pouvaient nous en débarrasser ! grommela son compagnon, un archer robuste, dans la quarantaine, aux épaules particulièrement larges et au visage franc et rieur.

Il se nommait Franklin Aylward et venait de Crooksbury. Son père, Samkin Aylward, archer lui aussi, avait fait fortune en s'engageant dans la Compagnie Blanche au service de sir Nigel[2]. Revenu dans sa ville natale, il avait acheté une auberge et était devenu un notable. Son fils aurait pu prendre sa suite mais Franklin, bon archer, avait comme son paternel

1. Duc de Gloucester et fils bâtard d'Henri IV. Il est donc frère d'Henri V.

2. Voir *Sir Nigel*, et, *La Compagnie Blanche*, d'Arthur Conan Doyle.

un tempérament de coureur d'aventures. Après avoir rallié Henri Bolingbroke, qui devait monter sur le trône d'Angleterre sous le nom d'Henri IV, il s'était engagé dans toutes les expéditions royales tant au pays de Galles qu'en Écosse.

Lors d'un tournoi, il avait été battu par le jeune Gower Watson, villageois de vingt ans de moins que lui qui n'avait pas repris la tenure familiale à la mort de son père et gagnait sa vie en empochant les primes des concours auquel il participait.

Quand Franklin Aylward lui avait dit que le noble Thomas Erpingham recrutait une compagnie pour se rendre en France avec le roi, Watson avait tout de suite accepté au vu des gages proposés.

Ils étaient quatre-vingts en tout, dont soixante-six archers. Parmi eux, Watson s'était imposé comme le plus fin tireur. Ni grand ni petit, mais avec une charpente massive et robuste, il était le seul capable de toucher un daim courant à deux cents pas. Il maniait son grand arc en orme avec une incroyable vitesse et une puissance prodigieuse. À Harfleur, il avait tué un cheval après que sa flèche eut traversé les chausses de mailles, la cuisse du cavalier et la selle.

Pareille adresse aurait pu susciter de la jalousie chez ses compagnons, et pourtant ce n'était pas le cas car tous aimaient la truculence, l'honnêteté et la vaillance de Gower Watson.

Aylward et lui étaient accoutrés de gambisons rembourrés de crin et d'une jaque en cuir bouilli renforcée de croisillons de fer. Par-dessus, ils portaient un surcot, jadis blanc, au centre duquel s'étalait, en rouge sale, le lion de saint Georges. Sous leurs salades de fer sortaient des boucles brunes pour le premier et des mèches rousses pour Gower, chevelures qui s'emmêlaient à leurs barbes hirsutes. À leurs ceintures pendaient, outre de belles dagues récupérées sur des chevaliers meurtris à Harfleur, épées, trousses de flèches et escarcelles pour les cordes d'arc. Sur leurs dos, ils gardaient attachée, pour l'un une hache normande, et pour l'autre une masse d'armes. À l'épaule, chacun portait une grosse besace contenant le fruit de ses pillages et ils tenaient tous deux un pieu de six pieds.

Cela faisait dix jours qu'ils marchaient, presque toujours le ventre vide, et qu'ils dormaient à la belle étoile, souvent sous la pluie. La veille, leur capitaine leur avait fait démolir des maisons près de Voyennes dans le but d'en récupérer les poutres. Ce travail épuisant leur avait pris un jour entier et une partie de la nuit. Avec ces madriers, d'autres soldats avaient construit un pont branlant sur la rivière. Le matin, à la pique du jour, Humphrey de Lancastre avait décidé d'y envoyer la compagnie de Watson. Si le pont tenait, chevaux et chariots passeraient derrière eux.

— *Hurry ! Hurry !* criait Gloucester.

Le pont se révéla solide et les archers arrivèrent sur l'autre rive sans encombre. Là, délivrés de l'oppression du frère du roi, ils s'installèrent sous un ombrage, dans un champ moissonné, pour attendre le reste de leur compagnie. Aylward en profita pour retailler l'extrémité de son pieu.

Sir William Marshall leur avait fait couper ces pièces de bois trois jours plus tôt.

— Crois-tu que ce soit vraiment utile ? interrogea Watson en le regardant faire.

— Oh oui ! Mon père m'a dit que c'est grâce à ces pieux qu'on l'a emporté à la bataille de Poitiers. Bien planté devant toi, en biais, aucun chevalier ne peut te piétiner sans se faire embrocher.

— *Up !* cria leur capitaine qui arrivait au pas de course. On repart !

— Où ça ?

L'homme leur indiqua une direction au septentrion.

— Athies ! À trois lieues d'ici, pour ce que j'ai entendu. C'est là qu'on logera cette nuit.

Aylward grommela dans sa barbe :

— C'est là que logeront nos seigneurs ! Nous, on dormira dans la paille, si on en trouve !

La centaine d'archers se levèrent et se remirent en route en maugréant.

Ils marchaient depuis une bonne heure quand le galop d'une importante troupe de cavaliers retentit dans leur dos. Les piétons s'arrêtèrent et se rangèrent pour les laisser passer.

Les penons portés par les guidons et les riches harnachements des chevaux ne laissaient nulle place au doute, c'étaient le roi et son état-major : ses frères et ses familiers.

Les archers les acclamèrent en criant « Saint Georges ! » quand ils passèrent devant eux. Henri les salua aimablement et les vivats redoublèrent.

La piétaille ronchonnait sans cesse contre les proches du roi et les barons de la cour, mais elle idolâtrait leur souverain. Le Lancastre se montrait d'une grande sévérité envers ses hommes et imposait une discipline de fer, mais il était toujours le premier au combat et ne se ménageait jamais. Même si, pour l'heure, l'armée faisait retraite, les hommes espéraient un retour de fortune avec pareil capitaine.

Les jours suivants, la pluie revint et la marche sur des sols détrempés devint encore plus éprouvante. De surcroît, les éclaireurs signalaient que l'armée du roi de France approchait, même s'il s'agissait surtout de maisnies qui venaient harceler les retardataires. Chacun demeurait sur le qui-vive et tous dormaient avec leur harnois.

Le 22 octobre, sir William Marshall vint annoncer aux archers que l'armée des Français tentait de les déborder afin de leur barrer la route. Le roi d'Angleterre avait envoyé des patrouilleurs chargés de dénicher une plaine favorable pour la bataille, maintenant inéluctable.

Les éclaireurs indiquèrent aux piétons des chemins à travers champs. Tous avaient l'impression de tourner en rond et protestaient sans cesse. Parfois, ils passaient dans un village vide d'habitants et regardaient avec envie des granges vides où ils auraient pu se reposer et se sécher. Car ils étaient trempés, non seulement à cause de la pluie mais aussi en raison des cours d'eau qu'ils franchissaient à pied.

L'épuisement ravageait leurs visages et, pour se donner du courage, ils chantaient :

L'arc vient d'Angleterre :
En bois loyal, en bois d'if,
Le bois des arcs anglais ;
C'est pourquoi les hommes libres
Aiment le vieil if.

Le soir du 24, ils apprirent que les Français accouraient de tous côtés, qu'ils étaient proches, qu'ils barraient la route de Calais et qu'ils avaient envoyé des hérauts au roi pour exiger la bataille. Il se disait qu'ils étaient plus de trente mille, alors qu'eux, pauvres Anglais, ne dépassaient pas les huit mille. La fatigue et le désespoir dominaient les corps et les esprits et tous avaient hâte d'en finir, même en sachant la défaite au bout.

Leur capitaine désigna un village sur une hauteur :

— Notre roi bien-aimé est déjà là-haut. Nous allons le rejoindre. Les granges sont nombreuses et pleines de paille sèche, et on a trouvé du pain en quantité. Vous passerez la nuit au sec, le ventre plein.

— Et les Français ? lança une voix.

— En face, au bout d'un grand champ. C'est là qu'aura lieu l'ultime combat. Demain.

— Ils sont vraiment trente mille ? interrogea un autre archer en essuyant son visage barbu détrempé par la pluie qui ne cessait pas.

— On le dit, répondit sombrement le capitaine.

— Bah, comme un Anglais vaut quatre Français, on est à égalité ! plaisanta Watson.

Quelques hommes se mirent à rire pour cacher leur détresse.

— Comment s'appelle ce village ? demanda Aylward.

— Maisoncelle.

— Et le château là-bas ? interrogea Watson.

— Azincourt.

— Par saint Dunstan, voilà un nom dont je me souviendrai !

À Maisoncelle justement, au même moment, Henri V avait rassemblé ses frères, ses barons et ses capitaines.

Un peu plus tôt, il avait chevauché dans la plaine en contrebas avec les ducs de Clarence, d'York, de Gloucester, du comte de Salisbury – âme damnée du précédent – et du baron de Roos, son maréchal. Sans se rapprocher, les capitaines avaient tout de même distingué les centaines de gonfanons, étendards, bannières et penons des Français répandus autour de l'abbaye de Ruisseauville.

Des cavaliers épars galopaient en tous sens quand, soudain, un groupe de chevaliers précédé d'un guidon avec un étendard fleurdelisé s'était montré. Ces Français, conduits par le comte de Nevers – frère du duc de Bourgogne – et le maréchal Boucicaut, avaient reconnu les léopards des enseignes d'Henri V. Ils avaient alors envoyé un héraut pour savoir si les Anglais étaient prêts à combattre dès le lendemain. Henri avait ordonné à son propre héraut de tenter une ultime négociation : il proposait de rendre Harfleur si on le laissait aller jusqu'à Calais sans encombre.

Le plan de bataille était maintenant décidé et le roi anglais le détaillait à ses officiers, écoutant leurs remarques et y répondant, quand le héraut du camp français vint apporter la réponse du connétable Charles d'Albret : c'était non.

Il y aurait donc bataille.

L'inquiétude, la peur de la mort, noua les ventres des Anglais. Un contre quatre ! Comment l'emporter ? Ils savaient tous que, dans les grandes batailles, les pertes se révélaient effroyables.

Dans un recoin de la pièce, un jeune clerc de seize ou dix-sept ans au visage maigre et étroit qui se terminait par un front haut et des sourcils sombres et épais s'efforçait de maîtriser sa terreur. Le duc de Clarence se moquait souvent de lui en le surnommant « Corneille » à cause de son nez crochu comme le bec d'un oiseau de proie, de ses lèvres fines et de sa robe noire.

Il se nommait Edward Holmes et était frère utérin du jeune baron de Roos, maréchal d'Angleterre et familier du roi. Toutefois, sa mère ne sortait pas d'un grand lignage puisqu'elle était servante de l'illustre famille. Leur père, William de Roos, membre du Conseil royal, avait été l'un des premiers à rejoindre Henri de Bolingbroke dans sa rébellion contre le roi Richard II devenu dément.

Richard II était fils du Prince Noir – surnommé ainsi à cause de son armure – et petit-fils d'Édouard III. Or le Prince Noir avait deux cadets : Lionel et Jean de Gand. La noblesse anglaise ayant décidé de déposer Richard II, Lionel aurait dû légitimement le remplacer. Mais Henri de Bolingbroke, fils de Jean de Gand, avait été plus rapide et plus brutal. Soutenu par une armée de fidèles archers et de chevaliers, il s'était fait couronner roi sous le nom d'Henri IV. Dès lors, William de Roos était devenu son favori. À la mort d'Henri IV, William était naturellement passé au service de son fils, Henri V, et était devenu grand trésorier d'Angleterre.

Même si Holmes était un bâtard, son père William le considérait comme un fils à part entière. Ayant distingué chez l'enfant la perspicacité et la clairvoyance qu'il possédait, il l'avait envoyé faire des études religieuses à un collège d'Oxford. Hélas, il avait trépassé avant que son rejeton ait terminé son cursus.

L'aîné des Roos, John, qui avait beaucoup d'affection pour Edward, lui avait alors demandé de le rejoindre comme intendant et secrétaire. C'est ainsi que le jeune clerc avait suivi ses frères dans l'expédition royale. Comme eux, il avait souffert durant le siège de Harfleur et encore plus pendant l'exode vers Calais.

Maintenant, son cœur se serrait car il savait qu'il arrivait au bout de sa jeune vie.

Toutes les dispositions étant prises pour la bataille, John prit Edward à part :

— As-tu peur, mon frère ?

— Oui…

— Rassure-toi, tant que je vivrai, ou que William vivra, nous te protégerons, assura John en lui posant une main affectueuse sur l'épaule.

Holmes hocha la tête pour lui faire plaisir, mais il avait vu ce qui s'était passé à Harfleur. Il ne pouvait oublier les massacres des vaincus. Après tant de fatigues et de privations, ils allaient tous succomber ici.

— Demain sera une rude journée. Je ne sais si je reviendrai. Alors, voilà ce que je veux te dire. Si nous l'emportons, j'aurai encore plus besoin de toi. L'armée française est riche de bagages et de chevaux. Tu seras chargé de t'occuper de notre part. J'aurai certainement fait des prisonniers et il faudra traiter de leur mise à finance. Tu sais comment faire.

De nouveau, Edward hocha la tête. Il y avait eu beaucoup de captifs à Harfleur. Quand un combattant pouvait payer rançon, il avait la vie sauve. Sinon, un coup de hache mettait fin à ses misères. Ensuite commençaient de longues formalités. Les prisonniers peu fortunés étaient libérés après avoir juré de porter leur rançon au trésorier du roi à Calais dans un délai d'un an. Un papier signé faisait foi de leur serment. Pour les autres, un valet remettait à leur famille ou à leur suzerain le contrat d'engagement du prisonnier qui précisait la somme libératoire pour sa délivrance. Le double de ces documents était transmis au trésorier du roi, à Calais qui les envoyait au trésorier d'Angleterre. Henri V récupérait ensuite le tiers du rançonnage au profit du trésor. Il s'agissait d'une taxe royale, la rançon étant une activité marchande comme une autre.

Edward avait ainsi traité les mises à finance de six chevaliers capturés. Deux avaient été libérés et les derniers s'étaient vu conduire à Helmsley Castle[1], au château de famille, où ils seraient enfermés dans un cachot jusqu'au paiement de leur rançon.

— Si la bataille tourne en notre défaveur, Edward, ne t'occupe ni de moi, ni de William, ni de nos gens. Comme tu resteras ici pendant les combats, prends un cheval, charge-le de l'or et de l'orfèvrerie que j'ai prise à Harfleur et galope jusqu'à Calais. Je t'ai appris à te défendre et je sais que tu y parviendras. Tu porteras tout à mes frères et sœurs pour qu'ils fassent dire des messes pour mon salut.

Nouveau hochement de tête, mais le clerc avait les larmes aux yeux. Il lui serait insupportable de perdre son frère chéri. Quant à traverser les lignes françaises pour se rendre à Calais, il s'en sentait incapable.

1. La propriété familiale des Roos.

6

Mathieu, Roger et Baudoin arrivèrent à Ruisseauville après s'être arrêtés à Fressin où Jean, qui gardait le château, leur avait annoncé le départ de son frère pour le monastère fondé par Ramelin de Créquy. C'était le lieu de rassemblement de toutes les compagnies de l'armée française.

En s'en approchant, les trois compagnons et leurs servants découvrirent l'immensité de l'ost. Les campements commençaient à près d'une lieue de l'abbaye avec ceux des troupes bourgeoises et communales qui avaient répondu à l'appel royal.

Mathieu aperçut les enseignes des milices de Caen et de Boulogne dont il reconnut les armes, mais il ne put identifier celles de Mâcon, Troyes, Rouen et de bien d'autres villes de Normandie, de Picardie et de Bourgogne.

Mal équipés, les hommes d'armes qui composaient ces bataillons n'avaient que des brigandines et des chapeaux de cuir en guise de casque. Si l'on pouvait voir quelques arbalètes entreposées à l'abri de la pluie, la plupart de leurs armes n'étaient que des gouges et des hasts. Ces combattants n'en seraient pas moins redoutables dans la mêlée.

Poursuivant en direction du clocher de l'église, nos amis traversèrent des villages entiers de pavois, d'héberges et de brehants. Oriflammes et bannières agrémentaient ces maisons de toile dont les portières se révélaient ornées des écus de leurs seigneurs. Sous des auvents de cuir, servants et varlets s'abritaient de la pluie qui avait commencé à tomber dès midi et redoublait de violence. Un peu partout, des vilains, certainement des gens du pays, construisaient des abris de branchages pour les chevaux.

Autour de l'abbaye se dressaient granges et chaumières. Les premières étaient occupées par de bruyants arbalétriers, pour la plupart mercenaires, qui jouaient aux dés ou à d'autres jeux de hasard. Du côté des demeures, accaparées par les grands seigneurs dont les écus et les gonfalons paraient les façades, des chamailles faisaient rage entre les varlets au sujet du pain et de la paille.

Mathieu et ses amis s'arrêtèrent un instant devant une rixe, hésitant à intervenir en voyant sortir les coutelas. Mais soudain une troupe de sergents à cheval apparut et intervint en frappant les querelleurs à coups de bâton ferré, laissant un varlet ensanglanté sur le sol.

Plus loin, une grande tente, en vérité des toiles résineuses déformées par la pluie et posées sur des perches, abritait une taverne improvisée. Deux ou trois cents hommes s'y étaient regroupés, partageant des pots de bois emplis de vin sorti de gros tonneaux venant à coup sûr de l'abbaye.

La plupart regardèrent passer les six cavaliers avec indifférence.

— Comment trouver Raoul dans cette multitude ? demanda Mathieu à Roger.

— Allons jusqu'à l'église, proposa ce dernier. Le père de Jean y a souvent fait retraite. L'abbé saura nous renseigner.

Ils s'approchèrent des bâtiments claustraux devant lesquels circulaient servants et varlets aux surcottes affichant les armes des grands lignages du royaume. Baudoin, qui en savait le plus dans ce domaine, désigna celles des gens de Bar, de Bourbon, de Rohan, d'Orléans et d'Anjou.

Deux sergents s'approchèrent pour leur demander d'où ils venaient et s'ils savaient où se trouvaient les gens du duc de Bretagne. Ils leur répondirent qu'ils étaient du pays mais qu'ils ignoraient où étaient les Bretons.

À l'abbaye, une clôture les empêcha d'avancer au-delà. Un écuyer qui assurait la garde au portail d'entrée leur expliqua qu'une cérémonie avait lieu dans l'église. Le maréchal Boucicaut adoubait chevalier le duc de Nevers et plusieurs valeureux gentilshommes.

— Nous cherchons messire Raoul de Créquy, expliqua Mathieu.

— Allez à la maison aux volets verts (il désigna une bâtisse en bois au toit de chaume). Vous y trouverez les clercs de messire le connétable. Ils tiennent registre des seigneurs présents et de l'emplacement qu'on leur a assigné.

En effet, un clerc les renseigna : Raoul de Créquy se trouvait à Tramecourt, à près d'une lieue.

Ils poursuivirent leur route avec grande lenteur. La pluie avait cessé mais les chevaux ne pouvaient qu'avancer lourdement car les chemins boueux étaient quasi impraticables en raison des innombrables passages. Jusqu'à Canlers, brehants et héberges se succédaient et le village était également occupé par des centaines de chevaliers. La brise se levait et de toutes parts oriflammes et gonfalons claquaient joyeusement comme pour annoncer la victoire à venir.

Ils passèrent à travers des champs afin de gagner Tramecourt, et là encore le sol n'était que gadoue, où s'enfonçaient les sabots des chevaux.

Le château était entouré d'une ferme et de quelques masures. Dans d'innombrables échoppes de toile, toutes dégorgeant de varlets et d'archers, on servait vin, cidre et bière. On y jouait aussi au gobelet et l'on pouvait se procurer talismans et thériaques capables de guérir n'importe quelle blessure.

Ce fut Roger qui repéra une chaumière portant l'écu de Créquy sur sa façade.

Alors qu'ils s'en approchaient, Raoul sortit et les héla.

— Mes amis ! Je vous attendais avec impatience ! Demain sera un grand jour ! Entrez vite, la maison est pleine mais je vous ai gardé de la place pour cette nuit. Encore que nous ne dormirons guère car nous devons fêter notre victoire de demain.

Ils descendirent de selle et, en riant, Mathieu déclara :

— Mais nous n'avons pas encore gagné !

— Bah ! C'est comme si c'était fait ! s'exclama Wallerant d'Azincourt qui sortait à son tour.

Les trois écuyers et leurs servants laissèrent les montures à des palefreniers qui vinrent nettoyer les sabots de la gadoue qui les couvrait.

— Venez, tous nos amis sont là !

Ils entrèrent. Autour d'une longue table, simples planches mal dégrossies posées sur des fûts d'arbres, se trouvaient Jean de Torcy, Renaud de Rambures, Jean de Beauffort d'Avesnes, Martin Saint-Julien, Jacques de Clety et trois inconnus. Baudoin, Enguerrand et Roger allèrent accoler leurs pères et Mathieu salua les chevaliers de Thérouanne.

— Laissez-moi vous présenter Guillaume Martel de Basqueville et ses fils qui étaient avec moi à Harfleur, proposa Raoul de Créquy en présentant les inconnus. Messire de Basqueville a été choisi pour porter l'oriflamme de Saint-Denis[1].

Tous se saluèrent, certains s'embrassèrent et l'un des fils Basqueville se poussa pour faire de la place.

Un valet emplit de cidre un hanap qu'il donna à Baudoin, lequel le vida à moitié avant de le tendre à Mathieu. Ensuite, le gobelet, de nouveau plein, circula de main en main.

— Peut-on voir le camp anglais ? questionna alors Roger de Rambures.

— Veux-tu le regarder maintenant ? proposa son père.

— Volontiers ! approuva Mathieu.

Impatients d'examiner la position des envahisseurs qu'ils allaient anéantir, tous se levèrent pour sortir.

Dehors, Raoul désigna le château.

— Il y a là-bas un terre-plein depuis lequel on voit parfaitement Maisoncelle où le maudit Henri s'est installé. Nous y étions tout à l'heure, au moment où le comte de Richemont et les sires de Montauban et de Rohan ont conduit une chevauchée pour évaluer les défenses anglaises. On allait les rejoindre quand ils ont été repoussés par une volée de flèches. Il faudra se méfier des archers, demain.

— Leurs flèches ne pourront pas grand-chose contre nos armures ! se moqua Jean de Torcy.

1. L'étendard des rois de France.

Après une brève marche, ils arrivèrent sur une plateforme dégagée d'où l'on voyait la chapelle et les fermes de Maisoncelle. Un vaste champ triangulaire s'étendait devant eux, avec une faible déclivité.

— Ils ont choisi une solide place, observa Mathieu. L'endroit me fait penser à un entonnoir et nous aurons le soleil dans les yeux.

— Nous les balayerons quand même ! décida Basqueville.

Deux ou trois cents archers avec surcot au léopard écarlate se tenaient sur la pente de Maisoncelle. Mathieu en aperçut d'autres vers Azincourt.

Pas facile à enfoncer, songea-t-il en pensant à la façon dont Jules César avait décrit les positions qu'il choisissait et les emplacements de ses archers sur les flancs de son armée. Henri V avait-il lu les *Commentaires* ?

Quand ils revinrent, après avoir longuement évalué les tactiques possibles pour bouter les Anglais hors de Maisoncelle, ils aperçurent Charles de Savoisy qui venait d'arriver.

Le père de Charles de Savoisy, baron de Seignelay, avait été l'ami de Charles V et son premier chambellan. Son fils, élevé avec Charles VI, avait à son tour été chambellan. Il s'était aussi attaché au duc d'Orléans et avait combattu pour lui mais, de nature querelleuse, il s'était mis à dos l'Université après avoir battu à mort des bacheliers. Le roi et le duc d'Orléans l'avaient alors abandonné. Savoisy avait été condamné à la démolition de son hôtel et à la privation de tous ses offices. Par dépit, il avait quitté la France et refait fortune comme mercenaire[1].

1. Sur Savoisy, voir *L'Escarboucle de Marco Polo*, dans *Les Exploits d'Edward Holmes*, 10/18, n° 5223.

Revenu en France, il s'était mis au service de Jean sans Peur et, à en croire les rumeurs, il aurait approuvé l'assassinat du duc d'Orléans. Toutefois, il semblait s'être écarté de la position de son maître puisqu'il venait de rejoindre l'armée royale. Malgré ses cinquante ans, Boucicaut l'avait choisi pour conduire l'une des charges de chevaliers dans la bataille du lendemain.

C'est ce qu'il devait annoncer.

Ses écuyers et ses hérauts rassemblèrent donc les combattants que le connétable avait placés sous ses ordres. Parmi eux se trouvaient les seigneurs et les gens de Fressin et des alentours.

Cela prit du temps pour réunir tout le monde et ils se retrouvèrent à plus de cinq cents dans un champ boueux. Monté sur une charrette, Savoisy annonça d'une voix de stentor :

— Mes amis chers, je reviens de Ruisseauville. Après l'adoubement de messire de Nevers, le connétable nous a réunis pour nous présenter le plan de bataille. Il rangera trois corps en ligne. Lui-même et le maréchal Boucicaut se trouveront à l'avant avec trois mille combattants représentant la fleur de la noblesse française.

» Devant eux se tiendront quatre mille archers et quinze cents arbalétriers chargés de détruire les premiers rangs anglais.

» Derrière suivront quatre mille chevaliers et écuyers sur trente rangs. Enfin, en arrière-garde, nous aurons une réserve de quatre mille écuyers et les gens des milices urbaines.

» Ces corps de bataille seront à pied puisque la pluie a rendu le sol trop spongieux. Mais nous, sur les ailes, combattrons à cheval. Conduits par le comte de Vendôme, nous dévalerons d'ici sur les archers des Godons et nous les enfoncerons sans pitié. Messire Clignet de Bréban et messire de Saveuse, avec autant de cavaliers, feront de même en face, depuis Azincourt. En tout, près de deux mille cinq cents chevaux déferleront contre les archers anglais. Ces gueux se débanderont comme des oiseaux en nous voyant fondre sur eux !

— Et l'artillerie, seigneur ? demanda Basqueville qui se tenait au premier rang.

— Les Anglais n'en ont pas, alors, par courtoisie, nous n'utiliserons pas la nôtre.

— Stupide ! souffla Baudoin à l'oreille de Mathieu.

Après avoir soupé, ils nettoyèrent à la lumière du crépuscule leurs hauberts et vérifièrent les aiguillettes liant les plates. Avec un gippon[1] matelassé et une cuirasse sous son haubergeon agrémenté de pièces en acier, Baudoin possédait un harnois plus complet que celui de Mathieu, qui avait enfilé l'équipement de son père : un haubert et des chausses de mailles sur un gambison, complété par des plates articulées aux épaules et aux genoux, plus un bassinet à visière.

À la tombée de la nuit, le comte de Nevers et ses amis bourguignons poussèrent une reconnaissance jusque devant l'armée anglaise mais, comme lors de précédentes tentatives, ils furent repoussés par une pluie de flèches. Refusant d'être en reste, le duc d'Orléans

1. Le gippon, ou hoqueton, ou encore jaquet ou justaucorps, était plus court et plus près du corps que le gambison. Il pouvait être gamboisé, c'est-à-dire matelassé de coton, ou formé de plusieurs épaisseurs d'étoffe.

suivi de deux mille fidèles voulut à son tour profiter de l'obscurité pour surprendre l'ennemi. Ils furent à leur tour arrêtés par les traits anglais qui blessèrent nombre de cavaliers.

Malgré tout, ces échecs n'entamèrent pas la bonne humeur et l'optimisme des Français. Leurs camps, toute la nuit éclairés par de grands feux, ne furent que festivités. On y chantait et on y jouait, beaucoup se partageaient déjà le butin du lendemain et calculaient les sommes que paieraient les chevaliers d'Angleterre. La valeur des archers était fixée à un blanc.

Dans ce vacarme, Mathieu essayait vainement de trouver le sommeil quand son écuyer vint lui apprendre les tentatives de Nevers et d'Orléans. Enguerrand de Bailleul s'extasiait sur l'action des princes, mais le jeune Thérouanne les trouva stupides, n'ayant été ni préparées ni demandées par le connétable. Pareil manque de discipline n'augurait rien de bon.

7

Le vendredi 25 octobre 1415, fête de saint Crépin

Dans le camp anglais, la peur, la faim et le froid empêchaient les archers de dormir sereinement.

La peur, car beaucoup étaient persuadés que la journée du lendemain serait la dernière de leur vie et qu'ils ne reverraient jamais l'Angleterre. La plupart priaient, demandant au Seigneur de protéger leur famille.

La faim les tourmentait car, contrairement aux promesses, tous n'avaient pas eu de pain et certains n'avaient reçu qu'une poignée de noix.

Le froid, enfin, les tenaillait, puisque le roi avait interdit les feux et que leurs vêtements étaient mouillés et déchirés. De plus, beaucoup avaient perdu leurs chaussures et demeuraient pieds nus. Pour qu'ils gardent leur combativité, Henri avait demandé à ses ménestrels de jouer de leurs instruments. Les musiciens passaient ainsi d'une grange à l'autre en interprétant des airs du pays.

Enfin l'aube vint, mais le brouillard empêchait de distinguer quoi que ce soit au-delà de quelques pas.

Dans la maison qu'ils partageaient avec d'autres chevaliers proches du roi, John et William de Roos faisaient préparer par leurs varlets les pièces d'armure qu'ils porteraient sur leur cuirie[1], laquelle recouvrait un gippon gamboisé souillé de nombreuses taches et tellement décousu par endroits qu'il laissait paraître le crin intérieur. Edward Holmes écoutait les dernières recommandations de ses frères en observant avec honte combien ils étaient guenilleux alors qu'ils avaient toujours veillé aux convenances et à leur propreté. En cela, ils ne différaient en rien des piétons et des archers. D'une repoussante saleté, ses frères affichaient une longue barbe pouilleuse et hirsute.

— Durant la bataille, tu demeureras avec les chapelains et les clercs sous la garde des trente archers et des dix lances de John Carew, annonça John à Edward. C'est un ami et un chevalier de confiance. Ses hommes et lui garderont les bagages et les chevaux de l'armée. Je l'ai prévenu. Si la défaite s'annonce, il te laissera charger deux montures et tu partiras pour Calais avec mes biens. Que Dieu te protège, alors.

Holmes ne put retenir ses larmes. Jamais il n'avait imaginé que la guerre puisse être si rude.

Quand ils furent prêts, les deux chevaliers et leurs écuyers partirent rejoindre le roi à la chapelle de Maisoncelle. Désormais seul, Holmes noua à sa taille une ceinture avec l'épée que lui avait donnée son frère. Puis il sortit à son tour et franchit une haie qui cachait la vue devant la masure. De l'autre côté s'étendaient des prés tamisés par la brume mais on commençait

1. Cotte en cuir durci ou bouilli, sans manches, ne couvrant que le torse.

à percevoir les rassemblements d'archers et de combattants à pied.

Il resta un moment pour tenter de distinguer les Français, sans succès. Pourtant il savait que plusieurs compagnies de chevaliers s'étaient retranchées à Tramecourt, mais personne ne se montrait.

Il rentra et gagna le camp de toile et la grange où se trouvaient les caisses et les coffres de bagages.

Armés de toutes pièces, avec leurs cottes de combat armoriées par-dessus, le roi et ses barons avaient assisté à trois messes. Les offices terminés, ils sortirent pour se rendre dans le grand champ où les troupes s'étaient maintenant positionnées en suivant les instructions royales. Le duc d'York et les frères Roos gagnèrent la droite, où se tenaient quelques centaines de chevaliers. Lord Camoys, qui à soixante-cinq ans avait déjà combattu en France et en Écosse, rejoignit l'aile gauche, qu'il commanderait. Entre ces deux forces se tenaient, debout, des milliers d'archers avec leur arc dans une main et leur pieu dans l'autre.

Gower Watson et Franklin Aylward ne faisaient pas partie de ce corps de bataille car ils se trouvaient devant les bois d'Azincourt avec trois ou quatre cents compagnons chargés de protéger l'aile gauche de Camoys et d'empêcher une manœuvre d'encerclement des Français. Un même nombre d'archers était regroupé de l'autre côté, sur le flanc de Tramecourt. Le front des Anglais ne présentait donc aucun interstice dans lequel les Français auraient pu s'introduire.

Après la bénédiction des troupes par l'évêque de Bath, Henri prit son bassinet d'acier surmonté d'un cimier et cerclé d'une couronne d'or dans laquelle étaient enchâssés des rubis.

Il se jucha sans éperons sur un petit cheval gris et, suivi de plusieurs destriers richement caparaçonnés que des varlets tenaient en main – en particulier un magnifique coursier blanc qu'il monterait avant le commencement de l'action –, il se porta au-devant de ses gens avec un porte-guidon qui brandissait l'oriflamme de saint Georges en argent à la croix de gueules.

Chacun étant à son poste, le roi chevaucha de bannière en bannière et exhorta ses soldats à bien faire leur devoir. D'une voix de stentor, il rappela les souvenirs, si flatteurs et toujours vivaces aux cœurs des Anglais, de Crécy et de Poitiers, caressa leur vanité en déclarant que l'honneur de sa couronne était entre leurs mains, et ajouta :

— *Ce jour est appelé la fête de saint Crépin, celui qui aura survécu à cette journée et sera rentré chez lui sain et sauf se redressera sur ses talons chaque fois qu'on parlera de ce jour. Celui qui aujourd'hui versera son sang avec moi sera mon frère ; si vile que soit sa condition, ce jour l'anoblira*[1].

Cette noble harangue eut le résultat qu'il s'en était promis. Les soldats y répondirent par d'énergiques vivats et s'écrièrent : « Sire, nous prions Dieu qu'il vous donne bonne vie et la victoire sur vos ennemis ! »

En face et au dernier moment, le connétable Charles d'Albret avait changé son plan de bataille ! Les piétons,

1. Son discours fut moins lyrique, aussi nous lui avons fait déclamer les paroles que Shakespeare lui a attribuées et que François-Victor Hugo a traduites.

les arbalétriers et les archers, soit en tout plus de cinq mille hommes qui devaient marcher au premier rang, furent renvoyés au dernier. Ce changement avait été exigé par la haute noblesse, certaine de la victoire, qui voulait saisir les barons anglais et leur roi pour en tirer de riches rançons. Il eût été infâme que de vulgaires arbalétriers, archers ou ribauds capturent Henri V, avaient déclaré les ducs de Nevers, d'Alençon, de Bar et d'Orléans au connétable.

À contrecœur, Albret avait donc cédé à leur demande et venait de donner ordre aux arbalétriers de rejoindre, dans l'arrière-garde, les milices de Normandie, de Picardie, d'Artois et de Champagne.

Dans un grand désordre, ducs et barons se rangèrent au premier rang avec quatre mille chevaliers, tous de la plus vieille noblesse. « À nous la gloire de la victoire ! » se félicitaient-ils.

Cependant, comme tous voulaient être devant, les gentilshommes se retrouvèrent en fin de compte à plus de sept mille, si serrés qu'ils pouvaient à peine porter la main à leurs épées pour les tirer du fourreau.

Les Anglais regardaient cette confusion avec une évidente stupéfaction. Jamais on n'avait vu des centaines d'hommes changer de position juste avant une bataille.

Pour augmenter le désordre, la pluie s'était remise à tomber et les Français avaient du mal à se déplacer dans la boue. Certains tombaient et se relevaient avec difficulté, couverts de bouillasse, ce qui faisait sottement rire leurs camarades.

Enfin, les rangs furent formés et les combattants attendirent le signal pour marcher en avant. Cependant, cette nouvelle situation ne convenait pas à Boucicaut et au connétable. S'ils avançaient maintenant, ils s'enfonceraient dans l'entonnoir entre Azincourt et Tramecourt et pourraient encore moins bouger. Ils décidèrent que ce serait à l'Anglais d'avancer vers eux et d'attaquer. Les capitaines donnèrent donc ordre aux troupes de s'asseoir, par compagnies autour de leurs bannières. On distribua alors des vivres et du vin et, malgré la pluie, certains parvinrent même à allumer des feux.

À l'occasion de cette pause, comme chacun pensait à la mort, les vieilles querelles furent oubliées. Bourguignons et Orléanais s'embrassèrent en se demandant mutuellement pardon des dommages et des injures qu'ils avaient pu se faire.

La matinée était maintenant bien avancée. Cela faisait quatre heures que ses hommes étaient en place et le roi d'Angleterre ne comprenait pas pareille inaction. Diable, on était là pour se battre ! Il avait cependant profité de ce répit pour envoyer des espieurs et des guetteurs reconnaître la situation dans les bois d'Azincourt et de Tramecourt.

À leur retour, Henri se montra satisfait en écoutant leur compte rendu. Constatant que les Français continuaient de dîner, il donna sur-le-champ des ordres à William Marshall qui fila vers l'aile gauche.

Devant les archers qui s'interrogeaient sur les raisons de cette longue attente, Marshall alla discuter avec Thomas Erpingham.

— Par saint Dunstan, que complotent-ils ? grommela Watson en les observant. Je me gèle et, si ça continue, je vais prendre racine ! ajouta-t-il en resserrant le brassard de cuir attaché à son poignet gauche pour se protéger de la corde de l'arc.

Devant lui étaient plantées les vingt-quatre flèches que le lieutenant de leur capitaine avait distribuées à chaque archer.

— Je donnerais cher pour me remuer, renchérit Aylward en sautillant pour se réchauffer.

— Ne te plains pas, tu as encore de bons souliers. Mes chaussures sont déchirées et mes orteils à l'air.

Erpingham revint enfin vers les compagnies dont il avait le commandement et prit la parole :

— Écoutez-moi bien, compagnons, cinq ou six cents cavaliers français se sont cachés dans le village d'Azincourt, là-bas, derrière le bois. Nous allons les déloger pour qu'ils ne puissent pas intervenir au début de la bataille. Cela réveillera peut-être ces endormis…

Rires dans l'assistance.

— Watson, prenez le commandement de ma compagnie, Morton vous prendrez l'autre. Vous avez tous l'habitude d'être silencieux, mes braves *yeomen*[1]. Maintenant, suivez-moi !

Quelque cent cinquante hommes sortirent des rangs en y laissant leur pieu, satisfaits d'agir enfin. Sous les yeux envieux de leurs compagnons, ils tendirent une corde sèche à leur grand arc en if et en aubier, rangèrent une poignée de flèches dans la trousse à leur taille et se glissèrent vers le bois, pliés en deux, avant de disparaître dans les futaies.

Après une marche silencieuse, Erpingham, en tête, leur fit signe que les Français étaient proches ; on les entendait même parler.

Les archers se faufilèrent entre les buissons en formant un large demi-cercle. Watson et Aylward se tenaient côte à côte. Entre les taillis, ils distinguaient

1. Villageois.

devant eux une petite prairie avec, à gauche le château d'Azincourt – abandonné –, quelques maisons vides et des granges. Les cavaliers français se trouvaient là, tous en armure, prêts à charger.

Il fallait donc viser les gorges, la partie du corps la moins protégée. Des tirs difficiles. De plus, les archers devaient tendre l'arc le plus possible afin que les flèches aient une puissance suffisante pour percer les mailles de fer des camails.

Un dernier coup d'œil vers les fourrés. Tout le monde paraissait prêt.

— *Pull !* cria Erpingham en se dressant, jambes écartées et solidement plantées, pour tirer la première flèche.

Une pluie de traits s'abattit sur les cavaliers et une centaine d'entre eux tombèrent de leur monture. Aussitôt, une deuxième volée partit, toutefois moins précise, puis une troisième.

Malgré le désordre qui s'était emparé de sa troupe, Hector de Saveuse parvint à faire entendre l'ordre de la retraite. Tandis que deux cents survivants s'enfuyaient, Watson tira un ultime trait dans le dos d'un fuyard. Guillaume de Saveuse, frère d'Hector, chuta mortellement de sa monture.

Ayant laissé leurs arcs et sorti épée ou hache, les archers s'avancèrent alors vers les victimes blessées ou agonisantes pour saisir la picorée, mais Erpingham leur interdit tout pillage :

— Pas le temps ! Achevez les blessés et mettez le feu aux granges et aux maisons. Il faut qu'on voie le feu depuis le camp français. Ensuite, retour à votre poste !

Dépités, ils obéirent. Erpingham avait déjà battu le briquet et allumé la paille d'une grange. Les autres firent des torches tandis que Watson, épée à la main, veillait à ce qu'aucun blessé ne se relève. Il aperçut alors un brodequin coincé dans l'étrier d'un cheval couché. Une belle bottine en cuir bien épais. Il la sortit, et chercha son propriétaire. Celui-ci gisait à quelques pas, un trait dans la gorge. Gower se baissa, et avec son épée, trancha le laçage avant de s'approprier le soulier.

Aylward le prévint alors :

— On s'en va ! Le feu a pris partout !

Ils revinrent en courant à l'endroit où ils avaient laissé les arcs et rentrèrent dans leur camp. Derrière eux, de grosses volutes noires s'élevaient au-dessus du brasier.

— Par les cornes de Belzébuth, voilà qui m'a échauffé le sang, plaisanta Watson en retrouvant sa place et son pieu.

Assis par terre, il attachait ses nouvelles chaussures avec des lanières de cuir qu'il venait de récupérer.

Pendant l'assaut sur Azincourt, le roi d'Angleterre avait envoyé un chevalier gallois, nommé David Game, reconnaître les emplacements et l'armement des Français.

De retour après trois quarts d'heure d'observation, David répondit joyeusement au roi, qui lui demandait à combien il estimait le nombre d'hommes en face :

— Sire, il y en a assez pour être tués, assez pour être prisonniers, et assez pour prendre la fuite !

La plaisanterie fit rire l'entourage du Lancastre et, comme il voyait de la fumée du côté d'Azincourt, il attendit avec hâte l'arrivée de Marshall qui arrivait au galop :

— Mission réussie, sire ! cria ce dernier.

Satisfait, Henri tonna :

— Bannières en avant !

Puis il mit pied à terre et se mêla à la foule des gentilshommes qui l'entouraient.

Ayant tiré l'épée, tous s'avancèrent à pas comptés vers les Français.

Le roi s'arrêta quand il jugea l'ennemi à portée de flèches. Comme, en face, il n'y avait ni archer ni arbalétrier, le camp anglais ne prenait aucun risque en s'approchant autant.

Thomas Erpingham fit à son tour avancer ses hommes pour rester au même niveau que le roi, sur le flanc gauche des chevaliers. Ensuite, utilisant son propre pieu comme bâton de commandement, il ordonna aux *yeomen* de planter les leurs devant eux, en biais, de sorte que tout cavalier qui chargerait fasse empaler son cheval. En quelques instants se dressa une palissade derrière laquelle les archers se trouveraient à l'abri.

À Tramecourt, le comte de Vendôme, Savoisy et les autres capitaines, découvrant l'incendie d'Azincourt et entendant les clameurs des Anglais, furent persuadés que leurs ennemis attaquaient. Sans attendre les ordres du connétable, qui se trouvait sur la première ligne et n'avait pas bougé, ils donnèrent l'ordre de charger. Plus de mille cavaliers se précipitèrent vers les archers anglais, lance en avant.

Le soleil dans les yeux, Mathieu ne pouvait garder sa lance abaissée tant ils étaient nombreux. Pourtant, comme les autres chevaliers, il l'avait raccourcie d'un tiers. Il se trouvait dans les derniers rangs qui chargeaient et avait eu le temps de voir le connétable donner à son tour l'ordre aux chevaliers fantassins d'avancer. Cavaliers et hommes à pied allaient forcément se heurter et se gêner dans le grand champ boueux, s'inquiétait-il.

D'une seule voix, dans une immense clameur, les Anglais hurlèrent : « Saint Georges ! » Henri V à leur tête, ils se précipitèrent vers les Français en brandissant hache, masse ou épée.

Comme les autres capitaines de compagnies, Thomas Erpingham jeta alors en l'air le pieu qu'il tenait à la main et cria à son tour d'une voix puissante : « *Now, strike*[1] *!* »

Tous les archers bandèrent leurs arcs et couvrirent d'une nuée de flèches les bataillons français. L'essaim de traits se répéta, si rapide que le ciel en vint à s'obscurcir.

À cause de la masse de cavaliers qui se pressaient devant lui, Mathieu dut s'arrêter en atteignant le champ de bataille.

Détrempé par la pluie, le terrain n'était plus qu'une épaisse boue liquide dans laquelle les jambes des chevaux s'enfonçaient. Devant lui, tous les destriers s'étaient également embourbés, n'arrivant plus à sortir leurs sabots de la masse gluante.

Alors, avec horreur, Mathieu vit la nuée de flèches s'élever et les traits retomber devant lui. Dans les premiers rangs, à quelque cinquante toises de lui, des chevaux s'abattirent dans des hennissements de terreur, leurs chevaliers s'écroulant avec eux. Le premier à chuter fut Martel de Basqueville qui perdit l'oriflamme, puis presque tous les autres gentilshommes des rangs

1. « Frappez, maintenant ! »

suivants. Mathieu tourna la tête vers Baudoin. À travers la fente du heaume qu'il portait, le regard de son ami était empli d'effroi.

Nouvelle nuée. Les flèches sifflaient autour d'eux, grâce au ciel sans les atteindre. Hélas, il aperçut Raoul de Créquy, Wallerant d'Azincourt, Roger de Rambures et Longueval qui chutaient, leurs destriers ayant été touchés par les traits anglais.

— À terre ! hurla-t-il en abandonnant sa lance.

Se retrouver prisonnier sous le corps d'un cheval signifiait la mort à coup sûr. Mieux valait se battre à pied.

Il retira ses pieds des étriers et glissa dans la boue, s'enfonçant jusqu'aux genoux.

Cependant, ses compagnons n'avaient pas eu la même présence d'esprit. Abandonner leur précieux destrier avant la charge leur paraissait inconcevable. L'hésitation de Jean de Beauffort d'Avesnes, deux rangs devant, lui fut fatale car un boujon[1] lui perça la poitrine et il s'écroula en même temps que son porte-guidon. Ce dernier lâcha la bannière d'azur à trois jumelles d'or qu'il brandissait.

— Père ! cria Baudoin, qui cette fois sauta dans la boue à son tour.

Les flèches dégringolaient autour de Mathieu comme une pluie de grêlons. Plusieurs heurtèrent son bassinet avec un claquement métallique. L'une atteignit la plaque de fer de son épaule droite, mais aucune ne le blessa.

À grand-peine, il parvint à sortir ses pieds de la boue et se rapprocha de Baudoin qui, ayant glissé, gisait sur le dos. Pareil à une tortue retournée, l'écuyer n'arrivait pas à se relever. Pis, une flèche l'atteignit. Miracle,

1. Flèche.

elle rebondit sur son corselet. Mathieu parvint alors à le protéger avec son écu, qu'il avait conservé.

Ainsi, de la main gauche il tenait le bouclier au-dessus de son compagnon tandis que, de la droite, il le tirait de la gadoue. Baudoin parvint enfin à se mettre debout et s'écarta de son cheval qui se débattait, couché et sanglant, atteint par plusieurs boujons.

— Rejoignons Rambures ! hurla Mathieu qui tira son épée et l'utilisa pour désigner Roger et son servant maintenant à pied, à quelques toises d'eux.

Avesnes récupéra son écu, retira son heaume plein de boue et rattrapa son ami en lui demandant :

— As-tu vu mon frère ?

Le servant de Mathieu se tenait près de lui quand ils avaient chargé, mais on ne le voyait plus, pas davantage que le servant de Baudoin. Peut-être avaient-ils poursuivi la charge, ou alors étaient-ils tombés, mais le désordre était tel, avec ces corps d'hommes et de chevaux emmêlés qui se débattaient dans un fracas de hurlements, de supplications et de hennissements, qu'il était impossible de les rechercher.

« Croix de Dieu ! » « Par Dieu ! » « Tenez ! » « Corne diable ! » hurlait-on dans un effroyable vacarme à l'entour d'eux.

Un chevalier encore sur sa monture les heurta et Baudoin faillit retomber. De tous côtés ce n'étaient que des combattants à moitié embourbés, certains agonisant, d'autres tentant de se lever. Mathieu et Baudoin en aidèrent quelques-uns et découvrirent ainsi Enguerrand de Beauffort. Les deux frères s'enlacèrent en se couvrant de boue.

Les flèches tombaient toujours mais Mathieu, qui avait relevé la visière de son bassinet pour mieux voir, parvenait maintenant à se protéger avec son écu. Les d'Avesnes l'imitèrent, comme plusieurs chevaliers et écuyers qui les avaient rejoints. Les deux frères hurlèrent plusieurs fois leur devise pour se donner du courage : « *In bello fortis*[1]. »

Formant une sorte de tortue à l'image des soldats romains, ils parvinrent à approcher Roger qui assistait son père, mais ce dernier avait la gorge traversée par un trait et crachait du sang.

Que faire ?

— Roger, c'est fini pour ton noble et courageux père ! Mais tu peux encore le venger ! cria Mathieu en essayant de dominer le vacarme des hurlements et des clameurs.

Son ami, le teint blême, hocha la tête et laissa reposer la dépouille dont les yeux vitreux ne voyaient déjà plus rien.

C'est alors qu'ils prirent conscience que la pluie de flèches avait cessé. Provenant du corps de bataille principal arrivaient les chevaliers fantassins en longue cotte de mailles alourdie de boue. Certains avaient retiré heaume et même cervelière, pour s'alléger.

À quelques dizaines de toises, Mathieu aperçut la bannière d'Orléans tenue par un servant.

— Main forte ! hurla-t-il en allant vers eux.

Les vociférations devinrent plus fortes. « Saint Georges ! » dominait, car les Anglais attaquaient maintenant dans un tumulte de menaces et de cris.

« Tenons ferme ! », « Halaac ! », « Maudits Anglais » rugissaient les Français.

La petite troupe des gens de Fressin passa devant des chevaliers en armure plantés dans la boue telles

1. « Brave au combat. »

des statues de fer. Un cheval fou de terreur les heurta et les hommes tombèrent comme des quilles.

Précédée d'une bannière argent à la croix de gueules, une féroce bande clamant des « Saint Georges ! » surgit soudain, balayant les Français dans des moulinets de marteaux d'armes. Cris farouches, insultes, menaces fusaient dans un vacarme étourdissant. Des chevaliers bourguignons accoururent avec à leur tête Charles de Savoisy. La mêlée fut sauvage, épées et haches tournoyaient, les corps détranchés et meurtris s'affaissaient dans la boue engorgée de cadavres poisseux de sang.

Mathieu et Baudoin combattaient avec eux, côte à côte. Roger de Rambures et Longueval avaient disparu, tués peut-être. Le cliquetis des armes, les hurlements, les appels farouches s'entrecroisaient de façon étourdissante.

L'épée de Mathieu était maintenant si rouge qu'on n'en voyait plus l'acier. Le sang coulait jusqu'à son poignet. Une nouvelle fois, il frappa un Anglais qui tomba et, dans le bref répit qui suivit, il aperçut Savoisy en mauvaise posture. Marchant par-dessus les cadavres ou les enjambant, il s'efforça de s'approcher de lui mais, hélas, trop tard car il vit l'ancien favori du roi tomber, la tête ouverte d'un coup de hache.

Il observa alors avec horreur une nouvelle horde hurlante qui surgissait du côté anglais. Des hommes demi-nus, chevelus, barbus, brandissant des pieux, des marteaux et des haches. Des archers, sans doute car beaucoup portaient une trousse de flèches à la taille. Sans crainte, ils frappaient sauvagement les Français, même ceux à terre. Mathieu en vit qui empalaient les blessés de leur pieu ou leur fracassaient le crâne. Le cœur plein de rage, il se précipita vers ces barbares pour les affronter.

Baudoin le rejoignit ainsi que leurs servants. Ensemble, ils formèrent un mur de fer et parvinrent à briser l'assaut. Des chevaliers arrivèrent pour leur prêter main forte. « Montjoie Saint-Denis ! » « Dieu nous garde ! » criait-on de leur côté. « Dieu et saint Georges ! » « Dieu le veult ! » rétorquait-on de l'autre.

Mathieu se retrouva à côté de Charles d'Orléans et les deux hommes se portaient mutuellement assistance en taillant et ferissant, sans se rendre compte qu'on s'écartait autour d'eux. Au bout d'un moment, le bras fatigué à force de frapper, ils se retrouvèrent entourés.

— Rendez-vous ! lança un Anglais.

— Jamais ! répliqua Orléans.

Ce fut le dernier mot qu'entendit Mathieu car il perdit conscience, frappé d'un plat d'épée dans le dos.

8

Une douleur insupportable fit reprendre ses sens à Mathieu. À moitié étouffé par la boue, aveugle, il avait surtout l'impression qu'on lui arrachait les bras des épaules. Il lui fallut un moment pour comprendre qu'il était tiré à plat ventre, par les mains. Tiré sans ménagement, car sa tête ballottait en tous sens, griffée par des herbes qui, foulées par les combattants et chargées de terre, ne lui avaient heureusement pas trop déchiré la peau.

Qu'était devenu son bassinet ?

En regardant à droite et à gauche, il vit d'autres corps traînés loin de la bataille, dont les clameurs retentissaient derrière lui. Quant à ceux qui les avaient faits prisonniers, il s'agissait d'archers car ils portaient des trousses de flèches.

Il était pris. Qu'allait-il devenir ? Qu'était-il advenu de ses amis ? Telles furent ses premières pensées.

— Arrêtez ! parvint-il à grogner. Laissez-moi marcher ! *Please !*

Son gardien s'arrêta, relâcha la corde qui lui serrait les mains et le laissa se mettre debout. Mathieu s'essuya les yeux avec ses mains entravées et distingua d'abord des cadavres d'hommes et de chevaux autour de lui, puis d'autres prisonniers, certains blessés, beaucoup chancelants, épuisés, hagards, d'autres encore, incapables de se lever.

Celui qui l'avait capturé le regardait, goguenard. C'était un homme de taille moyenne, hirsute, avec une barbe roussâtre jusqu'à la taille et de petits yeux satisfaits. Il venait de tirer du fourreau à son ceinturon une courte épée encore rouge de sang et, d'un geste, lui fit comprendre que, s'il tentait de fuir ou de se rebeller, il rejoindrait les corps autour de lui.

Mathieu opina du chef. Pour l'heure, il aurait été incapable de se battre. Il tourna la tête vers le champ de bataille. Dans une pagaille et un vacarme épouvantables, les combats se poursuivaient à quelques centaines de toises de là. Pourtant, beaucoup d'archers, de servants, d'écuyers et même de chevaliers quittaient l'estourmie avec des prisonniers qu'ils avaient entravés ou qu'ils tiraient par un membre. Nul doute que les Français étaient en train de perdre.

Son gardien le fit remettre en marche en lui indiquant les maisons devant eux. Maisoncelle se cachait derrière une épaisse haie d'ormes et de noisetiers. C'était de là qu'il avait vu le roi anglais haranguer ses troupes, quelques heures plus tôt.

Ils passèrent entre les arbres et Mathieu découvrit la foule des prisonniers, assis ou agenouillés par petits groupes. Il devait y en avoir trois ou quatre cents surveillés par des archers et des varlets. Son vainqueur lui désigna un rassemblement vers une maison.

Ils traversaient les groupes de vaincus quand une voix interpella :

— Mathieu !

Reconnaissant le timbre, il se tourna immédiatement. Il s'agissait de Baudoin agenouillé devant un archer et un clerc en robe lie-de-vin. Lui aussi avait donc été pris !

— *You know him ?* s'enquit l'archer d'un ton goguenard.

— *He is my friend*, répondit Mathieu.

— *Fine. You will be together !*

L'homme en robe lie-de-vin, qui avait écouté, s'approcha.

— Vous parlez anglais ?

— Le clerc qui m'a enseigné le latin m'en a donné les rudiments.

L'homme le gratifia d'un maigre sourire en hochant la tête, puis s'adressa de nouveau à lui en français :

— Je suis Samuel Carleton, clerc intendant de messire Henry FitzHugh. Pouvez-vous payer finance[1] ?

— Et si je ne peux ?

L'autre écarta les bras dans un geste fataliste.

— Je ne vous garderai pas. Le roi interdit la sauvegarde des prisonniers sans le sou… John s'occupera de vous.

Il désigna l'archer, qui avait pris un air sinistre, et ajouta :

— Les indigents reposent là-bas.

Il désigna un amas de corps et Mathieu frissonna en apercevant un entassement de bras, de jambes et de torses nus au milieu duquel apparaissaient de jeunes visages livides, aux yeux éteints et aux cheveux poisseux, qui paraissaient surpris d'avoir été abandonnés là comme des pièces de boucherie. Ainsi, les Anglais avaient froidement tué les vaincus.

— Je m'appelle Mathieu de Thérouanne. Ma mère remettra finance pour ma liberté, assura-t-il en

1. Rançon.

s'efforçant de ne pas montrer la haine et la rage qui l'envahissaient.

— Je fixe la somme à cent cinquante écus[1].

Il se tourna vers Baudoin, que l'archer avait fait lever.

— Et vous, vous ne m'avez pas répondu ?

— Mon nom est Baudoin d'Avesnes, mon père vous fera parvenir la somme que vous demandez.

— Je vous le souhaite. John, entrave solidement leurs mains. Ensuite conduis-les auprès des autres prises du seigneur.

Mathieu et Baudoin se laissèrent faire en regardant avec désespoir de nouveaux chevaliers et écuyers que l'on faisait agenouiller ou asseoir. Beaucoup portaient encore casque et armure et des archers tranchaient les lanières des grèves et genouillères qui les auraient empêchés de plier les jambes. Là où ils se trouvaient, ils devaient déjà être plus de deux cents, assis ou accroupis.

Il en arrivait tant et tant que d'autres rassemblements se constituaient dans le haut du champ, près des masures de Maisoncelle.

Les deux amis échangèrent un regard qui en disait long. Les prisonniers se révélaient dix fois plus nombreux que leurs gardiens. Qu'ils se soulèvent et ils pourraient l'emporter. Mais comment se battre, entravés et désarmés ?

On les conduisit alors devant une héberge où on leur ordonna de s'asseoir. Sous une bannière azur à trois chevrons entrelacés se trouvaient déjà cinq captifs. L'un se

1. Environ cent quatre-vingts livres. À titre de comparaison un homme d'armes combattant pouvait recevoir des gages jusqu'à deux cents livres par an, non logé et nourri. Un ouvrier gagnait trente à cinquante livres par an. Un destrier coûtait de cent à trois cents livres. Une épée, une demi-livre. À Azincourt, les rançons de chevaliers variaient de cent à deux mille écus. Pour un archer, c'était douze écus.

présenta comme étant Jean Garin de Héraut. Chevalier, il venait de Lille et avait avec lui son écuyer et son servant. Ses varlets avaient été tués par les maudites flèches anglaises, dit-il, et leurs chevaux s'étaient empalés sur les pieux des archers alors qu'ils chargeaient de leurs lances. Devenus des proies faciles, ils avaient tout de même eu la satisfaction de faire passer quelques Godons à trépas.

Mathieu et Baudoin dirent quelques mots sur eux-mêmes. Rien de plus. Ils n'éprouvaient aucun besoin de bavarder ou de se confier.

Plus loin, la bataille se faisait moins rude. De plus en plus d'Anglais revenaient avec des prisonniers. On en amena encore sept devant l'héberge de FitzHugh. Aucun n'était d'humeur à parler. Mathieu regardait avec horreur les coutilliers[1] qui, là où les combats étaient terminés, achevaient les vaincus et dépouillaient leurs corps, récupérant armes et harnois pour les empiler. D'autres varlets tiraient les cadavres dénudés pour élever de répugnants tas humains.

Maintenant, plus de deux mille captifs se trouvaient entravés, assis ou agenouillés.

Conduits par un archer, brette menaçante, trois nouveaux approchaient, méconnaissables sous une couche de boue rougeâtre. Baudoin, qui guettait tous les arrivants avec l'espoir d'apercevoir son frère ou son père, se leva soudain pour crier :

— Roger !

C'était en effet Roger de Rambures qui tourna la tête en le gratifiant d'un regard éteint avant de poursuivre sa marche chancelante, sans même faire un signe.

1. Chargé d'une dague, la coutille, le coutillier exécutait mourants et blessés sans valeur.

L'archer, qui surveillait leur groupe, menaça Baudoin de son bâton en lui intimant de se rasseoir.

Mal à l'aise devant l'attitude de leur ami qui s'éloignait avec d'autres prisonniers, à coup sûr capturés par les gens d'un autre seigneur que FitzHugh, Mathieu le désigna à leur gardien :

— Roger vient du même château que nous. Je vous en prie, obtenez qu'il soit avec nous.

— Il a été pris par le seigneur Fowne, répliqua l'archer d'un ton fataliste.

— Mon père paiera sa rançon ! intervint Baudoin.

Le dénommé John hésita quelques instants puis, apercevant le clerc Carleton, il se dirigea vers lui et l'interpella. L'intendant vint à sa rencontre et tous deux tinrent une brève conversation à voix basse au cours de laquelle John désigna Roger, puis Baudoin. Le clerc hocha la tête et alla jusqu'à Rambures, lui dit quelques mots avant de s'adresser à l'archer qui le gardait. Ce dernier opina à son tour et montra au frère de Marguerite l'héberge devant laquelle se trouvaient ses amis. Rambures s'y dirigea, tête baissée, en traînant les pieds. Complètement abattu.

Une attitude qui troubla Mathieu bien qu'il comprenne l'état d'esprit de son ami, humilié et vaincu alors qu'il poursuivait tant la gloire.

Baudoin, lui, ne remarqua rien et l'accueillit joyeusement.

— Mets-toi près de nous ! Es-tu blessé ? questionna-t-il.

— Un peu de chair écrasée. Douloureux, mais pas beaucoup de sang, répondit Rambures dans un triste sourire.

— Que t'est-il arrivé ? demanda Mathieu. Tu étais devant nous et je t'ai vu tomber de cheval. On a retrouvé Longueval plus tard, mais on l'a perdu.

— J'ai été repoussé par des Anglais… avant de rejoindre une compagnie de Français. On s'est battus… mais un assaut de Godons nous a dispersés. J'ai reçu un coup de masse.

Il montra son épaule rougie.

— J'ai perdu mon épée et demandé merci.

Au bout d'un moment, il ajouta :

— Mon père ne pourra payer ma rançon.

— Le mien le fera, lui assura Baudoin.

S'il vit, songea Mathieu, qui avait vu le sire de Beauffort tomber devant lui durant la charge.

D'autres prisonniers arrivèrent, pour la plupart entaillés et sanglants. Tous accablés de fatigue et surtout de honte. Celle d'être vaincus. L'un d'eux tournait la tête dans toutes les directions, comme s'il recherchait des proches. Soudain, son regard se posa sur Baudoin et Mathieu. Alors il les interpella d'une voix bouleversée :

— Messire de Thérouanne ! Messire d'Avesnes !

Il s'agissait de Longueval.

— C'est le servant de messire de Rambures ! annonça Baudoin à John. Peut-il venir avec nous ?

L'archer, pas mauvais bougre, alla aux renseignements et revint accompagné du damelot qu'il fit asseoir près d'eux en disant :

— Il vous faudra aussi payer rançon pour lui.

— Mon père le fera.

Mathieu fut contrarié par le fait que Longueval ne se rapprocha pas de son maître, et même l'ignora. Rambures gardait aussi une attitude distante.

— As-tu vu mon père, mon frère et Applaincourt ? interrogea Baudoin d'une voix angoissée.

Le servant secoua la tête.

— Point, répondit-il d'un air sombre.

Il mentait, ayant assisté à la mort du jeune Enguerrand de Beauffort, brisé à coups de masse d'armes. Quant à Applaincourt qui combattait près de lui, il avait disparu dans la mêlée. Nul doute qu'ils se trouvaient parmi les cadavres enfoncés dans la boue.

— Pourvu que la Vierge Marie les ait protégés, murmura encore Baudoin.

— Elle l'aura fait, ne t'inquiète pas ! voulut le rassurer Mathieu.

— Que va-t-il nous arriver ? demanda Longueval.

— Ceux qui nous ont pris appartiennent à un nommé Henry FitzHugh, annonça Mathieu en lorgnant vers John qui les écoutait, épée à la main.

— Ce FitzHugh est un proche du roi d'Angleterre, intervint le chevalier lillois. Son intendant a-t-il décidé de votre rançon ?

— Cent cinquante écus ! répondit Baudoin, la gorge serrée car il ne cessait de penser à son frère et à son père.

— Pour moi, il a exigé quatre cents livres, et cinquante pour mon servant, affirma l'autre d'un ton fiérot.

Samuel Carleton les entendit et annonça en désignant Roger de Rambures :

— Ce sera cent écus pour vous, et vingt pour le damelot.

Baudoin accepta sans barguigner.

— On a perdu une bataille qu'on aurait dû gagner, intervint Longueval. Nous étions trois fois plus nombreux !

— Je peux l'avouer maintenant, approuva Mathieu. J'étais inquiet en voyant ce matin que personne n'obéissait aux décisions du connétable. C'est le désordre qui nous a vaincus. Les Anglais ont un roi autrement meilleur capitaine que messire d'Albret.

— Il est certain qu'on a manqué d'un général, approuva Garin. Tout le monde s'est jeté dans la bataille sans réfléchir.

— Et nos arbalétriers, pourquoi ne sont-ils pas intervenus ?

— Ils ont dû s'enfuir à cette heure, sans même avoir tiré un vireton ! fit Mathieu qui regardait des varlets portant des civières chargées de corps que l'on conduisait dans une héberge, des Anglais blessés, certainement.

Rambures n'intervint pas dans la conversation.

Un archer roux s'approcha en boitillant et interpella celui qui avait amené Baudoin et Mathieu :

— Par saint Dunstan, John ! C'est bien toi ! J'avais cru te reconnaître pendant le siège de Harfleur, mais ne t'ayant pas revu ni en ville ni durant la retraite, je pensais m'être trompé ! Sacrée surprise !

— Watson ! Vieille canaille ! Mais, tu es blessé ?

— Un malheureux coup de hast à la cuisse. Rassure-toi, celui qui me l'a donné ne le racontera plus à personne.

— Si j'avais su que tu étais ici, j'aurais volontiers vidé quelques pintes avec toi !

— On va le faire, compère ! Nous allons avoir du temps pour ça maintenant. Tu reconnais Franklin Aylward !

— Bien sûr ! On s'est rencontrés au tournoi de Salisbury, non ?

— C'est ça !

Le nommé John expliqua à l'un de ses compères :

— C'est Watson qui l'a emporté. Je n'ai jamais vu meilleur archer ! Au fait, comment tu te trouves ici ?

— Franklin m'a fait engager dans la compagnie de Thomas Erpingham.

— Nous, nous sommes avec Henry FitzHugh, le seigneur de Ravensworth. Nous étions quatre-vingt-dix archers, mais on a perdu vingt hommes à Harfleur.

Watson n'écoutait plus que d'une oreille car il lorgnait avec curiosité vers Roger, Mathieu et Baudoin.

— Êtes-vous frères ? s'enquit-il quand le nommé John eut fini de parler

— Non, pourquoi ? Vous trouvez qu'on se ressemble ? persifla Baudoin. À cause de la boue, sans doute.

— Non, l'ami, ne te fâche pas ! Au contraire, je trouve que vous n'avez rien de commun, sinon la même fleur brodée sur votre cotte. On dirait du mouron.

— C'est une fleur de mouron. Il s'agit d'un serment entre nous, répliqua sèchement Mathieu.

Watson hocha la tête sans insister.

— Notre bon roi revient ! s'écria John en désignant des chevaliers qui traversaient la haie avec, à leur tête, un homme sans casque aux cheveux courts coupés en rondeau.

Mathieu l'apprendrait plus tard, le duc d'Alençon, après avoir tué le duc d'York, s'était attaqué au roi anglais et avait fait tomber son cimier avant de trouver la mort sous les coups des Anglais.

— Henri V est avec ses frères Gloucester et Clarence, notre seigneur messire FitzHugh, le comte de Salisbury et les frères Roos, énuméra John. Aucun n'a l'air blessé !

— Je ne vois pas le duc d'York. Mais… regardez… messires de Camoys et Erpingham les rejoignent !

D'autres gentilshommes se dirigeaient vers le roi quand éclata un grand vacarme du côté de Maisoncelle. Clameurs, cris, hurlements d'alerte provenaient de l'arrière du village. Devinant une contre-attaque de leur camp, quelques prisonniers se dressèrent mais furent aussitôt violemment frappés par leurs gardiens.

Grondement menaçant des Français. Nul doute que des combats se déroulaient pas très loin et les captifs y voyaient une chance. Or, quelques centaines d'archers les surveillaient et ils étaient plus de deux mille. Bien sûr, de plus en plus d'Anglais revenaient de la bataille, mais ceux-là paraissaient épuisés et ne supporteraient pas une nouvelle estourmie alors que les prisonniers étaient reposés.

Fracas d'armes et clameurs devenaient de plus en plus assourdissants. Déjà des archers avaient abattu le fer de leur hache sur des captifs téméraires qui avaient tenté de les désarmer. Tout pouvait encore basculer. Entouré d'une centaine d'hommes, tous épée en main, Henri V se hâta vers l'arrière de Maisoncelle d'où retentissait le tumulte.

Un religieux apparut alors et courut vers le roi comme s'il avait le diable à ses trousses.

La conversation, que personne n'entendit, fut brève. Quasiment aussitôt Clarence et Camoys rassemblèrent des chevaliers qui revenaient de la bataille.

Le baron de Roos et quelques hommes repartirent vers le champ de bataille où les affrontements semblaient avoir cessé tandis que le duc de Gloucester et Erpingham se dirigaient vers les prisonniers qui se trouvaient à une quinzaine de toises.

— Watson ! Aylward ! Browne, Lacok, Parker, Ralph, Stephen, venez avec moi ! cria Erpingham.

Les sept désignés prirent leur arc et se précipitèrent.

Gloucester les entraîna vers la haie et leur parla à voix basse, pour qu'aucun Français n'entende.

— Cinq ou six cents gueux pillent nos bagages là-bas derrière. S'ils débouchent ici, on ne pourra maîtriser les captifs. Le roi a donné des ordres…

— Quels ordres, monseigneur ? demanda Watson.

— Avec le reste de votre compagnie, vous allez les conduire dans la grange là-bas, par petits groupes… Surtout, qu'ils ne se doutent de rien. Vous leur direz qu'on va leur donner à boire. Commencez par en conduire cinq ou six cents.

Il désigna l'extrémité du champ où se trouvait une longue bâtisse basse à colombages et torchis avec un portail ouvert. Une partie des chevaliers y avaient passé la nuit.

— Vous les ferez entrer… Et ensuite le nécessaire pour qu'ils ne puissent se retourner contre nous…

— Comment, messire ? s'enquit froidement un des hommes.

Gloucester leva une main gauche indifférente, ou embarrassée. De la droite, il tenait son épée.

— Vous… les égorgerez… ou vous les frapperez… Comme vous voulez…

— Les tuer ? reprit Watson, sidéré. Comme ça ?

— Et nos rançons ? protesta le nommé Browne, plus inquiet des pertes financières provoquées par pareil massacre que du déshonneur qui s'ensuivrait.

— Peu importent les rançons ! gronda Gloucester. Ce sont nos vies qui sont en jeu ! Maintenant, obéissez ! Et vite !

Les archers s'entre-regardèrent, hésitants. Pourtant, en fin de compte, ils obtempérèrent, sauf Watson qui secoua la tête et regarda Aylward pour avoir son avis.

— Les meilleurs sur le champ de bataille sont ceux qui se refusent à maltraiter un prisonnier, m'a toujours assuré mon père, répliqua fièrement ce dernier.

— Par la croix noire de Bromeholm ! s'écria Watson, dégorgeant de colère qu'on ait osé lui demander de commettre des crimes. Je préférerais encore fourrer la main dans un terrier de renard pour arracher la femelle à ses petits que faire ce que vous demandez, messire !

— Ne le faites pas et vous serez pendu ! menaça Gloucester en redressant son épée.

— Essayez, et tous les archers seront derrière moi ! répliqua Watson en reculant d'un pas tout en portant la main sur la garde de sa brette.

— Vous rebellez-vous ? interrogea Erpingham d'un ton froid. Savez-vous ce qui va vous arriver si vous ne vous inclinez pas ?

— Oui, nous allons partir, et quitter votre compagnie, seigneur. Nous nous sommes engagés pour nous battre pour le roi, pas pour être des bourreaux ! Viens, Aylward !

Ils tournèrent le dos à Gloucester et à leur capitaine et s'éloignèrent à grands pas vers la haie.

— Maudits chiens ! gronda le frère du roi en s'apprêtant à les poursuivre.

Mais Erpingham le retint par le bras :

— Laissez, monseigneur ! Les frapper par-derrière provoquera une rébellion des archers dont nous n'avons pas besoin en ce moment. On les retrouvera et on les punira plus tard !

Gloucester ravala sa rage, et cracha par terre.

Les archers avaient passé le mot. Malgré leurs réticences, leurs compagnons obtempérèrent. Bien sûr, il se révélait impossible d'emmener tous les prisonniers à la grange, aussi en choisirent-ils un sur trois, pour commencer.

— Toi, toi, vous deux, et lui ! décida John en désignant plusieurs captifs dont Roger de Rambures. Venez avec nous.

— Où ça ?

— On va vous donner à boire dans la grange là-bas. Il y a deux tonneaux de cidre. Dame, on veut vous garder en bon état pour nos rançons. Les autres iront à leur tour quand on reviendra.

— On peut y aller ensemble, proposa Mathieu.

— Non ! Ce sont les ordres !

Dommage, songea Mathieu. C'était une belle occasion de tenter de fuir.

Les combats semblaient se poursuivre derrière Maisoncelle, mais avec moins d'intensité. Dans la grange, il aurait été possible d'agir, puis de prêter main forte à ceux qui conduisaient une contre-attaque.

Roger se dressa, fit un vague signe à ses amis et partit avec six ou sept autres prisonniers.

Baudoin n'imaginait pas qu'il ne le reverrait jamais.

Tandis qu'il s'éloignait, Mathieu avait été attiré par les éclats de voix entre les deux archers restés avec les gentilshommes anglais. L'un d'eux tenait son épée et il semblait bien qu'il voulait en frapper les nommés Watson et Aylward, lesquels s'en allaient vers le champ de bataille au lieu de revenir les garder. Qu'est-ce que cela signifiait ? Une querelle entre des archers et des capitaines ? L'un des gentilshommes était proche du frère du roi, lui avait dit un archer.

— Watson et son compère ont refusé quelque chose, murmura Baudoin qui regardait aussi.

— Que Dieu nous garde ! souffla Longueval.

9

Étroitement encadré par des archers tenant épée et hache d'une main ferme, un long troupeau de prisonniers se dirigeait maintenant vers la grange. En même temps, des groupes de chevaliers anglais, pourtant brisés de fatigue et atteints de plusieurs blessures, se précipitaient à l'arrière du village où les clameurs avaient toutefois baissé d'intensité. Le roi et ses familiers s'y rendaient aussi.

Mathieu et Baudoin ne perdaient rien de ce à quoi ils assistaient, ne voulant pas manquer une occasion de prendre leur revanche, et peut-être de s'enfuir.

Un clerc ressemblant à un corbeau apparut depuis un chemin de Maisoncelle. Aperçu par l'un des chevaliers qui se trouvait avec le roi, celui-ci quitta le groupe royal pour le rejoindre. Mathieu remarqua sa surcotte qui portait un blason écarlate à trois doubles gouttes d'argent.

Il y eut échange de paroles, puis le chevalier accola le clerc. Ensuite ce dernier désigna des prisonniers que l'on s'apprêtait à conduire à la grange. Parmi eux, se trouvait Guillaume de Gamache, de la compagnie de Savoisy. Le clerc secoua la tête et s'écarta du chevalier, il paraissait fâché. Le chevalier parut hésiter, puis se rendit auprès des archers, donna des ordres et les prisonniers revinrent s'agenouiller.

— Décidément, il se passe quelque chose de curieux, dit Mathieu.

Son regard revint vers les centaines de Français qui pénétraient dans la grange. Raoul était rentré avec les premiers.

— Que Dieu me damne si on va leur donner à boire, murmura Baudoin.

William de Roos avait quitté le roi quand il avait vu son demi-frère Edward arriver. À la différence de son aîné, il était assez indifférent à ce clerc mais, d'après le religieux qui les avait prévenus, le bâtard venait de prouver qu'il était bien un Roos.

— Frère Thomas m'a dit que c'est toi qui as donné l'alerte, le félicita-t-il en s'approchant. Que s'est-il exactement passé ?

— Je m'étais éloigné des archers qui gardaient les bagages pour… ce qu'on a à faire de temps en temps…

William sourit.

— J'avais terminé quand j'ai aperçu derrière des haies des silhouettes qui paraissaient se dissimuler. J'ai voulu en avoir le cœur net. Je me suis avancé, en me cachant comme je le pouvais, et j'ai entendu un hennissement. J'ai deviné qu'on voulait nous prendre à revers ! J'ai hurlé pour donner l'alerte, et aussitôt des cavaliers m'ont chargé. Je t'avoue n'avoir jamais couru si vite de ma vie.

» J'étais encore à une centaine de toises du campement des bagages quand j'ai senti les chevaux souffler dans mon dos. J'étais sûr que ma fin était arrivée, mais les archers m'avaient entendu. Ils ont lâché leurs traits et le cavalier derrière moi est tombé. Quand j'ai atteint la barrière de pieux, je n'arrivais plus à respirer ! En me retournant, j'ai vu que les Français déferlaient ! Une vague d'au moins cinq ou six cents forcenés brandissant des gouges. Des vilains, mais encadrés par quelques chevaliers. Nous étions une centaine, on ne pouvait les affronter. Le père Thomas est parti donner l'alerte et les archers ont reflué vers une maison. On s'y est barricadés mais, grâce au Seigneur, les gueux n'étaient que des pillards. On les voyait sortir des tentes les bras chargés d'étoffes et de vêtements. D'autres brisaient des coffres qu'ils avaient sortis.

» Par les fenêtres, les archers ont tiré et en ont abattu beaucoup, mais comme les premiers pillards commençaient à fuir avec des chevaux volés et que ceux qui restaient s'amusaient à chercher nos serviteurs cachés pour les massacrer, j'ai décidé d'une sortie. J'avais trouvé une épée, on s'est jetés sur le groupe le plus proche et on les a taillés en pièces. À ce moment, les renforts sont arrivés, et je t'avoue que j'ai été soulagé !

— Grâce à toi, ils n'ont pu tout nous rapiner et tu as sauvé presque tous nos varlets ! Sans compter que tu as écarté le danger d'une contre-attaque. Tu t'es conduit en brave, mon frère.

Il l'accola, ce qu'il n'avait jamais fait. Holmes profita de cet instant de complicité pour demander :

— William, pourquoi ces archers font-ils lever vos prisonniers ?

— Ce sont les ordres du roi, grimaça son frère.

Le jeune clerc regarda le long cortège de captifs qui se formait. Il craignait de comprendre.

— Où les emmènent-ils ? demanda-t-il en plissant le front.

— À cause de cette attaque, du danger qu'elle représente, le roi ne veut garder que les plus riches prisonniers… Il craint une révolte…

— Tu veux dire que les nôtres vont…

William hocha la tête en baissant les yeux.

— Ce sera grand déshonneur d'agir ainsi ! Sans compter la perte que cela représente. Nos prisonniers vont vous rapporter plus de deux mille livres ! Où est John ? Il faut qu'il s'oppose à pareille décision !

William soupira, fort embarrassé.

— Le roi l'a dépêché à Canlers pour négocier avec les milices et les arbalétriers qui ne sont pas encore entrés dans la bataille. Notre bien-aimé roi accepte qu'ils se retirent, mais les prévient que, s'ils veulent combattre, il ne fera pas de quartier.

— John ne sera jamais de retour à temps. C'est à toi d'agir, William. Notre frère sera furieux quand il apprendra la perte de ces rançons, sans parler du déshonneur d'avoir laissé tuer nos prisonniers sans agir. Tente de sauver les nôtres !

William tortignonna en se balançant d'un pied sur l'autre.

— Fais-le, je t'en prie ! insista le clerc. C'est ce que John voudrait, j'en suis sûr. Et, de là-haut, le Seigneur te le demande !

— Entendu, mais tu me forces la main.

William partit à grands pas vers le groupe qui s'éloignait. Il les rattrapa, discuta un moment avec les archers, et finalement ceux-ci ramenèrent les Français.

— Je te les confie, dit-il à Edward en revenant. Je dois rejoindre le roi. Mais s'ils bougent, c'est toi qui donneras l'ordre de les rendre inoffensifs !

Le jeune clerc opina en ajoutant :

— Les clameurs diminuent derrière Maisoncelle. Les pillards vont s'enfuir où être tués.

À mesure que des combattants revenaient de la bataille, des gens envoyés par Gloucester leur demandaient de rester pour surveiller les prisonniers restés sur place. Les autres Français, six ou sept cents, étaient maintenant tous entrés dans la grange dont on avait fermé les portes.

Alors que la pluie recommençait à tomber, le drame final se nouait dans le bâtiment. Les archers, au nombre de deux cents, firent agenouiller les captifs, et pour ceux qui portaient encore leur bassinet, le leur firent enlever.

À un signal donné par l'un des chevaliers, les Anglais se déchaînèrent. Chaque archer frappa au hasard les prisonniers autour de lui avec ce qu'il avait en main : masse, marteau, gourdin, ou hache. Aucune partie des corps n'était visée, d'ailleurs c'était impossible tant il faisait sombre. Les tueurs s'acharnaient sur ce qui bougeait. En un instant la paille du sol et le mur de pisé devinrent sanglants. Cris et hurlements emplirent l'air. Des Français se levèrent pour se défendre, mais tombèrent encore plus vite sous les coups. Le carnage dura peu et, malgré son horreur, quelques Anglais s'amusèrent ensuite à couper des gorges et à lacérer des visages. Toutefois, la plupart s'y refusèrent. Certains vomirent, d'autres tombèrent à genoux pour prier. Plusieurs chevaliers se mirent à pleurer.

Aux premiers hurlements parvenus jusqu'à eux, les prisonniers comprirent et se dressèrent d'un bond. Mais leurs gardiens les tenaient en respect avec pieux et lances. Malgré tout, quelques chevaliers s'en prirent à eux et tombèrent ensanglantés sous les coups. Mathieu lui-même s'apprêtait à saisir une lance menaçante quand Baudoin l'agrippa et le contraignit à se rasseoir.

Cette révolte inutile ne dura qu'un instant et se termina dans le sang. Pendant la brève échauffourée, cris, clameurs, injures et supplications retentissaient depuis la grange, tandis qu'au contraire le fracas avait pris fin derrière Maisoncelle. De nouveau à genoux, les prisonniers priaient ou pleuraient.

— Roger… Roger ! sanglota Mathieu

— Dieu le reçoit en son paradis, affirma Baudoin. Maintenant, nous devons le venger.

— Je le ferai. Je jure qu'à présent je tuerai tout Anglais qui me tombera sous la main.

— Moi aussi… mais en premier lieu il faudra s'en sortir. Nos vies n'ont pour eux que la valeur de la rançon…

Il se tut un instant avant de rajouter, dans un souffle :

— Pourvu que mon frère et mon père soient saufs…

Mathieu songeait aussi à sa mère. Qu'allait-elle devenir ? Qui défendrait le château de Thérouanne ? Et Marguerite ? Et Agnès ? Il n'osait imaginer leur sort maintenant que les Anglais étaient les maîtres. Le roi de France pourrait-il lever une nouvelle armée après de telles pertes ?

Plongé dans ses pensées, il fut soudain frappé par l'attitude de Longueval qui n'avait pas bronché ni même regardé du côté de la grange où son maître venait de trouver la mort.

Si les pillards semblaient vaincus, la révolte des Français venait d'attirer des capitaines d'Henri V. Ce fut le cas de Salisbury qui, passant de groupe en groupe, ordonna que les prisonniers abandonnent casques, heaumes, bassinets, pièces de plate, hauberts et haubergeons pour être ainsi plus vulnérables.

Sous une surveillance encore plus sévère, et à tour de rôle, les captifs furent autorisés à se lever pour se dépouiller mutuellement. Des valets vinrent chercher leurs harnois pour en faire d'immenses tas. Les Français restèrent alors en gippon ou gambison.

Ce fut durant cette opération que les bourreaux sortirent de la grange. D'abord, les chevaliers, dont plusieurs pleuraient, puis les archers. Les prisonniers murmurèrent, malédictions et insultes fusèrent, il y eut de l'agitation, mais aucune sédition. Les Français se savaient complètement à la merci des vainqueurs et avaient compris que ces derniers ne respecteraient pas les lois de l'honneur et de la chevalerie, même si beaucoup d'Anglais retenaient à peine leurs sanglots. Certains murmuraient d'ailleurs les mots d'ignominie, de flétrissure et de honte, condamnant ainsi un massacre qui entacherait à tout jamais la réputation de l'Angleterre.

Un relent de brûlé commença à se faire sentir. Les prisonniers croyaient qu'on avait mis le feu à des cadavres, quand, brusquement, la grange s'embrasa.

Les archers avaient reçu l'ordre d'y mettre le feu.

De nouveaux appels de détresse retentirent provenant de l'intérieur du bâtiment. Des prisonniers étaient encore vivants ! Blessés, mêlés aux cadavres, ils devaient attendre que la nuit vienne pour s'enfuir, mais ce dernier espoir venait de leur être enlevé.

Cette fois, personne ne bougea. Il y avait déjà trop de morts. Cependant, insultes et malédictions emplirent l'air, visant le cruel Henri V et ses proches. Chevaliers et archers anglais ne pipèrent mot.

Retentirent encore quelques hurlements. Tout le monde priait quand la toiture du bâtiment s'effondra.

Le servant de Roger demeura indifférent.

Au crépuscule, des varlets apportèrent des seaux d'eau et les prisonniers purent enfin se désaltérer, mais on ne leur donna rien à manger. Les archers qui les surveillaient ne furent pas mieux lotis.

Mathieu revit le roi Henri. D'abord quand il vint parler à un prisonnier que les coutilliers, chargés d'achever les blessés, avaient retrouvé dans la boue. Il s'agissait du duc d'Orléans.

Ensuite, Henri se rendit sur le champ de bataille et y demeura jusqu'à la nuit profonde, certainement pour ancrer dans sa mémoire ce lieu qui venait de lui donner la France.

Après quoi il regagna Maisoncelle pour s'établir dans le logement où il avait déjà passé la nuit précédente. Lui et ses chevaliers prirent alors un repos dont ils avaient grand besoin.

Toute la nuit et malgré la pluie, archers et varlets transportèrent sans relâche des morts et continuèrent à dépouiller les vaincus.

À l'aube, les gardiens firent lever les prisonniers transis, trempés et affamés. Devant le champ de bataille boueux, toujours couverts d'innombrables dépouilles d'hommes et de chevaux englués dans la mort, des capitaines de compagnie vinrent annoncer qu'ils partaient pour Calais en même temps que l'armée anglaise. Ils auraient du pain en route, si on en trouvait. Ils ne seraient pas entravés, mais ceux qui tenteraient de fuir seraient tués. Tout comme ceux qui, épuisés ou blessés, ne pourraient avancer.

Encadrés par des archers chargés de leur butin, les Français commencèrent une longue marche dans la boue. Ils étaient environ quinze cents, placés entre l'avant-garde de l'armée anglaise et le corps principal des troupes conduit par le roi et ses proches. Plusieurs perdirent leurs chaussures et continuèrent pieds nus. Souvent, ils durent à tour de rôle porter les blessés.

Cependant, les prisonniers de FitzHugh n'étaient pas les plus mal lotis. Avant le départ, le clerc intendant était venu leur parler. Un valet qui l'accompagnait portait un sac de toile :

— Je ne peux vous donner de vivres, dit-il. Nous n'en avons même pas pour nous. Donc, vous marcherez le ventre vide. Néanmoins, le roi ayant exigé qu'on dénude les morts afin d'éviter les pillages et que l'on brûle vêtements et harnois, j'ai demandé à mes varlets de fouiller dans ces hardes et de récupérer ce qui pourrait vous être utile. Partagez-vous le contenu de ce sac.

Il y avait des chainses, des chausses, des gippons d'armes matelassés et des bottes, quelques ceinturons aussi. Ceux dont les vêtements étaient déchirés ou qui se trouvaient sans souliers comme Mathieu, qui en avait perdu un quand on l'avait tiré, purent ainsi se vêtir et se chausser. Il récupéra aussi une ceinture, jugeant qu'elle pourrait lui être utile.

Au bout de quatre heures exténuantes, ils firent halte dans un village où on leur distribua enfin du vin et du pain. Ensuite, ils reprirent la route. La pluie avait cessé. Peu parlaient, pourtant quelques rares prisonniers chantaient *sotto voce*, sans doute pour éviter de penser et se donner du courage.

C'était le cas de Baudoin qui fredonnait d'un ton épouvantablement triste la chanson préférée de son frère, quand il était enfantelet :

As-tu point mis ton haut bonnet, petit, petit, petit bonhomme ?
As-tu point mis ton haut bonnet, petit bonhomme, bonhomet ?
Petit bonhomme, bonhomet...

Ses larmes se mêlaient à la pluie.

Nouvelle halte pour la nuit dans un village qui venait d'être pillé. On donna aux prisonniers du cidre et un peu de bouillie d'orge qu'ils mangèrent sur des planches, avec leurs doigts. Le lendemain, ils furent à Guînes où ils passèrent la nuit dans un champ. Cette fois, ils eurent droit à des harengs et du porc séché avec beaucoup plus de vin. Enfin, trois jours après la bataille, ils entrèrent dans Calais au bout d'une longue attente car les habitants ne voulaient pas laisser entrer dans leur ville un si grand nombre de prisonniers, et le roi ne pouvait les contraindre, étant resté à Guînes.

On entassa les captifs dans des salles souterraines où ils n'eurent pour seule pitance qu'une soupe claire. Et de l'eau.

Mathieu, Baudoin, Longueval et une centaine d'hommes se retrouvèrent ainsi dans une longue cave humide et froide, à la voûte basse, avec seulement un fenestron d'aération. Le lendemain, on leur porta de la paille qui les isola à peine du sol en terre.

Les jours passèrent, ponctués de visites durant lesquelles des secrétaires venaient chercher des prisonniers. Certains étaient de retour après avoir écrit des courriers à leur famille pour leur rançon. D'autres non, sans doute libérés sur parole.

Le troisième jour, le clerc Samuel Carleton convoqua les prisonniers d'Henry FitzHugh. Ils furent conduits dans la salle d'étage où se trouvaient déjà d'autres secrétaires ou intendants avec des captifs.

Baudoin s'étant engagé à payer la rançon de Longueval, il fit un courrier à son père en ce sens, espérant que ce dernier ait pu revenir au château familial. Mathieu, lui, écrivit une lettre à sa mère. Après réflexion, Carleton décida que Longueval porterait les lettres et ramènerait les rançons. Le servant fut donc libéré sur parole. S'il ne revenait pas d'ici à huit semaines, prévint l'intendant, les écuyers seraient noyés en mer. Messire FitzHugh ne pouvait se permettre de nourrir des bouches inutiles.

Les deux amis furent renvoyés dans leur cachot. Baudoin regretta de ne pas avoir pu donner à Longueval les deux moutons d'or que son père lui avait fait coudre dans le galon de son hoqueton gamboisé. Il gardait aussi sous sa chainse une petite bourse contenant une douzaine de doubles tournois d'argent. La fortune de Mathieu se limitait à quatre gros blancs. Pas de quoi soudoyer un gardien. Mais s'ils parvenaient à fuir, cela les aiderait.

10

Quatre mois s'étaient écoulés depuis l'enchartrement de Baudoin et Mathieu à Calais. Les autres prisonniers de FitzHugh étaient partis et le cachot s'était aux trois quarts vidé quand Carleton les fit venir. Pour la première fois depuis deux mois, ils revirent le jour par une porte entrebâillée. Un jour médiocre, car il pleuvait. Une pluie glaciale et floconneuse.

À peine nourris d'une bouillie mêlée à de l'herbe, vivant sur la paille, rongés par les poux et mordus par les rats, les jeunes hommes étaient d'une terrifiante maigreur. Barbes et chevelures hirsutes, il ne restait rien des fringants écuyers qu'ils avaient été. Rien, sauf leur esprit.

Ils savaient déjà que Longueval n'était pas revenu. Son absence pouvait s'expliquer par toutes sortes d'incidents. Il avait pu tomber malade ou être victime d'une herpaille de fredains. Avec la disparition de tant de seigneurs, les malemaisnies, déjà nombreuses avant la défaite, devaient s'être multipliées. Mais le jeune varlet pouvait aussi les avoir abandonnés. En vérité, Baudoin et Mathieu ne connaissaient pas grand-chose de son caractère. Longueval étant le serviteur de Roger, ils l'avaient peu approché.

Accompagnés d'un archer, ils revinrent dans la même salle. Le clerc de FitzHugh les attendait. Visage sombre.

— Votre varlet a trahi sa parole, déclara-t-il de but en blanc. Je rentre en Angleterre puisque toutes les rançons, sauf les vôtres, ont été payées. Je suis navré, mais vous restez ici. Dans quelques jours, un prêtre viendra vous entendre, comme il le fera pour les autres prisonniers mis à finance qui n'ont pu rembourser leur dette. Vous serez conduits en mer et jetés dans les flots. Rassurez-vous, ce ne sera pas un trépas douloureux.

Baudoin s'attendait à cette décision et avait préparé une proposition :

— J'ignore ce qu'a fait Longueval, maître Carleton. Mais, quoi qu'il en soit, une autre personne peut payer notre rançon.

— Qui ? interrogea l'intendant, intéressé.

— Mon oncle, Jacques de Beauffort, le capitaine d'Arras. Je peux lui écrire une lettre. Il vous paiera deux cents écus pour chacun de nous.

— A-t-il les moyens de le faire ?

— Il est proche du duc de Bourgogne.

Samuel Carleton soupira et ne dit mot pendant un moment. Il venait de débourser cinq livres pour la nourriture des prisonniers. Une perte sur ses propres deniers qu'il pourrait récupérer si une rançon était bel et bien payée, donc la suggestion était tentante. De surcroît, il lui répugnait que ces gentilshommes soient noyés. On ne pouvait pourtant pas les garder à Calais. Or, les conduire en Angleterre présentait quantité de difficultés. De périls, même, car son seigneur ne l'avait laissé en France que pour encaisser les rançons et les rapporter après avoir payé les droits. Il n'avait donc avec lui que deux serviteurs : un valet et un archer. Or, il transportait près de mille livres.

— J'accepte si vous vous engagez à payer trois cents livres chacun, décida-t-il. Et vous aurez six mois pour faire porter la somme à Calais.

— Entendu ! répondit Baudoin sans hésiter.

— Trois cents… murmura Mathieu, sidéré.

Il n'avait plus rien. Combien d'années lui faudrait-il pour rembourser pareille somme ?

— Oui, car vous m'accompagnerez en Angleterre et je vais avoir des frais importants pour votre voyage. Votre rançon sera versée au trésorier du roi, ici, qui gardera la part royale et me préviendra quand ce sera fait. Sachez aussi que, la finance payée, vous serez remis en liberté dans mon pays et vous devrez gagner la France par vos propres moyens, avec le risque d'être saisis par un autre seigneur qui réclamera lui aussi une rançon, ou par quelque bailli qui pourrait vous faire pendre.

— Nous nous en arrangerons.

— Je veux votre serment, devant un prêtre, que vous ne tenterez rien contre moi durant le voyage, qui se révélera long.

— Nous y sommes prêts, dit Baudoin, qui aurait accepté n'importe quoi pour quitter leur prison.

— Allez à la table et écrivez à votre parent. Je ferai parvenir la lettre. Ensuite, vous viendrez prêter serment à Notre-Dame. Mon bateau part ce soir, à la marée.

C'était une nef assez grosse qui embarquait des draps de Flandre et d'Artois, de nombreux chevaliers et leurs gens, et une vingtaine de prisonniers.

On les entrava dans les fonds deux par deux avec un fer, et ils furent malades durant tout le voyage, tant la mer était agitée. On leur porta pourtant une tranche de pain et du cidre, mais leur ventre rejeta tout avec de la bile. Le bateau fit une halte de quelques heures dans un estuaire d'Angleterre avant de repartir.

Quand on vint chercher les Français pour les faire monter sur le pont, il neigeait et le froid était cuisant.

Dans la cale, on leur avait retiré le fer qui les liait.

Carleton était là, et surveillait le débarquement de deux chevaux, d'une mule et de coffres.

— Où est-on ? demanda Mathieu en s'appuyant sur la rambarde pour se maintenir debout tant il se sentait faible.

Il devinait qu'ils se trouvaient sur une rivière. Un ponton de bois reliait le bateau à la rive, où s'affairaient des crocheteurs. Derrière se dressaient des entrepôts, des maisons et une taverne. Devant leur nef, une cogue avec de hauts gaillards de proue et de poupe. On en déchargeait des tonneaux.

— À Maldon, répondit l'intendant, qui s'adressa ensuite au varlet et aux archers occupés avec les chevaux et la mule : Mettez les montures dans l'écurie du *Fox*, et rejoignez-nous.

En se soutenant mutuellement, les deux amis descendirent de la nef et gagnèrent la taverne. La salle, tout en longueur, était sombre mais chaleureuse grâce à un beau feu dans une cheminée.

Ils s'assirent à une table où se tenaient des mariniers et le clerc commanda de la soupe au lard.

Pour Mathieu et Baudoin, ce fut leur premier vrai repas depuis des mois.

Ils restèrent à Maldon deux jours pour permettre aux Français de reprendre des forces. Le clerc les prévint que le voyage prendrait trois semaines pour atteindre le château du seigneur FitzHugh.

Dès le premier jour, Mathieu jugea Carleton comme un brave homme, même s'il leur imposait un fer liant leurs chevilles chaque soir. Aux étapes, ils logeaient dans la même chambre, les Anglais y partageaient le lit, sauf quand il y en avait plusieurs, et les Français dormaient par terre, parfois sur une paillasse. Les étapes étaient longues, pénibles et surtout glaciales, car il neigeait souvent. Cependant, le clerc veillait à ce qu'ils reçoivent des repas copieux et à ce qu'ils dorment dans des salles chauffées.

Mathieu retrouva de la vigueur, mais pas Baudoin qui demeurait amaigri et fatigué. À plusieurs reprises, comme il était trop épuisé pour marcher, Carleton le prit avec lui sur son cheval.

Le frère d'Agnès et d'Enguerrand ne chantait plus. Il avait perdu sa bonne humeur et sombrait dans la mélancolie. Chaque fois que Mathieu tentait de le dérider, il n'obtenait qu'indifférence, et son ventre se serrait douloureusement.

Après vingt-deux jours exténuants toujours en direction du septentrion, ils arrivèrent à Ravensworth sous la neige. Le château était une simple enceinte rectangulaire protégée par un fossé. Des tours se dressaient aux coins du flanc sud et un gros bâtiment de trois étages dominait le côté nord. Dans la cour, le long de la muraille, s'étendaient des salles, des écuries et une chapelle.

Les prisonniers n'en virent pas plus. On les conduisit au deuxième étage d'une tour, dans une petite salle avec des archères pour uniques ouvertures et sans cheminée. La pièce était cependant un peu chauffée par la pièce du dessous qui servait de logis à des gardes. Pas de lit, juste de la paille sur le sol de terre cuite.

Chaque jour, ils sortaient à tour de rôle jeter leur seau de déjections et on leur remettait un pot de bière aigre et de la bouillie d'orge. Le dimanche, ils pouvaient assister à la messe dans la chapelle et ils recevaient une soupe à la saucisse le soir. Le vendredi, c'était du hareng.

L'intendant ne vint jamais les voir, mais ils l'aperçurent plusieurs fois à la chapelle. Puis il disparut. Il était reparti pour la France où le seigneur FitzHugh était retourné, leur dit-on.

L'été passa. Baudoin n'allait pas mieux et ils s'ennuyaient terriblement. Parfois, Mathieu chantait les chansons préférées de son ami. Celui-ci souriait, assis dans la paille, appuyé contre le mur, mais il ne fredonnait plus.

Mathieu ne songeait qu'à s'évader, à rentrer en France, mais il ne pourrait préparer quelque entreprise que lorsque son ami aurait retrouvé de la vigueur. En attendant, il faisait son possible pour améliorer son anglais. Chaque fois qu'il sortait avec le seau d'excréments, il en profitait pour parler avec les serviteurs et les gens du château, faisant répéter les mots et imitant leur accent. Ceux-ci répondaient à ses questions avec amusement, très fiers d'aider un prisonnier français qui apprenait leur langue. Il s'intéressait aussi aux villes des alentours. Il apprit ainsi que la plus grande cité au septentrion était Newcastle, tandis que York se trouvait au sud. L'intendant y avait fait halte lors de leur voyage depuis Maldon.

Hélas, un matin, ne pouvant se lever tant sa faiblesse était grande, Baudoin lui murmura, alors qu'une mésange gazouillait dans l'une des meurtrières :

— J'ai rêvé de ma sœur… Que je la retrouvais…

Je trouvais la fillette…
Sous… la branche d'un houx…

Elle... s'est endormie...
Au chant... des oisillons.

Une chanson qu'il chantait jadis allègrement, et qu'il murmura d'une morne voix.

Il tourna la tête vers son ami. Un visage creux, have, couvert d'une barbe éparse et pouilleuse. Il avait dix-huit ans et en paraissait cinquante.

— Je vais aussi m'endormir, Mathieu… Au chant des oisillons…

Un peu plus tard, il ajouta à son compagnon qu'il ne pourrait supporter un autre hiver. Il savait que c'était la fin pour lui.

— Non, Baudoin ! Nous avons surmonté peine et périls, et tu l'emporteras sur ce mal comme tu as vaincu dans maints tournois ! protesta Mathieu, les larmes aux yeux. Et puis, tu ne peux me laisser seul…

— Je resterai avec toi… Simplement tu ne me verras pas… Tu as récupéré ta vigueur… Cherche une occasion de fuir… Gagne la France… Dans les cieux, je te protégerai et je t'aiderai. Retrouve ma sœur Agnès… et aime-la. Marguerite aussi… mes parents… Et ta mère. Garde mon gilet d'armes. N'oublie pas qu'il contient deux pièces d'or… Et prends ma bourse…

Il se tut.

Le soir, il était toujours silencieux et ne bougeait pas. Mathieu lui parla, le secoua, mais son ami était passé.

Le capitaine du château fit enterrer Baudoin dans le cimetière du village. Quelques semaines plus tard, Carleton revint de France.

Peu après son arrivée, il vint voir Mathieu et lui annonça de but en blanc :

— La rançon n'a pas été payée.

— Mon ami Baudoin est mort, répliqua Mathieu.

Chacun relatait la nouvelle la plus importante à ses yeux.

— Je le sais, fit le clerc d'un air soucieux.

— J'ai quelques difficultés à payer messire FitzHugh en ce moment, mais je peux lui donner ma parole que je lui remettrai cette somme s'il me libère et que je deviens riche.

Mathieu jugeait qu'il pouvait se permettre de plaisanter, puisqu'il savait quel allait être son sort.

L'intendant passa une main sur son visage. Ce qu'il allait annoncer lui déplaisait.

— En France, j'ai déjà annoncé à monseigneur que la rançon n'était pas payée… Qu'elle ne le serait sans doute jamais…

— Qu'a-t-il décidé ?

— Que vous alliez au diable.

— Vais-je être pendu ? interrogea Mathieu d'un ton agressif.

— Non, rassurez-vous. Mais votre sort ne sera pas plus enviable. Vous n'allez pas rester ici. Messire FitzHugh possède un autre château, plus au sud, à Tanfield. Il s'agit d'une simple tour avec seulement quelques gardiens. Vous serez enfermé là-bas… à vous de vous en évader…

— M'évader ? Comment ? Pourquoi ne pas me libérer si vous souhaitez que je m'évade ?

En regardant le clerc qui baissait les yeux sans répondre, Mathieu commença à comprendre. FitzHugh ne voulait plus le garder et ne voulait pas le faire pendre. Tuer un prisonnier après une bataille était une chose… Le faire pendre des mois plus tard alors qu'il n'avait pas payé sa rançon serait en revanche une flétrissure sur son nom…

— Si je m'évade, je serai poursuivi.

— Oui. Vous serez alors un fugitif. Je préviendrai les baillis de Newcastle, de York et de Richmond. Votre vie sera entre vos mains.

— Je n'aurai aucune chance, c'est cela ?

Pas de réponse.

— Mais l'honneur de messire FitzHugh sera sauf, n'est-ce pas ?

— Je savais que vous comprendriez la position de mon seigneur. Messire FitzHugh ne vous veut pas de mal et moi encore moins. On souhaite juste ne plus vous voir ici et je ne tiens pas à vous laisser mourir de froid au fond d'un cachot… Cependant, vous pourriez éviter le sort qui vous attend. Je suis autorisé à vous présenter une généreuse proposition de messire FitzHugh.

— Laquelle ?

— Que vous lui donniez votre foi.

— Un hommage ? Non !

Mathieu secoua la tête.

— Je suis français et vous êtes mes ennemis.

— Je l'avais deviné, fit Carleton avec un sourire contraint. Je vous ai jugé comme un homme de parole et j'avais prévenu messire FitzHugh.

Un silence embarrassant s'installa un moment, jusqu'à cette question de Mathieu :

— Que se passe-t-il en France ?

— Au début de l'année, notre roi est revenu à Harfleur avec trois mille guerriers conduits par Exeter. Messire FitzHugh se trouvait parmi eux. Vos compatriotes ont envoyé une armée conduite par Bernard d'Armagnac, mais ce sire a été battu. Au printemps, notre roi poussera son avantage.

— Comment pourrai-je m'évader si je suis enfermé !

— À vous de trouver un moyen. Cependant, je vous aiderai si vous acceptez sous serment le pacte que je vous propose.

— Je vous écoute.

— Il y a déjà eu une évasion depuis la pièce où vous serez enfermé. Un seigneur écossais est parvenu à desceller la grille de la fenêtre qui a été remplacée par des barreaux.

— Cuidez-vous que je puisse faire de même ?

— Oui, avec un couteau que je vous remettrai. Mais n'imaginez pas qu'il puisse devenir une arme. Ce ne sera qu'un outil pour trancher une corde, une étoffe ou dépecer un animal. Malgré tout, vous pourriez tuer quelqu'un avec. Aussi je veux votre serment que vous n'utiliserez jamais ce fer contre un Anglais. Que vous choisirez de vous laisser meurtrir plutôt que de frapper un sujet de ce pays avec cette lame.

Mathieu écarta les mains :

— J'accepte. Je vous en ferai serment à la chapelle, sur la croix.

— Nous sommes donc d'accord. Je vous y retrouverai ce soir. Et vous partirez demain.

Il y eut un nouveau silence embarrassé, puis le clerc reprit :

— Je vous souhaite de parvenir à regagner la France. Vous avez été un honorable combattant et un loyal prisonnier… Je regrette la mort de messire d'Avesnes.

— Je vous respecte aussi, messire Carleton. Je sais ce que je vous dois. Quand je serai en France, je prierai pour vous.

Le clerc le gratifia d'un triste sourire et lui tourna le dos pour quitter la pièce.

11

Deux archers vinrent le chercher à l'aube du lendemain. Ils ne l'entravèrent pas mais le prévinrent que, s'il tentait de fuir, ils le tueraient.

Il n'avait aucun bagage, sinon le long gippon gamboisé de son ami, qu'il avait conservé. Même déchiré, il savait qu'il en aurait besoin, car l'hiver arriverait bientôt. Surtout, il avait attaché à la ceinture de Baudoin, nouée sous sa chainse, le fameux couteau. Une courte lame longue d'à peine trois pouces et dont le manche était le prolongement du fer recourbé sur lui-même. Mais elle était tranchante, acérée, large et solide.

Le long voyage à pied fut ponctué de plusieurs haltes. Pourtant Mathieu ne sentit pas la fatigue et aurait voulu un trajet plus long encore. Il était resté si longtemps enfermé qu'il goûtait avec béatitude chaque instant sur le chemin conduisant à sa nouvelle prison. Il humait avec un voluptueux plaisir la senteur de l'herbe fraîche et l'odeur des arbres et des fougères. Il ne perdait rien des gazouillis des oiseaux, des envols de perdrix et des passages de canards sauvages. Il s'arrêtait parfois pour s'extasier devant un écureuil qui sautait de branche en branche, un cerf qui traversait un sentier ou un groupe de bécasses qui filaient se réfugier dans un taillis. Hélas, ces instants de plaisir étaient gâchés quand il songeait à son ami Baudoin perdu à jamais et à ce que lui-même allait devenir.

Car, pour l'heure, il n'avait point encore de liberté, il n'en éprouvait que la sensation.

Les archers de l'escorte se montraient bonhommes et lui décrivaient le comté et les monts rocheux et forestiers qui jouxtaient Tanfield au couchant. Ils avaient plusieurs fois pourchassé des voleurs de ce côté-là, rapportèrent-ils. Les valons encaissés étaient des repaires d'outlaws, assuraient-ils.

Ils traversèrent un village où se tenait un marché, et ses gardiens lui laissèrent acheter de la tourte de mouton, qu'ils partagèrent, et un pain qu'il conserva en expliquant qu'il serait certainement mal nourri dans sa nouvelle prison. Les gros d'argent de France étaient acceptés partout.

La tourte ne contenait guère de viande, mais Mathieu la savoura après des mois de bouillie d'orge.

La nuit tombait quand ils arrivèrent au manoir de Tanfield, épuisés par la longue marche.

La fortification principale se présentait comme une tour de deux étages surmontée d'une plateforme crénelée. Elle était entourée d'une muraille et un petit manoir se dressait dans la cour intérieure. Le château était gardé uniquement par un couple, son fils et une poignée d'archers qui logeaient en bas de la fortification.

On le conduisit au deuxième étage de la tour où on l'enferma. Avec une demi-lune qui se levait, l'obscurité n'était pas complète car les volets de bois étaient ouverts. La pièce était grande et son sol recouvert d'herbe séchée. Il vit la paillasse et s'allongea dessus, s'endormant aussitôt.

Un coq le réveilla. Il avait soif, mais point d'eau. Il se rendit aux volets, les écarta et constata l'absence de barreaux mais la présence de colonnes de pierre. Il pouvait passer entre elles, mais l'ouverture se situait quatre toises au-dessus d'une mare vaseuse. On ne l'avait donc pas mis dans la salle décrite par maître Clarendon. Impossible de sortir par là… À moins que…

Pas de pot pour les commodités. Il urina par la fenêtre et examina la vue sur la campagne : des champs et des prés, une rivière qui serpentait. Au-delà, une forêt et, plus loin, la brume dissimulait ce qui semblait être des monts rocheux. Le repère d'outlaws dont lui avaient parlé ses gardiens ?

Une heure était passée quand, enfin, la porte s'ouvrit dans un cliquetis de verrous. Un gros homme pénétra. Chauve, épais sourcils blancs, long couteau de chasse à la ceinture en daim de sa cotte, air maussade. Il était accompagné de deux hommes, l'un tenant une courte lance et le second une hache normande.

— Je suis maître Riplay, votre gardien, messire. Maître Clarendon m'a communiqué ses instructions. Vous pourrez vous promener dans la cour une heure chaque jour, et aller aux latrines. Comme il n'y a pas de chapelle, vous recevrez la visite d'un moine qui vous apportera la consolation du Seigneur. J'ignore combien de temps vous resterez ici. J'essaierai de ne pas vous rendre la vie trop dure. Vous aurez souvent du poisson qui vient de la Ure, la rivière devant le château. Ne cherchez pas à descendre par la fenêtre. Un prisonnier l'a fait et s'est noyé.

— Je vais trop me plaire ici pour envisager de partir, mon maître, déclara Mathieu en le gratifiant d'une révérence.

— Tant mieux !

Quand il fut de nouveau seul, il revint à la fenêtre, se pencha vers l'extérieur et constata l'absence d'ouverture dans la salle du dessous. Il défit alors le paquet constitué du gippon matelassé de Baudoin serré avec une ceinture. À l'intérieur se trouvait le double baudrier récupéré à Azincourt. Il ôta son propre ceinturon, enleva son gambison et déboucla l'autre buffleterie qu'il portait dessous. Fébrilement, il noua ensemble les cinq lanières. Tout en cuir de bœuf, elles paraissaient fort solides.

De nouveau à la fenêtre, il vérifia l'absence de curieux et fit descendre le long harnais. En gardant une longueur suffisante pour l'attacher à la colonne, son extrémité arrivait à un pied au-dessus de l'eau.

Satisfait, il remonta le cordon qu'il cacha dans le gilet de Baudoin en récupérant toutefois sa propre ceinture.

Dehors, la brume se levait. Il faisait froid, mais tout indiquait que le soleil serait généreux. La lune ne se montrerait pleine que dans trois ou quatre jours, mais les nuages pouvaient revenir. Mieux valait partir le plus vite possible, avant que le temps change.

Il dormit une partie de l'après-midi. Le soir, on lui apporta du pain, du poisson et de l'eau.

Il mit de côté le pain et attendit la nuit avec impatience.

Quand la lune fut levée, il noua le cordon de sangles à l'une des colonnes. Il devrait ensuite abandonner ces ceintures, ce qui le désolait, mais il n'avait pas le choix. Il se déshabilla complètement, fit un gros ballot de ses affaires et l'attacha dans son dos à l'aide des cordons servant à tenir chausses, braies et gambison.

Il franchit la fenêtre et se laissa descendre le long des ceintures, en priant Dieu pour qu'elles tiennent. Ce fut le cas et il se glissa dans l'eau sans faire de bruit. Ses pieds touchèrent de la vase et il se rendit compte qu'il était impossible de marcher, aussi traversa-t-il la mare à la nage, comme il l'avait appris dans la Planquette, durant ses entraînements avec Étienne, le sergent d'armes de Fressin. Quelques crapauds protestèrent de sa présence en coassant.

Arrivé sur la rive opposée, il courut jusqu'à une haie et se rhabilla en grelottant. Il retrouva facilement le chemin repéré un peu plus tôt et fila à bonne allure vers le couchant.

Il savait qu'on le rechercherait au midi ou vers l'est, vers la mer, aussi avait-il choisi une route inconcevable pour ses poursuivants. Cependant, des chiens pourraient tout de même retrouver sa trace. Mais on ne se lancerait pas à sa poursuite avant le lendemain, voire dans un jour ou deux si la traque était dirigée par un bailli. D'ici là, ses odeurs auraient disparu. De plus, il veillerait à marcher dans les cours d'eau chaque fois qu'il en aurait l'occasion.

Toutefois, il ne le fit pas quand il découvrit un chemin écarté de la Ure qui lui permettait d'avancer bien plus vite. Moins d'une heure plus tard, il retrouva la rivière qu'il franchit en ayant de l'eau jusqu'aux cuisses.

Après une longue marche, il déboucha dans une clairière entourée de pierres dressées. Un mont rocailleux lui barrant le passage, il le contourna en suivant un cours d'eau. Était-ce encore la Ure ? Il l'ignorait.

Il longea cette rivière et, quand il en trouva l'occasion, s'engagea dans un sentier en direction du sud tout en faisant maint détour pour éviter des marécages. Chaque fois qu'il le pouvait, il progressait dans l'eau ou la boue, gageant que des chiens lancés à sa poursuite seraient ainsi perdus.

Des heures plus tard, le jour parut et il fit une halte. Il mangea une partie de son pain, but à longs traits, et repartit en direction d'un massif forestier.

Parvenu dans le bois, il emprunta une sente de chevreuils. La fatigue se faisait sentir mais le sentiment de liberté qui le dominait effaçait sa lassitude.

Bordée de ronces couvertes de gros fruits, la sente s'élargit. Il s'arrêta pour se gaver de baies et en faire une réserve qu'il garda dans son bagage.

Le soleil éclairait le sommet des ramures de sapins quand, au début d'une clairière, il aperçut un grand chêne qui lui aussi portait des fruits. L'arbre étendait ses robustes rameaux sur un épais tapis de verdure. Autour de lui, fougères et houx entremêlés formaient une épaisse et charmante couronne. L'endroit se révélait d'une majestueuse beauté, gâchée hélas par ce qui pendait au bout des cordes.

Il compta huit corps, attachés à différentes branches. Trois femmes parmi eux. Les cadavres, en chemise, n'étaient pas décomposés, donc la pendaison ne datait que de quelques jours.

Des outlaws, à coup sûr.

Il se signa et poursuivit son chemin quand une idée lui vint. Et si ces malheureux vivaient quelque part dans la forêt ? Les gens d'armes des sheriffs ou des baillis avaient dû les brancher sur place. Auquel cas leur refuge ne devait pas être loin.

Il s'efforça de repérer quelques traces dans les fourrés et y parvint facilement. Une troupe nombreuse, à cheval, avait piétiné les taillis.

En suivant leur foulée, il découvrit les huttes, trois cabanes grossières construites avec des troncs d'arbres et des branches entrelacées dont les espaces avaient été comblés par de la mousse. L'une avait été incendiée, mais le feu ne s'était pas étendu aux autres.

Pénétrant dans la première, il découvrit quelques hardes qu'il s'appropria. Fouillant dans les cendres de celle qui avait brûlé, il dénicha une hache. Enfin, dans la troisième, ne se trouvaient que des pots de terre et un gobelet de fer.

C'est alors qu'une autre idée lui vint. Il abandonna ses biens, ne gardant que la hache, et revint vers le chêne. En plantant le fer dans le tronc, il se fit une marche sur laquelle il grimpa. De là, il attrapa une autre ramure et se hissa jusqu'à la branche soutenant les pendus.

Il avança dessus, à cheval et il trancha chaque boucle de la corde avec le couteau de maître Clarendon. Quand il eut terminé, il redescendit. Il aurait voulu ensevelir les corps mais il ne pouvait se permettre de demeurer sur place trop longtemps. Il se contenta de tirer les cadavres vers des fourrés, puis trancha les autres extrémités de corde. Il récupéra ainsi huit morceaux de deux toises qu'il enroula sur son torse.

Ayant repris la hache, il revint jusqu'aux huttes et se confectionna une besace avec les hardes trouvées.

Il repartit, écharpe en travers du corps, en songeant qu'il devrait dénicher un abri pour la nuit car le ciel devenait menaçant.

Il gravissait une pente rocheuse quand il aperçut une tache verte au fond d'un éboulis, dans un ravin en contrebas. Nul doute qu'il s'agissait d'un homme. Un nouveau cadavre ?

Il décida d'aller voir et, à grand-peine, descendit dans la combe.

L'individu portait une étroite cotte dans cet épais drap de Lincoln qu'utilisaient les habitants du pays. La hampe brisée d'une flèche dépassait de sa poitrine. Près de lui, un grand arc gallois en if de huit pieds.

En examinant les alentours, Mathieu reconstitua le drame. L'archer se tenait en haut des rochers, à l'endroit que lui-même s'efforçait d'atteindre quelques instants plus tôt, quand il avait reçu une flèche, certainement tirée par ceux qui avaient attaqué le camp des outlaws. Il avait chuté et personne ne s'était préoccupé de lui.

Tant mieux pour moi, songea Mathieu, car outre l'arc, l'inconnu portait une trousse contenant une douzaine de flèches, une courte épée droite à deux tranchants avec une pointe aiguë, et un de ces couteaux longs et larges à manche de corne de daim que l'on fabriquait à Sheffield.

Le fugitif dépouilla le corps de son vêtement, de son ceinturon, et s'empara de toutes les armes ainsi que d'une poche, sorte de boursette, contenant un briquet et deux cordelettes de chanvre.

Désormais bien équipé, Mathieu reprit la route en direction du soleil déclinant avec sa lourde et encombrante besace. En haut du sentier se révéla un paysage différent, le terrain devenait une lande broussailleuse et rocailleuse. Les grands arbres s'y montraient rares, et les habitants encore plus, puisqu'il n'aperçut personne.

En revanche, les lièvres occupaient ce pays. En voyant un immobile devant un buisson, le fugitif utilisa son arc, ce qui lui procura le repas du soir.

Il marcha encore une heure jusqu'à un escarpement rocheux percé de trous d'où jaillissaient des sources. L'une des excavations lui apparut assez vaste mais, située à une dizaine de pieds du sol, inaccessible. Cependant, en haut de cette paroi rocheuse s'étalait un plateau couvert d'arbres aux troncs noueux. Moyennant un large détour, il était possible d'atteindre ce surplomb. Ce qu'il fit en emportant les cordes.

Parvenu à la verticale du trou, il noua ensemble trois cordages grâce auxquels il descendit jusqu'à la grotte dans laquelle il pénétra.

Elle s'enfonçait sur une toise en s'élargissant. Il avait découvert un abri parfait. En l'examinant, il discerna une brèche où il put faire passer l'une des cordes et la nouer solidement. Il y attacha deux autres et fit descendre ce filin qu'il utilisa pour revenir en bas du trou.

Jusqu'à la nuit, il transporta du bois mort, des fougères, sa besace, le lièvre et récupéra la corde attachée à l'arbre.

Il disposait maintenant d'un logis et, après mûres réflexions, décida d'y passer l'hiver.

Il vécut ainsi comme un ermite durant près de six mois. La chasse le nourrissait et il conduisait de fréquentes explorations vers le sud afin de bien connaître le pays quand il reprendrait la route au printemps. Il ne faisait du feu dans sa grotte que pour cuire ou fumer de la viande, craignant bien sûr qu'on ne le repère car le massif rocheux était parfois traversé par des colporteurs, plus rarement par des bergers qui restaient plutôt près des fermes. Cependant, s'il aperçut des cavaliers, ceux-ci ne le virent pas ou ne cherchèrent pas à l'approcher. Il souffrit surtout du froid, son logis étant ouvert au vent, même s'il parvint à tendre à l'intérieur les peaux de daims qu'il avait chassés.

Quand il neigeait, c'est-à-dire souvent, il demeurait blotti dans un recoin à méditer sur ce qu'il ferait aux beaux jours et en s'interrogeant sur ce qu'étaient devenues sa mère, Agnès et Marguerite.

À partir de petits cailloux qu'il entreposait chaque matin sur des tas, il avait une idée du temps qui passait. Il s'était évadé le 27 octobre et, le jour de Noël, il pria longuement la Vierge et le Seigneur Jésus pour revoir un jour la France.

Ce fut le 8 mars qu'on le captura.

12

Ce jour-là, il chassait. Regard aux aguets, il avançait avec prudence dans une combe en suivant un ruisselet alimenté par les sources qui perçaient le massif. Des traces de daim se révélaient à cet endroit, or il avait disette de viande.

— Jette ton arc, l'ami ! cria une voix dans son dos.

Il se figea sans obtempérer.

Une flèche vint alors se ficher à ses pieds. Elle provenait d'une autre direction, du sommet de la combe.

Donc, ils étaient au moins deux.

— La prochaine sera dans ton dos, jette ton arc, et ensuite le couteau.

Cette fois, il obéit.

— Avance de dix pas et assieds-toi.

Il le fit.

En entendant des bruits de branches derrière lui, il se retourna. Un homme de son âge, très brun, sans barbe ni moustache, des yeux noirs, une cotte vert sombre et un chapeau en pointe en feutre de la même couleur. Il tenait un arc bandé, avec flèche engagée, et le fourreau d'un grand couteau de chasse était serré à sa taille.

Pas d'image sur sa cotte. Rien n'indiquait s'il s'agissait d'un garde de bailliage ou d'un sheriff.

— Qui es-tu ? s'enquit l'homme d'un ton dur.
— Un voyageur.
— Tu mens ! On t'a vu plusieurs fois.
On ? Combien étaient-ils ? s'inquiéta Mathieu.
Le regard de l'inconnu se figea sur le couteau de Sheffield qu'il portait. De l'extrémité de sa flèche, l'inconnu le désigna.
— Je connais ce manche de corne ! C'est le couteau de Harold. Par saint Withold, tu vas payer tes crimes !
Il tendit l'arc.
— Attends, Ralph !
Une autre voix. Bruit d'éboulis de pierraille et un second individu parut. Plus âgé, un peu de bedon. Lui portait une ample cotte couleur feuille morte et un bonnet de feutre doublé de fourrure.
— Tu ferais mieux de dire la vérité, l'ami, déclara le nouveau venu d'un ton bonhomme.
Ces deux-là n'étaient point gens de justice. Le nommé Ralph connaissait le possesseur du couteau et semblait l'avoir eu en amitié puisqu'il voulait le venger, se dit Mathieu. Un outlaw ? Dans ce cas, il n'était pas un ennemi. Il choisit donc de dire la vérité.
— J'ai trouvé ce couteau sur le corps de celui dont je porte la cotte. Il avait été tué d'une flèche. Ses compagnons, enfin, je suppose qu'il s'agissait de ses compagnons, étaient pendus. Je les ai dépendus, mais je ne pouvais les mettre en terre.
— Pourquoi ?
— On me poursuivait.
— Tiens donc… fit Ralph. Fugitif ? Pourquoi ?
— Je me suis évadé.
— Quel crime as-tu commis ?
— Aucun. Je suis homme d'honneur.
— Ton nom ?

— Mathieu.

— Un nom français… Le bailli de Richmond pourchassait un Français cet hiver.

— C'est moi. Mathieu de Thérouanne. J'ai été pris à Azincourt par le seigneur FitzHugh. Ma rançon n'a pas été payée. Je me suis évadé.

Le silence s'abattit. Ralph baissa son arc. Le second dodelinait de la tête en l'examinant avec une sorte de sourire encourageant. Il était plus âgé, mais le premier semblait être le chef.

— Ralph, on a peut-être trouvé celui dont tu as besoin.

— À voir, Nick… Pourquoi ne files-tu pas vers la France, l'ami ?

— J'ai passé l'hiver ici. Je me préparais à partir dans quelques jours pour gagner un port.

Le nommé Nick s'esclaffa :

— Tu n'iras pas loin, mon cher ! On te saisira vite !

— Croyez-vous que je me laisserai faire ?

— On t'a pris à deux, alors tu n'échapperas pas à un sheriff avec une douzaine d'archers !

Mathieu écarta les bras :

— Je sais ce que je risque, mais je ne vais pas vivre dans les bois jusqu'à la fin des temps.

— Si tu dis vrai, je peux t'engager, proposa Ralph après un échange de regards avec son compagnon.

— Pour ?

— Une entreprise risquée. J'ai besoin d'un homme d'armes.

— Et en contrepartie ?

— Si je l'emporte, avec mon frère Nick on te conduira à Douvres et on te fera embarquer. On trouvera un moyen. Je ne sais pas lequel, mais on y parviendra !

Mathieu n'hésita pas un instant.

— Entendu, que faut-il faire ?

— L'affaire sera conduite à l'automne, pour la Saint-Luc. D'ici là, tu resteras avec nous. On fera connaissance et je jugerai de ta force à l'arc.

— Pourquoi la Saint-Luc ?

— C'est le jour où l'un des receveurs du bailli de Richmond lui apporte la collecte des impôts.

Devant le froncement de sourcils de Mathieu, Ralph eut un sourire inquiétant :

— Que crois-tu que nous sommes ? Des *highwaymen*, tout simplement !

Mais les deux frères n'étaient pas des voleurs de grand chemin ordinaires. Après être passés à la grotte de Mathieu récupérer ses affaires, ils le conduisirent à leur propre refuge, une autre cavité rocheuse, à un mille de là, autrement plus vaste, bien aménagée avec même un lit dans un cadre de bois.

Ce fut devant un repas de gibier préparé par Nick que les deux frères s'expliquèrent :

— Guillaume le Conquérant a donné à notre aïeul le château de Hutton Conyers et nous le possédons depuis trois siècles, commença Ralph.

— Non, mon frère : nous le possédions !

— Tu as, hélas ! raison. Notre père est mort voici deux ans. Une brusque maladie. J'étais l'héritier car Nick est plus attiré par l'étude que par les armes. Il voulait devenir maître à Oxford où il poursuivait ses études, et il n'était donc pas dans le comté. Mais, à peine le décès connu, notre oncle Christopher, le bailli de Richmond, a argué qu'il était l'héritier en montrant un acte que lui aurait remis notre père. Un juge, qui depuis a reçu une partie de nos terres pour paiement de sa félonie, a validé la chose. Ceux qui se sont élevés contre cette spoliation ont été arrêtés et moi-même ai dû m'enfuir. Christopher Conyers est alors parvenu à me mettre hors la loi et je me suis réfugié ici, un endroit que je connais bien car notre père m'y emmenait chasser.

» Ensuite, je suis parti pour Oxford d'où j'ai ramené mon frère. Depuis, nous nous cachons dans cette grotte.

— En attendant la Saint-Luc, confirma Nick.

— Rapiner les impôts ne vous rendra pas votre château, observa Mathieu.

— Non, mais la somme transportée représente plus de deux mille livres et nous permettra d'acheter une autre terre. Surtout, Richmond appartient aux Lancastre et, quand il aura appris le vol, le roi retirera sa charge à notre oncle pour son incapacité à protéger ses impôts ! Peut-être même le fera-t-il emprisonner. Ou mieux : pendre !

— Hélas ! le transport de la collecte dispose d'une grosse escorte et, jusqu'à présent, nous n'étions que deux, intervint Nick.

— Combien d'hommes ? interrogea Mathieu.

— Au moins vingt.

— Par Dieu ! Trois contre vingt !

— Tout se jouera à l'arc. Je crois être assez adroit, et rapide. Nick est aussi bon tireur. Pour toi, nous verrons demain. Quoi qu'il en soit, en six mois, il faudra t'améliorer. Il sera nécessaire d'abattre toute l'escorte avant que ses membres puissent réagir.

— Tu auras ta part, assura Nick.

— Je n'en veux pas ! Tuer des Anglais me suffira. J'espère que parmi eux il y aura des archers d'Azincourt.

La réponse ne plut guère aux deux frères, mais ils ne la relevèrent pas.

Durant six mois, Mathieu fit des progrès considérables au tir à l'arc. Ralph le faisait s'entraîner plusieurs heures chaque jour et ses conseils se montraient précieux. À la fin de l'été, le Français était capable de tirer quatre flèches d'affilée dans une cible le temps que Nick compte jusqu'à dix !

Ralph, lui, en mettait huit dans la cible, et Nick six. Le reste du temps, ils chassaient ou herborisaient.

À Oxford, où il était arrivé à douze ans, Nick avait suivi les enseignements du *trivium*[1] et du *quadrivium*[2], et avait commencé la médecine. Pour Mathieu, qui brûlait d'apprendre, l'aîné des Conyers devint son maître. Nick semblait connaître toutes les plantes de la création et apprenait à l'écuyer leurs bienfaits ou leurs dangers. Surtout, il avait emporté trois livres, dont un herbier, que Mathieu ne se lassait pas d'étudier.

Quant à lui, il s'était confié à ceux qu'il considérait comme ses amis. Il avait évoqué la bataille d'Azincourt et sa captivité. La fin de Baudoin, de Roger et de leurs servants. Il avait parlé de sa mère, s'interrogeant sur son sort, et de Marguerite qu'il aimait toujours. Et enfin d'Agnès, qu'il avait promis de retrouver.

Deux jours avant la Saint Luc, ils partirent pour l'endroit où se tiendrait le guet-apens. Depuis des années le transport de la collecte des impôts prenait le même chemin pour gagner Richmond depuis le Nord, avaient affirmé les deux frères. Néanmoins, Mathieu demanda à Ralph comment il pouvait être si sûr du jour et du lieu du passage du convoi. L'héritier de Conyers lui rappela qu'il était parti quelques

1. Grammaire, rhétorique, dialectique.
2. Arithmétique, musique, géométrie, astronomie.

jours en septembre. Il s'était alors rendu à l'abbaye d'Easby, près de Richmond, où le prieur – un de ses cousins – lui avait confirmé que le transport suivrait la voie habituelle.

Ils s'installèrent le long d'une rivière pour la dernière nuit et, le matin, se mirent en place à l'endroit choisi par Ralph : une partie fort boisée du chemin, bordée des deux côtés d'épaisses fougères. Le cadet de Conyers se plaça en tête et les deux autres demeurèrent en arrière. Eux tireraient dans le dos des gardes.

Ils attendirent ainsi plusieurs heures, en alerte chaque fois que retentissaient des bruits de sabots. Des piétons passèrent également mais aucun ne repéra les trois hommes dissimulés derrière les fougères.

Enfin, ils entendirent l'escorte, puis l'aperçurent : une dizaine de cavaliers en cuirasses et broignes treillissées, coiffés de salades. Derrière eux, un chariot tiré par deux mules. Derrière encore, un second groupe d'une dizaine de cavaliers.

Comme convenu, dès que le convoi fut passé devant Mathieu, Ralph sortit des fourrés et tira depuis le milieu du chemin.

Mathieu et Nick firent de même. Les flèches se succédèrent à une vitesse infernale, chacune faisant tomber un cavalier car, à une si courte distance, elles perçaient aisément les cuirasses.

Ralph avait prévu que ses premiers traits sèment le désordre dans les cavaliers de l'avant. Pareille confusion devait provoquer un affolement et un enchevêtrement des montures, ce qui lui laisserait le temps de poursuivre ses tirs et d'abattre tous les gardes. Cependant, deux cavaliers furent prompts à réagir : alors que les premiers tombaient, ils contournèrent les chevaux qui les gênaient, l'un par la droite et l'autre par la gauche, et chargèrent Ralph épée et hache au poing.

Le frère de Nick eut le temps d'abattre celui de droite, mais l'autre était déjà sur lui et le cheval le renversa.

Pour tirer à son aise, Ralph ne portait ni casque, ni hoqueton matelassé, ni cuirasse. Le garde le tailla donc facilement d'un coup de lame. Toutefois, il tomba à son tour, atteint d'un trait lancé par Mathieu.

Le conducteur du chariot profita de la confusion pour s'enfuir dans les bois, et fut le seul survivant.

Ceux de l'arrière-garde gisaient tous à terre. L'estourmie terminée, Nick se précipita à l'avant et vit son frère la poitrine ouverte, sanglante, le corps meurtri et piétiné par le cheval, le visage écrasé. Il s'agenouilla et se mit à sangloter, tandis que Mathieu, ayant pris une épée à un garde agonisant, achevait les blessés en songeant à ce que les Anglais avaient fait à Azincourt, en particulier à Roger de Rambures.

Le jeune écuyer, bienveillant et charitable, qu'il avait été n'existait plus depuis Azincourt. Il était devenu un guerrier impitoyable qui ne se laisserait plus jamais surprendre.

La brette dégoulinante de sang, il rejoignit l'aîné des Conyers.

Ralph venait de passer, ses mains serrées dans celles de son frère.

Mathieu se signa, laissa Nick à son chagrin et revint au chariot entouré de cadavres. Les oiseaux des sous-bois, qui s'étaient arrêtés de chanter au moment de l'attaque, reprenaient leurs trilles.

Il fallait filer, songea-t-il.

Il rassembla quelques chevaux avant d'aller examiner le contenu du chariot. Là, il grimaça.

Le véhicule ne contenait qu'un gros coffre de fer solidement rivé sur son plancher. Trois serrures le gardaient clos. Impossible d'ouvrir cette huche, ni même de l'enlever.

Il revint vers Nick et lui fit part de ses découvertes.

— Mettons Ralph sur un cheval et partons, conclut-il. Nous allons être pourchassés.

L'ancien élève d'Oxford hocha la tête. Le visage trempé de larmes, il se releva en décidant :

— L'un des gardes doit avoir les clefs. Fouillons-les !

Ils examinèrent ceintures et escarcelles, besaces et pochettes pour ne trouver qu'une seule clef sur quelqu'un que Nick identifia comme le receveur. Celui-là portait aussi une sacoche de cuir contenant quelques centaines de pièces d'argent et une dizaine d'or.

— Où peuvent être les autres clefs ? demanda Mathieu qui avait profité de la fouille pour récupérer des armes et des pièces de harnois.

— Sans doute dans les châteaux par lesquels est passé le receveur. Le bailli, lui, doit posséder des doubles. C'est la première fois qu'il procède ainsi. Sans doute parce que la somme dans le coffre est importante.

— On pourrait partir avec le chariot et tenter de l'ouvrir plus tard.

Nick réfléchit un instant avant de décider :

— Les roues vont laisser des traces et comme on n'ira pas vite on aura tôt fait de nous rattraper aisément. Mais on ne va quand même pas laisser le coffre au bailli. Aide-moi à mettre Ralph sur un cheval. Je veux l'ensevelir chrétiennement.

Ils chargèrent le corps meurtri, puis Mathieu attacha sur une autre monture tout ce qui pourrait leur être utile et, ayant lié la bride de celle-là au chariot, ils repartirent, Nick conduisant la mule.

Ils poursuivirent sur le chemin jusqu'à un sentier. Nick faisait presser les animaux à coups de fouet et paraissait savoir où il voulait se rendre. Au bout d'une heure, ils arrivèrent près d'une retenue d'eau formant un étang marécageux.

Nick conduisit la charrette sur la partie la plus haute dominant le marais. Mathieu avait compris.

Ils détachèrent les mules et poussèrent la voiture pour la faire tomber dans la vase où elle disparut en quelques instants. Quand il n'y eut plus aucune trace, Nick déclara :

— Les impôts du roi sont perdus pour toujours. J'espère que mon oncle paiera pour sa négligence. Partons !

Mathieu ne demanda pas où ils allaient.

Ils chevauchèrent un moment en silence, avec les chevaux et les mules en longe avant de laisser libres ces dernières, une demi-lieue plus loin. Ensuite, ils poursuivirent près de trois heures dans les bois, jusqu'à une petite chapelle abandonnée, au milieu d'une clairière.

— Nous allons enterrer Ralph ici, décida son frère.

Mathieu descendit de selle et entra dans l'oratoire, une petite salle vide au sol en terre.

Nick le rejoignit avec une épée.

À l'aide des lames et de leurs mains, ils creusèrent une fosse dans le sol meuble, puis y déposèrent le corps qu'ils recouvrirent de terre. L'endroit fut longuement tassé jusqu'à ce qu'il n'y ait plus trace de leur travail.

Nick s'agenouilla et se mit à prier.

13

Malgré sa douleur, l'aîné des Conyers savait que le temps leur était compté. Ayant terminé une ultime prière, il se releva et se tourna vers Mathieu :

— Demain, les gens du bailli retrouveront nos traces et les mules, mais point le chariot, dit-il. Or il leur faut à tout prix mettre la main sur le coffre. À coup sûr, ils viendront jusqu'ici et, quand ils passeront devant la chapelle, ils ne doivent pas remarquer qu'on s'y est arrêtés.

Mathieu opina et ils s'efforcèrent de faire disparaître tout indice indiquant une halte. Puis ils poursuivirent au trot, au galop chaque fois que c'était possible, par des chemins rocailleux que Nick connaissait. Son compagnon devinait qu'ils traversaient le massif rocheux où se situait leur grotte.

Ils arrivèrent à leur refuge au milieu de la nuit. Mathieu s'occupa des chevaux à la lueur des étoiles et rentra dans la grotte lorsque les bêtes furent pansées et abreuvées. Elles n'auraient pas d'avoine, aussi les laissa-t-il libres car il y avait suffisamment d'herbe aux alentours.

Quand il entra dans la grotte à peine éclairée par une chandelle de suif, Nick terminait de rassembler ses affaires et celles de son frère dans un coffre et deux grandes écharpes.

— Nous passerons la nuit ici, mais nous partirons demain, dit-il. Il reste encore un peu de viande froide. Sers-toi, assieds-toi et parlons, annonça l'ancien élève d'Oxford.

Il n'avait quasiment pas ouvert la bouche durant tout le trajet de retour et Mathieu comprit que Nick avait surmonté la mort de son frère, et pris ses décisions.

Après avoir coupé une tranche de daim, Mathieu s'installa sur l'un des sièges de la grotte, un banc fabriqué avec des branches taillées. Nick se plaça en face, sur un autre siège.

— Je ne t'ai pas remercié pour ton aide, dit-il. Ne m'en veux pas, mais j'ai du mal à concevoir ma vie sans mon frère. Cependant, je sais que, sans toi, nous aurions attaqué le convoi à deux. Auquel cas, maintenant je ne serais plus qu'un cadavre.

— J'aurais pu agir autrement, s'accusa Mathieu en grimaçant. J'aurais dû tirer plus tôt sur celui qui a chargé ton frère.

— Dans une bataille, il n'est pas aisé de prendre la bonne décision. Et ce vol, c'était l'idée de Ralph. Il savait ce qu'il risquait. Je t'en prie, n'en parlons plus. Dis-moi plutôt ce que tu veux faire. Souhaites-tu toujours gagner un port ?

— Oui.

— Je t'aiderai, mais je ne suis pas Ralph, et si nous devons nous battre contre une patrouille, nous ne ferons pas le poids. En descendant vers le sud, nous allons être interrogés souvent… Tu te souviens de ce que je t'ai dit sur les voyageurs en Angleterre…

— Oui… Des lettres de route ou des lettres testimoniales sont nécessaires…

— Elles sont délivrées par un prud'homme, un juge, un bailli ou un abbé, avec un sceau particulier. Un voyageur sans lettre est emprisonné et finit souvent pendu s'il ne peut se justifier. Je possède pareil document, délivré par le chancelier d'Oxford. J'ai aussi quelques actes concernant mon frère, donc je pourrai te faire passer pour lui. Mais si cela permettra de répondre aux questions des patrouilles, ce sera insuffisant pour que tu embarques. Un capitaine de navire demandera une forte somme pour te prendre à bord sans lettre royale, car il risque au mieux la pendaison, au pis l'éventration. Ralph comptait sur une partie du vol pour payer ton voyage, hélas nous n'avons que le contenu de cette sacoche.

Comme il l'avait gardée en travers de son torse, il la prit et la vida sur le sol. Cependant il en connaissait à peu près le contenu, l'ayant déjà examiné.

— Il doit y avoir trois cents livres… peut-être cela suffira-t-il.

— Non ! Tu garderas tout. Je trouverai d'autres moyens.

— Faire le *highwayman* ? interrogea Nick en plantant son regard dans le sien.

— Plus jamais ! Une fois m'a suffi ! J'ai pensé à autre chose. Un jour, Ralph a parlé des tournois d'archers. Il disait qu'on y gagnait des prix…

— C'est juste. Mais il faut savoir où ils se tiennent, et surtout les *yeomen* qui s'y présentent sont en général des gardes-chasses des forêts royales, de prodigieux tireurs.

— Aurais-je mes chances ?

Nick balança un moment de la tête avant de dire :

— Peut-être, tu es bon archer. Presque aussi bon que Ralph et moi. Mais tu devras encore t'entraîner.

— Qui peut se présenter à ces concours ?
— Tout le monde, même les serfs. Il y a d'ailleurs souvent des tireurs qui vont de tournoi en concours et qui vivent de leurs gains. Les seigneurs encouragent leurs sujets au maniement des arcs en exonérant de taxes les bons archers.
— Un étranger peut donc y participer ?
— Oui.
— Et les prix ? Parle-moi des prix.
— Des cors de chasse montés en argent, des médaillons de saint Hubert dans le même métal, et souvent des nobles à la rose[1] ou des shillings d'argent offerts par les seigneurs ou les abbés.
— Je tenterai donc ma chance.
— Ce n'est pas une mauvaise idée, approuva finalement Nick après un instant de réflexion. De plus, cela pourrait te donner l'occasion de quitter l'Angleterre…
— Comment ?
— Certains seigneurs utilisent ces tournois afin de recruter les meilleurs archers quand ils partent en Guyenne.
— Raison de plus pour utiliser ce moyen.
— Mais cela prendra du temps… Où vivras-tu en attendant ? Comment te déplaceras-tu sans lettre testimoniale ?
Comme Mathieu ne savait que répondre, Nick lui proposa :
— Tu aimes apprendre et tu connais assez de latin, aussi je te suggère d'aller à Oxford et de suivre quelques mois d'étude dans un collège. Le chancelier te remettra alors une lettre permettant de voyager dans le comté et, à l'occasion d'un concours, tu seras peut-être engagé.

1. Pièce de 7,7 grammes. Trois nobles faisaient une livre.

Venir d'Oxford te fera encore plus apprécier d'un seigneur qui cherche des hommes d'armes.

— Mais, pour être admis dans un collège, il faudra que je prouve qui je suis, et payer…

— Tu prendras les documents de mon frère, je n'en ai plus besoin. Tu révéleras aussi que tu étais à Azincourt. Tu seras ainsi particulièrement apprécié car Oxford se targue d'approuver tout ce que fait Henri V. Quant à l'argent, tu n'auras qu'à vendre tes deux chevaux. Cela te rapportera au moins une trentaine de livres. Somme plus que suffisante pour ta première année.

— Et toi, que deviendras-tu ?

— Je t'accompagnerai à Oxford puis j'irai à Londres où je m'établirai comme maître. J'avais prévu de le faire après mes études et je connais un collège qui m'engagera.

Ils arrivèrent à Oxford en novembre, sous la neige. Mathieu portait le gippon de Baudoin sous son gambison et avait son épée à la taille. Nick portait aussi une épée sous le hoqueton gamboisé de son frère. Bagages et arcs se trouvaient sur leurs chevaux en longe.

En route, ils s'étaient arrêtés à plusieurs reprises pour participer à des concours de tir et, si Mathieu n'avait pas été le plus mauvais, il n'avait remporté aucun prix.

Durant le voyage, ils avaient été abordés plus de vingt fois par des patrouilles, soit sur les routes, soit dans les villes et les villages où ils avaient fait halte. Grâce à la lettre de Nick et aux papiers de son frère on ne leur chercha point noise.

Dans la ville universitaire, ils logèrent au *Tackley's Inn* dans High Street. Nick montra les différents collèges à son compagnon et lui fit visiter Merton où il avait fait son *quadrivium*. Il ne voulait rester qu'une nuit car il avait hâte d'arriver à Londres, craignant que le mauvais temps ne s'aggrave. Le soir, lors du souper, il donna à Mathieu d'ultimes recommandations, en particulier de ne point s'engager dans une bande de nation. En effet, les élèves se répartissaient entre gens du Nord et gens du Sud, et les bagarres entre ces groupes, les nations, étaient fréquentes et violentes. Il insista surtout pour qu'il s'affiche bon chrétien, car les hérétiques lottards[1] étaient pourchassés dans l'université et plusieurs professeurs avaient été excommuniés et emprisonnés.

Après le départ de son compagnon, et à l'instar de son conseil, Mathieu demanda à rencontrer le chancelier. Se présentant comme étant l'écuyer Ralph de Hutton, il fut reçu sans tarder par Walter Treugof qu'il impressionna fort en expliquant avoir été à Azincourt et vouloir désormais se consacrer à la science et à la connaissance. Le chancelier, satisfait qu'un noble damoiseau ait choisi de venir s'instruire dans son université, et non à Cambridge, lui promit d'intervenir auprès de Robert Gilbert, le *warden*[2] de Merton College pour qu'il puisse suivre les cours, bien que ceux-ci aient commencé le 9 octobre, veille de la Saint-Denis.

Quelques jours plus tard, un valet vint voir Mathieu au *Tackley's Inn* pour lui faire savoir que maître Robert Gilbert souhaitait l'interroger. Plutôt inquiet, car il craignait qu'on ne découvre sa fausse identité, le

1. Secte réformiste de l'Église catholique. Ses maîtres furent brûlés par Henri V.
2. Directeur.

prisonnier évadé fut reçu dans la chambre du directeur. S'y trouvait un autre individu en robe noire qui se présenta comme étant John Kemp, ancien élève du collège et vicaire général de Canterbury. Après quelques échanges généraux, ce dernier lui demanda de parler de la bataille d'Azincourt.

Mathieu devina qu'on voulait vérifier ses dires. Il décrivit donc la disposition des armées, l'importance des archers anglais, détailla la fin des combats et regretta le sort des prisonniers massacrés, tout en justifiant la décision du roi d'Angleterre. Des paroles qui lui écorchèrent la gorge. Il s'efforça d'être à la fois général et précis sur ce qu'il avait connu. Il parvint ensuite à répondre à quelques questions et son récit dut satisfaire le vicaire qui lui annonça avoir lui aussi été présent à la bataille, mais ne pas se souvenir de sa présence. Cependant les détails rapportés par le candidat étaient exacts et Kemp assura au *warden* que messire de Hutton était bien l'écuyer qu'il prétendait être.

La gorge sèche, Mathieu comprit qu'il avait réussi son examen.

Le lendemain, après avoir payé quatre-vingts pence au maître, sa quote-part annuelle, il assista à son premier cours de logique, donné en latin comme tous ceux dispensés à Oxford.

Assidu et doué, Mathieu fut vite classé parmi les meilleurs élèves. Cette position provoqua quelques jalousies, qui entraînèrent des querelles. Mais ceux qui s'en prirent à lui le regrettèrent quand il leur proposa un duel à l'épée. Car si l'écuyer avait vendu ses deux chevaux, il avait conservé armes et harnois récupérés lors de l'attaque de la Saint-Luc, et aucun clerc ou collégien n'était appareillé comme lui. Ceux qui l'avaient défié reculèrent donc en constatant la façon dont il était équipé.

Par ailleurs, il se lia avec des élèves pratiquant le tir à l'arc et les accompagna à des tournois. Pour participer à des concours éloignés, il obtint sans peine une lettre du *warden* certifiant qu'il était élève et homme de confiance.

L'enseignement à Merton était passionnant et Mathieu s'efforçait de ne manquer aucun cours, bien qu'il y eut été contraint plusieurs fois pour se rendre à des compétitions d'archers. Ce fut au mois de mai 1418 qu'il remporta son premier prix : cinq shillings d'argent qui lui permirent de s'acheter un luth et d'entrer dans un groupe d'élèves musiciens qui donnait des spectacles.

Les cours se terminèrent le 6 juillet, veille de la fête de la translation des reliques de saint Thomas Becket. Quelques jours plus tôt, il avait acheté une vieille rosse pour quatre livres et entreprit avec elle un long voyage vers la côte sud.

En chemin, il participa à de nombreuses joutes à l'arc et en remporta plusieurs, ce qui améliora ses finances, mais il ne put pénétrer dans Douvres avec la simple lettre du directeur de Merton College. Il parvint cependant à se rendre dans d'autres ports plus petits. Hélas, les sommes exigées pour gagner la France se révélèrent extravagantes. La plus faible étant de vingt livres. Or il ne disposait que de dix-huit livres en comptant les pièces d'or de Baudoin.

Lors de ce voyage, il apprit surtout que Henri V avait mis le siège devant Rouen et déjà conquis une partie de la Normandie.

Dépité, il revint à Oxford et, en octobre, reprit ses cours au collège, tout en continuant à participer à des concours de tir.

En dépit d'un hiver glacial qui le contraignit à dépenser beaucoup pour se chauffer, au printemps 1419, il avait réuni près de vingt-quatre livres grâce à ses gains de tournois.

Le dernier dimanche d'avril, il eut le plaisir de recevoir la visite de Nick qui lui annonça être désormais maître dans un collège de Londres. Mais son ancien compagnon lui apporta aussi de mauvaises nouvelles.

Mathieu savait déjà que Rouen était tombée après un siège atroce et sans pitié durant lequel des milliers de femmes et d'enfants étaient morts de faim. Mais ce que Nick lui révéla était autrement plus grave : il se murmurait à Londres, dans les milieux bien informés, que Henri V était aux portes de Paris et menaçait d'entrer dans la capitale de la France si Charles VI ne lui donnait pas sa fille Catherine comme épouse – ainsi que cela avait été convenu avant Azincourt – et s'il ne recevait pas en dot l'Aquitaine et la Normandie.

Mathieu comprit que si la reine Isabeau, qui dirigeait le royaume pendant les crises d'absence du roi, cédait, Henri se ferait nommer régent. Devant une situation aussi effroyable, il jugea qu'il ne pouvait plus attendre et il quitta Oxford le lendemain. Quitte à visiter tous les ports de la côte, il était décidé à convaincre un pêcheur de l'emmener en France.

Alors qu'il faisait halte à Maidstone où se tenait une foire, il apprit que les vendredi et samedi l'archevêque de Canterbury, Henry Chichele, de retour de France où il avait négocié la reddition de Rouen, présiderait, en l'honneur de saint Jean, un grand tournoi d'archers avec des récompenses exceptionnelles. Évidemment, Mathieu décida d'y participer et, en attendant le vendredi, il prit chambre dans une hôtellerie. Ce fut lors d'un souper qu'il apprit que l'archevêque avait fait ses études à Oxford.

Le tournoi se tint dans un grand pré le long de la route de Douvres. On avait construit là plusieurs échafaudages pour abriter des feux du soleil l'archevêque, ses gens et les seigneurs des environs. Tout autour du champ, bannières, oriflammes et pennons multicolores claquaient au vent.

Avec le parchemin faisant état de son appartenance à Merton College, Mathieu n'eut aucune peine à s'inscrire. Cependant, il se retrouva confronté à deux ou trois cents archers pour la plupart venus du Kent. Compte tenu de leur nombre, la première journée fut donc consacrée aux éliminatoires.

Devant une foule de manants, de bourgeois et de serfs placés derrière des barrières, les candidats se succédèrent par rang de dix pour tenter de loger une flèche sur des cibles mobiles suspendues à des cordes. Mathieu y parvint aisément, malgré une brise gênante. Mais, comme les archers étaient encore trop nombreux, une seconde sélection fut faite à partir d'un long tir sur une pièce de bois placée à cent pieds.

Le lendemain, ils étaient seulement trente que l'on conduisit devant la loge où se tenaient l'archevêque et Élisabeth Holland, l'une des sœurs du comte de Kent et épouse de lord John Neville, fils du comte de Westmorland. Les jouteurs s'agenouillèrent pour rendre hommage au roi et à l'Église, et entendre le règlement du concours énoncé par un héraut qui révéla le montant des prix : un cor de chasse en argent empli de dix nobles d'or pour le premier, une bourse de cinq nobles et un poignard pour le second ; enfin trois nobles iraient au troisième.

Quand il se releva, Mathieu croisa le regard de l'archevêque, lequel le gratifia d'un hochement de tête cordial. Avait-il appris qu'il était élève de Merton College ? Possible. Il ne devait pas y avoir tant d'archers qui sortaient d'Oxford.

La première épreuve consista en un tir sur cible où chaque candidat devait placer le plus de flèches possible durant un temps mesuré par un sablier.

Mathieu arriva cinquième, quelque peu perturbé par les cris, les encouragements et les insultes proférés par l'assistance, car tout le monde pariait, même dans les loges.

Il y eut ensuite des tirs de précision sur de petites cibles et des tirs sur des pigeons, jusqu'à l'épreuve finale qui consistait à percer des plaques d'acier de l'épaisseur d'une cuirasse avec des flèches particulières fournies par le maréchal des tirs.

La plupart n'y parvinrent pas tant il fallait bander l'arc avec force. Mathieu fut le dernier. Avant lui, seuls deux archers avaient réussi la performance, dont Will le Noir, bonhomme court sur jambes, trapu et aux muscles puissants, qui avait déjà remporté plusieurs épreuves.

Quand ce fut son tour, Mathieu se plaça dans le cercle de tir, tendit son arc pour y accrocher la corde cirée dans l'entaille supérieure. Puis il prit la flèche que lui remit le maréchal et l'ajusta avec soin. Jambes écartées et solidement plantées, bras gauche en extension, il tendit la corde jusqu'à ce que les plumes du boujon touchent sa joue, et lâcha.

La corde se détendit en un son musical. Le trait fila comme un éclair et perça sans peine la protection d'acier. Un immense cri d'admiration monta de la populace et, même dans la loge, plusieurs seigneurs se dressèrent pour applaudir.

Ayant examiné les trois tirs réussis, le maréchal déclara Mathieu vainqueur de cette épreuve, puis conversa un moment avec l'archevêque.

Ensuite, ce fut la proclamation des résultats de la joute. Si Will le Noir fut classé premier, Mathieu termina troisième.

Appelé, il se rendit à la loge où trônait l'archevêque entouré de son vicaire et de l'épouse de lord Neville. Autour d'eux, nombre de seigneurs et de chevaliers de retour de France ou qui s'apprêtaient à y retourner. L'écuyer de Thérouanne les aurait volontiers tous massacrés, et pourtant il afficha son visage le plus humble en s'agenouillant. L'heure n'était pas venue de venger Baudoin et Roger.

L'archevêque demanda alors à Mathieu s'il était parent avec la famille de Hutton Conyers. Inquiet, il répondit que non. Grâce au ciel, Henry Chichele ne fut pas plus curieux. L'épouse de lord Neuville lui demanda d'approcher et lui remit son prix avec un sourire de circonstance.

Il remercia en s'inclinant, et se retira vers les autres archers.

Il se rendait à l'endroit où il avait laissé son cheval, sous la garde de serfs, quand il fut abordé par un homme en jaquette grenat et chapeau de feutre. L'inconnu, vigoureux et au visage tanné par le soleil, était accompagné d'un jeune clerc.

— L'ami, tu es sacrément adroit ! J'avais parié sur Will le Noir à la dernière épreuve, et j'aurais mieux fait de miser sur toi.

— Je regrette de vous avoir fait perdre votre argent, seigneur, fit Mathieu, sans en penser un mot.

Ce gentilhomme lui cherchait-il querelle ? Il avait bien sûr remarqué qu'il portait épée.

— Mon nom est Thomas Masham. Je commande les archers de messire Philip William, un fidèle et bon compagnon de notre roi bien-aimé. Cherches-tu un engagement ?

— Dans une compagnie ?

— Dans celle de mon maître. Sache qu'il était l'un des premiers à entrer dans Harfleur. Il a vaincu les Français à Azincourt, et maintenant il a besoin de nouveaux tireurs pour marcher sur Paris.

— La paie est-elle bonne ? demanda Mathieu en dissimulant son excitation.

— Dix pence par jour, avec le vivre et le couvert, et une livre en prime à l'engagement. De surcroît, si en France tu captures des brigands, le roi t'accordera six livres !

— Par saint Dunstan, six livres ! Je suis votre homme, messire ! Mais qui sont ces brigands dont vous parlez ?

— Des Français, qui n'ont pas accepté d'être vaincus.

— Les gueux ! s'exclama Mathieu, sur un ton que n'aurait pas désavoué un Lancastre.

Le soir même, dans une autre hôtellerie de Maidstone, il signait un engagement pour trois ans avec deux autres archers que Thomas Masham avait recrutés. Le lendemain, ils partirent pour Folkestone où ils retrouvèrent six nouveaux soldeniers. Ils embarquèrent trois jours plus tard. Mathieu avait vendu sa vieille rosse et en avait tiré cinq livres.

Nick avait eu raison. Grâce aux tournois, il avait été engagé et il allait gagner la France, et ce, sans dépenser un denier ! Qui plus est, sa bourse était pleine.

Son cœur débordait de joie à l'idée de revoir son pays et les gens qu'il aimait. Mais dans quel état allait-il les retrouver ? Cela faisait presque quatre ans qu'il avait quitté l'Artois.

14

À Harfleur, les archers furent logés dans les maisons abandonnées par leurs habitants, et messire Masham leur annonça qu'ils repartiraient dès que son seigneur lui aurait fait connaître où le rejoindre. En attendant, les recrues étaient libres et pouvaient courir les cabarets. Masham ne craignait pas les défections. Qu'auraient fait des Anglais dans un pays hostile dont ils ne connaissaient pas la langue ?

Mathieu avait prévu de déserter dans l'après-midi. Le matin, il se rendit à la porte de Montivilliers, la plus septentrionale de la ville.

Là, il observa un moment les passages. Si les arrivants devaient présenter des sauf-conduits, ce n'était pas le cas de ceux qui sortaient. Toutefois, s'il ne voulait pas attirer l'attention, il devrait abandonner casque, brigandine, épée, arc et flèches. Il ne garderait donc qu'une dague et des vêtements chauds. Et sa bourse.

De retour à la maison où il logeait, il parvint à dormir un peu. Il ressortit à la relevée, revêtu de son seul gambison rembourré sur le gippon de Baudoin, et sans la surcotte aux armes de Philip William qu'on lui avait remise. Il avait aussi sa besace dans laquelle il rangea un pain, sa gourde d'eau et le reste des vêtements qu'il possédait.

Près de la porte de Montivilliers, il demeura encore dans le recoin d'une maison et ne remarqua rien d'inquiétant en ce qui concernait les départs. Les gardes ne semblaient pas questionner ceux qui quittaient la ville. Il s'avança donc et pénétra dans le passage où se tenaient quelques archers anglais.

Or, voici que là on l'interpella en anglais.

Il fit semblant de ne pas comprendre et répondit, dans un patois d'Artois, qu'il se rendait à l'abbaye de Montivilliers. Le matin, il avait interrogé un passant pour savoir où conduisait la route au-delà de la porte.

Les gardes n'insistèrent pas et lui firent signe de passer.

Le cœur battant, il franchit le pont-levis et, dès qu'il fut hors de vue des remparts, il pressa le pas.

Bien que ne connaissant pas le pays, il savait tout de même que Fécamp se situait au septentrion. À quelle distance exacte ? Il l'ignorait, mais sans doute pas à plus d'une journée de marche. Fécamp étant à coup sûr occupé par les Anglais, il ne prendrait donc pas le risque d'y pénétrer. Toutefois, il avait entendu dire par le père de Roger de Rambures que s'y tenait un marché hors les murs. Il espérait pouvoir y acheter une épée, et peut-être une broigne. Bref, de quoi se protéger et se défendre.

Il marcha ainsi sans s'arrêter, saluant ceux qu'il croisait sans pour autant chercher leur compagnie, sinon pour questionner sur la direction de Fécamp.

Quand il fit trop sombre pour continuer, il décida d'une halte derrière une haie et y passa la nuit.

Aux premières lueurs, il repartit. Il doutait que Masham le pourchasse. Le capitaine n'avait pas de temps à perdre. En revanche, il ne manquerait pas de prévenir le bailli de Harfleur, qui enverrait sans doute des gens à sa recherche. Imagineraient-ils qu'il se rendait à Fécamp ? Il ne le pensait pas. Pourquoi un déserteur anglais s'en irait-il là-bas ?

Il fut en vue de la ville au début de la matinée. Il commençait à y avoir beaucoup de monde sur le chemin et on lui indiqua comment se rendre au marché. Qui se tenait bien ce jour-là.

Il repéra vite les marchands d'armes qui vendaient du matériel récupéré ici ou là après des combats. Il acheta une bonne et longue épée pour quinze deniers, une broigne treillissée de lamelles de fer et une salade cabossée. Il emplit aussi sa besace de provisions et s'arrêta un moment devant un marchand de chevaux.

Il disposait de la somme nécessaire pour s'offrir un coursier. L'animal lui permettrait de gagner Fressin et Thérouanne dans les plus brefs délais, mais il serait plus facile à repérer à cheval. Comme piéton, il pouvait aisément se dissimuler derrière des haies. Il jugea donc plus prudent de poursuivre à pied.

Trois jours plus tard, il approchait d'Abbeville. Selon des colporteurs interrogés, la ville était toujours au duc de Bourgogne. Les bannières à la croix de saint André qu'il aperçut confirmèrent le fait.

À la porte de Hocquet, il expliqua aux gardes qui il était : Mathieu de Thérouanne, fait prisonnier à Azincourt, qui revenait chez lui après s'être évadé des geôles anglaises. Un officier de la ville lui posa quelques questions sur les gens d'Artois qu'il connaissait, sur Thérouanne et sur la bataille. Il n'eut aucun mal à lui répondre et on le laissa entrer en lui souhaitant bon retour au pays.

Il trouva gîte à l'auberge Saint-Jacques et dormit douze heures de tout son soûl après avoir soupé. Le lendemain, il acheta un cheval. Un bon destrier, pas trop cher mais robuste bête. Il le paya quarante livres avec sa sellerie. À la suite de cet achat, son viatique avait bien diminué. Malgré cela, il se laissa tenter par un luth, ayant laissé le sien à Fécamp.

Le surlendemain, il repartit à l'aurore, décidé à arriver à Fressin le soir même.

Il y fut à la nuit tombée, et ne découvrit que des palissades incendiées. Le cœur battant, il pénétra dans la basse-cour par un cheminement sur le fossé comblé. Les tours de bois du pont-levis avaient brûlé, comme les maisons et les ateliers de la cour désormais envahie de ronces, de hautes herbes et même d'arbustes. L'endroit sentait la mort.

Accablé d'horreur, Mathieu poursuivit vers le château. Plus de pont-levis pour franchir le fossé vaseux, mais on avait jeté un tronc d'arbre en travers. Il descendit de selle et emprunta ce passage.

Des granges et des écuries ne restaient que quelques pans de murs noircis et des poutres calcinées. Le manoir n'était plus que ruines.

Un renard sortit furtivement de ces décombres et, surpris par cette présence humaine, regarda un instant le visiteur avant de détaler.

Mathieu se dirigea vers la tour où il avait vécu. La porte était ouverte et il monta jusqu'à son ancienne chambre. Les coffres étaient brisés même si le reste du mobilier était intact. Il s'assit sur son lit, désormais sans paillasse et sans literie.

Qu'était devenu Jean de Créquy… Et Marguerite ?

Il ne put retenir ses larmes.

Au bout d'un moment, il redescendit et se rendit dans le donjon. Là encore, tout avait été pillé. Quelques meubles étaient brisés, mais la plupart avaient disparu, comme les tapisseries. Il se rendit dans la chambre de la dame de Roye. Les portes de l'armoire à casiers étaient brisées, et les livres avaient disparu.

Inutile de rester plus longtemps, décida-t-il.

Il revint à sa monture et se rendit au village. Là aussi, quelques bâtiments avaient dû être incendiés car il ne reconnut pas plusieurs maisons. Toutefois, le forgeron était toujours présent. Il travaillait un fer de labour devant un vilain qui attendait que la pièce soit finie.

Mathieu s'avança vers la forge et, prévenu par le laboureur, le fèvre s'arrêta de frapper de sa masse.

Tous deux regardèrent ce cavalier inconnu avec inquiétude. Pourtant, Mathieu était souvent venu faire réparer des mailles, des boucles et des pièces de sellerie quand il était servant mais, à l'évidence le forgeron ne le reconnaissait pas. Il avait tant changé !

— Dieu soit loué, enfin un visage ami ! dit-il. Que le Seigneur continue de vous protéger.

Le fèvre hocha la tête, s'interrogeant sur le dessein de ce visiteur armé. En ces temps de misère, tout étranger porteur d'épée ne pouvait apporter que le malheur. Il gardait le manche de sa masse serrée dans ses poings.

— J'étais le varlet de messire de Torcy avant de devenir écuyer. J'ai combattu à Azincourt avec Roger de Rambures et Baudoin d'Avesnes.

Le visage du fèvre s'éclaira et il abaissa sa masse.

— Rambures… Bien sûr… Messire de Rambures est mort à Azincourt avec le seigneur…

— Ce fut une boucherie.

L'artisan le dévisagea avec attention, et soudain déclara :

— Mathieu ? C'est cela ?

— C'est bien moi, approuva l'ancien varlet avec un triste sourire.

— Vous avez changé, messire… Vous n'aviez pas de poils au menton !

— Je n'ai pas changé que de figure. J'ai été prisonnier en Angleterre avec mon ami Baudoin qui est mort dans mes bras. Je me suis évadé et, enfin de retour, je découvre Fressin ruiné… Qu'est-il advenu au château ?

— C'est à cause du duc de Brabant[1], messire. Malgré l'interdiction de son frère, il est allé se battre à Azincourt, où il a trouvé la mort. Quand le roi Henri a vu son corps, on dit qu'il a été furieux car le duc Jean lui avait promis que ses gens ne l'affronteraient pas. Lorsqu'il est revenu, il a envoyé le duc de Clarence détruire les châteaux de ceux d'Artois qui avaient combattu à Azincourt. Par chance, messire de Créquy avait été prévoyant et s'était réfugié à Lille avec sa mesnie et ses gens. Mais nous, ici, où pouvions-nous aller à part nous cacher ? Les Anglais ont facilement pris le château. Il ne restait qu'une poignée d'hommes qu'ils ont tués, puis ils ont pillé et incendié. Ensuite, insatisfaits de ne pas avoir causé assez de malheurs, ils sont venus au village et ont pillé ce qu'ils ont pu.

— Et les autres châteaux du pays ?

— Ils ont ravagé Créquy et la maison forte de Sains. Ils ont détruit Azincourt et Thérouanne.

Thérouanne…

Mathieu chancela, sa vision se troubla et il perdit toutes couleurs.

— Voulez-vous de l'eau, seigneur ? demanda le vilain qui avait remarqué le trouble du visiteur.

1. Antoine de Bourgogne, frère de Jean sans Peur.

— Que savez-vous sur Thérouanne ? s'enquit Mathieu d'une voix tremblante.

— Ce qu'on a raconté, messire, répondit le forgeron. La maison forte a été prise par le duc de Clarence et ses habitants occis.

— Dieu tout-puissant, murmura Mathieu.

Il mit fin à la conversation et partit au galop.

Il arriva à Thérouanne en pleine nuit, mais sa parfaite connaissance des lieux lui permettait de se diriger sans peine dans l'obscurité. Il ignora les murailles du bourg et se dirigea vers la porte extérieure de la maison forte, remarquant aussitôt que la grosse tour paraissait moins haute.

Le pont-levis était baissé, et l'âcre odeur de la suie grasse était prégnante. Il pénétra dans la cour.

Le ciel couvert masquait les étoiles, aussi n'y voyait-il guère, mais il se rendit compte que le manoir avait brûlé.

Il appela :

— Y a-t-il quelqu'un ?

Silence, et un lointain aboiement de chien.

Mathieu laissa ses larmes couler et demeura longtemps immobile sur sa selle.

Enfin, il fit avancer le destrier vers la porte faisant communiquer le château avec le bourg.

Le passage était muré.

Il décida de rester chez lui, pour la nuit. Il descendit de cheval, dessella l'animal et le laissa libre de trouver où paître et se désaltérer. Lui-même prit sa besace et se rendit dans la grande tour où il logeait quand il était enfant.

L'escalier conduisant aux étages était bouché par les pierres provenant de l'écroulement des niveaux supérieurs, mais la salle basse était intacte. Il restait même un lit avec une paillasse humide. Il l'enleva et s'allongea sur le cadre.

Le passé était mort. Que faire ?

Malgré sa douleur, il s'endormit, recru de fatigue.

Un hennissement le réveilla.

Le jour naissait. Il attrapa son épée et sortit. Un enfant, pieds nus en socques de bois, vêtu d'une pauvre harde en laine mitée, caressait son cheval.

— Excusez-moi, seigneur, dit le garçon en reculant craintivement.

Il devait avoir une dizaine d'années. Ses yeux bleus brillaient dans un petit visage sale encadré de longs cheveux paille envahis par les poux. Mathieu remarqua la fronde passée dans le cordon qui lui servait de ceinture.

— Il n'y a pas de mal, mon cheval paraît content, fit-il. Qui es-tu ?

— Anselot. Je vis là-bas.

Il désigna l'autre tour du château.

— Quel âge as-tu ?

— Neuf ans, ou huit, je ne sais.

— Tes parents ?

— Mon père a été tué par les Anglais. Ma mère m'a emmené à Thérouanne pendant l'attaque du château. On s'est réfugiés dans l'évêché et les Godons n'ont pas osé le piller.

— Quel était le nom de ton père ? demanda Mathieu car le visage de l'enfant lui paraissait familier.

— Charles Druon. Il était fauconnier…

— Charles ! Mon bon Charles ! Mais bien sûr, je me souviens de toi, Anselot ! La dernière fois que je t'ai vu, tu savais à peine marcher !

— Qui… qui êtes-vous, messire ?

— Mathieu… Le seigneur de Thérouanne. J'arrive d'Angleterre où j'étais prisonnier…

L'enfant s'agenouilla.

— Lève-toi, Anselot ! Dis-moi ce qu'est devenue ma mère !

L'enfant baissa la tête et murmura :

— Notre noble dame n'a pas voulu fuir à Thérouanne et a défendu le château jusqu'à la fin, les armes à la main. Le capitaine anglais l'a tuée. C'est ma mère qui me l'a dit.

Le cœur de Mathieu se serra. En même temps, il songeait qu'il avait désormais tant d'Anglais à meurtrir qu'une vie ne lui suffirait pas.

— Est-elle inhumée ici ?

— Sous la dalle de la cathédrale où se trouve votre père, messire.

Une idée vint alors à Mathieu.

— Vis-tu ici ? questionna-t-il.

— Depuis cet hiver. Je n'ai pas pu rester à Thérouanne.

— Pourquoi ?

— Ma mère habitait chez sa tante, mais la maladie les a emportées cet hiver. Le mari de sa tante n'a plus voulu de moi. Alors, je suis revenu ici.

— Que manges-tu ?

— Parfois, des gens du bourg me donnent un peu d'orge. Mais ils en ont peu pour eux. Je chasse aussi les rats, et les lapins…

Il toucha sa fronde.

Décidément, ce garçon plaisait à Mathieu. Il n'avait pas envie de le laisser. Pourquoi ne pas en faire son varlet d'armes ?

— Veux-tu venir avec moi ?

— Oh oui, seigneur ! Où irons-nous ? interrogea l'enfant, les yeux brillants.

— Je ne sais… Mais je me sens capable de tuer tous les Anglais en France.

— Moi aussi, seigneur ! Que ferai-je près de vous ?

— Ton père a été un père pour moi. C'est justice que je m'occupe de toi. Je vais prier sur la tombe de ma mère et nous partirons pour Avesnes… Mais, dis-moi, tu dois de temps en temps aller dans le bourg… J'aimerais me procurer un arc. Un arc anglais.

Un grand sourire illumina le visage du garçon.

— Venez, seigneur !

Il se précipita vers la tour qui lui servait de domicile.

Intrigué, Mathieu le suivit vers le bâtiment.

La salle basse était vide. Il s'engagea dans l'escalier. La chambre d'étage était déserte, cependant, à l'évidence l'enfant vivait là, car il y avait une paillasse et la cheminée était pleine de cendres.

— Je suis en haut, seigneur ! cria la petite voix.

Il reprit l'escalier.

À genoux, Anselot dégageait d'un tas de paille un *longbow*, des flèches, une épée, un couteau et une escarcelle.

— Où as-tu eu ça ? demanda Mathieu en se baissant pour saisir l'arc, belle arme en if et en orme.

Un arc gallois.

— Voici deux ou trois mois, je chassais dans les bois avec ma fronde. J'ai vu un cavalier qui faisait abreuver sa monture près de la source des Roland. À sa cotte, j'ai reconnu un Anglais. J'ai frondé et l'ai atteint d'une pierre. Il est tombé, assommé. Je suis allé voir, mais il n'était pas mort, et je n'ai pas eu le courage de l'achever. J'ai juste saisi ses armes et les ai cachées ici.

— Il n'est pas venu à Thérouanne pour rechercher son agresseur ?

— Peut-être, mais je ne l'ai jamais revu.

Sans doute un messager, quelqu'un qui n'avait pas de temps à perdre. Quoi qu'il en soit, Mathieu possédait maintenant un arc grâce à ce garçon.

Il demeura longtemps agenouillé sur la dalle mortuaire de ses parents. Quand il n'eut plus de larmes pour pleurer, il s'adressa au prêtre de la cathédrale qui l'avait accompagné et lui remit un noble d'or afin qu'il célèbre chaque jour une messe pour son père et sa mère, pendant au moins un an.

Avant de quitter Thérouanne, il se rendit chez un marchand de chevaux et acheta un vieux canasson bien placide pour Anselot. Mathieu songeait à gagner Paris pour se mettre au service du roi, et il aurait été impossible que le garçon fasse la route à pied. Quant à monter en croupe, cela aurait épuisé son destrier.

Chez un fripier et un cordonnier, il lui prit aussi une cotte de laine, une chainse, des braies et de solides souliers.

Ils arrivèrent en vue d'Avesnes le soir. Au sommet de sa motte, le château paraissait intact. Mathieu en fut soulagé, même s'il s'interrogeait sur la façon dont il allait annoncer à Agnès la mort de Baudoin.

La porte de la forteresse était fermée et le pont dormant retiré. Il héla plusieurs fois jusqu'à ce qu'une sentinelle lui réponde, depuis le chemin de ronde.

— Je suis Mathieu de Thérouanne, un ami de Baudoin. Je souhaite rencontrer damoiselle Agnès de Beauffort.

— Il n'y a point de jouvencelle de ce nom ici, messire. Ce château n'appartient plus aux Beauffort.

Mathieu demeura si stupéfait qu'il resta un instant sans voix. Certes, le père et le frère de Baudoin étaient morts, mais restaient sa mère, ses oncles, et Agnès.

— Qui est le maître du château ? parvint-il à demander.

— Le baron de Longvilliers.

— Qui est ce baron ?

— Un serviteur du duc Jean.

— Mais le fief n'appartient pas au duc Jean.

— Les Beauffort ont livré le château au duc de Clarence quand il l'a assiégé, en échange de leur vie. Et le duc a ensuite revendu le fief à monseigneur Jean qui l'a cédé au baron de Longvilliers.

— Mais, les Beauffort et leurs gens, que sont-ils devenus ?

— Je l'ignore, messire. Je suis juste chargé de garder ici, et de n'ouvrir à personne.

— Clarence ! murmura Mathieu.

Décidément, il avait désormais un rude compte à régler avec le frère d'Henri V.

Comprenant qu'il n'apprendrait rien d'autre, il se rendit à Avesnes pour y passer la nuit. Dans l'hôtellerie où il logea avec Anselot, on lui apprit que la mère de Baudoin était morte de chagrin après Azincourt et que les gens du château étaient partis pour Lille à la suite du siège du duc de Clarence. Agnès se trouvait-elle avec eux ? L'aubergiste l'ignorait.

La nuit portant conseil, Mathieu décida de partir pour Lille y rechercher Agnès.

Ils avaient quitté Avesnes depuis une couple d'heures et il recherchait un gué pour traverser une rivière quand il vit un cavalier avancer dans sa direction. Le chemin était étroit. À gauche, le cours d'eau, et à droite un talus. L'inconnu à cheval se rapprocha et Mathieu constata qu'il portait une surcotte à trois léopards et qu'il chantonnait en s'accompagnant à la vielle, laissant sa monture avancer à son gré :

Je trouvais la fillette
Sous la branche d'un houx,
Elle s'est endormie
Au chant des oisillons.

Un Anglais qui chantait en français ! Qui plus est, il salissait la ritournelle que fredonnait Baudoin ! La haine qui emplissait son cœur déborda et il s'arrêta, empêchant tout passage.

— Dieu, te garde l'ami ! fit l'homme sans hostilité. L'un de nous deux va devoir reculer.

— À vous l'honneur.

L'inconnu ne bougea pas, un sourire errait sur ses lèvres.

Son regard s'arrêta sur l'arc que tenait Mathieu.

— Un *longbow*… murmura-t-il.

Sa main se posa sur la poignée de son épée.

— Anglais ? questionna-t-il, d'un ton dur.

— Point, mais vous, vous l'êtes !

— Point…

Le silence s'installa. Pourquoi cet homme affirmait-il ne pas être anglais, alors que sa cotte affichait le contraire ? Au ton de sa voix, il semblait ne guère aimer les Godons, se disait Mathieu, intrigué.

— Seuls les Anglais possèdent ce genre d'arc, annonça l'inconnu.

— Celui-là appartenait à un Anglais, opina Mathieu.

— Vous l'a-t-il vendu ?

— Point.
— Vous lui avez pris ?
— C’est lui qui l’a pris…
Il désigna l’enfant derrière lui.
— Un trop grand arc pour un jouvencel incapable de s’en servir ?
— C’est moi qui m’en sers.
— Archer ?
— Point, mais j’ai appris en Angleterre.
— Qu’y faisiez-vous ?
— Captif, depuis Azincourt
— Vous étiez à Azincourt ?
— J’y étais.
— Et on vous a libéré…
— Je me suis libéré…
— Êtes-vous d’Artois ?
— Oui, Mathieu de Thérouanne. Il ne reste plus grand-chose de mon château.
— Comme moi.
— Êtes-vous d’Artois ?
— Non, normand. Robert Blondel, je suis le vicomte de Valognes, ou plutôt je l’étais. J’ai combattu les Anglais, et j’ai dû abandonner mon château, mes biens et ma fortune.
— Et cette surcotte ?
— Les envahisseurs que je croise me laissent ainsi tranquilles.
— Que faites-vous en Artois ?
— Je me renseigne… Pour le dauphin.

15

Baugé, 22 mars 1421,
veille de Pâques, le crépuscule

Au milieu des archers écossais, Mathieu et Anselot attendaient depuis plusieurs heures dans ce bois humide qui surmontait la rive gauche du Couesnon dont le dégel avait transformé les rives en bourbier. Ils étaient quelque deux mille combattants. Autant d'archers se dissimulaient plus loin, sur l'autre rive, et un millier de chevaliers et d'écuyers attendaient vers Baugé.

Mathieu avait eu du mal à convaincre John Stuart, le comte de Buchan, de l'accepter comme simple piéton. Il avait dû faire ses preuves par un tir difficile et le capitaine des archers écossais avait reconnu son adresse. Quand Buchan lui avait demandé pourquoi un noble écuyer comme lui voulait se mêler à des *yeomen*, il s'était justifié en disant avoir de terribles comptes à régler avec les Anglais et que, dès la fin des tirs, il irait combattre, épée au poing, aux côtés des gentilshommes.

Les Anglais allaient-ils tomber dans le piège préparé par Jean Stuart, Dunois le bâtard d'Orléans et le chambellan du dauphin Motier de Lafayette ? Mathieu priait pour qu'il en soit ainsi. Cette longue attente allait-elle enfin récompenser ces trois décevantes années depuis sa rencontre avec Robert Blondel ?

Dans le silence et l'immobilité imposés par l'embuscade, il ressassait le passé qui revenait par vagues. Il avait toujours présent à l'esprit son face-à-face avec le vicomte de Valognes au bord de la Lys.

Chacun ne voyant plus un ennemi dans le cavalier en face de lui, ils s'étaient expliqués réciproquement quant à leur présence sur le même chemin. D'abord, bien sûr, avec une évidente méfiance, puis plus librement jusqu'à ce que Blondel propose qu'ils s'installent dans un champ proche de la rivière pour bavarder. Valognes avait avec lui une gourde pleine de cidre qu'il proposait même de partager.

Anselot, qui assurait l'intendance de son maître, s'était procuré des saucisses à Avesnes. Mathieu, ne voulant pas être en reste, offrit qu'ils s'en régalent. Blondel ajouta un pain qu'il gardait dans ses sacoches.

Peu après, assis sous un arbre et ayant mis en commun vivres et boissons, ils avaient fait connaissance.

Le vicomte de Valognes avait dit avoir rejoint le dauphin au sud de la Loire afin de continuer la lutte contre l'Anglais. Il venait de conduire une reconnaissance autour d'Amiens et de Compiègne pour préparer un coup de main qui serait mené par l'un des capitaines du dauphin, un nommé Jean Poton, seigneur de Xaintrailles. À son tour, Mathieu avait raconté Azincourt, sa captivité, son évasion et sa vie en Angleterre.

— Vous avez fait deux ans d'études à Oxford ! Comme je vous envie ! Plus jeune, je rêvais de pouvoir aller étudier là-bas, mais j'ai dû me résigner à devenir maître ès arts à l'université de Paris.

De but en blanc, Robert Blondel s'était mis à questionner Mathieu en latin. Amusé, car devinant qu'il s'agissait d'une épreuve, l'écuyer avait répondu de la même façon. Blondel lui avait alors révélé que, lorsqu'il ne chevauchait pas pour le dauphin, il écrivait une *Complainte des bons et loyaux Français* afin qu'on se souvienne du mal que l'Anglais avait fait à la France. Ensuite, il avait évoqué la sœur de Baudoin d'Avesnes :

— Donc vous voulez aller à Lille retrouver cette damoiselle Agnès ?

— Je l'ai promis à son frère, s'était justifié Mathieu.

— Savez-vous ce qui va vous arriver ?

— Dites-le-moi, avait répliqué l'écuyer avec une ombre de défi, devinant que le vicomte le désapprouvait.

— Au pis, vous apprendrez qu'elle est morte, au mieux qu'elle est mariée, ou nonne dans un couvent. Dans tous les cas, ce sera un voyage inutile. En revanche, je peux vous assurer que vous serez pris, interrogé par messire de Rosembos, le prévôt du duc de Bourgogne, homme fort adroit qui vous remettra aux Anglais pour s'attirer leurs bonnes grâces car il y a de rudes frictions en ce moment entre Jean sans Peur et Henri V, et les Lillois craignent pour leur ville. Ensuite, les Godons vous pendront, ou vous feront pire.

— Je ne me laisserai pas faire.

— C'est votre vie, mon ami, avait laissé tomber Blondel avec un vague geste d'insouciance, comme s'il s'en moquait. Cependant, je regretterai votre sort, aussi puis-je vous proposer un moyen plus sûr pour retrouver votre Agnès.

— Comment ?

— Venez avec moi à Bourges.

— Qu'y ferais-je ?

— Vous entrerez dans une compagnie, et vous tuerez des Anglais. N'est-ce pas un bon début ?

— En effet ! avait approuvé Mathieu dans un triste sourire. Et Agnès ?

— Laissez-moi vous apprendre une chose : depuis des mois se déroulent de doubles négociations. D'une part entre Jean sans Peur et Henri V, mais elles se sont arrêtées en mai quand le roi d'Angleterre a exigé que le duc de Bourgogne se reconnaisse comme son vassal. D'autres discussions ont donc commencé en juillet à Troyes entre Jean et le dauphin Charles. Celles-là sont conduites par Tanneguy du Châtel, honorable chevalier au plus proche de l'héritier du royaume. J'ai bon espoir qu'elles aboutissent. Alors Lille deviendra une ville amie et l'Artois sera libéré. C'est la raison de ma présence ici. À ce moment-là, je vous accompagnerai pour retrouver la jeune Agnès, et nous aurons de bonnes chances de réussir.

Après une longue hésitation, Mathieu avait accepté, comprenant que, seul, il ne pourrait se battre à la fois contre l'Angleterre et la Bourgogne.

Pourtant, rien ne s'était passé comme prévu. Pour sceller leur alliance, Jean sans Peur et le dauphin Charles s'étaient rencontrés à Montereau, sur un pont[1]. Que s'était-il alors passé ? Personne ne le savait exactement, ou ceux qui connaissaient la vérité préféraient la taire. Mais le duc Jean était tombé sous des coups de hache donnés, disait-on, par Tanneguy du Châtel et Guilhem de Barbazan[2].

1. 10 septembre 1419.
2. Voir *Le Pont de Montereau*, 10/18, n° 5383.

Dès lors, dans les mois qui avaient suivi, Philippe le Bon, fils de Jean et nouveau duc de Bourgogne, avait scellé une solide alliance avec l'Angleterre.

Pis, il avait œuvré pour que la reine Isabeau, qui régnait à la place de son mari, signe à Troyes avec lui et le roi d'Angleterre un traité[1] par lequel ce dernier, désormais époux de Catherine de France, devenait régent du royaume et serait le prochain roi. Quant au comte de Ponthieu – le prétendu dauphin Charles –, il perdait tout droit à la couronne pour avoir commandité l'assassinat de Jean sans Peur. D'ailleurs, il se murmurait que ce onzième rejeton d'Isabeau de Bavière n'était qu'un bâtard tant sa mère avait eu d'amants.

Toutefois, le dauphin pouvait compter sur ceux qui rejetaient l'Anglais et reconnaissaient sa légitimité, certainement la majorité du royaume. Il disposait d'argent qui lui permettait de recruter des mercenaires écossais, aragonais ou espagnols, et surtout de bons capitaines. Ceux-ci, avec leurs redoutables compagnies, non seulement empêchaient les Anglais d'établir un corridor entre la Normandie conquise et leur possession de Guyenne, mais ravageaient le Parisis, l'Orléanais, la Picardie et la Champagne.

Malgré ces avantages, tout était allé de mal en pis pour le comte de Ponthieu, incapable de commander ses gens. Les Anglais étaient disciplinés et Henri V excellent stratège, alors que le dauphin était faible et à la merci de ses courtisans. Ses capitaines n'en faisaient qu'à leur guise, recherchant le pillage avant la reconquête du royaume.

Au début de l'année 1421, le roi d'Angleterre avait jugé avoir les moyens d'emporter l'Anjou, la

1. 21 mai 1420.

Touraine et le Poitou. Il avait envoyé une armée de plusieurs milliers d'hommes conduite par son frère Thomas de Lancastre, duc de Clarence. De son côté, le dauphin avait obtenu une aide inespérée d'Écossais qui voulaient soutenir leur roi, Jacques Ier, prisonnier des Anglais.

En mars 1421, le duc de Clarence avait échoué devant les murailles d'Angers et, à cause du mauvais temps, s'était replié sur Beaufort en attendant de pouvoir passer la Loire. Les troupes françaises, regroupées à Baugé à quelques lieues de l'armée anglaise, venaient de faire leur jonction avec les Écossais de Stuart de Darnley et de Stuart de Buchan qui avaient débarqué à La Rochelle.

Des heures à se morfondre. Clarence avait donc éventé le piège, puisque aucune troupe n'approchait, songea Mathieu.

Soudain, il tendit l'oreille. On percevait un bruit sourd provenant du sud, de l'autre côté du Couesnon. Une sorte d'agitation, de martèlement, puis retentirent quelques hennissements, des craquements.

Un sergent se glissa entre les archers pour chuchoter :

— Les Anglais arrivent, ils doivent être un bon millier, le double peut-être… tous à cheval… Il ne semble pas y avoir d'archers avec eux…

Imitant ses compagnons, Mathieu plaça la corde de soie sur son arc et prit les flèches que lui tendit Anselot.

Son jeune servant avait bien changé. C'était désormais un solide garçon qui, même s'il n'avait guère combattu, l'avait toujours accompagné dans les entreprises auxquelles il avait participé sous le commandement d'Étienne de Vignolles, celui qu'on appelait La Hire. Pour l'heure, Anselot tenait prêts le haubert, l'épée et le bassinet de son maître car, après les tirs, Mathieu combattrait au corps à corps.

Mathieu portait une simple jaque matelassée blasonnée à ses armes, de hautes heuses et un bonnet de feutre sur lequel était attachée une broche émaillée représentant une fleur de mouron rouge. Le signe des Trois. Il l'avait fait forger par un orfèvre de Bourges, Pierre Godard[1], et la portait toujours, en hommage et souvenir de ses amis.

Cette fois serait la bonne, songeait-il, le cœur débordant d'espoir. Certes, durant ses chevauchées avec La Hire, il avait souvent bataillé, mais il s'agissait surtout d'affrontements avec des Bourguignons. Jusqu'à présent, il n'avait pu assouvir sa haine de l'Anglais.

Maintenant, les Godons étaient là, ils approchaient. Mathieu priait pour pouvoir enfin se trouver face à face avec Clarence. L'homme qui avait tué sa mère.

L'embusque avait été préparée la veille. Dès l'arrivée des renforts écossais, Dunois avait voulu les mettre à l'épreuve. Il avait demandé à leur capitaine que quelques-uns de ses hommes acceptent de servir d'appât. Le risque était grand, mais la récompense l'était en proportion : le volontaire qui réussirait recevrait cent pièces d'or, aussi les candidats avaient-ils été nombreux. De petits groupes d'hommes à cheval étaient ainsi allés patrouiller autour de Beaufort.

Quand s'était montrée une compagnie anglaise, les chevaucheurs avaient détalé mais l'un des cavaliers

1. Il deviendra l'associé de Jacques Cœur.

avait volontairement fait chuter sa monture pour rouler au sol. Les Anglais l'avaient saisi sans le meurtrir afin de le faire parler. Conduit devant le duc de Clarence, le prisonnier écossais avait accepté de dire ce qu'il savait si, ensuite, on le libérait. Le frère du roi avait donné son accord à l'arrangement.

L'homme avait donc reconnu faire partie de l'avant-garde de l'armée de Buchan qui devait rejoindre des proches du dauphin se trouvant à Baugé où ils attendaient d'importants renforts.

Clarence vit dans cette situation un signe divin. Le Seigneur lui offrait la possibilité de saisir des fidèles du comte de Ponthieu et de briser ses projets. Il avait rassemblé sur-le-champ ses chevaliers et ses amis, pas loin de deux mille, et était donc parti, pressé d'en découdre et de faire de riches prisonniers.

Pour rendre le piège plus vraisemblable, Dunois avait placé une centaine de cavaliers près du pont de bois sur la rivière, seul passage à sec qui permettait de rejoindre Baugé. Ces hommes faisaient mine de garder l'accès au bourg.

Mathieu et ses compagnons écossais voyaient parfaitement cette troupe bien que le soleil ait disparu derrière les arbres.

Quand Clarence, qui marchait en tête de ses bataillons, aperçut les sentinelles françaises, il décida de les charger avec ses proches compagnons, lance en avant, tandis que le reste de son armée sous les ordres d'Exeter, son oncle[1], poursuivait sur la rive gauche

1. Thomas Beaufort, duc d'Exeter, fils de Jean de Gand, duc de Lancastre, et de sa maîtresse. Jean de Gand était le grand-père d'Henri V.

dans le dessein de traverser plus loin, à gué, afin de prendre les hommes du roi de France à revers.

Se sachant en infériorité, les gens de Dunois détalèrent vers Baugé, donnant l'impression d'une misérable couardise.

Chez les archers, chacun attendait l'ordre de leur capitaine. Mathieu comme les autres. Cependant, lui s'efforçait d'identifier les Anglais à l'instant où ils passaient sur le pont.

Il repéra sans difficulté celui qu'il cherchait dans les premiers chevaucheurs car le duc portait une armure dorée avec, par-dessus, une surcotte aux triples léopards et aux fleurs de lys.

Arrivé sur la rive droite, Thomas de Lancastre s'arrêta pour donner des ordres aux barons qui l'entouraient. Du terre-plein où il se trouvait partaient deux chemins, l'un vers l'église de Baugé, par où avaient fui les Français, et l'autre qui contournait le bourg. Les maréchaux anglais donnaient leurs instructions pour encercler le village quand les capitaines écossais donnèrent l'ordre du tir.

Aussitôt une nuée de flèches s'envola.

Mathieu avait tendu son arc à la limite de la rupture. Sa flèche partit avec une incroyable vitesse en suivant une faible courbe et perça la pansière de l'homme visé : Thomas de Lancastre, duc de Clarence.

Retenu par son haut dosseret, ce dernier demeura pourtant sur sa selle. Mais Mathieu l'atteignit d'un second trait. Cette fois, le frère d'Henri V tomba. L'écuyer de Thérouanne poursuivit alors calmement ses tirs sur un Clarence au sol, agonisant, peut-être déjà mort.

Pendant ce temps, les volées de flèches ne cessaient point, multipliées par celles provenant de la rive gauche.

En quelques instants, le lieu de l'embusque se transforma en enfer sanglant. Ce ne fut plus qu'un enchevêtrement furieux de chevaux et de cavaliers blessés, dans un vacarme de hennissements, de jurons, d'insultes et de supplications.

Plus de la moitié des Anglais étaient meurtris par les fers des flèches et nombre de gentilshommes désarçonnés gisaient dans leur sang quand surgirent les cavaliers français venant de Baugé, conduits par un jeune chevalier au blason d'azur barré, portant trois fleurs de lys d'or : le bâtard d'Orléans.

Il entraînait non seulement les faux fuyards mais une véritable armée de plusieurs centaines de combattants avides de carnage, tous brandissant lance, hache, masse et brette dans des hurlements sauvages.

Les Anglais encore à cheval tentèrent de fuir vers l'église, mais y furent accueillis par une compagnie de Français qui les mit en pièces.

Le reste des compagnons de Lancastre dut faire face à l'assaut furieux des chevaliers, mais pas seulement car, dès l'arrivée de ceux-ci, les tirs écossais avaient cessé. Les archers avaient abandonné leur arc et s'étaient précipités avec hache, épieu, coutelas ou marteau d'armes pour achever les blessés et faire des prisonniers.

Une fois certain de la mort du duc de Clarence, Mathieu avait enfilé son haubert, s'était coiffé de son bassinet, avait pris son écu et s'était précipité dans l'estourmie.

Le combat faisait rage et il se jeta dans la mêlée, frappant les ennemis avec une fureur qu'il n'avait jamais ressentie. Il se vengeait de tant d'années de malheur et de la perte des siens et de ses amis. Très vite autour de lui, ce ne fut qu'une accumulation de corps déchirés. Devant sa furie, les ennemis refluèrent vers le pont.

Hélas pour eux, sur la rive gauche, un groupe d'archers écossais avait brisé le plateau permettant de franchir la rivière et y avait bouté le feu. Toute fuite était donc impossible de ce côté-là, aussi ce fut rapidement l'hallali.

Pendant ce temps, le gros de l'armée anglaise traversait un bois où elle se trouva sous le tir des archers écossais de l'autre rive. Pris au piège, Exeter donna l'ordre de franchir les marécages. Le passage fut difficile et confus car la nuit était tombée. Pis, arrivés de l'autre côté, les Anglais, dont beaucoup s'étaient embourbés et avaient dû abandonner leur monture sous une pluie de flèches, tombèrent sur les Français rangés en ordre de bataille devant un cimetière. Ceux-ci avaient l'avantage de connaître le terrain et un violent et confus combat s'engagea dans la nuit.

Près du pont, la boucherie était terminée et Mathieu courut vers le cimetière où maintenant les combats faisaient rage. L'obscurité s'était installée, mais des valets avaient allumé des torches attachées sur quelques murs car les Français, se sachant maîtres du terrain, voulaient identifier leurs adversaires afin de décider qui tuer et qui capturer pour obtenir rançon.

Thérouanne se jeta sans attendre dans la mêlée, frappant de taille sans chercher à épargner aucun adversaire. Peu lui importaient les mises à finance. Soudain, un chevalier plus audacieux que les autres se précipita à sa rencontre, épée haute. Mathieu para le coup de son écu et, alors qu'il avait la possibilité de frapper à son tour, il retint son geste. À la lumière d'une flamme vacillante, il venait de se rendre compte que son adversaire portait une surcotte au blason écarlate chargé de trois doubles gouttes d'argent. La même que le chevalier qui avait sauvé la vie à plusieurs prisonniers français après l'intervention du clerc à l'aspect de corneille, à Azincourt.

Cette mansuétude aurait pu lui faire perdre la vie, car l'homme allait lui flanquer un mortel coup de taille. Mais Dieu, ou Baudoin, protégeait Thérouanne puisqu'un Français apparut derrière le chevalier au blason écarlate le frappa du fer de sa hache en brisant son bassinet et son crâne.

Déconcerté par l'incident, Mathieu ne se replongea pas dans la mêlée qui d'ailleurs se terminait car la plupart des Anglais survivants demandaient miséricorde. Les Français poursuivaient désormais les ultimes combattants dans les rues du village afin de les achever.

Lui se dirigea vers l'église. Là aussi les combats avaient été terribles mais les affrontements venaient de cesser. On amenait déjà des prisonniers devant messires de Lafayette et de Buchan.

Blondel aperçut son ami et vint à sa rencontre :

— Pas de blessure ? s'enquit-il, inquiet.

— Non... Je crois que Dieu m'a protégé.

— Il n'a pas sauvegardé Lancastre, mon ami. On vient d'amener son cadavre percé de flèches.

— Même s'il l'avait voulu, le Seigneur n'aurait pu le faire. J'avais décidé de tuer le duc de Clarence. Je l'ai atteint de cinq traits, tous mortels.

— Toi ?

— Oui. Ne t'avais-je pas dit que je le punirais pour ses crimes ?

Blondel hocha la tête. Avec la mort de Clarence qui commandait les armées anglaises en France et la capture d'Exeter qu'ils venaient de saisir, le dauphin obtenait un répit. Peut-être Dieu venait-Il d'envoyer un signe fort en faveur de la France.

Des hommes amenaient de nouveaux corps qu'on étendait devant l'église. Déjà plus d'une centaine que Lafayette et le bâtard d'Orléans examinaient. Blondel emmena alors Mathieu et le présenta au chambellan du dauphin en lui disant que c'était lui qui, de son arc, avait abattu le duc de Clarence.

Motier de Lafayette le complimenta et lui promit de le présenter au dauphin au château de Mehun-sur-Yèvre quand ils reviendraient à Bourges, puis il donna des ordres au sujet des prisonniers qu'il fallait entraver avant de quitter Baugé.

Le regard de Mathieu fut alors attiré par l'un des corps qui portait encore un bassinet enfoncé dans son crâne. C'était l'homme d'Azincourt, celui à la surcotte aux trois gouttes d'argent. Celui qu'il avait épargné un peu plus tôt.

Il questionna Blondel :

— Qui est cet Anglais ?

— Je ne sais pas. Je peux me renseigner si tu veux…

— Fais-le !

Blondel s'éloigna pour interroger des chevaliers. Finalement, l'un d'eux opina et lâcha un nom que Mathieu entendit :

— William de Roos. Son frère est là-bas, et maudit soit le coutillier qui l'a achevé. On aurait tiré de lui une belle rançon.

Le chevalier désigna un autre corps.

— Il s'agit du baron de Roos, le maréchal d'Angleterre, poursuivit-il. Je l'ai rencontré lors de la reddition de Rouen.

Le nom ne disait rien à Mathieu. Pourtant il alla voir le second corps qui portait encore un plastron de fer avec la hampe du vireton qui l'avait percé. Des entrailles sortaient de son ventre, sous ses braconnières.

En l'examinant, Mathieu se souvint de l'avoir vu lui aussi à Azincourt.

— À la fin de la bataille, il était en effet près d'Henri V, dit-il à Blondel.

Les Français et leurs prisonniers repartirent quelques heures plus tard, alors qu'on annonçait l'approche du duc de Salisbury avec une seconde armée.

Ce fut durant ce retrait que Mathieu apprit que les prisonniers dépassaient les six cents. Les rançons seraient opulentes ! Quant aux morts, ils étaient peu nombreux du côté des Français, mais avaient dû atteindre deux milliers chez leurs adversaires.

16

Samedi 18 mai 1426, Paris

— Tu as raison, Gower ! Ce fut une manière bien malheureuse de régler la querelle.

— N'est-ce pas ? s'exclama l'ancien archer d'Azincourt en se retournant.

Gower Watson, qui regardait la pluie tomber par la fenêtre de la chambre de son ami, changea de visage. D'abord approbateur, son regard se chargea de surprise tandis qu'il fronçait les sourcils.

— Par saint Dunstan, voilà qui dépasse mon imagination ! Lis-tu dans mon esprit, maintenant ?

Le clerc émit un rire grinçant avant de déclarer :

— Pour un esprit logique, il suffit d'observer.

— Explique-moi donc comment tu as deviné que je pensais à cette maudite guerre.

— Je ne devine jamais, Gower. Ne le sais-tu pas, depuis qu'on se connaît ? Quant à t'expliquer… Il m'a suffi de te regarder.

— Mais tu ne me regardais pas, tu nettoyais ta haquebute !

— Je suis capable de faire les deux !

Les deux amis se trouvaient dans une chambre, au deuxième étage d'une belle demeure à la façade à clochetons, arcatures et statues de saints : la maison à la Corne-de-Cerf, sise rue du Coq, à quelques pas du Louvre.

Edward Holmes en avait été l'intendant quand le logis appartenait à son frère consanguin John de Roos, le maréchal d'Angleterre qui l'occupait avec William, son cadet, et leurs hommes d'armes. Mais John et William avaient été tués lors de la bataille de Baugé et un intendant envoyé par l'héritier de la famille Roos avait chassé le frère bâtard qu'il détestait pour sa perspicacité et sa science.

Sans logis, Holmes aurait dû rentrer en Angleterre, mais le régent Henri V l'avait interdit aux Anglais[1]. Par chance, il connaissait un ancien archer d'Azincourt, Gower Watson, qui lui avait proposé de partager sa chambre chez un receveur de la ville : maître Bonacieux.

Pour gagner sa vie, Edward était devenu homme de loi. Il recevait famille ou amis de prévenus emprisonnés et, s'il les jugeait injustement accusés, il écrivait une supplique afin de convaincre le roi de leur innocence. Le monarque, ou le chancelier, pouvait alors accorder une lettre de rémission qui arrêtait le cours de la justice.

C'est à l'occasion de la préparation d'un tel mémoire que Holmes avait mis au jour un complot conduit par une parente d'Henri V. Secondé par Watson, il avait triomphé des comploteurs et obtenu d'eux qu'ils achètent la maison de la Corne-de-Cerf pour l'offrir à dame Bonacieux afin d'adoucir les malheurs qu'elle avait connus et de la dédommager de la mort de son mari, tué dans de terribles circonstances.

1. Voir *Une étude en écarlate*, 10/18, n° 4889.

Depuis, Gower Watson, Constance Bonacieux, lui-même et leur domesticité vivaient dans ce vaste logis à plusieurs corps d'habitation sur trois étages, avec cuisine, chapelle, jardin et écuries.

— Admettons ! Pourtant, depuis un moment je suis immobile devant cette fenêtre à regarder la pluie tomber et tu ne voyais pas mon visage.

— Certes, mais sans y prêter attention tu t'es autorisé quelques gestes révélateurs.

— Lesquels ?

— Tes yeux se sont portés vers le portrait d'Henri V, et j'ai vu d'après l'altération de tes traits qu'un train de pensées venait de démarrer.

Il leva une main pour désigner le tableau. C'était une œuvre de Jehan le Jeune, un ymagier de talent de la rue Saint-Denis à qui Edward avait déjà demandé plusieurs peintures.

Quelques années plus tôt, Edward avait obtenu du roi un sauf-conduit afin de se rendre au château de Basqueville, en Normandie, avec Jehan le Jeune chargé de dessiner un portrait à partir d'un gisant[1]. Au retour du voyage, Henri V avait voulu voir l'œuvre et sa perfection l'avait à tel point séduit qu'il avait enjoint l'ymagier de le peindre à son tour afin qu'après sa mort son épouse puisse prier devant lui. Le portrait fait, Holmes en avait sollicité une copie pour sa chambre. L'image représentait le vainqueur d'Azincourt revêtu d'une robe rouge avec une aumusse fourrée et affichant une expression songeuse.

— Tu es resté un moment à considérer Henri de Lancastre, puis tu as hoché la tête plusieurs fois.

1. Voir *Le Chien des Basqueville*, 10/18, n° 5033.

» Tu as alors porté la main sur ta vieille blessure à la cuisse. Un triste sourire a flotté sur tes lèvres. Tu pensais à la bataille d'Azincourt où nous étions tous deux, sans nous connaître à cette époque, puis tu as mâchonné une bouchée imaginaire avec un air mauvais et ta main est remontée jusqu'à ton escarcelle. C'est-à-dire l'escarcelle de ton ami Franklin Aylward.

» J'ai su que tu te remémorais ta dispute avec Gloucester.

— C'est juste... Cher Franklin. Quel plaisir j'aurais à le revoir quand nous rentrerons en Angleterre.

Gower avait plusieurs fois raconté à Constance et Edward cette dispute mémorable. Diable, jamais de simples archers ne s'étaient opposés ainsi à un ordre donné par un membre de la famille royale. En s'éloignant de Thomas de Lancastre, tremblant d'effroi devant leur insolence, Franklin Aylward et Gower Watson étaient persuadés que le frère du roi allait les rattraper et les tailler en pièces. Pourtant, il n'en avait rien été. Ils s'étaient juste retrouvés dans la campagne d'un pays hostile. Que faire ?

Aylward souhaitait rentrer en Angleterre et retrouver son père. Il voulait se convaincre que Gloucester l'oublierait et qu'il trouverait un autre engagement. Pourquoi pas pour combattre les Écossais ? Watson, lui, préférait voir du pays et n'avait aucune envie de revenir dans son village. Ils savaient cependant qu'ils ne pouvaient aller ni vers la Normandie, ni vers la mer, ni vers la France, aussi étaient-ils partis au septentrion.

Un mois plus tard, ils découvraient Bruges. La blessure de Watson l'avait fait souffrir durant tout le voyage mais, même s'il boitait désormais, il avait pu être engagé par un drapier qui cherchait des gardes du corps. Aylward avait passé l'hiver en Flandre avec son ami, puis déniché une nef pour rentrer au pays. Tous deux s'étaient juré de se retrouver et avaient échangé leurs escarcelles et leurs dagues, afin de ne jamais s'oublier.

Gower était resté deux ans au service du drapier, qu'il accompagnait dans les foires. Quand ce maître avait appris que Rouen avait été prise par les Anglais, il s'y était précipité afin d'y ouvrir un comptoir. Hélas pour lui, il était tombé malade et avait trépassé au début de l'an 1419. Gower s'était ainsi retrouvé à Rouen, ville occupée par ses compatriotes. S'étant assuré que ni Thomas Erpingham ni Gloucester ne s'y trouvait, il avait songé à s'engager dans une autre compagnie d'archers, mais personne n'avait voulu de lui car il était incapable d'endurer de longues marches. Il était donc resté sur place où il avait survécu avec les gages qui lui restaient.

En novembre 1421, après avoir appris que son roi devenait régent de France, il avait décidé de se rendre à Paris. Beaucoup de nobles anglais y montaient leur maison et il visait un emploi comme concierge. Un beau jour, il avait rencontré dans une taverne un receveur des amendes, taxations et forfaitures de la Ville nommé Jacques Bonacieux. En raison de sa charge, l'homme s'était fait beaucoup d'ennemis. De plus, il craignait pour ses biens à cause des truands qui s'en prenaient aux maisons la nuit. Il avait proposé à Watson de l'employer comme garde du corps, sans gages, mais logé et nourri. Le marché avait convenu au *yeoman* qui voulait entrer dans la guilde des archers de la Ville et qui gagnait quelques pécunes dans des joutes. Et puis, l'épouse de Bonacieux, Constance, était bien jolie.

Holmes poursuivit :

— Tu as froncé le sourcil quand ton regard s'est arrêté sur le portrait de John.

Ce second tableau de la chambre avait aussi une histoire. Après la mort de ses frères à Baugé, Edward avait fait transporter leurs corps jusqu'à Helmsley Castle. Il ne s'attendait pas à un remerciement, car ses autres demi-frères ne l'aimaient pas, ni sa belle-mère, Margaret Fitzalan. Pourtant, contre toute attente, quelques mois plus tard, il avait eu la visite de Walter de Hungerford, baron de Homet, ancien compagnon d'armes de son frère John. Hungerford possédait à Paris une maison rue Barbette, un hôtel confisqué à un partisan armagnac. Ce jour-là, il arrivait d'Angleterre avec une lettre de lady Margery le Despenser, la veuve de John. Elle l'assurait de sa gratitude et lui envoyait un médaillon représentant son frère, pour qu'il ne l'oublie pas. Ce qui ne serait jamais arrivé. Holmes avait demandé à l'ymagier Jehan le Jeune d'en faire une grande copie.

— Ton visage est devenu grave et pensif. J'ai senti que ton esprit s'était plongé dans la guerre. J'ai observé tes lèvres serrées, tes yeux étincelants, tes mains crispées. Ta physionomie s'est attristée. J'ai compris que tu méditais sur les horreurs, les deuils et le gaspillage des vies humaines.

» Tu as soupiré. Tu pensais à la mort de mes frères, aux carnages de ces batailles, à toutes ces morts inutiles car, malgré ton admiration pour le roi Henri, tu sais maintenant comme moi qu'il s'est fourvoyé. Il aurait dû laisser son chancelier le cardinal Beaufort négocier vraiment avec le roi de France. Par ses épousailles avec Catherine de France, il aurait obtenu la Normandie et certainement la régence sans batailler. Il a cru pouvoir l'emporter facilement devant un roi dément et ne s'est pas rendu compte que les Français le rejetteraient. Maintenant la guerre est sans fin, et nous ne la gagnerons jamais. Nous avons tant et tant de fois abordé ce sujet !

— J'avoue que tu as suivi à la perfection le fil de mes pensées. Mais, puisque tu es si clairvoyant, sais-tu à quoi je songeais quand tu m'as parlé ?

— Bien sûr ! À notre retour en Angleterre. Nous en parlons tous les jours, sans être capables de nous décider.

— Comment as-tu pu percevoir cela ?

— La pluie, et notre discussion d'hier soir. La pluie qui tombait le jour où tu as embarqué à Southampton. Tu me l'as dit. La pluie qui ne cessait pas quand nous faisions retraite vers Calais et qui nous a permis de l'emporter à Azincourt.

Ce retour en Angleterre, ils l'envisageaient depuis des mois, mais pareil voyage ne serait pas simple à réaliser. Gower en avait parlé à Constance qui, sans être opposée au fait de vivre à Londres ou dans une autre ville anglaise, ne montrait guère d'enthousiasme. Quant à leurs domestiques, la plupart les suivraient, mais sans plaisir.

Pour Holmes, la situation se révélerait encore plus difficile. En premier lieu, il avait une rude ennemie en Angleterre : lady Cobham, la maîtresse du duc de Gloucester. Si elle apprenait sa présence, elle ferait tout pour le détruire. Certes, il pouvait compter sur le duc de Bedford, dont la protection ne lui avait jamais fait défaut et qui s'était fâché avec son frère Thomas depuis que celui-ci avait envahi des villes de Flandre féales du duc de Bourgogne. Mais cette protection suffirait-elle ?

Ensuite, il y avait une singulière jouvencelle, qu'il n'avait jamais croisée mais dont l'existence lui était régulièrement rappelée. Il s'agissait de la fille naturelle du duc de Berry et de la reine Isabeau, l'épouse du feu roi Charles VI. À plusieurs reprises, au cours des années passées, Edward Holmes avait eu connaissance de faits sur elle, ou bien des gens avaient évoqué son existence. Il s'agissait d'une situation déconcertante, comme si un esprit taquin l'incitait à s'y intéresser. Ainsi, quelques mois plus tôt, alors qu'il se rendait à Dijon, il s'était trouvé en présence d'un chevalier normand au service de la duchesse d'Anjou, lequel avait parlé avec ladite demoiselle dans le village de Domrémy où elle vivait. Robert Blondel, c'était le nom de ce gentilhomme, s'était montré ébranlé par cette rencontre et son récit avait même éprouvé Holmes et Watson : la donzelle affirmait voir des anges et assurait que le Seigneur lui avait ordonné de bouter les Anglais hors de France.

Edward croyait profondément en Dieu et dans Ses décisions. Il avait la certitude qu'une volonté divine le contraignait à s'intéresser à la jouvencelle, petite-fille de Saint Louis. Le Seigneur souhaitait qu'il intervienne dans la vie de Jeanne la Pucelle. Or, pourrait-il le faire s'il rentrait en Angleterre ?

Enfin, il y avait son cœur. Holmes avait longtemps eu une liaison avec Marie de Savoisy, la chambellane de la reine Isabeau, et avait même songé à quitter son état de clerc pour elle. Mais, l'an dernier, sa dame était venue lui faire ses adieux. La succession de son père, Charles de Savoisy, mort à Azincourt, avait pris des années, mais elle était enfin terminée et de riches terres et seigneuries lui avaient été accordées à condition qu'elle épouse un lointain cousin. Elle avait hésité longtemps avant de prendre sa décision, pourtant elle ne pouvait renoncer à pareil héritage qui assurait son avenir. Au demeurant, elle ne voulait plus vivre à Paris. L'hôtel de la reine était devenu un tombeau et Isabeau, vieillie, devenait de plus en plus désagréable. La capitale se révélait chaque jour plus dangereuse et les désaccords entre Anglais et Bourguignons étaient maintenant trop profonds. Elle lui avait tout de même proposé de la rejoindre, ce qu'il avait refusé.

C'est à cause de cette rupture qu'il s'était rendu à Dijon pour le compte de Guyot de Champdivers, premier secrétaire d'Isabeau de Bavière. Ce dernier lui avait demandé de s'informer sur sa sœur, Odette, ancienne maîtresse de Charles VI, emprisonnée pour trahison, et surtout de retrouver sa nièce, Marguerite, fille naturelle de Charles VI.

Cette enquête le détournerait de ses préoccupations, espérait-il, et surtout il envisageait de revoir en Bourgogne Gabrielle de Landes, une amie de Marie de Savoisy, devenue chambellane de Nicolas Rolin, le chancelier du duc de Bourgogne. Gabrielle était d'une part une femme fort séduisante mais elle partageait, par ailleurs, son appétit pour les énigmes. Elle avait d'ailleurs montré ses talents alors qu'il recherchait l'auteur des crimes de la maison de l'abbaye[1].

Le voyage en Bourgogne s'était révélé plein de surprises. Lors d'une étape, il avait donc rencontré Robert Blondel qui lui avait parlé de la pucelle de

1. Voir *La Maison de l'abbaye*, 10/18, n° 5504.

Domrémy. Surtout, il avait retrouvé à Dijon un vieil ennemi, James Murtagh, *alias* Moriarty, ancien astrologue du duc de Bedford qu'il surnommait le Jules César du Crime.

Murtagh préparait l'assassinat de Philippe le Bon. Il avait échoué, certes, mais il était presque parvenu à meurtrir Holmes. Malgré cette malaventure, tout s'était bien terminé, et Gabrielle de Landes avait assuré au clerc qu'elle l'accompagnerait en Angleterre, s'il y revenait.

Dans l'immédiat, elle resterait au service du chancelier du duc, tout en faisant son possible pour obtenir de lui une charge à Paris.

Avec Watson et les compagnons leur servant d'escorte, les corroyeurs Étienne et Popin Poitevin, le mercier Tassard et le mercenaire Enguerrand Chabridel, ils avaient quitté Dijon à la fin du mois d'avril pour arriver à Paris en pleine procession des Rogations. Comme ils avaient suivi l'armée du duc de Bourgogne qui se rendait en Flandre, ils n'avaient fait aucune mauvaise rencontre.

Chabridel allait retrouver son épouse, grosse de son premier enfant avec lui. Les frères Popin et Tassard rentraient dans leur foyer. Watson et Constance Bonacieux filaient le parfait amour.

Holmes, lui, demeurerait seul.

Pareille solitude inquiétait déjà Gower alors qu'ils approchaient de Paris. Il avait été témoin de silences de plus en plus longs chez son ami, alors qu'il n'avait aucune raison d'être tourmenté, bien au contraire.

L'ancien archer d'Azincourt connaissait ce signe chez son compagnon. S'il n'avait rien pour s'occuper l'esprit en arrivant à Paris, Edward s'immergerait dans la mélancolie, dans une langueur qui le rendrait indifférent à tout.

Par chance, ce n'avait pas été le cas. Dans la maison de la rue du Coq, après de longues et joyeuses effusions durant lesquelles Gracieux, le chien de Basqueville, ne s'était pas montré le moins empressé, Constance avait annoncé qu'un individu était venu plusieurs fois afin de rencontrer maître Holmes.

Intrigué par cette visite, le clerc avait interrogé la jeune femme, mais l'inconnu n'avait rien révélé. Elle l'avait juste décrit : jeune, sans monture, apeuré.

Apeuré ? Que craignait-il ?

La personne devait se manifester deux jours plus tard, la veille de l'Ascension, au milieu de la matinée.

17

Sud de la Loire

Dans l'ivresse du triomphe, chacun fut persuadé que le succès de Baugé renverserait la situation et libérerait le royaume. Le roi récompensa les artisans de la victoire et Mathieu et d'autres écuyers furent solennellement armés chevaliers dans la cathédrale de Poitiers.

Partout, les Français contre-attaquèrent, parfois avec quelques succès. Mais le dauphin, devenu roi sous le nom de Charles VII, ne put sauver Meulan, et son armée fut taillée en pièces le 31 juillet 1423 à Cravant. En face d'Anglais et de Bourguignons disciplinés, les Français présentaient des compagnies courageuses mais n'en faisant qu'à leur tête. Comme à Azincourt, personne ne commandait les troupes.

Il faut dire que le désordre et la corruption régnaient à la cour de France. Trois partis tentaient de s'imposer auprès du jeune roi. L'un recherchait la paix avec Bourgogne ; le deuxième poussait à une guerre perpétuelle qui favorisait l'enrichissement par les pillages ; le troisième, le plus important, était celui des aventuriers. Parmi ces gens-là, quelques individus ambitieux et sans scrupule tenaient le haut du pavé.

Le plus puissant était sans conteste Jean Louvet. Ancien président de la Cour des comptes de Provence, il était devenu, grâce à la duchesse d'Anjou, par ailleurs comtesse de Provence, responsable des Finances de Charles VII. Tenant les cordons de la bourse, il s'était imposé à l'homme faible qu'était le roi. Possédant les pouvoirs les plus étendus, il trafiquait sur tout, faisait forger de la monnaie sans valeur, engageait les joyaux de la Couronne et gardait pour lui la meilleure part des impôts.

Le plus violent des profiteurs se nommait Pierre Frotier. Obscur gentilhomme, il était devenu écuyer du roi, grand maître de l'écurie, puis sénéchal du Poitou. Il utilisait la force la plus brutale contre ceux qui s'opposaient à lui, appliquant à la lettre sa devise : *Nul ne s'y frotte.*

Le plus malfaisant avait nom Pierre de Giac. Ancien bourguignon, il avait trahi son maître et on disait même qu'il avait préparé son assassinat[1]. Il se murmurait que Satan le tenait depuis qu'il lui avait offert sa main. Pourtant, de façon incompréhensible, le roi lui accordait sa confiance et beaucoup chuchotaient qu'il y avait là quelque infâme sorcellerie.

Avec de tels gouvernants qui volaient tout ce qu'ils pouvaient des finances de l'État et écartaient les gens de confiance de l'entourage royal, l'armée française ne pouvait l'emporter. Elle fut à nouveau écrasée par Henri V à Verneuil.

Trèves, Anjou, février 1426

La neige recouvrait la campagne d'un tapis blanc quand Robert Blondel, son écuyer, Mathieu de Thérouanne et

1. Voir à ce sujet *Le Pont de Montereau*, *op.cit.*

Anselot furent en vue du donjon de Trèves, une tour de cent pieds de haut construite voici quatre cents ans par Foulques d'Anjou.

Quelques années plus tôt, Charles VII l'avait donnée à son chancelier Robert Le Maçon, devenu baron de Trèves, pour le remercier de l'avoir sauvé, avec Tanneguy du Châtel, lorsque les Bourguignons s'engouffraient dans Paris.

Malgré la froidure, la bise et la neige qui tombait presque continuellement depuis des jours, Mathieu avait accepté de quitter sa maison de Bourges dès que Blondel était venu le chercher :

— Le chancelier de France va te demander de te rendre à Paris, lui avait-il annoncé.

— Une ambassade ? avait-il demandé.

— Non, une mission secrète, où tu pourrais bien perdre la vie. Mais tu ne seras pas obligé d'accepter.

— Tu te joues de moi, Robert ! Bien sûr que j'accepterai ! Je donnerais dix ans de ma vie pour ne pas rester ici au milieu de ces intrigants fripons, de ces mauvais courtisans qui ne cherchent qu'à voler la France et le roi. Aux beaux jours, je parviens à supporter ces méprisables larrons, car je suis loin d'eux quand je chevauche contre les Anglais, mais en hiver…

— Je pense comme toi, tu le sais. Les intrigues de la cour m'horripilent. Près du roi ou de la duchesse Yolande, ce ne sont que querelles, médisances et altercations. Chacun s'autorise à régler ses vindictes personnelles, au mieux les armes à la main et au pis dans d'infâmes embusques. Je t'avoue que j'aurais souhaité t'accompagner à Paris, mais la duchesse me l'a interdit. Je t'ai raconté comment j'ai été pris alors que j'étais en mission pour elle. Être saisi à nouveau serait la mort immédiate car la reine Isabeau ne pourrait me sortir de geôle une nouvelle fois et mon visage est connu là-bas. Toi, tu as la chance d'être étranger à la capitale.

Blondel lui avait alors sommairement décrit sa mission et, comme Mathieu avait posé des questions, son ami lui avait répondu qu'il n'en savait pas plus car messire Robert Le Maçon était un homme fort méfiant qui se confiait peu. Seul le chancelier connaissait le détail de cette entreprise et il voulait que le secret le plus complet l'entoure.

Ils avaient voyagé couverts de balandras[1] fourrés, et surtout armés en guerre avec jaquette gamboisée ou justaucorps rembourré, haubergeon et, pour les deux chevaliers, genouillères, cubitières, pansière de fer et bassinet à nez conique. Toute rencontre pouvait entraîner bataille.

Si les Anglais rôdaient partout le long de la Loire, ils n'étaient pas les seuls à craindre. À tout instant et en tous lieux on pouvait se frotter à des compagnies de gens de guerre. Si certaines étaient conduites par des Bourguignons, donc des ennemis, beaucoup appartenaient à des proches du roi comme celles de Pierre de Giac, pourtant membre du Conseil, mais qui n'hésitait pas à s'en prendre à n'importe qui s'il pouvait en tirer finance.

Le chancelier Robert Le Maçon étant l'un des rares honnêtes hommes auprès du roi, il attirait les haines des Louvet, Frotier et autres Giac. C'est pourquoi il évitait de voyager, sinon protégé par une puissante escorte, et ne sortait guère de sa forteresse bien défendue.

1. Long manteau de pluie, sans manches, à capuchon, en général en camelot.

Au château de Trèves, justement, on les attendait et, dès que Blondel se nomma aux sentinelles, elles firent abaisser le pont-levis.

Un sergent d'armes en grand mantel à capuchon leur souhaita la bienvenue avant de les accompagner à pied jusqu'au donjon dont le chancelier avait fait sa résidence.

Devant la grosse tour, un escalier de bois massif conduisait à un pont dormant qui permettait d'accéder à l'unique porte. Un système défensif efficace car, en cas d'agression et même le château pris, il suffisait de détruire l'échafaudage pour empêcher quiconque d'accéder à l'intérieur de la fortification.

Des hommes d'armes, prévenus par les guetteurs, attendaient en haut de l'estacade. Mathieu de Thérouanne et Robert Blondel montèrent seuls après avoir laissé leur bassinet à leurs servant et écuyer qui conduiraient les chevaux à l'écurie et s'occuperaient ensuite de porter les bagages de leurs maîtres dans le logis qui leur était destiné.

À la suite des soldeniers, les deux chevaliers empruntèrent un escalier intérieur dont les degrés les amenèrent dans une salle chauffée par une vaste cheminée à la hotte décorée d'un chêne écarlate, les armes du chancelier.

C'était une pièce confortable, sur deux niveaux séparés de quelques marches, avec des voûtes en arcs d'ogive et un sol pavé de carreaux de terre couvert de tapis ornés d'oiseaux ou d'animaux. Un lit à courtines tombantes en drap de Damas, surmonté d'un ciel en même étoffe, trônait dans une alcôve supérieure dont des boiseries dissimulaient les murs de pierre. Au fond d'un recoin, on apercevait une cuve à baigner.

Dans la partie basse de cette chambre se trouvait un grand lutrin à banc et pupitre recouvert de papiers et de parchemins. Contre le plus long mur, entre deux fenêtres, se dressait une vaste armoire à colonnes torsadées avec des portes dans la partie basse et des casiers plus haut qui contenait des rouleaux de parchemins et des livres. D'autres ouvrages reposaient sur un lectrin. Une grande fourme ciselée paradait sur un autre mur et une table de douze pieds à entretoises en bois de chêne pouvait recevoir une vingtaine de convives sur des bancs à dossier.

L'épais tapis de table supportait aiguières ciselées, pots et plats d'argent garnis de pâtisseries.

Le chancelier, en houppelande de tiretaine d'Amiens brodée de feuilles de chêne et fourrée en peau de belette, avec escarcelle à secret à la taille, attendait ses visiteurs debout, près d'un reliquaire. Derrière lui, une peinture flamande représentait la Vierge tenant deux enfantelets dans ses bras. Dans l'ombre de l'alcôve se tenaient des valets et un écuyer armé d'épées, de dagues et d'une hallebarde.

— Dieu vous dit bonjour, cher sire comte, déclara Le Maçon en s'adressant à Blondel d'un ton chaleureux.

Dans un sourire pétillant, il ajouta à l'intention de Mathieu, en écartant les bras :

— J'avais hâte de vous rencontrer, sire de Thérouanne. Je ne sais s'il est utile de vous souhaiter la sauvegarde du Seigneur, car je suis persuadé qu'il vous protège depuis des années.

Les visiteurs s'inclinèrent.

— Avec cette neige, je craignais un retard, mais vous avez bravement affronté la froidure. Dès que j'ai été avisé de votre arrivée, j'ai prévenu messire de Vignolles et mon autre invité.

La Hire faisait donc partie de cette mission ? s'étonna Mathieu en regardant Blondel qui demeura impassible.

— Mais asseyez-vous près du feu. François va vous servir du vin.

Sous un lourd chaperon à cornette, le visage osseux et ridé de Robert Le Maçon traduisait son âge. Cependant, le temps n'avait point courbé sa stature qui imposait respect et confiance, autant que sa barbe argentée. D'une fidélité sans faille envers l'héritier du trône, il était le principal artisan d'une future paix avec Philippe le Bon.

Ayant retiré leur chape, les visiteurs s'installèrent à la table tandis que le chancelier prenait place sur une chaire à son extrémité. Le sire de Trèves posa alors quelques questions de courtoisie sur la situation à Bourges, puis interrogea ses visiteurs sur le déroulement de leur voyage, mais ce bavardage ne dura point car deux hommes parurent.

Le premier, en pèlerine de fourrure ouverte par-devant, était celui qu'on surnommait La Hire Dieu. Étienne de Vignolles. Stature imposante avec un visage juvénile marqué d'une longue moustache et encadré de cheveux bruns coupés en rondeau sous un chapeau rond en feutre de poils de loutre, il entra dans la pièce avec l'assurance de celui qui connaît sa valeur. Sa vêture traduisait le chevaucheur : un justaucorps d'épaisse toile renforcé de cuir sous une fine chemise de mailles sans manches. En bas, des houseaux de buffle et des chausses de laine. À la taille, une double ceinture avec dague, couteau, longue brette et escarcelle. À son cou était nouée l'écharpe blanche des Armagnacs.

Derrière lui suivait un jeune homme en robe et chaperon à bourrelet. Celui-là avait tout du marchand.

— Prenez place, messires, leur dit obligeamment le chancelier. Vous connaissez messire de Vignolles, ajouta-t-il pour Mathieu, mais sans doute pas maître Tarrane.

Mathieu avait chevauché quelquefois avec La Hire, il l'avait aussi approché lors de la bataille de Verneuil. Tous deux partageaient une détestation de l'Anglais, mais pour des raisons différentes. Pour le premier, c'était bien sûr à cause de son vécu, tandis que pour Vignolles, c'était uniquement parce que les Godons occupaient le royaume de France. Qu'ils le quittent, disait-il, et je cesserai de les haïr, de les meurtrir et de les étriper.

— Serez-vous prêt à les aimer ? avait demandé Mathieu, après que La Hire lui eut fourni ces explications.

— Tout de même pas ! avait répondu dans un rire le jeune capitaine.

Étienne de Vignolles avait combattu les Anglais dès l'âge de quatorze ans dans le duché d'Aquitaine. Ensuite, il avait rejoint le duc Louis d'Orléans venu en Guyenne pour chasser l'occupant. Devenu chevalier, il s'était mis naturellement au service du comte d'Armagnac. Il commandait désormais une compagnie qui avait guerroyé en Picardie, en Lorraine, en Normandie et dans le Parisis.

Blondel le connaissait depuis des années et, quelques mois plus tôt, alors qu'il était prisonnier de Bourguignons, La Hire l'avait délivré avec l'aide d'un Anglais, un clerc nommé Holmes[1]. Singulier personnage que ce dernier. Le vicomte de Valognes avait raconté l'histoire à Mathieu, car c'était la deuxième fois qu'il le tirait d'affaire.

Comme il lui avait dit que ce clerc était le frère du baron de Roos et de William, le chevalier qu'il avait voulu épargner à Baugé, Thérouanne se demandait s'il ne l'avait pas déjà rencontré. Se pourrait-il que ce fût

1. Voir *La Danse macabre*, 10/18, n° 5492.

celui qui, à Azincourt, avait demandé à William de Roos d'intervenir pour qu'on n'exécute pas les Français prisonniers ?

La description qu'en avait faite Blondel correspondait tout à fait : un homme jeune, au nez busqué, souvent en noir, ressemblant vaguement à une corneille.

— Simon Tarrane est le fils de maître Tarrane que les bouchers de Paris ont assassiné lorsqu'ils ont pris le pouvoir à Paris. Maître Tarrane était alors enfermé à la Bastille Saint-Antoine quand la populace l'a traîné au Châtelet où le bourreau Capeluche l'a décapité avec l'un de ses fils. Ce crime odieux a tellement troublé le duc de Bourgogne qu'il a provoqué sa rupture avec les étripeurs.

» Maître Tarrane était orfèvre, changeur et banquier. Richissime, il possédait la moitié des maisons sur le nouveau pont Saint-Michel[1]. Il fournissait les ducs de Bourgogne et de Berry en orfèvrerie et disposait de nombreuses demeures et logis à Paris, en particulier un immense hôtel à Saint-Germain-des-Prés. Après sa mort, tout ce qu'il possédait a été confisqué. Pour mieux comprendre où je veux en venir, je laisse la parole à Simon, qui est parvenu il y a peu à s'enfuir de Paris, où il se cachait depuis deux ans.

Courtaud, menton rond, cheveux fauves ondulés et bouche charnue, le jeune homme n'avait rien d'un brise-tout. Au contraire, tout en lui révélait le bourgeois placide et raisonnable. Pourtant, selon les dires du chancelier, il avait survécu caché et recherché pendant des années, alors qu'on avait exterminé sa famille. Enfin, il était parvenu à la cour du roi en traversant une centaine

1. L'ancien avait été emporté par les eaux.

de lieues dans un pays en guerre, ce qui témoignait d'un sacré courage, songea Mathieu en l'observant.

— Dans la capitale, la situation est effroyable pour les fidèles du roi de France, commença le jeune homme. Vous le savez, du jour où les Bourguignons ont été maîtres de Paris, ils ont confisqué les biens des partisans du dauphin, désormais notre roi bien-aimé. Mais les gens du duc s'en prenaient seulement à ceux qui avaient quitté Paris, et veillaient à ne pas entièrement les dépouiller. En règle générale, ils confisquaient une maison ou un hôtel à ceux qui en possédaient plusieurs. Et il était possible de racheter son bien.

» Tout a changé avec l'arrivée d'Henri V. Le roi d'Angleterre a mis la main sur les plus beaux hôtels abandonnés pour ses gens et lui-même, et a créé une commission afin de légaliser les confiscations. Il ne s'agissait plus de se contenter de ravir les biens des partisans armagnacs, mais de saisir tout ce qui appartenait à ceux qu'ils appelaient les perturbateurs de paix. Or, n'importe qui pouvait être accusé d'en être un. D'ailleurs, les gens qui les dénoncent reçoivent le cinquième de leurs biens.

» Après la mort de son frère, le duc de Bedford a chargé messire de Morvilliers, le président du parlement, de créer dans chaque grande ville des charges de receveurs des confiscations, forfaitures et amendes. Les saisies sont ainsi devenues une importante ressource pour la Couronne anglaise. Les biens soustraits n'étant plus donnés mais légalement vendus. Maintenant, les trésoriers et les receveurs doivent dans chaque sénéchaussée et bailliage fournir deux fois par an le rôle des biens confisqués.

» À Paris, le premier receveur des amendes, taxations et forfaitures a été une créature de messire de

Morvilliers. Il s'agissait d'un nommé Bonacieux. Après son mystérieux assassinat[1], d'autres ont été nommés pour le remplacer. Mais la tâche était si lourde que les Anglais ont créé un office de commissaire sur le fait des confiscations et forfaitures, sous les ordres de messire de Morvilliers. Ils y ont nommé Hugues Rapiout qui était lieutenant civil de la prévôté. Comme ce dernier ne s'est jamais entendu avec Morvilliers, il a quitté cette charge pour devenir avocat du roi au Châtelet, puis président des requêtes du Palais. Son successeur est maintenant monsieur de Grigny…

— Excusez mon intervention, fit Mathieu, mais si j'ai entendu parler de messire de Morvilliers, je ne sais pas grand-chose sur lui.

Ce fut le chancelier qui répondit :

— Philippe de Morvilliers était un simple avocat au parlement mais zélé partisan du duc de Bourgogne. Banni de Paris par le dauphin, il avait été nommé président du parlement de Picardie par le duc. Après le retour des Bourguignons dans la capitale, Jean sans Peur l'a choisi pour le poste de premier président du parlement. Il se trouve que, lorsque Henri V est devenu régent, la passion de Morvilliers pour les Bourguignons s'est tarie et il est devenu un suppôt de l'Anglais. À Paris, il est détesté à cause de sa férocité et de son avidité. Rarement a-t-on vu magistrat plus méchant. On dit de lui qu'il est le plus cruel tyran que homme ait oncques vu à Paris. Ses jugements sont d'une rare cruauté. De surcroît, il n'oublie jamais son intérêt. Pour la moindre faute, ou supposée telle, il inflige d'énormes amendes qui finissent dans sa poche. Ayant la main sur les confiscations, il s'est attribué

1. Voir *Une étude en écarlate*, *op. cit.*

bon nombre d'hôtels et de maisons. Ainsi, peu avant la mort du père de Charles VII, il lui a fait signer une lettre dans laquelle il était nommé ami et conseiller du roi, et par laquelle, pour le dédommager – on se demande de quoi ! –, il se faisait offrir le plus bel hôtel de la rue de la Mortellerie, ainsi que toutes les maisons, terres, cens, rentes, revenus et possessions qui appartenaient à maître Pierre Ferron, l'un des plus riches bourgeois de Paris.

Le Maçon se tourna vers Simon Tarrane :

— Mais poursuivez…

Mathieu se demandait quelle allait être sa place dans cette histoire. Les rapinages de Morvilliers et des Anglais étaient damnables, mais c'était l'usage de la guerre et ce n'est pas lui qui les ferait cesser.

— Le premier président du parlement s'en prend maintenant aux banquiers lucquois, reprit le jeune Tarrane. Ainsi, il a confisqué toutes les possessions de Barthélemy Spifame, un ami de notre famille, qu'il a fait remettre à un autre Lombard, Augustin Ysbarre, en échange bien sûr d'un donatif. C'est la famille Spifame qui m'a hébergé et protégé à Paris, aussi ai-je promis de les aider une fois à Bourges.

— Comment ? intervint Mathieu avec un brin d'impatience. Tout cela est fort malheureux, mais ce Morvilliers doit être intouchable, sauf si nous reprenons Paris, auquel cas il sera pendu à Montfaucon comme le larron qu'il est.

— Pas si intouchable que ça, intervint Le Maçon. Certes, il est bien protégé chez lui, et il ne sort jamais sans escorte, mais il doit être possible de l'attirer à Saint-Germain-des-Prés.

— Pourquoi Saint-Germain-des-Prés ? s'enquit Mathieu.

— Dans l'hôtel de Tarrane, vous allez comprendre.

— Je l'espère, s'exclama le jeune chevalier dans un rire, car pour l'instant j'avoue que tous vos dires ne sont qu'embrouillamini pour mon esprit !

— C'est vous qui l'attirerez à Saint-Germain, annonça La Hire avec une mimique ironique tout en désignant son pot de vin vide au valet.

— Moi ? Mais je ne connais même pas cet endroit !

— Il s'agit d'une abbaye et d'un fief hors de l'enceinte de Paris, intervint Le Maçon. Messire Blondel et le jeune Tarrane vous donneront tout à l'heure les indications nécessaires. Laissez-moi vous expliquer maintenant ce qu'on attend de vous.

» Jusqu'à présent, l'hôtel de maître Tarrane n'a été cédé à personne. Or le comte de Salisbury envisagerait de l'acheter pour y loger sir Thomas Gargatte, l'un de ses chevaliers, à l'occasion de son mariage. Auquel cas, il s'agira d'une importante opération financière. Messire de Morvilliers devra à coup sûr se rendre sur place et, s'il ne le fait pas, ce sera le commissaire sur le fait des confiscations et forfaitures, messire de Grigny, qui s'en chargera. À vous d'attirer l'un ou l'autre.

— Comment ?

— L'on m'a dit que vous étiez adroit. Vous trouverez un moyen.

Mathieu fit la moue, mais le défi n'était pas pour lui déplaire.

— Bref, vous attirez l'un des deux là-bas. Vous disposerez d'une clef de l'hôtel que Simon vous remettra. Le président du parlement, ou Grigny, viendra avec une escorte. Il y a une grande cour. Vous vous installerez où vous voulez, à une fenêtre par exemple. Vous tirez vite, m'a-t-on dit.

Mathieu opina, il commençait à comprendre.

— Vous abattrez tous les gens d'escorte, et vous saisirez Morvilliers ou le receveur.

— Ils tenteront de fuir, objecta le jeune chevalier.

— Tu as un bon serviteur, capable de garder la porte d'entrée close, rétorqua Blondel.

— Possible, en effet. Ensuite ?

— Vous entraverez votre prisonnier, ou les deux, et vous le conduirez au château de Rochefort. À dix lieues de Saint-Germain.

— Pourquoi Rochefort ?

— L'endroit est tenu par Géraud de la Pallière, vous en avez entendu parler. C'est le Gascon qui avait pris Ivry. Rochefort, c'est la dernière forteresse fidèle au roi dans le Parisis. Mon frère Amadoc y sera, expliqua La Hire. Ensuite, mes gens et lui ramèneront l'homme à Bourges.

— J'y ferai son procès, conclut Le Maçon. Un procès retentissant, dont on parlera partout en France et même en Angleterre. Ensuite le condamné sera écorché, éventré et pendu pour ses félonies. Ainsi, ceux qui trahissent la France sauront que la justice du roi peut les frapper partout et toujours, et que les Anglais sont incapables de les protéger.

— Si vous réussissez, ce sera un succès aussi retentissant que celui de Baugé, assura La Hire.

Le silence s'installa un moment. Mathieu passait en revue tout ce qu'il venait d'entendre. Il lui manquait encore bien des informations, mais les hommes devant lui les lui fourniraient. Oui, l'entreprise lui plaisait.

— J'accepte. Mais où me cacherai-je à Paris ?

— Tu ne te cacheras pas, j'ai tout prévu, répondit Blondel. Tu auras même un document d'un chanoine d'Amiens affirmant que tu as été son secrétaire.

Mathieu se mit à rire.

— Comment as-tu eu cela ?

— Sur le corps de ce secrétaire qui avait rejoint une compagnie bourguignonne.

— Pas de chance pour lui ! Autre question : qui est ce Grigny ?

Tout le monde se tourna vers Taranne.

— Elnard de Grigny, un obscur écuyer venu d'Amiens. Morvilliers l'a amené dans ses bagages. Il se dit qu'il serait frère de Gautier de Grigny, seigneur d'un fief d'Artois près d'Arras, blessé à Azincourt et trépassé peu après.

— Sait-on où il loge ?

— Oui.

— Quand vais-je gagner Paris ?

— Dans quelques jours, si vous voulez. Nous vous laisserons à Rochefort avec messire Blondel qui vous accompagnera jusqu'à la capitale avant de revenir seul.

— À ce sujet, j'ai une importante recommandation à te faire, intervint alors ce dernier.

— Vas-y.

— Je t'ai déjà parlé du frère du baron de Roos, le clerc Edward Holmes. Vignolles t'a aussi raconté ses rencontres avec ce curieux personnage malin comme un renard et tenace comme un molosse. Alors, voici mon conseil : ne l'approche jamais. Rien qu'en t'observant, cet individu, un vrai sorcier, comprendra quelle est ta mission. Même s'il a pris ma défense et si je lui dois la vie, il est anglais, et aime Bedford.

— N'aie crainte, je ne vois aucune raison pour que nous nous rencontrions.

La Hire leva alors son verre de vin et déclara, pince-sans-rire :

— Dieu, je Te prie que Tu fasses demain pour Mathieu de Thérouanne autant que Tu voudrais qu'il fît pour Toi, s'il était Dieu et que Tu fusses Mathieu.

Tout le monde éclata de rire, ce qui fit baisser la tension.

Car La Hire, Blondel et Le Maçon savaient que les chances de réussite de Mathieu étaient bien faibles. Et qu'il risquait fort de perdre la vie dans pareille aventure.

18

Mercredi 16 mai 1425, un an plus tôt,
la veille de l'Ascension, au milieu de la matinée

Dans la salle basse, Gower relatait une nouvelle fois à Constance la mort de son ami dans la cascade près de Sainte-Anne[1].

La cloche du porche tinta à plusieurs reprises.

Michel, le concierge, sortit de la cuisine pour se rendre au fenestron grillagé du vestibule. S'étant assuré qu'il s'agissait d'une personne seule et sans armes, il la fit entrer après en avoir reçu l'ordre de messire Watson.

L'individu avait entre vingt et vingt-cinq ans. De constitution plutôt frêle, avec des manières et un maintien délicats, il était revêtu de chausses de laine amarante et d'un justaucorps de drap rouille serré par une ceinture en cuir de Cordoue, qui s'écartait à la taille faisant robe. Il tenait à la main un chapeau de feutre bleu, rond avec haute calotte, et ses bottines se terminaient en poire. Pas de dague. Une escarcelle bien plate.

1. Voir *La Danse macabre, op. cit.*

Bref, l'apparence d'un prospère bourgeois, mais avec le visage pâle et les yeux lourds d'un homme accablé d'anxiété.

Il s'inclina fort bas devant Constance, s'excusa pour sa visite impromptue et s'adressa à Watson :

— Maître Holmes ! J'ai tant prié en espérant vous trouver ! Le Seigneur a enfin exaucé mes suppliques. J'espère que je ne vous dérange pas.

— Point, mais je ne suis pas maître Holmes. Il est cependant céans. Donc, vous voulez le rencontrer ?

— Oui, si c'est possible et je vous supplie de pardonner ma confusion. Je suis déjà venu à plusieurs reprises mais maître Holmes était absent. Aurez-vous l'indulgence de ne pas m'en vouloir pour mon insistance ?

L'homme ne s'était pas nommé et cela contraria l'ancien archer, mais il jugea que son ami déciderait comment agir avec lui.

— Venez, vous vous expliquerez avec maître Holmes !

Il indiqua l'escalier que tous deux gravirent jusqu'au deuxième étage. Un mélange de gémissements et de miaulements se faisait entendre depuis le haut des degrés. Holmes martyrisait sa viole.

Au palier, Gower gratta à l'une des portes de la galerie et entra. Sur sa chaire, Edward tenait l'instrument à la verticale en frottant un archet sur les cordes. Gracieux s'était réfugié au bout de la chambre pour ne pas souffrir de l'horrible grincement.

— Voici un visiteur déjà venu en notre absence, claironna Watson. Il n'a pas dit son nom…

— Pardonnez-moi, messire, mais tant que je n'étais pas certain de rencontrer maître Holmes, je préférais demeurer inconnu.

— Que craignez-vous ? s'enquit le clerc en le dévisageant.

— De perdre ce qui nous est le plus précieux : la vie.

— Je peux le comprendre, puisque vous avez déjà eu votre part de malheur.

— En effet, maître. Mais, comment le savez-vous ? Me connaissez-vous ?

— Point. Il me suffit d'observer que vos chausses proviennent de la boutique de Colin Bonneau, le chaussetier le plus cher de Paris. Votre justaucorps est taillé à la mode de Bourgogne et l'étoffe est façonnée au tissage pour former un décor. Un vêtement qui a dû vous coûter au moins quatre livres. Votre chapeau est du plus doux feutre de castor et votre ceinture en cordouan ne peut valoir moins d'une douzaine de sous. Pourtant, vos bottines de cuir ne sont pas nettoyées, vous circulez à pied, votre escarcelle est vide et votre justaucorps a un accroc et plusieurs taches. Tout indique que vous avez connu un revers de fortune.

— L'on ne m'a pas menti, maître Holmes, vous êtes un sorcier !

— Je ne fais qu'ouvrir les yeux. Cependant, j'ignore la raison de votre visite.

— Je suis venu chercher un conseil.

— C'est chose facile à obtenir.

— Et de l'aide.

— Ce n'est pas toujours aussi facile.

— J'ai entendu parler de vous, maître Holmes, par l'un des intendants de la reine Isabeau qui vous admire. Je n'ai plus personne vers qui me tourner. Ma vie et mon sort sont entre vos mains.

— Expliquez-vous plutôt.

— Mon nom est Jacques Perdriel. J'appartiens à une honorable famille d'échevins et de changeurs. Mon père était secrétaire du roi, trésorier et maître de la Chambre aux deniers. Il est trépassé une semaine avant Pâques et les obsèques n'avaient pas encore eu lieu qu'un commissaire sur le fait des confiscations et forfaitures est venu dans notre hôtel de la rue de la Verrerie porteur d'un acte paraphé par messire de Morvilliers. Mon père avait été dénoncé après avoir déclaré que Charles VII était le légitime héritier de trône. Pour pareille félonie, ses biens sont confisqués par la Couronne. Étant son seul enfant, j'ai protesté que mon père était loyal Français et pour seule réponse les gens de ce commissaire m'ont battu. Ma mère, nos serviteurs et moi-même avons dû quitter notre maison sans rien emporter. J'étais vêtu comme je le suis. Nous n'avons plus de famille ou d'amis à Paris. J'ai pu me réfugier chez le parent de l'un de nos domestiques. Ma mère y est morte de chagrin la semaine dernière.

— Comment se fait-il que vous n'ayez plus de parents ou d'amis ? s'enquit Watson, intrigué.

— Tous ont quitté Paris, messire. Je suis moi-même maître de la Chambre aux deniers de la reine, mais elle ne reçoit même plus ses serviteurs.

Holmes hocha la tête. Il savait la reine Isabeau fort mal et Champdivers, pourtant son premier secrétaire, était de plus en plus rarement appelé à l'hôtel Saint-Pol.

— Que sont vos amis et parents devenus ? demanda Gower.

— Ils ont rejoint le roi.

L'ancien archer fit la moue et Holmes soupira profondément en déposant la viole jusque-là gardée sur ses genoux.

— Je ne vois pas ce que je pourrais faire pour vous, laissa-t-il tomber.

— C'est injuste, maître Holmes ! protesta le visiteur. Mon père est resté à Paris quand tant d'échevins et de bourgeois fortunés s'en allaient. Il n'a jamais comploté contre les Anglais, alors que tant d'autres l'ont fait.

Mal à l'aise, Edward écarta les mains en signe d'impuissance.

— L'on m'a dit que vous connaissiez le régent… Que vos frères étaient proches de lui, insista le jeune Perdriel.

— Je le connais, c'est vrai. Mais mes frères sont morts, et le duc ne se trouve pas à Paris en ce moment. De surcroît, soyez certain que, si je donnais à monseigneur de Bedford un mémoire sur votre cas, il ne bougerait pas le petit doigt. Ignorez-vous que nous autres Anglais devons aussi composer avec les Parisiens ? Messire de Morvilliers est tout-puissant dans la capitale. Le régent a suffisamment de difficultés avec les Armagnacs, son frère Gloucester et le duc de Bourgogne pour que je ne l'embarrasse pas encore plus avec les petites affaires des Parisiens.

Edward n'exagérait pas. Que les habitants de Paris envisagent une insurrection contre les Anglais, ils l'emporteraient facilement. Pourtant ils ne le feraient jamais. En premier lieu parce que les Anglais payaient les salaires des parlementaires et d'à peu près tous les officiers et gens de justice. Ensuite, se révolter, c'était livrer Paris aux Armagnacs, lesquels auraient fait payer cher aux Parisiens leur collaboration.

Anglais et Français de Paris se tenaient mutuellement, sans s'aimer.

— Les confiscations sont d'usage contre ceux qui soutiennent Charles VII. Les premières ont été faites par le duc Jean aux dépens des Armagnacs, intervint Watson. Ayant été au service d'un receveur des amendes, taxations et forfaitures, je sais comment les choses fonctionnent. Hors les cas où monseigneur le duc de Bedford, ou monseigneur le duc de Bourgogne, exigent qu'on leur attribue les biens confisqués, c'est messire de Morvilliers qui décide de tout.

— Je ne l'ignore pas, mais… j'espérais, fit le jeune homme, qui s'était voûté en entendant ces réponses. En vérité, j'aurai dû me douter que vous ne pouviez rien faire pour moi.

Nouveau soupir de Holmes qui joignit l'extrémité de ses doigts.

— Je parlerai cependant de votre affaire à messire Lestrade, qui est commissaire examinateur au Châtelet. Il pourra vérifier si ceux qui vous ont expulsé étaient bien dans leur droit. Avez-vous un nom à me donner ?

— Oui. Celui qui s'est présenté se nomme messire de Grigny. Il est commissaire sur le fait des confiscations. Il avait avec lui un sergent à verge du parlement : Perrin Herichon.

Holmes se leva pour raccompagner le visiteur. Depuis qu'on venait lui demander son aide, c'était la première fois qu'il la refusait. Mais qu'aurait-il pu faire d'autre ? Morvilliers était, hélas, dans son droit.

Watson, lui, n'éprouvait aucun embarras. La guerre était dure, implacable, brutale, et ses conséquences encore plus. Que feu Henri V, et maintenant Bedford s'attribuent les possessions de leurs ennemis, c'était normal, puisque les Anglais étaient les vainqueurs. En revanche, Gower jugeait sévèrement les Français qui, par des confiscations iniques, s'appropriaient les biens de leurs compatriotes. Mais, après tout, convoitise et rapinage n'étaient-ils pas le propre de la nature humaine ?

Le lendemain de l'Ascension, Holmes rencontra le commissaire Lestrade, qui lui confirma que messire de Grigny était bien commissaire sur le fait des confiscations. Quant à Perrin Herichon, il commandait une escouade de gardes au parlement au service personnel de Morvilliers. Jacques Perdriel avait bien dit la vérité et leur hôtel de la rue de la Verrerie était fort vaste et richement meublé. De plus, le père Perdriel possédait des dizaines de rentes, de fermages et d'autres maisons. Une partie de ces richesses irait grossir la fortune de Morvilliers, dont les décisions étaient sans appel.

Passant en revue les solutions envisageables pour soulager son visiteur, Holmes les écarta les unes après les autres. Certes, il était apprécié du régent et de son entourage mais, si les Anglais étaient maîtres de la capitale, ils ne la gouvernaient pas. Le pouvoir appartenait aux fidèles du duc de Bourgogne, ou à ceux qui l'avaient été. Or, Philippe le Bon venait rarement à Paris et y restait peu. Aussi, sans contrôle, ses féaux s'étaient-ils émancipés. L'homme fort de la ville était donc le président du parlement, Philippe de Morvilliers. Il était d'autant plus puissant que la moitié des parlementaires avaient abandonné la capitale et qu'il ne se heurtait à aucune contestation.

Morvilliers, Edward l'avait croisé plusieurs fois sans avoir l'occasion de l'approcher. La réputation du président du parlement était celle d'un cupide tyran et d'un méchant homme. Aucun délit ne trouvait grâce à ses yeux, sauf les siens et ceux de ses gens. Le clerc lui aurait cependant rendu visite s'il l'avait pu mais, pour l'heure, il était à Rouen. Il était donc hors de question de solliciter auprès de lui la moindre clémence envers Perdriel.

La vicomté de Paris avait cependant un autre gouvernant : le garde de la prévôté Simon Morhier qui avait longtemps été au service de la reine Isabeau. L'homme tenait le Grand Châtelet et en commandait les sergents à verge et à cheval et les commissaires examinateurs. Holmes savait qu'il l'appréciait et lui faisait confiance. Il se rendit donc à l'ancien hôtel du connétable Bernard d'Armagnac, à l'angle du chemin des Bons-Enfants et de la Grande-Rue-Saint-Louis[1]. Un logis que le duc de Bedford avait octroyé à Morhier.

Mais, malgré la considération qu'il éprouvait pour le clerc, Morhier lui opposa un refus. Les confiscations faisaient partie des privilèges du parlement, et il refusait de s'en mêler.

Restaient ses compatriotes anglais qui avaient accompagné Henri V dans sa conquête de la Normandie et de Paris. Pour la plupart, Holmes les connaissait bien. Cependant, les plus influents n'étaient pas ou plus dans la capitale. Thomas Montacute – le comte de Salisbury – se trouvait dans le Maine et assiégeait Le Mans avec John Fastolf, grand maître de la maison de Lancastre et gouverneur en titre de la Bastille. William de la Pole – le comte de Suffolk – était à Dreux. John Talbot – le comte de Shrewsbury – bataillait quelque part et le comte de Warwick[2] combattait en Champagne. Restaient les plus anciens compagnons d'Henri V connus à Azincourt ou à Rouen : Robert Willoughby, devenu comte de Vendôme, se trouvait dans son comté ; Ralph de Cromwell était

1. Appelée ainsi à cause de l'hôpital des Quinze-Vingts établi par Saint Louis et situé devant la porte Saint-Honoré.

2. Richard de Beauchamp, gouverneur de Calais.

devenu lord chambellan ; Walter Hungerford, désormais trésorier de l'Échiquier, siégeait au conseil de régence du jeune Henri VI.

Aucun Anglais ne pourrait donc intervenir en sa faveur. Peut-être devrait-il écrire au duc Philippe le Bon ? Mais ce dernier prendrait-il le risque de s'aliéner un vieux fidèle comme Morvilliers ? Douteux.

Guyot de Champdivers, à qui il avait raconté ce qui s'était passé à Dijon et Sainte-Anne, lui avait répété combien Morvilliers s'élevait et combien il était vindicatif. Mieux valait éviter de s'opposer à lui.

Holmes n'eut plus de nouvelles de Jacques Perdriel jusqu'au jour de Saint-Leu et Saint-Gilles[1] où, accompagnant les gens de sa maisonnée, il s'était rendu à l'exécution d'Étienne de Favières. Il s'agissait d'un brigand se disant armagnac qui avait enfin été pris après avoir multiplié les coups de main contre des villages isolés et mis à feu et à sang les alentours de Paris avec sa bande de routiers et de bandits. Favières devait être décapité et ses disciples pendus.

À cette occasion, Edward rencontra le lieutenant criminel, Jean l'Archer qui lui révéla que Jacques Perdriel avait rejoint le roi Charles VII, comme l'avait déjà fait Simon Tarrane, fils d'un autre changeur à qui on avait confisqué sa fortune, ou encore les enfants de Barthélemy Spifame, pour les mêmes raisons.

Entre-temps, Edward avait reçu plusieurs lettres de Gabrielle de Landes. Son maître, le chancelier du duc de Bourgogne Nicolas Rolin, acceptait de la voir s'installer à Paris et lui promettait une charge dans l'hôtel d'Artois, mais pas avant le printemps.

1. Le 5 septembre.

19

Durant l'automne 1425 se présentèrent quelques affaires sans grand intérêt hormis celle du rat géant de l'hôtel Saint-Pol[1], toutefois Edward Holmes put sauver un pauvre innocent de la potence. Les autres enquêtes qu'il conduisit ne furent que des querelles de voisinage qui s'étaient terminées par des violences parfois mortelles. Malgré ses efforts, plusieurs clients du clerc connurent le pilori et la flagellation. La rareté et la cherté des grains – pois et fèves coûtaient trois blancs le boissel –, le froid – il neigea et gela dès novembre –, les loups – plus féroces que jamais – et une épidémie de peste qui emporta moult enfantelets avaient rendu les gens encore plus mauvais et agressifs.

Toujours à l'automne, Holmes reçut une seconde lettre de la veuve de son demi-frère John, lady Margery le Despenser. Elle lui apprenait que Thomas, puîné de John et nouveau baron de Roos, s'était distingué à la bataille de Verneuil l'année précédente. Un mariage était en vue car le comte de Warwick, gouverneur de Calais, lui avait promis sa fille.

1. Voir *Le Rat géant de l'hôtel Saint-Pol*, du même auteur.

Edward ressentit un brin de dépit à cette nouvelle. À la mort de John, il avait écrit à Thomas qui ne lui avait jamais répondu. Son demi-frère était peut-être en France, et il n'avait point éprouvé le besoin de venir le saluer.

Le premier décembre 1425, le duc de Bedford quitta la France pour l'Angleterre où les difficultés s'accumulaient autour du trône du jeune Henri VI. Le gouvernorat du royaume fut alors confié au comte de Warwick, qui l'exercerait depuis Calais, et celui de la Normandie à Suffolk et Salisbury. En l'absence d'Anglais prestigieux et puissants, Morvilliers demeura le maître de la capitale.

Les fêtes de la Nativité furent marquées par des pillages et des brigandages perpétrés jusqu'à vingt lieues autour de Paris. Les fredains étaient des survivants de la bande de Favières rassemblés par des gentilshommes sans aveu ni étendard qui engageaient vilains et laboureurs devenus plus féroces que des loups après avoir tout perdu.

Si ces scélérats tuaient et violentaient dans les fermes isolées avant de les incendier, ils s'attaquaient aussi aux villages, bourgs et châteaux. Ils sévirent ainsi à Saint-Cloud, Saint-Denis, Bourg-la-Reine et Nogent-le-Roi. Même s'ils étaient souvent repoussés, ils demeuraient invulnérables car, sitôt leurs forfaits accomplis, ils se réfugiaient dans le château de Maurepas, près de Rambouillet, qu'ils avaient pris par echelloirs.

Les dégâts commis par ces fredains devenant insupportables, le prévôt rassembla quelques douzaines d'arbalétriers et d'archers à qui il promit six livres par brigand saisi et pendu. Cette forte troupe captura plus de deux cents marauds, pas forcément les plus coupables, lesquels furent mis à la hart sur-le-champ ou conduits à Paris pour être jugés et condamnés. Le 29 janvier, on en ramena ainsi une vingtaine dont les supplices publics serviraient d'exemple.

Deux jours plus tard, Holmes et Watson discutaient de la situation en Angleterre, en attendant le repas, quand on fit tinter la cloche. Gower alla ouvrir. C'était un moine bénédictin en coule noir, venu sur une mule conduite par un convers.

L'homme, dans la cinquantaine, de forte stature avec un visage rugueux, paraissait doué d'une force physique extraordinaire malgré son âge. Sa tonsure grisonnante, ses sourcils saillants et drus lui conféraient un air de dignité et de puissance.

Ayant passé la porte, le religieux balaya la pièce d'un rapide coup d'œil, une salle confortable bien que meublée avec simplicité. Deux bancs à dosseret et coussins, une table sur tréteaux, une chaire faisant faudesteuil[1], plusieurs huches, un dressoir, une armoire et un lutrin avec écritoire montée devant un double siège. Il huma les effluves de chou au porc venant de la cuisine et laissa filtrer un sourire intéressé.

Tandis que Gower appelait Bertrand, le valet d'écurie, afin qu'il s'occupe de la mule et fasse attendre le convers dans le jardin, Holmes déclara d'un ton cordial :

— Avancez, père Morillon, et prenez place sur ce banc ! C'est un honneur pour nous de recevoir la visite du prieur de Saint-Germain-des-Prés.

1. Siège à accoudoirs.

Le religieux écarquilla les yeux en dévisageant le clerc avec ahurissement.

— Comment diable savez-vous qui je suis, mon maître ?

— Maître Holmes sait tout ! répliqua Watson d'un ton sans réplique pourtant un brin moqueur.

— On me l'avait dit, plaisanta le religieux, mais quand même !

Il se tut un instant en dévisageant son hôte d'un air roublard avant de lâcher :

— Vous m'avez déjà vu !

— Point, mon père.

— Alors, comment, au nom du Ciel, me connaissez-vous ?

— Si je vous le dis, vous me répondrez que c'est l'évidence même.

— Je vous promets que non !

Holmes avait repris place dans le faudesteuil. Il rassembla les extrémités de ses dix doigts et posa ses coudes sur les bras du siège comme quelqu'un s'apprêtant à savourer une conversation.

— Existent trois monastères de bénédictins à Paris : Saint-Germain-des-Prés, Saint-Denis et Saint-Martin-des-Champs. À cette heure, vous ne pouvez être venu à dos de mule depuis Saint-Denis. Vous avez des mains de travailleur manuel, et vous portez une médaille que notre Saint-Père ne remet qu'à ceux qu'il a reçus. Or, j'ai appris, voici quelques mois, que le père Nicolas Morillon, prieur de Saint-Germain-des-Prés et ancien charpentier, était allé à Rome il y a quelques années. Et j'observe que vous avez les mains calleuses d'un charpentier.

— Par ma foi, tout cela est vrai ! Et même évident !

— Vous voyez !

— C'est maître Chuffart qui m'a, hier, conseillé de venir vous exposer notre problème. J'ai l'impression qu'il a eu raison de me vanter vos talents. Toutefois je crains que vous ne puissiez nous aider. Lui-même d'ailleurs, malgré sa position de chancelier de Notre-Dame, a reconnu en être incapable.

Holmes soupira avant de dire :

— Exposez-moi vos difficultés.

— Entendu, mais, avant toute chose, il est nécessaire que je vous relate la situation embarrassante dans laquelle, par deux fois, s'est trouvée l'abbaye avec les autorités parisiennes.

Holmes hocha la tête.

— Tout d'abord, il y a eu l'élection de notre abbé en décembre 1418. Nous avions choisi Jean Bouron, l'un des nôtres qui était alors à Rome. Or, le prévôt de Paris, Guy de Bar, exigeait que son cousin devienne le prochain abbé. Il avait envoyé des hommes d'armes pour contraindre notre choix et nous avons dû lever le pont-levis de l'abbaye pour les empêcher d'entrer. Mais, après l'élection, Bar a fait mettre cinquante cavaliers en garnison dans notre monastère pour se venger de l'affront qu'il prétendait avoir reçu. Ces gueux ont vécu là à discrétion pendant des mois et ont commis tous les dégâts possibles sans que ni le roi ni le parlement ne parviennent à les faire partir. Je les aurais volontiers chassés moi-même, avec quelques moines vigoureux, mais j'étais parti à Rome chercher notre abbé, que j'ai enfin trouvé à Florence. C'est à l'occasion de ce voyage que le Saint-Père m'a donné cette médaille.

» Ensuite, ce fut l'élection de l'évêque de Paris. Après la mort de Gérard de Montagu, en septembre 1420, le chapitre de la cathédrale a élu évêque Jean de Courtecuisse ; le plus saint des hommes, que l'on appelait même le docteur sublime. Il se trouve que Courtecuisse avait prononcé l'oraison funèbre du duc d'Orléans et était réputé favorable aux Armagnacs, donc votre roi prétendait imposer un Bourguignon à sa place. Mais ses menaces n'ont servi à rien et les chanoines ont décidé selon leur conscience. Cependant, craignant la colère royale, Courtecuisse s'est réfugié dans l'abbaye de Saint-Germain-des-Prés. De nouveau, nous nous sommes trouvés mis en cause. Grâce au Ciel, l'évêque a fini par choisir l'exil. Bref, tout cela pour vous dire que nous souhaitons de tout cœur éviter d'autres querelles néfastes à notre monastère. Hélas, tels ces orages qu'on ne peut éviter, la catastrophe vient encore une fois de fondre sur nous !

— Que vous arrive-t-il ? s'enquit Watson.

— Vous n'ignorez pas que le prévôt de Paris a lancé une grande expédition contre les brigands ces jours-ci.

Nouveau hochement de tête de Holmes.

— Beaucoup de ces estropiats ont été arrêtés, en général de façon justifiée, mais la récompense de six livres a suscité des vocations. Quand des gens d'armes du prévôt ne trouvaient pas d'estropiats, ils avaient tendance à accuser les vilains qu'ils rencontraient. Plusieurs innocents ont ainsi trouvé la mort, car la somme de six livres n'était versée qu'après le trépas du brigand.

— Certains ont donc été tués sans jugement ?

— Hélas, oui. En particulier ceux pris par les gens de messire de Morvilliers.

— Morvilliers ? fit Holmes en plissant le front. L'entreprise n'était-elle pas conduite par le prévôt ?

— Le président Morvilliers dispose d'une douzaine d'huissiers du palais et le garde de la prévôté lui avait demandé que ces hommes se joignent à ses sergents et ses archers. Mais j'en arrive aux raisons de ma venue. Avant-hier, les soldeniers de Morvilliers sont entrés dans Issy, village qui appartient à l'abbaye, même si la haute justice est aussi revendiquée par l'abbaye de Saint-Magloire. Nous y possédons des pressoirs, car toutes nos terres sont en vigne et le prévôt est l'un de nos moines. Ces hommes d'armes du parlement agissaient donc sans droits, bien sûr, puisque l'abbé, seigneur fieffé, ne les avait pas autorisés et que Saint-Magloire ne s'est pas encore donné un autre abbé. Or, ne dénichant pas les frappards qu'ils poursuivaient, les gens de Morvilliers ont fouillé les maisons, et en ont profité pour rapiner et violenter. Notre prévôt s'est opposé à eux et a été battu. L'un de nos vignerons a voulu le défendre et, pour s'amuser ou par méchanceté, ils l'ont saisi, ainsi que sa femme qui résistait et les injuriait. Il y a eu estourmie et notre vilain a réussi à échapper à la furie des sergents. Ne sachant où aller, il s'est réfugié dans l'abbaye, tandis que sa femme était emmenée.

» Morvilliers a appris que l'homme avait demandé asile chez nous. Le capitaine de ses gardes est venu ce matin avec l'un des lieutenants du premier président, un nommé Grigny. Ils ont exigé que je leur remette le vilain, lequel se nomme Robert le Fournier. J'ai évidemment refusé, les accusant au contraire d'avoir violé nos droits, et je les ai chassés. Dans l'après-midi, j'ai reçu un message de messire de Morvilliers me prévenant que, si je ne livrais pas le prisonnier, son épouse Guillemette serait enfouie vive samedi devant le gibet de Montfaucon comme complice criminelle.

» Je ne sais que répondre. L'abbé non plus. Le Fournier n'a commis aucun crime et, même s'il en avait commis un hors du fief de l'abbaye, le droit d'asile l'autorise à se réfugier dans une église pendant neuf jours. Ce n'est qu'au-delà de ce délai qu'il doit choisir entre se livrer ou s'exiler pour toujours. Présentée devant le parlement, cette affaire donnerait tort à Morvilliers, mais il tient le parlement ! Quoi que nous fassions, il y aura trépas d'un innocent.

Watson observait son ami durant son exposé. Son visage s'était assombri. Son front s'était plissé de rides dures et profondes au-dessous desquelles ses yeux brillaient avec l'éclat de l'acier. Lèvres pincées, il semblait perdu dans ses pensées.

Quand le prieur se tut, Edward lui demanda :

— Que voulez-vous de moi ?

— L'abbé n'a pas d'appui chez le régent. Et Morvilliers ne lâchera pas sa proie.

Holmes ne répondit pas. Comment intervenir ? songeait-il. Il se trouvait à nouveau impuissant, comme quelques mois plus tôt, avec Jacques Perdriel.

Le silence s'installa et dura longtemps.

C'est alors que, soudain, le miracle eut lieu. La cloche tinta.

Watson alla regarder par le fenestron et, malgré sa stupéfaction, ouvrit aussitôt la porte.

Gabrielle de Landes entra, accompagnée de Baudoin Le Blanc.

Chevalier, ancien chambellan de Jean sans Peur, Baudoin Le Blanc était un bailli de Bourgogne que Philippe le Bon chargeait des affaires criminelles de sa cour. La première rencontre entre Holmes et lui s'était mal passée puisqu'il avait menacé le clerc de lui couper les oreilles et de le faire pendre. Mais Edward lui ayant livré le nom d'un maître chanteur qui menaçait la réputation du duc, ils s'étaient réconciliés. Plus tard, quand Philippe le Bon avait été mêlé aux horribles crimes de la maison de l'abbaye, Le Blanc avait de nouveau menacé le clerc, avant de reconnaître ses torts. Une estime mutuelle était née entre eux.

Enfin, à Dijon, Holmes avait sauvé la vie du duc. Cette fois, Le Blanc s'était une fois pour toutes rangé à ses côtés.

Gabrielle adressa une révérence aux trois hommes, puis s'approcha d'Edward et le gratifia d'un chaste baiser.

Le clerc ne sut que dire durant un instant, aussi ce fut Gower qui s'adressa au bailli :

— Jamais votre visite ne nous aura autant réjouis, messire ! Connaissez-vous le père Morillon, prieur de l'abbaye de Saint-Germain-des-Prés ?

— Je ne crois pas.

Holmes avait recouvré son sang-froid :

— Messire Rolin vous a donc demandé de venir à Paris plus tôt que prévu ? demanda-t-il à Gabrielle.

— Messire Rolin fait étape à Paris en se rendant à Lille ! Nous sommes arrivés dans la nuit. Il m'a demandé de l'accompagner car il a décidé que je serais désormais au service de messire Noisdent[1], que nous connaissons, n'est-ce pas ?

Holmes s'adressa alors à Le Blanc :

1. Jean Noisdent, trésorier et gouverneur des finances du duc de Bourgogne, conseiller à la chambre de justice de Paris. Voir à ce sujet *La Maison de l'abbaye*, *op. cit.*

— Il me déplaît de solliciter une faveur, messire, mais si vous souhaitez ma reconnaissance éternelle, conduisez le père prieur de Saint-Germain auprès de messire Rolin, qu'il lui explique pourquoi il est venu me demander conseil, et dites-lui que sa cause est juste, et que lui seul peut sauver des vies innocentes.

— Je vous fais confiance, maître Holmes, et j'appuierai votre demande, mais j'aimerais quand même entendre l'affaire…

Intimidé, mais plein d'espoir, le père Nicolas Morillon se répéta. Quand il eut terminé, Le Blanc annonça :

— Je ne serai pas fâché de remettre Morvilliers à sa place. Monseigneur a plusieurs fois été contrarié par son attitude et m'a déjà dit que le président oubliait trop souvent d'où il venait et qui l'avait mis là où il est. Voilà une occasion de lui rappeler qu'il n'est pas roi de Paris. Madame de Landes, maître Holmes vous raccompagnera. Je repars avec le père prévôt.

— Dieu vous a exaucé, mon père, dit alors Edward au bénédictin en écartant les mains.

20

Retour au samedi 18 mai 1426,
veille de la Pentecôte, Paris

— Nous avons de la visite !

Attiré par des bruits venant de l'extérieur, Watson s'était retourné vers la fenêtre. Il l'ouvrit et se pencha au-dehors.

En bas stationnait une charrette bâchée de toile azur et attelée à deux mules grises harnachées de brides ornées de sonnettes d'argent. Deux hommes d'armes, en livrée, faisaient escorte, l'un d'eux portant une bannière à trois besants d'argent.

Aidé par le conducteur, un bénédictin sortit de l'arrière de la charrette, suivi d'un second.

— D'éminents personnages de l'abbaye de Saint-Germain, poursuivit Watson, tandis qu'Edward abandonnait sa haquebute pour le rejoindre.

— Descendons ! décida-t-il après avoir jeté un regard dans la rue.

Deux jours après la visite du prévôt de l'abbaye, celui-ci était repassé avec une lettre de remerciement de l'abbé Jean Bouron et une aiguière en argent comme gratification pour l'aide que maître Holmes avait apportée au monastère.

Lors de cette seconde venue, le père Nicolas Morillon avait raconté que messire Le Blanc l'avait introduit auprès de Nicolas Rolin. Le chancelier du duc l'avait écouté et, à la fin de ses explications, avait envoyé son bailli chez le premier président en exigeant la libération de Guillemette le Fournier et l'abandon des poursuites contre son époux.

Sincèrement pieux et fervent chrétien, Nicolas Rolin avait accordé sa confiance aux dires de l'abbé de Saint-Germain-des-Prés.

Depuis, Holmes n'avait plus eu de nouvelles, et n'en attendait pas. Aussi la visite de religieux de l'abbaye l'intriguait.

Dans la salle basse, Mathurin, l'intendant de la maison, venait de faire entrer les deux hommes sur ordre de Constance. Il s'agissait du prieur et de l'abbé lui-même, que dame Bonacieux avait plusieurs fois aperçu lors de grandes messes à Notre-Dame.

Holmes et Watson s'inclinèrent avec respect devant les bénédictins. L'abbé prit place sur la chaire, le prieur et les Anglais sur des bancs tandis que Constance regagnait la cuisine.

Edward avait aussi reconnu le père Jean Bouron. Il faut dire que son visage résolu et son regard impérieux ne s'oubliaient pas facilement.

Les yeux de l'abbé considérèrent à tour de rôle l'ancien archer et le clerc comme pour les jauger.

— Maître Holmes, j'avais hâte grande de vous rencontrer, fit-il d'une voix profonde. Le père Nicolas m'a vanté avec tant de fougue vos étonnants talents.

Edward se contenta de hocher la tête tout en affichant un air aimable de circonstance. L'abbé de Saint-Germain, prélat aussi important que l'évêque, ne se déplaçait jamais pour se rendre chez de simples habitants comme lui. Anglais de surcroît, alors que chacun connaissait son respect des règles de la succession monarchique, lesquelles récusaient le traité de Troyes.

— Ma venue est sans rapport avec cette affaire pour laquelle votre intervention a été si précieuse, poursuivit l'abbé, et dont je vous rends grâce à nouveau. Aujourd'hui, je souhaiterais vous confier une enquête. Il s'agit d'une recherche extrêmement confidentielle pour laquelle le secret le plus absolu, vous m'entendez bien ? le plus absolu, est indispensable.

Le regard de l'abbé passa d'Edward à Gower, laissant filtrer une évidente interrogation.

— Soyez rassuré, mes investigations le sont toujours et le demeurent, même une fois terminées. Quant à mon ami Gower, vous pouvez parler sans crainte devant lui.

L'abbé opina lentement du chef avant de déclarer :

— C'est ce que j'ai appris, car, voyez-vous, avant de venir je me suis renseigné sur vous. Vous devez comprendre combien il est difficile pour un bon Français de demander l'aide d'un Anglais. Le père Morillon était venu vous rencontrer à l'instigation du père Chuffart et je dois reconnaître que, s'il m'avait demandé l'autorisation, je l'aurais refusée. Cependant, j'aurais eu tort. L'on m'a donc dit que vous étiez un honorable Anglais, issu d'une famille au plus près d'Henri IV et de son fils, mais que vous étiez surtout un défenseur de la justice.

Le silence se fit quelques instants avant que l'abbé lâche :

— Il s'agit d'un vol.

— D'un vol dans l'abbaye ? interrogea Holmes.

— Dans l'abbaye. On nous a pris ce que nous avons de plus précieux.

Cette fois, le clerc haussa les sourcils.

— Je vous sais fort savant, maître Holmes, mais peut-être ignorez-vous l'origine de notre monastère.

Piqué au vif, Edward répondit :

— Je sais qu'il a été fondé à la demande de saint Germain, alors évêque de Paris, par le roi Childebert au retour d'une expédition contre les Wisigoths à l'occasion de laquelle il a rapporté de Tolède la tunique de saint Vincent et plusieurs reliques, dont une croix d'or. Ces objets précieux appartiennent toujours à votre abbaye.

— C'est cela, approuva l'abbé avec un fin sourire. Saint Germain avait alors dédié la nouvelle église à Saint-Vincent-et-la-Sainte-Croix mais, après sa mort et son inhumation dans un oratoire de l'abbaye, notre monastère a d'abord pris le nom de Saint-Germain-et-Saint-Vincent, puis en devenant la sépulture des rois et des reines de la première race[1], simplement Saint-Germain.

» Venons-en maintenant à ce que Childebert avait rapporté de Tolède. Outre ces précieuses reliques, il y avait d'autres objets. Des vases ayant appartenu à Salomon le prophète, le père de David, le constructeur du Temple de Jérusalem, la première Maison de Dieu. Donc leur valeur était prodigieuse.

» Comme clerc, vous devez savoir que Salomon recevait les révélations du Seigneur et connaissait ainsi l'avenir. Ces vases sacrés, il y en avait deux, servaient, paraît-il, à ses échanges avec Dieu. J'ignore comment, bien sûr.

1. La dynastie mérovingienne.

— Je suis persuadé que le Seigneur n'a nul besoin de vases pour communiquer Sa volonté, répondit Holmes sur un ton critique. Ce serait même une idolâtrie que de le croire.

— Sans doute. Mais beaucoup d'hommes sont idolâtres.

— La nature humaine est crédule, reconnut le clerc.

Le silence s'installa un instant. Holmes avait compris ce qui avait été volé et l'abbé le confirma :

— Hier matin, nous avons découvert qu'on nous avait dérobé les vases de Salomon.

— Avez-vous des suspicions quant au voleur ?

— Même pas, hélas !

— Quelqu'un s'était-il, ces derniers temps, intéressé à ces vases ?

— Personne depuis que je suis abbé.

— Je suppose qu'ils étaient particulièrement protégés. Comment ont-ils été rapinés ?

Le père Morillon reprit la parole :

— Le trésor de l'abbaye se trouve dans l'abside de l'église, et la châsse des restes de saint Germain est exposée sur le grand autel avec d'autres précieuses reliques comme des morceaux de la vraie croix et de la couronne d'épines.

» Cependant, quelques pièces profanes sont rangées dans la chapelle de la Vierge, la seconde église du monastère. Un lieu saint construit après l'abbatiale par le maître maçon de la Sainte-Chapelle. Sont conservés là des livres, des manuscrits, des reliquaires et d'autres objets anciens de grande valeur, dont les vases de Salomon.

» Nous ne sommes que quelques-uns à disposer de la clef de la chapelle de la Vierge. Quant à l'abside, elle est fermée par une grille et les reliques sont placées dans des reliquaires, à l'exception des vases, exposés sur un dressoir, et de livres précieux sur des lutrins. Il y a bien sûr un portier sacristain qui loge sur place, et l'abbaye est entourée de hautes murailles dont les portes sont closes la nuit. Le vol était impossible.

— Il a pourtant eu lieu. Qu'avez-vous découvert ?

— Peu d'étrangers pénètrent à l'intérieur de la clôture de l'abbaye et, je vous l'ai dit, la chapelle de la Vierge est fermée et sous la surveillance d'un moine. Le ou les voleurs sont entrés de nuit à l'aide d'une échelle. Elle a été retrouvée posée contre la muraille du côté du Pré-aux-Clercs. Les larrons ont ensuite utilisé une corde pour descendre dans l'abbaye.

— N'avez-vous point de sentinelles ou de gens de guet ?

— Si, mais peu nombreux et il faisait nuit. Ils n'ont rien vu.

— Comment les voleurs sont-ils entrés dans la chapelle de la Vierge ?

— Ils avaient la clef et le gardien n'avait pas mis les verrous intérieurs.

— Pourquoi ?

— Il a disparu. Mais laissez-moi vous raconter en détail mon enquête. J'ai été prévenu hier matin par un frère qui, se rendant à la chapelle de la Vierge, l'a trouvée vide et ouverte. Le gardien, frère Arnould, a été soldat. Il m'avait accompagné à Rome. C'est un homme fidèle et rigoureux. Aucune trace de lui dans l'église mais, dans le réduit qui lui sert de logis et de sacristie, j'ai trouvé un billet venant de sa sœur, qui vit à Paris, lui demandant de venir la voir au plus vite. Il lui arrivait de s'absenter, mais il fermait toujours l'église. Inquiet, je me suis rendu dans l'abside. La grille était entrebâillée et les vases avaient disparu ainsi qu'un livre précieux. Le vol ne faisait donc aucun doute. J'ai prévenu l'abbé, et interrogé les gardes des portes de l'abbaye. L'un d'eux avait vu frère Arnould sortir dans l'après-midi. Je me suis rendu sur-le-champ chez sa sœur, qui a logis dans une impasse de la rue Saint-Jacques. Hélas, elle m'a assuré n'avoir point rencontré son frère, et surtout ne pas lui avoir écrit récemment. Ce vol avait donc été préparé avec le plus grand soin. J'étais désemparé. Je suis revenu à Saint-Germain pour tout rapporter à l'abbé. Il m'a annoncé qu'un vilain avait aperçu une échelle contre la muraille. Une corde se trouvait toujours en place de l'autre côté. Il était donc facile d'imaginer comment le voleur avait procédé.

— On peut alors supposer que frère Arnould a été attiré dans un piège. Qu'en chemin pour se rendre chez sa sœur, il a été assailli et qu'on lui a pris la clef de la chapelle.

— C'est cela.

— Mais les reliques étaient derrière une grille, fermée à clef, je présume. Or vous l'avez trouvé entrebâillée, avez-vous dit.

— En effet. Or, seuls l'abbé, le trésorier et moi-même possédons une clef. Et nous les avons toujours. J'ai vérifié.

— Quelqu'un a fait une fausse clavelle, intervint Watson.

— Difficile. La serrure est très compliquée. Cependant, j'ai une explication à ce mystère : quand le prévôt de Bar avait installé ses hommes dans l'abbaye, ceux-ci ont commis de multiples vols et déprédations. Entre autres, ils avaient fouillé plusieurs cellules de moines et volé leur contenu. C'est-à-dire pas grand-chose si ce n'est les clefs que gardait le trésorier. Ils avaient ensuite forcé la salle où étaient gardées les recettes de l'abbaye et, avec ces clefs, volé tous nos revenus conservés dans des coffres. Après leur départ, toutes les serrures ont été changées mais, hélas, on n'a rien fait pour la sûreté de la grille de la chapelle de la Vierge.

— Pourquoi ?

— Je vous l'ai dit, il s'agit d'une fermeture compliquée et seul un artisan très habile pouvait en modifier le mécanisme. Or il n'y a plus qu'un seul serrurier à Paris. Je l'avais consulté et il était très cher pour pareil travail. Par ailleurs, je n'avais guère confiance en lui.

— J'ai jugé inutile de changer cette serrure, intervint l'abbé. Je pensais que les clefs volées avaient été perdues. Et que, même si quelqu'un les possédait encore, il ne pourrait accéder à la chapelle puisqu'elle était fermée et toujours gardée. J'ai été trop confiant et sans doute négligent. Je le reconnais.

Holmes réfléchit un moment avant de dire :

— Je vois là une menée bien préparée, et de longue date. Mais pourquoi ? Dans quel dessein ? Quelle valeur ont ces vases ?

— Leur poids en argent. Cela doit représenter quelques dizaines de livres, répondit l'abbé. En revanche, pour un sorcier, ou pour un mage, leur valeur est inestimable.

— Comment un mage aurait-il eu connaissance de l'existence de la clef perdue ? De plus, il a dû faire appel à plusieurs acolytes. Enfin, qu'est devenu frère Arnould ?

— Nous l'ignorons. Et je crains le pire.

Une autre idée vint à Holmes.

— On a aussi volé un livre, m'avez-vous dit. Quel genre de livre ?

— *Liber de simplici medicina*. Il s'agit d'un herbier et d'un recueil de dessins d'alchimie. C'est un codex de près de trois cents pages d'un demi-pied de large et de moins d'un pied de haut. Le manuscrit est en vélin illustré de nombreuses figures.

— Qui représentent ?

— Des feuilles et des fleurs, mais surtout des plantes inconnues. Il y a aussi des personnages qui invoquent des anges.

Holmes se frotta le menton.

— Le voleur n'a-t-il rien pris d'autre ?

— Rien.

— Ces deux objets lui étaient donc nécessaires. Qu'en penses-tu, Watson ?

— Le livre expliquait comment utiliser les vases… Pour prédire l'avenir, affirma l'ancien archer.

— J'ai essayé de lire cet ouvrage, intervint le père Jean Bouron, mais il est écrit dans une langue inconnue, et je n'ai rien vu qui irait dans votre sens.

Le regard de Holmes alla de Watson à l'abbé ; il s'apprêta à dire quelque chose, se retint, et finalement demanda :

— Souhaitez-vous que je conduise des investigations ?

— Dans la plus grande discrétion. Personne ne sait que les vases ont été dérobés.

— Entendu. J'ai besoin de voir les lieux, de connaître l'adresse de la sœur d'Arnould… D'avoir aussi une description des vases et du livre volé.

— Si vous pouvez venir à l'abbaye maintenant, je vous attendrai au pont-levis, dit le prieur.

— Entendu. Watson, fais préparer nos montures.

Les religieux partis, Holmes se fit porter sa houppelande et sa chape huilée à capuchon. Après une hésitation, il ne pensait pas cela utile, mais sait-on jamais, il boucla une dague à sa ceinture et rejoignit son ami.

— Eh bien ! Watson, qu'est-ce que tu penses de tout cela ? lui dit-il, alors que Bertrand, le valet d'écurie, lui avançait sa mule.

— Pas grand-chose. Je dirais que c'est un vol banal, audacieux, certes, et élaboré avec minutie. Mais un vulgaire vol, même s'il est sans doute aggravé par un crime. Or, pareilles malaventures arrivent tous les jours. Quant à retrouver les objets volés, je ne crois pas cela possible.

— En règle générale, dit Holmes en montant en selle, ce sont les crimes banals, sans traits originaux, qui sont les plus embarrassants. Ce qui me préoccupe, vois-tu, ce n'est pas le vol ni les voleurs, ni même ce que sont devenus les objets volés. C'est le dessein de pareille entreprise. Je flaire là un mystère déroutant… et inquiétant.

21

Samedi 18 mai 1426

La pluie tombait à verse et les deux amis comprenaient pourquoi les bénédictins avaient utilisé une charrette bâchée pour se déplacer. Il pleuvait depuis tant de jours que s'étaient formées de profondes mares puantes, où aboutissaient tous les excréments des rues, puisque les charrois de voirie ne ramassaient plus les déjections. Par endroits, on avait aligné des pierres ou des morceaux de bois pour éviter que les piétons ne se trempent les pieds et le bas de leur robe.

Rue Saint-Germain-l'Auxerrois, on entendait gronder les flots tumultueux de la rivière. Holmes songeait qu'un malheur de plus allait s'abattre sur les Parisiens si l'eau montait dans les rues et si les marchés ne pouvaient plus être approvisionnés.

Ils traversèrent l'île et arrivèrent au pont Saint-Michel reconstruit en bois une vingtaine d'années plus tôt après qu'une crue avait emporté le précédent. Les boutiques des maisons à colombages et plâtre qui s'élevaient dessus étaient closes, plusieurs de ces demeures étant abandonnées. En regardant la rivière, Holmes observa combien le niveau des flots était élevé, mais toutefois encore très loin du tablier bâti sur de hautes piles.

De l'autre côté, ils filèrent à gauche vers la rue Saint-Jacques.

Pourtant, l'abbaye de Saint-Germain se situait à droite, mais les portes de la ville les plus proches, celles de Buci et de Saint-Germain, étaient murées. La première depuis que Périnet Leclerc y avait fait passer les gens du capitaine bourguignon Villiers de L'Isle-Adam, ce qui avait provoqué le massacre des Armagnacs qui occupaient alors Paris. La seconde avait été plusieurs fois désobstruée mais ne l'était pas en ce moment, même si on parlait de la rouvrir comme cela avait été fait pour la porte Montmartre.

Dès lors, pour se rendre au bourg Saint-Germain, il fallait franchir la vieille porte Saint-Jacques, puis suivre l'enceinte et les fossés extérieurs.

Malgré le chemin boueux, l'abbé et le prieur étaient arrivés à l'abbaye avant les Anglais et le père Bouron attendait sous le porche de la porte, face au pont-levis baissé.

— Cette pluie va finir par nous noyer, plaisanta-t-il après avoir proposé au clerc et à l'ancien archer de laisser leurs montures à un valet.

Celui-ci conduirait les animaux à l'écurie du monastère située un peu plus loin, le long de l'enceinte.

Une fois à pied, ils franchirent le porche et, pour éviter de se couvrir de boue, utilisèrent une sorte de passerelle de planches posée sur des pierres plates. Par ce cheminement ils gagnèrent des maisons en encorbellement.

De là, à l'abri des flots, ils marchèrent sur un revers dallé en direction de la chapelle de la Vierge dont le flanc s'étalait devant eux. Juste avant l'édifice se situait une ruelle fermée par un portail qui marquait l'entrée de la clôture monacale. Le prieur l'ouvrit et ils gagnèrent une placette bordée, en face d'eux, par le réfectoire des religieux, et à senestre par le chœur de l'abbatiale. À main droite se trouvait le porche du sanctuaire.

Deux moines se tenaient devant.

— Je leur ai demandé de garder le passage, expliqua le père Nicolas Morillon, et j'ai envoyé quelqu'un chercher la clef de la grille de l'abside.

Holmes examina longuement la serrure de l'église et rien ne lui indiqua qu'elle avait été forcée.

Ils entrèrent. Le prieur désigna, à droite, un cagibi qui servait de logis au portier, avant de dire à voix basse :

— Nous allons passer devant la tombe d'Alexandre le sacristain. C'est lui qui a découvert le corps de saint Amand[1] dont le crâne et quelques dents sont conservés au-dessus du grand autel. Hélas, nous avons dû donner son menton et d'autres dents au roi d'Espagne, précisa-t-il avec regret.

Il se signa en longeant une dalle représentant un moine tenant une tête, sans doute celle de saint Amand. Holmes et Watson se signèrent aussi et tous gagnèrent le chœur.

L'intérieur de l'église était particulièrement obscur. Le ciel nuageux ne laissait guère filtrer de lumière par les vitraux où le rouge et le vert sombre dominaient.

Les trois hommes se signèrent de nouveau, cette fois face à l'autel qu'ils contournèrent pour se retrouver devant l'abside.

1. Amand de Maastricht, ou saint Amand, est un saint évangélisateur du nord de la Gaule au VIIe siècle.

Une grille dorée la fermait entièrement. Dans cette large herse se découpait une porte close.

— La clef ne devrait pas tarder à arriver, assura le prieur.

Edward ne répondit pas. Il parcourait des yeux le sombre chevet. Le lambris qui le recouvrait jusqu'aux fenêtres ogivales formait casiers et rayonnage dans lesquels se trouvaient des codex, quelques parchemins attachés par des rubans et plusieurs reliquaires en vermeil ou en argent. Une châsse en bois émaillée se dressait au milieu, posée sur une table au piètement doré. Vers la droite, sur une console de marbre, un grand coffret de cuivre. À côté, un lectrin à trois pieds, en bois précieux, vide.

— Le livre volé était-il là ? s'enquit Holmes en désignant le meuble.

— Oui.

— Pourquoi n'était-il pas rangé dans le scriptorium de l'abbaye ?

— C'est Guillaume l'Évêque, notre ancien abbé, qui l'avait acheté. Après l'avoir étudié, il n'a pas voulu qu'il puisse être consulté par n'importe qui. L'ouvrage est trop étrange. Le père Bouron a entériné sa décision. C'est aussi le cas pour les autres codex dans ce casier.

Il désigna l'emplacement.

— D'où venait cet écrit ?

— D'Espagne. Il nous a été vendu au début du siècle par un moine mendiant qui l'avait rapporté de pèlerinage. Peut-être l'avait-il même volé.

— Les vases se trouvaient à quel endroit ?

— Dans ce casier.

Il désigna un emplacement vide dans le lambris, près de la console, d'une hauteur d'un pied et demi.

— Ils n'étaient pas grands, donc… Quelle forme ont-ils ?

— De profondes coupes, sans pied, avec une base bombée. Une hauteur totale de, disons, douze à quinze pouces. Les bords en sont ciselés en forme de feuillage, mais ces sculptures sont usées et effacées par le temps. Le voleur a pu les porter sans difficulté dans un sac, avec le livre.

— Pourquoi n'a-t-il rien pris d'autre ? Ce reliquaire doit valoir un bon prix…

— En effet. Le voleur savait parfaitement ce qu'il voulait.

— C'était la nuit, a-t-il allumé une chandelle ?

— Je ne sais. Sans doute avait-il une lanterne.

Holmes se frottait le menton en réfléchissant quand un jeune moine accourut, une clef à la main.

— Vous allez pouvoir entrer, dit le prieur en la saisissant, tout en faisant signe au religieux de s'en aller.

La porte ouverte, Holmes entra, seul. Il parcourut l'endroit lentement, ses yeux se posant sur chaque objet. Plusieurs fois, il passa son index sur les supports, étagères, table, console. Sous le regard intrigué de Gower, il souleva le coffret de cuivre et examina le dessous. Puis il demeura un moment immobile, méditatif.

— Avez-vous découvert quelque chose ? s'enquit le prieur, intrigué.

— Découvert, non. Mais ce que j'observe confirme mon opinion.

Il sortit.

— J'aimerais voir l'échelle, et l'endroit par où le voleur est passé.

— Venez ! proposa le prieur.

Ils se retrouvèrent dehors. Il pleuvait toujours.

— Le voleur a dû arriver par là, dit le prieur en désignant le mur d'enceinte visible à leur droite. Comme vous le constatez, cette place, le parvis de la chapelle de la Vierge, est fermée par le réfectoire. La nuit, personne ne pouvait repérer notre voleur, même s'il tenait une lanterne.

Ils longèrent le réfectoire jusqu'à l'enceinte Il y avait ensuite un passage le long de la muraille, avec des tours à chacune des extrémités de cette courtine. Un bâtiment s'étendait à main gauche.

— Les logis claustraux, expliqua le prieur en le désignant. Au bout, à l'étage, se trouve la cellule de l'abbé. La mienne est à côté.

Holmes leva les yeux sous son capuchon détrempé.

— J'aperçois des fenêtres. Vous auriez pu voir votre larron.

— Elles ont toutes des volets intérieurs fermés la nuit. De surcroît, ces ouvertures se situent dans une galerie. Cellules et dortoir ont leurs fenêtres vers le cloître, de l'autre côté.

Il avança jusqu'à mi-chemin de la courtine et s'arrêta, désignant des perches de bois repoussées contre le mur et dans lesquelles étaient insérés des barreaux.

Voici l'échelle, démontée. Une fois en haut, le voleur a attaché sa corde à l'un des merlons du chemin de ronde.

— N'aurait-il pu prendre un escalier ? demanda Watson.

— Non, les degrés partent des tours.

Malgré le sol boueux, Holmes s'accroupit pour regarder les instruments puis, d'un coup d'œil, il évalua la hauteur de l'enceinte. Il y avait cinq échelles, très étroites, longues de moins de cinq ou six pieds. Chacune se terminait par un tube de fer. Les éléments s'emmanchaient jusqu'à une hauteur suffisante pour atteindre les merlons de la courtine, en surmontant le fossé.

— As-tu déjà vu ce genre d'engin, Watson ?

L'archer se baissa et prit une des perches :

— Non.

— Moi, je les connais, intervint le prévôt. Les Armagnacs les utilisent. On m'en a montré une à Bourg-la-Reine. Les fredains de Maurepas l'avaient abandonnée en s'enfuyant, après que l'alerte avait été donnée alors qu'ils commençaient à escalader l'enceinte.

Il compléta son explication :

— Bourg-la-Reine est une seigneurie de l'abbaye de Saint-Germain-des-Prés.

— Pourquoi des Armagnacs voudraient-ils ces vases, ou le livre ?

— Ce pourrait être des coquins de la bande de Favières, suggéra le prieur.

— Grimper si haut avec ce genre de perche à barreaux demande une sacrée adresse, et une grande habitude, intervint Gower. Pour ma part, j'en serais incapable.

» Et ces echelloirs ne se trouvent pas sous les sabots d'un cheval, ajouta-t-il d'un ton entendu.

Holmes se releva, passa sa main sur son front pour chasser l'eau qui y ruisselait et regarda Watson :

— Une fois de plus, Gower, tu te surpasses ! Il est certain qu'il y a eu des complices.

Il s'adressa au prévôt :

— Je crois avoir passé en revue ce qui m'intéressait, même si j'aurais préféré y consacrer plus de temps. Mais la pluie ne facilite pas les observations. Il me reste à connaître les dessins du livre...

— Nous pouvons rejoindre les logis claustraux par là.

Le prieur désigna une porte dont il s'approcha. Il l'ouvrit et passa le premier.

Un couloir sombre. Un escalier encore plus obscur, qu'il emprunta.

— Combien y a-t-il de moines ici ? demanda Holmes.

— Il y en a eu jusqu'à deux cents. Nous ne sommes plus que quarante, aussi la place ne manque pas. Mais nous avons des frères et des prieurs dans tous nos domaines autour de Paris. Ils ne viennent ici que deux ou trois fois l'an.

En haut, une autre galerie sombre, mais celle-là éclairée par quelques coupelles de suif posées sur le sol. Le prieur s'arrêta à une porte, gratta et entra.

L'abbé travaillait devant un pupitre, une plume d'oie à la main. Il portait d'énormes lunettes de verre poli.

La cellule n'était pas grande. Un simple lit en bois, entièrement clos, une armoire, un dressoir. Partout, des papiers, des parchemins. Un crucifix sur un mur chaulé. Une magnifique statue de la Vierge en bois peint. Un tabouret et une chaise percée.

— Ah, c'est vous ! Avez-vous une piste, maître Holmes ?

— C'est bien tôt, répondit le clerc avec un sourire. Vénéré abbé, pourriez-vous me montrer les copies qui ont été faites du livre ?

— Je vous les ai préparées.

Il se leva, alla prendre quelques feuillets de vélin posés sur le dressoir et les tendit au clerc.

Le premier représentait une plante inconnue sublimement peinte avec ses feuilles et ses racines. Tout autour, un texte illisible. Le second affichait ce qui semblait être une constellation du Zodiaque entouré de figures féminines nues avec une légende incompréhensible. Le troisième était encore plus énigmatique puisqu'il s'agissait de bassins communiquant par des sortes de tuyaux avec des femmes, nues aussi, nageant dans les tubes. Là encore les textes ne ressemblaient à aucune langue.

Holmes les examina longuement, l'un après l'autre, avec Watson qui faisait de même à côté de lui.

— Je n'ai jamais rien vu de tel, dit-il enfin, mal à l'aise.

— Moi non plus, reconnut l'abbé. Et vous n'avez là que trois pages. Les autres étaient… comment dire ? Encore plus étranges… Les dessins ne semblent pas représenter des objets ou des situations connus sur notre Terre.

Un singulier silence s'installa. Un livre magique… Nul doute qu'il s'agissait d'un livre magique, songeait Holmes. Volé avec des vases permettant de connaître l'avenir. Une idée lui traversa l'esprit. Il la chassa.

— Me confieriez-vous ces parchemins ?

L'abbé regarda le prieur en faisant la grimace, mais le père Morillon hocha la tête.

— Prenez-les, mais ne les égarez pas, s'inquiéta le père Bouron.

— Autre chose, je vais interroger quelques personnes à qui un voleur aurait pu proposer ces vases. Je pense que c'est inutile, mais sait-on jamais ? Puis-je offrir une récompense pour qui apporterait une information sur ces objets ou le voleur ?

Nouveaux regards entre les moines, nouvelles mimiques.

— L'abbaye est pauvre, finit par murmurer l'abbé. Mais je peux offrir deux ou trois agnels d'or. Soyez tout de même parcimonieux avec nos pécunes.

— N'ayez crainte.

— Nous n'avons pas parlé de vos gages ? ajouta l'abbé un ton encore plus bas.

— Attendons pour cela que je retrouve vos biens.
— Pensez-vous y arriver ?
Holmes balança la tête.
— Impossible de vous répondre.

Le prieur raccompagna les Anglais après qu'ils eurent pris congé de l'abbé. Ils récupérèrent mule et destrier et franchirent le pont-levis, puis passèrent le pilori. Personne dans la rue boueuse où la quasi-totalité des boutiques étaient closes.

— Me diras-tu ce qui t'a intrigué dans l'abside ? demanda alors Gower à son ami alors que leurs deux montures marchaient de front.

— La poussière a parlé. Le voleur n'a pas soulevé le coffret. S'il l'avait fait, il ne l'aurait pas déposé exactement au même endroit et les pieds auraient marqué la poussière. Donc l'homme voulait quelque chose de bien précis : les vases et le livre. Ce n'était point un vol banal. De plus, tu l'as dit, c'était un habitué des échelles. D'ailleurs, les échelles utilisées entraînent d'autres questions.

— Comme la façon dont il a pu les transporter à travers Paris, et la manière dont il a pu franchir la porte Saint-Jacques en plein jour ainsi équipé, puisqu'elle est bien close et rembarrée la nuit.

— À l'évidence, il a des complices. Toute cette entreprise ne doit rien au hasard : il a fallu trouver ou fabriquer les échelles, les transporter, engager un maraud pour commettre le vol, faire disparaître le portier, lui prendre la clef… Il y a à coup sûr quelqu'un de puissant derrière tout cela.

— Qui ?

— Je ne suis pas sûr qu'on le sache un jour.

22

Ils revinrent à Paris par le même chemin mais, après avoir franchi le Petit-Pont, ils poursuivirent tout droit jusqu'au pont Notre-Dame.

Terminé trois ans plus tôt, en remplacement des Planches-Mibray, une passerelle pour piétons, le nouveau pont en bois érigé sur dix-sept rangées de piles était surmonté de maisons à boutiques. Des moulins tournaient dessous, provoquant un vacarme épouvantable à cause des flots et du courant. Holmes constata qu'on avait tendu des cordages en amont et que des mariniers en barque s'efforçaient d'écarter les troncs d'arbres charriés par les flots pour éviter qu'ils ne fracassent les supports du tablier.

Sur la rive droite, les pavés disparaissaient sous l'eau car la rivière commençait à déborder. On pouvait quand même circuler et nos amis gagnèrent sans difficulté la rue des Lombards qui s'appelait en vérité rue de la Buffleterie. Les Parisiens la nommaient désormais ainsi car elle était presque entièrement occupée par des banquiers italiens, parfois receleurs ; en général des Lucquois qui prenaient en gage des pièces d'orfèvrerie.

Ces commerçants eux aussi avaient été touchés par le malheur puisque la plupart de leurs échoppes étaient closes. Le panneau de bois de l'enseigne aux Trois-Sacs-d'Or se balançait au-dessus d'une boutique aux volets fermés. Holmes en fut surpris. L'année précédente, maître Trente, son propriétaire, était l'un des plus prospères Italiens de Paris avec Barthélemy Spifame et maître Tarrane. Holmes avait interrogé l'Italien quand il s'était compromis en achetant imprudemment des objets volés[1], et il était redevable au clerc de lui avoir évité le pilori, ou pis. Si son échoppe avait été ouverte, Trente aurait fait un bon indicateur, mais cette option ne pouvait plus être envisagée. Par chance restait un autre banquier qui lui aussi devait beaucoup au clerc.

Sa boutique, située à une vingtaine de toises sur le même revers de la rue, avait pour enseigne un escoufle dressé sur le poing d'un fauconnier. L'image suggérait un double jeu de mots : l'escoufle était un rapace – surnom donné aux usuriers – et le nom occitan de l'oiseau était milan, ville d'où venait Nicolas Benzelin.

La maison du Lombard, tout en pierre avec un double arc voûté, se dressait sur deux étages percés d'élégantes fenêtres en croisée d'ogives, ornées de colonnettes et de vitraux. Une lumière à travers ces carreaux témoignait d'une présence.

Tout en restant sur sa selle, Watson frappa plusieurs fois la porte avec son heurtoir. Un judas s'ouvrit au bout d'un moment et une voix revêche se fit entendre :

— Que voulez-vous ?

— Maître Holmes souhaite rencontrer maître Nicolas Benzelin.

Grincements, puis entrebâillement prudent du vantail.

Alors qu'Edward descendait de sa mule, Gower demeura sur son destrier car il resterait dehors et

1. Voir *La Ville de la peur*, 10/18, n° 5167.

garderait la monture de son compagnon. Avec la pluie et la boue dans la rue, il était hors de question d'aller jusqu'à une écurie et d'en revenir à pied.

Le clerc entra dans la boutique, secoua sa chape trempée et abaissa son capuchon.

L'homme grassouillet en robe de velours amarante qui avait ouvert était Nicolas Benzelin lui-même. Il n'était pas seul et avait près de lui un soldenier à l'air farouche et une dame en huve aux traits tirés et soucieux. Edward l'avait déjà vue la dernière fois qu'il était venu. Sans doute l'épouse du banquier.

— Je suis fermé, maître Holmes. Peu de clients se risquent dans les rues inondées. Mais je demeure à votre service. Je suppose que votre visite est importante pour venir depuis chez vous avec ce déluge, fit le Lucquois d'un ton maussade mêlé d'inquiétude.

Benzelin avait été compromis dans le même vol concernant son voisin, maître Trente.

— Elle l'est.

La salle de la banque, longue, voûtée et étroite, sentait l'humidité. Les meubles, écritoires à lutrin, pupitres, bancs et dressoirs, paraissaient sinistres à la lueur vacillante de la lanterne posée sur une marche de l'escalier de pierre.

— Je recherche deux coupes en argent de cette taille…

Holmes les évoqua avec ses mains, puis les décrivit à partir de ce que lui avait dit le prieur de Saint-Germain.

— Je ne les ai pas ! protesta le banquier dans un glapissement effrayé, craignant à l'évidence d'être accusé une nouvelle fois de recel.

— Je n'en doute pas, mon maître, mais on pourrait vous les proposer, ou vous pourriez en entendre parler, répondit Edward avec un geste de la main rassurant.

Aussi, sachez qu'il y a une récompense pour quiconque permettrait d'arrêter le voleur.

— Combien ? demanda le grassouillet Italien, soudain intéressé.

— Trois agnels d'or.

Regard brillant de Benzelin.

— Je vais me renseigner ! promit-il.

— Je loge toujours rue du Coq, la maison à la Corne-de-Cerf.

Ils repartirent, cette fois pour la cour Robert-de-Paris[1] où Holmes espérait trouver le commissaire Lestrade. S'il n'était pas chez lui, ils devraient se rendre au Grand-Châtelet et, dès lors, perdre beaucoup de temps.

Les deux Anglais suivirent donc la rue des Lombards, puis la rue de la Verrerie et, après Saint-Merry, tournèrent à gauche.

Lestrade logeait dans une maison à l'enseigne du Renard dont les encorbellements de bois étaient soutenus par des chapiteaux ornés de feuilles de figuier. Ici encore, pas d'écurie à proximité. Arrivé devant la porte, et sans descendre de son destrier, Watson tira le cordon qui pendait à travers un trou dans l'huis. Malgré le crépitement de la pluie, il entendit la clochette tinter. Une vieille femme en robe de drap noir et huve blanche s'empressa d'aller ouvrir.

Watson souleva légèrement son capuchon pour qu'elle le reconnaisse, puisqu'ils étaient déjà venus plusieurs fois.

— Que le Seigneur vous donne longue vie, douce dame. J'accompagne maître Holmes, messire Lestrade est-il céans ?

1. Devenue rue du Renard.

— Il est là, je vais appeler son valet.

— J'aurai besoin de lui pour garder nos chevaux.

Elle héla dans l'escalier, annonçant : « Maître Holmes désire rencontrer le commissaire ! » Au second appel, on entendit un : « Qu'il monte. » Elle expliqua alors que Perrin – nom du valet – devait surveiller les montures des visiteurs.

Holmes et Watson avaient mis pied à terre ou, pour être plus exact, dans l'eau, et sommairement attaché les brides des bêtes à un anneau du mur de la boutique au rez-de-chaussée, fermée depuis des années.

Les Anglais étaient entrés se mettre à l'abri du déluge quand retentirent des pas dans l'escalier. Un instant plus tard, le valet parut, revêtu d'une chape de pluie.

Holmes et Watson montèrent. Grégoire Lestrade les attendait sur le palier.

Le commissaire était un homme sec, nerveux et sémillant, un peu plus âgé que les Anglais. Holmes le jugeait comme une cervelle vide et un esprit lourd. De plus, il était routinier au-delà du raisonnable. Toutefois, il se montrait plus tenace qu'un chien de chasse, ce qui présentait autant d'avantages que d'inconvénients. Le clerc en avait fait la mauvaise expérience quand Lestrade, convaincu de sa culpabilité dans un crime, l'avait emprisonné au Châtelet avec Watson[1]. Toutefois, depuis cette funeste erreur, le commissaire avait fait son possible pour être pardonné.

— Quelle heureuse surprise ! J'ose espérer que vous venez me demander un service ! s'exclama le policier avec cette jovialité forcée qu'il affectait afin que Holmes oublie ses erreurs passées.

1. Voir *La Ville de la peur*, *op. cit.*

Il les fit entrer dans une longue salle meublée de deux coffres en sapin, d'un banc à dossier, d'une table avec encre et plumes et d'un lit fermé. Un crucifix était suspendu à côté du lit et le mur d'en face supportait quelques armes.

— Prenez place, je vais vous servir du vin pour vous réchauffer. Quelle calamité que cette pluie !

— Inutile, messire, nous ne restons pas. J'ai juste besoin de quelques renseignements.

— Je suis votre obligé, maître Holmes. Vous ne l'ignorez pas.

— Vous souvenez-vous des fredains saisis par le prévôt en décembre ?

Le commissaire eut l'air fort étonné.

— Bien entendu ! Je commandais moi-même un peloton. Nous en avons ramené quelques-uns à Paris pour les pendre.

— Ont-ils tous été mis à la hart ?

— Tous…

Soudain, il leva un index.

— Non, pas tous ! Ils n'ont pas été condamnés au Châtelet, mais au parlement et, contre toute attente, Morvilliers en a acquitté un.

— Pourquoi ?

— Sans doute l'a-t-il jugé innocent. J'avoue n'avoir pas suivi le procès.

— Qu'est devenu cet individu ?

— Je l'ignore. À coup sûr il aura rejoint ses amis pilleurs et ravageurs ! On le pendra un autre jour.

Il pouffa dans un rire grinçant.

— Connaissez-vous son nom ?

— Point, mais je pourrais vous le retrouver. Voulez-vous que je vous le fasse parvenir ?

— Volontiers. Autre chose, au moment de l'élection de l'abbé de Saint-Germain-des-Prés, le prévôt de Paris d'alors a envoyé une compagnie dans l'abbaye, qui y est restée plusieurs jours et a fait moult ravages. Pourriez-vous me trouver les noms de ces sergents ?

— Difficile, mais que ne ferais-je pas pour vous, maître Holmes ! Dès que j'aurai ces noms, ou une partie d'entre eux, je vous les ferai aussitôt porter.

— Je vous en serai à jamais reconnaissant.

— Je suppose que vous ne voulez pas me dire pourquoi vous avez besoin de connaître ces gens ?

— Vous pensez juste, mais vous l'apprendrez bientôt, car j'ai le sentiment que l'affaire sur laquelle j'investigue vous concernera, tôt ou tard.

— Un nouvel enchevêtrement de mystères ! conclut Lestrade.

23

Dimanche 19 mai 1426, Pentecôte

Holmes et sa mesnie étaient revenus de la première messe à Saint-Germain-l'Auxerrois et, dans la cuisine, Constance Bonacieux dirigeait et surveillait cuisinière et marmiton. Diable, c'était non seulement Pentecôte mais on recevait une invitée de marque : sous peu, dame Gabrielle de Landes serait là pour dîner avec eux.

En l'attendant, Edward et Gower bavardaient dans la salle, devant un feu bien nécessaire car la pluie continuelle provoquait une humidité qui s'infiltrait partout.

La cloche du porche tinta.

Voici madame de Landes. Elle est en avance ! annonça Watson en se levant pour aller ouvrir.

C'était bel et bien une dame, mais pas Gabrielle.

Une personne de haute condition à en juger par sa robe à ramages en drap de cendal[1] et la fine laine de la houppelande bordée de petit-gris qui la recouvrait. Un collier de perles signalait sa fortune. Jeune, brune, d'une belle taille, une mine pâle et triste sous une coiffe en bourrelet à oreillettes. Des yeux effrayés et en perpétuel

1. Soierie proche du taffetas, généralement rouge.

mouvement comme ceux d'un animal traqué, mais où perçait une lueur d'espoir. Elle tenait un petit missel à couverture de bois serré dans un drap de baudequin[1] de couleur claire, avec de larges fermoirs d'argent ciselés.

Aucune servante, aucun page ne l'accompagnait. Sans doute les serviteurs étaient-ils restés dans le chariot bâché que Watson avait repéré près du porche.

Edward Holmes s'était levé pour l'accueillir avec courtoisie. Il s'abîma dans une révérence et lui indiqua le faudesteuil devant le foyer.

Sans mot dire, mais dans un évident état d'agitation, elle obtempéra, toujours avec ce regard aux aguets.

Le clerc la dévisagea d'un de ses coups d'œil rapides auxquels rien n'échappait.

— Il ne faut pas avoir peur, gracieuse dame, dit-il d'une voix douce. Vous ne risquez rien ici, et vous aurez tout le temps de regagner votre maison dans la paroisse Saint-Merry.

— Je l'espère…

Elle avait répondu sans réaliser la portée exacte des paroles qu'elle venait d'entendre. Mais à peine avait-elle fermé la bouche qu'elle sursauta. Ses yeux se posèrent avec effroi et ahurissement sur le clerc.

— Comment savez-vous où j'habite ?

— Pardonnez-moi, mais j'ai le défaut de voir chez les autres ce qu'ils préfèrent dissimuler.

— Que savez-vous sur moi ? s'enquit-elle avec dureté, à l'évidence sans le croire.

— Que vous arrivez de Notre-Dame où vous avez assisté à la grand-messe. Que vous n'êtes donc pas

1. Le baudequin est un mélange de satin, de serge et de taffetas tissé de figures en fils d'or ou d'argent. On en faisait des couvertures de livres.

allée à l'office de Saint-Merry, votre paroisse, à coup sûr afin de dissimuler à quelqu'un que vous veniez me voir.

Le teint de la visiteuse devint encore plus gris et elle se leva pour partir avec une grande expression de colère.

— Vous me connaissez ! Vous m'avez espionnée ! glapit-elle. Mon mari vous a dit de me surveiller !

— Point, madame, rassurez-vous. Il n'y a là aucun mystère. Voulez-vous que je vous apprenne comment je connais ces faits qui vous concernent ?

Elle hésita. Son regard passa du clerc à Watson, qui lui sourit benoîtement, et cette expression bonasse dut la rassurer.

— N'êtes-vous pas venue me rencontrer pour apprendre quelque chose, ou résoudre une difficulté ? renchérit Holmes.

— Oui… oui… et je le regrette amèrement maintenant.

— Alors, rassoyez-vous sans crainte. Comment je sais que vous arrivez de la cathédrale ? Tout simplement à cause de cette enseigne[1] d'argent à la croix de Bourgogne que vous avez brochée à votre manteau. Hier, à la sortie du Petit-Pont, j'ai vu un marchand ambulant qui proposait les mêmes. Le pauvre homme n'avait guère de clientèle et, voyant que je regardais ses brochettes avec un certain intérêt, il m'a dit qu'il les vendait six deniers. Comme je lui ai répondu : « Une autre fois, peut-être », il m'a déclaré

1. Les enseignes étaient de petites figures ou des sortes de médailles en plomb ou en argent émaillé avec des motifs affirmant leur attachement soit au parti bourguignon, soit au roi de France. Par exemple, le rabot ou la croix de Saint-André étaient des signes bourguignons.

qu'il serait sur le parvis de Notre-Dame pour la messe de Pentecôte et que, si je venais, il m'en vendrait une à quatre deniers.

— Je l'ai payée douze, fit-elle avec une expression confuse.

— Vous auriez dû marchander ! plaisanta un Gower amusé.

— Quant à savoir où vous habitez, je l'ignore, mais je suis convaincu que c'est dans la paroisse Saint-Merry, peut-être rue des Lombards, ou à proximité immédiate. Voyez-vous, votre missel possède deux fermoirs ciselés, pour l'un avec le mot *Medericus* et pour l'autre la phrase *Odo Falconarius fundator ecclesiæ.* Or *Medericus*, évêque d'Autun, est le vrai nom de Merry, et Eudes le Fauconnier est le fondateur de l'église Saint-Merry. J'ai déjà vu ces fermoirs sur une bible de messire de Lallier, et d'autres en vente chez différents orfèvres de la rue des Lombards.

— Vous êtes très observateur, maître Holmes, fit-elle, quelque peu amadouée et rassurée. Peut-être êtes-vous vraiment celui qui pourrait m'aider.

— Je l'espère de tout cœur. Exposez-moi ce qui vous amène.

— Sachez donc que j'ai en effet dit à mon époux que je souhaitais me rendre à la messe donnée par l'évêque. Je ne sors que rarement de chez moi, mon mari juge la ville trop dangereuse, mais il n'a pu s'opposer à ma décision. Il s'agissait en effet d'un prétexte pour vous rencontrer, et j'ai prié le Ciel pour que vous soyez chez vous.

— Donc votre mari ignore cette visite.

— Il l'ignore. Comme vous ignorerez qui il est et qui je suis. Et je vous supplie de ne point tenter de l'apprendre.

Holmes hocha la tête sans rien dire.

Elle écarta alors sa houppelande, dévoilant une ceinture en orfèvrerie à laquelle était pendue une aumônière. Elle l'ouvrit pour en sortir cinq saluts d'or qu'elle tendit au clerc.

— Je souhaite que vous retrouviez quelqu'un.

Edward prit la somme qui représentait à peu près six livres.

— À Paris, je suppose ? Car des recherches hors de Paris vous coûteront beaucoup plus cher.

— À Paris, oui. J'ai vu cette personne dans la rue de la Bretonnerie, au coin de la rue Pernelle-Saint-Paul[1].

— Quel est son nom ?

— Je l'ignore, dit-elle à nouveau en écartant les mains. Je ne peux même pas vous le décrire, car je ne l'ai aperçu que de dos, et encore très brièvement.

Holmes se permit de rire avant de lâcher :

— Me prenez-vous pour un devin, madame ? Retrouver quelqu'un dont vous ne me parlez que du dos !

— On m'a vanté vos qualités, sourit-elle sans douceur. Laissez-moi donc vous expliquer dans quelles circonstances j'ai vu cette personne : je me trouvais dans le chariot bâché qui m'a conduite ici aujourd'hui. L'on y est à l'abri des boucs et de la promiscuité des gens, mais on n'y voit goutte. Je l'ai seulement entendu. Cet homme chantait une ritournelle qui m'était chère. J'ai soulevé le rideau à l'arrière du chariot et l'ai vu de dos. Il fredonnait en s'accompagnant d'un luth. Mais la voiture a continué sa route et je l'ai perdu de vue.

1. Il s'agit sans doute de la rue Perronelle de Saint-Pol, devenue rue de l'Homme-Armé, qui commençait rue Sainte-Croix-de-la-Bretonnerie.

— Que n'avez-vous demandé au cocher de l'arrêter ?

— Tout d'abord parce que j'ai été surprise… mais surtout parce que je n'étais pas seule puisque escortée par un cavalier de mon époux. Or, je ne voulais pas qu'il apprenne…

Holmes devina une intrigue amoureuse. Il ne posa pas de question et joignit l'extrémité de ses doigts :

— Comment diable pourrais-je retrouver cet homme ?

— C'est un troubadour de rue. Vous connaissez du monde à Paris, vous pouvez faire passer le mot. Des gens l'ont forcément vu, entendu, peut-être vous diront-ils où il loge. Si vous me communiquez cette information, je vous remettrai dix autres saluts d'or.

— Comment vous la ferai-je parvenir puisque je ne connais ni votre nom ni votre logis ?

— Je reviendrai dans une semaine. Je trouverai bien un prétexte.

— Soit… Mais s'il y a peu de troubadours de rue dans Paris en ce moment, il en circule encore trop, comment saurai-je que j'ai affaire à votre homme ?

— Par ce qu'il chante. Il interprétait couplets et refrains peu connus, mais que j'ai entendus souvent étant jeune. Voulez-en entendre une partie :

— Évidemment, si c'est le seul moyen de le trouver !

Elle se gratta la gorge et commença, d'une voix claire et juste, mais d'une extrême tristesse :

As-tu point mis ton haut bonnet, petit, petit, petit bonhomme

As-tu point mis ton haut bonnet, petit bonhomme, bonhomet

Petit bonhomme, bonhomet ?

Gower se retint de rire, mais pas Holmes frappé par le visage de la jeune femme empreint de ce qui semblait être une immense douleur.

— Je vais essayer de dénicher ce troubadour, madame, promit-il d'une voix grave.

Elle se leva.

— Si vous le retrouvez, je vous devrai beaucoup, maître Holmes. Dois-je vous recommander la discrétion la plus totale ?

— C'est inutile. Je ne parle jamais de mes clients.

Elle hocha lentement la tête.

— Excusez-moi, mais mes gens m'attendent, et je ne peux me permettre de tarder trop.

Holmes la reconduisit à la porte, à l'instant où la cloche du porche retentissait de nouveau.

Watson, qui était demeuré près la porte, l'ouvrit, et Gabrielle de Landes, accompagnée d'un page et d'une servante, entra. Comme toujours, la chambellane affichait un maintien assuré, quasi autoritaire, accentué par un front haut et des truffaux rassemblant sa rousse chevelure sur les tempes, ce qui lui donnait une allure altière. Elle portait une robe à la jupe étroite et dont la traîne était tenue par le page, avec un corps de cotte décolleté en pointe garni d'hermine. Sur ses épaules, un mantelet doublé de taffetas. Ses yeux bleu-vert s'arrêtèrent sur la visiteuse qui fit un pas de côté pour la laisser passer, ou éviter qu'elle la dévisage.

De son côté, Holmes décida de ne pas les présenter.

Gabrielle plissa le front et s'approcha d'Edward, ses serviteurs dans ses pas, tandis que la mystérieuse femme détournait la tête et sortait dans un silence quelque peu embarrassant.

Gower ferma la porte.

— Une dame inconnue qui vient me demander de l'aide, expliqua Edward avec nonchalance.

— Inconnue ?

— Elle n'a pas dit son nom, et reviendra dans quelques jours pour savoir si j'ai retrouvé la personne qu'elle cherche.

— Moi, je sais qui elle est ! affirma l'ancienne chambellane bourguignonne avec un sourire espiègle.

— Vraiment ?

— Je l'ai déjà rencontrée, et je pense qu'elle m'a reconnue, d'où son air confus.

— L'avez-vous vue à Paris ?

— Point ! À Lille, il doit y avoir trois ou quatre ans. C'est la sœur du baron de Longvilliers.

— Qui est ce baron ?

— Un fidèle du duc Philippe.

— Elle m'a juste déclaré qu'elle était mariée, précisa Holmes qui ne voulait rien dévoiler en présence des domestiques.

— Je pourrais me renseigner pour savoir avec qui, mon ami…

— Faites-le discrètement, ma chère. Mais parlons d'autre chose…

Bien plus tard, la nuit tombait, Gabrielle était repartie et Watson avait rejoint son ami dans sa chambre où il avait passé une partie de l'après-midi avec la jolie chambellane.

— L'on t'a proposé de singulières affaires, Edward, mais jamais de retrouver un troubadour à partir d'une chanson.

Amusé, il se mit à fredonner :

— *As-tu point mis ton haut bonnet, petit, petit, petit bonhomme.*

Edward demeura impassible, mains jointes.

— Chanterais-je faux ? plaisanta encore l'ancien archer. Peut-être devrais-tu m'accompagner avec ta viole.

— Dis-moi plutôt ce que tu penses de cette visite, rétorqua le clerc.

— La dame doit rechercher un ancien amant, affirma Gower en haussant les épaules.

— Peut-être pas. Il s'agit d'une chanson enfantine. Je pencherais pour un frère, ou un cousin qui la chantait. Pourquoi pas avec elle dans sa prime jeunesse ?

— Dans ce cas, ne trouves-tu pas bizarre qu'elle ait caché sa visite à son époux ?

— Ignores-tu qu'il peut y avoir de lourds secrets dans les couples et les familles ? Rares sont les femmes qui choisissent leur mari. Mon expérience m'a appris que, plus une chose est étrange, moins elle est mystérieuse. Ce sont les choses communes qui sont vraiment énigmatiques.

Des bruits se firent entendre dans l'escalier, et Watson alla ouvrir la porte sans avoir eu le temps de répondre.

C'était Constance.

Un valet vient de porter un billet, dit-elle d'une voix essoufflée, car elle s'était précipitée.

Elle entra et donna un careignon cacheté au clerc.

Edward reconnut le sceau de Lestrade, le brisa et lut le texte. Il haussa les sourcils et donna le papier à son ami.

— Un nom doit t'interpeller là-dedans, fit-il avec un sourire satisfait.

Gower prit le temps de lire, avant de dire :

— Perrin Herichon ! N'est-ce pas celui qui s'est chargé d'expulser les Perdriel ?

— Le même. Quand il a fait partie des pilleurs de l'abbaye, il était sergent à verge au Châtelet. Maintenant il est au parlement, au service de Morvilliers. Lestrade nous dit aussi que le fredain acquitté par Morvilliers se nomme Jehan Le Chapuis[1]. Voilà quelqu'un qu'il serait intéressant d'interroger.

1. Les Chapuis étaient des menuisiers ou des charpentiers.

24

Lundi 20 mai 1426

Le lendemain matin, sous une faible pluie, les deux amis partirent pour la rue du Grand-Hurleur en emmenant Gracieux.

Cette voie fréquentée par des bagasses et des gueux se situait près de la porte Saint-Denis. Deux ans auparavant, Holmes et Watson s'y étaient réfugiés. Ils étaient alors poursuivis par les sbires de l'astrologue Moriarty – le Jules César du crime – et des loups dressés pour la chasse à l'homme[1].

Ils avaient trouvé sûreté chez un dresseur de loups qui partageait son logis avec un bateleur, lequel jouait souvent le diable dans les mystères, ces petites saynètes religieuses données devant les églises. À cause de ce rôle, on l'avait surnommé Robert le Diable.

Plus tard, ayant mis au jour les noirs desseins de Moriarty, Holmes avait revu Robert le Diable, qui vivait désormais avec une jeune maîtresse, Laurentine, et Adam, frère de la jouvencelle. Tous trois jouaient la comédie chez des gens de qualité ou lors de fêtes

1. Voir *La Ville de la peur*, *op. cit.*

religieuses. Quand Edward et Gower avaient tendu un piège au sire de Giac à Montereau, afin de délivrer Coline Maqueron, l'apothicaire qu'aimait le mercenaire Enguerrand Chabridel, les comédiens les avaient à nouveau aidés[1].

Depuis, tous trois étaient revenus à Paris et vivaient d'aumônes qu'on leur offrait quand ils faisaient des spectacles de rue, mais surtout du beau pécule dont Holmes les avait gratifiés.

La vieille bâtisse qu'ils occupaient se situait dans une cour déserte et abandonnée. Comme il pleuvait et qu'il était tôt, Robert et ses compagnons se trouvaient chez eux.

Attablés devant deux planches soutenues par des tréteaux, le frère et la sœur écossaient des fèves quand Robert vint ouvrir. Le couple se leva immédiatement en apercevant le clerc et l'archer.

— Maître Holmes ! Cher sire Watson ! Et Gracieux ! Entrez vite vous sécher ! s'exclama un Robert tout joyeux.

Le molosse fut le premier à se glisser à l'intérieur et parcourut la pièce en flairant et gémissant, reconnaissant l'endroit où il avait été soigné. Peut-être était-il aussi à la recherche du loup Ysengrin mais, il ne pouvait le savoir, le pauvre animal était mort l'année précédente d'une piqûre de guêpe sur le museau.

Deux ans auparavant, quand Edward et Gower avaient trouvé refuge dans la masure pour faire soigner leur fidèle molosse mordu de toutes parts par les loups lancés à leur poursuite, l'endroit était un

1. Voir *Le Pont de Montereau*, *op. cit.*

effroyable taudis. Maintenant, le logis avait changé de fond en comble. Le sol était couvert de paille presque propre. La couche, où dormaient jadis le loup Ysengrin, son maître et Robert le Diable, avait été remplacée par un lit fermé en bois. Il y avait même un dressoir avec des cruches, des plats et trois pots de terre cuite émaillée. Les bancs possédaient des coussins d'un vert resplendissant et les mêmes coussins décoraient une huche. Aux murs étaient accrochés toutes sortes de vêtements et de masques utiles aux comédiens pour leurs spectacles. Enfin, dans une marmite pendue à une chaîne dans la cheminée, mijotait une soupe à l'odeur appétissante.

— Loué soit Jésus-Christ qui vous fait venir chez nous, très honoré seigneur, dit Adam, robuste garçon à la barbe noire taillée en pointe, en s'inclinant avec respect.

Sa sœur, la jolie Laurentine, cheveux tressés et serrés sous une crépine, timide sourire aux lèvres, plia un genou. La jouvencelle portait la même robe en droguet ardoise qu'elle arborait déjà à Montereau.

Holmes connaissait leur histoire, qu'Adam avait contée quand ils s'étaient rencontrés. Nés dans cette ville, le frère et la sœur en avaient été chassés par les Bourguignons car le chanoine chez qui ils logeaient était loyaliste. Le religieux leur ayant appris à jouer les mystères, ils avaient survécu en représentant ces saynètes religieuses aux porches des églises. Ils avaient même joué devant Henri VI lors du siège de Melun. Puis avaient gagné Paris, rencontré Robert, et ne s'étaient plus quittés.

— Loué soit Jésus-Christ qui me permet de vous retrouver tous les trois, car j'ai un grand service à vous demander.

Ayant dit ces mots, Edward déposa sur la table une toile d'ortie contenant des oublies[1] achetées en route à un oublieur ambulant.

Le frère et la sœur s'approchèrent, les yeux brillants. Les oublies n'étaient pas des friandises chères, mais en ce temps de misère ils ne devaient pas en manger souvent car, vivant d'aumônes, ils devaient compter leurs dépenses pour éviter d'épuiser trop vite les trois cents livres que le clerc leur avait remises pour leur aide à Montereau.

— Des oublies ! Quel régal ! Mais vous allez les partager avec nous, mon bon maître. Laurentine, sers ta fameuse boisson ! s'écria Robert sur ce ton emphatique qu'il se plaisait à utiliser quand il jouait la comédie.

La donzelle ne se fit pas prier et, toute joyeuse, alla chercher des pots sur le dressoir pendant que Holmes et Watson retiraient leurs chapes pour les accrocher à des chevilles de bois près du feu. Ensuite ils s'assirent avec Robert et Adam qui leur avaient laissé le banc à coussins. Gracieux, lui, après avoir exploré la pièce en espérant y dénicher quelque rat, s'était couché devant la cheminée.

Laurentine emplit un cruchon tiré d'un tonnelet et expliqua :

— C'est une sorte de bochet que je fais avec de l'eau, du miel, du girofle, un peu de vin blanc et du levain de farine que je laisse gonfler. Il est meilleur chaud aussi, si vous voulez, je peux le faire chauffer.

— Nous le boirons tel quel, décida Holmes en prenant une oublie pour en casser l'extrémité.

La jeune fille déposa un pot devant les deux Anglais et un troisième pour Robert, qu'il partagerait avec elle

1. Pâtisserie fine et ronde cuite entre deux fers et roulée.

et Adam, puis elle alla s'asseoir à côté de son amant qui lui donna une oublie.

— Quel est donc ce service dont vous avez besoin, maître Holmes ? Vous savez que nous sommes vos fidèles et que vous pouvez nous demander ce que vous désirez.

— Il s'agit d'une chose importante, et qui devrait être aisée pour vous. Vous rencontrez souvent des ménestrels et des chanteurs de rue…

— Certes, il n'y en a plus beaucoup, mais j'en connais plusieurs.

— L'un d'eux chante une chanson que vous devez connaître : *As-tu point mis ton haut bonnet, petit, petit, petit bonhomme* ?

Il fredonna les derniers mots.

— Il y a deux versions de cette chanson, mais je crois bien l'avoir entendue ces jours-ci vers Saint-Merry ou vers la Grève.

— C'est cela, l'homme l'a déjà chantée dans ce quartier. Si vous le revoyez, que l'un de vous le suive discrètement. Je veux savoir où il habite et, si possible, qui il est.

Robert regarda ses compagnons, comme pour vérifier qu'ils avaient compris et Adam opina. Ayant deviné qu'il s'agissait d'une enquête, ils ne posèrent pas de question.

— Soyez prudents quand vous le suivrez. J'ignore ce qu'il y a derrière l'affaire dont je m'occupe. Je la crois sans danger, mais sait-on jamais ? Venez me prévenir dès que vous avez des réponses.

— Nous irons dès ce matin dans le quartier Saint-Merry, promit Adam.

— Quelles sont les deux versions de la chanson ? questionna Gower.

— Le refrain est le même mais les paroles des couplets diffèrent. Dans la première, il s'agit d'un dépit amoureux.

Il demanda à Adam :

— Passe-moi mon luth.

Le jeune homme alla chercher l'instrument suspendu à un mur et le tendit à l'amant de sa sœur. Robert l'attrapa et, faisant sonner les cordes, il interpréta une douce mélodie en regardant sa belle qui devint toute rouge :

Celle qui m'a demandé
Argent pour être ma mie
Elle m'a fait grand vilenie
Jamais je ne l'aimerai.

Par Dieu ! Je la changerai
Et ferai-je une autre amie,
Puisqu'elle m'a demandé partie,
D'argent qu'avons elle et moi.

Il fit une joyeuse grimace pour conclure et tendit le luth à Adam :

— Tu connais l'autre version, non ?

— Bien sûr !

Le jeune homme prit l'instrument et chanta, sur un air vif, très différent du premier :

As-tu point mis ton haut bonnet, petit, petit, bonhomme
As-tu point mis ton haut bonnet, petit bonhomme, bonhomet ?
Et je ne vous demande, mande mie,
Je ne vous demande, mande point.
Et au jardin de mon père entrai,

M'amiette j'y trouvai
Et trois fleurs d'amour j'y cueillis
Et je ne vous demande, mande mie
Je ne vous demande, mande point.
Je lui fis un chapelet
De mouron et de muguet.
Et je ne vous demande, mande mie,
Je ne vous demande, mande point.
N'as-tu point mis ton haut bonnet
Petit, petit, petit bonhomme ?
N'as-tu point mis ton haut bonnet
Petit, petit, petit bonhomme ?

— Laquelle préférez-vous, maître Holmes ? s'exclama Robert le Diable.

— Ma foi, peu m'importe ! Si vous trouvez le troubadour qui parle du bonhomme et du haut bonnet, je serai satisfait ! répondit le clerc en riant.

Ils bavardèrent encore quelques instants en savourant la boisson de la donzelle. Holmes évoqua leur voyage à Dijon et ce qu'étaient devenus Chabridel et sa dame, laquelle avait donné naissance à une petite fille dont Watson et lui étaient les parrains[1]. Les comédiens parlèrent du fléau de la guerre qui leur interdisait de quitter Paris en ce moment, et surtout de la pluie, déluge perpétuel qui les empêchait de travailler.

Quand Holmes et Watson repartirent avec Gracieux, ils se rendirent dans la rue Quincampoix, toute proche. Il y avait là deux boutiques mitoyennes tenues par des frères, l'un cordonnier et l'autre corroyeur, les

1. En ce temps-là, il était habituel d'avoir plusieurs parrains et marraines. Ce fut le cas de Jeanne d'Arc.

Poitevin. Archers de la ville et compagnons de Watson dans la Guilde municipale, Holmes les avait engagés à plusieurs reprises comme escorte dans des expéditions qu'il avait conduites. C'étaient des hommes fidèles qui lui avaient donné leur foi. En échange, il les avait bien récompensés, leur permettant de rendre leur commerce prospère malgré la terrible misère qui régnait à Paris.

La maison de Popin le Corroyeur s'élevait sur deux étages en encorbellement. Entièrement peintes en vert, les colombes et les fermes étaient décorées de fleurettes dorées. L'artisan travaillait dans l'ouvroir avec son neveu, fils de son frère Étienne.

— Gower ! Maître Holmes ! s'exclama Popin en les voyant approcher. Quel plaisir de vous voir en ce triste temps ! Que toutes les bénédictions de Dieu vous préservent !

— Si tu pouvais obtenir du Seigneur que sa bénédiction aille jusqu'à faire cesser cette pluie, tu aurais ma reconnaissance éternelle, rigola Watson du haut de son destrier, en essuyant d'un geste de la main son visage ruisselant.

— Je le prie chaque jour. Hélas, Il n'entend pas, ou ne veut pas entendre ! Savez-vous que la place de Grève est inondée ? Entrez donc vous mettre à l'abri, mon neveu conduira vos montures à l'écurie.

— Non, nous ne restons pas. Nous avons juste un petit service à te demander, à toi, à ton frère et à vos maisnies.

— Nous sommes tous à vous, seigneur.

— Connais-tu la chanson : *As-tu point mis ton haut bonnet, petit, petit, petit bonhomme* ?

— Je l'ai entendue.

L'apprenti se mit alors à la fredonner.

— C'est bien ça ! plaisanta Holmes. Mon garçon, tu chantes mieux que Gower ! Mais voilà quelle est ma requête : il y a dans ce quartier un chanteur de rue qui l'interprète… L'avez-vous déjà entendu ?

— Moi oui, seigneur ! s'exclama le neveu en bombant le torse de fierté.

— Peux-tu me le décrire ?

— Oui, seigneur, car je suis resté un moment à l'écouter, c'était la veille ou l'avant-veille de l'Ascension. C'est un homme vigoureux, entre vingt et trente ans. Il utilise un luth et chante fort bien.

— Rien d'autre sur lui ?

— Il paraissait très assuré… J'ai pensé… Vous allez vous moquer…

— Jamais ! répliqua Holmes, soudain en alerte.

— J'ai pensé qu'il avait été homme d'armes.

— Pourquoi ?

— Son attitude, perpétuellement sur la défensive… Il regardait sans cesse autour de lui en chantant… et sous sa chape, il portait un de ces gippons matelassés qu'utilisent les chevaliers. De surcroît, il avait des heuses de cuir à boucles comme celles que met mon père quand il part en expédition avec vous.

Holmes échangea un regard avec Watson

— Portait-il des armes ?

— Une dague.

— Un chapeau ? Un chaperon ?

— Un bonnet, avec une enseigne émaillée.

— Bourguignonne ?

— Non… Une fleur rouge.

— Une fleur ?

— Oui.

— Popin, je veux apprendre qui est cet homme, dis-le à ta mesnie. Si l'un de vous l'aperçoit, qu'il le suive sans se faire voir et qu'on vienne me dire où il vit.

— Je vais passer le mot, seigneur. Nous le retrouverons.

Les Anglais repartirent satisfaits. Holmes avait désormais la certitude qu'il saurait sous peu qui était ce troubadour que recherchait la mystérieuse dame. Il pressentait cependant une énigme plus obscure. Ce chanteur de rue était-il vraiment un homme d'armes ? Un espion ?

Dans sa chambre en soupente où retentissait le crépitement continu de la pluie, assis sur son lit, Mathieu de Thérouanne méditait. Il était seul, Anselot était allé acheter de quoi manger.

Cela faisait trois mois qu'ils vivaient à Paris, et à deux mois de neige avait succédé un mois de pluie, ce qui avait compliqué sa mission.

Il avait quitté les bords de la Loire avec Blondel, La Hire et sa compagnie, et avait prudemment fait route vers Paris. Deux semaines plus tard, sans avoir rencontré d'Anglais ni de Bourguignons, ils entraient dans le château de Rochefort.

Ils y étaient restés deux jours, puis Blondel, Anselot et lui avaient pris le chemin de la capitale. À pied, sans armes apparentes, habillés comme des vilains. Ils avaient aperçu des cavaliers et étaient parvenus à se cacher avant que ceux-ci les approchent. Diable, ils n'avaient pas d'épée, rien que des coutelas sous leur cotte. Sous cette même cotte, ils portaient tout de même une jaque de mailles. Mathieu gardait son luth dans une grande besace. Durant le voyage, Blondel lui avait prodigué encore et encore des conseils, en particulier où il pourrait acheter des armes, et surtout un arc.

Au bourg Saint-Germain, ils s'étaient rendus directement à l'hôtel de Tarrane. La bâtisse était déserte et ils avaient fait le tour des maisons environnantes. Avec la misère qui régnait, la moitié d'entre elles étaient vides d'occupants et, par chance, c'était le cas de celle mitoyenne de l'hôtel. S'étant renseignés, ils avaient appris qu'elle avait abrité un drapier mort de la peste et qu'elle appartenait à l'abbaye, comme la plupart des maisons du bourg.

Mathieu s'était rendu à Châtillon où il avait rencontré le trésorier du monastère qui vivait là dans son propre hôtel. Il s'était présenté comme Blaise Hennebault, ancien serviteur d'Adrien Galland, feu chanoine de la cathédrale Notre-Dame d'Amiens. Il avait produit un papier prouvant ses dires et expliqué qu'il voulait ouvrir une librairie, que c'était son rêve depuis toujours.

Le trésorier s'était montré surpris, mais le nommé Blaise Hennebault lui avait payé d'avance un an de loyer et, après tout, peu lui importait qu'il n'ait jamais de clients.

Deux jours plus tard, Mathieu s'installait dans les lieux et faisait faire les travaux indispensables, en particulier une réparation de la toiture.

Ensuite, Blondel et lui avaient gagné Paris. À la porte Saint-Jacques, Mathieu avait présenté un laissez-passer délivré par le trésorier de Saint-Germain et les gardes les avaient laissés entrer sans les interroger.

Blondel avait montré la ville à ses compagnons en évitant de révéler son visage aux gens qu'ils croisaient. Le fin rideau de neige facilitait sa discrétion. Ils avaient passé la nuit dans une hôtellerie mal famée, puis s'étaient rendus dans la rue Saint-Jacques-de-la-Boucherie pour faire une proposition à l'un des marchands.

Ce dernier, qui voulait quitter la capitale, avait tout de suite accepté tant ses affaires allaient mal, d'autant plus que le prix qu'on lui offrait était inespéré.

Ce qu'il possédait avait été porté avec une charrette dans la maison du bourg Saint-Germain, après quoi Blondel était retourné à Bourges, cette fois à cheval, après avoir acheté une monture.

Les jours suivants, Mathieu avait commencé ses investigations. Il connaissait les demeures que le président Morvilliers s'était attribuées, mais il ignorait celle qu'il occupait en cette année 1426. Il avait donc passé des jours et des jours à les surveiller les unes après les autres pour découvrir en fin de compte que le premier président habitait toujours la maison située au coin de la rue de la Bretonnerie et de la rue Pernelle-Saint-Paul, contrairement aux dires du jeune Tarrane qui affirmait que celui que les Parisiens appelaient le tyran logeait désormais dans un hôtel sis rue Vieille-du-Temple à l'angle de la rue de la Mortellerie.

Il était resté à rôder devant durant plusieurs jours en interprétant avec son luth les chansons qu'il connaissait, c'est-à-dire celles que Baudoin lui avait apprises. Un ménestrel susciterait moins la suspicion qu'un individu demeurant immobile près d'une maison, jugeait-il.

Il avait même suivi à plusieurs reprises le premier président en constatant avec dépit que ce dernier se faisait toujours escorter de solides valets et d'hommes d'armes.

Cela jusqu'au jour où il avait été repéré.

Grâce au Ciel, ce n'étaient pas les gens de Morvilliers qui l'avaient remarqué, mais le portier d'une autre maison de la rue de la Bretonnerie. L'homme, au service d'un échevin de la ville, était venu lui dire qu'il le voyait trop souvent et l'avait accusé de préparer quelque mauvais coup. Il l'avait prévenu que, s'il le revoyait, il préviendrait le commissaire du quartier.

Mathieu s'était offusqué, avait assuré le domestique de sa bonne foi en expliquant qu'il vivait à Saint-Germain-des-Prés et faisait le troubadour à Paris, mais l'autre ne l'avait visiblement pas cru. Par prudence, il n'était plus revenu et Anselot le remplaçait de temps en temps.

Le chevalier se rendait un peu plus compte chaque jour des difficultés, des impossibilités même, de son entreprise. Il n'était pas un espion, ne savait pas se grimer et se fondre dans les rues de Paris. En attendant qu'une idée lui vienne pour saisir Morvilliers ou l'attirer dans l'hôtel de Taranne, il s'était donc rabattu sur le sieur de Grigny.

Ses déboires dans la surveillance de la demeure du premier président lui avaient servi de leçon. Depuis deux semaines, Simon Tarrane lui avait dit que Grigny s'était attribué la plus belle des demeures de la famille Spifame, un hôtel à trois pignons de la rue des Lombards qui se dressait au coin de la rue de la Vieille-Monnaie, à l'image de Notre-Dame.

Il était passé plusieurs fois devant l'immeuble, s'arrêtant parfois à un carrefour éloigné pour interpréter l'une de ses ritournelles. De là, il avait parfois aperçu des cavaliers en train de sortir de l'hôtel, mais l'un d'eux était-il le sire de Grigny ? Il l'ignorait.

Il continuait cependant à se rendre de temps en temps dans la paroisse Saint-Merry, discutant avec l'un ou l'autre des échoppiers en amenant souvent la conversation sur le sieur de Grigny. Il avait ainsi appris qu'il était marié, qu'il avait dans les vingt-cinq ans et qu'on le disait bon jouteur. Il espérait toujours avoir une occasion de l'apercevoir.

Cependant, même si un jour il l'identifiait, il ne parvenait pas à concevoir un moyen de le capturer. En fin de compte, le plus simple n'était-il pas d'attendre ? Tôt ou tard Grigny ou Morvilliers se rendrait à l'hôtel de Taranne pour préparer la visite du comte de Salisbury. À ce moment-là, il trouverait une occasion d'agir.

Aussi, désormais, soit lui-même soit Anselot demeurait dans l'échoppe et surveillait la rue depuis la chambre. Qu'une troupe de cavaliers s'arrête devant l'hôtel et y pénètre, Grigny ou Morvilliers serait certainement parmi eux.

Il faudrait alors agir vite.

Le regard de Mathieu s'égara vers le coffre au pied du lit. Dessus reposait un grand arc gallois en orme déniché chez un archer de la rue de la Heaumerie. Comme il ne voulait pas traverser la ville avec pareille arme, il lui avait demandé de le lui apporter à Saint-Germain, avec des flèches.

Il se promit d'aller faire un tour dans la cour de l'hôtel de Tarrane, dès qu'il ne pleuvrait plus.

25

Mardi 21 mai 1426

La pluie avait cessé dans la nuit mais, en raison d'un ciel chargé de lourds nuages noirs, la ville demeurait dans une éprouvante obscurité.

Holmes avait décidé de consacrer la journée aux objets volés à l'abbaye de Saint-Germain. Cependant, n'ayant eu aucune visite ou message de maître Nicolas Benzelin, il n'avait aucun moyen de se lancer à la recherche des vases, aussi s'était-il résolu à enquêter sur le livre mystérieux. Pour cela, interroger des libraires lui paraissait le moyen le plus simple.

À Paris, les marchands de livres, les écrivains, les copistes et les enlumineurs s'étaient installés dans deux quartiers. Dans l'Outre-Grand-Pont[1], il s'agissait principalement de la rue Saint-Jacques-de-la-Boucherie et de la rue des Écrivains. Nicolas Flamel et son frère y avaient d'ailleurs eu leurs boutiques. Or, le dernier libraire du quartier, Jehan Crespy, qui copiait des textes préparés par des clercs avant de les confier à des enlumineurs pour les vendre à des gens fortunés, avait fermé

1. La rive droite.

son commerce deux mois plus tôt faute de clientèle. Pourtant, vingt ans auparavant, son père s'était considérablement enrichi dans ce métier qui rapportait beaucoup. Les gens de qualité étaient alors friands de beaux livres. Mais la guerre était passée par là et de moins en moins de gentilshommes ou de prélats en achetaient.

L'autre quartier des libraires était bien sûr l'Université, dans l'Outre-Petit-Pont, principalement aux alentours de l'église Saint-Séverin. C'est là que se trouvaient jadis la plupart des enlumineurs, parcheminiers et relieurs. Hélas, s'ils étaient une centaine au siècle précédent, presque tous avaient maintenant fermé boutique. La perte de clientèle et la diminution des maîtres et des étudiants dans l'Université étaient aussi la cause de la fin de ces métiers, mais pas seulement. Purges et massacres l'expliquaient tout autant.

Chaque changement de parti de gouvernement avait donné lieu à des proscriptions et des exécutions. Les premiers inquiétés dans ces violences étaient toujours ceux qui faisaient circuler les idées : les libraires. Orléanais, Bourguignons, Armagnacs ou Anglais partageaient au moins la même certitude : la plume pouvait être plus dangereuse que l'épée, donc il fallait l'empêcher de nuire. Et il est si facile de faire disparaître ceux qui diffusent les livres.

Pour ces raisons ne restait donc plus qu'une poignée de libraires ayant pignon sur rue. Holmes connaissait maître Honoré, un enlumineur fort âgé de la rue Erembourg-de-Brie[1] – qu'on appelait rue des Enlumineurs – à qui il avait acheté une histoire de l'Angleterre magnifiquement illustrée. Ce samedi, sa boutique était la seule ouverte de la rue.

1. Boutebrie.

L'enlumineur, des lunettes devant les yeux, encrait un dragon écarlate sur une feuille de vélin quand les deux Anglais s'approchèrent de son étal. Ils avaient laissé leurs montures à l'écurie d'une hôtellerie proche.

Se voyant observé, le vieil homme tourna la tête.

— Maître Holmes ! Dieu vous dit bonjour. Vous êtes ma première visite du jour.

— Qu'Il vous protège, maître Honoré.

— Voulez-vous voir le dernier livre que j'ai enluminé ?

— Bien sûr, mais je viens surtout pour un conseil.

— Si je peux vous aider, je le ferai volontiers.

— Laissez-moi vous montrer des pages d'un livre, et dites-moi ce que vous en pensez.

Il sortit de son escarcelle les trois feuillets pliés que lui avait remis l'abbé de Saint-Germain et les posa sur l'étal.

Maître Honoré les ouvrit et les examina longuement.

— Fascinant ! conclut-il. Je n'avais jamais vu pareilles figures. J'ignore quelle est cette plante... Quant à ces femmes dans ces tubes, que diable cela signifie-t-il ? Je serais curieux de consulter le livre d'où ces dessins ont été copiés.

— Malheureusement, je ne l'ai point et, pour tout vous dire, je le cherche. Qui pourrait connaître quelque chose à ce sujet ?

— Peut-être un enlumineur comme moi, qui aurait eu à le copier, mais vous n'en trouverez plus autour de Saint-Séverin.

— Et dans Paris ?

— Un libraire qui aurait eu le livre entre ses mains ? Je ne vois guère que maître Crespy, mais il s'est retiré des affaires.

— Je l'ai appris. Sa boutique est vide et fermée. Savez-vous où il vit désormais ?

— Point. Je sais qu'il a quitté Paris pour rejoindre sa fille, je crois à Tours.

Donc toutes les portes se fermaient de ce côté-là, conclut un Holmes dépité.

Il remercia l'enlumineur, consulta un moment le livre qu'il lui avait proposé de regarder mais, au grand regret de maître Honoré, il n'envisagea pas de l'acheter.

Gower et lui repartirent.

— Que fait-on ? s'enquit l'ancien archer alors qu'ils gagnaient l'écurie.

— Allons voir si maître Chuffart est chez lui. Il sera, j'en suis sûr, de bon conseil.

Jean Chuffart, chanoine de Notre-Dame, était le chancelier de la reine Isabeau. Holmes l'avait souvent approché, en particulier quand il avait besoin de lettres de rémission, et le chanoine lui avait à son tour demandé quelques services. Chuffart se montrait toujours posé et bienveillant, bien que zélé tenant du camp bourguignon. Par ses charges, il connaissait tous les gens importants de Paris et savait beaucoup de choses. Il tenait d'ailleurs un journal sur tout ce qui se passait dans la capitale et dans le royaume[1].

Comme la plupart des chanoines de la cathédrale, il avait sa maison dans l'enclos canonial de Notre-Dame. C'était même l'une des plus belles du cloître[2], non loin du port Saint-Landry.

1. Ce sera le fameux *Journal d'un bourgeois de Paris*.

2. Composé de maisons dévolues aux chanoines, chacune avec un jardin, le cloître était une petite cité entièrement close située près de Notre-Dame. Ses habitants y disposaient aussi d'un réfectoire, d'une bibliothèque et d'écuries.

Après avoir franchi le Petit-Pont, et constaté que les flots arrivaient toujours au niveau du tablier, Holmes et Watson se dirigèrent vers la cathédrale par la rue Neuve-Notre-Dame et pénétrèrent dans le cloître en franchissant la porte située à côté de Saint-Jean-le-Rond[1]. Les gardes savaient qui ils étaient et les laissèrent passer sans difficulté. Connaissant le chemin, ils se dirigèrent tout droit vers la maison à l'enseigne de la Croix-Blanche, l'une des dernières avant la rive.

Un valet leur ouvrit après que Gower eut tiré la chaîne.

— Maître Holmes ! Béni soit le Seigneur de vous avoir envoyé ici ! Votre visite va adoucir la mélancolie de mon maître. Ces pluies continuelles ont assombri son caractère. Il se trouve dans le jardin, je vais vous ouvrir la poterne par où vous pourrez faire entrer mule et cheval.

Le passage se trouvait à quelques pas et, le temps qu'ils descendent de selle, la porte du jardin s'ouvrit et le valet réapparut avec un autre serviteur. Chuffart, prévenu, n'était pas loin d'eux. Il portait une houppelande fourrée de petit vair et un chaperon cramoisi.

Les Anglais entrèrent et le chanoine les serra l'un après l'autre dans de chaleureuses brassées.

— Loué soit Jésus-Christ de vous avoir suggéré de venir me rendre visite, maître Holmes !

— Qu'il soit loué à jamais ! répondit Edward.

Le chanoine soupira et, d'un vaste geste, montra ses rosiers.

Les plantes s'étalaient en larges massifs

— Voyez ! Mon esprit est en loques ! Il n'y a pas à dire, les voies du Seigneur sont impénétrables.

1. Petite église près de Notre-Dame où se situait la porte.

Holmes avait connu ces plantations resplendissantes, embaumantes et multicolores à cette époque de l'année mais, après deux mois de pluie, ce n'étaient plus que branches couvertes de moisissures blanchâtres.

— Il y a eu d'autres périodes humides dans le passé, fit-il pour consoler le chanoine.

— Certes, mais si longues ? Je crains que d'ici peu la ville ne soit entièrement submergée. Enfin, aujourd'hui au moins nous avons un répit. Mais parlons plutôt de vous, savez-vous que j'étais chez la reine hier, et malgré sa santé chancelante, et le fait qu'elle a oublié l'existence de bien de ses amis, elle m'a longuement parlé de vous. Elle espère votre visite.

— Je n'osais me présenter sans raison à l'hôtel Saint-Pol. J'avais observé combien l'affaire du rat géant[1] l'avait affectée.

— C'est du passé, et vous l'avez magistralement résolue. Mais je suppose que vous avez une raison particulière pour venir me voir…

Le ton était malicieux et les yeux pétillants de curiosité.

Holmes sortit les feuillets de son escarcelle.

— Ces dessins éveillent-ils quelques souvenirs chez vous, mon maître ?

Chuffart les examina avec attention, plissa le front, puis secoua la tête.

— Nenni… Mais quelles singulières enluminures… Où les avez-vous eues ?

— Je ne peux le révéler, je me suis engagé. Mais ces images sont des copies provenant d'un plus gros ouvrage que je recherche. Qui, selon vous, pourrait les avoir déjà vues ?

1. Voir *Le Rat géant de l'hôtel Saint-Pol*, *op. cit.*

— Avez-vous songé à un libraire ?
— Oui, et sans succès.
— Vous pourriez peut-être interroger les frères Petit ?
— En effet, je le ferai.
Le chanoine se replongea dans les dessins, et au bout d'un moment déclara :
— Cette plante… Je n'en ai jamais vu de pareille… Vous pourriez consulter un herboriste, ou un apothicaire… Pourquoi pas la dame Maqueron ? N'êtes-vous pas parrain de sa fille ?
— Vous avez raison. Je n'y avais pas pensé. Je vais même le faire sur l'heure, et sans doute aller voir ensuite les frères Petit.
Il allait se tourner vers la porte du jardin quand une autre idée lui vint :
— Un dernier renseignement, mon maître. Savez-vous qui habite rue de la Bretonnerie, au coin avec la rue Pernelle-Saint-Paul ?
— Bien sûr ! Il s'agit du premier président, messire de Morvilliers. C'est l'une des maisons armagnaques dont le roi l'a gratifiée.
Voyant que le clerc ouvrait la bouche de surprise, le chanoine ajouta en plissant le front :
— Évitez de vous intéresser à lui, maître Holmes. Morvilliers est un homme tout-puissant, et redoutable.
— N'ayez crainte, mon très cher ami, fit Edward avec un sourire de circonstance. Encore une fois merci pour votre obligeance.

Même si Chuffart n'avait pas suggéré qu'il consulte un herboriste ou un apothicaire, Holmes aurait rendu visite à Chabridel, à son épouse et à sa fille, dont la demeure se situait derrière Saint-Éloy, à l'angle de la traverse Saint-Martial, donc tout près. L'enfant du couple était leur filleule et les deux Anglais prenaient leur charge de copaternité fort au sérieux.

En sortant par la porte des Marmousets, ils n'eurent qu'à suivre la rue du même nom qui devenait rue de la Vieille-Draperie-près-de-Saint-Éloy. En chemin, avisant l'étal d'un drapier, Holmes acheta deux aunes[1] du drap le plus fin qui permettrait de faire des langes et de la literie à l'enfant.

Peu après, ils arrivaient devant la demeure, une ancienne maison au soubassement de pierre avec un étage à pans de bois. Après des travaux considérables sur les sols, les planchers et la charpente, l'apothicairerie avait ouvert l'année précédente.

Coline Maqueron, face à l'étal, bavardait avec une commère. Elle cessa dès qu'elle vit les Anglais et, le regard brillant de surprise, elle héla son mari avant de dire d'un ton joyeux :

— Dieu vous salue, mes seigneurs !

Après avoir vécu d'effroyables malheurs, la jeune femme connaissait enfin la félicité.

Jouvencelle, elle avait fui devant les bouchers de Caboche qui égorgeaient et éventraient les pauvres gens dans Paris comme si la ville était un abattoir. Ayant survécu aux massacres, elle avait épousé un herboriste dont elle avait eu un fils. Puis la compagnie de L'Isle-Adam était entrée dans Paris et ses soldeniers avaient commis de nouveaux massacres. Parmi ces Bourguignons se trouvaient Enguerrand Chabridel, fils d'un serf affranchi devenu valet de chambre d'un écuyer qui avait participé à l'assassinat de Louis d'Orléans. Chabridel lui-même avait frappé le duc avec

1. L'aune mesurait quatre pieds.

sa hache. Homme d'armes et mercenaire, l'assassin n'était cependant point un mauvais bougre. Quand ses compagnons avaient commencé les pillages, il était intervenu épée en main et les avait châtiés. Hélas, il n'avait pu sauver la vie de l'époux de Coline, ni de son fils. Rejeté par les Bourguignons pour les avoir empêchés de satisfaire leurs bas instincts, recherché par les Armagnacs comme meurtrier d'Orléans, le soldenier était entré au service de la reine Isabeau dont il était devenu l'exécuteur des basses œuvres. C'est à ce moment-là que Holmes l'avait connu. Le clerc avait fait appel à lui plusieurs fois et s'était montré satisfait de sa loyauté.

Voici deux ans, pour une mission auprès du roi Henri qui redoutait le poison, Edward avait demandé conseil à maître Saïtano, un ancien astrologue de la reine Isabeau. Italien fort savant dans les philtres, celui-ci était médecin, peut-être sorcier et, dans tous les cas, mage bien informé sur les forces de l'au-delà. Ce dernier lui avait conseillé d'emmener une herboriste qui travaillait avec lui. Elle seule, à ses yeux, pouvait sauver un malade empoisonné.

Il s'agissait de Coline Maqueron. Or, comme Chabridel était lui aussi du voyage, tous deux s'étaient retrouvés. Et ne s'étaient plus quittés.

Comprenant que les visiteurs connaissaient l'apothicaire et voulaient lui parler bec à bec, la commère s'éloigna, tandis que le redoutable Chabridel apparaissait dans l'escalier de l'étage.

Revêtu d'une robe de laine couleur feuille morte avec un chaperon à cornette, il se laissait tirer et tordre le nez par la marmousette qu'il avait dans les bras.

— Par Notre-Dame, quel bonheur de vous voir, messires ! s'exclama-t-il.

— Comment se porte ma filleule ? s'enquit Holmes en descendant de sa mule en même temps que Watson.

— Enguerrande sera une solide gaillarde ! J'ai hâte de lui apprendre à tenir l'épée.

— Pas moi ! répliqua sèchement Coline.

Grande, mince, elle était revêtue d'une robe de velours rouille, à manches élargies aux coudes, ajustée au plus près de son corps et boutonnée devant. Sa chevelure rousse était coiffée en escoffion à huves[1], imitant ainsi la mode qu'avaient lancée les Flamandes.

— C'est pour elle, dit Edward en déposant la pièce de tissu sur l'étal. Vous lui ferez des robes… et des couches.

— Maître Holmes, vous êtes trop bon avec nous, lui reprocha-t-elle dans un sourire appréciateur.

Son visage ingrat parsemé de taches de rousseur avec des mèches rougeâtres qui s'échappaient de sa coiffure en truffeaux n'avait rien d'attirant. Pourtant, Edward trouvait à la jeune femme un charme hors du commun, qui s'expliquait selon lui par le comportement courageux et la rigueur morale qu'elle avait montrés. Non seulement ses malheurs ne l'avaient pas brisée mais ils lui avaient forgé une âme d'acier.

— Point… J'ai besoin d'un conseil de votre part, Coline.

— Vous me rassurez ! Je craignais que vous ne veniez encore me prendre mon mari.

— Pas cette fois, et puis vous l'ai-je jamais rendu meurtri ?

1. Les cheveux étaient rassemblés en deux chignons pointus de part et d'autre des tempes.

— Que voulez-vous savoir ? demanda-t-elle pour changer de sujet.

— J'ai apporté des dessins. L'un d'eux représente une plante. J'ai pensé que vous pourriez me dire son nom, et peut-être de quel livre ils sortent.

— Montrez-moi.

Il tira les papiers de son escarcelle et les étala, tandis que Chabridel approchait.

Devant les feuillets, Coline demeura stupéfaite, bouche bée. Son époux parut tout aussi surpris, mais déclara immédiatement :

— Vous feriez mieux d'entrer, messires.

Il alla à la porte.

Watson regarda son ami et vit que son visage avait également changé. Lèvres serrées, regard dur et brillant, narines frémissantes, tête légèrement penchée en avant, Holmes venait de comprendre qu'il allait apprendre quelque chose sur le livre volé. Il franchit la porte alors que Coline appelait sa femme de chambre pour tenir la boutique et surveiller les montures dont Watson avait attaché les brides à un anneau.

— Montez, messires, proposa le mercenaire en montrant l'escalier. Coline va nous rejoindre.

L'étage n'était formé que d'une grande chambre meublée confortablement, avec une échelle pour gagner une soupente. Le feu était éteint et il n'y faisait guère chaud. La seule fenêtre n'avait pas de vitre mais une peau de porc huilée tendue sur un châssis. L'endroit était donc obscur malgré la chandelle qui brûlait sur une tablette.

Outre le lit fermé, les meubles s'entassaient. Le berceau d'Enguerrande trônait entre deux huches. Chabridel y déposa sa fille et la marmousette se mit à crier de rage. Coline arriva à son tour et remua doucement le berceau pendant que le mercenaire désignait un banc et les coffres pour que les Anglais prennent siège.

Watson demeura un instant debout à regarder les murs couverts d'armes, mis à part une croix au-dessus du berceau, tandis que Holmes, impatient d'en savoir plus, s'asseyait sur un coussin.

Comme l'enfantelet ne se calmait pas, Coline le prit au bras, écarta son corsage et lui donna le sein.

D'un signe de tête, elle désigna alors les papiers que Edward avait gardés à la main.

— Comment les avez-vous eus ?

— Ce sont des copies faites à partir d'un livre volé. Je suis chargé de le retrouver.

— J'avais cet ouvrage voici encore deux jours, affirma-t-elle.

— D'où le teniez-vous ?

— Tout simplement, quelqu'un est venu me le proposer. Un inconnu qui pensait que je serais prête à le lui acheter, puisque herboriste et apothicaire. Et je l'ai été. C'était un gros livre, j'ai su tout de suite son immense valeur. L'homme en voulait dix florettes. L'ouvrage en valait cent fois plus. J'ai payé sans barguigner et il est parti.

La florette, ou gros, ou encore gros blanc ou gros denier blanc, avait été créée par Saint Louis et valait désormais bien plus que *les douze* deniers de sa valeur initiale. Quatre ans plus tôt, les Anglais avaient exigé que les Parisiens remettent cette monnaie aux maîtres de la Monnaie pour une valeur ridicule. Elle avait été remplacée par des doubles tournois de trois deniers que les gens appelaient niquets. Mais les anciennes monnaies circulaient toujours, sous le manteau.

— Vous me dites que vous n'avez plus ce livre, où est-il maintenant ?

— J'ai prévu de l'offrir à maître Saïtano, pour le remercier de ce qu'il a fait pour moi. Mais, auparavant, je voulais en savoir plus sur son contenu car, voyez-vous, beaucoup de dessins étaient énigmatiques, même inquiétants… J'ai même eu l'impression qu'il venait… d'ailleurs.

— D'ailleurs ?

— Je ne sais, vous allez me trouver sotte… J'ai pensé au paradis.

Un singulier silence s'abattit un moment sur la pièce, Gower regarda son ami, front soucieux. Pourtant, le clerc demeura imperscrutable jusqu'à ce qu'il demande :

— Qu'avez-vous fait ?

— Je suis allée voir un libraire et je lui ai demandé son avis.

— Quel libraire ?

— Je ne sais si vous le connaissez, il tient sa boutique dans le bourg Saint-Germain. C'est un nouveau marchand qu'Enguerrand a découvert un jour où il se rendait là-bas. Il m'a dit avoir vu des livres de médecine. J'y suis allée à mon tour et lui ai acheté cet ouvrage.

Elle montra un volume posé sur une crédence.

— J'ai longuement parlé avec cet homme qui n'est ni copiste ni enlumineur, et j'ai été impressionnée par sa science. Il a étudié en Angleterre et semblait connaître quantité de propriétés de plantes que j'ignorais. Il a repris les livres de maître Crespy.

Cette fois, ce fut Holmes qui plissa le front.

— Drôle de bonhomme, intervint Chabridel. J'avais bien sûr accompagné ma mie. C'est quelqu'un à mi-âge et, s'il est savant, il n'a rien d'un clerc. À son regard, à son maintien, à sa vigueur évidente, j'ai deviné le guerrier.

— Curieux… fit Holmes.

— Oui, très curieux. J'ai d'ailleurs aperçu une épée dans sa boutique.

— Voilà quelqu'un que j'aimerais connaître. Cependant, revenons au livre…

Coline essaya d'écarter sa fille de son sein mais le nourrisson se remit à crier.

— Quand je l'ai eu acheté, je suis allée chez lui pour avoir son opinion. Mais il n'était pas dans sa boutique où ne se trouvait que son serviteur. Je lui ai laissé le livre en lui disant qu'il vienne m'en parler dès qu'il l'aurait lu, mais il n'est pas encore venu.

— C'est un ouvrage volé, il faut que je le récupère, mais je vous rendrai la somme que vous avez payée.

— Je comprends… c'est dommage pour Saïtano.

— Comment retrouver votre libraire ?

— Il a sa boutique près d'un grand hôtel abandonné qui appartenait à maître Tarrane, le changeur. Vous devez savoir que messire de Morvilliers l'a confisqué et que le jeune Tarrane a rejoint le roi, à Bourges.

Holmes hocha la tête.

— L'enseigne de la librairie est une fleur de mouron rouge.

Gower haussa les sourcils. La fugitive image de cette fleur sur les cottes de prisonniers d'Azincourt lui traversa l'esprit. Mais cette réminiscence disparut aussitôt.

— Nous allons y aller maintenant, décida Holmes en se levant.

— Attendez ! Ne vous connaissant pas, il se méfiera et ne vous remettra jamais l'ouvrage. Laissez-moi le reprendre moi-même, je préfère lui expliquer la situation.

Holmes s'apprêtait à proposer qu'elle les accompagne, mais voyant sa filleule téter goulûment, il hésita. En vue de la solution du problème qui l'occupait, rien ne pouvait l'arrêter. Rien, sauf cet enfantelet.

Amusé, Chabridel se rendit compte de son embarras et il lança sur le ton de la plaisanterie :

— Vous ne tenez pas à connaître le vendeur du livre, maître Holmes ? intervint-il alors avec son regard rieur qui trompait si facilement ses interlocuteurs, persuadés qu'ils avaient affaire à un brave homme.

DEUXIÈME PARTIE

La fleur de mouron rouge

26

Mardi 21 mai 1426

— Le connaissez-vous ? demanda Edward, un bref instant interloqué.

Satisfait de son effet, Chabridel plissa alors les yeux comme le font les chats lorsqu'ils veulent faire croire à la souris qu'ils ne s'intéressent plus à elle.

— J'étais présent quand cet homme a proposé son livre. Je ne suis pas observateur comme vous, maître Holmes, mais je sais encore reconnaître un estafier. Son hoqueton gamboisé en épaisse toile gardait les marques des lanières de cuir pour attacher cubitières et pansière. Son épée et son couteau étaient ceux d'un homme d'armes, et il portait le genre de chapeau de feutre qu'on avait chez messire de L'Isle-Adam quand on ne se battait pas. La première question que je me suis posée a été : « D'où tient-il ce livre ? » Je ne suis pas libraire, mais je connais le prix des manuscrits. On en a un ici.

Il montra sur un lectrin un ouvrage que Holmes avait remarqué. Un texte de pharmacie.

— Aussi, quand l'homme a demandé dix blancs, j'ai compris qu'il s'agissait du fruit d'un pillage. Et après qu'il eut rangé sa monnaie dans sa bourse, j'ai décidé de le suivre. Juste pour savoir… La curiosité a toujours été mon défaut.

Sourire approbateur de Watson qui hocha la tête car il aurait fait de même.

— Je ne voulais pas, maître Holmes ! intervint Coline. Moi aussi j'avais deviné que cet individu était louche, mais je craignais qu'Enguerrand se retrouve mêlé à quelque dangereuse affaire. Seulement, vous le savez, il n'en fait qu'à son idée. Il a pris manteau et épée, et il est parti.

— Je t'ai embrassée avant, plaisanta le mercenaire.

Elle rougit et détourna la tête pour s'occuper de sa fille.

— Il était à pied, donc facile à suivre, et la bruine provoquait un brouillard bien confortable. Cependant je n'avais pas à m'inquiéter car il ne s'est jamais retourné. On a passé le Petit-Pont et il a filé vers le quartier de la Bûcherie. Entre cette rue et l'église Saint-Julien-le-Pauvre s'étale un lacis de ruelles, de cours et de passages. Il n'y a là que des masures entassées les unes contre les autres et quelques cabarets louches. Le guet n'y va jamais et les fredains y sont nombreux. Pour ne pas me faire remarquer, je restais assez loin de mon drôle, et c'est comme ça que je l'ai perdu.

Grimace d'Enguerrand qui poursuivit néanmoins.

— J'allais abandonner quand j'ai aperçu un pauvre gueux assis sous un porche. Il m'avait vu aussi et il a fait résonner sa sébile, alors je lui ai demandé s'il avait rencontré un homme en hoqueton vert portant épée. Miracle, il m'a répondu oui ! Je lui ai dit de me le décrire, et quand il m'a parlé de la moustache et du chapeau rond écarlate, j'ai su qu'il ne mentait pas. Il était entré dans la courette en face. En posant d'autres questions, j'ai appris la présence d'une taverne dans cette cour, et que le tavernier louait des chambres. Je ne pouvais pourtant pas me rendre dans le cabaret où, s'il s'y trouvait, le maraud m'aurait reconnu à cause de ça… (Il passa la main sur la cicatrice rougeâtre de sa joue.) J'ai donc proposé au gueux d'y aller lui-même. Je lui ai promis un blanc s'il retrouvait mon bonhomme et apprenait qui il était. Je lui ai remis quelques liards pour boire et il était si content qu'il m'a appelé « Seigneur » en me promettant de réussir.

» Seigneur ! Hein ! répéta Chabridel en se frappant le torse. C'est vrai que j'ai fière allure !

Sourire des Anglais et une once de satisfaction pleine d'amour dans le regard de Coline.

— Il est parti et j'ai attendu. Prudent, car le bougre pouvait me trahir. Mais, enfin, il est ressorti et voilà ce qu'il m'a dit : « Votre homme est dans la salle, seigneur. Il n'y a qu'une table et il bavarde avec des comparses. Il a l'air content. J'ai demandé un pot de vin avec votre argent et je me suis mis sur un banc où j'ai écouté ce qu'ils disaient. Lui racontait qu'il quitterait Paris dans quelques jours mais qu'avant il prendrait du bon temps car il en avait besoin. Ses compères l'appelaient Jehan. Au bout d'un moment, je suis allé bavarder avec la Manon, une bougresse du quartier qui emmène ses clients dans le fenil à côté. Je lui ai donné de mon vin et je lui ai dit que le nommé Jehan me fatiguait avec ses vantardises. Il s'appelle Jehan Le Chapuis, qu'elle m'a dit. Ne t'approche pas trop de lui, c'est un mauvais. Il m'a frappée hier après qu'on eut paillardé dans son bouge. Je m'en suis plainte au patron qui m'a conseillé de l'éviter car c'est un furieux pillard qui a failli être pendu. »

Au nom de : « Le Chapuis », Gower et Edward avaient échangé un sourire satisfait. C'était le patronyme du fredain acquitté par Morvilliers, selon Lestrade.

— Le mendiant a ajouté qu'il avait laissé son vin à la bougresse pour la consoler et, pour le remercier, ou pour une raison plus trouble, elle lui a confié que ce Le Chapuis était arrivé la veille, revêtu de hardes, alors qu'il était maintenant habillé comme un prince. Elle a même voulu lui montrer la porte du bouge où il dormait. D'après lui, elle voulait qu'il la venge des méchancetés qu'elle avait subies, mais il n'a pas voulu s'engager. Après qu'il m'eut raconté tout cela, il m'a à son tour montré le logis du bonhomme et je vous décrirai l'endroit si vous voulez y aller.

» Voilà, avec ça, vous devriez le retrouver, seigneur, s'il est encore dans ce quartier !

— Bien joué, Enguerrand. J'étais sur la piste de Le Chapuis et tu viens de m'apporter l'information qui me manquait. Je te rembourserai le blanc que tu as dépensé, cependant, j'aimerais que tu me dises pourquoi tu as fait tout ça…

— Vous ne devinez pas, mon maître ? persifla le mercenaire.

— Je ne devine jamais, soupira Holmes, fatigué de devoir toujours répéter la même chose. J'aimerais juste que tu me confirmes que tu voulais savoir où ce pillard gardait son butin…

— On ne peut rien vous cacher, mon maître ! Voyez-vous, j'étais certain que le bougre était un voleur et je voulais savoir s'il n'avait pas d'autres livres, auquel cas je les lui aurais confisqués ! Je suis donc resté un moment au même endroit à attendre qu'il sorte.

— Quel jour était-ce ?

— Samedi, la veille de Pentecôte. Mais il n'est pas ressorti, et je ne pouvais pas rentrer trop tard, aussi ai-je abandonné en décidant de revenir le lendemain.

— L'as-tu fait ?

— Bien sûr.

— La taverne n'était pas fermée pour la Pentecôte ? objecta Gower.

— Ce genre d'endroit ne fête pas le Seigneur, mais je ne suis pas entré dans la salle. Je suis resté dans la cour où j'ai vite trouvé où me cacher tant il y a de recoins et de détritus. J'ai attendu des heures assis derrière une charrette sans roues ! Vers none, le faquin est sorti et s'est rendu dans le cabaret que j'avais repéré avec son enseigne de bois à l'image d'un cygne noir quasiment effacé.

» J'ai alors couru droit à son logis et enfoncé la porte d'un coup d'épaule. La serrure tenait à peine. Une fois dans la pièce, un cabinet puant et sale, j'ai tout fouillé mais, déception : pas de livres ! Alors je suis revenu chez moi.

Holmes joignit l'extrémité de ses doigts et réfléchit un moment avant de dire :

— Autant que vous connaissiez la vérité : ce Le Chapuis a sans doute volé votre livre la semaine dernière à l'abbaye de Saint-Germain-des-Prés. Mais il a aussi rapiné des vases que l'abbé veut retrouver…

— Les vases de Salomon ? demanda Coline.

— Oui, les connaissez-vous ? s'étonna Edward.

— Saïtano m'en a souvent parlé. Selon lui, ils permettraient de parler avec le Seigneur et de connaître l'avenir. Il m'a appris que l'abbaye les gardait précieusement.

Cette déclaration suscita une nouvelle interrogation chez le clerc. Saïtano pourrait-il être derrière cette filouterie ?

Coline dut remarquer l'expression soucieuse de Holmes car elle ajouta :

— N'imaginez pas que Saïtano puisse être complice de ce voleur, mon maître ! Si c'était le cas, il aurait gardé le livre. D'autre part, même si certains l'accusent de sorcellerie, je puis vous assurer que c'est un homme droit. Oui, il pratique certaines magies, il me l'a dit, mais toujours pour le bien.

— Je ne lui reproche rien, Coline. Quoi qu'il en soit, je dois retrouver ces vases. Et comme ce Chapuis a forcément agi pour quelqu'un, il va me dire qui. Je m'en vais l'interroger de ce pas.

— Voulez-vous que je vous accompagne, mon maître ? s'enquit Chabridel.

Holmes regarda Coline, dont le visage s'était assombri.

— Ce sera sans risque, lui promit-il. Enguerrand ne vient que pour m'indiquer le logis du voleur.

— Soit, allez-y, soupira-t-elle, sachant que son mari brûlait de partir et qu'elle ne pourrait le retenir.

Moins d'une heure plus tard, ils se trouvaient dans la fameuse cour, dans l'ombre d'une galerie sous piliers. Les vêpres n'allaient pas tarder à sonner et la pluie recommençait à tomber.

En chemin – ils étaient à pied car les Anglais avaient laissé leurs montures dans le jardin de l'apothicairerie –, ils avaient discuté de la marche à suivre. Maintenant, ils examinaient la cour boueuse dans laquelle de grosses pierres permettaient de circuler sans trop salir ses chaussures.

Il n'y avait personne. Un peu de bruit provenait de la taverne du Cygne. En face, Chabridel avait désigné le logis de Le Chapuis : une étroite masure à pans de bois serrée entre deux autres qui semblaient la soutenir tant elle menaçait de s'écrouler. Il devait y avoir une pièce en bas, sans fenêtre, et un grenier dans le pignon accessible par une échelle.

Le fredain était-il chez lui, dans la salle de la taverne ou ailleurs ? Il fallait savoir.

Le mercenaire alla donc écouter au dormant de la porte d'où lui parvinrent quelques bruissements. Il se tourna vers Edward et Gower en désignant le battant de son index et en opinant du chef.

Holmes lui fit signe d'y aller.

D'un violent coup de pied, Chabridel enfonça l'huis et la nouvelle attache de la serrure s'arracha.

Ils se précipitèrent dans un bouge plus sale qu'une porcherie, meublé en tout et pour tout d'une paillasse et d'un coffre. Un homme et une femme paillardaient. Lui, debout, chausses baissées et elle penchée, robe relevée.

— Maudit ! hurla Le Chapuis en interrompant son activité pour se précipiter sur l'épée posée contre un mur.

Mais il ne put être aussi rapide qu'il le voulait car ses chausses baissées l'entravaient et il s'embroncha. Watson le rattrapa par le col et le frappa d'un coup de poing au ventre et d'un second au visage. Le voleur s'écroula, visage en sang et s'étouffant.

— Ne craignez rien, ma fille, déclara Holmes à la femme, une jeune paltonière.

Saisie de terreur, elle tremblait convulsivement, puis tomba à genoux en suppliant qu'on ne la frappe pas.

Holmes la prit par la main, pour qu'elle se relève.

— Vous pouvez partir, lui annonça-t-il. Mais pas un mot à quiconque.

En même temps, il ouvrit son escarcelle et en sortit un peu de monnaie.

— Pour vous, filez maintenant !

Elle prit les pièces, le regarda, toujours terrorisée, et s'enfuit.

Pendant ce temps, Chabridel et Gower avaient attrapé le voleur par les bras pour le contraindre à s'asseoir sur un pauvre coffre vermoulu.

Son nez cassé devenait violet, ses lèvres fendues avaient déjà gonflé et il respirait avec peine.

Affichant un air mauvais, Holmes s'approcha de lui et l'examina un moment. La quarantaine, figure hirsute, moustache pouilleuse en broussaille, l'individu était hagard, à la fois apeuré et stupéfait. S'il portait en effet une casaque gamboisée d'homme d'armes, il n'en avait nullement l'aplomb. Ses mains calleuses témoignaient de l'ouvrier ou du laboureur. C'était un vilain qui voulait jouer au soldenier. Mais il n'était pas pour autant inoffensif.

— Écoute-moi bien, Jehan Le Chapuis. Je sais que tu as volé des vases sacrés et un livre à Saint-Germain. Tu vas me dire où sont les vases et qui t'a payé pour ce rapinage. Si tu ne me mens pas, tu resteras vivant et tu ne souffriras pas. Peut-être même sauveras-tu ta peau. Mais si tu refuses de parler, tu ne me sers à rien, alors nous te couperons la gorge pour nous assurer de ton silence et on te laissera agoniser ici.

Regards épouvantés et geignements mêlés à un souffle saccadé. Le gueux avait si peur qu'il n'arrivait plus à parler.

Chabridel et Watson avaient sorti leur dague et les pointes des armes s'appuyaient sur son ventre.

— Si... si... (halètement) je vous donne son nom... vous me laisserez ?

— Non. On va te conduire à Saint-Germain où tu seras enfermé. Mais si je retrouve les vases, tu seras libéré. Je te le promets, et je n'ai jamais failli à ma parole.

Le Chapuis n'arrivait plus à respirer à cause de son nez brisé et de sa gorge obturée par le sang. La douleur et l'émotion l'empêchaient de réfléchir. Il voulait en finir et ne perçut d'autre salut que d'accepter.

— Il se nomme Doule, lâcha-t-il.

27

— Jehan Doule, le receveur général des tailles ?

— Oui.

— C'est lui qui détient les vases ?

— Sans doute puisque je les ai donnés au sergent qui me gardait prisonnier chez lui.

Il frotta ses lèvres avec une manche de sa casaque et se moucha dedans, faisant sortir des caillots de sang.

— Et pas le livre ?

— Il... ignore que je l'ai volé. Je devais lui rapporter les vases, rien d'autre. Mais quand je l'ai vu, j'ai pensé que je pourrais en obtenir un bon prix.

— Combien t'a payé Doule pour ce mauvais coup ?

— Trente niquets... presque rien, quoi... Voilà pourquoi j'ai pris le livre... J'aurais pris plus si j'avais pu... mais je devais encore sortir de l'abbaye...

Holmes branla du chef en disant :

— Nous allons commencer au début. Tu étais dans l'herpaille de Favières ?

— Oui... Vous savez ça, aussi ?

— Je sais... presque tout... alors ne cherche pas à mentir...

Gower leva la lame de sa dague en affichant un sourire hideux.

— Nous étions une vingtaine avec Favières quand les sergents du prévôt nous sont tombés dessus. Par chance, j'étais à la queue de la troupe et j'ai pu m'échapper. J'ai pas cherché à me battre. Je suis pas un guerrier, moi. Je suis charpentier de mon état.

Des larmes sourdaient à ses yeux.

— J'ai fui et regagné le château de Maurepas. L'un des chevaliers de Favières est devenu notre chef, et on a recommencé à s'en prendre aux villages tenus par les Bourguignons.

— Non ! intervint Chabridel, saisi par la colère. Vous vous en preniez à tout le monde ! Tu n'es qu'un pillard ! Tu te dis charpentier, mais d'où tiens-tu ton épée et ta jaque ? C'est pas de la vêture et de l'outil d'artisan !

— Je…

— Laisse-le narrer son histoire à sa façon, Enguerrand. Peu m'importe d'où il vient. Continue, toi ! Ensuite, tu as été pris cet hiver ?

— Oui, on quittait Saint-Cloud qu'on avait essayé de prendre. Les gens du prévôt nous attendaient, cachés dans un bois. (Il renifla.) Beaucoup de mes compagnons sont tombés sous les viretons et, cette fois, je me suis rendu.

» On nous a férocement battus. Plusieurs de mes amis ont été éventrés et pendus. J'ai prié de tout mon cœur et la Vierge Marie m'a entendu car elle sait que je suis bon chrétien. J'ai fait alors partie des six ramenés à Paris. J'espérais être juste pendu, mais on nous a prévenus que notre sort serait terrible car on devait servir d'exemple.

Il tremblait à ce souvenir, et paraissait mieux respirer.

— On nous a enfermés dans un grand cachot sous le Châtelet où un procureur est venu nous interroger.

Puis on a été transférés à la prison du Palais. On nous a dit que messire de Morvilliers nous jugerait lui-même. Qu'il nous avait préparé une fin effroyable… qu'on serait écorchés… Je ne faisais que pleurer… J'ai tant souffert, messire… Jadis, j'avais une maison, une gentille épouse et des enfants avant que les Armagnacs arrivent… J'ai voulu me venger… J'ai tué et violé… J'ai perdu mon âme… Je suis devenu pire qu'un loup. Que le Seigneur me pardonne mes péchés…

— Donc, tu as été jugé ? le coupa Holmes.

— Je ne sais. J'avais tout raconté aux conseillers qui m'avaient interrogé et, quelques jours plus tard, on m'a conduit dans une autre pièce. Il y avait là un gentilhomme. J'ai su après qu'il se nommait Jehan Doule. Il m'a déclaré qu'il pouvait sauver ma peau, si je faisais quelque chose pour lui. Qu'avais-je à perdre ? Il m'a révélé avoir lu les interrogatoires des prisonniers dans lesquels j'avais reconnu être parmi les premiers pour franchir les murailles des bourgs attaqués, grâce aux échelles que je fabriquais. Il voulait que je grimpe quelque part, en haut d'une enceinte. Je lui ai promis que je ferais tout ce qu'il demandait s'il me sauvait la vie. Il m'a fait jurer sur une image de la très sainte Vierge.

» Un peu plus tard, on est venu chercher mes compagnons. Ils savaient qu'ils allaient être écorchés et pendus et tous pleuraient et gémissaient, refusant de sortir de notre prison, mais, en fin de compte, férocement battus, ils ont cédé. Et je suis resté seul. C'est là que l'on m'a dit que messire de Morvilliers ne m'avait pas jugé coupable.

» Le lendemain, on m'a libéré mais deux sergents du Châtelet m'attendaient. Ils m'ont conduit chez messire Doule.

— Où ? interrogea Holmes.

— Dans un hôtel à l'enseigne de la Croix-Blanche, devant le pilori et le prieuré de Saint-Martin-des-Champs.

Connaissant l'endroit, Edward hocha la tête[1].

— J'y suis resté deux ou trois semaines, enchartré dans une cave, mais on me donnait à manger à ma faim. Maître Doule est venu me voir plusieurs fois pour m'interroger sur les échelles. Ensuite, on m'a sorti de là et amené chez un menuisier du quartier. Plus exactement dans l'atelier d'un menuisier qui avait quitté Paris. Le sergent qui m'accompagnait, un nommé Colin, m'a prévenu que j'étais surveillé. Si je tentais de m'échapper, mon sort serait affreux. Je lui ai dit que j'avais juré obéissance à maître Doule.

» On m'a laissé dans l'atelier, en me demandant de fabriquer des échelles comme je savais le faire. Elles devaient permettre de franchir une muraille de cinq toises.

» J'ai fait ce qu'on me demandait. Quelques jours plus tard, le sergent Colin est revenu avec messire Doule. C'est à cette occasion que le gentilhomme m'a annoncé ce que j'aurais à faire : pénétrer dans l'abbaye de Saint-Germain-des-Prés, aller dans la chapelle de la Vierge et voler des vases. Le dimanche, le sergent m'a alors conduit au monastère avec un autre sergent, l'un de ceux qui m'avaient attendu à la sortie du Châtelet. J'ai fait avec lui le tour des courtines, puis il m'a fait entrer dans l'enceinte. Il connaissait bien les lieux et m'a montré tout ce que les laïcs pouvaient voir. Il m'a assuré aussi que la porte de la chapelle serait ouverte et qu'il me remettrait la clef du trésor.

1. Voir *Cinq médailles d'argent*, dans *Les Exploits d'Edward Holmes*, *op. cit.*

— Le nom de ce sergent ? interrogea Holmes.

— Herichon, Perrin Herichon, maître Holmes.

Edward haussa les sourcils en échangeant un regard satisfait avec Gower. Décidément, ils croisaient souvent ce Herichon depuis quelque temps ! Encore un qu'il serait intéressant de questionner.

— Plusieurs jours se sont écoulés, poursuivit le voleur. On m'avait de nouveau enfermé dans la cave et je demeurais dans le noir, sauf quand on me portait à manger et à boire. L'endroit puait et je me demandais pourquoi on me laissait là. Et puis, la semaine dernière, le sergent Colin est venu avec messire Doule. Voilà ce que m'a dit ce gentilhomme :

» "Tu vas t'emparer des vases cette nuit… Comme tu pourrais être tenté de les garder et de partir avec, sache qu'il me sera aisé de te retrouver. Par ailleurs, tu recevras une récompense si tu réussis. Trente niquets quand tu remettras les vases à Colin."

» Je l'ai remercié, en me doutant bien qu'il ne respecterait pas sa promesse. Il ne semblait pas inquiet que je puisse être pris et que je le dénonce, il savait qu'on ne m'aurait pas cru. Le sergent m'a alors emmené, après m'avoir donné une méchante chape de toile pour me protéger de la pluie. Nous avons quitté Paris par la porte Saint-Honoré. Je me souviens des rues détrempées. J'avais froid. J'ai demandé à Colin où on allait mais il m'a répondu que je le saurais assez tôt. On a franchi la porte. Le sergent Colin disposait d'un laissez-passer. Puis, par des chemins embourbés on s'est rapprochés de la Seine. Le flot était haut, bruyant et charriait des arbres déracinés. Sur la rive, Herichon et un autre sergent nous attendaient devant une barcasse. J'ai vu mes échelles dedans, avec des rames, et j'ai compris qu'on allait traverser la rivière en furie.

» Cette fois, j'étais sûr de ma fin. J'ai aidé à porter la barque en priant Dieu. On l'a mise dans le flot et on est montés à bord. On a aussitôt été emportés mais, avec les rames, on a pu orienter le bateau.

Il s'essuya de nouveau le visage. Holmes ne le quittait pas des yeux, à la fois fasciné par quelques puces qui semblaient se régaler de sang dans ses moustaches et attentif à repérer les mensonges.

— Après des efforts épuisants, nous sommes arrivés dans un marécage, sur l'autre rive. On a pris les échelles et gagné l'abbaye qu'on voyait au loin. L'obscurité s'étendait et on s'est arrêtés sous un saule du Pré-aux-Clercs pour attendre la nuit complète. Herichon avait une besace avec du vin et du fromage. On a mangé, puis il m'a remis la clef du trésor de la chapelle et m'a expliqué qu'ils m'attendraient à ce saule quand je reviendrais.

» Mes gardiens m'ont aidé à porter les échelles jusqu'à l'endroit où l'enceinte était la moins haute. On a monté les éléments les uns aux autres et un sergent m'a donné la corde, qu'il gardait enroulée, et la besace dans laquelle je devais mettre les vases. J'ai grimpé. J'étais trempé et j'avais froid, mais surtout hâte d'en finir.

En haut du mur, j'ai attaché la corde et je suis descendu. J'avais déjà fait ça avec Favières. J'ai gagné la chapelle en priant la Vierge de me pardonner. Je trébuchais souvent, à cause des flaques, des trous et de l'obscurité. Je suis tombé plusieurs fois dans la boue. Pourtant, en fin de compte, je suis arrivé à la porte qui n'était pas fermée à clef. J'avais deux chandelles dans la besace, et un briquet. J'ai allumé et filé à la grille. J'ai ouvert, pris les vases qu'on m'avait décrits et les ai mis dans la sacoche. J'ai alors cherché autre chose à voler, mais tout était trop gros. Puis j'ai remarqué le livre. J'ai deviné sa valeur si je parvenais à le vendre, mais comment le sortir sans le mouiller ? Je me suis alors souvenu de la porte que j'avais vue à l'entrée de l'église. Peut-être y trouverais-je de quoi protéger ce livre de la pluie, me suis-je dit. C'était une chambrette que j'ai vite fouillée. J'ai récupéré un couteau, un gros d'argent et quelques liards cachés sous la paillasse. À une cheville dans le mur pendait une escharpe de jacquet en cuir avec une coquille cousue dessus. Elle convenait. Je l'ai passée en bandoulière, puis je suis revenu au livre que j'ai mis dedans. Muni des deux besaces, j'ai filé. Le retour a été difficile dans le noir et sous la pluie, mais j'ai retrouvé la corde. Une fois de l'autre côté du mur, j'ai préparé ma fuite. Je ne doutais pas que les sergents allaient me trucider. J'en savais trop.

Holmes se montrait de plus en plus attentif, car il s'était maintes fois posé la question : pourquoi Doule avait-il laissé le voleur vivant ?

— J'aurais pu m'enfuir, mais pour aller où sans argent ?

Comme il se taisait, affichant un regard matois, et même satisfait, Gower le pressa :

— Ensuite !

— J'avais retenu la façon dont Favières procédait pour se faire payer. Je l'ai appliquée. J'ai caché la sacoche contenant le livre dans la fourche d'un charme bien feuillu, puis j'ai filé vers les sergents. Mais, auparavant, j'ai abandonné l'un des vases dans l'herbe. Arrivé au saule, j'ai donné la sacoche en réclamant mon argent. Colin l'a ouverte, et a vu qu'il n'y avait qu'un vase.

» “Où est l'autre ?” a-t-il beuglé.

» “Je veux mes niquets et je vous le dirai après.”

» Comme il tirait son épée, je lui ai dit que, s'il me tuait ou me frappait, il ne le saurait jamais car j'avais bien caché le second vase. Les trois m'entouraient, et je n'en menais pas large, mais j'étais certain que, s'ils ne rapportaient pas le vase, Doule les tuerait, et qu'ils le savaient. Colin m'a giflé et je suis tombé, mais Herichon l'a calmé en lui conseillant : "File-lui son argent et qu'il nous mène au vase. On peut pas rester ici plus longtemps."

» Ils croyaient m'avoir ! "D'accord" a dit Colin. Il a sorti les pièces de sa bourse et me les a données.

» "Suivez-moi !" j'ai fait. J'ai repris le chemin d'où je venais et, d'un seul coup, j'ai détalé en leur criant : "Continuez, le vase est devant vous !"

» J'espérais qu'ils ne me poursuivraient pas, mais ils l'ont fait. Heureusement, la nuit me protégeait. J'ai changé de direction et je me suis allongé dans la boue. Je les entendais jurer et me maudire. Ils ont fini par abandonner et sont revenus vers l'abbaye. Je me suis alors éloigné sans faire de bruit et j'ai entendu leur cri de joie quand ils ont trouvé le vase. Après, je ne sais pas ce qu'ils ont fait, moi j'étais loin.

» Je me suis réfugié sous un autre saule jusqu'à l'aurore. Aux premières lueurs, j'ai gagné l'arbre où j'avais laissé la sacoche, je l'ai prise et je suis parti pour la porte Saint-Jacques. On venait de l'ouvrir. J'ai dit au capitaine de la porte que je revenais de pèlerinage et que je ramenais un livre saint pour Notre-Dame. On m'a fouillé, et comme je n'avais pas d'arme, on m'a laissé entrer. J'ai filé jusqu'ici. Je connaissais la taverne.

Il se tut.

— Et le lendemain, tu venais vendre ton livre chez moi revêtu de cette casaque et avec cette épée : tu ne te moquerais pas de nous ?

— Je viens de vous le dire, je connaissais la taverne et Raimbaud, son patron, car son frère était avec Favières. Lorsque j'y suis arrivé, je portais la jaque que j'avais quand on m'a pris. (Il désigna une harde dans un coin de la pièce.) J'ai donné mes niquets à Raimbaud pour qu'il me loge quelques jours, qu'il me trouve une vêture et une épée. Tout ce que je porte vient de lui. Je lui ai aussi demandé qui, dans le quartier, pourrait acheter le livre que je lui ai montré. Il a compris que c'était une picorée et m'a déconseillé de le proposer à un libraire, bien qu'il y en ait plusieurs près de Saint-Séverin car, s'ils reconnaissaient le livre, ils me dénonceraient. En regardant les pages, il m'a dit que ça pourrait intéresser un apothicaire et comme j'en connaissais pas, il m'a conseillé d'aller à celui derrière Saint-Éloy.

» Chez vous ! ajouta le soi-disant charpentier en désignant Chabridel d'un signe de tête.

Holmes croisa ses doigts en réfléchissant. Enguerrand et Gower attendaient sa décision. Le voleur baissait les yeux, se demandant quel allait être son sort.

— Où sont les gros que t'a remis la dame apothicaire ? interrogea le clerc.

— Dans ma bourse.

— Prends-les ! dit Holmes à Chabridel.

Le voleur se laissa faire.

— Vous allez garder ce drôle. Attachez-le, si vous voulez. Je vais de ce pas à l'abbaye.

Edward revint deux heures plus tard. La nuit tombait. Il était accompagné du prieur et de deux gardes.

28

Mercredi 22 mai 1426

Edward avait expliqué à son ami comment il comptait rençontrer et interroger Jehan Doule, car ce ne serait pas chose aisée.

L'homme avait été maître des paiements à l'Échiquier de Normandie. S'opposant à l'invasion anglaise, il avait été déclaré rebelle, chassé de sa charge et avait vu ses biens confisqués. Il aurait fini pendu si Thomas Montagu, comte de Salisbury et gouverneur de Normandie, ne l'avait approché à la demande du duc de Gloucester, le frère du roi.

Salisbury avait proposé au séditieux une charge de receveur général à Paris s'il devenait l'espion du duc, désormais régent d'Angleterre. Ce dernier, jaloux de ses frères Henri V et Bedford, avait des visées sur le royaume de France mais ne disposait d'aucun fidèle dans la capitale.

Doule, somme toute guère inébranlable, avait accepté.

Depuis, à travers la collecte des tailles, il rassemblait de précieux renseignements sur les bourgeois parisiens, leurs opinions, leur richesse, leur entourage, et communiquait tout cela au duc.

Maniant beaucoup d'argent, le receveur logeait dans une grande demeure ayant appartenu à Nicolas Flamel, rue Saint-Martin : l'hôtel de la Croix-Blanche, situé devant le pilori et le prieuré de Saint-Martin-des-Champs, au coin de la rue Guérin-Boucel.

Pour sa sécurité il disposait de quelques hommes d'armes et de sergents d'escorte. La maisonnée possédait de surcroît beaucoup de serviteurs et de commis, tous capables de défendre les lieux. Y pénétrer de force était impensable.

Edward Holmes s'était déjà heurté à Jehan Doule qui collectait avec une grande sévérité les tailles décidées par le duc de Bedford. Malgré cela, il n'avait pu lui reprocher aucun manquement grave. L'homme se montrait prudent et, soutien du parti anglais, il bénéficiait de la protection de Morvilliers, même si ce dernier ignorait qu'il favorisait en sous-main le duc de Gloucester.

Toutefois, Holmes avait découvert l'année précédente que Doule avait participé à un complot conduit par Gloucester visant à assassiner le duc de Bourgogne[1]. Si Edward, qui avait empêché le crime, avait pu obtenir des preuves contre le receveur des tailles, il l'aurait fait poursuivre, mais cela n'avait pas été le cas.

Toutefois, Doule avait dû apprendre que l'affaire dans laquelle il s'était compromis avait échoué, ne serait-ce que par Morelet de Béthencourt, l'un des conjurés laissé libre. Auquel cas, il savait forcément qui était à l'origine de l'échec. Donc, si le clerc se présentait à l'hôtel de la Croix-Blanche, le collecteur

1. Voir *La Danse macabre*, *op. cit.*

des tailles refuserait de le rencontrer et, même s'il le recevait, il nierait avoir fait voler les vases de Salomon et sa parole suffirait en cas d'accusation.

Pour le faire parler, il faudrait donc le piéger.

Ce mercredi, Edward et Gower partirent de bon matin pour la rue Quincampoix. Malgré la pluie, qui ne cessait pas, les frères Poitevin avaient ouvert leur boutique. La rue était déserte.

Les Anglais s'arrêtèrent devant l'échoppe d'Étienne. Ce dernier, en épaisse robe matelassée couleur olive et chaperon à crête, procédait à une incrustation de cuivre dans une chaussure haute.

— Maître Holmes ! Vous voulez savoir si on a vu votre troubadour ?

— Oui, mais ce n'est pas la raison première de ma visite.

Sourire intéressé du cordonnier. Son frère et lui n'avaient guère de clients et, si maître Holmes leur proposait de participer à une expédition, il savait d'avance qu'elle serait lucrative. Son frère Popin, à côté, attiré par l'échange de paroles, avait sorti la tête de sa boutique et saluait les Anglais.

— J'aurais besoin de vous deux demain, pour quelques heures.

— À Paris ?

— Oui, pas très loin d'ici. Peut-on en parler à l'intérieur ?

— Je vous ouvre, montez ! Vous connaissez le chemin ! Ma femme me remplacera à la boutique.

Holmes descendit de sa mule et Gower de son destrier.

Moins d'une heure plus tard, les Anglais, avec les frères Poitevin, en croupe derrière eux, passaient devant le prieuré Saint-Martin-des-Champs, immense construction dont la haute enceinte fortifiée et les tours avaient été érigées par Saint Louis.

Les cavaliers s'approchaient de la porte Saint-Martin qui était longtemps restée maçonnée pour empêcher les coups de main armagnacs. Elle avait rouvert l'année précédente, après que les gens du quartier avaient accepté de payer les travaux. Ils avaient ainsi rebâti les arches du pont-levis, changé le plateau de la partie dormante, érigé une barbacane, placé de nouveaux battants avec des serrures neuves. C'était maintenant un fort pavillon carré flanqué de tourelles à même de repousser toute compagnie hostile qui aurait tenté de rentrer dans la ville.

Nos amis n'envisageaient pourtant pas de franchir la porte et ils tournèrent à droite en suivant la muraille du prieuré.

Entre l'abbaye et la haute enceinte que Charles V avait fait édifier s'étendait en effet une large lice formant butte qui avait été utilisée pour la construction de la courtine. Durant les travaux, on y avait entreposé les pierres et bâti quelques masures et cabanes en torchis et en bois afin d'y loger ouvriers et maçons. Une fois la muraille terminée, ces habitations misérables avaient été abandonnées et récupérées par de pauvres hères qui avaient même élevé d'autres cahutes. Gueux et drôlesses y menaient leurs louches affaires au milieu des décombres.

Le terrain appartenait au roi qui ne s'en occupait pas, pour autant que chariots et gens d'armes puissent circuler sans obstacle et accéder aux escaliers de la courtine.

Puis était survenue la guerre civile. Partisans de Bourgogne, d'Orléans, puis Armagnacs et Anglais s'étaient disputé le gouvernement de la ville et, chaque fois, un peu plus de Parisiens étaient partis ou avaient trépassé. Les huttes des lices avaient alors été abandonnées puisque beaucoup de logis plus confortables demeuraient vides dans Paris.

Gower arrêta sa monture devant l'une des baraques qui gardait encore un toit, mais n'avait plus de porte. Avec Popin, il alla la visiter. Une seule salle, on ne peut plus obscure puisqu'il n'y avait pas de fenêtre. Des planches pourries s'entassaient contre un mur.

Watson ressortit et annonça à ses compagnons que l'endroit conviendrait. Holmes et Étienne le rejoignirent. Personne ne les remarqua. La lice était déserte, comme le chemin de ronde de l'enceinte. De même, aucune sentinelle ne montait la garde sur le mur de l'abbaye Saint-Martin. À quoi aurait-elle servi ?

Les décisions prises, les hommes revinrent rue Quincampoix et les Anglais rentrèrent rue du Coq.

None sonnait.

Quelque trois ans plus tôt, victime d'une effroyable machination, Edward Holmes avait été accusé de plusieurs crimes, dont celui de l'assassinat de lady Eliva Segrave, maîtresse du duc de Bedford et sœur de lord Loveyn, maître des requêtes à la chancellerie[1].

Ce dernier avait perquisitionné la maison à la Corne-de-Fer et saisi tout ce qu'elle contenait. Bien entendu, Holmes avait prouvé son innocence mais aussi découvert l'assassin de lady Eliva. Extrêmement embarrassé pour ses erreurs, lord Loveyn s'était excusé et, pour se faire pardonner, avait plusieurs fois invité le clerc à souper.

1. Voir *La Ville de la peur*, *op. cit.*

C'est lors de l'un de ces repas qu'Edward avait rencontré Arthur Staunton, le secrétaire de lord Loveyn.

Le jeune Staunton avait appris auprès de son père, secrétaire du lord chancelier, les moyens privilégiés par les faussaires pour imiter une écriture, un paraphe ou façonner un sceau afin d'élaborer de faux courriers, actes ou ordres de paiement. Dès lors, fier de ses connaissances, il se montrait intarissable sur ces pratiques.

Le sujet avait passionné Holmes qui s'était fait montrer comment décoller un scel avec une fine lame chauffée, pour l'apposer ensuite sur un autre document.

C'est ce à quoi il s'occupa ce mercredi après-midi dans sa chambre.

Dans l'un des casiers de son armoire, il avait conservé la correspondance de son frère. Ayant choisi une lettre du comte de Salisbury, il entreprit d'en ôter le sceau. Ensuite, après avoir bien étudié la façon d'écrire de Thomas Montagu, il parvint, à la suite de plusieurs essais, à rédiger une courte missive tout à fait passable. L'ayant pliée, il passa un ruban autour et recolla le sceau dessus.

Il se rendit ensuite chez Gower qui l'attendait. Son ami avait revêtu une jaque d'archer et son vieux surcot d'Azincourt, précieusement conservé, au milieu duquel s'étalait en rouge le lion de saint Georges. Coiffé d'une salade, il avait tout du soldat anglais.

Constance, qui se tenait près de lui, se pâmait d'admiration.

Holmes lui remit la lettre, que Watson rangea dans son escarcelle. Il savait ce qu'il avait à faire.

Tous trois descendirent et les deux hommes se rendirent à l'écurie. Gower partit pour la rue Saint-

Martin et Edward retourna à l'apothicairerie de Coline Maqueron.

Dans sa chambre, revêtu d'une houppelande violette fourrée de peau de renard et coiffé d'un chaperon à aigrette portant plusieurs enseignes bourguignonnes, une croix d'or et une médaille de la très sainte Vierge, Jehan Doule était assis devant un grand lectrin, dos à la cheminée.

Malingre, avec un visage imberbe, creux, au teint terreux, marqué de lourdes poches violettes sous ses yeux et de profondes rides, le receveur affichait une expression satisfaite.

Il venait de consulter le registre des paiements transmis par son premier commis et tout indiquait que les prélèvements imposés sur les bourgeois parisiens avaient particulièrement bien rendu malgré la difficulté des temps. Le denier dix[1] qu'il conserverait par-devers lui allait encore augmenter sa fortune.

Pourtant, son sourire s'effaça peu à peu car, en songeant à sa richesse, il n'avait pu s'empêcher de penser aux temps à venir. Il s'efforça de chasser les terribles images entrevues chez le mage. Certes, ce n'étaient que des illusions, des sortes de rêves, pourtant elles s'imposaient sans cesse dans son esprit. S'il s'agissait vraiment du futur, n'était-il pas temps de quitter Paris ? Mais pour aller où ?

Il passait en revue les possibilités qui s'offraient à lui quand on gratta à la porte.

— Entrez ! cria-t-il, contrarié d'être dérangé dans ses réflexions.

C'était Colin Maliherault, son fidèle sergent.

1. Dix pour cent.

— Messire, lui dit ce dernier, un inconnu vient de vous porter une lettre.

Sanglé dans sa jaque matelassée couverte d'une surcotte fleurdelisée aux armes de la ville, épée au flanc, il avança d'un pas martial jusqu'au lectrin et remit le pli à son maître.

Doule était rompu à recevoir beaucoup de courriers par messager, et pourtant il ressentit un frisson d'inquiétude en reconnaissant le sceau du comte de Salisbury. Avant d'ouvrir la lettre, il questionna :

— Comment ça, un inconnu ?

— C'est ce que m'a dit Picard qui a pris la lettre. Le messager était un homme de peu, aussi quand il a vu le sceau, il l'a questionné pour apprendre d'où il tenait la missive. L'autre a répondu que c'était un archer anglais à cheval, pressé de quitter Paris, qui lui avait demandé de la porter. Il lui a même remis un blanc pour le faire.

— Un archer anglais ? s'étonna Doule. Que n'est-il venu me voir…

Colin afficha une lippe embarrassée. Il n'avait pas d'explication, sinon que le cavalier avait sans doute d'autres tâches à accomplir.

Le receveur trancha le ruban avec un canif, déplia la lettre et reconnut l'écriture du comte de Salisbury.

Le gouverneur de Normandie lui annonçait que le duc de Gloucester, oncle du roi[1] et régent d'Angleterre, avait une mission à lui confier. Besogne d'une grande importance mais dans laquelle lui, Salisbury, ne devrait pas apparaître. Aussi lui demandait-il de brûler cette lettre et de ne pas s'étonner d'apprendre que

1. Rappelons que le roi de France et d'Angleterre était le jeune Henri VI, alors âgé de cinq ans.

l'archer choisi comme messager ait remis la missive à un inconnu pour qu'on la lui apporte. Il s'agissait de précautions vitales. Le comte ajoutait que, pour connaître les détails du travail qu'il aurait à faire, maître Doule devait se présenter le jeudi 24 mai à none à la troisième baraque qui se dressait dans la lice entre la porte Saint-Martin et la porte Saint-Denis. Une noble personne envoyée incognito d'Angleterre l'attendrait.

Que de mystères déplaisants ! jugea Doule en fronçant les sourcils. Déjà, l'an dernier, Salisbury lui avait fait louer une maison de telle sorte que personne ne puisse apprendre qui était derrière cette location. Il s'était exécuté de mauvaise grâce, mais n'avait pas le choix. Or, il avait appris depuis qu'il s'agissait d'une conspiration visant à assassiner Philippe le Bon. Dieu merci, l'affaire avait échoué ! Si le duc avait été tué, les enquêteurs bourguignons auraient pu remonter jusqu'à lui et il faisait toujours des cauchemars en imaginant ce que les bourreaux de Bourgogne lui auraient fait.

Dans quelle sale affaire Salisbury et Gloucester voulaient-ils encore le compromettre alors que l'avenir s'annonçait de plus en plus sombre ?

Malgré son mécontentement et ses inquiétudes, il brûla la lettre.

Jeudi 23 mai 1426

Un peu avant none, chevauchant sa mule blanche, maître Doule se mit en route avec le sergent Colin et un second homme d'armes. Ces deux-là partageaient un solide roussin.

Le receveur fit halte un moment au début de la lice pour tenter d'apercevoir l'envoyé de Gloucester. Mais il ne repéra personne, pas même une monture. À contrecœur, il s'engagea donc sur le terre-plein.

Les trois hommes passèrent les deux premières cahutes ruinées et s'arrêtèrent devant la troisième.

Apparemment, pas âme qui vive.

— Quelqu'un ? cria Doule.

Rien.

— Descendons ! commanda-t-il à ses gens.

Lui-même mit pied à terre, songeant que le messager anglais avait été retardé. À moins qu'il ne soit à l'intérieur, invisible…

— Vous autres, attendez dehors, et faites le guet.

Il pénétra dans la masure qui, nous l'avons dit, était des plus obscures. Afin de s'habituer au manque de lumière, il fit quelques pas.

L'endroit paraissait vide.

Il s'apprêtait à ressortir quand il fut saisi à la gorge et étouffé par la puissante poigne de Chabridel caché contre le mur d'entrée avec Holmes et Watson.

Ce dernier sortit alors de la masure, arc tendu et flèche encochée :

— Vous deux, par terre ! ordonna-t-il aux gardes.

Colin dégaina son épée.

Il ne l'avait pas entièrement sortie qu'il reçut le trait dans la poitrine. Presque à bout portant, la flèche le traversa de part en part.

Surgirent alors les frères Popin de derrière la bâtisse et, comprenant qu'il s'agissait d'un traquenard, le second garde demanda miséricorde.

— Occupez-vous de lui ! ordonna Gower qui revint dans la ruine.

— Qu'est-il arrivé à mes gens ? questionna Doule d'un ton qu'il s'efforça de garder ferme malgré la poigne du mercenaire.

Il avait entendu les ordres fuser, et le sinistre claquement de la corde.

— L'un d'eux n'a pas voulu obéir.

— Si vous l'avez tué, je vous ferai pendre !

— Maître receveur, vous n'êtes point ici pour décider quoi que ce soit, lui dit Holmes d'un ton calme. J'avais à vous interroger et tout se serait honnêtement passé si votre homme avait eu la sagesse d'obtempérer. Maintenant, vous allez vous asseoir dans ce coin, m'écouter et me confier la vérité. Sinon, nous vous passerons une lame au travers du corps et les rats viendront se repaître de votre dépouille qui n'ira pas en terre chrétienne. Est-ce bien compris ?

Chabridel desserra l'étreinte et Doule, regard sombre et haineux, se laissa conduire dans le coin indiqué.

Il s'assit.

— Vous avez donc fait peindre un message dans *La Danse macabre*, aux Innocents. Message guère compliqué à comprendre, je vous l'affirme. Je suppose que vous savez qui a occupé cette maison de la rue au Mayre que vous avez louée[1].

Pas de réponse.

— Vous l'ignorez ? En premier lieu, ce furent les Flamands Willekin le bâtard et son frère Adrien, qui ont pour sœur l'épouse de votre maître, Humphrey de Lancastre. Les a rejoints James Murtagh, *alias* James Moriarty. Individu pourchassé par le duc de Bedford pour ses crimes, en particulier pour avoir assassiné Eliva Segrave, sœur de lord Loveyn.

1. Voir *La Danse macabre*, *op. cit.*

» Rien que cela pourra vous envoyer à Montfaucon. Mais il y a pire…

Un silence. Les yeux exorbités du receveur des tailles témoignaient de son effroi. Le cauchemar devenait réalité.

— Où sont les vases de Salomon ? Ne niez pas, je sais que vous avez préparé ce vol. Jehan Le Chapuis m'a tout avoué. Pour votre information, il est en prison à l'abbaye de Saint-Germain. Alors, voici le marché, qui n'est pas discutable. Vous allez me dire pourquoi vous avez volé ces vases et me les remettre. Si je les rapporte à l'abbaye, les choses n'iront pas plus loin et vous serez libre, bien que toujours sous la menace d'être pendu si j'apprends que vous recommencez vos misérables manigances.

— Je… je n'ai plus les vases…

— Pourquoi ? Où sont-ils ?

— J'ai dû les donner à un mage.

— Qui donc ?

— Il se nomme Saïtano.

29

— Expliquez-vous, sinon, ce sera le dépeçage, et la corde pour finir la danse !

Doule regarda tour à tour les trois hommes, espérant percevoir chez eux quelque possibilité de marchandage, mais il ne discerna que des visages hostiles.

Si Chabridel l'avait lâché, le mercenaire se tenait tout près de lui, dague à la main. Aucun moyen de fuir. Comprenant qu'il n'avait point d'échappatoire, Doule céda :

— Je connais la puissance des charmes. Je l'ai vérifiée maintes fois. Savez-vous que, si vous l'invoquez par ses noms secrets, le Seigneur est contraint de vous écouter et de vous exaucer ? Ce qu'Il ne fait que rarement quand vous priez.

— Sorcellerie ! grommela Watson. Vous êtes le digne complice de Gloucester et de sa maudite sorcière !

— Non… Il n'y a là aucune sorcellerie ! De la magie, sans doute, mais une science naturelle qui opère sur les forces et les esprits du bien, reconnue par les anges eux-mêmes.

— Dieu a condamné les Philistins qui s'adonnaient à la magie, le tança avec sévérité Edward.

— La magie sombre… la magie diabolique… Mais je parle ici de la communication avec le Seigneur, et de rien d'autre.

— Et que vous a dit le Seigneur ? ironisa Chabridel.

— Il m'a révélé les temps à venir…

— Le Seigneur s'est irrité contre ceux qui les prédisent, gronda Holmes.

— Mais Lui-même a laissé parler les prophètes !

— Comme Salomon ? Ce serait Lui qui vous aurait suggéré de voler les vases ? s'enquit sans aménité le clerc qui refusait de s'engager dans cette discussion qui, au fond de lui, le troublait.

— Je ne sais pourquoi Il m'a élu pour recevoir Son message. Je possédais des charmes quand j'étais en Normandie, et ce sont eux qui m'ont sauvé. J'avais une bague ornée d'un verset de saint Luc qui écartait les larrons et je portais en pendentif un joyau à l'image de la Trinité gravé du mot sacré : *Ananizapta* qui me protégeait. Quand j'ai été emprisonné et que mes talismans m'ont été confisqués, je n'ai jamais douté de Lui. Je L'ai invoqué de Son nom secret et Il a ordonné au duc de Gloucester de me prendre à son service.

— Sornettes ! ricana Chabridel.

— Savez-vous que ma maison appartenait à Nicolas Flamel ? lui demanda Doule.

Holmes branla du chef.

— Voici quelques mois j'y ai fait faire des travaux et, en détruisant un mur, j'ai trouvé un coffret contenant un parchemin.

Edward se demandait si le receveur cherchait à l'égarer mais, à moins qu'il ne soit un fabuleux comédien, son visage exprimait la sincérité.

— Dans ce parchemin, une sorte de lettre, Flamel racontait qu'à Compostelle, où il s'était rendu pour dénicher un rabbin capable de déchiffrer les parties obscures d'un ouvrage expliquant comment réaliser le grand œuvre, l'un des sages interrogés lui avait dit que, plutôt que de s'attacher à la transmutation et à ses avantages matériels, mieux valait s'intéresser aux vases de Salomon conservés dans l'abbaye de Saint-Germain, car ils permettaient de communiquer avec l'ange Michel et de connaître l'avenir.

— Vous croyez donc à ces balivernes ? ironisa Chabridel.

— Ignare ! Sachez que, lorsque Salomon a commencé à construire le Temple, les démons ont tout fait pour l'en empêcher ! s'insurgea Doule d'un ton fâché. Mais l'ange Michel est alors apparu au roi et lui a dit de forger un anneau marqué d'un sceau et d'une formule magique. Il le fit, et cela lui permit d'enfermer les démons. Ayant mené à bien la construction du Temple, saint Michel lui apprit comment fondre des vases dans lesquels il ferait consumer certaines herbes, ce qui lui permettrait de percevoir ce qui allait advenir, et donc de connaître à temps l'arrivée de nouveaux démons qui voudraient détruire la terre de Canaan.

— Billevesées !

— Laisse-le parler, Enguerrand ! Peut être nous raconte-t-il des sottises, mais je le saurai vite. Cependant, à sa décharge, on ne peut nier que Flamel a changé du plomb en or.

— Oui, il l'a fait le 17 janvier 1382 ! certifia le receveur. Et ce n'était pas du plomb mais du mercure. C'est d'ailleurs grâce à cet or qu'il a fait construire ma maison, les arcades des Saints-Innocents et les portails de Saint-Jacques-la-Boucherie et de Sainte-Geneviève-la-Petite. Hélas, son secret s'est perdu.

» Après avoir lu ce document, je n'ai eu de cesse de m'intéresser aux vases. Je savais où ils se trouvaient, mais quelles étaient les plantes à y faire brûler et comment ce brasier pouvait-il révéler ce qui allait advenir ? J'ai interrogé des savants, et c'est Saïtano, l'ancien astrologue de la reine Isabeau, qui m'a éclairé. Il connaissait la mixture à utiliser et, si je lui offrais les vases, il tenterait l'expérience, sans garantir sa réussite.

— Alors vous avez préparé le vol.

Silence borné. Dole voulait bien parler de magie, mais pas se reconnaître un larron.

— Comment saviez-vous que le sergent Herichon possédait la clef du trésor de la chapelle de la Vierge ? insista Holmes.

Pas de réponse, aussi Chabridel appuya-t-il la pointe de sa dague sur la gorge du receveur, faisant perler une goutte de sang.

— Aïe ! Je l'avais appris par Colin, qui était sergent au Châtelet avec lui, quand ils avaient occupé l'abbaye.

— L'un de vos hommes ? s'enquit Gower en désignant de sa dague l'extérieur de la bicoque.

— Oui.

L'archer fit quelques pas jusqu'à la porte et regarda les deux frères qui surveillaient leur prisonnier, assis sur le sol. Il s'adressa à lui :

— C'est toi, Colin ?

— Non, c'était lui.

Il montra le corps embroché par la flèche.

Gower revint à sa place en boitant un peu.

— Pauvre Colin ! fit-il, faussement attristé.

— Vous le paierez, maudit ! grommela Doule entre ses dents.

— Comment ? s'enquit Gower en piquant de sa dague le bedon du receveur.

— Laisse-le terminer ! demanda Edward. De quelle façon avez-vous fait sortir Le Chapuis de prison ?

— Il me fallait quelqu'un d'assez habile pour s'introduire la nuit dans l'abbaye à l'aide d'une corde ou d'une échelle. Ni Colin ni Herichon ne s'en sentaient capables, et je ne voulais pas mettre trop de gens au courant. C'est Herichon qui m'a conseillé de débaucher un des Armagnacs de Favières. Des fredains qui avaient l'habitude de passer les murailles avec des échelles. Mais encore fallait-il en trouver un ! Par chance, le prévôt a organisé une traque de ces marauds en décembre. Herichon s'est chargé d'interroger les prisonniers enfermés au Châtelet et a jugé que Le Chapuis convenait. Je suis allé dire à Morvilliers que cet homme était proche de ma famille et que, s'il le graciait ou l'acquittait, je lui en saurais gré. Il a accepté… contre deux cents livres.

— Le rapace ! s'exclama Chabridel.

— Je connais la suite, dit Holmes, venons-en maintenant à Saïtano et à ce que vous avez fait des vases.

— Herichon m'a apporté les vases vendredi matin et m'a dit que Le Chapuis lui avait échappé. C'était regrettable mais, somme toute, guère important… Je n'imaginais pas que vous le retrouveriez… Comment avez-vous fait ?

— N'espérez pas l'apprendre. Revenons à Saïtano…

— Je suis allé chez lui avec les vases. Il m'a demandé de quelle façon je les avais eus et je lui ai répondu ce que vous venez de me dire.

Holmes demeura impassible.

— Saïtano m'a alors dicté ses conditions. Il rassemblerait les ingrédients nécessaires et je devrais revenir dimanche soir après avoir assisté à la messe et communié. Il tenterait de me faire connaître l'avenir, sans me promettre d'y parvenir, et il conserverait les vases à jamais, quel que soit le résultat. Ce n'était pas ce que j'avais envisagé car je comptais les rendre à l'abbaye. J'ai proposé plutôt de le payer généreusement, mais il a refusé. J'ai donc accepté.

Il s'arrêta de parler, comme s'il voulait s'assurer que Holmes était certain de sa bonne foi. Mais Edward demeurait imperscrutable.

Le clerc songeait à ce qu'il allait faire. Dès qu'il en aurait fini avec Doule, il irait demander les vases à Saïtano. L'astrologue n'aurait d'autre choix que de les lui remettre. Ce soir, le prieur retrouverait donc les coupes. Quant au livre, Chabridel lui avait dit qu'il irait le chercher avec Coline. Cette enquête était à peu près terminée.

Il fut interrompu dans ses pensées par Gower qui persifla :

— Et que savez-vous des temps à venir, maintenant ?

Doule baissa la tête, et Holmes remarqua l'imperceptible tremblement de ses mains.

— Qu'avez-vous appris ? demanda-t-il, intrigué.

— Vous autres Anglais… serez chassés de France… Et je ne sais pas ce que je deviendrai… murmura le receveur.

Watson éclata d'un rire tonitruant.

— Chassés ! Et par qui ? Pour l'heure, le roi de France n'a guère de succès !

— Par une femme…

Quiconque aurait observé Holmes à cet instant aurait été frappé par le brusque changement de son expression. La bouche entrouverte de surprise, les sourcils devenus deux lignes raides, il plantait son regard, dur comme de l'acier, dans les yeux de Doule.

— Quelle femme ? lança-t-il d'un ton âpre.

Toutefois, il leva aussitôt une main pour empêcher le receveur de répondre.

— Non… Dites-moi d'abord ce qui s'est passé avec Saïtano…

— Savez-vous où vit cet astrologue ?

— Oui.

— Je n'ai donc pas besoin de vous décrire l'endroit. La rue aux Fèves n'est pas un lieu accueillant, surtout la nuit. Il a ouvert dès que Colin a frappé à sa porte, mais a refusé l'entrée à mes gens qui ont dû m'attendre dans une taverne proche. Ensuite, il m'a conduit dans une salle sinistre, éclairée par un chandelier à trois branches et encombrée de bouquets d'herbes séchées. Je me souviens de l'odeur prenante qui m'a fait frissonner. J'ai surtout pris peur quand j'ai vu la tête de démon à six cornes pendue au mur, et il s'est moqué de moi en me disant que ce n'était qu'un bouc monstrueux.

» Il y avait un large fauteuil et une table. Je lui ai remis les vases que je portais dans une besace et il m'a demandé de prendre place sur le fauteuil.

» Il a posé les vases sur la table. J'ai remarqué alors que les meubles se trouvaient au milieu d'un dessin sur le carrelage : une étoile à cinq branches entourée d'un cercle. Le signe du pentacle. Je connais assez la magie pour savoir que cette forme sert à se protéger du démon quand on l'invoque, aussi j'ai voulu me lever, mais il m'a dit de me calmer, que le pentacle était nécessaire pour utiliser les vases de Salomon.

» Je me suis morigéné, car il aurait été sot d'abandonner, si près du but. Je l'ai vu emplir les coupes de feuilles séchées à partir de différents bocaux, puis il m'a demandé de fermer les yeux, m'a annoncé qu'il quittait la pièce et que je ne devais plus penser à rien. À l'aide d'une baguette, il a allumé les feuilles, a ensuite éteint les bougies, et je suis resté dans le noir. Enfin, pas tout à fait, car je voyais les vases rougeoyer et la fumée monter. Sans m'en rendre compte, je me suis assoupi.

» Au bout d'un moment, malgré mes yeux fermés, j'ai distingué une prairie ensoleillée et une jouvencelle qui gardait des vaches. Près d'elle se tenait l'archange Saint Michel. Lumineux. Il la regardait avec bonté.

— Comment savez-vous que c'était l'archange ? interrogea Chabridel avec agressivité.

— Les ailes… Les deux grandes ailes blanches dans son dos… Puis la vision s'est brouillée, et j'ai vu des cavaliers en armes. J'ai reconnu la meschinette parmi eux, mais elle était vêtue de noir et ses cheveux étaient courts. Je ne comprenais pas. Que signifiait cela ? De nouveau, ce fut le brouillard, puis la grand-salle d'un château emplie de gentilshommes et de nobles dames. La donzelle est apparue, marchant vers l'un des damoiseaux. Elle s'est agenouillée et plusieurs des présents ont fait de même. De nouveau, ce fut le brouillard, de nouveau la damoiselle et le jeune gentilhomme mais, cette fois, il portait une couronne aux lys de France. J'ai deviné qu'il s'agissait de Charles, le bâtard écarté du trône. Mais que faisait là cette bergère ? Pourquoi l'écoutait-il ? La salle fut remplacée par des murailles, des troupes, des échelles, des assauts. C'était un siège. Les attaquants brandissaient tous des bannières au léopard, j'ai reconnu parmi eux messire de Salisbury, mon bienfaiteur.

» Sur un chemin galopait la même donzelle, mais elle portait armure et tenait une bannière blanche frappée de la fleur de lys avec inscrit : Jésus Maria.

Près d'elle, un jeune chevalier inconnu dont la surcotte affichait trois fleurs de lys barrées. J'ai su que c'était le bâtard[1] d'Orléans. Les autres chevaucheurs près d'elle m'étaient inconnus mais, sur un guidon, j'ai vu une grappe. Je crois bien qu'il s'agissait des armes d'Étienne de Vignolles.

— La Hire, murmura Gower, qui n'avait plus envie de se gausser.

Doule ignora son interruption.

— De nouveau, ce fut le siège, et des combats. J'ai vu Salisbury emporté par un boulet de canon. J'ai aperçu le comte de Suffolk, ou tout au moins j'ai cru le voir. Alors j'ai assisté à la débandade des troupes anglaises. L'armée du roi de France poursuivait sa chevauchée accompagnée de centaines de prêtres. La jouvencelle se trouvait à sa tête.

» Tout s'effaça soudain, puis ce fut l'intérieur d'une cathédrale. La donzelle était là, encore avec le même étendard. J'ai vu le bâtard agenouillé, couvert d'un manteau fleurdelisé. J'ai reconnu l'archevêque Regnault de Chartres que j'avais rencontré il y a fort longtemps à Rouen. Il déposait une couronne sur la tête de Charles.

Les Anglais et Chabridel demeuraient pétrifiés.

Doule se tut.

— Qu'avez-vous vu d'autre ?

— Des flammes… De grandes flammes, puis Charles entrait dans Paris par la porte Saint-Denis entouré des échevins. J'ai… j'ai cru reconnaître messire de Lallier, qui avait beaucoup vieilli… Des groupes d'Anglais étaient poursuivis par les Parisiens, qui les massacraient…

1. Jean d'Orléans, dit Dunois.

— Et elle ? demanda Holmes.

— Je ne l'ai plus vue. Quand je me suis réveillé, Saïtano était près de moi. Il m'a demandé ce que j'avais vu, et j'ai répondu : « Rien. » Je n'avais qu'une hâte, partir !

— Vous avez rêvé ! s'exclama Chabridel en haussant les épaules.

— Certainement… Mais quel genre de rêve ?

Gower regardait son ami. Ce qu'ils venaient d'entendre ne pouvait être l'avenir… Néanmoins… la donzelle… Il savait qui elle était. Elle se nommait Jeanne.

Le visage de Holmes était de marbre.

— Vous êtes libre, maître Doule, laissa-t-il tomber après un moment de silence. Je vais reprendre les vases de Salomon et les rendre à l'abbé. Je ne parlerai pas de vous et ne vous mettrai pas en cause, si tout rentre dans l'ordre. En particulier si le portier de la chapelle de la Vierge retrouve sa chambre, vivant. Je suppose que Colin ou l'un de vos autres sergents l'a attiré dans un piège. Où est-il ?

— Le portier de la chapelle de la Vierge ?

Doule prit un air effaré.

— J'ignore de qui il s'agit et de quoi vous parlez, maître Holmes.

Il mentait. Edward en avait la certitude. Mais comment l'acculer ?

— Nous en reparlerons, fit-il d'une voix douce, mais pleine de menaces. Un conseil : je ne veux plus vous trouver sur ma route. Ne vous avisez pas de tenter quelque chose contre moi, ma mesnie ou mes amis. Je dispose de toutes les armes nécessaires pour écraser le serpent que vous êtes.

Doule hocha lentement la tête, mais avec un regard plein de haine.

— Si le rêve que j'ai fait se révèle vrai, je ne sais ce que je deviendrai, mais j'aurai au moins la satisfaction de savoir que vous serez aussi chassés, fit-il, venimeux.

— Nous verrons. Je crois, moi, à la miséricorde de Dieu.

30

Jeudi 23 mai 1426, un peu plus tard

La rue aux Fèves se situait entre la rue de la Vieille-Draperie et la rue de la Calandre. Les ateliers de forgerons et ferronniers – les fèvres – étaient à l'origine du nom de cette voie sinistre et obscure à cause de ses façades noircies par les forges. N'étant pas très loin de sa maison, Chabridel, qui éprouvait une certaine jalousie envers Saïtano chez qui Coline avait vécu, revint à l'apothicairerie. Aussi les Anglais se rendirent-ils seuls au domicile de l'astrologue.

Sa maison était basse, étroite, bancale, avec un seul étage, et mitoyenne d'un forgeron qui accepta de garder mule et destrier. Holmes était déjà venu, trois ans auparavant, mais Watson jamais, aussi la curiosité piquait l'ancien archer d'Azincourt.

Alors que la bâtisse paraissait vétuste et décrépite, elle possédait pourtant une porte au solide battant de chêne avec des pentures de fer et de gros clous aux têtes pointues. Un judas, au milieu de l'huis, était la seule ouverture sur une façade à colombages sans fenêtre. Le clerc frappa avec le marteau et, sans réponse, recommença plusieurs fois.

Saïtano pouvait-il être absent ? Longtemps, il avait été l'astrologue et le médecin de la reine Isabeau, mais il avait abandonné ces charges depuis plus de vingt ans et il sortait rarement de son antre.

Enfin une voix parvint du judas. Grave et sinistre. Point celle du mage.

— Que voulez-vous ?

— Edward Holmes souhaite rencontrer maître Saïtano, fit le clerc.

— Ouvre, Raolin ! lança une autre voix, plus chuintante.

Le clerc reconnut celle de l'astrologue.

Des verrous furent tirés et l'huis s'écarta.

Ils entrèrent dans une salle qui, à l'évidence, servait d'entrepôt. On y distinguait avec peine les ballots d'herbes séchées et quantité de tonneaux, de jarres et de pots de mixtures empilés sur des caisses et des coffres de toutes tailles et de toutes formes. Une lanterne à chandelle de suif posée sur une huche était le seul éclairage. Le fouillis confus de ces récipients avait quelque chose de lugubre, et même de redoutable, comme si ce désordre dissimulait à dessein quelques créatures de l'ombre craignant d'apparaître au grand jour.

Avec sa grosse tête, ses yeux globuleux et ses longs bras dont les mains touchaient presque le sol, le nain portier ne rassurait pas. Pis, il portait un long coutelas à la taille de sa surcotte en peau de loup.

Près de lui, un être sans âge avec de petits yeux noirs, brillants comme du charbon, sous un front majestueux. Sans ce regard perçant, le reste du visage grave, fripé et à la peau blanchâtre l'aurait fait ressembler à un cadavre.

Saïtano arborait une robe noire et un bonnet de la même couleur avec une plume de corbeau. Ses mains tachées de tavelures, aux longs doigts déformés, ressemblaient à des serres.

— L'Anglais Holmes ! Je m'attendais, hélas, à votre venue, grinça-t-il d'un ton désagréable. Décidément, vous ne venez que pour me prendre ce que je possède.

— J'en suis désolé, mon maître. Vous ne connaissez pas mon ami Watson… répondit Edward comme si de rien n'était.

Il tendit la main pour le présenter.

— Je le connais, bien sûr ! Pourquoi faut-il que l'archer le plus adroit de Paris soit un Godon ? Venez ! Ceux qui vivent ici n'aiment pas qu'on les dérange.

Gower frissonna en parcourant des yeux le bric-à-brac. Qui vivait dans ce fatras ?

Saïtano franchit un passage et traversa une autre salle ténébreuse dont la faible luminosité provenait d'une troisième pièce séparée d'elle par un rideau noir à demi tiré. Dans cette chambre, Holmes reconnut la tête de bouc à six cornes qu'il connaissait et qui avait tant impressionné maître Doule.

La pièce dans laquelle ils pénétrèrent ensuite était, elle, plutôt claire car ses fenêtres aux vitraux blancs étaient ouvertes, laissant voir un triste jardin détrempé. Demeurait la grande table de marbre que Holmes avait déjà aperçue, pour l'heure couverte de manuscrits et de grimoires, avec un encrier, des plumes et même une paire de lunettes qui prouvait que, malgré sa science, le mage n'avait pas trouvé moyen de faire disparaître les infirmités de l'âge. Sur des étagères paradaient des pots de faïence blanche ou jaune avec de noires inscriptions latines. Du mobilier s'entassait dans un recoin : un coffre, des tréteaux, un plateau, un lectrin, une chaise percée, des escabelles. Sur un étroit dressoir : deux vases cuivrés.

— Comment se porte dame Maqueron ? s'enquit le mage d'un ton sec, mais avec une pétillante grimace de connivence.

Depuis qu'il était entré, Holmes avait compris que Saïtano s'amusait.

— Elle vient vous voir assez souvent pour que vous le sachiez, maître.

Sourire diabolique de l'astrologue.

— Vous serez un bon parrain pour sa fille, maître clerc. J'avais espéré qu'elle me demande aussi de l'être, mais je crois qu'elle n'est pas tout à fait persuadée de ma foi envers notre créateur.

— Dans ce cas, elle se trompe.

Avec un rire grinçant, l'astrologue attrapa une escabelle et s'assit.

— Mon âge ne me permet plus de rester longtemps debout. Je préférais avoir Coline pour s'occuper de moi mais, dans mes malheurs, Raolin le Petit est, Dieu soit loué, bon intendant.

Il dodelina de la tête en désignant les vases.

— Ils sont là, prenez-les et allez au diable avec.

— Vous saviez que j'allais vous les demander ? M'attendiez-vous ?

Saïtano soupira.

— *Tolga iddio !* Personne d'autre que vous n'aurait pu découvrir qu'ils étaient ici. Quand j'ai entendu votre nom à la porte, j'ai su que vous alliez me les enlever, comme vous m'avez pris Coline.

— C'est vous qui m'avez proposé dame Maqueron, et qui avez fait son bonheur. L'âge vous fait-il perdre la remembrance ?

Nouveau rire.

— Comment avez-vous retrouvé les vases ?

— Doule a parlé.

— Je ne vous demanderai pas comment vous avez su que cette canaille a fait voler les vases, ça ne m'intéresse pas. Mais, qu'allez-vous faire de lui, maintenant ? Tout le monde le hait et sa fin fera le bonheur de l'humanité.

— Rien. Il m'a révélé ce que je voulais savoir. Je ne suis ni juge ni bourreau. Je vais rendre à l'abbaye ce qui lui appartient, sans donner d'explications à l'abbé.

— S'en contentera-t-il ?

— Il n'aura pas le choix. En vérité, il ne veut qu'une chose : retrouver ses vases. Cependant, pour ma part, moi, j'ai une requête à vous faire.

— Laquelle ?

— Maître Doule nous a révélé ses visions durant cette sorte de rêve dans lequel vous l'avez plongé.

— Et qu'a-t-il vu ? interrogea le mage d'un ton ironique.

— Rien de plaisant pour nous Anglais.

— Que vous quitterez le royaume de France ? Nul besoin des vases de Salomon pour cela. Je l'ai toujours su.

— Admettons… Ce que je souhaite apprendre, c'est si ce qu'a vu Doule se réalisera ?

Saïtano regarda Holmes, les yeux malicieux :

— Dieu le décidera. Considérez son rêve comme une prophétie.

— Donc une réalité à venir, intervint Gower.

— Point ! Une prophétie n'est qu'une prophétie. Souvenez-vous de Jonas. Dieu lui avait dit que Ninive serait détruite et qu'il devait aller prévenir ses habitants. Jonas le fit mais, mis en garde de leur fin prochaine, les gens de Ninive s'étaient détournés de leur mauvaise conduite et avaient imploré le pardon du Seigneur. Aussi, Dieu ne détruisit-il pas la ville. La prophétie ne fut donc pas réalisée.

» La raison d'une prophétie n'est pas d'annoncer l'avenir mais d'avertir les hommes pour qu'ils reviennent à Dieu.

Holmes médita un instant cette affirmation avant de dire :

— Que devraient faire les Anglais pour rester en France ?

— C'est au duc de Bedford de le décider. Au demeurant, allez-vous lui parler du rêve de Doule ?

— Non… Et Doule n'en dira mot à quiconque. Il m'a d'ailleurs déclaré ne pas vous avoir raconté ses visions.

— C'est que son émotion l'en rendait incapable… sans doute a-t-il perçu son propre futur… peut-être sa fin.

— Il ne nous a pas parlé de sa fin… mais d'une pucelle qui nous chassera…

— Je connais cette prédiction.

— Comment ?

— C'est une vieille prophétie, fit le mage, évasif. Quand la France est en passe d'être perdue apparaît toujours une pucelle pour la sauver.

— Moi, je connais la pucelle, hélas.

— Vous pourriez donc empêcher la prédiction de se réaliser… Il vous suffirait de la faire… disparaître.

— Je pourrais… Mais je n'irai pas contre la volonté divine.

Brisant là la discussion, le clerc s'approcha des vases et se les appropria avant d'en remettre un à Gower.

Après avoir pris congé de Saïtano, les Anglais s'arrêtèrent à l'apothicairerie de Coline. Chabridel les attendait et fit entrer les montures dans son jardin, puis il accompagna Holmes et Watson dans sa chambre où son épouse les rejoignit.

— Vos ventres doivent hurler de malefaim et vos gosiers être aussi secs qu'un hareng salé ! J'espère que le sorcier ne vous a rien proposé à manger. Il adore les poisons.

— Rien ! clama Gower, alors qu'il gardait sans doute des marmousets rôtis dans un placard.

Tous deux éclatèrent de rire tandis que Holmes regardait avec attendrissement sa filleule qui lui souriait, comme si elle le reconnaissait. Chose à peu près certaine tant le clerc était remarquable avec son visage maigre et étroit, ses sourcils sombres et épais, son nez crochu comme le bec d'un oiseau de proie, sa houppelande noire et son bonnet de feutre à pointe.

Coline avait préparé un cruchon de clairet et une tourte de brochet. Elle en coupa des parts et, ayant pris place sur un siège, les Anglais se rassasièrent goulûment tandis que Chabridel regardait les vases de Salomon :

— Ainsi, ce sont eux qui connaissent les temps à venir, j'aimerais bien apprendre le sort de ma fille.

— Pas moi ! le coupa Coline. Je ne veux pas savoir ce que seront les lendemains de ces temps de malheur. Je crains qu'ils soient encore pires, et je serais capable d'en mourir de désespoir.

— Vous avez raison, Coline. Cependant, Enguerrand a dû vous dire ce que Salomon envisage pour nous Anglais…

— Oui, mais le prophète n'a pas dit quand cette maudite guerre finira.

— Jamais ! clama Chabridel le cynique.

— Qui est cette pucelle ? demanda Coline. Enguerrand m'a dit que vous la connaissiez, que vous aviez déjà entendu parler d'elle.

— Je le crois. Si je ne me trompe pas, il s'agit d'une jouvencelle de sang royal qui veut nous bouter hors de France.

— Le regrettez-vous ?

Comme Holmes ne répondait pas, elle ajouta après quelques instants :

— J'ai préparé une lettre pour le libraire de Saint-Germain. En la lui montrant, il vous remettra le livre et vous pourrez le rendre à l'abbaye.

Il la remercia d'un signe de tête.

La veille, tandis que Gower jouait les messagers de Salisbury, Edward était venu à l'apothicairerie, persuadé que la jeune femme avait récupéré l'ouvrage. Hélas, si Coline s'était rendue à Saint-Germain avec son époux, ils avaient trouvé la maison du libraire close et sans signe de vie.

— Vous repérerez facilement son échoppe, poursuivit-elle. La boutique est mitoyenne de l'hôtel de Tarrane et l'enseigne en est une fleur de mouron rouge. Je crois vous l'avoir dit.

Holmes approuva. C'est alors que, ayant avalé son morceau de tourte, Gower intervint :

— Cette fleur… je ne t'en ai pas parlé l'autre jour, Edward, mais elle a ravivé chez moi de troublants souvenirs…

— Lesquels ?

— Azincourt. C'était à la fin de la bataille. Tu t'en souviens, nous avions rassemblé les prisonniers français devant le village de Maisoncelle. Combien y en avait-il ? Deux, trois mille peut-être. Avec Franklin, j'étais allé bavarder avec un archer que j'avais connu à un tournoi à Salisbury. Lui appartenait à la compagnie de FitzHugh de Ravensworth et gardait des captifs français dont son maître demanderait rançon. J'en ai remarqué trois, des écuyers qui, bien que ne se ressemblant pas, portaient tous une fleur de mouron rouge cousue sur leur cotte. Je leur ai demandé s'ils étaient frères, mais ils m'ont envoyé en enfer.

Holmes avait déposé sa portion de tourte et joint l'extrémité de ses doigts pour se concentrer. Il parut un moment plongé dans ses pensées avant de dire :

— Te souviens-tu exactement des paroles du *Petit Bonhomme* ? Après : *Au jardin de mon père entrai* ?

— Je crois…

Il chantonna :

— *Et au jardin de mon père entrai, M'amiette j'y trouvai, Et trois fleurs d'amour j'y cueillis*

— C'est cela… Trois fleurs… Et plus loin : *Je lui fis un chapelet de mouron et de muguet.*

— Oui, approuva Gower en hochant lentement la tête car il prenait conscience que plusieurs éléments dont ils avaient eu connaissance ces derniers jours semblaient liés à la bataille d'Azincourt : les fleurs de mouron, le libraire mystérieux, la ritournelle du *Petit Bonhomme* chantée par un ménestrel ayant sur son chaperon une enseigne émaillée représentant une fleur rouge, les trois écuyers de Maisoncelle et la dame recherchant ledit troubadour, sœur du baron de Longvilliers.

— Ce ne sont que de petits faits peut-être sans rapport, objecta-t-il malgré tout.

— Je te l'ai dit souvent, de petits faits on peut tirer de grandes déductions.

Chabridel, lui, ne comprenait rien et grattait une piqûre de vermine dans ses cheveux. Sans doute pas de poux car son épouse le frictionnait avec un onguent à base d'aconit, remède dont bénéficiaient Holmes et Watson depuis leur voyage à Bourges[1].

— Croyez-vous connaître ce libraire ? demanda-t-elle, tout aussi désorientée que son mari.

— J'ai hâte de le rencontrer, répondit Holmes en se levant.

Une fugitive pensée lui traversant l'esprit, il fronça les sourcils en demandant à Gower :

— Que sont devenus les trois écuyers ?

À son tour, l'ancien archer s'était levé et il écarta les bras en signe d'impuissance :

— Je l'ignore. Tu sais ce qui s'est passé : après l'attaque française à l'arrière de Maisoncelle, le roi a ordonné la mort des Français. J'ai refusé de participer à un si déshonorant massacre et déserté. Mais je crains que les trois damoiseaux n'aient fini sous les coups de hache dans la grange.

Coline se mit à prier, tandis que Chabridel se détournait. Il connaissait les rudes lois de la guerre.

Moins d'une heure plus tard, les deux amis rentraient chez eux. Ils y trouvèrent Robert le Diable qui les attendait en jouant avec Gracieux.

Le comédien se dressa d'un bond du banc sur lequel il était assis.

1. Voir *Le Pont de Montereau*, *op. cit.*

— Maître Holmes, j'ai trouvé votre troubadour !

— Savez-vous son nom ? Où il loge ?

— Son nom, je l'ignore, mais il est libraire à Saint-Germain-des-Prés. Sa boutique est à l'enseigne d'une fleur de mouron.

31

Samedi 25 mai 1426

Holmes et Watson partirent tôt le matin, une nouvelle fois sous la pluie, et arrivèrent vers neuf heures devant le pilori de l'abbaye de Saint-Germain. Le petit marché qui se tenait là, abrité par des bâches, n'offrait que quelques étals. Le portail du monastère était ouvert et le pont-levis baissé car, dès la première heure, avant d'aller travailler, les habitants du bourg allaient prier dans l'abbatiale, en général devant les reliques de Germain.

Les Anglais ne pénétrèrent pas dans le monastère. Avant de rencontrer l'abbé, Edward voulait récupérer le livre.

Ils longèrent l'enceinte et son fossé creusé dans l'ancienne ruelle Madame-la-Valence devenue un chemin bordé de maisons à pans de bois avec en général des soubassements de pierre et des boutiques en façade[1]. La voie n'était pas pavée et les sabots de la mule et du cheval s'enfonçaient profondément dans la boue, provoquant de bruyants *floc* quand ils s'en extrayaient avec peine.

1. Cette voie sera la rue Sainte-Marguerite, puis la rue Gozlin.

À l'angle d'un autre chemin[1] qui s'éloignait du monastère se dressait une pauvre maison d'un unique étage avec une enseigne en bois pendue à une chaîne. On avait récemment peint sur le panneau trois fleurs de mouron et leur couleur rouge était encore vive. Une vigne couvrait la moitié de sa façade. Au-delà de cette simple habitation, dans le prolongement de la ruelle Madame-la-Valence, se dressait un haut mur avec, en face, un vaste pré. Plus loin, la voie s'élargissait vers la campagne[2].

De sa mule, Holmes prit le temps d'examiner la maison aux mourons. Sur la façade située sur le chemin s'éloignant de l'abbaye, deux volets de bois fermaient une large fenêtre. Le vantail inférieur s'abaissait de manière à former l'étal, et l'autre, au-dessus, protégeait les marchandises exposées lorsqu'il était ouvert. Sur celui-là était peinte une main armée tenant un livre. Curieuse figure pour identifier une échoppe de libraire, songea le clerc.

Comme les deux volets étaient clos, on ne pouvait rien connaître de la boutique.

Une porte étroite se situait de l'autre côté. Fermée bien sûr. Quant à l'étage, il ne possédait qu'une fenêtre au châssis en peau de mouton huilé avec, peut-être, un volet intérieur car on ne distinguait aucune lumière.

— Notre libraire dort-il encore ? plaisanta Gower en faisant avancer son cheval jusqu'à la porte.

Depuis sa selle, il frappa à l'huis avec le manche de sa dague. Aucun résultat. Il répéta alors son geste plusieurs fois. Toujours rien. De son côté, Edward cogna sur les vantaux, sans plus de succès.

1. Future rue de l'Égout qui deviendra la rue de Rennes.
2. Ce deviendra la rue Tarrane, puis la rue Bernard-Palissy.

— Il n'est pas là ! conclut Holmes en soupirant. Nous repasserons plus tard.

Ils firent demi-tour et pénétrèrent dans l'abbaye.

À main gauche du porche se dressait la prison bâtie contre l'enceinte. Se succédaient ensuite des bâtiments laïcs, des écuries et l'hôtellerie. Une simple barrière de bois, sorte de palissade malgré tout assez haute, empêchait les gens de franchir la clôture monastique sans permission, toutefois les fidèles ne voulant que se rendre à l'église soit pour se recueillir et prier devant la tombe de Saint-Germain, ou écouter la messe, n'avaient pas à la passer.

À côté de la prison se trouvait le corps de garde. Par une fenêtre de cette salle, on apercevait une poignée d'hommes en hoquetons aux armes de l'abbaye.

L'un d'eux, grand dégingandé au front proéminent et au menton étroit, sortit en voyant les deux cavaliers.

— Je viens rencontrer votre prieur le père Nicolas Morillon, dit Holmes. J'ai quelque chose à lui remettre.

Le garde hésita un instant. Il voyait bien qu'il avait affaire à un clerc, mais son compagnon portait épée et il ne les connaissait pas. De surcroît, le prieur leur avait dit d'être très vigilants. La rumeur courait que des vols avaient été commis.

— Laissez-moi vous accompagner, mon maître, proposa-t-il.

Holmes pensait qu'il les conduirait à l'écurie, mais leur guide poussa le battant de la barrière et passa le premier. Comme la pluie continuait et que le sol formait une épaisse et lourde gadoue, Watson proposa au garde de monter en croupe, ce que ce dernier accepta sans hésiter.

Ils longèrent donc l'abbatiale avant de tourner à droite, de passer devant le porche de l'église et de poursuivre en longeant le mur qui fermait les bâtiments du cloître.

Là, ils se retrouvèrent sur le flanc des logis claustraux. Gower reconnut l'endroit où le voleur avait franchi la muraille et aperçut la porte conduisant aux cellules.

— Il y a des anneaux pour les chevaux, annonça le garde en désignant la courtine et un escalier qui grimpait au chemin de ronde.

Ayant mis pied à terre, ils attachèrent les montures. Holmes prit le sac contenant les vases et tous trois se pressèrent jusqu'à la porte du bâtiment monacal.

— Je vous attends ici ! décida le garde en restant dans le couloir d'entrée. Peut-être que l'abbé ne sera pas chez lui, auquel cas nous irons dans l'abbatiale.

Les Anglais empruntèrent l'escalier qu'ils avaient grimpé quelques jours plus tôt. En haut, ils suivirent la galerie éclairée par des coupelles de suif jusqu'à la porte de l'abbé. Holmes gratta l'huis et on lui répondit d'entrer.

Le père Bouron se tenait devant son pupitre sur lequel il triait des documents, tandis que le prieur, assis sur le tabouret, consultait une charte, l'air préoccupé. D'autres parchemins déroulés ou dépliés s'étalaient près de lui, par terre, sur le lit – dont la porte était ouverte – et sur un plateau de l'armoire. Les deux religieux dressèrent la tête en voyant les Anglais et leurs expressions changèrent. Leurs traits soucieux disparurent au profit de chaleureux sourires.

— Maître Holmes ! Que Dieu vous bénisse ! s'exclama le père Nicolas Morillon. Avez-vous du nouveau sur notre affaire ?

— Voici les vases, dit simplement le clerc en ouvrant la besace pour en sortir la première coupe qu'il alla déposer sur le dressoir, ne voyant aucun autre endroit où la mettre.

— Loué soit Jésus-Christ ! s'exclama l'abbé en retirant ses lunettes. Comment avez-vous fait ? Le père Morillon a interrogé ce Le Chapuis sans parvenir à en tirer un mot ! Où donc étaient ces saintes coupes ?

— Il me semble inutile que je vous livre des détails sans intérêt. Vous récupérez les vases de Salomon, n'est-ce pas l'essentiel ?

— Pour sûr, dit l'abbé, mal à l'aise, car il craignait maintenant que le clerc ne lui révèle rien et il s'interrogeait sur les raisons de pareille discrétion. Cependant, pourquoi ce Le Chapuis a-t-il pris tant de risques ? Pourquoi prendre ces vases et le livre, mais rien d'autre ?

Le clerc baissa les yeux devant la Vierge de bois peint qui le regardait et semblait le mettre en garde : « Oseras-tu mentir, Edward Holmes ? »

— C'est un voleur, saint abbé ! Sa besogne est de voler. Il a vendu ses rapines chez de pauvres receleurs, où je les ai reprises. Il n'y a là rien de remarquable.

En parlant, Holmes sortit la seconde coupe qu'il déposa à côté de la première. Après quoi il jeta un coup d'œil à la Vierge qui parut satisfaite.

— Qu'en est-il du *Liber de simplici medicina* ? s'enquit le prieur.

— J'espérais vous l'apporter aussi, mais je ne l'ai pas encore. Néanmoins ce n'est que partie remise. En attendant, je vous rends les feuillets que vous m'avez confiés.

Il sortit les copies des pages du sac.

— Que le Saint-Esprit vous accorde bonne vie ! remercia le prieur en prenant les papiers. Vous êtes notre sauveur ! Depuis que la chapelle de la Vierge est fermée, des rumeurs déplaisantes circulent sur des vols. Je vais remettre moi-même les vases à leur place et autoriser les moines à venir y prier. Pour l'absence du livre, je trouverai une justification.

— J'espère que vous l'aurez dès demain, car je sais où il se trouve.

— Bien ! Je suis vraiment soulagé, dit le père Bouron. Maintenant, que dois-je faire du voleur ?

Holmes réfléchit un instant. Si la maison du libraire demeurait close, il n'hésiterait pas à la visiter pour reprendre l'ouvrage. Ce serait aussi l'occasion d'en savoir plus sur cet homme. Dans pareille conjecture, le voleur pourrait lui être utile pour forcer la porte.

— Gardez-le enchartré tant que je ne vous ai pas rapporté le livre. Une fois que vous aurez retrouvé tous vos biens, bannissez-le pour qu'il aille se faire pendre ailleurs. C'est ce que j'ai convenu avec lui. Mais, je vous ai interrompus en pleine recherche dans vos chartes et la Saint-Germain approche. Je comprends que le temps presse et que je dois vous laisser à vos études.

L'abbé Jean Bouron ouvrit la bouche de saisissement avant de lâcher :

— Comment savez-vous que la Saint-Germain nous préoccupe ?

— Si je vous le dis vous me soutiendrez que rien n'était plus facile à savoir. Vous déclarerez même que c'était d'une absurde simplicité.

— Je vous promets que non ! assura l'abbé.

— Admettons… Voici donc ce qu'il en est : vous n'ignorez pas que l'an dernier j'ai confondu de plusieurs crimes Guillaume de Morsang, l'abbé de Saint-Magloire[1]. Après son exécution, Morsang a été écartelé et l'abbaye est demeurée sans abbé. À l'automne dernier, alors que je parlais de cette affaire avec messire Clément de Fauquembergue, le greffier du parlement, celui-ci m'a dit que pareille absence devait réjouir l'abbaye de Saint-Germain car elle avait à payer à Saint-Magloire une redevance de trois muids de vin et je ne sais combien de setiers de froment…

— Six, précisa le prieur.

Une affirmation qui provoqua une ombre de sourire sur le visage de Gower.

— Cette redevance serait due dans le seul cas où l'abbé de Saint-Magloire viendrait célébrer la messe ici le jour de la Saint-Germain[2]. S'il ne peut le faire, l'abbaye garde son vin et son froment. Or, si un nouvel abbé a été élu à Saint-Magloire, il n'est pas encore arrivé, aussi vous devez, j'en suis sûr, vérifier dans vos actes ou dans d'autres décisions du parlement si une absence réitérée n'annulerait pas à jamais votre obligation.

— C'est cela ! opina l'abbé, qui ajouta d'un ton d'évidence : J'aurais dû y penser : à quatre jours de la Saint-Germain et devant toutes nos chartes étalées dans ma chambre, il vous était facile de deviner !

— Je ne devine jamais, répliqua Holmes d'un ton sec en saluant les religieux avant de s'en aller. J'espère que ma prochaine visite sera pour vous rendre le livre.

1. Voir *La Maison de l'abbaye*, *op. cit.*
2. Le 28 mai.

— Je vais préparer les gages que je vous dois, mon bon maître, promit l'abbé en se levant.

Le garde les raccompagna jusqu'à l'entrée de l'abbaye.

Comme la prison se situait entre le porche et le corps de garde, en deçà de la clôture monacale, Holmes en profita pour lui demander combien de prisonniers se trouvaient dans la geôle.

— Deux, c'est tout, messire. Une femme du bourg, condamnée à mort pour avoir tué son mari et un individu nommé Le Chapuis que le prieur a fait enfermer voici deux jours.

Il ajouta un ton plus bas :

— On dit que cet homme aurait commis un vol dans l'abbaye.

— Incroyable ! s'exclama Edward, en réprimant un sourire. Cette femme sera-t-elle pendue ici ?

— Jamais ! Les exécutions se pratiquent à Paris, elle sera mise à la hart à Montfaucon ou enfouie, mais pour l'heure l'abbé ne veut pas la livrer.

— Pourquoi ?

— La dame est riche, et le prévôt veut respecter l'usage : les biens suivent le corps. Cela signifie que, si elle est exécutée à Paris, c'est la prévôté qui recevra sa fortune. Et l'abbé veut la garder.

— Redoutable dilemme ! conclut sentencieusement Gower.

Les deux amis revinrent jusqu'à la boutique du libraire. La pluie était devenue crachin, aussi demeurèrent-ils plus longtemps devant l'échoppe toujours close, ne sachant que décider. Gower ayant aperçu une taverne dans le chemin, il s'y rendit pour se renseigner, mais personne ne put lui dire quand la librairie serait ouverte. Le tavernier voyait surtout le commis du libraire, un nommé Anselot qui venait de temps en temps lui acheter du vin. Peut-être était-il dans le magasin, suggéra-t-il d'ailleurs.

— Que ne répond-il, alors ? avait lâché l'ancien archer.

— Ce sont de drôles de gens, avait répliqué le tavernier. Le garçon parle peu, et son maître encore moins. Je l'ai vu deux ou trois fois avec un luth, mais je ne l'ai jamais entendu en jouer. Je n'ai pas l'impression qu'il cherche la compagnie, et sa boutique n'est pas souvent ouverte. De quoi vit-il ? Mystère !

Après cet exposé, Holmes se sentit confirmé dans l'idée que ce libraire ménestrel cachait quelque secret.

Gower et lui revinrent à la boutique et il frappa de nouveau aux volets et aux battants en appelant : « Anselot ! » Mais n'obtint aucun résultat.

Il décida alors d'aller jeter un coup d'œil à la maison mitoyenne, cet hôtel ayant appartenu à la famille Tarrane.

En vérité, il n'y avait pas grand-chose à voir. Un mur d'enceinte haut de plus de deux toises l'isolait de la rue. La seule ouverture était un porche avec une porte aux battants en bois solidement ferré. Pas de poterne, pas de judas. Aucun signe indiquant la présence d'habitants car il ne vit pas la moindre trace de pas, de sabots ou de roue sous le porche. Rien, à part une accumulation de feuilles mortes.

Il s'éloigna dans le pré situé en face pour tenter de distinguer ce qui dépassait du mur d'enceinte et aperçut les branches d'un arbre et des toits de tuiles. Il y avait donc une cour et plusieurs bâtiments.

Quand il revint près de Gower, resté devant l'échoppe, il lui annonça :

— Je vais demander à Robert le Diable et à Adam de surveiller la boutique et de me prévenir au plus vite dès le retour de ce singulier libraire.

32

Vendredi 24 mai 1426

En rentrant chez lui, suivi par son sergent qui tenait en longe le roussin portant le corps du fidèle Colin, maître Doule éprouvait un mélange de peur et de haine dominé par un violent désir de revanche.

Comment allait se comporter ce maudit clerc, dont il savait qu'il avait l'oreille du régent Bedford et du duc de Bourgogne ? Que ce Holmes le dénonce et tout se terminerait pour lui dans une mort douloureuse et infamante.

Parvenu à son hôtel, il s'enferma dans sa chambre afin de réfléchir aux issues possibles. Il en vint vite aux conclusions suivantes : il était impuissant devant ce clerc, mais il pouvait nier si on l'accusait. Sur la tentative contre le duc de Bourgogne, Salisbury le protégerait. Tout au moins, il l'espérait. Restait le vol des vases. Ce méfait avait eu quatre témoins : Colin Maliherault, qui venait d'être tué, deux sergents à verge du parlement : Perrin Herichon et Martin Rabardel, et enfin le voleur : Le Chapuis.

Les sergents étaient assez compromis pour qu'ils restent muets. Donc le seul danger venait du fredain.

Celui-là, il fallait le faire taire car, s'il avouait le vol devant un procureur, non seulement il nommerait Herichon et Rabardel mais il y aurait des questions sur la disparition du portier de l'église. Or, celui-là on ne le retrouverait jamais puisque, après l'avoir attiré dans une encoignure de rue et l'avoir assommé, Colin et Herichon avaient dissimulé son corps avant de le porter jusqu'à la Seine en pleine nuit pour le jeter à l'eau dans un sac lesté de pierres.

Dans l'immédiat, une conclusion s'imposait : Le Chapuis devait disparaître. Ce qui était d'ailleurs prévu dès le début de l'entreprise, et si les sergents avaient été plus adroits, ces ennuis ne seraient jamais arrivés.

Seulement, le voleur était enfermé dans un cachot du monastère.

Maître Doule passa alors en revue plusieurs moyens pour faire passer cet individu à trépas.

S'introduire dans la prison de l'abbaye pour lui flanquer un coup de dague était envisageable, mais comment se débarrasser des geôliers ? Pour y parvenir, il faudrait engager quelques fredains, donc se trouver ensuite avec de nouveaux témoins gênants. Le receveur écarta cette idée, pourtant alléchante.

Empoisonner Le Chapuis était une option séduisante. Ses repas devaient venir d'une auberge. Mais comment y glisser du poison, et où trouver une mortelle mixture sans faire appel à des complicités encombrantes par la suite ?

Maître Doule rejeta aussi ce moyen.

Pourquoi ne pas l'aider à s'évader et l'occire ensuite lors de sa fuite ? Envisageable, mais il serait nécessaire de lui fournir des armes, et comment les utiliserait-il ? Il faudrait aussi lui faire parvenir un message ou venir lui parler. Or, s'il se méfiait… S'il dénonçait le projet, tout finirait mal.

Alors une dernière idée vint à maître Doule. Un moyen bien plus subtil.

Deux heures plus tard, ayant envoyé un valet se renseigner pour savoir si messire de Morvilliers pouvait le recevoir, il fit prévenir le sergent Herichon qu'il voulait le rencontrer avant la fin de la journée.

Le lendemain samedi, les deux hommes se présentèrent à la porte de la belle maison située au coin de la rue de la Bretonnerie et de la rue Pernelle-Saint-Paul. Une splendide et vaste bâtisse aux colombages magnifiquement décorés.

Après avoir laissé sa mule au valet qui la menait, Herichon étant venu à pied, Doule déclara au concierge qu'il était attendu. Le premier président du parlement de Paris lui avait répondu la veille qu'il pourrait l'entendre brièvement à none, juste avant son dîner.

On les fit attendre dans une antichambre où un valet et deux soldeniers empêchaient tout passage non désiré afin de protéger le maître des lieux.

Diable, à Paris personne n'était plus haï que le sire de Morvilliers. Ce n'était pas sa fidélité aux Bourguignons ni sa déférence envers les Anglais que les habitants reprochaient au premier président, c'était sa cruauté, sa férocité et sa cupidité. Un accusé fortuné finissait plus certainement dans d'effroyables tortures qu'un pauvre homme car Morvilliers doublait ainsi son plaisir. Il appréciait les souffrances du condamné et se réjouissait de la confiscation des biens du supplicié qui arrondissait son magot.

Jamais les Parisiens n'avaient connu un président du parlement aussi méchant et vorace.

L'un des gardes clama le mot de passe du jour à travers la porte qui faisait communiquer l'antichambre et le reste de la maison. Celle-ci s'ouvrit après les bruits de ferraille des verrous que l'on tirait.

De l'autre côté apparurent des soldeniers en cuirasse avec casque, hallebarde et braquemart. Précédés du valet, les deux visiteurs empruntèrent un grand escalier de bois à rampe et balustres sculptés. Au premier étage, le domestique les fit entrer dans une immense chambre lambrissée de panneaux richement ciselés.

Une table avec quatre couverts avait été dressée, mais seuls deux hommes étaient présents : le premier président, en robe de camelin carmin à col de martre et bonnet de brocart, et un jeune gentilhomme au visage avenant et énergique, coiffé d'un chaperon à cornette bleu azur. À son maintien assuré, et même arrogant, à son expression autoritaire, mâchoire carrée et yeux scrutateurs, et surtout à la lourde épée suspendue à sa taille, on devinait le chevalier ou tout au moins le guerrier sous la robe noire du juriste.

Doule reconnut le commissaire sur le fait des confiscations et forfaitures : monsieur de Grigny.

Après de brèves et froides salutations du côté de Morvilliers et Grigny, et d'obséquieux compliments et souhaits de longue vie de la part de Doule et du sergent, le receveur expliqua les raisons de sa visite.

— Dimanche, j'ai été volé, messire le premier président, alors même que j'étais à la messe ! Le larron a escaladé le mur de mon jardin et a profité de l'absence de plusieurs de mes gens pour me rapiner. Heureusement, il ne m'a pris qu'un chandelier d'argent.

— Et alors ? s'enquit Morvilliers qui se moquait comme d'une guigne des ennuis du receveur et qui, même, compte tenu de son naturel méchant, s'en amusait.

— J'ai aussitôt prévenu le sergent Herichon, dont nous connaissons tous l'efficacité et il a retrouvé mon voleur, ou plutôt il l'a identifié, car figurez-vous qu'il s'agit de Jehan Le Chapuis, ce familier de mon oncle de Normandie dont je vous avais demandé la grâce. C'est un receleur à qui il avait essayé de revendre mon chandelier qui l'a reconnu. Décidément, l'ingratitude de la nature humaine me surprendra toujours. Quand j'y pense, la colère me serre à la gorge.

Assis dans un large faudesteuil, Morvilliers tapotait l'accoudoir sans dissimuler son impatience car il avait faim et son dîner allait être retardé à cause de cet imbécile. N'était-ce pas Doule qui lui avait demandé d'épargner cet homme ? Il avait d'ailleurs payé pour son acquittement ! Que le fredain se retourne contre celui qui l'avait sauvé, il s'en moquait, et il aurait même trouvé la situation drôle s'il avait eu du temps à perdre.

Quant à Grigny, il regardait le plafond peint avec une totale indifférence envers les visiteurs.

Ignorant le détachement teinté de mépris affiché par ses hôtes, Doule poursuivit :

— Grâce au Ciel, cet habile Herichon a retrouvé la trace du maraud. Figurez-vous qu'il était déjà emprisonné, ayant été arrêté mardi !

— Au Châtelet ? s'enquit Morvilliers, qui s'autorisa un haussement de sourcils.

— Point, messire, et c'est maintenant que cela va vous intéresser : à la prison de l'abbaye de Saint-Germain. Il aurait commis là-bas je ne sais quel vol.

Or, vous m'avez raconté comment messire Nicolas Rolin avait fait libérer la femme d'un vigneron qui s'en était pris à vos hommes. J'ai pensé que ce serait une belle revanche pour vous d'exiger que l'abbé Bouron remette ce Le Chapuis à la justice du roi, et qu'ensuite le coquin soit exécuté après une proclamation en place publique de la primauté de la justice du parlement sur celle de l'abbé de Saint-Germain.

Morvilliers se frotta le menton de la main. La suggestion de Doule était séduisante. Après la libération contrainte de la femme du vigneron, beaucoup s'étaient moqués de lui au Palais, satisfaits que soit mis un frein à sa toute-puissance. En faisant ce que proposait maître Doule, il affirmerait à chacun que son pouvoir n'était nullement ébranlé et il humilierait l'abbé en le privant de sa propre justice.

Il se tourna vers Grigny :

— Qu'en penses-tu ?

— Je vois là, à l'évidence, une bonne revanche à prendre. Enlever son prisonnier à l'abbé Bouron le rendra fou de rage.

Morvilliers ne tortigna guère :

— Entendu ! décréta-t-il avec une hideuse grimace qui exprimait toute sa méchanceté.

Il se tourna vers Grigny :

— Puisque c'est à toi que l'abbé a refusé de livrer le vigneron… comment s'appelait-il déjà… ?

— Robert le Fournier.

— Oui, je m'en souviens, c'est cela. Tu vas donc t'occuper de l'affaire. Je vais te préparer une lettre patente. Par tous moyens à ta guise, tâche d'humilier l'abbé et le prévôt. Tu viendras ensuite me rapporter leurs réactions ! Oh, que j'aimerais voir les têtes de ces deux-là !

— Je vais bien m'amuser ! conclut Grigny avec un sourire carnassier. Mais, j'y pense, puisque à la relevée je dois me rendre à l'hôtel de Tarrane afin d'évaluer les travaux à faire avant que le comte de Salisbury n'y loge messire Gargatte, je pourrais passer à l'abbaye à cette occasion.

— Bonne idée ! Herichon, trouvez un autre sergent d'armes pour vous prêter main forte et soyez ici à basse none. Vous vous rendrez à l'abbaye avec messire de Grigny à qui j'aurai donné cette lettre. Il se fera remettre le prisonnier que vous ramènerez à la prison du Palais.

Doule ne laissait filtrer aucune émotion, mais son cœur palpitait de satisfaction. Les choses se passaient encore mieux qu'il ne l'avait espéré ! Une fois Le Chapuis emprisonné au Palais, il serait facile de le faire taire. Herichon s'en chargerait.

— Hum, fit alors Grigny d'un ton hésitant, et si… Et si l'abbé n'obtempère pas, s'il refuse de me remettre le prisonnier ?

— Oserait-il aller à l'encontre de la justice royale ? gronda Morvilliers. Le Chapuis a commis un vol dans le fief de l'évêché, et depuis presque trois siècles l'évêché a cédé ses droits de justice à la prévôté de Paris. Si l'abbé se montre réticent, préviens-le que je n'hésiterai pas à envoyer des gens d'armes pour le faire céder.

— J'espère que nous n'en arriverons quand même pas là, dit Grigny, mal à l'aise.

Il s'était déjà heurté à pareil refus et il savait l'abbé têtu.

— Il n'aura pas le chancelier Rolin derrière lui cette fois ! conclut le premier président d'un ton sec.

Doule approuva et, sans lésiner sur les paroles de reconnaissance, il rendit grâce à Morvilliers et au sire de Grigny qui ne cherchèrent pas à le retenir.

Une fois dans la rue, le receveur et le sergent bavardèrent un moment sous un encorbellement d'où on ne pouvait les écouter. Le premier donna ses ultimes conseils au second, qui partit ensuite au Grand Châtelet afin de prévenir le sergent Martin Rabardel.

Tout à leur affaire, ils ne prêtèrent aucune attention au jeune mendiant assis sur une borne muletière à l'angle de la rue de la Bretonnerie, lui aussi à l'abri de la pluie sous un encorbellement, et qui surveillait discrètement la maison de Morvilliers en demandant l'aumône aux passants.

Les rares commerçants de la rue encore ouverts avaient pris l'habitude de voir ce mechinin revêtu de pauvres hardes. Il s'installait là deux ou trois fois par semaine. Au quartenier qui l'avait interrogé, il avait dit venir de Salmarches[1], où la cabane de son père, forestier dans le bois de Beynes, avait été brûlée par les Armagnacs. Il n'avait ni passeport ni laissez-passer, comme la plupart des miséreux ayant trouvé refuge dans la capitale, mais il avait pu présenter un petit morceau de parchemin paraphé par l'abbé de Saint-Germain-des-Prés donnant son nom. Le quartenier, ayant bon cœur, n'avait pas insisté.

Ce garçon, c'était Anselot.

Ce vendredi, Mathieu avait décidé d'une autre manœuvre. Anselot et lui étaient partis très tôt pour se rendre rue de la Bretonnerie. À proximité de la maison du tyran, le chevalier s'était réfugié dans une taverne,

1. Saulx-Marchais.

tandis qu'Anselot allait mendier à son endroit habituel. Il était convenu que, dès que Morvilliers sortirait, le jeune servant irait prévenir son maître et ils suivraient le premier président. Peut-être se rendrait-il enfin à Saint-Germain.

Si Morvilliers traversait la rivière pour aller sur la rive gauche, ce serait certainement le cas. Les deux complices détaleraient alors aussi vite qu'ils le pourraient pour passer devant le magistrat, qui circulait à dos de mule. Une fois à Saint-Germain, ils l'attendraient dans l'hôtel de Tarrane.

L'arc et les flèches étaient déjà cachés sur place.

Mais ce plan ne se déroula pas comme prévu. Morvilliers ne sortit pas et, si Anselot vit s'en aller un gentilhomme accompagné de deux sergents d'armes et d'un clerc, il ignorait qu'il s'agissait de ce Grigny que son maître recherchait.

Il ne prévint donc pas Mathieu de Thérouanne.

33

Vendredi 24 mai 1426

Protégés par des chapes de pluie ou des balandras, Grigny, son clerc secrétaire et les deux sergents arrivèrent à l'abbaye en milieu d'après-midi. Holmes et Watson les avaient croisés dans la rue Saint-Jacques mais, ne se connaissant pas, aucun n'avait prêté attention aux autres.

L'un des sergents de garde conduisit sur-le-champ les quatre hommes à l'abbé qui se trouvait toujours avec le prieur, au milieu de leur amoncellement de chartes.

En voyant entrer messire de Grigny les religieux cessèrent leur discussion et un pénible silence s'abattit dans la chambre. Les moines avaient encore en tête l'épreuve de force remportée quelques mois plus tôt et s'inquiétaient bien sûr d'une visite revancharde. Crainte d'autant plus forte que le père Morillon savait que les sergents Herichon et Rabardel avaient fait partie des gens de la prévôté qui avaient mis à sac l'abbaye en 1419.

Après avoir abaissé le chaperon de son balandras détrempé, Grigny ignora la froideur de l'accueil et sortit la lettre de Morvilliers en déclarant :

— Une nouvelle fois, monsieur le premier président m'envoie chercher un de vos prisonniers pour qu'il soit conduit au parlement où il sera jugé. Vous trouverez toutes les informations sur sa requête dans cette lettre patente.

Le pli était fermé et scellé par le sceau du Châtelet : une fleur de lys devant les tours du tribunal et la mention *Sigillum preposlture Parisiensis*[1].

Morvilliers n'avait pu fermer sa lettre avec le sceau du parlement, qu'il avait pourtant possédé quand Isabeau de Bavière le lui avait remis à la demande de Jean sans Peur[2]. Mais, depuis, Bedford l'avait repris pour le confier à la chancellerie, aussi le premier président avait-il jugé plus rapide de faire porter sa lettre à Simon Morhier, le garde de la prévôté, pour qu'il l'officialise avec la marque du Châtelet.

L'abbé, demeuré assis à son pupitre, prit la missive en s'efforçant de rester impassible. De nouveaux ennuis en perspective, s'inquiétait-il. Il attrapa un canivet posé devant lui et trancha le cordon.

Ayant lu le pli, il se montra soulagé et le donna au prieur qui s'était levé pour lire dans son dos.

— Je suis prêt à vous remettre ce maraud de Le Chapuis, mais laissez-moi un jour ou deux.

— Pour quelle raison ? s'enquit Grigny d'un ton sec, même si la réponse conciliante écartait ses craintes d'un affrontement.

— Savez-vous pourquoi il est emprisonné ici, messire ?

— Un larcin ou un crime quelconque, je suppose.

— Il a volé des objets dans notre trésor. Maître Holmes, un clerc très perspicace que vous connaissez peut-être, les a tous retrouvés sauf un. Un livre rare

1. « Sceau du prévôt de Paris ».
2. En 1418.

d'une grande valeur. Tant qu'il ne nous l'a pas ramené, je souhaite garder le larron. Mais maître Holmes, qui était ici même ce matin, m'a assuré avoir bon espoir de retrouver cet ouvrage demain. Dès que nous l'aurons, je le ferai savoir à messire de Morvilliers et vous pourrez venir prendre le prisonnier.

— Quel était ce livre rare ? intervint alors le clerc qui accompagnait Grigny.

Ce secrétaire, dont nous n'avons pas parlé jusqu'à présent, était un homme fort lettré, longtemps maître des écritures au greffe du parlement, que Morvilliers avait pris à son service. Le premier président lui avait confié la charge de sa bibliothèque. Lors des confiscations, c'était lui qui vérifiait la présence de livres dans les biens des condamnés et, quand il y en avait, il mettait la main dessus pour enrichir les collections du « tyran ».

Ce qui prouve que l'on peut être un méchant homme et aimer les beaux livres.

— Il s'agit d'un *Liber de simplici medicina*, un ouvrage rare de botanique et d'apothicairerie.

Le secrétaire plissa les yeux et prit un air chafouin :

— Quand vous l'aurez retrouvé, j'aimerais beaucoup le consulter, fit-il.

L'abbé ne vit pas malice à la remarque et, jugeant qu'être aimable ne pouvait qu'amadouer ses visiteurs, il proposa :

— Voulez-vous voir les copies de quelques pages ?

— Volontiers !

L'abbé prit les feuillets que Holmes avait laissés sur son pupitre et les tendit au secrétaire.

Ce dernier commença à les examiner, l'un après l'autre, les confiant ensuite à Grigny, qui les regarda à son tour, mais avec une évidente indifférence, sauf pour le troisième feuillet, celui montrant des femmes nues nageant dans les tuyaux, qui lui fit hausser les sourcils et ouvrir la bouche de stupéfaction.

— Curieuses figures… Savez-vous quelle est cette langue ? demanda le secrétaire dont le visage exprimait une évidente inquiétude.

— Point. J'ignore le sens de cet ouvrage.

— Faites savoir à messire de Morvilliers quand vous l'aurez retrouvé. Je suis persuadé qu'il pourrait vous faire une belle offre.

— L'ouvrage n'est pas à la vente, intervint le prieur d'un ton sans réplique.

— Nous verrons, sourit de façon ambiguë le secrétaire.

Il lança alors un regard interrogateur à Grigny qui déclara :

— Je compte sur vous pour nous prévenir quand je pourrai saisir le maraud. Et je n'attendrai pas plus de deux jours… C'est convenu.

Sans attendre de réponse, il s'inclina légèrement et fit signe aux sergents de le suivre.

Les quatre hommes sortirent de l'abbaye alors qu'il ne pleuvait presque plus.

— Vous pouvez retourner à Paris, proposa Grigny aux sergents. Je n'ai plus besoin de vous. Pour le moment.

Herichon et Rabardel saluèrent plutôt froidement le commissaire sur le fait des confiscations et forfaitures, et s'en allèrent. Ils n'étaient pas intervenus durant la discussion avec l'abbé, ne pouvant le faire, mais ils n'en pensaient pas moins. Maître Doule serait furieux qu'ils ne ramènent pas le prisonnier et ils craignaient que sa colère ne retombe sur eux.

Faisant fi de leur état d'âme, Grigny s'engagea dans la ruelle qui conduisait à l'hôtel de Tarrane. Le secrétaire de Morvilliers faisait avancer sa mule de concert.

Tous deux s'étaient déjà rendus dans la grande demeure l'année précédente pour la vider de son mobilier et des objets de valeur. Ils n'avaient donc jamais connu l'échoppe du libraire qui n'existait pas à ce moment-là.

À la vue de l'enseigne aux fleurs de mouron rouge pendue au bout de ses chaînes, le commissaire des confiscations se montra troublé, puis éprouva un vague sentiment d'inquiétude. Les yeux rivés sur le panneau de bois peint, il fit avancer sa monture jusqu'à se trouver à deux toises de lui.

Nul doute qu'il s'agissait des mêmes fleurs, du même dessin. Se pouvait-il que ce soit une coïncidence ? Il lui revint quelques mots qu'avait lâchés son épouse voici deux semaines et auxquels il n'avait prêté aucune attention tant leurs relations étaient distantes. Elle lui avait dit avoir entendu un troubadour chanter *Petit Bonhomme*.

Il n'avait rien répondu. Que lui importait ce que chantaient les gueux des rues ! Mais maintenant, à cause de cette enseigne, sa remarque prenait un tout autre sens.

Le secrétaire de Morvilliers se tenait près de lui, intrigué par son attitude.

— C'est un libraire, dirait-on, fit-il en désignant le livre tenu par le bras armé peint sur l'un des volets.

— Un libraire… Oui…

— La boutique est fermée mais, d'après la peinture, l'enseigne est récente… poursuivit le secrétaire. J'ignorais qu'il y eût un libraire ici. On n'en trouve quasiment plus dans Paris. Cette échoppe aurait été ouverte, j'y aurais volontiers fureté.

Grigny ne répondit pas. Il avait maintenant le ventre noué. Se pouvait-il…

Non, c'était impossible ! hurlait une part de son esprit.

Les fleurs de mouron semblaient le narguer. Ne voulant plus les voir, il piqua le flanc de sa monture et avança vers l'hôtel de Tarrane.

Le secrétaire suivit, s'interrogeant sur la singulière attitude de son compagnon.

Au porche, Grigny mit pied à terre et sortit de son escarcelle une grosse clef. En s'efforçant de maîtriser ses tremblements, il fit jouer le pêne et, appuyant sa main sur l'un des battants de la porte, il le poussa avec difficulté. Des feuilles s'étaient accumulées de l'autre côté.

Il fit pénétrer son cheval en le tenant par la bride. Le porche ouvrait sur une cour rectangulaire au milieu de laquelle trônait un orme. Il laissa sa monture brouter l'herbe qui avait tout envahi et s'avança de quelques pas. La sérénité de ces lieux abandonnés le calma quelque peu.

Le secrétaire se tenait toujours dans ses pas.

— Faites le tour des pièces, surtout celles de l'étage pour vérifier qu'il n'y a pas d'écoulement d'eau depuis les toitures. Avez-vous de quoi écrire ?

— Bien sûr ! répondit l'autre en sortant un registre d'une sacoche de sa mule.

L'hôtel était constitué de deux corps de logis en angle. À droite, le bâtiment principal présentait deux escaliers. Le premier, en colimaçon dans une tourelle en saillie du côté du portail, était celui des serviteurs. Le second, situé au milieu de cette même construction, formait deux élégantes révolutions précédées d'un grand perron.

Le secrétaire emprunta celui des domestiques et disparut. Grigny, lui, traversa la cour jusqu'à la grande salle située en angle avec le premier édifice.

Une brusque bourrasque souleva les feuilles qui traînaient et l'averse reprit avec vigueur. Voyant deux portes devant lui, il se précipita vers la plus proche.

Il entra dans une pièce au plafond élégamment peint et à la cheminée au manteau noirci de suie. Dépouillée de tout mobilier, la salle était lambrissée et, autour des portes, les boiseries étaient assemblées pour former des banquettes à accoudoirs. Il s'assit sur la plus proche et se mit à réfléchir.

Si ce libraire était l'un des deux autres, il devait mourir. La conclusion s'imposa à lui sans hésitation.

Mais comment le faire passer à trépas ? Il pouvait facilement rassembler une bande de gaillards prêts à tout pour quelques niquets. Il savait où les trouver. Venir une nuit, prendre la maison et passer ses occupants au fil de l'épée, voilà qui était simple et sûr. Il suffirait ensuite d'accuser des Armagnacs. Par exemple en abandonnant un guidon ou un écu armé. Il gardait chez lui quelques-uns de ces trophées.

Il aurait tout de même préféré être certain avant de se lancer dans pareille aventure. Néanmoins, s'il cherchait à apercevoir ce libraire, l'homme risquerait de le reconnaître.

Peut-être pas. Après tout, il avait bien changé.

Il se laissa aller dans ses souvenirs. Que la vie était douce à Fressin… les images de sa jeunesse lui revinrent… Puis Azincourt et ses craintes resurgirent. Si c'était l'un d'eux, comment avait-il survécu ? Pourquoi était-il à Paris ?

— Seigneur…

Grigny ouvrit les yeux et prit conscience qu'il s'était assoupi.

— J'ai fait le tour et découvert des dégâts dans une chambre d'étage. Des tuiles du toit doivent être brisées et l'eau a corrompu la charpente, le plafond et a ruisselé sur le carrelage. Il faut faire intervenir un couvreur. Voulez-vous voir ?

— Bien sûr.

Ils sortirent pour gagner le perron. Entre ce passage et l'autre escalier se trouvaient l'écurie, la remise et le garde-manger. Mais aucun intérêt à visiter ces lieux à l'abandon.

En haut, des chambres se succédaient en enfilade sur chaque côté de la cour. Toutes avaient leurs lambris peints et décorés de fleurettes ou d'oiseaux. Y flottait une fétide odeur d'humidité et de moisi. Grigny suivait le secrétaire qui s'arrêta dans la dernière chambre, laquelle avait une fenêtre donnant sur la rue. Là, le secrétaire désigna le plafond qui avait commencé à pourrir. Grigny hocha la tête, mal à l'aise, car l'endroit lui faisait songer à un tombeau. Il ressentit le brusque besoin d'ouvrir la croisée, mais se retint, ne voulant pas paraître indisposé aux yeux du secrétaire.

— Il faudra faire les travaux sans tarder, dit-il pour se donner une contenance.

— Je m'en occuperai, messire.

Un dernier regard circulaire. Il distingua des moisissures blanchâtres sur les boiseries peintes.

— Il faudra tout refaire, ici.

— Je le pense aussi, messire.

Le secrétaire le guignait à la dérobée. S'était-il rendu compte que quelque chose n'allait pas ?

— Je crois qu'on en a terminé, décida Grigny.

Ils regagnèrent la cour en silence. Il ne pleuvait plus du tout.

Ils sortirent cheval et mule et Grigny referma soigneusement la porte avant de confier la clef au secrétaire, puisque c'était lui qui s'occuperait des réparations. Il remonta ensuite en selle et prit la direction de l'abbaye. Son compagnon avançait à quelques pas devant lui.

— Messire ! fit ce dernier en arrêtant sa mule. La librairie est ouverte !

Grigny se retourna et regarda vers le chemin à droite. Le volet supérieur de l'échoppe était bel et bien relevé, toutefois sans rien sur la tablette basse.

— Me laisseriez-vous aller jeter un rapide coup d'œil à ce qu'il propose à la vente, messire ?

Le commissaire songea que se présentait là une occasion inespérée d'en savoir plus.

— D'accord. J'aperçois une taverne plus loin. Je t'y attendrai… Tâche d'apprendre qui est ce libraire, il m'intéresse…

Le secrétaire descendit de sa mule et s'avança vers l'étal. Grigny, lui, poursuivit en direction de la gargote. Il avait pris soin de remettre le capuchon de son balandras, ainsi le libraire ne pourrait distinguer complètement son visage.

Il passa devant l'ouvroir, regard en biais, et n'aperçut qu'un damelot qui nettoyait un ouvrage poussiéreux. Le garçon ne tourna même pas la tête vers lui. Était-ce le libraire ? Auquel cas, son inquiétude serait sans raison.

Mais, alors qu'il dépassait la boutique, son cœur se serra brusquement. Il venait d'apercevoir un luth déposé sur une tablette.

À la taverne, il héla pour que quelqu'un vienne s'occuper de son cheval. Un garçon arriva à qui il laissa la bride de l'animal. Après quoi, il entra dans une petite salle au plafond bas noirci par la fumée. Une torche de résine dans un support de fer planté à même le sol engendrait une lueur vacillante. Point de feu dans la cheminée. Sur un mur, une tenture effilochée. Le sol de pierre était couvert de paille sale. Un dogue rongeait un os dans un coin. Un furet dormait dans une cage.

Pas vraiment de table, juste des planches sur des tréteaux. Des bancs et des escabelles autour avec une douzaine de clients : un homme de loi en noir, des clercs, un moine et quelques vilains.

Grigny lança un « Dieu vous garde ! » et reçut de vagues réponses à peine murmurées. Il avisa un tabouret et s'y installa. Un valet à l'air niais, denture et menton proéminents, lui apporta un pot de fer empli d'un mauvais vin.

Le commissaire lui glissa un denier en lui demandant :

— Comment s'appelle le patron ?

— Maître André, messire.

— Fais-le venir.

Le valet opina avec un sourire de travers.

Quelques instants plus tard, un homme sec, maigre et à l'air contrarié sortit d'une arrière-salle ; à coup sûr un bouge où se trouvait le tonneau de vin. Il se dirigea vers Grigny d'une démarche traînante.

— Vous m'avez demandé, seigneur ? s'enquit-il sans amabilité.

— Oui…

Le commissaire montra le niquet tenu entre son pouce et son index.

— Le libraire, au coin de la rue, ça fait plusieurs fois que j'y passe, car je suis amateur de livres. Or, il paraît toujours fermé.

— C'est juste, mais je sais rien d'autre, répliqua Maigrelet.

— Il n'était pas là l'an dernier, insista Grigny en faisant rouler la pièce noirâtre.

— Il s'est installé en mars.

— Il aurait eu meilleure clientèle à Paris.

— Ouais… Drôle de bonhomme… ajouta le cabaretier, cette fois sur un ton de confidence.

— Pourquoi ?

— Il part le matin avec son commis et un luth. Quelqu'un m'a dit l'avoir vu chanter dans les rues de Paris et réclamer des aumônes.

— S'il est toujours fermé, il ne doit pas bien gagner sa vie comme libraire ! ricana Grigny. Il a donc un commis ?

— Ouais, Anselot qu'il se nomme. Il vient souvent le soir chercher vin et saucisses.

Le commissaire des confiscations donna la pièce que l'autre empocha en un éclair.

— Comment est-il, ce libraire ? Quel âge ?

— Entre vingt-cinq, trente ans… Vigoureux… Une allure de… sergent d'armes. Ah, oui, il porte un bonnet, avec une enseigne émaillée rouge, une fleur.

Quelqu'un appela le tavernier qui mit fin à la discussion.

Grigny but son vin avec lenteur. Décidément, l'affaire était déplaisante. Très déplaisante.

Il méditait quand le secrétaire arriva. Il lui fit signe et l'autre attrapa un petit banc de bois qu'il poussa près de lui.

Il murmura alors, tout excité :

— Seigneur, le livre !

— Quel livre ?

— Le livre dont l'abbé nous a parlé. Le livre volé, avec les femmes dans les tubes… je l'ai vu ! Il est posé sur un lectrin !

— Es-tu sûr ?

— Certain ! J'ai dit à celui qui tenait la boutique que j'achetais des livres pour mon maître et que j'aurais voulu voir de près ce qu'il possédait. D'abord, il m'a dit qu'il ne faisait entrer personne et que je n'avais qu'à lui dire ce que je cherchais. Je lui ai répliqué que ce n'était pas l'usage dans la librairie. Je l'ai senti contrarié et hésitant. Comme j'insistais encore, il m'a demandé qui était mon maître et j'ai donné le nom du premier président. Alors, il a changé du tout au tout et m'a proposé de passer par la porte, de l'autre côté. J'ai attaché ma mule à la chaîne du volet et j'y suis allé. Une fois dedans, j'ai examiné ses étagères, mais, déception, je connaissais tous ces ouvrages, qui provenaient d'un libraire de Paris. Je le lui ai dit et il a reconnu que son maître avait acheté le contenu de la boutique. C'est alors que j'ai remarqué un lectrin dans l'arrière-boutique. Je me suis avancé, et comme le livre posé dessus était ouvert, j'ai reconnu l'un des dessins que nous a montrés l'abbé. Le commis m'a affirmé que le volume n'était pas à la vente, mais j'ai eu le temps de tourner quelques pages. C'était bel et bien le livre volé.

» J'ai alors mis fin à la conversation et je suis parti. Mais, comme je sortais, il m'a lancé une singulière proposition.

— Laquelle ?

— Que si messire de Morvilliers était vraiment intéressé par cet ouvrage, son maître le recevrait pour le lui montrer. J'ai répondu que je transmettrais ses paroles.

Stupéfait, Grigny s'abîma dans le silence. Ce libraire se montrait de plus en plus mystérieux. Pourquoi aurait-il volé un livre à l'abbaye pour le mettre sur un lutrin où n'importe quel moine pouvait le voir et le reconnaître ? Pourquoi souhaitait-il le présenter au premier président ?

Il y avait peut-être une explication fort simple : il s'était procuré le livre auprès d'un voleur et, depuis, il cherchait quelque acheteur fortuné. C'était un vulgaire receleur, auquel cas, il était tombé bien bas.

Alors, une ingénieuse solution lui vint à l'esprit.

34

Vendredi 24 mai 1426

Grigny et le secrétaire revinrent à l'abbaye. Au corps de garde, le commissaire sur le fait des confiscations et forfaitures demanda si le prieur se trouvait toujours chez l'abbé car il voulait lui parler de toute urgence.

Le père venait justement de passer. Il avait une nouvelle fois interrogé le détenu, puis quitté la prison pour la chapelle de la Vierge. Grigny demanda qu'on l'y conduise au plus vite.

Comme il était pressé, les gardes le laissèrent s'y rendre à cheval et l'un d'eux monta en croupe derrière lui tandis que le secrétaire demeurait sur place.

Les cavaliers arrivaient devant l'église au moment où le prieur en sortait. De sa monture, Grigny interpella le père Morillon en lui annonçant qu'il devait lui parler sur-le-champ.

Surpris par le retour si rapide du commissaire, et donc inquiet qu'il ait changé d'avis, le prieur lui proposa de le rejoindre dans la loge du portier.

Grigny laissa son cheval au garde et s'y rendit.

À peine avait-il fermé la porte derrière lui qu'il lâcha :

— J'ai retrouvé votre livre !

— Vous ? s'étonna le père Morillon.

— Moi !

Le commissaire bomba le torse, ne dissimulant pas sa satisfaction.

— L'avez-vous ramené ? s'enquit le religieux avec un regard en biais, un brin incrédule, puisqu'il observait que Grigny ne transportait rien.

— Non ! Vous le trouverez chez le libraire de la ruelle Madame-la-Valence.

D'un doigt, il désigna la direction.

— L'imbécile l'expose même dans sa boutique, précisa-t-il avec un mauvais sourire.

— Comment est-ce possible ? Vous devez vous tromper !

— Point ! De surcroît, il cherche à le revendre ! Envoyez immédiatement des gardes, et allez-y vous-même si vous ne me croyez pas. Vous récupérerez votre livre et mettrez cet homme en prison.

Malgré ces affirmations, le prieur n'en croyait pas ses oreilles et ne sut que dire. Messire de Grigny se moquerait-il de lui ?

Mais pourquoi le ferait-il ? se morigéna-t-il. Même si cet homme gardait une dent contre l'abbaye depuis l'affaire du vigneron, révéler que le livre volé se trouvait chez ce libraire ne lui apporterait aucune revanche. Il voulut quand même en savoir plus :

— Je… Je vais le faire… Toutefois, pouvez-vous me dire comment vous avez découvert notre ouvrage ?

— Fort simplement. Je ne suis pas venu à Saint-Germain dans le seul but de vous transmettre la lettre de messire de Morvilliers. Je devais visiter l'hôtel de Tarrane qui, comme vous le savez, a été confisqué à cette famille partisane de cet usurpateur qui se prétend roi.

Quelqu'un envisage de l'acheter et j'ai besoin d'évaluer son état, et son prix. Alors, comme je passais devant la boutique aux fleurs de mouron, le clerc secrétaire de messire de Morvilliers a remarqué qu'elle était ouverte. Il a pensé pouvoir peut-être dénicher un livre pour la bibliothèque du premier président. Je l'ai laissé faire à sa guise en me rendant dans une taverne et, quand il m'a rejoint, il m'a assuré avoir vu votre ouvrage et l'avoir même feuilleté. Vous pouvez l'interroger, puisqu'il est resté au corps de garde, mais ce sera aussi rapide pour vous d'aller reprendre ce qui vous appartient.

— Entendu… Si je le retrouve, je n'aurai bien sûr pas d'objection à ce que vous emmeniez Le Chapuis.

— Hélas ! les sergents sont rentrés à Paris. Mais je les enverrai demain.

Ils sortirent.

— Venez-vous avec moi ? demanda le père Morillon.

— Pour quoi faire ? Cette histoire ne me regarde en rien et l'on m'attend ailleurs. Je ne suis venu vous informer que pour vous rendre service. Et clore ainsi, je l'espère, nos différends.

— L'abbé vous en saura gré, messire.

Grigny branla du chef avec un faux sourire et monta seul en selle, laissant le prieur se débrouiller. Il rejoignit alors le secrétaire qui l'attendait.

— Avez-vous vu l'abbé, messire ?

— Oui, il va envoyer ses gens chercher l'ouvrage et arrêter ce libraire. Nous n'avons plus rien à faire ici.

— Et le voleur de maître Doule ?

— Les sergents viendront le saisir demain.

Il monta en selle et tous deux sortirent de l'abbaye. Grigny s'arrêta toutefois un instant devant la prison.

Le bâtiment s'appuyait sur l'enceinte et l'une des tours de la porte. Il présentait en façade deux minuscules fenêtres, par lesquelles personne n'aurait pu passer et une porte à verrous. Pas de serrure mais l'un des verrous à vertevelle pouvait être condamné par un cadenas, sauf qu'il n'y en avait pas.

Chose somme toute normale, car qui serait venu ouvrir cette porte ? En premier lieu, il devait y avoir des geôliers à l'intérieur. Ensuite, la prison se situait dans l'enceinte fortifiée, à quelques pas de la porte, de ses sentinelles et du corps de garde.

Tout cela convenait parfaitement au commissaire des confiscations.

La place du pilori, située devant l'entrée principale de l'abbaye, formait carrefour puisque aboutissaient à cet endroit la rue conduisant à la librairie, la rue de la Boucherie, la rue du Four et la rue du Pilori. Pourtant, à cause de la pluie, il n'y avait pas grand monde.

Grigny bâtissait son plan. Il balayait des yeux les maisons alentour quand il repéra la forge faisant maréchal-ferrant, quasiment au coin de la rue du Pilori et de la rue de la Boucherie.

Il désigna l'atelier au secrétaire :

— Je vais en profiter pour faire changer les fers de mon destrier. Vous n'avez qu'à revenir à Paris, sauf si vous voulez rester avec moi.

— Ma foi… Si vous n'avez plus besoin de moi, je vais en effet rentrer pour établir la liste des travaux à faire dans l'hôtel de Taranne.

Ils se séparèrent et Grigny s'avança vers le maréchal-ferrant qui s'occupait d'un roussin :

— Dieu vous garde, mon maître. Pourriez-vous changer les fers de ma monture ?

— Si vous avez le temps d'attendre.

— J'attendrai.

Il descendit et, même si la pluie n'était plus que bruine, il conserva son capuchon et se mit à l'abri dans la forge. De là, il avait une vue parfaite sur la rue conduisant à la librairie et sur l'entrée de l'abbaye.

Il assista au départ d'une dizaine de gardes à pied accompagnés du prieur sur une mule. Grigny sortit alors de l'atelier et entreprit de se rapprocher de la ruelle que la troupe avait prise. De loin, il vit les hommes s'arrêter devant la maison du libraire et plusieurs d'entre eux s'y introduire, d'autres demeurant dehors.

Un long moment s'écoula jusqu'à ce que le prieur sorte en tenant ce qui semblait être le livre. Derrière lui, un homme entravé. Grigny se déplaça sous un colombage, capuchon baissé, et resta attentif, ventre noué et cœur palpitant.

La troupe revint à l'abbaye. Le prisonnier était tête nue. Et le commissaire le reconnut. Il respira un grand coup pour se calmer.

Mathieu de Thérouanne !

Toutes ses craintes étaient donc fondées.

Mais que faisait-il à Paris ? Le recherchait-il ? Impossible, il avait changé de nom et peu connaissaient son passé !

Mais somme toute, peu importait. Maintenant, il savait. Et cette nuit, Thérouanne serait mort.

En revanche, il n'y avait pas de temps à perdre. Dans quatre heures, les portes de Paris fermeraient.

Il revint à sa monture juste au moment où le maréchal-ferrant allait s'en occuper. Il lui donna une obole, expliquant avoir changé d'avis, et monta en selle.

Il fila à un trot rapide et gagna la porte Saint-Jacques.

Ensuite, il traversa la ville jusqu'à la porte Montmartre, n'hésitant pas à bousculer ceux qui se trouvaient sur son chemin.

Deux ans plus tôt, messire de Morvilliers avait confisqué une ferme de la Ville-l'Évêque appartenant à un partisan du dauphin, c'est-à-dire de Charles VII.

La Ville-l'Évêque, fief de l'évêché hors de l'enceinte de Paris, formait un village de quelques maisons, granges et fermes autour d'une église dédiée à sainte Marie-Madeleine[1]. L'ensemble était clôturé par une enceinte.

Même proche de Paris, le hameau se trouvait exposé à toutes sortes de dangers. En hiver, les loups affamés et, le reste du temps, les bandes de brigands ou d'Armagnacs, ce qui revenait d'ailleurs au même. Ainsi l'année précédente, les ravageurs d'Étienne de Favières étant parvenus à sauter la clôture, ils avaient volé plusieurs vaches, tué deux vilains et emmené une femme pour la violenter..

À la suite de ce pillage, le premier président avait laissé éclater sa fureur et s'était montré sans pitié – mais n'était-ce pas son habitude ? – envers les fredains plus tard capturés, les faisant éventrer et écorcher. Cependant, pour éviter que pareille attaque ne puisse se reproduire, il avait demandé à Grigny de trouver moyen de protéger sa ferme.

Ce dernier connaissait Robert Harling, un chevalier anglais ayant un temps commandé une compagnie d'Henri V. L'homme avait fait preuve de valeur à

1. L'église de la Madeleine correspond à l'emplacement de ce village.

Azincourt mais l'abus de la boisson et la passion du jeu avaient ruiné sa réputation. Sans ressources, il vivotait à Paris, n'ayant même pas réussi à entrer dans une maison noble ou bourgeoise comme garde. Grigny lui avait proposé d'assurer la sécurité de la Ville-l'Évêque et, pour cela, d'engager trois ou quatre soudoyers. Bien sûr, l'Anglais avait accepté et il disposait maintenant d'une petite troupe hétéroclite formée d'un Gascon, d'un Français et de deux Flamands. La bande occupait une maison du village dont ils prenaient la protection très au sérieux. Morvilliers les payait, et les villageois leur assuraient le vivre et la boisson.

C'étaient eux que Grigny rejoignait.

Il trouva Harling qui rentrait de chevauchée en compagnie du Gascon Seguin de Badefols et de Flamands qui avaient des noms si difficiles à prononcer qu'on les surnommait le Meschin pour le plus jeune, et Troussefesse pour le second, à cause de son intérêt pour les femmes.

Les quatre hommes dessellaient leurs montures.

Harling, qui avait déposé son bassinet à visière sur une pierre près d'une lance, portait corselet et plates articulées attachées aux épaules et aux coudes sur une jaque en cuir. Il avait également des chausses de mailles et des genouillères d'acier. Badefols arborait une cuirie tout aussi complète, tandis que le Meschin et Troussefesse se contentaient de hoquetons matelassés treillissés de fer avec barbute. Tous avaient hache et masse à leur selle.

— Quel bon vent t'amène chez nous, Grigny ? lança Harling qui, de noble origine, se permettait de tutoyer le commissaire des confiscations, bien que ce soit de lui qu'il tienne ses ordres et ses gages.

C'était un homme de grande taille, quelque peu bedonnant, au visage imberbe rougi par l'abus de boisson et au gros nez strié de veinules. On remarquait surtout chez lui son regard bleu d'une incroyable dureté et une balafre qui lui prenait la face de la bouche à l'oreille gauche.

— J'ai besoin de trois ou quatre de tes gens, expliqua Grigny.

— Pas de problème, si ça rapporte, plaisanta l'autre avec un sourire hideux à cause de la cicatrice.

— Un florin à chacun, pour quelques heures de travail facile.

— Allons en parler. Venez, vous autres !

Ils trouvèrent Guiscard Yvonnet dans la salle basse de la maison.

Revêtu d'un gambison aussi vaste qu'une héberge tant il était corpulent, le Français, allongé sur un grabat, se chauffait les pieds face à une cheminée dans laquelle brûlait un maigre feu. Quand la troupe partait en chevauchée, quelqu'un devait rester au village et aujourd'hui c'était son tour.

La pièce au sol en terre boueuse jonché de paille sale était meublée d'une énorme huche haute de quatre pieds sans la moindre sculpture, d'une longue et étroite table souillée des reliefs d'un repas, de bancs, d'un tonnelet formant siège et enfin d'un fauteuil au coussin crasseux et aux accoudoirs manquants. Pot, cuvette, marmites et assiettes de fer sales s'entassaient autour du foyer.

Une échelle conduisait à l'étage où Harling avait son lit et où les autres se partageaient un grabat.

Les murs de torchis et de colombes accueillaient des écus, haches et épieux. Une poule dormait sur un tas de bois.

— Prends le faudesteuil, Grigny, dit l'Anglais en s'asseyant sur un banc. Et vous autres, écoutez bien !

— Il s'agit d'entrer cette nuit dans l'abbaye de Saint-Germain-des-Prés, commença le receveur.

— Pour la piller ? demanda Badefols en s'asseyant sur un banc.

Petit, noiraud, le Gascon avait tout du moricaud.

— Non, vous ne seriez pas assez nombreux ! Il vous suffira de gagner la prison, d'y entrer et d'occire deux enchartrés.

— La muraille de l'abbaye atteint les quatre toises, objecta Guiscard d'une voix traînante. On n'a pas d'échelle ici, et celles qu'on pourrait trouver ne feront pas l'affaire. Quant à envoyer des grappins, impossible à pareille hauteur.

— Pas besoin d'échelle. Le père François a un chariot. Dessus, on mettra une barrique vide, déclara Grigny. Ça suffira.

Pensif, l'Anglais hocha la tête.

— Vous avez des cordes et un grappin. En plaçant le chariot au plus près du fossé et en montant sur le tonneau, la distance aux merlons ne dépassera pas deux toises. Il sera possible d'envoyer un grappin au fer protégé par une étoffe pour éviter le bruit. Ensuite, le Meschin n'aurait qu'à se laisser aller contre le mur et à grimper. Il sait faire ça.

Chacun regarda le jeune Flamand, roux, maigrelet, aux cheveux longs et au regard torve, qui opina avec un sourire gourmand.

— La porte de la prison n'a que des verrous, j'ai vérifié. Je ne sais pas comment est l'intérieur mais il doit y avoir un cachot où sont enfermés les prisonniers. Peut-être un ou deux geôliers. En cas d'hésitation, pas de quartier. L'un des détenus s'appelle Le Chapuis, l'autre, j'ignore son nom. Si vous agissez en silence, le corps de garde à côté n'entendra rien. Ensuite, on filera avec le chariot suffisamment loin et on reviendra le matin à la porte Saint-Jacques.

— Qu'en dites-vous ? demanda l'Anglais à ses hommes.

— Ça a l'air facile, et amusant, approuva le Gascon.

— Alors trouvons le chariot maintenant, deux roussins pour l'atteler et partons. Il faut quitter Paris avant la fermeture des portes.

35

Vendredi 24 mai 1426, la nuit

À cheval, Grigny, Harling, Badefols et Guiscard étaient suivis par le chariot portant un foudre[1] démantibulé renforcé par des lanières de cuir et une barrique à peine en meilleur état. Les Flamands montaient les roussins attelés au chariot.

Le convoi passa la porte Saint-Jacques alors que la nuit tombait. Si les gardes bourgeois s'interrogèrent sur ce singulier cortège, ils ne posèrent pas de question. Les sires de Grigny et l'Anglais Harling n'étaient pas des inconnus du capitaine de la porte.

Sans se presser, la troupe gagna Saint-Germain et fit halte aux premières maisons du bourg. Laissant le chariot avec les Flamands, les quatre cavaliers filèrent jusqu'à l'abbaye.

Le ciel demeurait noir, l'obscurité allait être totale en l'absence de clair de lune. Sur la place du pilori, Harling alluma une lanterne de fer à volets dont on pouvait aisément masquer la lumière.

1. Gros tonneau d'une capacité pouvant atteindre deux mètres cubes.

Les cavaliers examinèrent alors l'abbaye. Aucune lueur ne filtrait. Il ne semblait pas y avoir de sentinelles sur les remparts. Grigny prépara une seconde lanterne et fit avancer son destrier vers l'hôtel de Tarrane. Si quelque garde l'observait du chemin de ronde, pour quelle raison se méfierait-il ? La nuit, les voyageurs étaient rares, mais point inexistants. Au demeurant, un homme seul ne présentait pas de danger.

Arrivé à l'hôtel de Tarrane, le commissaire fit demi-tour. Il n'avait pas aperçu la moindre lueur ou observé un quelconque signe de vie. Tout le monde dormait dans le bourg et dans l'abbaye. S'il y avait des factionnaires dans les tours, ils s'étaient mis à l'abri.

Ayant rejoint ses compagnons, il leur annonça que la voie était libre et qu'il allait chercher le chariot.

Un moment plus tard, la massive et singulière forme du véhicule apparut aux yeux des mercenaires restés au pilori. Il avançait lentement, lourdement, ses roues étant cerclées d'une gangue de boue puante.

Le chariot les dépassa et s'arrêta à l'angle de l'enceinte, au plus près du mur et de la prison, à peine à un pied du fossé.

Chargé du guet, Harling demeura au carrefour. Si un fâcheux se montrait dans l'une des rues, ce serait grande malchance pour lui.

La pluie recommença à tomber dru.

Guiscard, le plus vigoureux et le plus musclé de la compagnie, descendit de son cheval et monta dans le chariot, s'y faisant avec peine de la place à cause de sa bedaine. Troussefesse s'y trouvait déjà et, à deux, ils relevèrent et dressèrent le foudre à la verticale.

Ensuite, ce fut le plus difficile, alors que l'averse leur dégoulinait dans les yeux : monter la barrique sur la grosse futaille.

Le Flamand n'était pas aussi charpenté et musclé que le Français et, s'ils parvinrent à soulever le tonneau, il leur fut impossible de le déposer sur l'énorme barrique. Badefols vint donc à leur aide et, après plusieurs tentatives au cours desquelles tout faillit s'écrouler, l'échafaudage de fortune fut en place.

Le Meschin avait préparé cordes, crampon et un drôle d'outil : une barre de fer avec une poignée et une extrémité en crochet. Il enfila des demi-gants d'archer, puis Guiscard s'accroupit pour lui permettre de monter sur son dos. Après quoi, le Français se releva et, à partir de cet appui, le jeune Flamand mit un pied sur le foudre. De ses mains, il parvint à se hisser tout seul sur la barrique. Une fois debout, ses épaules se trouvèrent à quatre pieds environ du sommet de la courtine crénelée, à deux toises d'elle.

La pluie lui fouettait le visage, ce qui ne manquait pas de l'inquiéter. Ses compagnons lui passèrent la corde à grappin. Il la saisit, la raccourcit et fit tournoyer le crochet de fer emmailloté d'étoffe. D'un geste brusque, il le lança sur le sommet de l'enceinte. Le fer retomba de l'autre côté sans faire plus de bruit que l'eau qui crépitait.

Le garçon tira doucement et le harpon s'agrippa. Tout en tendant la corde, il saisit de l'autre main la barre de fer à poignée et crochet, puis il se jeta contre le mur d'enceinte, pied en avant. Si le grappin avait cédé, il serait tombé dans le fossé. Heureusement pour lui, il n'en fut rien. En s'aidant de ses pieds et d'une seule main, il parvint à rejoindre un créneau. Là, il cramponna le crochet de la barre de fer sur la partie haute du merlon le plus proche et se hissa sans peine. Il avait déjà réalisé ce genre de manœuvre.

Une fois sur le chemin de ronde, il vérifia que personne n'apparaissait, mais la pluie aurait dissuadé n'importe quel curieux. Il décrocha la corde, renvoya son extrémité à ses complices qui attachèrent un plus long cordage, lequel fut ensuite noué au merlon. Dès lors, il fut aisé pour Troussefesse et Seguin de Badefols de le rejoindre en haut de la courtine. Ce dernier portait la lanterne sourde et le Meschin une dague.

Les trois assaillants descendirent par l'escalier intérieur et gagnèrent la prison. Éclairé par Badefols, dague en main, Troussefesse poussa doucement les verrous, puis tira la porte et entra.

Un ronflement l'accueillit.

Le Flamand se dirigea vers le bruit tandis que le Gascon l'éclairait. Le geôlier dormait sur un grabat. Troussefesse lui attrapa les cheveux, tira et lui trancha la gorge sans hésitation, reculant pour éviter le flot de sang.

Le Gascon ouvrit alors un second volet de la lampe. Désormais, ils y voyaient à peu près.

Ils se trouvaient dans une petite salle ayant une autre porte à verrou. Laquelle ne pouvait être que celle du cachot des prisonniers.

Le Meschin tira les fermetures et le battant ferré. Il s'attendait à un escalier conduisant à une geôle souterraine, mais il vit de la paille devant lui. La cellule prolongeait donc le logis du gardien.

— Le Chapuis, sors ! On te tire de là ! annonça le Gascon en s'avançant, dague en main, sans toutefois aller plus loin.

D'abord, ce fut le silence. Seguin de Badefols crut même un moment que le cachot était vide. Il se retourna vers les Flamands, regard interrogateur.

Cependant, au bout de quelques instants, ces mots inquiets retentirent :

— Qui tu es ?

— Un compère de la bande à Favières. Avec des amis on est venus te tirer de là parce qu'on a besoin de toi pour un coup.

C'était Grigny qui leur avait conseillé de dire ça. Il y avait deux détenus dans le cachot, peut-être plus, et eux n'étaient que trois. S'ils entraient et que les prisonniers se tournaient contre eux, l'échauffourée provoquerait l'alerte.

Donc il fallait faire sortir Le Chapuis seul après l'avoir mis en confiance en lui assurant qu'on venait le délivrer. Ensuite, il serait facile de le trucider. Puis ils entreraient tous dans le cachot et tueraient celui désigné par Grigny. Au cas où il y aurait d'autres captifs, on leur ordonnerait de ne pas se mêler de la besogne.

Les mercenaires attendaient donc, prêts à tuer. Le Gascon se tenait à trois pas de la porte, les deux Flamands un peu plus loin. Tous tenaient fermement leur dague.

Seguin de Badefols perçut alors un déplacement dans le cachot, un bruissement de paille qui s'ajoutait à un relent de défécation et d'humidité. Une ombre parut et s'avança.

C'était Le Chapuis. Visage hagard, hirsute, le fredain fit un pas craintif vers son libérateur.

Soudain, bousculé par quelqu'un surgi dans son dos, il heurta violemment le Gascon. Surpris, ce dernier perdit l'équilibre mais, alors qu'il repoussait Le Chapuis, il reçut un violent coup de poing au visage. Les os de son nez et de sa mâchoire se brisèrent.

Incapable de réagir à cause de la douleur, Badefols ne sentit pas la main qui lui saisissait le poignet. En un éclair, son agresseur lui cassa le bras dans un claquement sec et lui arracha sa dague.

Tout était allé très vite, mais les Flamands avaient compris qu'un autre prisonnier les attaquait. Ils se précipitèrent sur lui pour venir en aide à leur compagnon, mais l'intrus tenait maintenant la dague de sa main droite, la gauche serrant toujours le bras brisé. En un mouvement rapide, il tira d'abord le Gascon vers lui et enfonça la lame dans son ventre avant de le repousser avec brutalité vers les Flamands qui furent bousculés.

Bien calé sur ses jambes, genoux fléchis, visage dur et implacable, Mathieu demeura immobile, évaluant ses adversaires. Rien que deux ! Il esquissa alors un sourire, certain d'en venir à bout.

Sidérés, les hommes de Harling comprirent qu'ils avaient affaire à un rude guerrier. Le combattre serait sanglant et incertain. De surcroît, Le Chapuis se redressait et allait se mêler à l'estourmie.

C'est alors qu'un hurlement retentit. Un effroyable cri de femme en provenance du cachot. Violent, aigu, il allait à coup sûr donner l'alerte.

Troussefesse lança à son compère :

— Filons ! C'est raté !

Le Meschin attrapa la lanterne et ils se précipitèrent vers la porte restée ouverte.

Le Chapuis parvint à se mettre debout, mais il était encore étourdi.

La femme continuait de hurler.

Mathieu comprit qu'il tenait sa chance. Il n'avait qu'à suivre ces deux-là.

Il courut donc à la porte à son tour et sortit.

Nuit noire. Les inconnus avaient disparu. Pourtant, la lanterne aurait dû permettre de les apercevoir.

Il entendit alors du vacarme provenant du corps de garde.

— Alerte !

— Dehors ! Vite ! Ça vient de la prison !

— Une attaque !

« Où aller ? » s'interrogea Mathieu, le cœur battant. Il devait prendre une décision.

La pluie déferlait. L'obscurité était telle qu'il n'y voyait rien. Où étaient les deux tueurs ? À l'aveuglette, il avança avec prudence en direction de la porte de l'abbaye, songeant qu'ils étaient sans doute passés par là.

Il parvint aux battants qu'il palpa.

Porte close.

Rencontrant une des barres qui bloquaient les vantaux, il glissa la dague à sa ceinture et attrapa furieusement la poutre afin de la soulever. Malgré son poids, il y parvint et la laissa chuter par terre. Toujours à tâtons, il s'efforçait de retirer l'autre barre quand Le Chapuis arriva pour l'aider :

— Vous croyez qu'on va pouvoir sortir ? interrogea le voleur.

Mathieu ne répondit pas.

À deux, ils relevèrent la poutre qu'ils laissèrent tomber.

Le Chapuis donna un coup de pied à la porte. Les battants bougèrent, mais ne s'écartèrent pas. Mathieu tâtonna à l'endroit où ils auraient dû s'ouvrir et sentit une serrure.

— Aide-moi à prendre une poutre, on va l'enfoncer ! dit-il au voleur.

Mais c'était trop tard, car des cris retentirent dans leur dos :

— Restez là sans bouger ! clama une voix.

Mathieu se retourna. Une poignée d'arbalétriers arrivaient, un sergent portait une lanterne. Les armes étaient tendues vers eux.

— À genoux ! cria celui qui avait parlé.

Les évadés avaient perdu.

Les Flamands avaient regagné l'escalier et, aux premières marches, Troussefesse avait dit à son compagnon d'éteindre la chandelle. L'obscurité serait leur alliée.

Ils grimpèrent dans le noir et retrouvèrent aisément la corde grâce à Grigny qui, en bas, tenait l'autre lanterne.

Le Meschin attrapa le filin et descendit. Guiscard tendait le cordage pour qu'il évite le fossé. Ensuite, ce fut Troussefesse.

Mais à peine au sol, le jeune Flamand avait lancé :

— Le coup a raté, il faut filer !

— Va avertir Harling ! lui ordonna Grigny sans poser de questions, car le plus important était de ne pas être pourchassé.

Au même moment, Troussefesse mettait pied à terre.

— Badefols est fini, lâcha-t-il.

Grigny jura entre ses dents. Harling serait furieux car on identifierait peut-être son homme.

— Faites tomber la barrique, on déguerpit ! décida-t-il dans un mélange de désarroi, de rage et de peur.

Les deux hommes montèrent sur le chariot et poussèrent le gros tonneau qui chuta dans la boue du chemin en provoquant un *floc* sourd. Laissant le foudre en place, ils sautèrent sur le dos des roussins et mirent le véhicule en branle.

La tête en feu, assailli par un tourbillon de questions, Grigny était monté sur son destrier et avait attrapé les brides des deux autres chevaux. Il les mit au trot, tandis que Harling arrivait avec Le Meschin en croupe.

La nuit les avala sans qu'aucun garde ne paraisse sur le chemin de ronde.

36

Samedi 25 mai 1426

La veille, en revenant du bourg Saint-Germain, Holmes avait envoyé son valet, le jeune Robin, rue du Grand-Hurleur pour qu'il demande à Robert le Diable de venir avec Adam le lendemain, à la pique du jour.

Les deux hommes étaient donc arrivés à tierce sous une pluie cinglante. Holmes et Watson les attendaient, assis à la table, dos à l'âtre qui crépitait quand l'eau du ciel tombait sur les braises depuis le conduit en provoquant une âcre vapeur.

Constance leur servit une assiette de bouillon de porc avec de belles tranches de pain pendant que le clerc expliquait avoir besoin d'interroger le libraire troubadour, lequel semblait ne pas être chez lui. Il voulait donc qu'ils surveillent sa maison et le préviennent quand il ouvrirait sa librairie.

C'est alors que la cloche du porche sonna.

Watson alla ouvrir et découvrit le prieur de Saint-Germain accompagné d'un jeune clerc.

Malgré une mante à capuchon, les deux hommes étaient trempés. Il faut dire que depuis le milieu de la nuit, la pluie s'abattait sur Paris sans la moindre interruption.

— Entrez vite, mon père, et séchez-vous près du feu avec votre serviteur, proposa Watson. J'appelle Bertrand pour qu'il s'occupe de votre mule.

Robert le Diable et Adam cédèrent leur place au religieux qui retirait sa mante. Holmes, qui s'était à son tour levé, observait le prieur avec une évidente surprise mêlée d'inquiétude. Qu'il se soit précipité ici à dos de mule, sous pareille intempérie, montrait combien il était pressé de le rencontrer.

— Par Dieu, qu'est-il survenu de si terrible cette nuit à l'abbaye ? demanda-t-il.

— En effet, il est arrivé quelque chose d'effroyable. Mais, comment le savez-vous, maître Holmes ? s'enquit le prêtre avec une ombre de méfiance.

— Seul un épouvantable événement a pu vous décider à quitter l'abbaye sans prendre le temps de faire préparer un chariot bâché ni même d'enfiler des brodequins de pluie, répliqua le clerc.

Il désigna les minces souliers de toile que le moine portait d'ordinaire dans le monastère.

— Vous avez raison ! Une tragédie si abominable que seul le Malin a pu la concevoir. (Il se signa.) Des impies, des mécréants se sont à nouveau introduits dans notre sainte enceinte, point pour voler cette fois, mais pour rendre la liberté à l'un de nos prisonniers. Bravant la colère de Dieu qui les punira pour avoir souillé ces lieux sacrés, ils ont tué le geôlier et laissé un cadavre derrière eux.

— Le Chapuis ? demanda Watson.

— Non, celui-là est vif, ainsi qu'un libraire que j'avais arrêté la veille.

— Un libraire ? Celui de la maison aux fleurs de mouron rouge ?

— Oui, maître Blaise Hennebault, le connaissez-vous, maître Holmes ?

— En fait, non, car je ne l'ai jamais vu et vous m'apprenez son nom. Mais j'en ai entendu parler et je voulais justement le rencontrer au sujet de votre livre. Pourquoi l'avez-vous arrêté ?

— Saviez-vous qu'il en était le receleur ? J'ai remis la main sur notre ouvrage chez lui, hier soir !

Échange de regards de surprise entre Holmes et Watson.

— Vous allez me narrer cela en détail, et ensuite vous me direz ce qui s'est passé cette nuit, décida le clerc. Mais, auparavant, réchauffez-vous et réconfortez-vous avec ce que vous apporte madame Bonacieux.

Quand le prieur et le valet étaient arrivés, Constance avait demandé à Catherine, la cuisinière, de préparer deux autres bols de bouillon qu'elle déposa devant eux avant de s'agenouiller pour être bénie par le père Morillon.

Il le fit d'un si rapide signe de croix que Catherine, qui observait la scène depuis la cuisine, douta que Dieu s'en aperçoive et se permit une grimace de dépit.

Ayant ensuite porté la boisson chaude à ses lèvres pour en avaler une gorgée, le prêtre déclara :

— Par où commencer ?... Le plus simple est que je vous parle d'abord de messire de Grigny...

— Grigny ? Le commissaire sur le fait des confiscations et forfaitures ?

— Lui-même. Il est arrivé hier à l'abbaye peu après votre départ avec une lettre du premier président. Figurez-vous que ce Le Chapuis avait commis d'autres forfaits et que messire de Morvilliers, ayant appris, je ne sais comment, qu'il était enchartré chez nous, exigeait qu'on le lui livre.

Holmes, assis en face du religieux, avait joint l'extrémité de ses doigts et fermé à demi ses yeux dans un état de concentration extrême.

— Personne à part vous, l'abbé et vos gardes, ne savait qu'il était votre prisonnier, intervint-il.

— Peut-être un garde a-t-il bavardé et l'information est-elle arrivée aux oreilles de Morvilliers, suggéra Watson.

— Si vite ? Je n'en crois rien ! Mais poursuivez donc, mon père.

— Avec notre très haut et très saint abbé, nous nous trouvions à peu de chose près dans une situation similaire à celle d'il y a quelques mois, quand messire de Grigny était venu pour qu'on lui livre notre vigneron. Toutefois, le prisonnier qu'il nous réclamait était un maraud avéré. L'abbé a donc dit à messire de Grigny qu'il le remettrait à la justice royale, mais… seulement après que vous auriez retrouvé le livre volé.

Saisissant le rapide regard de maître Holmes vers son clerc et le plissement de front contrarié qui l'accompagnait, le prieur précisa :

— François est mon secrétaire et n'ignore rien de ce qui s'est passé à la chapelle de la Vierge.

Edward hocha la tête et désigna à son tour Robert le Diable et Adam en déclarant :

— Eux aussi travaillent pour moi.

Rassuré, le prêtre expliqua avoir donc informé Grigny du vol du livre, révélation qui avait provoqué la curiosité d'un secrétaire venu avec lui. Curiosité justifiée par le fait que cette personne s'occupait de la bibliothèque du premier président. L'homme voulait en savoir plus sur ce livre précieux.

— Par courtoisie, l'abbé lui a donc montré les copies des pages de l'ouvrage, précisa le père Morillon.

— Messire de Grigny a-t-il justifié pourquoi messire de Morvilliers l'avait chargé de venir chercher Le Chapuis ? s'enquit Holmes.

— Vous n'ignorez pas qu'il est le bras droit du premier président. Il s'occupe de moult affaires pour lui. Cependant, en l'occurrence, il venait à Saint-Germain afin d'examiner un hôtel confisqué à la famille Tarrane, où il s'est rendu d'ailleurs après avoir quitté l'abbaye. C'est justement en y allant que son secrétaire a vu ouverte la boutique du libraire, laquelle est, comme vous le savez, mitoyenne de cet hôtel. Il y est entré, espérant y dénicher quelque ouvrage intéressant pour messire de Morvilliers. C'est alors qu'il a aperçu sur un pupitre le *Liber de simplici medicina.* Il a prévenu son maître, lequel est venu me l'annoncer. Je me suis rendu sans délai à la librairie avec des gardes, et j'ai trouvé l'ouvrage à l'endroit même où le secrétaire l'avait vu.

— Comment a réagi le libraire ? s'enquit Holmes.

— Il m'a affirmé que ce livre lui avait été confié, et qu'il devait le rendre. Un mensonge évident, car qui aurait fait cela ? D'ailleurs, je le lui ai demandé et il a refusé de me répondre. Mes gardes l'ont saisi et je l'ai emprisonné.

— Avant d'aller plus loin, mon père, sachez qu'il ne mentait point. Hier, je savais déjà que votre livre se trouvait chez lui mais, quand je suis allé le reprendre, la boutique était fermée. Je venais de charger ces deux fidèles (il désigna Robert et Adam) de surveiller la librairie pour me prévenir quand elle ouvrirait.

— J'avoue ne pas comprendre… De quelle manière maître Blaise Hennebault s'est-il alors procuré notre livre ?

— De la plus simple des façons…

Holmes raconta alors comment Le Chapuis avait vendu l'ouvrage à une apothicaire, et pourquoi celle-ci l'avait prêté au libraire de Saint-Germain.

— Donc cet homme ne serait pour rien dans le vol ?

— Pour rien ! Maintenant relatez-moi ce qui s'est passé cette nuit.

À l'évidence désemparé, le prieur avala une gorgée de soupe, puis regarda son clerc qui trempait consciencieusement son pain dans la sienne, tout à fait indifférent aux révélations qu'il venait d'entendre. Le père Morillon comprit qu'il ne pouvait compter sur les conseils de son compagnon.

— Des inconnus, au nombre de trois, ont pénétré dans l'abbaye en passant par-dessus l'enceinte…

— Encore des échelles ? intervint Watson.

— Non… En vérité, je ne sais, mais nous avons retrouvé une corde, un grappin, et une barrique de l'autre côté de l'enceinte avec les traces de roues d'un chariot. Mes gens les ont suivies et ont découvert à un quart de mille le chariot avec un foudre dessus. Selon l'un de mes sergents, ces gens ont bâti un échafaudage qui leur a permis de passer la courtine. Ils sont ensuite entrés dans la prison où ils ont sauvagement meurtri le geôlier. Un brave homme qui n'avait jamais fait de mal à quiconque. Les inconnus ont alors tenté de faire évader Le Chapuis. Selon lui, ils venaient le chercher mais il nous a assuré qu'il ne les connaissait pas. Toutefois, alors que notre voleur sortait de la cellule, Hennebault – le libraire emprisonné – l'a bousculé et s'en est pris à l'un des visiteurs. Il l'a tué avec sa propre dague et, toujours selon Le Chapuis, il s'apprêtait à se battre avec les deux autres. Or, dans le cachot se trouvait également une femme condamnée à mort. Elle a hurlé et alerté les gardes qui sont arrivés à temps alors que Hennebault et Le Chapuis essayaient de forcer la porte de l'abbaye.

— Se sont-ils rebellés contre vos gardes ?

— Non. Ils sont de nouveau emprisonnés.

— Vous pouvez dès maintenant libérer le libraire.

— Êtes-vous certain de son innocence ?

— Certain ! Et en voici la preuve.

Il se leva et alla prendre un papier plié posé sur une desserte à côté d'un pot de violettes. Il la donna au prieur.

C'était la lettre dans laquelle Coline Maqueron demandait au libraire de remettre le livre à maître Holmes.

Le père Morillon la lut et la rendit avec un air accablé.

— Vous avez raison. Mais pourquoi ne m'a-t-il pas dit tout cela ?

— L'avez-vous interrogé ?

— Oui, mais il est demeuré mutique.

— Puis-je vous raccompagner à Saint-Germain ? En l'innocentant, il me parlera plus volontiers.

— Je serais fort honoré si nous faisions route ensemble, mais la pluie tombe à verse et plusieurs rues sont inondées.

— Ne vous inquiétez pas, cela ne nous arrêtera pas.

Holmes se tourna vers Robert le Diable et son compagnon :

— Je n'ai plus besoin de vous, mes amis. Dame Constance vous remettra deux niquets pour votre dérangement.

— Je vais faire seller nos montures, décida Watson.

— Qu'allez-vous faire de Le Chapuis ? demanda alors le clerc au prieur.

— Je serai contraint de le remettre aux sergents du parlement quand ils viendront le chercher, sans doute aujourd'hui. Il a commis un crime à Paris et dépend de la justice du roi.

— Je lui avais promis la liberté.

— Il s'agissait d'une rémission uniquement pour le vol qu'il a commis chez nous.

— C'est juste.

Ils mirent près de deux heures pour arriver à Saint-Germain car ils durent contourner certaines rues impraticables où l'eau formait de profondes mares.

À la porte de la prison de l'abbaye, Holmes examina un moment l'endroit où l'on avait trouvé la barrique, mais elle avait été repoussée plus loin et la pluie avait supprimé toute trace.

Il monta ensuite sur le chemin de ronde avec Watson afin d'observer le cheminement des intrus. Après quoi, le prieur conduisit les Anglais dans la prison.

Un garde faisait maintenant office de geôlier. Le corps du porte-clefs assassiné avait été enlevé et ne restaient que des traces de sang sur sa couche. Quand Holmes eut terminé son examen, il demanda :

— Pourquoi trois ?

Le père Morillon afficha un air ahuri, ne comprenant pas la question.

— Pourquoi sont-ils venus à trois ? S'il s'agissait de délivrer Le Chapuis, un seul homme suffisait.

— Ils voulaient maîtriser le geôlier, expliqua le prieur.

— Ils l'ont tué durant son sommeil, répliqua Edward.

Le clerc soupira et demanda qu'on ouvre la porte du cachot. Le garde obtempéra et le prieur appela :

— Maître Hennebault, vous êtes libre.

Pas de réponse durant quelques instants, puis un individu parut dans l'encadrement. Dans la pénombre, il paraissait robuste et vigoureux.

— Vous avez enfin admis que je n'étais pas un voleur, persifla-t-il.

— Vous devez votre liberté à maître Holmes qui savait pourquoi vous aviez notre livre et m'a convaincu.

— Maître Holmes… répéta le prisonnier d'un ton égal.

— Vous pouvez sortir pour le remercier. Il souhaite d'ailleurs vous parler.

Mathieu se montra indécis, puis avança de quelques pas.

Watson le dévisagea et eut l'impression qu'il s'agissait de l'un des trois écuyers d'Azincourt, celui qui lui avait répondu que la fleur de mouron s'expliquait par un serment.

Le prisonnier croisa son regard et, s'il le reconnut, il demeura de marbre. Au demeurant, le Watson imberbe et à la courte chevelure devant lui ne ressemblait en rien à l'archer barbu et hirsute d'Azincourt, si ce n'est par sa couleur de cheveux.

— Êtes-vous maître Holmes ? fit-il d'ailleurs en s'adressant à lui.

— C'est moi, dit le clerc.

Thérouanne se tourna alors vers lui, en songeant au conseil de Blondel et de Vignolles au sujet de Holmes : se tenir à l'écart de lui.

— Merci, dit-il simplement.

— C'est pour vous, dit Edward en lui tendant la lettre de Coline Maqueron.

Mathieu la prit, l'ouvrit sans se presser et la lut sans marquer la moindre expression.

— Vous connaissez donc dame Maqueron ? s'enquit-il d'un ton intrigué.

— Oui. Puisque vous êtes libre, je vais vous raccompagner à votre boutique. Les livres sont ma passion et j'y dénicherai peut-être quelque ouvrage qui m'enchantera.

Mathieu hésita à répondre par un refus. Le faire ne risquait-il pas d'attirer les soupçons de ce clerc ? D'autre part, la curiosité le taraudait. Comment cet homme était-il parvenu jusqu'à lui ? Et puis il y avait son compagnon rouquin. Son regard ne lui était pas inconnu. Mais où pouvait-il bien l'avoir vu ?

— Si vous voulez, mais je crains que vous ne soyez déçu… je ne possède rien d'extraordinaire.

Il s'adressa alors au prieur :

— Puis-je vous demander une grâce, en contrepartie de ce que vous m'avez fait subir à tort ?

— Peut-être, répondit le père Morillon, embarrassé.

— Dame Pernelle, enfermée avec moi, a alerté vos gardes par ses cris. Sans elle, je devine que les intrus de cette nuit nous auraient fait passer à trépas.

— Pourquoi vous auraient-ils tué ? Ils venaient délivrer Le Chapuis, intervint Holmes.

— Dans ce genre d'affaire, on ne laisse jamais de témoins.

Holmes fut soudain en alerte. Cet homme craignait pour sa vie. Et si c'était pour lui que les intrus étaient venus ?

— Dame Pernelle est condamnée à mort. Elle m'a raconté dans quelle circonstance elle a tué son mari qui la battait. Pouvez-vous la gracier ?

— C'est impossible, hélas. Elle a été jugée, répondit le prieur. Elle partira à Paris lundi.

— Alors c'est moi qui demande sa grâce, intervint Holmes. Je ne veux pas être payé pour l'aide que je vous ai apportée. Je ne vous demande que la liberté de cette femme.

— Je… je ne sais…

— Dites-le à l'abbé. S'il refuse, je solliciterai sa rémission auprès du duc de Bourgogne, ou du duc de Bedford.

— Entendu… je parlerai à l'abbé. Je le convaincrai. Mais elle sera bannie, ce qui n'est pas un sort enviable.

— Ne m'avez-vous pas dit qu'elle est fortunée ?

— Bannie, ses biens reviendront à l'abbaye, répliqua le prieur d'un ton sec.

— Nous en reparlerons, je m'occuperai d'elle. Envoyez-la-moi à sa libération.

Durant ce dialogue, Mathieu n'avait cessé de regarder le clerc. Il l'approuva en hochant la tête et c'est avec un sourire sincère qu'il le remercia.

Ils partirent peu après. Le Chapuis était intervenu pour demander quel allait être son sort et le père Morillon lui avait répondu que le président Morvilliers le réclamait pour d'autres crimes commis à Paris. Le fredain avait juré qu'il n'en était rien, qu'il n'avait volé que l'abbaye, et ses protestations avaient troublé Holmes car elles exprimaient la sincérité.

— Le père prieur nous a dit que vous veniez d'Amiens ? s'enquit Watson qui avait fait monter le libraire en croupe derrière lui pour gagner la boutique.

— C'est juste.

— Vous étiez au service d'un chanoine, intervint Holmes qui faisait avancer sa mule à côté du destrier et avait remarqué le bonnet du libraire orné de la fleur de mouron émaillée.

— Oui.

Une réponse sèche.

— Excusez ma curiosité, mais pourquoi ces fleurs de mouron que vous semblez apprécier ?

— Un souvenir de jeunesse.

Holmes lui sourit avec chaleur.

— Le passé décide souvent de notre sort, philosopha-t-il.

Mais déjà ils arrivaient à la librairie, qui était close.

Les trois hommes descendirent de leurs montures et Mathieu frappa à la porte en criant :

— Anselot, j'ai été libéré. Ouvre-moi !

Quelques bruits à l'intérieur, et l'huis s'ouvrit en dévoilant un escalier de bois et un passage vers la librairie.

Le garçon devait avoir une quinzaine d'années, peut-être un peu plus. Son regard rayonnait de bonheur et de soulagement.

— Seign… Maître… ils vous ont libéré ! Je ne savais que faire.

Holmes avait bien sûr remarqué le lapsus. Le garçon avait failli dire « Seigneur ». Par ailleurs, il arborait une courte casaque en épaisse toile matelassée, serrée par un ceinturon supportant une dague, comme en portent les servants. Singulière vêture pour le commis d'un libraire !

Anselot avait pris conscience de sa faute et son visage s'était fermé devant les inconnus.

— Maître Holmes, un honnête clerc anglais, qui m'a tiré de la geôle, annonça Mathieu en désignant Edward.

Il plissa le front et s'adressa à Gower :

— Quant à vous, j'ignore votre nom, messire.

— Watson.

— Watson, donc, conclut Mathieu en se tournant à nouveau vers Anselot. Je te raconterai plus tard ce qui s'est passé. Pour l'heure, maître Holmes souhaite consulter mes livres. Ouvre le volet d'en haut afin qu'il ait de la lumière.

Le garçon alla à la fenêtre, tira les verrous, souleva l'abattant supérieur et plaça les tiges de fer qui permettaient de le garder ouvert. Mathieu, lui, s'était placé devant les marches, comme pour interdire tout passage vers la chambre. Il détacha sa chape et fit signe aux visiteurs d'avancer dans l'échoppe.

Holmes fit quelques pas en examinant la boutique. Deux étagères murales supportant en tout une douzaine de livres et un luth. Un banc, un tabouret, un lutrin sur pied, vide d'ouvrages. Une écritoire, simple planche suspendue à des chaînes scellées dans un mur. Des pots d'encre. Des plumes d'oie. Un feuillet taché. La petite salle se prolongeait par un ouvroir situé sous l'escalier. Là, une table, un coffre ordinaire, des pots. L'endroit donnait une impression d'abandon. De n'être qu'un décor.

S'efforçant de ne pas s'intéresser au luth, Edward choisit un ouvrage aux feuillets en vélin serrés entre deux planchettes, l'ouvrit et le consulta.

Ayant fait la même inspection rapide, Gower demanda au libraire, d'un ton bonhomme :

— Je suis admiratif…

Plissement de front de ce dernier.

— Oui, vraiment admiratif de la façon dont vous êtes parvenu dans la prison à occire cet individu, avec sa propre dague.

— La chance, sans doute.

L'ancien archer secoua la tête avec un sourire complice.

— Je ne crois pas. Vous avez été un combattant, j'en mettrais ma main au feu ! N'étiez-vous pas à Azincourt ?

Malgré sa maîtrise, Mathieu se figea et s'efforça de rire, mais son rire sonna faux :

— Azincourt ? Moi ? Un secrétaire... Vous plaisantez, messire.

Holmes s'était désintéressé du livre. Son regard s'était allumé d'une lueur sèche et ses lèvres minces ne formaient plus qu'une fine ligne.

— Mon ami Watson, présent à Azincourt, m'a souvent parlé de prisonniers français qui portaient une fleur de mouron rouge en signe de ralliement, intervint-il.

— Que... que sont-ils devenus ? s'enquit le libraire en détournant le regard.

— Je ne sais, et peu importe ! Mais je vois que vous jouez du luth... ajouta le clerc dans un mélange d'intérêt et d'admiration.

— Parfois.

— Connaissez-vous la chanson :

As-tu point mis ton haut bonnet, petit, petit, petit bonhomme

As-tu point mis ton haut bonnet, petit bonhomme, bonhomet

Petit bonhomme, bonhomet ?

En chantonnant, le clerc observait que le libraire serrait sa chape de toutes ses forces. Pour cacher ses tremblements ?

— Vaguement... parvint à lâcher Mathieu.

— Nous n'allons pas vous importuner plus longtemps avec nos questions oiseuses, maître Hennebault.

Je prierai le Seigneur pour qu'il m'offre le plaisir de vous rencontrer à nouveau. Quant à vos livres, je les connais tous. Ils viennent de maître Crespy qui a fermé boutique cette année, n'est-ce pas ?

— Oui…

— Sa boutique était autrement mieux située que la vôtre…

— Elle était trop chère.

— Je comprends.

Holmes salua le libraire et se dirigea vers la sortie, Watson dans ses pas.

Quand les intrus furent dehors, Mathieu poussa la porte et tira les deux gros verrous.

— Ferme le volet, Anselot !

— Qui sont ces gens, seigneur ?

— Des Anglais. Donc des ennemis.

37

Samedi 25 mai 1426

Grigny et ses mercenaires avaient fini par abandonner la charrette et son foudre. Sous une pluie battante, ils revinrent vers Paris en contournant la ville. Leur humeur était aussi noire que la nuit. Le commissaire des confiscations envisageait de nouveaux plans pour faire disparaître ce libraire qui le terrorisait depuis qu'il l'avait reconnu, tandis que Harling en voulait aux Flamands, ne comprenant pas pourquoi ils avaient détalé si honteusement. Pourtant, Troussefesse s'était efforcé de se justifier. L'homme sorti du cachot, qui avait tué Seguin de Badefols, était trop redoutable pour lui car le Meschin, inexpérimenté dans les corps à corps, n'aurait pu lui apporter beaucoup d'aide. Sans compter le second prisonnier qui se relevait et allait les combattre, et les gardes alertés par des hurlements de la femme. Harling avait d'ailleurs reproché à Grigny de ne pas avoir parlé de cette captive, ce à quoi le commissaire avait rétorqué qu'il en ignorait l'existence.

Ils avaient attendu l'aurore, à l'abri dans une ruine, puis étaient entrés dans Paris par la porte Saint-Victor pour éviter la porte Saint-Jacques où on les aurait reconnus. Grigny avait promis de porter à Harling une somme suffisante pour indemniser le père François de la perte de son chariot. Il l'assura aussi qu'il allait encore avoir besoin de lui et qu'il pourrait prendre sa revanche. Il avait d'autre part demandé à Guiscard Yvonnet de retourner au bourg Saint-Germain dans l'après-midi afin d'apprendre ce qu'il s'y disait au sujet de leur affaire.

Quand Grigny arriva chez lui, c'est-à-dire à l'hôtel de la famille Spifame qu'il s'était attribué, son maître d'hôtel l'attendait.

Ce n'était pas la première fois que le commissaire s'absentait une nuit entière. Chacun savait qu'il avait des maîtresses et qu'il passait certaines soirées à jouer, aussi l'intendant n'avait-il aucune inquiétude. Cette fois-ci, il avait un message à transmettre.

Grigny lui demanda d'abord de faire porter un repas copieux dans sa chambre et d'y alimenter le feu. Il était trempé. Ensuite, le serviteur put parler :

— Vous avez eu par deux fois la visite de maître Doule, messire. Il voulait même vous attendre, mais je l'en ai dissuadé.

Maître Doule ! Il l'avait oublié, celui-là ! Revenus à Paris, les sergents avaient dû lui expliquer la raison pour laquelle ils n'avaient pas ramené Le Chapuis. Doule voulait certainement savoir quand son voleur allait être emprisonné au Palais. Mais pourquoi diable était-il si pressé ?

Il décida de ne plus s'occuper de cette affaire. Il avait des sujets bien plus urgents à traiter.

Il monta dans sa chambre, retira ses vêtements mouillés puis, devant le feu que son valet venait d'allumer, il dévora la soupe qu'on lui avait apportée et but un pot de clairet. Enfin réchauffé et rassasié, il s'allongea pour prendre quelques heures de repos.

None sonnait à Saint-Merry quand il se réveilla d'un mauvais rêve. C'était moins son échec qui l'avait hanté que la présence à Paris de cet homme qui, il le sentait, était venu pour lui.

Comment l'occire ?

Il y réfléchissait devant le feu éteint quand on gratta à la porte. Il s'agissait de l'intendant.

— Messire, pardonnez-moi de vous déranger. Votre dame souhaite vous parler. Et maître Doule est revenu, il a tellement insisté que je l'ai autorisé à attendre dans la grand-salle.

Doule ! Encore lui… décidément, tant qu'il ne s'en serait pas débarrassé, ce fâcheux l'importunerait. Mieux valait le recevoir tout de suite. Quant à sa femme…

Il soupira.

Plus rien ne le liait à elle. Ils étaient devenus des étrangers, pour autant qu'ils aient jamais été autre chose… Mais il devait la ménager… À cause de son frère.

Son frère… Voilà la solution ! Le baron de Longvilliers n'était-il pas autant en danger que lui ?

— Je vais parler à Doule ! décida-t-il. Passez-moi mon chaperon et aidez-moi à le mettre.

— Maître Doule, vous vouliez me parler ! lança-t-il en pénétrant dans la salle où le receveur des tailles attendait sur un banc à coussin.

Ce dernier se leva.

— Oui, messire.

Il vérifia d'un bref regard qu'ils étaient seuls et que les portes étaient closes.

— Le sergent Herichon m'a appris que l'abbé ne vous avait pas remis le prisonnier.

— C'est juste. Herichon a dû vous dire pourquoi. Le Chapuis a volé divers objets à l'abbaye, dont un livre, et le père Bouron voulait le garder en prison tant qu'il ne l'avait pas récupéré. Mais il se trouve que j'ai retrouvé moi-même cet ouvrage, aussi rien ne s'oppose à ce que le sergent aille chercher votre larron à Saint-Germain et l'emprisonne.

— Herichon m'a informé de cela, même si j'ignorais que vous aviez retrouvé ce livre, ce dont je vous félicite, mais il m'a surtout appris qu'un nommé Holmes était mêlé à cette histoire et sa présence m'inquiète. En savez-vous plus ?

— Point. J'ignore d'ailleurs qui est ce Holmes, sinon que j'en ai déjà entendu parler. Pour moi, cette affaire est terminée.

Ces sèches paroles devaient faire comprendre à Doule qu'il en allait de même de sa visite. Pourtant le receveur des tailles insista :

— Je connais Holmes, messire. C'est un clerc anglais méprisable, d'une curiosité malsaine et qui ne cherche qu'à causer des ennuis aux autres. J'aurais bien aimé savoir ce qu'il concoctait avec l'abbé.

— Ce n'est pas moi qui vous le rapporterai. Encore une fois, je ne le connais pas et ne tiens pas à le connaître. Sur ce, pardonnez-moi, mais je dois retrouver mon épouse.

Il tourna le dos à Doule et quitta la pièce.

Contrarié, ce dernier demeura un moment immobile, s'interrogeant sur ce livre qu'avait volé Le Chapuis sans le lui dire, et sur ce que concoctait Holmes.

La chambre de la dame de Grigny se trouvait au deuxième étage. Le commissaire des confiscations entra sans se faire annoncer. L'entretien serait désagréable. Il le savait. Allait-elle encore lui parler de celui qui chantait *Petit Bonhomme* ?

En robe noire avec une guimpe qui cachait tous ses attraits, elle se tenait assise devant l'une des fenêtres ouvertes et regardait la pluie tomber. Elle ne se retourna pas.

Aucune servante ou dame de compagnie.

— Vous vouliez me parler, madame ? interrogea-t-il d'une voix neutre.

— Oui, au sujet du mariage de mon frère. J'aimerais le rencontrer. Je souhaite aussi revoir sa future épouse. La dernière fois que nous nous sommes rencontrées, elle n'était qu'une enfant.

Il ne dit rien. Espérant qu'elle le supplie. Mais elle ne le fit pas.

— Vous ne pouvez me le refuser ! insista-t-elle avec une ombre de menace.

Il ne voulait pas qu'elle sorte de l'hôtel, mais il savait qu'elle pouvait y parvenir. Et si elle s'enfuyait, ce serait une nouvelle complication.

— Très bien, nous irons chez lui, s'il le souhaite. Je vais lui écrire. J'ai d'ailleurs besoin de lui parler.

— Du passé ?

— Du passé.

Elle se retourna. Son visage, effrayant, n'exprimait que la haine.

Il détourna la tête et sortit.

Il demeura un moment immobile en haut de l'escalier, le ventre noué. En aucune façon, elle ne devait apprendre qu'*il* était de retour. S'en doutait-elle depuis qu'elle avait entendu *Petit Bonhomme* ?

Était-ce elle qu'*il* cherchait ? Ou lui ?

Il se décida à descendre dans sa chambre et entreprit de rédiger une lettre destinée au baron de Longvilliers.

Il mit longtemps pour trouver les mots. Tous deux avaient été alliés par intérêt, mais ne s'étaient jamais appréciés. Il méprisait le baron pour sa lâcheté et celui-ci le détestait pour avoir exigé qu'il lui donne sa sœur, même si personne ne voulait d'elle après les viols qu'elle avait subis.

Après son mariage, il n'avait quasiment plus eu aucun rapport avec Longvilliers. Ni l'un ni l'autre ne souhaitaient parler du passé.

Quant à son épouse, elle ne lui avait su aucun gré de la douce vie qu'il lui avait offerte. Elle ne l'aimait pas, contrairement à lui. Ou, plus exactement, il l'avait aimée. Mais, devant sa froideur, il avait fait son possible pour se détacher d'elle. Et il y était arrivé. Tout au moins, il le croyait.

Malgré ce passé qui l'obsédait, il parvint à écrire à son beau-frère que quelqu'un qu'ils croyaient mort était bien vivant, et présent à Paris. Il fallait qu'ils en parlent, avant son mariage.

Au retour du bourg Saint-Germain, l'eau recouvrait certaines parties de la rue Saint-Jacques sur une hauteur de quelques pouces même si les montures pouvaient encore avancer sans difficultés.

En chemin, Watson et Holmes avaient bien sûr discuté du libraire Hennebault. Le premier n'était pas certain de ses souvenirs, mais cet homme ressemblait fort à l'écuyer avec qui il avait parlé à Azincourt. Son embarras trahissait d'ailleurs qu'il avait quelque chose à cacher.

Mais s'il avait été ce prisonnier, était-il maintenant bourguignon ou orléaniste ?

— Voilà ce qu'il faudrait savoir, conclut l'ancien archer. Pour ma part, je dirais que c'est un espion armagnac.

— Peut-être. Il est certain qu'il serait moins risqué pour un espion de s'installer dans le faubourg Saint-Germain, où les gens du prévôt ne viennent pas. Mais qu'espionnerait-il ? La ville est presque morte et il n'y a pas de porte à livrer par trahison !

— Personne ne remarque un chanteur de rue. Il pourrait rechercher quelque chose que l'on ignore, à quoi nous ne pensons même pas.

Holmes ne lui répondit pas et se plongea dans ses réflexions avant de dire :

— Une fois de plus, Gower, tu es mon conducteur de lumière ! Oui, ce libraire cherche… Mais quoi ? Ou qui ?

Il se réfugia de nouveau dans le silence alors qu'ils approchaient du Petit-Pont. Le tablier était sous l'eau. On entendait les flots gronder. La construction résisterait-elle si les pluies continuaient ?

Ce fut une fois dans l'île que Holmes déclara :

— C'est une affaire très obscure, aussi il y a quelques détails que je voudrais connaître avant de décider de notre ligne de conduite vis-à-vis de ce soi-disant libraire. Pour cela, j'ai besoin de Chabridel. Allons chez dame Maqueron. Ce que je vais lui demander ne va pas lui plaire, mais j'espère qu'elle ne s'y opposera pas.

À l'apothicairerie, Coline préparait une décoction et son mari nettoyait les sabots de son cheval.

Les Anglais laissèrent leurs montures dans le jardin et Edward s'adressa au mercenaire bourguignon :

— Enguerrand, j'ai encore besoin de toi.

Le regard de l'assassin du duc d'Orléans s'alluma. Bien sûr, il appréciait sa douce vie de famille, son épouse et sa fille, mais il aimait avant tout l'aventure.

— Nous partons ?

— Tu pars ! Si Coline est d'accord.

— Je la convaincrai.

Ils allèrent la chercher et le visage de l'apothicaire se ferma quand Holmes lui annonça qu'il voulait envoyer son mari à Calais.

— Pourquoi, messire ? questionna-t-elle d'une voix hostile.

— Allons en discuter dans la chambre, décida Chabridel.

La servante descendit pour tenir la boutique et ils demeurèrent seuls, avec le nourrisson qui dormait. Il y avait du vin chaud près de l'âtre et Enguerrand servit une bonne ration à chacun.

— Coline, tout à l'heure je vais préparer plusieurs lettres. Ces courriers, je voudrais que votre mari les porte à Calais au plus vite. Qu'il parte dès aujourd'hui.

— Pourquoi lui ? interrogea-t-elle avec agressivité.

— Je pourrais trouver quelqu'un d'autre, mais cela prendrait du temps. De plus, Enguerrand a déjà fait cette route, il a guerroyé en Artois et en Picardie, il connaît les cours d'eau, les gués et les ponts.

— C'est juste, j'ai traversé plusieurs fois le pays jusqu'à Calais avec messire de L'Isle-Adam.

Elle se renfrogna.

— Serait-ce dangereux ?

— Pas pour lui. Il ne sera qu'un messager et je lui donnerai tous les laissez-passer nécessaires. Les gens de la garnison de Calais peuvent se montrer insolents avec les Français, mais Enguerrand aura un passeport que m'a fait le duc de Bedford ; personne n'osera s'y opposer. Avec pareil sauf-conduit, il pourra entrer dans la ville sans difficultés. Toutefois il sera sans doute absent une semaine.

— Je serai de retour bien avant ! assura Enguerrand. Où dois-je aller à Calais ?

— La plus importante des lettres sera à remettre au trésorier de la ville. Il se nomme John Kempley, je ne le connais pas mais j'avais rencontré son prédécesseur, Richard Bokeland. Il doit loger dans le château.

— Me laissera-t-on entrer ?

— Sans doute pas, voilà pourquoi il y aura une deuxième lettre adressée au comte de Warwick, le gouverneur, dans laquelle je le supplierai de te prêter assistance et de t'autoriser à rencontrer le trésorier. Comme ma demande porte sur une recherche dans de vieux documents, tu ne pourras t'en charger toi-même, aussi je te donnerai les sommes nécessaires pour que tu paies un ou deux commis de la trésorerie. Ma lettre précisera toutes les informations que je veux.

— Tout cela est bien mystérieux, fit Watson en haussant les sourcils.

— Moins que tu ne le penses. Dans le passé, je me suis occupé des rançons des prisonniers de mes frères. Tu le sais, les rançons sont aussi des ressources royales et doivent être déclarées de telle sorte que le bénéficiaire s'acquitte des droits royaux. Quand un combattant fait des prisonniers et réclame finance, il doit remplir un document qu'il transmet au trésorier.

Dès l'encaissement de la rançon, ce dernier exige la taxe pour la transmettre au trésorier d'Angleterre.

» Ces documents sont formés de deux parties. Dans la première, le bénéficiaire de la rançon promet de s'acquitter des droits royaux. Le nom du ou des prisonniers apparaît dans la seconde partie avec des détails comme son origine et le nom de celui qui paiera rançon. Ces actes sont archivés. Or, tu m'as dit que les trois écuyers à la fleur de mouron étaient des prisonniers de FitzHugh de Ravensworth. Au vu d'une copie des actes qu'aura remplis son secrétaire ou son intendant, je connaîtrai les noms de ces trois-là, je saurai qui a payé leur rançon et quand.

— Penses-tu y trouver Hennebault ? demanda Watson.

— S'il s'agit de son véritable nom, oui.

— Et si le comte de Warwick ne me reçoit pas, ou s'il refuse ? questionna Chabridel.

— Je connais peu Warwick, et c'est donc une possibilité. Mais sa fille Eleanor a épousé mon demi-frère Thomas. Je le rappellerai dans ma lettre. En revanche, il pourrait ne pas être à Calais, mais il aura nommé un lieutenant ou un capitaine, et ce sera alors encore plus facile pour toi car un lieutenant ne prendra pas le risque de s'aliéner son maître en me refusant ce service, somme toute minime. Dans cette éventualité, je te ferai aussi une lettre pour le lieutenant.

» Êtes-vous d'accord pour qu'Enguerrand parte maintenant, Coline ?

— Oui, mon maître, soupira-t-elle, malgré tout rassurée.

Chabridel se mit en route avec eux après s'être équipé d'un solide harnois.

Tandis que Holmes préparait ses missives et les laissez-passer, Watson fit choisir deux montures parmi les quatre dans son écurie, et fournit au messager un complément d'équipement. Le second destrier servirait de monture de rechange quand la première serait fatiguée de galoper et porterait des vivres et de quoi passer la nuit dehors, si cela s'avérait nécessaire.

38

Dimanche 26 mai 1426, jour de la Trinité

La veille, Longvilliers avait répondu à Grigny qu'il le recevrait dans son appartement de l'hôtel de Flandre, après la messe et avant le dîner.

Vivant à Lille, le baron de Longvilliers n'avait pas de maison à Paris, aussi, quand il se rendait dans la capitale, Jean de Créquy, son maître, obtenait pour lui et ses gens un logis dans cette vaste demeure.

Situé rue de la porte au Coquiller[1], l'hôtel de Flandre avait été bâti par le comte de Flandre avant de revenir au duc de Bourgogne Jean sans Peur qui l'avait donné à son frère Antoine de Brabant. Après la mort d'Antoine à Azincourt, l'hôtel était revenu à Philippe le Bon qui l'utilisait pour loger ses fidèles quand il manquait de place à l'hôtel de Bourgogne.

Toujours la veille, mais dans la soirée, le commissaire sur le fait des confiscations et forfaitures avait eu la visite de Guiscard Yvonnet.

1. Aujourd'hui rue Coquillière.

Comme Grigny le lui avait demandé, ce dernier était retourné au bourg Saint-Germain dans l'après-midi afin d'apprendre les conséquences de leur assaut nocturne. Il s'était d'abord rendu dans deux cabarets où on lui avait dit que de mauvaises gens s'étaient introduites dans la prison de l'abbaye pour y tuer le geôlier et laisser derrière elles un cadavre inconnu. À la suite de cette intrusion, deux prisonniers avaient tenté en vain de s'évader. Guiscard s'était ensuite présenté sans vergogne à la prison, porteur d'un pain d'une demi-livre. Comme dans toutes les geôles, les détenus pouvaient recevoir des visites et de quoi dîner.

Le maraud avait annoncé au garde qui remplaçait le porte-clefs que le pain était pour son cousin Arnould le Grand Bec.

— Tu te trompes, mon compère, il n'y a pas d'Arnould ici ! avait répondu le garde. Seulement un voleur nommé Le Chapuis et une femme qui doit être enfouie.

— Mais on m'a dit qu'il était là ! Il n'aurait pas été libéré, par hasard ?

Son regard, d'une niaiserie admirablement rendue, s'éclaira :

— Ou alors il est malade et on l'a conduit à l'infirmerie de l'abbaye ! Je sais qu'il n'a pas une bonne santé.

— Je te dis que non, l'ami ! s'impatienta l'autre. Il y avait bien un troisième prisonnier ce matin, mais il a été libéré tout à l'heure.

— C'est lui, alors !

— Il s'appelle pas Arnould, ça, j'en suis sûr ! Mais si tu veux vérifier, vas-y voir ! Il habite au bout de la ruelle Madame-la-Valence. C'est le libraire.

Le gros Guiscard avait alors persiflé :

— C'est bien la première fois qu'on relâche quelqu'un ici !

— Tu mens, mon compère ! Les innocents sont toujours libérés par notre abbé qui est fontaine de justice.

— Et celui qu'on a relâché était innocent ?

— Oui ! J'étais même là quand est venu un clerc qui l'a fait sortir. Il est d'ailleurs parti avec lui.

— Un clerc ? Qu'a à faire un clerc dans ton histoire ?

— Je sais pas. Je sais juste que c'était un Anglais.

Voilà le dialogue que le gros Guiscard avait mimé avec force gestes et grimaces à Grigny, que le récit, pourtant truculent, n'avait pas déridé.

Répondant à des questions du commissaire, Guiscard avait ajouté s'être ensuite rendu chez le libraire. Les volets étaient ouverts et il avait aperçu un homme et un damelot dans la boutique. Il avait à peu près bien décrit le premier, et Grigny avait reconnu celui qu'il craignait tant.

Au moins, les choses étaient maintenant claires, avait-il conclu après un moment de désarroi. Le libraire se trouvait chez lui. Si Longvilliers lui apportait son aide, et c'était tout de même son intérêt, il suffirait d'attaquer la librairie dimanche soir et de se débarrasser pour de bon de cet importun.

Le baron de Longvilliers tenait son nom et son titre de son épouse, Mahaut de Longvilliers, épousée grâce à l'appui de Jean de Créquy, noble et fortuné seigneur qu'il connaissait depuis l'enfance. Après avoir perdu ses terres de Créquy et de Fressin, et son frère aîné à Azincourt, Jean s'était installé à Lille pour se mettre au service de Philippe le Bon, dont il était devenu un familier et l'un des chambellans.

Comme tout gentilhomme de son rang, Créquy avait besoin d'une importante suite de chevaliers et d'écuyers pouvant à tout moment devenir de valeureux combattants. En échange de leur dévouement, il leur obtenait avantages et privilèges, et souvent bonnes noces.

C'est ainsi que Longvilliers avait gagné épouse de vieille race et reçu les terres et domaines des Beauffort d'Avesnes dont tous les descendants mâles avaient trépassé à Azincourt.

Mais Mahaut était morte en couches et Longvilliers était demeuré veuf. Il cherchait donc depuis quelque temps un bon parti quand il avait appris que les riches terres et la seigneurie de Beauffort d'Avesnes, que le duc Jean avait achetées au duc de Clarence après que ce dernier les avait saisies, et dont le duc Philippe le Bon lui avait cédé la jouissance, allaient lui échapper. En effet, la seigneurie avait une héritière recueillie enfant par l'épouse de son oncle, ce dernier étant capitaine d'Arras. Cette tante, devenue veuve, s'était remariée avec Garin de Héraut, gentilhomme proche de Philippe de Bourgogne. Héraut ne tenait pas à garder à charge une jeune femme qui allait avoir vingt et un ans et, comme il savait que ses biens avaient été confiés au baron de Longvilliers, il avait demandé au duc de trouver une solution.

L'issue évidente était bien sûr que Longvilliers épouse la damoiselle, laquelle vivait à Paris où Garin de Héraut avait son hôtel, rue des Quatre-Fils-Aymont. C'était donc la raison de la présence du baron dans la capitale. Il devait rencontrer la donzelle, laquelle n'avait, on peut s'en douter, pas son mot à dire dans cette union, avant la célébration du mariage à Saint-Merry, dans une semaine.

Bien plus vaste que son voisin, l'hôtel de Bourgogne, l'hôtel des comtes de Flandre occupait une surface de plusieurs arpents au nord de Paris. Le premier château, extérieur à l'enceinte de Philippe Auguste, avait été bâti par Guy de Dampierre, comte de Flandre, avant d'être agrandi de plusieurs maisons mitoyennes.

Passé la grande entrée, rue Coquillière, on accédait à une cour qui communiquait avec des jardins, un donjon, deux grosses tours, des tourelles, une vaste chapelle, des galeries basses sous des arcades et des galeries hautes à colonnettes, des écuries, des granges, une paneterie et une bouteillerie. Il y avait également des cachots dans le sous-sol du donjon.

N'entrait pas n'importe qui dans la forteresse, cela va de soi. Même si messire de Grigny était déjà venu deux ans auparavant, et connaissait le logis de son beau-frère, un garde appela un valet qui l'accompagna après qu'il eut laissé son cheval à l'écurie.

Le baron de Longvilliers disposait de trois chambres en enfilade accessibles par la galerie haute. Une pour lui-même et les autres pour les serviteurs et hommes d'armes qui l'avaient accompagné. C'est que venir de Lille n'était pas sans danger à cause des bandes armagnaques qui maraudaient partout.

Longvilliers avait donc avec lui quatre valets, un palefrenier, quelques arbalétriers, deux sergents et un jeune servant.

Grigny le trouva dans sa chambre où des domestiques dressaient la table.

L'hôtel de Flandre étant devenu une dépendance de l'hôtel de Bourgogne, le duc n'y consacrait que peu de moyens. L'on était donc loin de la splendeur des palais ducaux. Ici, les logis se révélaient vétustes, sales et décrépits. Quant au mobilier, il affichait son âge et son usage.

La chambre du baron disposait d'un lit aux courtines en drap de damas défraîchies, d'un banc à dossier taillé en feuillage dont plusieurs sculptures étaient cassées, d'une grande fourme un brin vermoulue et de quelques sièges, pour la plupart sans coussin. Les carreaux vernissés du sol montraient des ébréchures et les nattes de jonc avaient connu des jours meilleurs.

Restaient les murs peints en paysages qui auraient été attrayants si l'humidité ne les avait boursouflés.

Grigny connaissait tout cela et ne pouvait s'empêcher de ressentir un certain mépris envers ce beau-frère qui s'appliquait à faire le gentilhomme raffiné et qui acceptait de loger dans pareil taudis.

Quant à Longvilliers, il n'éprouvait que dédain envers celui qui avait fait fortune uniquement en volant les biens des partisans du roi Charles VII. Il devinait même que Grigny pourrait un jour tout perdre car il connaissait les tractations de réconciliation en cours entre Philippe le Bon et Charles. Si celles-ci aboutissaient, il était envisagé que tous les biens confisqués soient rendus à leurs légitimes propriétaires.

Les deux hommes se saluèrent froidement. Cela, à cause des explications que nous venons d'évoquer, mais surtout en raison du lourd et honteux secret qui les liait.

Le baron portait un pourpoint en futaine noire rembourré de laine comme le duc Philippe en avait lancé la mode. Le vêtement, collant au corps, était fermé d'une garniture de boutons qui se poursuivait aux avant-bras. À sa ceinture pendaient poignard, clefs et bourse carrée. Pas d'épée, à la différence de Grigny. Un hérigaut sans manches, au collet en petit-gris, et un chapeau de feutre écarlate à calotte ronde complétaient son élégante tenue.

— Tu veux me voir.

Pas de formule de courtoisie ou de bienvenue. C'était inutile.

— Oui. Azincourt…

À ce dernier mot, Longvilliers ne put maîtriser un haut-le-corps et ouvrit la bouche de saisissement. Grigny fit un signe de tête en direction des valets.

Le baron se tourna vers eux :

— Sortez, et fermez les portes !

Les serviteurs s'exécutèrent avec promptitude. Quand les deux hommes furent seuls, Grigny proposa :

— Asseyons-nous. Ce sera un peu long.

— Je n'ai guère de temps.

Les mots ne claquèrent pas aussi nettement qu'il le voulait.

— Mais tu n'as qu'une vie et qu'un honneur, comme moi. Voici la situation : l'un d'eux est revenu. Il nous cherche.

— Lequel ?

— Le pire.

Le commissaire s'était assis sur le banc. Après une hésitation, Longvilliers s'installa sur le seul faudesteuil.

Grigny commença en parlant de son épouse qui lui avait dit avoir entendu chanter près de leur hôtel la chanson du *Petit Bonhomme*. Le baron fit la moue, laissant entendre que son beau-frère s'alarmait pour rien. Puis le commissaire des confiscations parla de la journée de la veille. Pourquoi il s'était inquiété devant les trois fleurs de mouron rouge d'une enseigne, puis comment il avait découvert le livre volé à l'abbaye de Saint-Germain et dénoncé le libraire comme receleur. Et comment il l'avait reconnu quand on l'avait emprisonné.

— Es-tu certain que c'est lui ?

— Certain.

Longvilliers secoua la tête.

— Je suis sûr qu'il est mort ! Qu'aurait-il fait pendant dix ans ?

— Certains prisonniers d'Azincourt croupissent toujours en Angleterre. Sans doute n'a-t-il été libéré que récemment.

— Mais pourquoi serait-il venu à Paris ? Et pourquoi comme échoppier ? C'est un homme d'armes, pas un clerc ! gronda le baron, comme si son beau-frère était responsable de l'arrivée de ce soi-disant libraire.

— Je l'ignore ! répliqua sèchement Grigny. Laisse-moi te narrer la suite.

Il fit alors le récit de l'entreprise nocturne, et de son échec.

Après avoir étouffé un juron, Longvilliers se leva, fébrile. Il serrait nerveusement ses mains et fit quelques pas. Il se sentait perdu, mais s'efforçait, en vain, de ne pas montrer sa détresse.

— J'ai une idée, dit-il avec fermeté après un moment de silence. Tu vas le dénoncer à Morvilliers. J'irai avec toi, si tu veux. Ce doit être un espion. Un Armagnac. Une fois pris, il sera pendu et tout sera oublié.

Grigny le regardait, goguenard.

— Crois-tu que je n'y aie déjà pensé ? Réfléchis : s'il parle quand on l'interrogera, si le conseiller qui conduit l'enquête le croit ? Alors nous serons mis en cause. Ta sœur peut apprendre la vérité. Ta future femme aussi… Ou même le duc. Non, crois-moi, il faut régler cela seuls, entre nous. En toute discrétion.

Longvilliers se frotta les mains, s'efforçant de paraître maître des événements, et se réfugia dans le silence.

La situation ressemblait à ce qui s'était passé quelques années plus tôt, quand il avait reconnu Grigny au Louvre alors qu'il accompagnait le duc. Grigny lui avait alors fait comprendre qu'il pouvait le déshonorer.

Et il avait accepté de lui donner sa sœur.

Son beau-frère était un démon. Pourquoi Dieu ne lui avait-il pas encore fait quitter ce monde ? Il méritait pourtant l'enfer.

— Comment vois-tu les choses ? interrogea-t-il d'un ton faussement conciliant.

— Cette nuit, nous irons chez ce maudit libraire. Et nous le tuerons.

— Vas-y ! D'accord ! Mais moi, je ne peux pas. Ce soir, je dîne chez le beau-père de ma future, répliqua-t-il avec arrogance, faisant comprendre qu'il n'était pas du genre à s'occuper des basses besognes.

— Je peux avoir cinq hommes, pas plus, et peut-être moins. On ne sera pas assez. Il est redoutable, je le sais, il s'est débarrassé de trois adversaires la nuit dernière. Il faut donc être au moins une dizaine pour être certains de l'occire. Tu dois être là, avec deux ou trois de tes gens.

Longvilliers ne répondit pas. Aller de nuit à Saint-Germain ? songeait-il avec honte. *Le* tuer dans son lit sans qu'*il* puisse se défendre ? Se comporter comme un vulgaire assassin. Impossible, il ne pouvait déchoir à ce point. Ce serait se vautrer dans l'ignominie. Mais lui restait-il de l'honneur ? se demanda-t-il, pris de frissons.

— N'oublie pas que tu as plus à perdre que moi. S'*il* vit, c'est toi qu'*il* voudra punir. Surtout s'*il* apprend ton mariage.

Le baron déglutit. Terrifié, il céda :

— Je peux avoir mon servant avec moi, c'est tout.

— Faisons comme ça alors.

— Comment vois-tu les choses ?

C'était la deuxième fois qu'il posait la question.

— On quittera Paris par la porte Saint-Jacques. On attendra le milieu de la nuit dans une des maisons abandonnées du bourg. Ensuite on attaquera sa boutique. Je trouverai un bélier de fer. On enfoncera la porte tandis que trois hommes resteront devant l'étal pour l'empêcher de fuir. On massacrera le libraire et son commis, et on rentrera. Il faudra bien sûr être équipé, cuirasse et plates d'armures. Prévoir des haches. Les victimes dormiront, ce sera donc facile. Ensuite, tout sera oublié.

39

Dimanche 26 mai 1426, jour de la Trinité

Ce même jour, Constance Bonacieux avait fait dresser la table dans sa chambre, la plus vaste et la plus agréable de la maison à la Corne-de-Cerf. Avec un brin d'appréhension, elle attendait Gabrielle de Landes qui arriva en chariot bâché accompagnée de valets, d'une servante et de gardes en surcotte aux armes de la Bourgogne.

La petite bourgeoise parisienne qu'elle était s'inquiétait de l'attitude à son égard de la fille de Berthaut de Landes, ancien garde des joyaux et de la vaisselle du roi. Mademoiselle de Landes avait toujours vécu à la cour de France ou à celle de Bourgogne. Sa sœur n'avait-elle pas épousé Nicolas Rolin, le tout-puissant chancelier du duc Philippe le Bon ?

Mais son inquiétude n'avait pas de raison d'être. Bien que d'un tempérament autoritaire et parfois arrogant, mademoiselle de Landes ne se montra en rien imbue de sa personne. Coiffée en templette et revêtue d'une robe de velours bleu boutonnée devant, aux manches ouvertes, elle serra Constance dans une douce et franche brassée comme elle l'aurait fait d'une sœur.

Holmes assista à la rencontre avec soulagement et bienveillance, le cœur débordant de félicité de se savoir aimé par une femme aussi séduisante que perspicace et dont l'esprit se montrait aussi lucide et équilibré que le sien.

Tandis que les gens de l'ancienne chambellane de Nicolas Rolin s'installaient pour dîner avec ceux de la maison, Constance proposa à Gabrielle de monter dans sa chambre, au premier étage, où le repas serait servi par ses domestiques.

Robin, le valet qui avait apporté le dîner, avait été contraint d'ouvrir la fenêtre aux petits carreaux de verre à cause de la fumée du foyer provoquée par la pluie tombant dans la cheminée. Aussi humidité et froid régnaient-ils dans la pièce.

Pour l'occasion, la table sur tréteaux placée au plus près du foyer portait un épais tapis blanc et Constance y avait fait disposer assiettes d'étain et pots de verre. Chacun utiliserait bien sûr son propre couteau.

Sur une desserte trônait une aiguière contenant de l'eau parfumée à la rose pour le lavage des mains.

Après cette pratique, les couples s'assirent sur deux bancs, les uns à côté des autres, dos à la cheminée. Edward prononça un rapide bénédicité puis Robin présenta des échaudés et un pâté d'anguilles.

Chacun se servit avec les doigts et la conversation commença. Gabrielle révéla peu de choses sur sa vie à l'hôtel de Bourgogne et s'intéressa surtout à l'enquête sur le troubadour au *Petit Bonhomme*.

Tout en mâchonnant sa portion de pâté, le clerc évoqua comment la recherche du chanteur de rue s'était entremêlée à une autre enquête au sujet de vases et d'un livre volés à l'abbaye de Saint-Germain-des-Prés.

Ses propos captivèrent Gabrielle qui possédait un véritable talent dans la conduite d'investigations, ayant, à plusieurs reprises, confondu des fripons dans l'entourage du duc de Bourgogne.

— Ce libraire, Hennebault, aurait combattu à Azincourt ? fit-elle, si songeuse qu'elle négligea le boudin grillé déposé sur la table.

— J'espère en savoir plus au retour de Chabridel, annonça Holmes. Si le trésorier lui confie des gens capables de fouiller dans les archives et d'y retrouver ce que j'ai demandé, j'apprendrai qui étaient ces écuyers au mouron à qui Gower a parlé. Mon libraire pourrait être l'un d'eux.

— Et la dame qui désire le connaître, lui as-tu fait savoir qu'il habitait à Saint-Germain ?

— Non, bien sûr, puisque j'ignore qui elle est. J'aurais pu conduire des recherches sur elle, et découvrir son logis, mais je lui ai promis de ne pas le faire. Au demeurant, j'ai la certitude que, tôt ou tard, elle se manifestera.

Gabrielle se laissa aller à un sourire ambigu. Cette fois, elle se servit du boudin et, avec son couteau, en porta un morceau à ses lèvres avant d'annoncer :

— Moi je sais qui elle est.

— La sœur d'un baron, m'as-tu dit.

— Et l'épouse du sieur de Grigny, l'un des serviteurs les plus implacables de messire de Morvilliers.

Bouche entrouverte de surprise, Edward la contempla un instant sans mot dire tandis que Watson, pas étonné, vidait le verre d'hypocras que Loyson venait de lui servir.

— Grigny ! s'exclama enfin Holmes, qui avait recouvré son sang-froid et déjà révisé le rôle de cet homme dans l'arrestation du libraire.

— Le connais-tu ? demanda Gabrielle, étonnée par cette réaction.

— J'en ai entendu parler, et guère en bien. Son apparition dans l'histoire de ce Hennebault n'est donc pas une coïncidence, comme je l'avais pensé de prime abord.

Il expliqua que c'était ledit Grigny, venu à l'abbaye chercher Le Chapuis pour d'autres délits, qui avait retrouvé le livre volé puis dénoncé au prieur le libraire comme receleur.

— Je m'interrogeais sur le déroulement de l'attaque nocturne visant à délivrer ce voleur. Pourquoi plusieurs hommes quand un seul aurait suffi ?

Il s'adressait à Gower, au bout de la table.

— Maintenant, j'ai la certitude que les marauds ne venaient pas pour lui mais pour Hennebault. Or, qui savait que le libraire était emprisonné ?

Edward énuméra en comptant sur ses doigts :

— L'abbé, le prieur, quelques gardes, nous… et Grigny.

— Selon toi, ce serait lui qui aurait perpétré l'attaque ?

Cette fois, Holmes avait tout à fait interrompu son repas.

— En tout cas, il semble en avoir le motif, répondit-il. Sa femme s'intéresse à un troubadour de rue qui interprète certaine chanson. Qui est ce chanteur pour la dame ? Un ancien amant ? Un parent ? Quoi qu'il en soit, imaginons que Grigny ait appris la présence de cette personne qu'il déteste, ou dont il est jaloux, et dont il connaît le visage. Évidemment, pas plus que son épouse, il ne sait où le trouver. Or, par un concours de circonstances, il le reconnaît en la personne de Hennebault, qu'il dénonce aussitôt comme receleur. Dans quel but ? Eh bien, celui de le savoir enfermé, pour l'occire plus tard sans peine.

» Quant à l'éventualité que l'attaque de la prison soit le fait d'anciens comparses de Le Chapuis, je l'exclus, et voici pourquoi : après la campagne prévôtale de janvier, quasiment toute la bande de Favières a été exterminée et les rares survivants se sont réfugiés au château de Maurepas. Or Le Chapuis a été emprisonné mardi soir.

» Vous le savez, il faut compter deux jours de marche, au moins, pour aller de Maurepas à Paris. Personne ici, sauf l'abbé, le prieur et nous, ne savait que le fredain était en prison, mais on pourrait imaginer que quelqu'un de Saint-Germain l'ait appris, et soit parti pour ce repaire prévenir les marauds. Hypothèse invraisemblable, vous en conviendrez. Toutefois, même dans ce cas, les gens de Maurepas n'auraient pu être à Paris pour une attaque vendredi soir. Ils auraient pu encore moins la préparer, c'est-à-dire trouver un chariot, des chevaux, une barrique et un foudre.

» En revanche, Grigny a eu les moyens de rassembler tout cela. Ceux qui se sont introduits dans la prison, qui ont annoncé à Le Chapuis qu'ils venaient le délivrer, ne voulaient que le mettre en confiance afin de l'expédier *ad patres*, pour ensuite faire passer notre libraire à trépas sans difficulté. Hélas pour eux, ils l'ont sous-estimé.

— Dans ce cas, Grigny va recommencer ! conclut Watson.

— Bien possible, mais maintenant qu'il est prévenu, qu'il a peut-être identifié son ennemi, je crois Hennebault capable de se défendre et inutile que j'intervienne.

Comme la conversation s'interrompait, Robin apporta une oie farcie de petites saucisses que Watson entreprit de découper en se pourléchant les babines.

— Pourquoi t'intéresses-tu tant à cette affaire, Edward ? demanda Gabrielle en saisissant de ses doigts une des saucisses qu'on lui avait servies.

— Au départ, il s'agissait d'une demande de l'abbé de Saint-Germain. De même pour la recherche que j'avais promise à l'épouse de Grigny. Mais, il est vrai que les objets volés ayant été rendus, et le troubadour identifié, je n'ai aucune raison de chercher à en savoir plus… sauf…

— Sauf ? fit-elle avec un sourire complice, car elle connaissait la réponse.

— En premier lieu, la curiosité. Ces fleurs de mouron rouge m'intriguent. Elles ont un sens, mais lequel ? Ensuite Gower craint que le libraire ne soit un espion armagnac. Chose possible…

— Et dans ce cas, intervint de nouveau Gabrielle, que ferais-tu ?

— Si ce libraire envisage de livrer Paris aux Armagnacs, je ne le laisserai pas faire. Je lui dirai qu'il est démasqué et lui ordonnerai de partir.

Le silence s'installa. Gower désapprouvait son ami et ne le cachait pas. Pour éviter une discussion qu'ils avaient déjà eue, il se concentrait sur la généreuse portion d'oie posée devant lui. De la même façon, les femmes dépouillaient les cuisses de la volaille avec une grande attention, gardant pour elles leur sentiment sur le sujet. Toutes deux avaient en tête l'entrée des Bourguignons dans Paris en 1418 quand Périnet Leclerc avait livré la porte de Buci, justement la plus proche de l'abbaye de Saint-Germain. Et le cortège de violences qui avait suivi.

— Enfin, je n'aime pas ce Grigny, ajouta Holmes. Ce que j'ai appris sur lui me déplaît…

Il narra alors à Gabrielle la visite de Jacques Perdriel et son appel à l'aide. Edward conclut d'un ton désabusé que, face aux actes du commissaire sur le fait des confiscations et forfaitures, il s'était jusqu'à présent montré impuissant.

— Et je ne crois pas son épouse heureuse, ajouta-t-il. Je suis même persuadé qu'elle a peur de lui.

— C'est le cas de beaucoup de femmes, observa mademoiselle de Landes en s'essuyant la bouche avec la serviette déposée à côté de son assiette.

» Sur elle, ou plutôt sur son frère, le baron de Longvilliers, j'en sais un peu plus.

— Qu'as-tu appris ?

— Longvilliers est l'un des principaux gentilshommes de Jean de Créquy, l'un des chambellans du duc Philippe. Puisque nous avons discuté d'Azincourt, sachez que Raoul, le frère de Jean, y a trouvé la mort. Ce Longvilliers est veuf depuis deux ans, mais va se remarier. Il se trouve en ce moment à Paris où ses noces seront célébrées.

— Qui épousera-t-il ? s'enquit Constance, qui adorait les mariages.

— Une jeune fille que j'ai rencontrée à Arras alors que j'étais présente à la cour du duc. La damoiselle a été élevée par la veuve du capitaine d'Arras, Jacques de Beauffort. Il se dit que le duc souhaite ce mariage car elle est héritière des terres de Beauffort d'Avesnes, qui avaient été confiées à Longvilliers.

Holmes chassa les mouches qui tournoyaient sur les restes de l'oie tandis que Watson jetait quelques os à Gracieux, qui attendait en haletant de pouvoir goûter à la volaille.

— Je suppose que Grigny sera présent à ce mariage, dit le clerc.

— Sans doute.

— J'irai peut-être y faire un tour, si tu apprends où la messe est célébrée.

— Je peux me faire inviter à la cérémonie. Tu viendras avec moi.

Elle se tourna vers Constance et retint un sourire en voyant ses yeux briller.

— Vous serez avec nous, je l'espère, dame Bonacieux.

— Croyez-vous cela possible ?

— Nous irons ! assura Gower, qui ajouta : Cette oie était digne de Jupiter !

— Et Grigny ? demanda encore Holmes, qui, lui, ne mangeait plus. On le dit riche et puissant. Riche de confiscations iniques, certes, et puissant parce que au service du premier président, mais quelle est son origine ? Comment a-t-il épousé cette femme ? Depuis quand connaît-il le baron de Longvilliers ?

— Je ne sais, mais je peux essayer de l'apprendre.

— Selon le prieur de l'abbaye de Saint-Germain, il s'était rendu à l'hôtel de Tarrane, qu'il a confisqué à la famille de ce nom, pour évaluer des travaux à faire. J'ai moi-même jeté un coup d'œil à cet hôtel qui semble abandonné. Mais je m'interroge : le libraire a repris la boutique de l'un des derniers libraires de la rue Saint-Jacques-de-la-Boucherie, il aurait dû s'installer là, or il a préféré Saint-Germain et la ruelle Madame-la-Valence où ne passe pas grand monde. Et si c'était pour se trouver à côté de l'hôtel de Tarrane ?

— Pourquoi donc ? demanda Constance, tandis que Gabrielle ne pipait mot.

— Je ne sais. Cependant Grigny a tenté d'assassiner Hennebault ; Grigny a confisqué l'hôtel de Tarrane ; et Hennebault a choisi un logis mitoyen à cette demeure. Coïncidence ?

— Je peux me renseigner aussi sur cet hôtel auprès du chancelier de l'hôtel de Bourgogne, proposa mademoiselle de Landes.

— Ce que tu découvriras m'intéresse.

Il se plongea enfin dans son assiette tandis que les autres convives se coupaient des portions du pâté que Robin venait d'apporter.

— Il y a autre chose que je n'ai pas évoqué, Gabrielle. C'est sans rapport direct avec le libraire et Grigny, mais je suis persuadé que c'est autrement plus important.

Comme elle le regardait en haussant les sourcils, il s'adressa à Robin et Loyson pour leur dire qu'ils n'avaient plus besoin d'eux.

Après leur départ, il poursuivit :

— Tu te souviens de cette jouvencelle de Domrémy, dont nous avons parlé ?

— Jeanne.

— Oui… Je t'ai dit tout à l'heure que j'ai retrouvé les vases de Salomon chez l'astrologue de la reine Isabeau, mais je ne t'ai pas révélé ce qu'il en a fait. C'est Doule qui nous l'a rapporté. Le receveur des tailles, passionné de choses occultes, les avait fait voler afin de connaître les temps à venir. Saïtano lui ayant assuré qu'il connaissait les invocations nécessaires, il les lui a portés et s'est assoupi sur un siège dans l'antre du mage, pendant que celui-ci faisait brûler des plantes dans les susdits vases. Doule aurait eu alors plusieurs visions.

Constance ne marqua aucune surprise, sans doute son amant lui avait-il tout raconté, mais Gabrielle se montra attentive, intriguée et plutôt mal à l'aise. Elle avait souvent entendu des histoires de sorciers à la cour de Bourgogne, et assisté à la mise au bûcher de plusieurs nécromants.

— Dans une sorte de rêve, maître Doule a vu une jeune gardienne de vaches avec l'archange Saint Michel auprès d'elle.

Cette fois mademoiselle de Landes écarquilla les yeux.

— Puis il a cru reconnaître la même donzelle chevauchant en compagnie d'hommes d'armes. Ensuite, elle avançait dans la grand-salle d'un château. Elle s'est agenouillée devant un gentilhomme, lequel s'est montré plusieurs fois avec une couronne aux lys de France sur la tête. Le receveur des tailles aurait assisté, toujours dans ce songe, à l'assaut d'une ville par mes compatriotes, et même aperçu le comte de Salisbury qu'il aurait fort bien reconnu parmi eux. La pucelle se serait à nouveau révélée mais, cette fois, en armure, brandissant une bannière blanche frappée de la fleur de lys. Doule aurait distingué auprès d'elle le bâtard d'Orléans et Étienne de Vignolles. La Hire.

— Une pucelle en armure ? plaisanta Gabrielle dans un rire grinçant qui se voulait drôle mais qui parut empreint d'inquiétude à Watson.

Holmes vida son verre, hésitant à poursuivre car il avait remarqué combien les traits de Gabrielle, qui s'efforçait d'afficher son amusement, laissaient paraître son trouble, et même son angoisse. Elle regardait devant elle, jetant toutefois de brefs coups d'œil à l'autre couple, comme pour obtenir d'eux la confirmation que son amant se jouait d'elle.

Son émotion venait-elle des visions de Doule, des craintes qu'elles provoquaient chez elle, ou lui reprochait-elle d'être crédule ?

— C'était un rêve, ou plutôt un cauchemar, comme tout le monde en fait, laissa-t-elle tomber. En quoi ce songe aurait-il un rapport avec la jouvencelle de Domrémy ?

— L'archange. La Jeanne de Domrémy prétend l'avoir vu. Et surtout la fin des visions de Doule…

— Qu'a-t-il vu d'autre ? s'enquit-elle d'une voix blanche.

— Il dit avoir assisté à la mort de Salisbury et à la débandade de nos troupes durant ces combats, ou d'autres, il ne savait. Dans une ultime évocation, il a retrouvé la damoiselle à l'intérieur d'une cathédrale où se trouvaient Charles VII et un archevêque qui lui déposait une couronne sur la tête.

— Le sacre… murmura Constance.

— Possible.

— Est-ce tout ?

— Le songe s'est terminé par de grandes flammes… que ni Doule ni moi n'expliquons, et le roi Charles qui entrait dans Paris par la porte Saint-Denis. Puis le receveur a vu des Anglais pourchassés par les Parisiens en fureur qui les mettaient à mal…

Gabrielle se mit de nouveau à rire. Un rire qui sonnait faux.

— Crois-tu vraiment qu'il s'agissait des temps à venir ? D'ailleurs, qui te dit que Doule ne s'est pas moqué de toi en inventant tout ?

— Possible encore. Dans d'autres circonstances, j'aurais ri comme toi. Cependant, là, il y a l'archange… Je sais aussi que la bergère de Domrémy est fille du duc de Berry. C'est une petite-fille de Saint Louis. Celui qui se dit roi de France pourrait l'apprendre et la recevoir comme sœur, donc la vision pourrait se réaliser.

— Comment l'apprendrait-il ? s'insurgea Gabrielle.

— Yolande d'Aragon le sait, ainsi que Vignolles. Elle a dit à messire Blondel, dont je t'ai plusieurs fois parlé, que le Seigneur lui a ordonné de bouter les Anglais hors de France. Elle serait persuadée de nous chasser avec l'aide de Dieu. Et puis, il y a cette prophétie qui dit qu'une pucelle des marches de Lorraine sauvera la France.

— Je reconnais que cela est troublant mais, s'il s'agit de l'avenir, nous le verrons bien arriver. Pourquoi s'en inquiéter maintenant ? Quel âge a-t-elle ? Quatorze ans, non ?

— Quinze.

— Si dans deux ans, une bergère de Domrémy est reçue par le roi de France… le temps sera venu, fit-elle, fataliste. Nous déciderons alors que faire.

40

Dimanche 26 mai 1426, jour de la Trinité, le soir

Après avoir obtenu de son beau-frère l'assurance qu'il le retrouverait aux Jacobins, au bout de la rue Saint-Jacques, une heure avant sa fermeture, Grigny se rendit au parlement.

Si la pluie s'était arrêtée de tomber, les flots de la Seine caressaient le tablier du pont au Change. Les maisons qui disposaient d'une pièce ou d'un cellier en contrebas les voyaient inondées. Les moulins ne tournaient plus, et l'un d'eux avait même été disloqué par un tronc d'arbre.

La rue Saint-Barthélemy qui conduisait à la porte principale du Palais ressemblait à un gué, avec des pierres et des planches sur les revers pour que les passants ne se trempent pas les pieds.

Du haut de son cheval, Grigny demanda aux gardes de la porte s'ils savaient où se trouvaient Perrin Herichon et Martin Rabardel.

— Ils étaient là ce matin, messire, répondit l'un d'eux. Selon moi, vous les trouverez au *Signe-de-la-Croix* ou à l'hôtellerie *Saint-Nicolas*, rue de la Colombe. Herichon a une chambre près du port Saint-

Landry, mais sa logeuse ne la chauffe pas, alors il passe ses journées dans ces auberges quand il n'est pas au Palais.

Grigny remercia et se dirigea vers la rue de la Draperie, juste en face. Peu après, il laissait sa monture dans une écurie et pénétrait dans l'auberge du Signe-de-la-Croix.

Dans la salle basse, enfumée et humide, il ne perçut d'abord que des ombres, soit attablées, soit devant la cheminée dans laquelle mijotait un brouet à l'odeur de poisson. L'eau de pluie du toit, qui passait par le trou servant d'évacuation aux fumées, provoquait une vapeur rendant les lieux obscurs. Seules quelques torches de jonc graisseux, calées dans des godets chevillés aux colombages des murs, fournissaient une lumière vacillante.

En s'avançant dans la paille détrempée qui jonchait le sol, le commissaire distingua alors deux tables dont l'une n'était que planches posées sur des tonneaux. Les sergents qu'il cherchait se trouvaient à la seconde où ils jouaient aux dés. Quand ils le virent, ils se levèrent.

Grigny connaissait l'endroit. Au bout de la salle se situait un cellier donnant sur un jardin.

— J'ai à vous parler, dit-il aux sergents en désignant la porte.

Ils comprirent et l'accompagnèrent.

Ils pénétrèrent dans le cellier où se tenaient une servante et un valet en train de déplacer un tonneau. Le commissaire remit un niquet au second en lui demandant de les laisser. L'homme devina qu'ils voulaient discuter sans témoin et emmena la fille. Ils refermèrent la porte derrière eux.

— J'ai besoin de vous ce soir. Un salut[1] pour la besogne.

— Entendu, messire, accepta Herichon sans demander l'avis de son compère. Quelle besogne ?

— Un boutiquier à Saint-Germain. Sa maison est à côté de l'hôtel de Tarrane. On enfoncera la porte, et pas de quartier.

D'un signe de tête, le sergent acquiesça.

— Travail facile ! assura Rabardel dans un sourire qui dévoila les chicots noirs de sa bouche.

— Ne croyez pas ça. C'est un faux boutiquier, sans doute un espion armagnac. Il n'est pas seul et se battra si on lui laisse le temps de réagir. Il faudra le surprendre et faire vite.

— Ah… On ne sera que trois ? s'inquiéta alors Rabardel.

— Non, une dizaine.

— Alors, ça va !

— On se retrouve devant le couvent des Jacobins, avant la fermeture de la porte.

Le commissaire sur le fait des confiscations et forfaitures retraversa la Seine pour gagner la porte Montmartre. Par des chemins embourbés, il gagna la Ville-L'Évêque. La faim lui tiraillait le ventre et il songeait qu'il aurait mieux fait de s'arrêter chez lui pour se restaurer et revêtir des chausses et un pourpoint secs. Mais, en venant trop tard, il aurait pu ne pas trouver Harling et il aurait perdu du temps à sa recherche.

Grâce au Ciel, l'Anglais était là avec ses hommes. Guiscard Yvonnet, attablé, jouait aux dés avec Harling,

1. Les saluts d'or valaient vingt-cinq sous, ils représentaient la salutation des anges à la Vierge.

et les Flamands discutaient sur un banc devant l'âtre des avantages d'une des filles de ferme.

Grigny alla tout de suite jusqu'à la cheminée, ôta sa chape, retira ses gants et tenta de les réchauffer.

— Tu viens pour dédommager le père François, j'espère ? annonça Harling d'une voix pâteuse.

Le commissaire sut tout de suite qu'il était ivre.

— Oui, entre autres.

— Il me faudra dix florins pour la famille du Gascon, poursuivit l'Anglais.

— Femme ? Enfants ? J'ignorais qu'il en avait, persifla Grigny.

— C'est nous sa famille ! répliqua sèchement Yvonnet.

Le visiteur ne dit rien et un silence menaçant régna un long moment dans la pièce.

— La besogne n'est pas finie, annonça enfin le commissaire d'un ton sans réplique.

Silence toujours. Harling regarda son vis-à-vis et jeta le dé.

— Battu ! fit-il dans une sorte d'indifférence.

— Vous deviez tuer le libraire, et l'autre prisonnier. Je vous ai quand même payés !

— Vous nous aviez pas tout dit, observa Troussefesse.

— Je vous ai dit ce que je savais. Vous n'êtes pas des enfants de chœur ! Si vous êtes incapables de vous défendre, à quoi servez-vous !

Harling ramassa le dé qu'il serra dans son poing. Sa balafre rougissait sous l'effet de la boisson et de la colère. Il jeta un regard inquiétant au Français en face de lui.

Troussefesse se leva du banc. Si Yvonnet était gros, le Flamand pesait à vue de nez vingt ou trente livres de plus que lui. Et mesurait pas loin de huit pieds. Torse en avant, mâchoire serrée et yeux plissés, il fit deux pas pour se trouver au contact du commissaire des confiscations.

— Vous aviez qu'à venir vous-même, messire, gronda-t-il. On vous entend beaucoup déblatérer, mais que valez-vous une épée à la main ? Vous nous payez, certes, mais nous ne sommes pas vos chiens !

Grigny, une tête plus courte que le colosse, avait blêmi. Non de peur, mais sous l'insulte. Il songea un instant à partir, mais l'enjeu était trop important. Il se tourna vers Harling qui détourna le regard.

Yvonnet vint à sa rescousse :

— Payez déjà pour la mort de ce pauvre Seguin de Badefols, notre ami. Qu'est-ce que dix florins pour vous ? Dites-nous ensuite pourquoi vous êtes là. Est-ce encore à cause du libraire ?

— Vous aurez vos dix florins plus tard. Je vous engage pour la nuit. Trois florins chacun, cette fois.

Harling tendit la main sans mot dire.

— Demain matin ! lui répliqua Grigny. Je vous attends à la porte Saint-Jacques. Vous aurez votre argent à ce moment-là.

— Et ensuite ? interrogea le Flamand.

— D'autres nous auront rejoints. On sera une dizaine. Il s'agit de prendre la maison du libraire et de terminer la besogne.

— Entendu ! accepta Yvonnet après avoir regardé ses compagnons et obtenu leur accord silencieux.

— Il faudra enfoncer sa porte. Tu as toujours ton bélier ? demanda le commissaire à Troussefesse.

— Oui.

— L'homme est dangereux, ne l'oubliez pas, conclut Grigny qui remit ses gants et tourna les talons.

Au bout de la rue Saint-Jacques, juste avant la porte de la ville, s'étendait une place fermée à main droite par le couvent des Jacobins, lequel s'adossait à l'enceinte.

L'ordre des Dominicains avait d'abord érigé là, contre le mur de la ville, une chapelle et un hôpital pour les pèlerins se rendant ou revenant de Saint-Jacques-de-Compostelle. La chapelle consacrée au saint avait donné son nom à la rue. Et comme Jacques se disait *Jacobus* en latin, les frères prêcheurs qui logeaient là étaient devenus les Jacobins.

Grigny arriva le premier. Sous sa chape de pluie à capuchon, il portait un corselet et un haubert court sur un gippon d'armer à gros boudins de matelassage. Aux jambes, des chausses de mailles. Sur la tête, un bassinet sans visière. Un large fourreau d'épée dépassait de la chape.

Le commissaire sur le fait des confiscations et forfaitures s'installa sous le petit porche d'entrée de la chapelle afin de se protéger de la pluie qui avait recommencé à tomber, plus dru que jamais.

Peu après arrivèrent à pied les deux sergents du parlement, eux aussi en cuirasse et haubergeon sous leur balandras. Ayant salué messire de Grigny, ils se placèrent à côté de lui et tournèrent leurs regards vers la porte Saint-Jacques.

Aucun passage à cette heure tardive, et personne ne traînait dans la rue.

La porte fortifiée était constituée de deux tours encadrant un édifice carré formant arche. À l'intérieur se trouvaient les battants des portes extérieures, la herse et le mécanisme du pont-levis. Du côté de la placette devant les Jacobins, il y avait une poterne et deux autres vantaux.

Ceux-là étaient ouverts mais on n'apercevait aucune sentinelle.

Un clapotis de sabots se fit entendre dans la rue Saint-Jacques. Les regards se tournèrent vers le bruit. C'étaient Harling et ses hommes qui apparurent au milieu du rideau d'eau.

Les quatre cavaliers s'approchèrent du porche. Le Meschin tenait en longe le cheval du Gascon qui portait le bélier.

Il s'agissait d'un instrument très lourd. Entièrement en fonte, il était constitué d'un bras agrémenté de quatre poignées, deux de chaque côté, et se terminait par une tête de bélier. Manœuvré par quatre hommes, il enfonçait n'importe quelle porte, même protégée par des barres. Troussefesse l'avait souvent utilisé lors de pillages de villes.

Constatant l'absence de place pour ses hommes, Harling chercha des yeux un abri plus éloigné, mais Grigny l'interrompit :

— Ne nous attends pas ! As-tu le laissez-passer de messire de Morvilliers ?

— Oui, répondit l'Anglais en frappant, au niveau du torse, sa chape à l'aide de son gantelet.

— Alors, sors de la ville dès à présent. Nous nous retrouverons à la maison abandonnée de Saint-Germain dans laquelle on a fait halte avant-hier. Je te donnerai les sommes promises là-bas.

La petite troupe s'éloigna et Grigny la suivit des yeux jusqu'à ce qu'elle pénètre dans le bâtiment fortifié et disparaisse aux regards. Quelques instants plus tard, le commissaire entendit le grincement des chaînes qui levaient la herse et abaissaient le pont-levis.

Au bout d'un moment, nouveaux grincements quand tout se referma.

Pour le commissaire, l'attente reprit. Il s'impatientait et commençait à maudire son beau-frère. Sous peu, le capitaine et ses hommes s'en iraient et la porte serait close pour la nuit.

En fin de compte, Grigny décida de partir sans plus attendre. Il quittait son abri quand Longvilliers surgit, sans se presser, suivi par deux cavaliers.

— Ce sont eux, enfin ! grommela le commissaire. Allez à la porte et prévenez les gardes qu'on arrive ! ajouta-t-il pour les sergents.

Il s'avança alors vers son beau-frère.

— Je m'inquiétais ! fit-il sur un ton de reproche.

— Je n'ai pu partir aussi vite que je l'avais prévu. Voici François et Guimard. Lui est arbalétrier et lui sergent d'armes.

Vague regard de Grigny vers les deux hommes, des jeunots dont les mantels entrebâillés laissaient voir pour le premier un jaquet matelassé et pour l'autre une brigandine en lames d'acier. Quant à Longvilliers, sous un chaperon de pluie en peau de porc huilé, il portait une armure complète avec un bassinet sous son capuchon.

— Allons ! décida le commissaire.

Ils se dirigèrent vers la porte. Dans le sombre passage, un homme d'armes en chapel de fer et cotte armoriée de la ville tournait la manivelle de la grille. Deux autres manipulaient le treuil du pont-levis. Le capitaine, individu dans la quarantaine, cheveux noirs coupés en rondeau sous un chapeau à haute calotte de couleur verte décoré d'une croix de Saint-André, cessa de discuter avec les sergents quand il vit les quatre cavaliers.

Le commissaire des confiscations s'adressa à lui en désignant le baron :

— Mon beau-frère. Nous avons une mission à accomplir pour monseigneur le duc.

— C'est ce que m'a dit le sergent Herichon, fit l'officier qui arborait sous sa cape en futaine un pourpoint noir matelassé de longs boudins. Vous partez sous un mauvais temps, messeigneurs !

— Pas le choix, hélas.

La herse était levée et le plateau du pont quasiment en place.

— Vous pouvez y aller, messeigneurs, prévint l'un des gardes du treuil, individu au poil roussâtre et au visage rubicond.

— Dieu vous garde ! lança le capitaine.

Les deux troupes se rassemblèrent le long des fossés de la ville, en vue de l'abbaye. Grigny et Herichon connaissaient les lieux et désignèrent une grange abandonnée à demi incendiée. Ils s'y rendirent et, installés dans une partie protégée de la pluie, le commissaire sur le fait des confiscations et forfaitures expliqua son plan :

— Nous partirons d'ici quand la nuit sera complète. Pour éviter de donner l'alerte aux sentinelles de l'abbaye, nous ne passerons pas devant l'enceinte mais par un chemin qui conduit à la ruelle Madame-la-Valence. Il y a là une taverne, où je suis allé, avec, à côté, une maison abandonnée dont la clôture du jardin est brisée. Nous y laisserons les chevaux à la garde du Meschin.

— Pourquoi moi ? protesta ce dernier.

— Parce qu'il en faut un ! Tu te tiendras prêt, au cas où on reviendrait à la hâte si les choses tournent mal ou si quelqu'un donne l'alerte.

— Mais… le pillage ? Je veux en être… contesta encore le jeune Flamand.

— Pas le temps de piller ! Tu restes là et c'est tout ! Nous autres, on continuera jusqu'à la maison du libraire.

Il désigna l'arbalétrier, le garde de Longvilliers et le sergent Rabardel.

— Vous trois, vous vous placerez devant l'étal. Il faut empêcher toute fuite de ce côté. Tuez quiconque tente de sortir.

— Je préfère rester avec mes gens, décida Longvilliers d'un ton sans réplique.

Grigny tenait à ce que son beau-frère participe à l'assaut. Mais comment s'opposer à sa volonté ?

Il fit la moue et acquiesça de mauvaise grâce.

— Yvonnet, Herichon, Troussefesse et Rabardel porteront le bélier. Une fois devant la porte, ils prendront leur élan depuis le champ en face. Je pense que le vantail se brisera au premier coup. Harling et moi entrerons les premiers, les autres suivront. À l'intérieur, on tue ! Les occupants n'auront pas le temps de réagir ! On filera aussitôt après.

Tous approuvèrent ce plan sans risque. Ils n'auraient même pas à combattre.

Grigny remit alors une bourse à Harling.

Quand le commissaire jugea la nuit assez noire, ils repartirent les uns derrière les autres. La pluie ne cessait pas mais la lanterne en corne permettait de ne pas avancer à l'aveuglette. Et surtout, il connaissait le chemin.

Comme ils chevauchaient très lentement, ils arrivèrent à la taverne bien plus tard. Chacun descendit de selle en s'efforçant de faire le moins de bruit possible. Les chevaux furent sommairement attachés avec leur bride et Troussefesse détacha le bélier.

Le bloc de fonte était terriblement lourd, aussi durent-ils se mettre à quatre pour le porter. Grigny marchait toujours en tête du reste de la bande, brandissant la lanterne devant lui.

Arrivé au coin du chemin avec la ruelle, au niveau de l'étal de la librairie, il hésita à l'éteindre car ils se trouvaient en vue de la tour d'angle de l'enceinte de l'abbaye et qu'une sentinelle pouvait les voir. Il en dit un mot à Harling qui lui conseilla de ne pas le faire. La nuit était bien trop noire et ils risquaient de se faire mal dans l'obscurité, le sol étant particulièrement défoncé et boueux. Et même si un garde donnait l'alerte, qui sortirait en pleine nuit ? lui dit l'Anglais en haussant les épaules.

Grigny garda donc la lanterne. Il montra à Longvilliers où se mettre avec ses gens, puis gagna l'autre côté avec les porteurs du bélier, à qui il désigna la porte. Lui-même et Harling se placèrent de part et d'autre de l'huis et les quatre autres s'éloignèrent d'une vingtaine de pas pour se placer face à l'ouverture.

Posée sur le seuil, la lanterne éclairait à peine.

Troussefesse et Yvonnet, les plus costauds, tenaient l'avant du bélier. Ce seraient eux qui supporteraient le choc quand la tête de fonte frapperait la porte. Les deux sergents se trouvaient donc derrière.

Le Flamand demanda à ses compagnons s'ils étaient prêts et, ayant obtenu leur accord, annonça à voix basse :

— En av…

Une flèche lui pénétra la gorge.

Yvonnet tourna la tête vers lui, ne comprenant pas pourquoi il ne terminait pas sa phrase. Dans la semi-obscurité, il crut voir le Flamand chanceler. Mais il n'eut pas le temps de questionner car le bélier qu'il tenait basculait derrière lui, les deux sergents ayant été atteints à leur tour.

— Que se pass… commença un Yvonnet abasourdi.

Il n'entendit jamais de réponse à sa question, car une quatrième flèche l'avait atteint au torse. Il s'écroula sur le bélier qui venait de tomber en écrasant les jambes des sergents. Herichon, seulement blessé, hurla.

Devant la porte, Grigny entendit le claquement de la corde et le sifflement du trait, puis observa que la tête de Troussefesse s'écartait curieusement de son torse. Il tourna son regard vers l'endroit d'où provenait le claquement et, avec stupéfaction, découvrit un archer, arc tendu, plusieurs flèches en main, qui lâchait un nouveau goujon.

Il comprit vite ! Son ennemi les attendait ! Il s'était dissimulé dans le porche de l'hôtel de Tarrane et allait tous les exterminer.

Harling aussi avait tourné la tête. Il tira son épée et se précipita vers l'archer.

Pas Grigny. Le commissaire n'avait nulle envie de se mesurer à lui. Il détala vers le coin de la ruelle et rejoignit Longvilliers et ses hommes.

Harling demeura donc seul avec le tireur. Ce dernier aurait pu l'atteindre d'une ultime flèche. Il ne le fit point, préférant un vrai combat. L'autre arrivait sur lui en hurlant, épée haute brandie à deux mains. Mathieu attrapa sa propre lame que lui tendit Anselot depuis le porche.

Les fers se heurtèrent dans un éclat de ferraille et d'étincelles.

En vérité l'Anglais n'avait aucune chance. Affaibli par la boisson, il était capable de combattre des vilains ou des marauds, et même de les vaincre, mais contre un chevalier aussi aguerri que Mathieu de Thérouanne il ne pouvait qu'être battu.

Au deuxième coup de taille, qui écarta l'épée anglaise, le faux libraire envoya son genou droit dans le bedon de Harling qui se plia en deux. Mathieu le frappa alors de sa lame à la cuisse, lui tranchant presque la jambe.

L'Anglais s'affaissa dans un hurlement et un flot de sang.

— Mon arc ! cria Mathieu à Anselot qui avait assisté au combat, à quelques pas derrière lui.

Le servant l'avait gardé en main, il le lui tendit avec une poignée de flèches. Le faux libraire les saisit, laissa l'épée et s'élança à la poursuite de Grigny.

Ce dernier avait prévenu Longvilliers et ses hommes que le coup venait de rater et, sans les attendre, avait déjà atteint le jardin abandonné.

— Guerpissons ! cria le commissaire au jeune Flamand.

L'autre demeura interloqué. Grigny défit la bride. Pied sur un étrier, il lança l'animal. Longvilliers et ses gens arrivaient derrière lui.

— Que se passe-t-il ? demanda le Meschin.

— Pas le temps ! C'est raté !

Tous trois imitèrent Grigny, sautant en selle en un éclair tant la peur les talonnait.

— Où sont Troussefesse et Harling ? demanda le jeune Flamand.

Aucun ne répondit. Ils l'ignoraient et s'en moquaient.

Les fuyards sortirent du jardin au trot. Désemparé, le Meschin était à son tour monté sur son cheval. Restait celui du Gascon. Qu'en faire ? s'interrogea le jeune.

Il décida de le laisser et vida les lieux sans demander son reste.

Mathieu avait vaguement vu trois ombres disparaître vers le jardin. Or, il savait l'endroit sans issue. Il s'arrêta, tendit son arc et attendit, bien campé sur ses jambes, en position de tir. Soudain, un cavalier surgit, puis un autre suivi d'un troisième. Il tira sur le premier, incertaine silhouette dans l'obscurité, l'atteignit sans doute dans le dos, mais il entendit le bruit métallique que faisait le fer en heurtant un corselet. Le cavalier poursuivit.

Le faux libraire visa ensuite le troisième, qui tomba. Il n'avait pu distinguer le deuxième qui, en longeant les maisons, s'était presque rendu invisible.

Alors un quatrième cavalier apparut. C'était le Meschin et lui reçut le trait dans un flanc. Il chuta de cheval.

Mathieu attendit un moment. Il ne semblait plus y avoir personne. Deux des blessés atteints remuaient et gémissaient. Il songea un instant à les achever avant d'en rejeter l'idée. Les cris avaient pu réveiller des voisins. Il devait disparaître.

Il se retourna vers Anselot.

— Rentrons !

— À l'aide ! gémit une voix provenant de la ruelle.

Le chevalier et son servant coururent vers la librairie.

Le sergent Herichon, qui avait reçu le bélier sur la cuisse, avait réussi à déplacer l'engin, mais ne pouvait se lever, ayant la jambe brisée. C'est lui qui avait appelé.

Quand il les vit approcher, la lanterne de Grigny étant toujours à sa place, il s'arrêta de crier, devinant son erreur.

41

Lundi 27 mai 1426

Dans une verte prairie, Edward se trouvait en compagnie de Gabrielle qu'il aimait tant. Enfin de retour en Angleterre, il connaissait la félicité.

— Maître ! Maître !

Ces paroles bruyantes et le tambourinage à la porte de sa chambre firent disparaître le doux songe dans lequel il s'abandonnait.

Il ouvrit les yeux, chose inutile puisque son lit fermé se trouvait dans une totale obscurité. Il écarta le lourd rideau de la fermeture et s'assit.

Sa chambre n'était pas sans lumière grâce aux braises rougeoyantes dans la cheminée et au rayon lumineux qui filtrait par l'interstice du volet intérieur de la fenêtre.

— Entre, Mathurin ! répondit-il à l'intendant dont il avait reconnu la voix.

La porte s'ouvrit et le vieil homme parut.

— Maître, le prieur de l'abbaye de Saint-Germain est en bas ! Il veut vous rencontrer de toute urgence !

Urgence ? À cette heure matinale ? Que diable s'était-il encore passé ?

— Fais-le monter ! Je mets un vêtement ! Et préviens messire Watson afin qu'il nous rejoigne !

Il sortit du lit, enfila sa houppelande au col de petit-gris sur sa chemise de nuit et se coiffa de son bonnet à bord relevé. En attendant l'arrivée du visiteur, il prit quelques morceaux de bois dans le bûchier pour les jeter dans l'âtre, puis alla à la fenêtre dont il ouvrit le volet et le battant.

Pas de pluie, mais un brouillard poisseux qui collait aux verres sertis, tellement épais qu'on ne distinguait rien de la rue.

Des bruits dans l'escalier. Le clerc revint à la porte pour l'ouvrir. C'était le prieur suivi de l'intendant.

Le père Morillon entra. Son visage d'une inquiétante pâleur témoignait de son agitation. Holmes remarqua que ses mains tremblaient convulsivement.

Sa coule était trempée au niveau des jambes.

— Antoine, fais-nous porter du posset[1] bien chaud ! Mon père, asseyez-vous près du feu, je vous en prie.

Il désigna son propre siège à coussins. Le religieux obtempéra, toujours agité.

— Vous devez avoir une grave raison pour être venu derechef à dos de mule et non en chariot.

— Vous m'avez vu arriver ? Avec ce brouillard ?

— Non, simplement les rues inondées ont détrempé votre froc. Ce ne serait pas arrivé si vous étiez venu en chariot bâché.

Le religieux approuva d'un signe de tête en tendant ses jambes vers le foyer.

— Qu'est-il advenu à l'abbaye ? s'enquit le clerc.

1. Mélange de lait, de noix de muscade et de bière qui se présentait comme une sorte de lait caillé. Les Anglais raffolaient de cette boisson censée soigner tous les maux.

— Rien à l'abbaye, rassurez-vous ! Mais de nouvelles victimes… Hélas nombreuses… Grâce au Ciel, hors de la clôture…

Holmes rassembla les extrémités de ses dix doigts, s'efforçant de garder son calme en baissant à demi ses paupières.

— Le libraire ?

— Non… Enfin, je n'ai pas vu son corps parmi les trépassés…

Edward allait poser une nouvelle question quand Watson entra, revêtu d'une robe enfilée à la hâte, sans ceinture et coiffé d'un bonnet. Il salua le moine avec une expression interloquée.

— Dieu vous donne bon jour, mon père, dit-il.

— Un jour qui commence bien mal, hélas !

— Viens t'asseoir à côté de moi, Gower, proposa le clerc. Notre très haut prieur a de singulières nouvelles à nous apprendre…

— Plus que singulières, terrifiantes… J'ai l'esprit en désordre, pardonnez-moi si je suis confus…

Son visage reprenait un peu de couleur, comme si le fait de se trouver dans cette maison, en présence de ces hommes dont il espérait tant, lui apportait un peu de paix.

— Je vais m'efforcer de commencer dès le début… Tôt ce matin, juste avant la pique du jour, Jacquot Baigner, un tenancier qui vient vendre les légumes de son jardin au marché de l'abbaye, a buté sur un corps devant l'hôtel de Tarrane. Il a arrêté son âne, pour examiner le cadavre : un individu en harnois. Malgré la semi-obscurité, il s'est rendu compte que du sang séché le recouvrait et qu'il avait une jambe quasiment détranchée. Le laboureur s'apprêtait à repartir pour prévenir l'abbaye quand il a aperçu d'autres formes à quelques pas, dans le champ devant l'hôtel. Il connaît bien les lieux où il passe deux fois par semaine. Prudemment, il est allé voir. Il s'agissait de quatre autres victimes et d'un gros objet de fonte que j'ai identifié plus tard quand j'ai été prévenu : un bélier.

Holmes, qui avait maintenant joint les mains devant sa bouche et fixait le feu pétillant dans la cheminée, tourna la tête vers Watson et la hocha.

— On a attaqué la maison du libraire, comme tu le craignais, dit-il.

— En fait, non ! réfuta le prieur. Mais laissez-moi poursuivre.

Constance se présenta alors avec le pot de posset. Elle s'agenouilla devant le prêtre, qui la bénit d'un signe de croix, puis alla prendre un hanap d'étain et deux plus petites coupes dans l'un des casiers de l'armoire aux panneaux peints de scènes bibliques. Elle les emplit de la boisson réconfortante, donna le hanap au père Morillon et les coupes aux Anglais.

Chacun porta le récipient à ses lèvres et le vida d'un coup. Après le départ de Constance, le prieur reprit :

— Revenu à son âne, notre homme s'apprêtait à prévenir l'abbaye quand il a entendu des exclamations provenant du chemin, au coin de l'échoppe du libraire. Persuadé qu'il s'agissait de ceux qui venaient de commettre ces meurtres, il a pris peur et déguerpi. À l'abbaye, il a prévenu les gardes qui m'ont fait chercher et nous sommes allés ensemble à l'endroit de ce prétendu massacre. Je dis prétendu car, lorsque j'ai interrogé le tenancier, il s'est montré d'une singulière confusion. Il n'a d'ailleurs pas voulu nous accompagner, en arguant qu'il devait vendre ses marchandises.

» Or, en chemin, nous avons rencontré un tavernier dont la gargote se trouve sur le chemin d'angle de la librairie. L'homme venait me prévenir de la présence de deux corps devant son cabaret. J'en ai conclu que notre vilain avait raison et qu'il s'agissait des cadavres découverts. Je me trompais sur tout. Il y avait bien deux victimes auprès de la taverne, et cinq autres devant la maison du libraire. C'est là que j'ai identifié le bélier.

— Et maître Hennebault, l'avez-vous vu ?

— Point. Sa boutique était close et il n'a pas répondu à mes appels.

Le visage de Holmes manifesta un étonnement certain, suivi aussitôt d'un grand soulagement.

— Dieu merci ! fit-il. Puis-je vous raccompagner pour aller examiner tout cela ?

— Je viens vous le demander, car ce n'est pas tout !

— D'autres cadavres ? ricana Watson.

— Non, Dieu merci ! Mais je connais deux des victimes.

— Dites…

— Les sergents à verge du parlement : Perrin Herichon et Martin Rabardel.

Le visage de Holmes se durcit. Ses yeux brillants prirent la dureté de l'acier. Tête penchée en avant, épaules courbées, lèvres serrées, ses narines se dilataient comme celles d'un animal en chasse.

— Prévisible, lâcha-t-il. Et les autres trépassés ?

— Jamais vus.

Une moue contrariée balaya la figure du clerc, qui se leva.

— Laissez-nous le temps de nous habiller correctement et nous partirons.

Peu après, ils faisaient route vers le pont Saint-Michel dans des linceuls de brouillard qui dérivaient en laissant par moments apercevoir les colombages multicolores des maisons. Le sol n'était que mares et cours d'eau.

Dans l'Outre-Petit-Pont, la rue Saint-Jacques se révélait moins inondée que les voies de la rive droite, mais la brume s'était transformée en une sorte de mur ouateux. Bien que le jour soit levé, le ciel demeurait invisible.

Le père Morillon était venu accompagné par son fidèle secrétaire et ce dernier, lui aussi à dos de mule, chevauchait avec Gower sans guère parler. Devant eux, Holmes n'avait posé que quelques questions au prieur, essentiellement sur les armes et harnois portés par les victimes et sur la façon dont elles avaient été occises.

Toutes sauf une avaient été atteintes par des flèches, avait affirmé le prieur, ce qui intriguait Edward.

Contrairement aux Anglais, chez qui l'arc était l'arme de trait la plus utilisée, les Français préféraient l'arbalète. S'il existait deux guildes de tireurs à Paris, la plus importante était celle des arbalétriers, commandée par un grand maître, qui possédait un champ de tir[1] donné par le roi, sis entre la vieille rue du Temple et la Culture Sainte-Catherine. La guilde des archers, elle, était bien moins lotie et n'avait à sa tête qu'un connétable. De plus, ses membres ne recevaient que

1. On y accédait par une allée dont il reste l'impasse des Arbalétriers, qui menait aussi à l'ancien hôtel Barbette.

deux sous par jour en campagne alors que les arbalétriers en percevaient trois.

Cette situation expliquait le faible nombre d'archers adroits à Paris, au point que Gower était le meilleur de la ligue, bien que des gens comme les frères Poitevin, Gautier Tassard ou encore Jacques L'Aigle soient d'honorables tireurs.

Six personnes avaient été abattues par des flèches cette nuit près de l'abbaye. Combien d'archers y avait-il ? Étaient-ils des amis de maître Hennebault ? D'où venaient-ils ? Étaient-ce des Armagnacs ? L'affaire prenait désormais une autre ampleur. C'était le principal sujet d'inquiétude de Holmes. Le second portait sur le libraire. Qu'était-il devenu ? Car nul doute que les occis, qui comprenaient les sergents au service de Grigny, voulaient s'en prendre à lui.

À la porte Saint-Jacques, Edward interrogea un garde avec qui il avait déjà eu affaire[1], un destachalard d'une extrême maigreur, sale comme un verrat, nommé Gilet.

— Hier, avez-vous vu sortir les sergents au parlement Herichon et Rabardel ? lui demanda-t-il en montrant un blanc tentateur.

— Oui, mon maître.

Holmes lui remit la pièce en ajoutant :

— Avec qui étaient-ils ?

À ce moment, intrigué, le capitaine de la porte, qu'Edward connaissait également, s'approcha et intervint :

— S'agit-il d'une nouvelle enquête prévôtale, maître Holmes ? demanda-t-il d'un ton aimable.

1. Voir *Cinq médailles d'argent*, *op. cit.*

Quatre ans auparavant, le clerc lui avait montré une image représentant un visage et posé de singulières questions sur cette personne. Quelques semaines plus tard, il était revenu avec messire Rapine, le lieutenant civil du prévôt, pour lui confier que les investigations qu'il avait conduites avaient permis de déjouer une tentative visant à forger une clef de la poterne de la porte Saint-Jacques. Sans lui en donner tous les détails, il avait expliqué au capitaine l'astucieuse manœuvre conduite par un serrurier à la solde des Armagnacs, afin qu'il soit encore plus vigilant à l'avenir.

L'officier aurait pu perdre sa charge pour s'être laissé abuser mais Holmes l'avait défendu auprès de messire Rapine. Donc il lui en savait gré.

— Pas encore, mon maître. Mais si vous voulez m'aider, gardez silence sur mes questions. Le régent sait qu'il peut s'appuyer sur votre fidélité.

— Vous pouvez compter sur nous, maître Holmes ! Compris, vous autres ? ajouta-t-il en s'adressant à Gilet et à un autre garde, individu au bedon proéminent.

Les deux hochèrent la tête.

— Pour répondre à votre question, maître Holmes, les sergents se trouvaient en compagnie du commissaire sur le fait des confiscations et forfaitures. Messire de Grigny peut franchir la porte quand il le désire, comme tout gentilhomme au service du premier président. Il était accompagné de son beau-frère, que je ne connaissais pas, et de deux autres cavaliers. Ils m'ont dit partir en mission pour monseigneur le duc de Bourgogne.

Le visage de Holmes s'éclaira.

— Cela confirme ce que je sais, messire. Rassurez-vous, messire de Grigny et son beau-frère agissent bel et bien pour monseigneur. Nous-mêmes avons une autre affaire à terminer à l'abbaye de Saint-Germain, précisa Edward en désignant le passage.

— Gilet, fais descendre le plateau ! ordonna le capitaine.

Les Anglais et les religieux franchirent la porte et, une fois hors de portée d'oreilles, le prieur, visage empreint d'inquiétude, questionna :

— Messire de Grigny se trouvait donc hier soir avec les sergents qui ont été occis...

— Tout l'indique.

Lui et Edward gardaient leurs mules de front. Gower suivait avec le secrétaire.

Le prieur garda silence un moment, soit pour réfléchir aux implications de ce qu'il venait d'apprendre, soit parce qu'il espérait que le clerc anglais l'éclairerait. Mais rien ne vint du côté de ce dernier.

— Je sais que deux et deux font quatre, maître Holmes, et n'oublie pas que c'est monsieur de Grigny qui a dénoncé maître Hennebault. Je pressens qu'il est revenu cette nuit pour l'occire... Auquel cas, ce carnage n'est selon moi que la conséquence d'une vengeance, d'un règlement de comptes... Ce libraire a sans doute causé du tort au commissaire, voire à son beau-frère...

— Vous raisonnez avec justesse, mais peut-être y a-t-il d'autres embrouilles. Mieux vaut éviter d'être mêlé à ce genre de vindicte. Aussi je vous conseille de n'en dire mot à personne.

— Je serai muet comme une tombe, soyez-en certain, et mon secrétaire n'est pas un bavard. Cependant on apprendra vite ce qui s'est passé cette nuit. Nul doute que messire de Morvilliers et le prévôt de Paris voudront en savoir plus. Si l'on m'interroge, dois-je parler de monsieur de Grigny ?

— Si l'on vous interroge, répondez que vous ignorez tout des raisons de ces meurtres. N'est-ce point la vérité ?

Un silence. Puis ces mots du père Morillon accompagnés d'un sourire énigmatique :

— En effet !

42

À l'abbaye, le prieur conduisit les Anglais dans une salle basse et voûtée, à proximité de la chapelle de la Vierge, pièce dans laquelle on avait déposé les sept cadavres sur des planches soutenues sur des tréteaux. L'endroit puait déjà l'aigre et écœurant remugle de la décomposition des corps.

Les victimes n'avaient point été dévêtues, bien qu'on leur ait ôté leurs armes et qu'on ait retiré les flèches de leurs corps.

Holmes et Watson commencèrent à les examiner les uns après les autres, tandis que le secrétaire du prieur et le soldenier qui les accompagnaient demeuraient près de la porte. Le père Morillon faisait des commentaires en passant les victimes en revue :

— Ces trois-là gisaient près du bélier que j'ai fait porter là-bas.

Holmes leva les yeux vers l'engin appuyé contre le mur, énorme barre de fer à poignées avec une tête de bélier à son extrémité.

— Celui-là est le sergent Martin Rabardel. Le sergent Herichon est le quatrième. Lui a la jambe brisée et une blessure mortelle à la poitrine, à coup sûr causée par une épée.

Holmes étudia la dépouille horriblement meurtrie avant de se déplacer jusqu'au bélier. Il essaya, en vain, de le soulever et passa un doigt sur une tache rougeâtre avant de revenir vers le cadavre de Herichon.

— Un trait l'a atteint, comme ses compères. À la cuisse. Une blessure douloureuse mais pas mortelle. Ces quatre-là tenaient le bélier par les poignées et s'apprêtaient à démolir la porte du libraire quand ils ont été atteints en même temps. Ils ont lâché l'engin et Herichon l'a reçu sur la jambe. Un os s'est brisé et il a eu le mollet écrasé. Il a essayé de se dégager, sans y parvenir, car quelqu'un est venu l'achever. D'où le coup d'épée, ici.

— Donc, il y avait au moins quatre archers, conclut le prieur.

— Pas forcément. Un bon archer anglais tire quatre flèches avant que vous ayez pu réciter la première strophe d'une patenôtre, objecta Gower.

— Mais qu'aurait fait un archer anglais à cet endroit ? l'interrogea Holmes.

Watson désigna la victime à la cuisse détranchée qui n'avait point reçu de trait :

— Celui-là est anglais ! Il se nomme Harling.

Son ami se rapprocha du corps et regarda le visage, qu'il n'avait jamais vu.

— Le connais-tu ?

— Il se trouvait à Azincourt et se disait chevalier. Vrai ou faux, je ne sais, mais c'était un véritable ivrogne et un joueur damnable. Avec une petite bande, il protégeait la Ville-l'Évêque des maraudeurs. Je l'ai rencontré deux ou trois fois à l'enseigne de la *Cornouailles*, aux Halles. Tu sais que c'est là que les Anglais de Paris se retrouvent pour parler du pays.

C'est comme ça qu'on a discuté de la Ville-l'Évêque, où nous avions chassé les loups[1].

Holmes demeura impénétrable, ne voulant pas que le prieur apprenne trop de choses. Mais il savait par maître Chuffart que Morvilliers avait confisqué une ferme à la Ville-l'Évêque. Donc le premier président devait parfaitement connaître ce Harling. Tout comme Grigny.

— Ce serait un règlement de comptes entre Anglais ? s'enquit le prieur.

— Bien possible, admit le clerc sans y croire le moins du monde.

Il examina les deux dernières victimes, des inconnus, et remarqua que l'un d'eux avait le bras brisé ; l'os du coude sortant des chairs.

— Le tavernier n'a-t-il point trouvé de chevaux ?

— Il ne m'en a pas parlé.

Le garde de l'abbaye, qui attendait à la porte et ne perdait rien de la conversation, intervint alors :

— Oui, mon maître. Je l'ai appris par le petit Gérard, qui s'occupe de l'écurie. Mais le vieil André ne veut pas que ça se sache, pour pouvoir les garder.

— J'irai le voir afin d'en savoir plus, décida Holmes. Mon père, mettez ces gens en terre et prévenez Morvilliers que ses sergents sont ici. J'aimerais volontiers visiter la boutique du libraire, mais vous m'avez dit qu'elle est fermée... Et je n'oserais utiliser le bélier.

D'un signe de tête en direction du garde, il fit comprendre au prieur qu'il voulait lui parler sans témoins.

— Nicaise, tu peux retourner avec les autres, je fermerai la pièce, dit ce dernier.

1. Voir *Le Chien des Basqueville*, *op. cit.*

L'homme s'en alla sans discuter, n'éprouvant aucune envie de rester dans la salle puante. Une fois la porte fermée, Edward interrogea le prieur :

— Ne m'avez-vous pas dit que la maison et l'échoppe louée par maître Hennebault appartiennent à l'abbaye ?

Embarrassé, car il devinait où le clerc voulait en venir, le religieux balança la tête.

— Oui… C'est notre trésorier qui les a louées à maître Hennebault, confirma-t-il.

— Vous possédez des doubles de la clef, non ?

— Hum… Notre vénéré abbé les détient, en effet.

— Il est important que j'apprenne ce que recherchaient ces gens…

Il désigna les corps.

— Mais, s'il s'agit d'une querelle entre Anglais… Quelle importance ?

Comme Edward demeurait de marbre, le prieur murmura :

— Si l'on apprend que l'abbaye laisse des inconnus pénétrer dans les maisons louées, voire les fouiller, nous perdrons toute crédibilité…

À son tour, Holmes se gratta la gorge avant de proposer :

— Vous n'avez qu'à nous accompagner. Il suffira que ce soit vous qui entriez le premier pour repousser tout commérage. Qui irait vous faire le reproche de conduire une enquête afin de savoir ce qu'est devenu maître Hennebault après pareil carnage ? *A contrario*, si vous ne le faisiez pas, on pourrait vous reprocher de rester indifférent à cette agression.

— C'est juste…

Cependant, le religieux hésitait encore. Il regarda son secrétaire, qui paraissait approuver Holmes, aussi déclara-t-il :

— Voici ce que je vous propose : allez là-bas, faites vos investigations et je vous rejoindrai avec la clef si le père abbé accepte de me la remettre.

L'accord étant fait, les deux Anglais s'en allèrent, non sans que Watson ne récupère trois flèches intactes parmi celles qui avaient tué.

Peu après, ils se trouvaient devant l'échoppe où ils s'étaient rendus à pied. Étal, porte et fenêtre étaient clos. Aucun signe de vie. Holmes observa les traces de l'échauffourée, mais rien de plus. Il alla donc à la porte du libraire et frappa en le hélant :

— Maître Hennebault ! C'est maître Holmes ! J'ai besoin de vous parler !

Il répéta ses appels deux ou trois fois, sans succès, et proposa alors à Watson de se rendre à la taverne.

Dans son cabaret, le prénommé André bavardait avec quelques clients, évoquant les cadavres de la nuit. Il se tut en voyant entrer ce clerc à la tête de corneille fureteuse et le rouquin solidement armé qui l'accompagnait. Il remarqua surtout la poignée de flèches qu'il tenait à la main et devina aussitôt la raison de leur visite.

Holmes s'approcha de lui, déduisant qu'il était le tavernier à cause de son tablier taché de vinasse.

— Maître André ?

— C'est moi.

— Je voudrais vous parler.

— De quoi ? rétorqua l'autre, agressif.

— De chevaux, par exemple… Si nous allions dehors ?

Holmes désigna la porte.

Le visage du cabaretier s'affaissa, et l'homme obtempéra en jurant *in petto*.

Une fois dans la rue, le clerc lui annonça :

— Vous vous êtes approprié des chevaux.

— Abandonnés ! Ils n'avaient plus de maître, répliqua l'autre avec une expression revêche.

— Hélas, je sais à qui ils appartiennent… (Holmes leva une main conciliante.) Et il ne tient qu'à vous que je garde le silence. Je veux seulement les voir, examiner la sellerie, et que vous me rapportiez ce que vous savez.

Le cabaretier demeura visage fermé.

— Comme vous voulez ! fit le clerc. Viens, Gower, nous avons d'autres visites à faire.

— Attendez ! Ils sont dans l'écurie, avec les selles, mais il n'y a rien d'intéressant.

— Conduisez-moi et, en chemin, expliquez-moi ce qui s'est passé cette nuit.

— Cette nuit, je n'en sais rien. Ce matin, en sortant, j'ai vu un corps avec une flèche dans le flanc, pour ainsi dire devant ma porte. Une flèche comme celles-là. (Il désigna les boujons de Watson.) Comme le jour se levait à peine, j'ai appelé mes gens pour qu'ils m'apportent une lanterne. Bref… l'homme était mort, et bien mort… un jeune, vidé de son sang. Un hennissement a résonné, un cheval s'est approché, puis un second. Mon garçon d'écurie les a attrapés et a aperçu l'autre corps, plus loin sur le chemin, dans une flaque de boue. Comme le premier, tué d'une flèche.

— Dans la nuit, n'avez-vous rien entendu ?

— Rien ! Mais, les volets clos, aucun bruit ne passe.

Ils entrèrent dans l'écurie. Deux chevaux se trouvaient serrés près d'un mulet. Les Anglais les examinèrent.

De solides bêtes, observa Watson. Pas des destriers ni des coursiers, mais certainement des montures fort honorables en chevauchée.

Le cabaretier, lui, demeurait silencieux. Il espérait toujours que ces animaux lui rapporteraient cinquante livres à la vente, sans compter les autres dans la maison voisine abandonnée et dont l'Anglais ignorait la présence. Mais allait-on les lui laisser ?

Gower et Edward passèrent ensuite aux selles. Hélas, quelconques, elles ne présentaient aucune marque.

— Ce sera tout, décida Holmes en s'adressant à maître André. Les chevaux sont à vous, je doute que quiconque les réclame. Néanmoins, si c'était le cas, prévenez le prieur de l'abbaye, il saura m'avertir.

Les deux hommes revinrent à la maison de Blaise Hennebault où le père Morillon et son secrétaire les attendaient.

— Avez-vous ouvert ? interrogea Holmes en approchant.

— Point. Nous vous attendions. J'ai frappé à l'huis, mais personne n'a répondu, affirma le prieur.

— Alors, ouvrons !

Le père tenait la clef à la main. Il la mit dans la serrure et fit aisément tourner le pêne.

Il tira le battant. On n'avait pas mis les verrous, donc la maison était bien vide de ses habitants.

Comme le religieux lui livrait le passage, Holmes entra. Bref regard à la boutique. Elle était inchangée, bien qu'il observe l'absence du luth. Il s'engagea ensuite dans l'escalier, Watson sur ses pas.

La pièce d'étage avait la taille de la boutique et de l'ouvroir. Petite, donc, avec un grabat, simple cadre de bois vide n'ayant conservé que sa paillasse, une huche vermoulue de deux pieds de haut et trois de long, un banc branlant. Plusieurs carreaux du sol manquaient. Un foyer de pierre, qui avait noirci le mur, avec des cendres froides et une marmite de fer. Plus de bois dans le bûchier. Sur une étagère, une écuelle, un grand pot et une cruche. Une chaise percée sans dossier. Aucun vêtement, pas de literie.

Il ouvrit le coffre et, en soulevant le couvercle, entendit tomber quelque chose derrière.

— Aide-moi à le tirer, dit-il à Watson.

Ils écartèrent le meuble, sous le regard intrigué des deux religieux.

C'était une flèche.

Holmes la saisit et l'examina en la tournant plusieurs fois.

— Elle paraît identique à celles que tu as prises, dit-il après avoir manipulé l'empennage.

Watson l'examina à son tour :

— Ce sont les mêmes. En tout cas, je jurerais que les pennes et le fer ont été posés par le même armurier. Ce sont des flèches longues, comme je les utilise, pour des *longbows*.

— Maître Hennebault serait donc l'un des tireurs ? demanda le prieur. Mais qui étaient les autres ? Comment sont-ils venus ? Où se sont-ils dissimulés ?

Holmes lui accorda un regard appuyé avec ces paroles :

— Justes déductions, mon père.

Les Anglais poursuivirent la fouille, toutefois sans rien apprendre d'autre.

— Maître Hennebault est parti, conclut le clerc en s'adressant au prieur. Et ne reviendra point.

— Parti ? Mais il a laissé des livres de valeur !

— Que l'abbaye les garde, fit Edward en se dirigeant vers l'escalier.

— Que dois-je dire à l'abbé, maître Holmes ? Qui étaient ces tireurs ? Qui étaient les victimes autres que les sergents et cet Anglais ? Et où est parti maître Hennebault ?

— Pour l'heure, ce sont des questions sans réponse, mon père, répondit le clerc, déjà à mi-chemin de la sortie.

La pluie tombait de nouveau et ils se pressèrent pour revenir à l'abbaye. En chemin, le prieur tenta encore d'obtenir des éclaircissements, mais Holmes n'en fournit aucun. En récupérant cheval et mule, il promit au père de l'informer s'il apprenait quelque chose. Un bien vague engagement.

Les deux compères rentrèrent à Paris sans bavarder. La pluie n'y incitait guère et l'attitude d'Edward encore moins. Lorsqu'ils chevauchaient côte à côte, Gower lançait parfois des regards en biais à son ami dont les lèvres serrées indiquaient l'extrême concentration.

Au Petit-Pont, l'eau atteignait le tablier, mais Edward ne le remarqua point.

Arrivé rue du Coq, il ne fut pas plus loquace. Là encore, l'ancien archer n'insista pas. Il connaissait cette disposition chez son compagnon qui allait s'enfermer dans sa chambre, se ferait porter à dîner et sombrerait dans un état méditatif en jouant de la viole, Gracieux couché à ses pieds devant la cheminée de la pièce.

Au fil des ans, Watson avait compris que la solitude et la retraite étaient indispensables à Holmes pour construire un cadre dans lequel tout ce qu'il avait appris s'insérerait à la perfection. Durant ces heures d'intense concentration mentale, il pèserait chaque parcelle de témoignage et édifierait des théories contradictoires, les opposant les unes aux autres pour séparer l'essentiel de l'accessoire.

Les heures s'écoulèrent et la soirée arriva. Watson accompagna Constance et Catherine qui montaient le souper et il trouva Edward assis dans son lit, genoux pliés et mains jointes.

Les femmes déposèrent le repas et Watson allait se retirer quand le clerc parla :

— Où pensez-vous que je sois allé, cher Gower ?

— Vous n'avez pas bougé, mon ami, plaisanta l'archer.

— Au contraire ! Je suis retourné à Saint-Germain.

— En esprit ?

— C'est cela. Mon corps est resté dans ce lit.

— Et qu'avez-vous découvert ?

— Rien, mais je connais la seule question qui compte dans cette obscure affaire.

— Laquelle ?

— Pourquoi maître Hennebault a-t-il ouvert une boutique là-bas ?

43

Lundi 27 mai 1426

Longvilliers rattrapa son beau-frère qui l'attendait à l'endroit où le chemin tournait en direction de Paris.

Le baron avait senti l'impact d'une flèche dans son dos, mais il avait la certitude qu'elle n'avait pas percé le dosseret de son armure.

— Il faut disparaître d'ici ! lui cria un Grigny terrifié.

— Pas sans mes gens !

Le baron se retourna en entendant des bruits de sabots dans la boue. C'était Guimard, son sergent d'armes.

— Où est François ? interrogea-t-il.

— Je l'ai entendu tomber ! Impossible de m'arrêter pour l'aider, j'ai senti une flèche siffler à mon oreille.

— Damnation ! Si on l'interroge et qu'il parle, ce sera gravissime ! Il faut aller le chercher !

— Pas moi, corne diable ! répliqua Grigny. Des archers nous attendaient ! Tous les gens de Harling et les sergents y sont passés !

— Tués ?

— Je l'espère, sinon nous sommes perdus !

Comme Grigny éperonnait son cheval, les deux autres le suivirent et Longvilliers le rattrapa :

— Par Satan et ses légions trois fois maudites, quel sot j'ai été de t'écouter !

— Avais-tu le choix ? Il nous cherchait... Et il a failli nous avoir... Il faut au plus vite trouver un autre moyen de l'empêcher de nous nuire !

Son beau-frère ne répondit point et ils poursuivirent sans parler.

Malgré le rideau de pluie, la muraille de Paris se révélait vaguement dans l'obscurité grâce à quelques lanternes placées en haut des tours.

Soudain Longvilliers demanda :

— Comment ?

— Je ne sais pas encore. Mais je trouverai.

— Où va-t-on ? On ne peut pas rester sous la pluie !

— Il y a une ruine plus loin. On y sera à l'abri le reste de la nuit.

Nouveau silence jusqu'à la bâtisse, une ferme incendiée par des Armagnacs l'année précédente et dont ne subsistaient que des pans de mur. C'est là que, la veille, Grigny était venu se réfugier avec Harling et ses hommes. Or, si le corps de logis avait brûlé, restait l'étable. En s'enfuyant, les pillards avaient emmené vaches et chèvres, mais le dernier feu allumé ne s'était pas propagé.

Dans le bâtiment épargné, ils mirent pied à terre et s'installèrent dans un recoin où s'entassait un peu de paille. Avec l'aide de son sergent, Longvilliers retira son chaperon, son corselet et son dosseret pendant que le commissaire enlevait sa chape de pluie.

Le nommé Guimard parvint à rassembler du bois sec et à l'allumer. Personne ne parlait, tous étant encore sous le coup de l'émotion de leur échec.

Cependant le sergent avait besoin de réponses. Quand les flammes jaillirent, il demanda :

— Qui étaient ces gens qui nous attendaient, seigneur ? Vous m'avez parlé d'un ancien ennemi, mais il aurait dû être seul.

— Celui que j'ai vu tirer sur les gens de Harling et les sergents était seul. Il a fait partir ses flèches en un éclair, confirma Grigny.

— Il était bon archer dans le temps, mais pas à ce point, observa tristement Longvilliers.

— C'est juste… mais nous ignorons ce qu'il est devenu, ce qu'il a fait… Et après tout, peu importe.

— Que va-t-on dire pour François ? s'inquiéta Guimard.

— J'expliquerai que je l'ai envoyé à Lille porter un message. Tu confirmeras. Quant à toi, je t'avais promis un agnel, tu en auras deux si tu restes avec nous.

— Vous êtes mon seigneur, je suis votre homme. Mais si votre ennemi est aussi redoutable, que ferons-nous à trois contre lui ? Il faudrait le surprendre.

— Il faudra d'abord le retrouver.

— Tu crois qu'il ne restera pas à sa maison ?

— Il serait fou ! Quand on va découvrir les cadavres, il sera le premier interrogé. Il semble être nouveau à Paris. On le suspectera d'espionnage… d'ailleurs, ça me donne une idée…

— Laquelle ?

— J'irai voir Morvilliers. Je lui dirai que j'étais sur la piste d'un espion armagnac avec ses sergents et que, alors qu'on s'apprêtait à le saisir, il nous a surpris.

Longvilliers réfléchit un moment à ce que cela impliquerait avant de reconnaître :

— Ce pourrait être une explication valable. Tu diras que j'étais avec toi, et si François n'est pas mort, s'il parle et me met en cause, je pourrai m'expliquer.

— Avec pareille révélation, Morvilliers mettra des gens du Châtelet à mon service.

— Mais, en attendant, comment retrouver ce maudit ?

— Je vais y réfléchir. Essayons de dormir un peu.

À l'aube crevant, ils pénétrèrent dans Paris par la porte Saint-Victor. Longvilliers voulait rentrer chez lui se changer et manger mais son beau-frère lui dit qu'ils devaient dès maintenant préparer la suite. Ils avaient encore à discuter et le plus simple était qu'ils aillent tous chez lui. Là, ils se sécheraient et dîneraient. De surcroît, son épouse voulait lui parler. C'était l'occasion.

Bien que ce détour le contrariât, le baron accepta. D'ailleurs, il souhaitait aussi rencontrer sa sœur qu'il aimait fort et lui parler de son prochain mariage.

Ils entrèrent tous trois dans la cour de l'hôtel de la famille Spifame après avoir fait ouvrir le portail par le portier.

Prévenu du retour de son maître, l'intendant rejoignit le commissaire au pied de l'escalier. Grigny lui demanda de faire porter à dîner dans sa chambre et d'envoyer des valets les aider à retirer leurs harnois. Il pouvait également prévenir son épouse que son frère se trouverait avec lui.

Un peu plus tard, revêtus de robes confortables, ils prenaient place devant une table dressée par les serviteurs, dos au foyer. Une servante avait apporté du bouillon de poule épaissi par des pois et des fèves, du pain et du clairet.

Affamés, ils se jetèrent sur leurs écuelles et, les serviteurs partis, entre deux bouchées, Longvilliers revint sur ce qui le préoccupait :

— S'il n'est plus dans sa librairie, où peut-il aller ?

— Je commence à voir clair dans son jeu… Il avait une bonne raison pour s'installer à Saint-Germain-des-Prés…

Comme Grigny laissait sa phrase en suspens, goûtant à l'évidence le plaisir de faire enrager son beau-frère impatient, celui-ci gronda :

— Mais dis-le donc !

Grigny déposa sa cuillère et écarta les mains.

— Pourquoi chantait-il *Petit Bonhomme* dans Paris ?

— Il fredonnait sans y faire attention… répliqua le baron.

— Non ! Il l'a fait près de la maison de messire de Morvilliers. Il utilisait un luth, m'a dit ta sœur. Il savait que je venais souvent chez le premier président et voulait attirer mon attention, afin que je le suive…

— Pourquoi donc ?

— Pour m'attirer, ou nous attirer, dans un traquenard. Il a un complice qui aurait vérifié qu'on était dans ses pas et, d'une façon ou d'une autre, l'aurait prévenu avant que j'arrive à Saint-Germain. Or, je ne l'ai jamais entendu, et c'est ma femme qui m'a rapporté la chose.

Cette fois, Longvilliers se mordilla les lèvres, évaluant la vraisemblance de l'explication. Comment aurait-il appris leur félonie ? Où était-il durant ces années, depuis Azincourt ?

— Le crois-tu si habile ? laissa-t-il tomber en fin de compte.

— Ne vient-il pas de le montrer ? Il a compris que j'allais revenir après l'échec de la prison. J'ai été naïf en me montrant si sûr de moi. Mais, maintenant que je vois clair dans son jeu, il ne sera pas difficile d'être plus habile que lui…

— Comment ? s'enquit Longvilliers, plein d'espoir.

— Il ne peut pas nous emberlucoquer dans Paris. Donc je suis persuadé qu'il est toujours à Saint-Germain, où il va nous préparer un autre piège. Et là, c'est moi qui vais le tromper le premier.

— Comment ? répéta le beau-frère. On ne sait même pas où il est.

— En chemin, j'ai songé au moyen de le retrouver.

— Lequel ?

— Le Chapuis, ce voleur dont je t'ai parlé. Il était en prison avec lui. Il le connaît.

— Est-il toujours enchartré ?

— J'ai dit à Doule qu'il pouvait aller le faire chercher… Mais l'a-t-il déjà fait ? Si oui, Le Chapuis doit être emprisonné au Châtelet. Si non, il se trouve toujours dans la prison de l'abbaye d'où je pourrais le faire chercher.

Le baron hocha la tête, songeur.

— Une fois que j'aurai récupéré Le Chapuis, je vais lui ordonner de rôder dans Saint-Germain, peut-être de se rendre à la taverne où le complice de notre ami allait chercher leur dîner. Il finira bien par le découvrir.

— Admettons qu'on le trouve, et ensuite ?

— Puisqu'il s'agit d'un espion armagnac, j'aurai des gens de Morvilliers, des hommes du Châtelet, et, pourquoi pas, les tiens. Cette fois on ne lui laissera aucune échappatoire.

Le baron hocha longuement la tête.

Les beaux-frères et le sergent (qui n'était pas intervenu dans la discussion) ne pouvaient pas le deviner mais la dame de Grigny avait peu dormi et, ce jour-là, s'était levée tôt. Aussi, quand l'intendant était venu lui annoncer que son frère se trouvait céans chez son époux, elle avait décidé d'aller lui parler. D'évoquer le passé et le chanteur de *Petit Bonhomme*.

Elle descendit donc au premier étage, non point par le grand escalier mais par celui en colimaçon qui permettait aux domestiques de passer d'une pièce à l'autre. Cette descente, fort étroite, était plutôt sombre mais point tout à fait obscure car au niveau des salles se trouvaient de petites ouvertures verticales apportant un fin rayon de lumière.

Il se trouve que ces fentes permettaient aussi d'entendre.

La dame de Grigny allait ouvrir la porte de la chambre de son époux quand elle entendit les mots : « S'il n'est plus dans sa librairie, où peut-il aller ? »

Elle se figea, écouta et, au bout d'un moment, remonta, le cœur torturé d'angoisse. Mais sa décision était prise.

44

Mardi 28 mai 1426, jour de la Fête-Dieu

Holmes n'avait guère dormi. Durant la nuit, il avait échafaudé toutes sortes de conjectures mais il ignorait trop de faits pour parvenir à une conclusion solide. Seul Chabridel pouvait lui apporter quelque clarté et il priait le Ciel pour que sa mission réussisse.

Au lever du jour, il était sorti avec Mathurin l'intendant et Michel le concierge afin d'examiner l'état de la rue du Coq. Il ne pleuvait plus mais l'eau avait encore monté et atteignait un demi-pied. Elle arrivait désormais à la marche du perron et, si elle montait plus haut, elle inonderait la maison. Les deux serviteurs proposèrent d'ériger un muret de pierres et de planches pour contenir les flots, obstacle qui permettrait quand même aux montures de passer si les maîtres devaient sortir.

Plus tard, installé dans la salle basse pour méditer devant la cheminée, Edward s'était assoupi malgré lui. Il avait tout de même entendu sonner none à l'église de Saint-Germain-l'Auxerrois, puis le tintement répété de la cloche du porche.

Ce ne pouvait être Enguerrand, se dit-il. Il était trop tôt. Et comme aucun serviteur n'était présent dans la salle, car ils veillaient à respecter le sommeil de leur maître, il se leva.

Dans la cuisine, Constance et Catherine s'activaient sans bruit à couper de gros choux. Gower leur tenait compagnie et s'apprêtait à aller ouvrir mais, voyant son ami sortir de sa torpeur, il le rejoignit et l'accompagna à la porte.

— Où en est l'eau ? demanda Edward.

— Il ne faudrait pas qu'elle monte beaucoup plus.

Il tira les verrous et écarta l'huis.

Deux dames. La première, en houppelande bordée de petit-gris, était l'épouse du commissaire sur le fait des confiscations et forfaitures, et la seconde à coup sûr sa femme de chambre. Leurs pieds et leur bas de robe étaient trempés.

Les Anglais s'écartèrent pour les laisser entrer. Lorsqu'elles furent à l'intérieur, Watson sortit sous le porche et vit le chariot bâché tiré par une robuste mule. Le valet qui conduisait l'animal se montrait préoccupé en regardant le flot.

— Vous pouvez poursuivre jusqu'au jardin du Louvre et revenir par la rue Champ-Fleury, lui conseilla Gower. S'il y a trop d'eau, je vous enverrai mes gens pour vous aider à faire demi-tour.

Pendant ce temps, Holmes et les deux femmes demeurèrent un instant face à face. Edward remarqua combien madame de Grigny paraissait mal à l'aise. Mais il lut aussi dans son regard une farouche volonté. C'est elle qui l'avait conduite rue du Coq, certainement à l'insu de son époux, et malgré les dangers de l'inondation. Quant à la servante, elle affichait son inquiétude.

Le clerc s'inclina avant de déclarer :

— Noble et gracieuse dame, j'espérais votre visite car j'ai des nouvelles pour vous. Veuillez prendre place près du foyer. Je vais vous servir un réconfortant vin de muscade…

— Votre merci, mon maître, mais je ne resterai point. Je suis juste venue vous poser deux questions. En premier lieu, avez-vous retrouvé mon troubadour ?

— Oui, madame, je lui ai même parlé, mais des méchants lui ont cherché noise et il a depuis disparu de son logis.

Elle hocha la tête.

— Est-il libraire à Saint-Germain-des-Prés ? s'enquit-elle.

— En effet…

Comment le savait-elle ? Par son mari, sans doute, conclut Holmes.

— Vous venez de confirmer mes craintes, mon bon maître.

Elle lui tendit la boursette en velours rouge qu'elle tenait à la main.

— Viens, Madeleine !

— Un instant, noble dame, intervint Edward en saisissant la bourse. Laissez-moi vous apprendre autre chose…

Elle hésita à tourner talons et, pourtant, attendit.

— Vous êtes l'épouse de messire Elnard de Grigny, qui par deux fois s'en est pris à cet homme que vous recherchez. Qu'est-il pour vous ?

Son regard témoigna de sa surprise. Ses lèvres trémulèrent un instant avant qu'elle parvienne à dire d'un ton fâché :

— J'ignore comment vous avez appris qui je suis, mais je vous avais demandé de ne point chercher à le faire. Quant à mon époux, ne vous mêlez pas de ses affaires, il est plus dangereux que vous ne l'imaginez.

— Rassurez-vous, je ne le crains point. C'est pour vous que j'appréhende.

— Alors, oubliez-moi. Je ne suis jamais venue ici. Sachez que j'ai un frère qui me protégera.

Elle tourna les talons et fit face à Watson devant la porte. Ce dernier ouvrit le battant et les deux femmes sortirent sans une autre parole.

— Je n'aime pas cela, murmura Holmes, tandis que Gower refermait l'huis.

Pendant que la dame de Grigny se trouvait rue du Coq, son époux était au parlement. La veille, il y avait rencontré le premier président et lui avait sorti la fable du faux libraire espion armagnac, qui n'était d'ailleurs guère éloignée de la vérité, même s'il l'ignorait. Cet espion, qui à l'évidence préparait un mauvais coup, avait exterminé les gens qui devaient le saisir, avait-il raconté.

Le commissaire des confiscations avait admis ne pas avoir envisagé l'existence de complices et humblement reconnu être seul responsable du massacre.

Effaré, Morvilliers l'avait écouté dans un mélange d'inquiétude et de fureur. Inquiétude tant il savait sa position précaire. Que les Armagnacs s'emparent d'une porte de Paris en l'absence du régent, et son sort serait terrible. De fureur, parce qu'une fois de plus le prévôt de Paris, son lieutenant et les commissaires examinateurs du Châtelet s'étaient montrés incapables de surprendre pareil complot.

Quoi qu'il en soit, le premier président avait gobé sans peine une histoire somme toute vraisemblable. En effet, il ne se passait pas un mois sans qu'on saisisse un espion armagnac, en général dénoncé par ses voisins. Évidemment, la plupart de ces épieurs n'en étaient point, mais la jalousie, l'envie ou le désir de vengeance suffisaient pour conduire des innocents au gibet.

En précisant que ce prétendu libraire faisait le ménétrier en ville, le commissaire des confiscations avait renforcé son histoire par un détail accablant. En effet, quelques mois plus tôt, le capitaine de la ville de Melun avait mis « à la géhenne » un individu porteur d'une harpe et chanteur de ballades. Sous la torture, le ménestrel avait confessé avoir été envoyé par les Armagnacs[1].

Convaincu, le premier président avait, par une lettre, donné à Grigny toute liberté pour saisir l'espion.

Le commissaire avait donc envoyé des huissiers du Palais à l'abbaye de Saint-Germain avec l'ordre d'en ramener Le Chapuis, s'il était toujours en prison.

Mis à part quelques embarras liés à la rue Saint-Jacques inondée, l'affaire s'était déroulée sans difficulté, le prieur de l'abbaye étant même satisfait de se débarrasser de son voleur.

Comme le lui avait conseillé Edward Holmes, il avait déclaré aux envoyés de Morvilliers qu'on venait de retrouver près de l'enceinte deux sergents du parlement assassinés au milieu d'autres inconnus, meurtris eux aussi.

Les huissiers l'ignoraient, Grigny n'ayant rien révélé. Rendus dans la salle où étaient les corps, ils avaient reconnu les sergents et demandé que l'abbaye

1. Authentique.

les garde pour les inhumer après l'inondation, car pour l'heure le cimetière était submergé.

Messire de Grigny était donc revenu au Palais ce mardi afin de rencontrer Le Chapuis enchartré dans une salle basse où il était entassé avec d'autres condamnés destinés à finir place de Grève.

Le commissaire lui avait mis le marché en main : il le faisait libérer s'il jurait de rester à Saint-Germain pour rechercher celui avec qui il avait été emprisonné. S'il le trouvait, il devait apprendre où il logeait et le prévenir. Il recevrait alors cinq agnels d'or.

Bien sûr, Le Chapuis avait accepté, et Grigny était rentré chez lui.

Son épouse venait juste de revenir. Il remarqua immédiatement qu'on dételait la mule du chariot bâché et il demanda au palefrenier qui l'avait utilisé. Ce véhicule servait surtout à sa femme, mais elle ne pouvait sortir qu'avec son autorisation et accompagnée de gardes du corps.

Le garçon d'écurie le renvoya à Gonthier, le valet en train de brosser la mule. Ce dernier, terrorisé, supplia son maître de ne pas le punir.

— Votre dame m'a donné une bague, sanglota-t-il. Ma fille veut se marier et je ne peux lui offrir de dot. Mais je n'ai rien fait de mal, je vous le jure, seigneur. J'ai conduit votre dame dans la rue du Coq. La maison à la Corne-de-Fer. Madeleine l'accompagnait et elles ne sont restées que quelques instants dans cette demeure. Même pas le temps d'un patenôtre…

Grigny le gifla par deux fois, plus par colère que comme punition. Son cheval étant encore sellé, il enfourcha sa monture et repartit.

Un bon quart d'heure plus tard, il se trouvait devant le porche de la susdite maison. Une enseigne de fer en forme de corne se balançait au-dessus du passage. Durant un moment, il évalua la demeure. Sa façade à clochetons avec arcatures, pignons et statues de saints sous des dais témoignait de la prospérité de son propriétaire. Voilà une maison qu'il aurait volontiers confisquée, se dit-il. Peut-être allait-il en avoir l'occasion quand il saurait ce que son épouse était venue y faire.

Rageur, il tira plusieurs fois la chaîne de la cloche tout en demeurant dans la rue. Il y avait trop d'eau dans la voie pour qu'il envisage de descendre de selle.

Une porte s'ouvrit et un vieil homme parut, regard interrogatif. Derrière lui surgit un rouquin porteur d'épée.

— Qui loge dans cette maison ? s'enquit le commissaire des confiscations dans un mélange de menace et d'arrogance.

— Et vous-même, qui êtes-vous ? interrogea sèchement le rouquin.

— Elnard de Grigny, au service de messire de Morvilliers, premier président du parlement !

— Ah ! fit l'autre avec un sourire froid. Sachez donc que vous êtes chez dame Constance Bonacieux.

— Mon épouse est venue ici il y a peu. Je veux savoir pourquoi !

La voix courroucée et autoritaire du commissaire avait attiré Holmes qui sortit à son tour.

— Ainsi vous êtes messire de Grigny ? s'enquit-il avec suavité.

— Je le suis. Et vous donc ?

— Mon nom est Holmes, Edward Holmes. Mon frère était maréchal d'Angleterre.

Un brin interloqué, Grigny plissa les yeux.

Il se souvint des paroles de Doule et de l'abbé de Saint-Germain. Ainsi, c'était ce Holmes qui avait déniché Le Chapuis après le vol du livre. Mais quel rapport avait-il avec sa femme ?

— Holmes… On m'a parlé de vous… Est-ce vous que mon épouse est venue voir ?

— Croyez-vous que je réponde ainsi à des inconnus ?

— Par Dieu, vous allez me le dire ! gronda le commissaire avec une lueur terrible dans les yeux.

En même temps, ses doigts se posèrent sur la garde de son épée.

Watson fit de même.

— Envisagez-vous d'agresser les gens de cette demeure, messire ? interrogea Edward d'un ton amusé. Des Anglais, qui plus est ? Je vous conseille de réfléchir aux conséquences que cela entraînerait pour vous. Il y a surtout assez de monde ici pour vous saisir et vous suspendre à l'enseigne !

Il la désigna du doigt.

— Et ce ne sera pas messire de Morvilliers qui prendra votre défense ! conclut-il.

Le corps entier de Grigny se raidit, sa bouche frémit et il gronda :

— Sang Dieu ! Le maudit maraud !

En même temps, il tenta de faire avancer son cheval, mais l'animal hésita devant la marche et le muret, des obstacles qu'une monture pouvait franchir aisément lorsqu'elle était conduite par un homme à pied, mais plus difficilement avec un cavalier sur le dos.

À ce moment sortirent Michel – le concierge – suivi de Bertrand et Robin, tous brandissant des arbalètes.

La mesnie se trouvait alors dans la salle basse car le dîner s'était terminé un peu plus tôt. Lorsque

Constance avait entendu les éclats de voix provenant du porche, après la sortie de Holmes, elle avait compris qu'une querelle s'annonçait et avait aussitôt fait armer les trois serviteurs, chose aisée puisque des arbalètes et des viretons se trouvaient toujours dans un coffre, précaution nécessaire dans une maison qui avait déjà été attaquée.

— Descendez de cheval, maraud vous-même ! ordonna Watson.

Le regard de Grigny passa en revue Gower, les arbalétriers, puis Holmes. Déformé par la haine, son visage était devenu effrayant. Brusquement, il cracha, en faisant tourner sa monture :

— Par Satan, on se retrouvera, le tonsuré !

Un coup d'éperon et, en pataugeant de façon ridicule, son cheval reprit la rue vers la Grande-Rue-Saint-Louis qu'on appelait aussi le chemin de la porte Saint-Honoré.

Comme les Anglais et les arbalétriers le regardaient s'éloigner, Watson éclata d'un rire si tonitruant que le fuyard dut l'entendre.

— Rentrons, décida Holmes, malgré tout contrarié. Nous n'en avons pas fini avec lui.

45

Dominé par une furieuse rage, Grigny rentra chez lui au grand trot, éclaboussant sans vergogne les piétons qu'il rencontrait et renversant même une vieille femme.

Dans la cour de son hôtel, sans dire un mot, il abandonna sa monture au garçon d'écurie et monta droit dans sa chambre. Son valet s'y trouvait. Le domestique l'aida à retirer chape et casaque et à enfiler une robe et des souliers secs. Après quoi le commissaire lui ordonna hargneusement de vider les lieux.

Le valet, conscient de l'état de son maître, avait l'habitude de ses colères. Il obtempéra sans un mot et se retira dans les soupentes au-dessus du second étage où il avait son grabat.

Installé sur son lit, Grigny médita un long moment avant de se lever. À ce moment, on gratta à la porte du petit escalier en colimaçon.

— Entre ! grommela-t-il.

Une femme pénétra. Son épouse, comme il s'en doutait.

Il la regarda avec dédain en fronçant le sourcil, s'efforçant ainsi de dissimuler son émoi tant elle était belle même si sa guimpe et son gorget dissimulaient beaucoup la pâleur lumineuse de son visage et si son ample robe cachait la grâce de son corps et l'opulence de sa gorge.

— Je veux te parler, annonça-t-elle d'un ton égal.

— De quoi ? aboya-t-il.

— De *lui*… Tu m'as menti pendant tant d'années, rétorqua-t-elle, buste dressé dans une attitude noble et inflexible.

Ses traits se montraient tirés et tendus, mais son regard était déterminé.

— Ce ne sont point tes affaires ! gronda-t-il.

— J'ai interrogé mon frère, hier. J'ai insisté jusqu'à ce qu'il me révèle la vérité et j'ai honte pour ce que vous avez fait. Quel déshonneur !

— Ça ne te concerne point ! meugla-t-il en s'approchant d'elle.

— Rien ne sera plus comme avant. Je vais partir !

Il éclata d'un rire forcé.

— Comme avant ? Il y aurait donc eu un avant ?

Elle demeura mutique, et ce comportement le fit encore plus bouillir de colère.

— Quant à partir, n'imagine pas un instant que je te laisserai faire ! D'ailleurs, où irais-tu ?

— Je veux la dot que mon frère t'a remise.

— Ta dot ? La voilà, ta dot !

Il la gifla, recommença, arracha le gorget d'un soufflet plus violent. Elle chancela et il poursuivit avec des coups de poing, frappant, jurant, blasphémant et écumant, tout en la retenant par sa robe.

La rage accumulée depuis des jours dégorgeait. En la rouant de coups, il se persuadait qu'il le frappait, *lui*.

Il ne cessa ses violences que lorsqu'elle ne fut plus qu'un pantin désarticulé au visage sanglant.

Alors il la lâcha, et elle s'effondra.

Calmé, il alla à un banc et s'assit en observant les convulsions du corps meurtri.

— Lève-toi et retourne dans ta chambre ! ordonna-t-il.

Encore un soubresaut, puis plus rien.

— Lève-toi ! répéta-t-il.

Comme elle ne bougeait pas, il quitta le banc et alla lui donner un coup de pied.

Le corps ne réagit point.

Il demeura un moment à le regarder, front plissé et lèvres serrées de contrariété. En fin de compte, il s'agenouilla et, attrapant son épouse par le col de la robe, il la secoua en lui ordonnant de se mettre debout.

Aucune réaction.

Inquiet, il lui saisit un bras et le secoua sans percevoir d'effet. Alors il lui prit le poignet, et ne sentit rien. Il mit sa main sur son sein : pas de respiration.

Il comprit qu'elle venait de trépasser. Il avait frappé trop fort.

Un peu plus tard, après qu'il eut sommairement nettoyé le sol et déposé le cadavre dans son grand coffre, on gratta à sa porte.

C'était Madeleine, la femme de chambre de son épouse.

— Pardonnez-moi, messire, dit-elle, mais je cherche madame. Elle m'a envoyée lui chercher de la laine en me disant de la lui porter dès mon retour et je ne la trouve pas dans l'hôtel.

— Elle est certainement à la cuisine ! Pour ma part je ne l'ai point vue, répliqua-t-il d'un ton sans réplique.

La servante, rouge de confusion, s'excusa et se retira.

Minuit ayant sonné, le sire de Grigny sortit de sa chambre avec les clefs de sa maison et une lanterne à chandelle. Dans l'obscurité, il gagna l'écurie en s'efforçant de ne faire aucun bruit. Le palefrenier ronflait dans un réduit, au fond de la salle. Le commissaire sella son cheval, puis se rendit au portail de la cour qu'il déverrouilla.

Il remonta ensuite dans sa chambre, sortit le corps de son épouse du coffre et la mit sur son épaule. Heureusement, elle n'était pas trop lourde.

Toujours la lanterne à la main, il redescendit, chancelant malgré tout sous son fardeau. Dans l'écurie, il déposa la dépouille en travers de la selle, puis conduisit le cheval en le tenant par la bride. Il laissa l'animal au portail et revint à la porte de la maison pour la fermer à clef.

Retourné à sa monture, il la fit sortir et verrouilla le battant. À minuit passé, il savait qu'il ne rencontrerait plus de guet.

Il descendit la rue Saint-Martin, tourna rue Neuve-Saint-Merry, puis rue de la Poterie. À partir de là, l'eau commençait à recouvrir les pavés.

Deux lampes brûlaient devant les fenêtres du premier étage de la maison aux Piliers, révélant un grand lac là où s'étendait la place de Grève. Le soubassement de pierre de la croix érigée au milieu était noyé et plusieurs barques y avaient été attachées.

Toutefois, le lac n'était qu'une mare et le cheval pouvait avancer. Grigny le guida jusqu'à ce que la bête refuse d'aller plus loin à cause du courant. Le commissaire, lui, avait de l'eau au-dessus des genoux.

Il fit alors tomber le corps dans la rivière et suivit des yeux la tache sombre formée par la robe de sa femme entraînée par le flot.

Satisfait, il rentra chez lui par la rue Saint-Martin sans rencontrer personne.

Mercredi 29 mai 1426

Les eaux avaient encore monté. Dans le porche de la maison à la Corne-de-Fer, Gower discutait avec les hommes de la mesnie pour décider que faire afin d'éviter l'inondation de la salle basse. C'était la fin de l'après-midi. Il ne pleuvait plus, mais la rue était devenue rivière.

— Nous pourrons pêcher bientôt, plaisanta Bertrand.

Floc, floc, floc...

Tous regardèrent en direction du bruit. Une femme arrivait, marchant d'un pas lent en soulevant haut les jambes car sa robe détrempée la gênait.

Comme elle approchait, Watson reconnut la servante, ou la femme de chambre, de la dame de Grigny. Il passa le muret du porche et vint à sa rencontre pour l'aider.

Quelques instants plus tard, elle se trouvait dans la salle basse, devant le foyer, avec Constance qui lui avait posé une couverture sur le dos pour la réchauffer, car même si l'eau n'était pas glaciale, on se refroidissait vite en y marchant longtemps.

Prévenu, Holmes arriva depuis sa chambre.

Madeleine, les yeux rougis, avait eu du mal à s'exprimer, mais Watson avait compris ses explications.

— Madame de Grigny a disparu ! lança-t-il à Edward.

Ce dernier s'approcha, visage tendu :

— Depuis quand ?

— Après notre retour de votre demeure, ma dame m'a demandé d'aller lui acheter de la laine, mon maître. Lorsque je suis revenue, je ne l'ai pas trouvée dans sa chambre. J'ai fait le tour de la maison, en vain.

— Messire de Grigny était-il là ?

— Oui, je lui ai dit que je cherchais sa dame, mais il ne s'en est pas inquiété. Le soir, il m'a annoncé l'avoir revue et qu'une voiture était venue la chercher pour la conduire chez son frère. J'ai interrogé le portier et les valets d'écurie, mais aucun n'avait vu de chariot, ni ma maîtresse. Et tous ses habits étaient encore là.

— N'a-t-elle pas pu aller chez son frère à pied ? suggéra Watson.

— Sans me le dire ? Impossible !

Elle secoua la tête.

— Vous avait-elle annoncé qu'elle voulait se rendre chez son frère ?

— Ça oui, mais elle ne serait pas partie sans ses robes, ses ceintures et ses bijoux. Elle se serait fait conduire dans le chariot bâché avec ses affaires. Au demeurant, je sais qu'elle n'est pas partie car j'ai mis au jour quelque chose d'affreux… C'est la raison de ma venue chez vous, mon bon maître.

— Ne restez pas debout, proposa Holmes, comprenant qu'elle allait faire une terrible révélation. Asseyez-vous devant le foyer. Constance, donnez-lui du vin chaud…

Madeleine accepta en tremblant.

— Messire est sorti à la relevée, poursuivit-elle, alors je me suis permis une indiscrétion que je n'aurais jamais osée si ma dame avait été là : je me suis rendue dans sa chambre. Un escalier la fait communiquer avec celle de ma maîtresse. Comme ils se disputaient souvent ces jours-ci, j'espérais apprendre quelque chose.

Je sais que ce que j'ai fait est grave… Mais je voulais savoir… J'ai fouillé, partout… Et dans le grand coffre de messire, j'ai vu du sang. En plusieurs places sur le bois et encore humide.

Holmes inspira fortement et regarda Watson, mâchoire serrée et visage fermé. Ses yeux disaient : « Aurait-il osé ? »

— Il peut y avoir mille raisons à pareille présence de sang, objecta Gower.

— Sans doute, cependant, au fond de la huche, il y avait le gorget de ma maîtresse. Ensanglanté. Le voici.

Elle sortit un linge rouge de son aumônière.

Holmes le considéra sans le toucher. À quoi bon ? La messe était dite. Grigny avait tué sa femme. Après la visite qu'il leur avait faite, il était parti fou de rage. Il avait dû lui chercher querelle et la battre à mort.

— Que voulez-vous que je fasse ? interrogea-t-il, conscient d'être, une fois de plus, impuissant.

— Je ne sais, maître clerc. Je ne sais…

— Messire de Grigny est venu ici hier et m'a menacé. Je ne peux aller l'interroger. Quant à demander au prévôt une enquête, c'est impossible. Reste le frère de votre maîtresse… Quel genre d'homme est-il ?

— Je le connais peu, messire, mais j'ai eu l'impression qu'il n'apprécie pas son beau-frère. En revanche, il aime sa sœur, c'est certain, mais il ne s'en occupe guère. Ma maîtresse était malheureuse. Elle pleurait souvent en regrettant le temps où il la protégeait.

Le visage de Holmes s'éclaira :

— Vous parlait-elle de sa jeunesse ? Du passé ?

— Jamais, seigneur. Elle n'abordait point ce sujet et n'y faisait que des allusions. Elle avait été heureuse, mais c'était avant l'arrivée des Anglais, et avant son mariage.

— Madeleine ne peut rentrer à l'hôtel de Grigny, intervint Constance. Si cet homme a tué son épouse, car je ne doute pas, moi, qu'il l'ait fait, il fera tôt ou tard disparaître sa chambrière trop curieuse. Je vous en prie, maître Holmes, acceptez qu'elle demeure ici. Nous avons de la place depuis le départ de Thomassin et Amaury[1].

— Ce serait en effet plus prudent, approuva Gower.

Prudent, mais regrettable, songea Holmes qui aurait préféré que la jouvencelle demeure chez le commissaire d'où elle l'aurait renseigné. Mais Constance avait raison. Il avait sous-estimé l'impudence et la méchanceté de Grigny et ne voulait pas se sentir responsable d'un nouveau meurtre.

— Êtes-vous prête à tout quitter ? À ne pas retourner chez votre maître ? interrogea-t-il.

Les yeux embués de larmes, elle accepta. Soulagée.

Jeudi 30 mai 1426, jour de la Fête-Dieu

Gabrielle venait d'arriver.

La veille, Edward avait envoyé Loyson lui porter un billet. Il lui proposait de venir dîner à la maison à la Corne-de-Cerf le jour de la Fête-Dieu, après la messe, car il avait quantité d'événements à lui apprendre. En cas de réponse favorable, il enverrait Bertrand et Robin avec la mule grise pour l'accompagner. Sur le dos du robuste animal, elle arriverait rue du Coq sans se mouiller.

Elle avait accepté tout en se faisant également escorter par deux hommes d'armes du duc de Bourgogne.

1. Voir *Le Pont de Montereau*, *op. cit.*

Mesure de prudence due à l'état de détresse des Parisiens. En effet, les rues étaient de moins en moins sûres et des désespérés n'hésitaient pas à s'en prendre à ceux qui paraissaient prospères.

La table avait été dressée dans la chambre d'Edward, les gardes dîneraient en bas avec la mesnie.

En traversant la pièce, où chacun s'inclinait devant elle avec respect, Gabrielle remarqua évidemment la jouvencelle. Elle ne montra point sa curiosité, bien qu'elle n'ait jamais entendu dire de Constance qu'elle avait besoin d'une nouvelle servante ou chambrière. Cependant, elle présuma que la présence de la donzelle pouvait avoir un rapport avec sa visite.

Comme la dernière fois, ils étaient quatre à table et Loyson servait le vin et apportait les plats. Mais Gabrielle ne prêtait aucune attention à ce qui était déposé devant elle. Elle mangeait à satiété à l'hôtel de Bourgogne et donc s'intéressait surtout à ce que Edward lui rapportait.

La mort de madame de Grigny l'émut particulièrement. Certes, en ces temps de misère, beaucoup de femmes trépassaient sous les violences, qu'elles soient battues par leurs époux, leurs proches, leurs voisins, des pilleurs ou des esforceurs. Mais Gabrielle avait rencontré la sœur du baron de Longvilliers, l'avait appréciée et jugée honnête femme.

Quand Edward eut conclu, un tourbillon de questions vint aux lèvres de l'ancienne chambellane de messire Rolin :

— Comment l'a-t-il tuée ? Et qu'a-t-il fait du corps ? demanda-t-elle en premier lieu.

— Tu pourras interroger Madeleine mais, pour l'heure, cela reste un mystère. Sans doute faudrait-il fouiller la maison. Et encore.

— Est-il certain qu'elle soit morte ?

— Sa coiffe et le sang dans le coffre sont les seuls indices.

— Son frère a-t-il appris sa disparition ?

— Je l'ignore aussi, mais je le suppose.

— Je me renseignerai, promit-elle.

Au bout d'un instant, elle ajouta :

— Pourquoi Grigny l'a-t-il tuée, en admettant qu'il l'ait vraiment fait ?

— Parce qu'elle est venue m'interroger. Tout est lié au chanteur de *Petit Bonhomme* qui a fait resurgir une vieille histoire entre eux.

— Le baron de Longvilliers est partie prenante de cette histoire. Il a accompagné son beau-frère pour s'attaquer à la maison du libraire. Peut-être est-il aussi complice du meurtre de sa femme, intervint Watson.

Ils imaginaient tous la chose possible, ce qui rendait le crime encore plus odieux, mais aucun ne poursuivit dans cette direction, puisqu'ils ne disposaient pas d'élément à charge.

— Tu m'avais dit que tu te renseignerais sur le sire de Grigny ? demanda Edward.

— Je l'ai fait, mais sans rien obtenir sur le passé de cet homme et sur son origine. J'ai seulement eu confirmation de sa réputation d'âpreté et de brutalité qui égale celle de son maître Morvilliers. En revanche, j'ai appris quelque chose sur cet hôtel de Tarrane qui t'intéresse autant que le sire de Grigny.

Holmes déposa son couteau et se fit encore plus attentif.

— L'hôtel serait acheté par le comte de Salisbury qui le laisserait à l'un de ses chevaliers.

— Grigny est chargé de la vente ?

— Sans doute, puisque la bâtisse a été confisquée.

Edward demeura silencieux, mais Gower observa qu'il venait de les quitter. Ses yeux, devenus brillants comme du diamant, demeuraient dans le vague et il paraissait plongé dans ses pensées.

Gabrielle, inquiète, jeta un regard à Constance, puis à Watson qui, en secouant la tête, lui fit comprendre de ne pas s'inquiéter.

— Voilà une ramification inattendue et déterminante, laissa alors tomber le clerc. Je me demandais pourquoi ce libraire avait choisi de venir à Saint-Germain. Je le sais maintenant. Il voulait être à côté de l'hôtel de Tarrane.

— Préparait-il un attentat contre Salisbury ?

— Possible… mais je n'y crois pas. N'oublie pas la chanson du *Petit Bonhomme* et l'épouse de messire de Grigny. C'est ce dernier que le nommé Blaise Hennebault veut attirer dans l'hôtel de Tarrane.

46

Vendredi 31 mai 1426

Le calme revenu et après avoir examiné les victimes devant la porte de sa maison en utilisant la lanterne abandonnée, Mathieu avait lancé à Anselot :

— On ne peut plus rester ici, ils reviendront.

— Où irons-nous, seigneur ?

— Là ! avait répondu le sire de Thérouanne en montrant l'hôtel de Tarrane. Qui penserait à nous y chercher ? Allons prendre tout ce dont nous aurons besoin, car nous y resterons quelques jours.

En peu de temps, Mathieu ayant, rappelons-le, la clef de l'hôtel, ils avaient transporté vêtements, armes, literie et tous les vivres qu'ils conservaient, malheureusement en médiocre quantité.

Après quoi, Mathieu avait pris soin de bien refermer son ancienne maison, afin qu'elle ne soit pas pillée par des rôdeurs.

Depuis le dimanche, Mathieu et Anselot vivaient donc dans l'hôtel abandonné, installés dans une chambre au-dessus de la grand-salle. En laissant la fenêtre ouverte, ils pouvaient surveiller le portail et se prémunir de toute surprise, même si des visites malveillantes paraissaient invraisemblables. Qui imaginerait qu'ils s'étaient réfugiés dans cet hôtel bien rembarré ?

Quelques jours plus tôt, lorsqu'un client se prétendant secrétaire de Philippe de Morvilliers avait laissé entendre que son maître serait intéressé par le *Liber de simplici medicina*, Mathieu de Thérouanne s'était persuadé qu'il tenait enfin le moyen d'attirer le premier président. S'il se confirmait que ce dernier voulait acheter le livre, il lui ferait croire qu'il provenait de l'hôtel de Tarrane où il en avait déniché d'autres du même genre, pourquoi pas au fond d'une cave ou dans le grenier ? Et une fois qu'il l'aurait attiré là-bas, il le saisirait.

Mais rien ne s'était passé comme il l'envisageait. On l'avait arrêté, enchartré, et on avait tenté de l'occire dans la prison de l'abbaye. Heureusement, ce Holmes l'avait fait libérer. Mais à quel prix ?

Le clerc anglais l'intriguait et l'inquiétait à cause de sa réputation et surtout de ses questions dérangeantes. C'était une grande malchance que son compagnon, ce Watson, soit l'archer qui s'était adressé à lui après la bataille d'Azincourt.

Cependant, Mathieu se jugeait capable de se garder des deux fureteurs. Il se tourmentait plus au sujet de ceux qui avaient attaqué la prison. Persuadé qu'ils ne resteraient pas sur un échec, Thérouanne avait envisagé leur venue et les attendait de pied ferme. Tout s'était donc déroulé comme il l'avait prévu, et son arc avait fait merveille.

Durant les premiers jours de confinement dans l'hôtel, le chevalier avait passé son temps à ressasser les événements qu'il venait de vivre, pendant qu'Anselot s'occupait à visiter les lieux.

La première question qu'il s'était posée portait sur ses agresseurs. Qui étaient-ils ?

Quand il avait examiné les morts devant sa boutique, il avait reconnu l'un des individus mis en fuite dans la prison. Ces assaillants étaient donc au service du même instigateur.

D'où la seconde question : qui était ce chef ?

En passant en revue ce qu'il avait fait depuis qu'il se trouvait à Paris, il ne distinguait que deux raisons pour qu'on lui cherche noise. La première tenait à la chanson *Petit Bonhomme* souvent fredonnée avec son luth afin de passer pour un chanteur de rue, tout en espionnant les maisons de Grigny et de Morvilliers. Ce Holmes avait fait allusion à la ritournelle. Comment la connaissait-il ?

Blondel lui avait révélé que le clerc conduisait des enquêtes pour qui le payait. Quelqu'un avait pu l'entendre chanter et, reconnaissant une ballade qui lui tenait à cœur, avait demandé au clerc de rechercher le chanteur. Mais comment Holmes l'avait-il identifié ? Mystère.

Autre question dans cette conjecture : la personne qui s'était adressée au clerc anglais pouvait-elle venir de Fressin ou d'Avesnes ? Pourquoi haïssait-elle le chanteur de *Petit Bonhomme* au point de vouloir l'assassiner ? Dans les châteaux d'Artois, il n'y avait guère que Baudoin pour seriner cette rengaine. Et d'aussi loin que Mathieu s'en souvienne, Baudoin n'avait pas d'ennemi.

Cette interprétation des faits pouvait expliquer le comportement de Holmes, mais pas son allusion à Azincourt, même si son compagnon se souvenait de lui et des fleurs de mouron. Décidément, Mathieu aurait donné cher pour apprendre ce que savaient ces deux-là.

La seconde explication de l'attaque de la prison et de l'agression de dimanche tenait à Morvilliers. Ce dernier avait-il appris qu'il était un espion ? Là encore, comment ? Une trahison ? Possible. Entre serviteurs et valets, il pouvait y avoir des espions autour du chancelier Le Maçon. Pareille interprétation expliquait la venue de son secrétaire dans la librairie et son prétendu intérêt pour le *Liber de simplici medicina*. Pourtant, cette exégèse n'était guère satisfaisante, car un premier président tout-puissant aurait envoyé une compagnie d'archers du Châtelet pour le saisir, pas des gens de sac et de corde comme ceux qu'il avait exterminés.

Mathieu se trouvait donc devant un embrouillamini incompréhensible dans lequel Holmes, hélas, détenait plusieurs fils.

Au bout de deux jours, les vivres avaient commencé à manquer. Le mercredi, le faux libraire et son commis avaient jeûné et, le jeudi, Anselot était sorti, non pour se rendre dans le bourg mais dans une ferme où il avait acheté des œufs.

Seulement, ce vendredi matin, les œufs avaient été gobés et Mathieu ne savait que faire.

Il méditait devant la fenêtre. Devait-il abandonner ? Rentrer à Bourges et annoncer son échec ? Pour l'heure, il s'y refusait. Cependant, il n'entrevoyait aucun moyen pour attirer Morvilliers ou Grigny.

Il allait demander à Anselot, assis sur sa paillasse où il aiguisait un couteau, de retourner à la ferme se procurer des œufs quand un vacarme provenant du porche attira son attention. Des paroles, des interjections…

Soudain le portail s'ouvrit en grinçant.

Anselot avait aussi entendu et s'était précipité devant l'ouverture, mais Mathieu l'écarta d'une main. Quels que soient les intrus, ils ne devaient pas les voir.

Un inconnu ayant calé les vantaux, un bœuf parut, tirant un chariot contenant des traverses et des perches de bois. Le véhicule entra dans la cour et s'arrêta devant l'orme. Avec lui suivaient des ouvriers reconnaissables à leur casaque et aux outils qu'ils portaient sur l'épaule ou attachés à leur ceinturon : marteau, scie, pic et doloires de toutes tailles. Enfin, derrière eux, un homme sur une mule. Ce dernier descendit de sa monture et, comme il ne portait pas le capuchon de son balandras, Mathieu le reconnut.

Il s'agissait du clerc qui se prétendait secrétaire de Morvilliers, celui qui avait regardé le *Liber de simplici medicina*.

Mathieu ne comprenait en rien la présence de ces gens. Que venait faire ce secrétaire avec ces ouvriers ?

Le sire de Thérouanne le vit se diriger vers l'escalier près du porche. Deux ouvriers l'accompagnaient et tous trois disparurent.

Ce fut Anselot qui comprit :

— Messire, lorsque j'ai visité les chambres au fond de l'autre corps de logis, j'ai constaté que la pluie pénétrait par le toit. À coup sûr ces gens viennent réparer la toiture !

— Tu as raison, Anselot ! L'on m'avait dit que le comte de Salisbury envisage d'acheter l'hôtel. Cet homme doit vraiment être le secrétaire de Morvilliers, et il est chargé de faire réaliser les travaux pour le premier président. Le jour où tu lui as parlé, il devait sortir d'ici où il était venu examiner les pièces.

Pareille visite signifiait donc que Morvilliers ne l'avait pas identifié comme un espion, songea soudain

Mathieu. L'intérêt du secrétaire pour le livre ne pouvait être qu'une coïncidence et il y voyait désormais plus clair.

Ses ennuis ne venaient que du fait d'avoir chanté *Petit Bonhomme* ! Quel sot il avait été... Encore qu'il tenait peut-être là un moyen de retrouver des gens de Fressin, et pourquoi pas la sœur de Baudoin.

Toutefois, dans l'immédiat, ils ne pouvaient demeurer dans l'hôtel de Taranne.

— Ces ouvriers risquent de nous découvrir, il faut partir, décida-t-il.

— Où irons-nous, messire ?

Mathieu ne répondit pas tout de suite. Un vague projet se dessinait dans son esprit. Dangereux, mais pouvant réussir.

— Je vais te le dire mais, dans l'immédiat, récupérons nos armes pour les porter dans ma maison. On ne peut entrer armés dans Paris. De ton côté, tente de dissimuler comme tu peux nos affaires en les étalant dans les autres chambres. Nous reviendrons dans un jour ou deux. Morvilliers finira bien par se montrer.

Quelques instants plus tard, chargé d'arcs et d'épées, ils vidaient les lieux après avoir attendu que les derniers ouvriers disparaissent dans l'escalier afin de rejoindre leurs compères à l'étage.

Une fois dehors, Mathieu et son servant se rendirent à leur ancien logis. En y pénétrant, ils constatèrent avec contrariété que la librairie avait été vidée de ses livres et de ses meubles. Ne restait rien, même pas les quelques feuillets de papier et de vélin, les plumes et l'encre que le chevalier comptait utiliser.

— Qui a fait ça, seigneur ? demanda Anselot, encore plus découragé.

— Ce ne peut être que les gens de l'abbaye. Ils ont dû venir fouiller après la bataille.

Il leva une main fataliste. Cela ne servait à rien de se lamenter. Ils montèrent dans la chambre et déposèrent leurs armes dans le coffre.

Après quoi, ils repartirent et, pour éviter de traverser le bourg en courant le risque d'être vus par des gens de l'abbaye, ils empruntèrent le chemin qui passait devant la taverne.

Si Le Chapuis avait été dehors à ce moment-là, il aurait reconnu le libraire qu'il était censé retrouver. Mais comme il buvait un pot de vin à l'intérieur, il n'en sut rien.

Moins d'une heure plus tard, c'étaient Edward Holmes et Gower Watson qui arrivaient devant l'hôtel de Tarrane. Ils jetèrent un coup d'œil à la maison du libraire et ne remarquèrent rien.

En revanche, le portail ouvert les surprit. Gower dégaina son épée, Holmes sa dague, et ils firent pénétrer leurs montures à pas lents.

Des ouvriers sortaient des perches d'un chariot et s'apprêtaient à monter un échafaudage. Voyant ces hommes armés, ils prirent peur.

— Nous sommes au service de messire le premier président du parlement, déclara l'un d'eux en gardant serrée la perche qu'il tenait, laquelle pouvait lui servir de défense.

— Je suis désolé de vous avoir fait peur, s'excusa Holmes en rengainant sa dague, Watson faisant de même avec son épée. Nous avons vu ce portail ouvert, alors qu'il est habituellement fermé, et avons craint des voleurs.

— Il n'y a point d'offense, maître clerc. Au contraire, vous avez bien agi. Le secrétaire de messire de Morvilliers aurait pu vous confirmer qui nous sommes, mais il vient de repartir.

— Avez-vous vu des inconnus ? demanda alors Watson.

— Ici ?

— Ici et alentour. Voici quelques jours, il y a eu un affrontement devant le portail de l'hôtel avec plusieurs morts. On craint un coup de main des Armagnacs, insista Holmes.

— Nous n'avons vu personne, maître clerc. Mais nous ne sommes pas allés dans toutes les pièces, s'inquiéta le maître charpentier.

— Voulez-vous que nous vérifiions ? proposa Watson.

— Ma foi… Pourquoi pas ! Cela me rassurerait. Qu'en dites-vous, vous autres ? demanda l'artisan en se tournant vers ses ouvriers.

Ceux-ci approuvèrent, aussi après avoir attaché mule et destrier à un anneau, nos amis se dirigèrent vers la grand-salle.

Vide, ils en eurent vite fait le tour. Ils s'engagèrent dans l'escalier et débouchèrent dans une première chambre où ils découvrirent quelques vêtements, dont une cotte d'armes marquée de la fleur de mouron.

— Inutile de chercher plus loin, annonça Watson. Ils étaient là.

— Et s'ils s'y trouvaient encore ? murmura le clerc.

Gower n'y avait pas pensé. Il dégaina sans faire de bruit et s'avança vers l'autre porte de la pièce.

Il explora une nouvelle chambre tout aussi vide, avec deux besaces et de la literie.

Holmes les fouilla, sans rien trouver d'intéressant. Ils passèrent donc dans la troisième chambre. Là, le clerc ne remarqua que des coquilles d'œufs et une outre vide.

— On pourrait se rendre dans le second logis, proposa l'ancien archer.

— Inutile, les ouvriers s'y trouvent. Nos amis sont restés là quelque temps, mais sont partis. J'aurais dû y penser plus tôt.

— Pour ma part, je dirais qu'ils ont été dérangés par les ouvriers.

— Tu as mis dans le mille, Gower ! Reste à savoir où ils ont pu aller.

— Peut-être envisagent-ils de revenir durant la nuit, quand les ouvriers ne seront plus là.

— Possible… Mais ils prendraient le risque qu'on ait vu leurs affaires, et qu'on les attende. Néanmoins, nous viendrons surveiller ici cette nuit.

Holmes fit encore un tour de la pièce, observa que, de la fenêtre ouverte, on voyait le porche d'entrée et la cour.

— Ils ne peuvent demeurer dans le bourg, au risque d'être reconnus par des gardes, dit-il en regardant les ouvriers qui commençaient à ériger un échafaudage. Et dans Paris, ils ne connaissent personne.

— Notre prétendu libraire connaît Coline Maqueron, rappela Gower.

Holmes se tourna vers son ami, les yeux brillants.

— Décidément, Watson, tu te surpasses ! J'aurais dû y songer. Allons chez elle !

La rue Saint-Jacques était de plus en plus inondée à mesure qu'ils se rapprochaient du Petit-Pont. Pourtant, il ne pleuvait plus mais, en amont, les affluents de la Seine déversaient des déluges d'eau.

Aux abords du Petit Châtelet, la rivière noyait la rive sur plus d'un demi-pied et le pont était infranchissable. Ils passèrent donc par le pont Saint-Michel dont le tablier était plus haut. Ici aussi, toutes les boutiques étaient fermées et les maisons évacuées.

— Dans quelques heures, on ne pourra plus traverser l'île, observa Gower.

L'inondation n'atteignait cependant pas l'apothicairerie.

Dans sa boutique, Coline leur fit un signe amical en les voyant approcher mais Edward eut l'impression qu'elle demeurait sur ses gardes.

Il n'y avait pas de clients, aussi arrêtèrent-ils leurs montures devant l'étal.

— Que le Seigneur vous protège, maître Holmes. Rien de nouveau pour mon cher époux ?

— Rien, mais il ne devrait pas tarder. Nous arrivons de Saint-Germain. J'ai retrouvé trace du libraire, mais il n'était déjà plus là. Il se cache peut-être dans Paris, sauf qu'il n'y connaît personne, à part vous… Serait-il venu vous voir ?

Plus il parlait, plus Coline détournait le regard, ce qui n'échappa pas au clerc.

— Je… S'il vient… Je… bafouilla-t-elle.

C'est alors que Hennebault parut, sortant de l'arrière-boutique. Il ne s'adressa pas aux Anglais :

— Je ne veux pas que vous mentiez, dame Maqueron. Je n'aurais pas dû venir vous demander l'hospitalité. Croyez que je le regrette. Je m'en vais avec mon servant.

— Où irez-vous ? lui demanda Holmes. Ceux qui sont à vos trousses ne vous lâcheront pas. Laissez-moi vous offrir le gîte.

— Croyez-vous vraiment que je risque quelque chose, maître Holmes ? interrogea l'homme d'un ton de défi.

— Oh oui ! Et vous avez mis dame Maqueron en danger. Car ceux qui vous cherchent vont vous retrouver et ils seront sans pitié pour ceux qui vous ont protégé.

— Et pourtant vous proposez de m'héberger ? persifla le faux libraire.

— Ma foi, j'ai moult questions à vous poser. Surtout, j'ai un avantage sur vos ennemis, je les connais. Et s'ils envisageaient de me nuire, je les ferais enchartrer pour leurs crimes.

— Parce qu'ils s'en sont pris à moi ? J'en doute ! Je ne suis rien pour le prévôt de Paris.

— Croyez-vous être le seul qu'ils ont violenté ?

Mathieu hésita. À qui ou à quoi cet homme faisait-il allusion ? Il savait commettre une imprudence en discutant avec lui… mais la curiosité l'emporta :

— Qui a subi leur violence ?

— Une femme. Une épouse. Son mari, l'un de vos ennemis, l'a assassinée, voici deux jours.

Coline porta une main à sa bouche, regard terrifié.

— Qui est cet homme et cette femme ? demanda Mathieu d'une voix blanche.

— Passons un marché : chez moi, je vous révélerai une partie de ce que je sais et vous répondrez ou non à mes questions. Pendant ce temps, vous serez en sécurité. Vous pourrez vous en aller quand vous le voudrez.

— Faire confiance à un Anglais ? Jamais !

— Pourtant, la femme qui recherchait celui qui chantait *Petit Bonhomme* m'a fait confiance. Je sais ce que vous venez faire à Paris, et je ne vous laisserai pas agir, soyez-en certain. Mais soyez sûr aussi que je ne vous dénoncerai pas.

Il se tut avant d'ajouter en haussant les épaules :

— Après tout, peu me chaut si vous ne voulez pas apprendre qui était cette femme. Pourtant, elle semblait tenir à vous. Maintenant, tout ce que je vous demande, c'est de quitter cette maison…

— Était ? murmura Thérouanne.

— Hélas, vous avez bien compris. C'est elle qui est trépassée.

Mathieu se sentait écartelé entre sa mission et son besoin de savoir. En fin de compte, il décida :

— N'espérez pas que je vous révèle d'où je viens si vous me donnez l'hospitalité.

— Vous ferez selon votre honneur.

47

Mathieu monta derrière Gower, et Anselot partagea le dos de la mule avec Edward. Aucun mot ne fut échangé durant le trajet dans les rues inondées.

À la maison à la Corne-de-Fer, Watson expliqua à Constance que les deux hommes logeraient chez eux quelques jours. Il leur céderait sa chambre et lui-même s'installerait dans la sienne, ce qui ne fut pas pour déplaire à la jeune femme.

C'est dans cette même chambre que les Anglais se réunirent ensuite avec le faux libraire et son commis. Catherine ayant porté du vin, du pain et du fromage, ils se nourrirent avec appétit et partagèrent leurs hanaps sans parler, se jaugeant mutuellement, jusqu'à ce que Mathieu déclare sur un ton d'excuse :

— Je ne serais resté qu'une nuit chez dame Maqueron, maître Holmes.

— Vous l'avez mise en danger, mais n'en parlons plus. Je serai de parole et vais vous dire ce que je sais. Ensuite, vous me révélerez ce que vous voudrez. Je n'exige rien. Mais si je juge votre présence à Paris dangereuse pour l'Angleterre, je vous demanderai de quitter la ville. Je vous céderai un cheval, si vous le souhaitez.

Sans répondre, Mathieu le gratifia d'un vague signe de tête.

Holmes débuta par le vol du livre et des vases de Salomon. Il ne livra aucun détail, sinon que le voleur, nommé Le Chapuis, était celui avec lequel il avait été emprisonné.

Après quoi il lui rapporta les circonstances dans lesquelles il avait été dénoncé par un sire de Grigny, commissaire sur le fait des confiscations et forfaitures chargé de vendre l'hôtel de Taranne.

En entendant ce nom, Mathieu changea de visage car, même s'il s'efforçait de dissimuler ses sentiments, il ne put retenir sa surprise en apprenant que celui qu'il devait enlever et conduire à Bourges était l'instigateur de son enfermement.

— Pourquoi s'en est-il pris à moi ? s'enquit-il.

— Je l'ignore, mais vous, vous devez le savoir puisqu'il vous connaît.

Comment cela était-il possible ? L'avait-on prévenu de sa venue ? s'interrogea Mathieu. Auquel cas, il y avait bien un traître auprès de Le Maçon, comme il le craignait.

— Je puis vous assurer que je ne l'ai jamais vu ! assura-t-il après un instant d'hésitation.

— C'est pourtant lui qui a préparé l'attaque dans la prison de l'abbaye et ensuite conduit l'assaut de votre maison.

— Tout cela m'est incompréhensible.

— Vous prétendez que le sire de Grigny vous est inconnu ?

— Pas tout à fait, j'ai seulement entendu parler de lui.

Holmes n'était pas dupe et sentait que l'homme lui cachait la vérité. Il décida de l'ébranler encore plus pour le contraindre à se trahir :

— Laissez-moi vous dire autre chose sur lui…

Il évoqua la femme venue lui demander de retrouver un troubadour ayant chanté une ritournelle : *Petit Bonhomme.*

— Ce chanteur, c'était vous… affirma-t-il en le montrant du doigt.

— En effet, c'était moi… mais qui était cette dame ?

— L'épouse de messire de Grigny… Je suis persuadé que la demande qu'elle m'a faite est à l'origine de la décision de son mari de vous faire passer de vie à trépas, mais je suis convaincu que les raisons de sa haine viennent de bien plus loin.

Mathieu se mit la tête dans les mains et demeura silencieux, sincèrement abattu. Il ne comprenait pas pourquoi ce Grigny lui en voulait, sauf s'il avait appris la raison de sa présence à Paris. Aussi loin qu'il remonte dans ses souvenirs, il ne se remémorait aucune dispute ayant pu provoquer une telle haine. Et avant que le chancelier du roi lui parle de Grigny, il ignorait de qui il s'agissait.

Holmes échangea un regard déçu avec Watson. Il avait espéré qu'après son récit le faux libraire lui livre au moins une partie de la vérité mais, si l'homme semblait perdu, il ne paraissait pas décidé à lui révéler sa véritable identité.

Au bout d'un long moment de silence, Thérouanne releva la tête :

— Et cette femme assassinée, était-ce elle ?

— Oui. Tout indique que messire de Grigny l'a supprimée pour être venue ici par deux fois. Lors de sa seconde visite, elle m'a interrogé sur vous, ou plus exactement sur le chanteur de *Petit Bonhomme*. Elle voulait savoir si vous étiez libraire à Saint-Germain.

Je lui ai répondu et elle est partie. Son époux l'a tuée ce soir-là.

Des milliers de femmes connaissaient la chanson de *Petit Bonhomme*, pourquoi l'épouse de Grigny s'était-elle intéressée à lui ? Le connaissait-elle ? s'interrogea un Mathieu désemparé qui ne pouvait s'empêcher de songer à Marguerite, à Agnès et plus généralement aux enfants et aux damoiselles de Fressin et d'Avesnes.

— Comment s'appelait cette dame avant ses noces ? questionna-t-il.

— Elle ne me l'a point dit. Je sais juste qu'elle a un frère, le baron de Longvilliers, et que ce dernier faisait partie de ceux qui ont attaqué votre maison dimanche dernier.

— Le baron de Longvilliers… murmura Mathieu, qui se souvenait de ce nom.

C'était celui du gentilhomme qui avait obtenu le fief d'Avesnes de Beauffort.

— Vous le connaissez ! affirma Watson.

— Non, je vous assure, mais… Pardonnez-moi, il ne m'est pas possible de vous en dire plus.

— Êtes-vous un Armagnac ? demanda froidement Gower.

— Un Armagnac… Qu'est ce qu'un Armagnac ? Vous voulez savoir si je suis français et fidèle sujet de mon roi ? Eh bien, j'en suis fier !

— Venu pour quelque entreprise contre nous autres Anglais ? poursuivit l'ancien archer avec sévérité.

— Point… Si je vous révélais les raisons de ma présence, vous auriez du mal à les croire.

— Essayez ! proposa Holmes.

— Laissez-moi y réfléchir…

Edward considéra son ami qui hocha la tête. Cet homme était leur ennemi et tous deux comprenaient qu'il craignait de trahir sa cause. Mieux valait qu'il garde confiance en eux.

— Vous souperez avec nous ce soir, si vous le désirez… Mais, j'y pense… C'est la femme de chambre de la dame de Grigny qui est venue nous prévenir de la mort vraisemblable de sa maîtresse. Voulez-vous que je vous l'envoie ? Elle pourra vous parler d'elle.

— Je l'attends avec hâte ! remercia Mathieu.

Watson alla prévenir Constance puis rejoignit Holmes dans sa chambre. Son ami méditait, Gracieux sommeillait à ses pieds.

— Il cache beaucoup de choses, conclut l'ancien archer en s'asseyant sur le coffre. Qu'allons-nous faire ?

— Chabridel ne devrait point tarder. S'il a obtenu ce que je lui ai demandé, nous connaîtrons la vérité sur le passé de cet homme. Quant aux raisons de sa présence à Paris, peu importe, s'il quitte la ville sans réussir à accomplir ce qu'il venait y faire.

— Grigny n'en restera pas là.

Holmes ne répondit point.

Ce fut au milieu de l'après-midi que Madeleine, la femme de chambre, vint gratter à la porte du clerc. Ce dernier réfléchissait toujours et Watson s'était endormi.

— Mon maître, pardonnez-moi, mais le gentilhomme souhaite vous voir.

Gower ouvrit les yeux et Edward se leva en demandant :

— Lui avez-vous parlé de votre maîtresse ?

— Oui, il voulait tout connaître sur elle et m'a posé mille questions quand je lui ai révélé son nom.

— Qui était ?

— Marguerite de Rambures.

Quand les Anglais entrèrent dans la chambre, le faux libraire avait changé d'attitude comme de visage. Debout près de la fenêtre ouverte, il conversait à voix basse avec Anselot.

Il se tourna vers les visiteurs. Posture combative et expression pugnace teintée d'un sourire de reconnaissance.

— Maître Holmes, l'obscurité dans laquelle je me trouvais s'est dissipée grâce à vous et messire Watson. Grâce aussi à ce que m'a appris Madeleine. J'ai pesé le pour et le contre et choisi de vous faire confiance. Si nous nous assoyions ? Mes explications prendront quelque temps.

Edward et Watson s'installèrent sur un banc tandis que Mathieu prenait siège sur le lit et Anselot sur un tabouret.

— Messire de Grigny est mon adversaire comme il est le vôtre, annonça Holmes. Il m'a menacé, a commis au moins un crime impardonnable et je sais qu'il a honteusement spolié des familles. Face à lui, nous sommes donc dans le même parti. Bien sûr, si vous êtes à Paris pour causer du tort à l'Angleterre, nous vous en empêcherons, comme je vous l'ai dit.

— Rassurez-vous, ce n'est pas le cas, bien que je le regrette car les Anglais restent mes ennemis. Toutefois, je ferai volontiers une trêve avec vous, mon maître… D'autant que je vous sais honorable.

Comme Holmes plissait le front, Mathieu poursuivit :

— Des gentilshommes qui vous connaissent m'avaient parlé de vous avant que je parte à Paris. Toutefois, ils m'avaient surtout conseillé de vous éviter tant ils craignaient que vous ne me perciez à jour.

Intéressé, Edward joignit les doigts en plissant les yeux.

— À qui faites-vous allusion ?

— Messires Blondel et Étienne de Vignolles.

Watson se permit un sourire en songeant à La Hire dont il avait été le prisonnier.

— Mon nom est Mathieu de Thérouanne, poursuivit le faux libraire. Je suis à Paris afin de saisir messire de Grigny pour le conduire à Bourges où il sera jugé.

L'annonce fut faite d'un ton sans appel et, cette fois, ce fut Holmes qui marqua sa surprise. Lui qui se savait capable de faire surgir la vérité à partir de simples raisonnements et d'observations attentives demeura bouche bée tant il ne s'attendait pas à pareille affirmation.

— Donc vous connaissiez cet individu alors que vous affirmiez le contraire ! déclara sévèrement Watson.

— Je sais qui il est, ce qu'il a fait et où il loge, mais je ne l'ai jamais vu.

— Et la dame de Grigny ?

— Sa femme de chambre m'a appris qu'elle se prénommait Marguerite. J'ai connu une jouvencelle de ce nom lorsque j'étais jeune. J'avais un ami qui chantait avec elle la ballade du *Petit Bonhomme*. Elle a cru qu'il était revenu, mais, hélas, il est trépassé.

— Vous connaissiez donc son mari ! insista Gower.

— La dernière fois que je l'ai vue, elle était pucelle. Je suppose qu'elle lui a parlé de mon ami, et qu'il s'est montré jaloux.

Holmes n'insista pas, jugeant cependant l'explication bien incomplète.

— Soit ! dit-il. Et comment envisagiez-vous de prendre le commissaire des confiscations ?

— Je devais l'attirer dans l'hôtel de Tarrane.

— De quelle façon ?

— Permettez-moi de ne pas répondre.

— Nous direz-vous au moins qui vous a confié cette besogne ?

— Des gens de loi proches de Sa Majesté.

— Pour quels crimes votre roi veut-il juger Grigny ?

— C'est un renégat et un félon. Il vole les bons Français en leur confisquant iniquement hôtels, maisons, rentes et terres pour s'enrichir. Tout cela avec la complicité de messire de Morvilliers, qui mérite le même sort.

Holmes regarda Watson, avant de déclarer :

— Il y a du vrai dans vos accusations, j'en ai pour ma part été témoin. Mais je ne me mêlerais pas d'une querelle entre Français.

— Je ne vous le demande pas. J'ai simplement voulu être franc avec vous.

— Vous n'êtes donc pas venu pour messire de Salisbury ?

— Point. Je suis en guerre contre l'Angleterre. Je me suis battu contre les vôtres, mais toujours en m'efforçant de respecter les lois de la chevalerie.

Il ajouta après un instant :

— Comme, je le sais, vos frères le faisaient.

Le coup fut rude pour Holmes qui, cette fois, pâlit.

— Que savez-vous de mes frères ?

— J'ai combattu à Baugé. Durant l'estourmie, je me suis retrouvé face à un chevalier anglais. Je crois que j'aurais pu le vaincre. Alors que je venais de parer un de ses coups et m'apprêtais à le lui rendre, j'ai reconnu sa cotte malgré l'obscurité. J'ai hésité à le frapper, indécision qui a failli m'être fatale car il allait me tailler, quand un Français a abattu sa hache dans son dos.

» Après la bataille, on m'a montré son corps en me disant qu'il était le frère du maréchal d'Angleterre, le baron de Roos.

Le silence s'installa car Holmes songeait à ses frères et à ce jour effroyable où, dans cette même maison, il avait appris leurs trépas.

— Pourquoi avez-vous hésité ? demanda Watson en brisant le silence.

— Il portait une surcotte au blason écarlate avec trois doubles gouttes d'argent. Or, à Azincourt, où j'ai été fait prisonnier… (il tourna la tête vers Watson qu'il gratifia d'un sourire triste) … j'avais vu un chevalier avec pareille cotte parler à un clerc ; je crois que c'était vous, maître Holmes. Après cette discussion, ce gentilhomme s'était opposé à l'envoi de prisonniers français dans une grange où ils ont été massacrés. Je lui en savais gré et je reconnaissais en lui un homme d'honneur.

— Je me souviens de cet incident, opina Holmes. C'était bien moi et William.

— Vous étiez donc à Azincourt, conclut Gower.

Mathieu hocha la tête.

— Et c'est vous que j'ai interrogé au sujet des fleurs de mouron que vous portiez sur votre cotte avec deux autres prisonniers.

— C'était moi et mes amis. Depuis notre jeunesse, la fleur de mouron rouge était notre signe de ralliement. L'un d'eux chantait souvent *Petit Bonhomme*, comme je vous l'ai dit.

— Que sont-ils devenus ? s'enquit Watson.

— Morts, répliqua Mathieu d'un ton sec.

Même s'il avait conscience que cet homme lui cachait beaucoup, par exemple il n'avait dit mot du frère de cette Marguerite, le baron de Longvilliers, qui avait tout de même prêté main forte à Grigny, Holmes se sentait rassuré. Il n'y avait point complot contre son pays. Cette querelle entre Français ne le concernait point.

— Vous pouvez rester quelques jours chez moi, à condition que vous ne tentiez rien contre le commissaire des confiscations tant que vous serez ici. Ensuite, advienne que pourra et libre à vous de risquer votre vie. Je crains toutefois que vous ne puissiez jamais conduire messire de Grigny à Bourges. Je vous réitère ma proposition de vous laisser une monture pour quitter Paris.

Il se leva en ajoutant :

— On viendra vous chercher pour souper.

Le samedi 1er juin 1426

Watson, Bertrand, Thérouanne et Anselot se trouvaient dans l'écurie où le premier montrait les chevaux aux deux Français pour qu'ils en choisissent un.

La veille, après le souper, Anglais et Armagnacs avaient de nouveau bavardé dans la chambre de Holmes, mais Mathieu ne s'était pas plus livré. Il n'avait plus rien révélé de son passé, juste évoqué en quelques mots la future épouse de Grigny lorsqu'il était damoiseau. Oui, elle avait des frères, il les croyait trépassés. Sans doute se trompait-il, puisqu'il y avait un baron de Longvilliers, qu'il ne connaissait pas.

Watson l'avait interrogé sur la nuit du dimanche au cours de laquelle les hommes de main de Grigny avaient été percés de flèche. Était-il l'unique tireur ou Anselot l'avait-il assisté ? Et où avait-il appris à manier l'arc aussi adroitement ?

— J'étais seul, avait répondu Mathieu. Je suis resté prisonnier en Angleterre plusieurs années, et j'ai eu l'occasion d'apprendre à utiliser le *longbow*.

Mais il n'en avait pas dit plus sur cette période de sa vie.

Ils avaient alors échangé plus librement au sujet de la bataille d'Azincourt. Mathieu avait lâché quelques mots sur ses amis perdus et Watson mentionné sa dispute avec son capitaine et le frère du roi, causée par son refus de tuer les captifs français. Thérouanne n'était pas intervenu tant l'image de la grange enflammée emplie de prisonniers le faisait encore souffrir. Sur ses années en Angleterre, il était resté tout aussi mutique.

Provenant de la rue, des clapotis se firent entendre. Des chevaux approchaient, avec lenteur, à cause de la hauteur de l'eau.

Gower et Bertrand se dirigèrent vers le porche. Le premier avait attrapé le fourreau de son épée déposée devant la porte. On n'était jamais assez prudent.

Un destrier parut et s'arrêta tandis que son cavalier hélait joyeusement :

— Sire Watson, me voici ! Et mon ventre crie famine ! Mon gosier n'a rien bu non plus depuis hier matin !

Bertrand se précipita, Gower dans ses pas. C'était Chabridel.

Le valet d'écurie fit entrer les chevaux, car Enguerrand avait déjà sauté dans le porche.

— Que d'eau ! s'exclama-t-il en rigolant.

— La rivière recouvre Paris, lui répondit Watson avant de le serrer dans une amicale brassée.

— Je ramène ce que maître Holmes m'a demandé ! annonça le mercenaire.

— Pas un mot de plus, nous avons des visiteurs, souffla l'ancien archer en désignant les deux hommes sortis de l'écurie et qui regardaient le nouveau venu avec curiosité.

Watson ouvrit la porte de la maison :

— Entre et va prévenir maître Holmes. Je vais chercher nos invités…

Il rajouta un ton plus bas :

— L'un d'eux se nomme Mathieu de Thérouanne, ce nom te dit quelque chose ?

— Parbleu, oui !

Chabridel une fois à l'intérieur, Gower revint vers leurs « invités » qui attendaient, intrigués, tandis que Bertrand faisait rentrer les montures pour les desseller et les nettoyer.

— J'ai reconnu l'époux de dame Maqueron, fit Mathieu en touchant sa joue, là où Chabridel portait une longue cicatrice.

— C'est bien lui, maître Holmes l'avait envoyé à Calais pour une enquête dont il va nous livrer les conclusions.

— Une enquête…

— Qui vous concerne, messire… Voulez-vous en entendre les résultats ?

Mathieu se montra hésitant. Était-ce un piège ? s'inquiéta-t-il. Mais que pouvait cet Anglais contre lui maintenant qu'il savait tout ? Aussi, une fois encore, la curiosité l'emporta.

— Ma foi… Pourquoi pas ?

En voyant son amant entrer, Constance s'adressa à lui :

— Messire Chabridel est monté directement dans la chambre de maître Holmes, à qui il a beaucoup à raconter, m'a-t-il dit. Il m'a aussi affirmé avoir le ventre vide depuis deux jours. Donc je lui prépare à dîner.

Les trois hommes gravirent l'escalier en silence. Mathieu demeurait perplexe. Qu'était allé faire cet homme à Calais ? Ville dont il ne se rappelait que le cachot dans lequel il était resté plusieurs mois avec Baudoin. Le souvenir des souffrances de son ami d'enfance lui fit venir des larmes, et il détourna la tête.

Dans la chambre, Chabridel, installé sur le petit siège de l'écritoire, parlait avec volubilité. Il cessa à l'instant où les trois pénétrèrent mais ils entendirent la fin de sa phrase : « Baudoin de Beauffort d'Avesnes… »

La gorge de Mathieu se serra.

— Prenez place avec Anselot, messire, proposa Holmes en désignant le bahut à dossier.

Gower, lui, s'assit sur un pliant.

— Vous avez reconnu messire Enguerrand Chabridel, reprit Edward. Je l'avais envoyé à Calais, auprès du trésorier.

Visage impassible de Mathieu.

— Comme vous le savez, mon ami Gower pensait vous avoir reconnu dans l'un des prisonniers d'Azincourt. Il se rappelait que vous aviez été pris par Henry FitzHugh qui avait dû vous mettre à finance. Je connais la façon dont les déclarations de rançon sont faites, en ayant moi-même préparé beaucoup. Les archives du trésorier de Calais devaient contenir les obligations de FitzHugh, avec les noms de ses prisonniers, les rançons demandées et si elles avaient été payées.

— La mienne ne l'a pas été, ni celle de mon compagnon, intervint Mathieu.

— Je viens de parcourir ce que tu m'as ramené, Enguerrand. Un document très complet. Qui te l'a préparé ?

— Je n'ai eu aucune difficulté. À Calais, j'ai présenté votre laissez-passer et la lettre pour le gouverneur. On m'a conduit à son lieutenant qui, lorsqu'il a su que votre frère avait épousé la fille du comte de Warwick, a mis un clerc à ma disposition. Ce dernier s'est occupé de tout quand je lui ai expliqué ce dont j'avais besoin. J'ai passé une journée dans une hôtellerie à boire et ce clerc m'a apporté le soir ce document. Je suis reparti sans perdre un instant, et n'ai fait que les haltes nécessaires.

Pendant qu'il s'exprimait ainsi, Edward parcourait le travail du clerc qui se révélait d'une grande clarté.

— Voulez-vous le lire ? proposa-t-il au seigneur de Thérouanne.

— Qu'y apprendrais-je que je ne sais déjà ?

— Je l'ignore. Votre dernière rançon a été demandée à Jacques de Beauffort, le capitaine d'Arras. Qu'était-il pour vous ?

— Rien pour moi, mais il s'agissait du grand-oncle de mon ami Baudoin.

— Baudoin de Beauffort d'Avesnes, c'est cela ?

— Oui.

— Il est mentionné qu'il y a eu deux demandes de rançon. Aucune n'a été payée et vous êtes partis en Angleterre avec l'intendant de messire FitzHugh.

— Oui. Baudoin est mort dans la prison du château de FitzHugh.

— Vous êtes-vous évadé ? s'enquit Watson.

— Pas vraiment.

Mathieu évoqua dans quelles conditions il avait été relâché, puis sa fuite, sa rencontre avec les frères Conyers. L'attaque du chariot, la mort de Ralph, son séjour à Oxford, et enfin comment il s'était engagé comme archer pour rentrer en France.

— Je n'ai vu aucune mention de Grigny et de son beau-frère dans ce document, observa Holmes.

En déclarant cela, il ne quittait pas Thérouanne des yeux et le vit détourner le regard. Il dissimulait toujours, conclut-il.

— Je vous ai déjà dit que je ne les connaissais pas.

— Vous étiez trois à arborer une fleur de mouron, intervint Watson.

— Oui, Roger de Rambures a fait partie des prisonniers conduits dans la grange incendiée. Vous devinez quel a été son sort.

— Rambures ? répéta Holmes en haussant les sourcils. Le frère de Marguerite ?

Mathieu se rendit compte qu'il s'était trahi, et tenta de noyer le poisson :

— Je vous l'ai dit, elle avait une fratrie qui ne m'était pas familière.

— Il est dit dans ce papier qu'un servant devait aller chercher votre rançon auprès de votre mère. Un nommé Charles Longueval, qui n'est jamais revenu. En connaissez-vous la raison ?

— Point.

— Était-il votre servant ? demanda Watson.

— Non, c'était celui de Roger de Rambures.

— Votre mère n'a peut-être pas voulu, ou pu, lui remettre la rançon demandée. Auquel cas le servant a craint d'être mis à mort en revenant… Cela s'est déjà vu, remarqua Holmes.

— Peut-être.

— Quant à la seconde demande de rançon, elle a été faite auprès du capitaine d'Arras qui ne l'a pas honorée non plus. Mais là, j'ai une explication.

— Laquelle ?

— Je me suis intéressé à ce Beauffort nommé capitaine de la ville en 1414 par le duc Jean. Vous allez comprendre pourquoi. Il était malade à ce moment-là et a trépassé quelques mois après Azincourt. Voilà la raison pour laquelle il n'a rien payé. Plus tard, son épouse a recueilli une jouvencelle orpheline, petite-fille du frère de son mari. Or, figurez-vous que le baron de Longvilliers, cet autre ennemi que vous ne connaissez pas, est en ce moment à Paris pour ses noces. Il doit épouser cette même damoiselle qui se nomme Agnès de Beauffort d'Avesnes. Serait-elle de la famille de votre ami ?

Les lèvres de Mathieu trémulèrent de saisissement tant il ne s'attendait pas à pareille révélation. Durant sa conversation avec Madeleine, il avait appris beaucoup sur Marguerite et son époux. En particulier sur le physique et la façon de s'exprimer et de jurer de ce dernier. La femme de chambre avait aussi décrit le baron de Longvilliers, et Mathieu l'avait reconnu. De plus, elle lui avait révélé qu'il logeait à l'hôtel de Flandre et qu'il était à Paris pour ses épousailles, sans pour autant jamais nommer la future.

Ce dernier coup que le clerc venait de lui assener éclairait tout. Lorsqu'il était allé à Avesnes, à son retour d'Angleterre, on lui avait appris que le fief avait été cédé à un Longvilliers. Mais cette disposition devait être provisoire, car restait une héritière : Agnès. En l'épousant, Longvilliers s'assurait de la possession des terres.

— Vous connaissez Agnès de Beauffort d'Avesnes, affirma doucement Edward.

Mathieu ne savait que dire. Il se sentait aussi épuisé qu'après avoir livré une bataille de plusieurs heures. Toutefois, dans le silence qui suivit, il commença à distinguer une solution.

— Maître Holmes, je sais maintenant ce que je vous dois. Puis-je vous faire une prière ? dit-il à la fin.

— Vous pouvez.

— Demeurez désormais en dehors de ma vie. Pour répondre à votre question, oui, Agnès est la sœur de cet ami mort dans mes bras, loin de la belle terre de France. Avant de rejoindre les siens dans l'au-delà, il m'a demandé de la retrouver et de la protéger. Je vais le faire. Je partirai demain si vous m'autorisez à séjourner encore un jour chez vous. Ensuite vous n'entendrez plus parler de moi.

48

Le dimanche 2 juin 1426

Après d'épuisantes difficultés provoquées par l'inondation, Mathieu de Thérouanne arriva à Saint-Germain-des-Prés au milieu de la journée. Dans le bourg, l'eau atteignait la place du pilori. Il se disait que le Pré-aux-Clercs était devenu un lac et les habitants terrorisés se demandaient si l'abbaye n'allait pas être ensevelie sous ce nouveau déluge. Pourtant, il ne pleuvait plus depuis la veille.

Ayant quitté la maison à la Corne-de-Cerf bien avant la pique du jour, Anselot et son seigneur s'étaient rendus dans l'île de la Cité. Sous la voûte du Grand Châtelet, les flots arrivaient au-dessus des genoux, ce qui ne manquait pas d'inquiéter Mathieu. L'inondation pouvait réduire son plan à néant.

Ayant tout de même obtenu ce qu'il voulait, le chevalier revint avec son servant sur la rive droite par le pont Notre-Dame. Des passeurs faisaient traverser la place de Grève et les arcades de la maison aux Piliers étaient submergées. Une fois au sec, rue Saint-Martin, les deux hommes se séparèrent.

Mathieu fila vers l'hôtel de Flandre, remit une missive à un portier et regagna le pont au Change complètement englouti. Par endroits, l'eau lui montait jusqu'aux cuisses.

Heureusement, dans l'île on avait posé des planches sur des pierres pour les piétons. Mais le pont Saint-Michel était fermé et le Petit-Pont sous l'eau. Sans la barque d'un passeur qui lui demanda un liard, il n'aurait pu passer sur l'autre rive.

La ruelle Madame-la-Valence était presque déserte. Il ne perçut rien d'inquiétant et gagna sa maison.

Mais là, point d'Anselot.

Espérons qu'il ait pu franchir la Seine, songea Mathieu. Sans lui, je serai impuissant.

Il ouvrit sa porte. Rien d'anormal dans la maison humide. Il repoussa l'huis sans mettre de verrou et monta dans sa chambre. Sur place, il souleva le couvercle du coffre. Les armes étaient toutes là, ainsi que les cordes. Personne n'était venu.

En attendant son servant, il prépara ce qui allait leur être nécessaire.

Il terminait d'attacher la corde dans l'escalier quand il entendit la porte de la rue s'ouvrir. Il tira sa dague.

— Seigneur ? souffla une faible voix.

Celle d'Anselot.

— Je suis là, entre !

Le servant le rejoignit, visiblement soulagé.

— As-tu eu des ennuis ?

— Je suis passé par le pont Notre-Dame. Tout était inondé mais j'ai pu le franchir. J'ai eu plus de mal au Petit-Pont car beaucoup de monde attendait les passeurs.

— L'important est que tu sois arrivé. J'ai attaché nos armes ensemble, et la corde est bien arrimée.

Il désigna l'endroit où il l'avait nouée et revint dans la chambre.

— Enroule l'autre corde autour de ton torse et allons-y, décida-t-il en ouvrant la fenêtre.

D'abord, il glissa un coup d'œil à l'extérieur. Personne. Alors il attacha l'extrémité du filin à sa taille en calculant le jeu indispensable pour pouvoir manœuvrer. À la suite de quoi, il franchit l'ouverture.

Quelques instants et plusieurs essais lui furent nécessaires pour qu'il trouve la position adéquate : jambes écartées, pieds sur l'appui et corps entièrement cambré vers l'extérieur. De sa main droite, il tenait fermement la corde, ce qui lui permettait de s'écarter ou de se rapprocher de la façade.

Anselot franchit à son tour la fenêtre et grimpa sur le corps de son maître. Il plaça ses pieds sur ses épaules et se hissa jusqu'au toit dont il atteignit les tuiles.

Mathieu bandait ses muscles pour supporter son poids. Dans un effort éprouvant, il se redressa afin de permettre à son servant d'atteindre les premières tuiles. Le torse d'Anselot bascula sur la toiture et le jeune homme s'allongea dessus. Son seigneur le poussa encore un peu, et le grimpeur se retrouva entièrement sur la toiture.

Il gagna la cheminée en rampant, défit la corde de son torse et l'attacha en faisant pendre l'autre bout vers la fenêtre.

De là où il était, il avait vue sur la cour qu'il balaya du regard. Cependant, le grand orme au milieu empêchait de distinguer tous les bâtiments, aussi rampa-t-il jusqu'à ce qu'il ait la porte de l'écurie en face de lui. Comme son maître le craignait, des chevaux se trouvaient à l'intérieur du bâtiment et un homme armé était visible.

En quittant la maison de Holmes, Mathieu avait expliqué à Anselot comment il comptait attirer ses ennemis dans l'hôtel de Tarrane. Son plan ne pouvait échouer, sauf…

Sauf si les ouvriers ou le secrétaire, ayant fait une visite de l'hôtel, avaient découvert ce qu'ils avaient laissé. Le secrétaire comprendrait vite à qui appartenaient ces affaires et préviendrait Grigny. Auquel cas, persuadé qu'ils reviendraient tôt ou tard, ce dernier enverrait des gens d'armes pour les attendre.

C'était, hélas, ce qui était arrivé.

Anselot sentit la corde se tendre. Le seigneur avait attaché leurs armes à l'extrémité. Il rampa sur la couverture jusqu'à l'endroit par où il était arrivé et tira le filin.

Arcs, flèches et épées apparurent. Il les saisit et revint à la cheminée avec ce paquetage, puis retourna aider le sire de Thérouanne à monter sur le toit.

Un mouvement pas facile à cause du surplomb des tuiles. Mais Anselot était désormais un garçon vigoureux. S'étant attaché, il s'avança suffisamment à l'extrémité de la toiture pour saisir son maître. Après quelques balancements, ce dernier parvint à s'agripper et se laissa tirer.

Un moment plus tard, ils se trouvaient tous deux près de la cheminée.

Le jeune chevalier avait placé la corde sur son arc, encoché une flèche et en tenait trois autres.

En bas dans l'écurie, la sentinelle qui se trouvait devant l'ouverture, arbalète à la main, paraissait s'ennuyer. Il n'avait parlé à personne. Avait-il des compères ?

Pour en avoir le cœur net, Mathieu expliqua à Anselot ce qu'il voulait qu'il fasse.

Le servant ramassa un morceau de tuile cassée et le lança vers le porche d'entrée, au pied de l'échafaudage construit par les ouvriers.

Le bruit attira l'attention de l'homme d'armes.

— Vous avez entendu ? questionna-t-il en direction de l'écurie.

La réponse fut inaudible, mais deux autres individus sortirent. Le premier, désignant le porche, leur expliqua ce qu'il venait d'entendre.

Tous trois s'avancèrent avec prudence vers l'entrée de l'hôtel.

Mathieu se redressa et, en un éclair, lâcha trois traits à la suite. Les gardes tombèrent les uns après les autres, sans un cri. À cette courte distance, Mathieu savait ses flèches mortelles.

Mais y avait-il d'autres hommes dans l'écurie ou ailleurs ?

Les deux Armagnacs patientèrent, accroupis près de la cheminée.

Aucune alerte. Soit ces trois-là paraissaient être seuls, ce dont cependant Mathieu doutait car ses ennemis avaient dû venir nombreux pour être certains de l'emporter, soit le restant de la bande ne surveillait pas la cour car ils comptaient sur les sentinelles de l'écurie pour faire le guet.

Durant cette attente, il s'interrogea sur la façon de pénétrer dans l'hôtel et d'y surprendre les autres. De là où ils étaient, Anselot et lui pouvaient utiliser la corde et descendre dans la cour. Seulement, si des arbalétriers se trouvaient dans les bâtiments et les remarquaient, ils les abattraient aisément. Autre option : revenir dans la ruelle Madame-la-Valence et emprunter le portail d'entrée de l'hôtel. Mais, là encore, ils deviendraient des cibles faciles. Il opta donc pour une troisième solution.

À l'aide de signes, il désigna à Anselot l'itinéraire à emprunter sur la toiture. Le servant ayant opiné, ils détachèrent la corde, ceignirent leurs épées et se glissèrent de tuile en tuile vers la maison voisine, puis la suivante. Les toits ne se disposaient pas aux mêmes hauteurs, mais les différences de niveau ne posèrent pas de difficultés.

La toiture du bâtiment dans lequel se situait la grand-salle de l'hôtel s'élevait à quatre pieds au-dessus de leur position. Mathieu fit donc la courte échelle à son servant qui, une fois en haut, le hissa. Ils poursuivirent ensuite jusqu'à la cheminée la plus éloignée. Là, ils y attachèrent la corde et se laissèrent glisser dans la cour.

Si des gens d'armes se trouvaient dans le corps de logis de la grand-salle, ils seraient incapables de les apercevoir. Et s'ils occupaient l'aile d'angle, ils ne pourraient les repérer qu'en se penchant à une fenêtre.

Il n'y eut pas d'alerte.

Une fois dans la cour, Anselot dégaina son épée et Mathieu encocha un boujon, en gardant trois autres en main. Demeurant contre le mur du bâtiment, ils gagnèrent la première porte de la grand-salle. Le servant l'ouvrit et le chevalier pénétra, son arme prête à lâcher une flèche mortelle.

Personne.

Ils attendirent un moment et des éclats de voix leur parvinrent. On jouait aux dés dans une des chambres du dessus. Leurs ennemis étaient bien venus nombreux.

Sans bruit, ils se dirigèrent vers l'escalier en colimaçon, Thérouanne toujours en tête.

Il y avait trois chambres en enfilade, dont celle du milieu, qu'ils avaient occupée lors de leur séjour. Les paroles provenaient justement de celle-là, mais il pouvait y avoir des hommes silencieux dans la première.

Anselot se glissa devant son maître et souleva sans bruit le loquet de l'huis, puis poussa.

Le battant écarté, la pièce se révéla vide. Au bout, l'autre porte était ouverte et maintenant on entendait distinctement les joueurs.

Mathieu avança avec lenteur en longeant le mur. Une fois à la porte, il bondit, arc bandé.

Les arbalétriers qui l'attendaient tirèrent. Le carreau atteignit Mathieu à la poitrine et le fit chanceler. Aussi, quand il lâcha son trait sur Roger de Rambures, le tir fut imprécis. La flèche pénétra dans le ventre et non dans le cœur de celui qui avait été son ami. Quant aux deux autres viretons, un le manqua et l'autre lui perça seulement une manche.

Appuyé contre le chambranle, étourdi par la violence du choc du carreau, Mathieu tenta de reprendre son souffle. La douleur irradiait son corps. Il parvint quand même à bander son arc, à tirer et à infliger une blessure au bras de l'un des arbalétriers, toutefois sans gravité car il n'avait pas suffisamment tendu son arme.

Anselot lui, s'était déjà jeté sur l'autre tireur, épée haute. Ce dernier avait dégainé mais, comme tous les arbalétriers, il ne portait qu'un braquemart quand le servant utilisait une lame de presque trois pieds. Avec pareille allonge, il écarta sans peine le fer adverse et frappa au col celui qui le maniait. Le sang jaillit de la tête tranchée et l'homme lâcha sa brette avant de s'affaisser sur les genoux.

Le troisième arbalétrier – celui qui avait atteint Mathieu –, persuadé d'avoir le temps pour agir, s'efforçait de tendre le câble de sa balestre afin d'envoyer un nouveau vireton.

Dans un brouillard douloureux, Mathieu devina ce qu'il faisait. Ayant lâché son arc, Thérouanne tira son estoc et s'avança en chancelant. Au bord de l'inconscience, il parvint quand même à frapper l'homme à mort, tandis qu'Anselot venait à bout de son adversaire.

Alors le chevalier s'écroula, presque à côté de Roger de Rambures qui avait assisté à ce combat avec effroi, incapable d'intervenir.

Pour s'assurer de l'absence d'autre danger, Anselot acheva les arbalétriers en leur enfonçant son épée dans le ventre, puis courut à la dernière chambre vérifier qu'elle était vide. Il revint aussitôt vers son maître qu'il allongea sous le regard trouble d'un Longvilliers, *alias* Roger de Rambures, gémissant doucement.

De sa dague, le servant trancha la casaque sous les épaules et, à l'endroit où se trouvait fiché le vireton, il libéra le corselet emprunté dans la chambre de Watson. Le fer du carreau avait enfoncé le métal, mais guère plus loin car on le voyait en partie. Anselot trancha les lanières du harnois et, en soulevant la pièce de fer déformée par le carreau, il ne provoqua qu'une grimace de douleur à son seigneur.

Par-dessous, la chainse se révélait tachée de rouge mais la blessure provenait plus de la déformation du corselet que de la pointe du trait.

Le jeune homme aida alors son seigneur à s'asseoir et demeura dans son dos pour le maintenir. En haletant, car sa blessure le faisait souffrir à chaque respiration, le sire de Thérouanne considéra Rambures. Au vu de son visage livide et des fluides noirâtres qui sortaient de ses entrailles, son ancien compagnon se mourait.

— Comment en as-tu réchappé ? questionna Mathieu d'une voix glaciale.

— La chance… Autour de moi, les Anglais tuaient à coup de masse et de hache. Quand on a frappé mon voisin, j'ai crié comme si j'avais été touché et me suis affalé… Il faisait sombre et les massacreurs, ivres de violence, frappaient au hasard… Leur sale besogne achevée, ils sont partis et ont fermé la porte. Je me suis précipité à l'opposé, espérant trouver une autre issue… Peine perdue…

Halètements.

— Alors j'ai reniflé la fumée et compris. J'allais être brûlé vif. Fou de terreur, j'ai donné des coups dans le mur, bien inutilement… Soudain, j'ai senti sous mes pieds le manche d'une bêche. Je l'ai utilisée contre le mur de torchis qui s'est ébréché… J'ai frappé comme un forcené. Toute la bâtisse s'est embrasée, mais un morceau du mur est tombé. Je me suis glissé dans la brèche.

Rambures paraissait retrouver un peu de vie, comme si revenir sur la sienne le libérait d'un poids trop longtemps conservé.

— Ensuite, je me suis caché. J'ai attendu la nuit et, le lendemain, après le départ des Anglais et des prisonniers, j'ai été recueilli par l'abbé de Ruisseauville… Je l'ai aidé à enterrer les morts, cela a pris plusieurs jours car il y avait des milliers de corps. D'autres écuyers et chevaliers nous ont rejoints… Plus tard est arrivé le duc de Bourgogne qui voulait honorer la dépouille de son frère Antoine. Il était accompagné de Jean de

Créquy, mon nouveau seigneur. Je suis revenu avec lui à Fressin où j'ai retrouvé Marguerite. Je me suis aussi occupé d'Agnès.

— Le sort de Baudoin et le mien ne t'ont jamais intéressé, cracha Mathieu avec dépit.

— Tu te trompes. Je ne pensais qu'à vous. Mais je vous savais vivants. J'étais certain de vous revoir dès que votre rançon serait payée. Au bout de quelques mois, ne vous voyant pas revenir, messire de Créquy s'est occupé de vous… Par l'intermédiaire d'un intendant du duc de Brabant qui payait des rançons, il s'est renseigné sur les prisonniers de Calais. Vous n'y étiez plus. On ignorait votre sort mais on nous rapporta que beaucoup de chevaliers et écuyers avaient été noyés… Nous étions tous certains que c'était votre cas. Il y a eu de nombreuses messes pour vous… Pourtant, tu étais donc vivant… Et Baudoin, qu'est-il devenu ?

Ces confessions éclairaient certaines choses. Pas toutes, mais Mathieu en voulait déjà moins à son ancien ami. C'est donc d'un ton plus calme qu'il parla à son tour :

— Nous avons été prisonniers en Angleterre. C'était très dur. Baudoin, malade, a trépassé dans mes bras en me demandant de m'occuper d'Agnès. Je me suis évadé et j'ai vécu en Angleterre durant des années sans pouvoir retourner en France. Quand j'y suis parvenu, j'ai recherché Agnès, mais sans la retrouver, et je suis allé me mettre au service de mon roi. Ce que tu aurais dû faire.

— Tu n'as pas de conseils à me donner, tu n'étais pas avec moi, tu ne sais pas ce qui s'est passé.

— Dis-le-moi donc !

— Quelques mois après Azincourt, Henri V a envoyé de nouvelles troupes en France. Plusieurs étaient chargées de punir les châtelains d'Artois qui avaient combattu contre lui… Nous avons fui en désordre devant les bandes anglaises qui pillaient et massacraient comme des barbares.

» Avec ma sœur, j'ai accompagné messire de Créquy à Lille et conduit Agnès chez des parents de son père à Arras… Ils se sont occupés d'elle. Jean de Créquy m'a gardé près de lui et m'a fait épouser Mahaut de Longvilliers, une veuve dont l'époux avait été tué à Azincourt.

Les traits de Rambures apparaissaient déformés par la douleur dans son visage devenu blanchâtre. Il voulut malgré tout continuer :

— Chaque jour apportait son lot de malheurs. Un an plus tard, Henri V débarquait à son tour pour assiéger Rouen et ravager la Normandie… Puis le duc Jean a été assassiné. Jean de Créquy s'est rapproché du nouveau duc dont il est maintenant le favori… Philippe le Bon haïssait le dauphin et tous ceux qui avaient participé à l'assassinat de son père. Il a donc négocié une paix avec l'Angleterre. Même si nous le désapprouvions, ni Créquy ni moi n'avions notre mot à dire… Le duc était notre maître. À ce moment, mon seigneur a même négocié les termes d'un traité avec Henri V et la reine Isabeau. Je l'ai accompagné à Paris et à Dijon… Le traité a été signé dans la cathédrale Saint-Pierre à Troyes… Le roi d'Angleterre devait être notre nouveau roi.

» En décembre, voilà six ans, Henri V a fait une entrée triomphale à Paris en compagnie de Charles VI et de Philippe le Bon. Messire de Créquy en était, moi aussi… J'y ai rencontré un autre artisan du traité que je ne connaissais que de nom : Philippe de Morvilliers, le premier président du parlement.

» Nous nous sommes tous retrouvés dans la fête qu'a donnée le roi d'Angleterre. Et là, j'ai rencontré Grigny.

— Donne-lui son véritable nom !

— Tu sais donc qui il est…

— Depuis hier. Pourquoi as-tu donné ta sœur à ce félon ?

— Je… je n'ai pas eu le choix… Tu ne comprendrais pas.

Mathieu sentit alors qu'un terrible secret accablait son ancien ami. Des images d'Azincourt lui revinrent, et il eut l'intuition de ce qui s'était passé.

— À cause d'Azincourt ?

Rambures ferma les yeux et Mathieu n'osa insister. Au bout d'un instant, contre toute attente, son ancien ami les ouvrit et planta son regard dans le sien :

— Je ne veux pas partir avec ce poids, Mathieu. Comment affronterai-je Baudoin, là-haut ? J'ai besoin de ton pardon.

Alors Mathieu prononça des paroles dont il se croyait incapable :

— Quoi que tu aies fait, je te pardonne, et je sais que Baudoin le fera aussi.

— Je suis tombé de cheval… Les combats faisaient rage autour de moi… du sang… Des membres tranchés… Des hurlements… Je vous ai vus affronter les Anglais… Et, je ne vous ai pas rejoints. La peur m'a soudain pris, Mathieu… une peur panique… Une terreur abjecte qui m'a dominé. J'ai rampé dans la boue pour m'éloigner de la bataille. Alors que les combats se déplaçaient, je suis parvenu à me relever et j'ai couru vers des chevaliers français qui attendaient pour charger. J'avais abandonné épée, écu et bassinet, je voulais me cacher, fuir le carnage. Je me suis jeté à genoux, les suppliant de me protéger.

» Soudain a surgi la compagnie de Charles d'Orléans, je me souviens des bannières collées par la pluie sur les hampes. L'un des siens a tenté de me relever, mais j'ai refusé. Alors, ils ont compris. Ils m'ont accusé de couardise et ordonné de repartir au combat. Je ne pouvais pas. Je suis demeuré immobile, en pleurant. Et Charles d'Orléans m'a craché dessus.

» Je suis resté sur place, déshonoré à jamais. Des cavaliers passaient autour de moi en se moquant de ma terreur. Puis les Anglais sont arrivés avec leurs pieux, hurlant la mort qu'ils portaient. Les Français ont reculé à leur tour, et j'ai été capturé. Je me suis rendu en suppliant qu'on me fasse grâce.

» C'est alors que j'ai aperçu Longueval qui m'avait suivi et avait tout vu.

Mathieu comprenait désormais l'attitude de son ami après la bataille, et celle de son servant.

— Je peux partir maintenant que tu sais qui je suis vraiment… Un couard… Moi qui voulais devenir un preux… Après avoir vu à Paris Longueval, qui lui aussi avait changé de nom, il m'a fait venir chez lui et m'a demandé si ma sœur était libre. J'ai répondu oui et il l'a exigée avec une dot de mille écus. Sinon, il parlerait.

» Marguerite était malheureuse avec lui, je le savais, et je fermais les yeux. J'avais si peur qu'il me dénonce. Quand voici quelques jours, il m'a annoncé que tu étais à Paris, que tu nous recherchais et que je devais me joindre à lui pour te faire disparaître, j'aurais dû le tuer et enfin m'expliquer avec toi. Mais je ne l'ai pas fait et je l'ai même aidé. Je suis un lâche.

— Et Agnès d'Avesnes ?

— Elle est à Paris…

— Pour t'épouser et te permettre de garder Avesnes, je ne l'ignore point. Pour ces raisons, et quelques autres, je ne suis pas sûr de ta sincérité…

Après un silence, durant lequel il devina que la mort saisissait Rambures, il poursuivit :

— Je ne te reproche pas ta peur et ta pleutrerie à Azincourt, j'ai certainement eu autant la frousse que toi dans cette bataille. Nous étions jeunes et c'était notre premier véritable combat. En revanche, si tu avais conservé une once d'honneur, tu serais venu me voir au nom de notre amitié, au moins pour apprendre ce qu'était devenu Baudoin. Les fleurs de mouron rouge sont fanées.

— Sang Dieu, quel touchant spectacle ! s'exclama alors une voix railleuse.

49

Le dimanche 2 juin 1426

Holmes retrouva Gower et Constance dans la salle basse. Presque tous les serviteurs étaient autour de la table pour la soupe matinale.

— La Seine est encore montée, lui annonça un Watson fataliste.

— Messire de Thérouanne ne se trouve pas avec vous ? s'enquit Edward en balayant du regard les attablés.

— Il est parti avec son serviteur, mon maître, intervint Catherine, la cuisinière.

En haussant les sourcils, Watson marqua son ignorance :

— Quand ? interrogea-t-il.

— À l'aube, messire. J'étais dans la cuisine lorsqu'il est venu me le dire. Il souhaitait que je lui ouvre la porte.

— Le savais-tu, Bertrand ? demanda Holmes au garçon d'écurie.

— Point, mon maître. Je l'apprends ! En tout cas, il n'a pu prendre de cheval car les montures sont bien enfermées.

— Va quand même vérifier. Qu'en dis-tu, Gower ?

— Ma foi, n'avait-il pas déclaré qu'il s'en irait aujourd'hui ? Je regrette tout de même qu'il ne nous ait pas courtoisement salués.

Edward demeura silencieux. Constance mit une épaisse tranche de pain dans l'écuelle devant lui et vida par-dessus une grosse louche de soupe aux fèves.

Le clerc commença à manger et but le hanap de vin chaud qu'on lui présenta.

Personne ne parlait, devinant que maître Holmes était contrarié, ou absorbé par l'un de ces problèmes singuliers qui l'occupaient souvent. Au bout d'un moment, Bertrand revint :

— Tout est bien fermé, mon maître, annonça-t-il.

— N'a-t-il rien écrit ? demanda alors le clerc à Catherine en désignant le pupitre à lectrin, dans un coin de la pièce.

— Non, mon maître.

— Peut-être a-t-il laissé une lettre chez toi, Gower.

— Cela m'étonnerait, mon écritoire se trouve chez dame Bonacieux depuis des mois.

— Allons voir, quand même.

Il se leva et Watson l'imita, jugeant malgré tout le déplacement inutile. Ce sire de Thérouanne était rentré à Bourges, grand bien lui fasse ! songeait-il.

La chambre de l'ancien archer ne présentait rien de remarquable. Les deux amis en firent le tour sans rien observer de particulier. En tout cas, il n'y avait point de message.

Par acquit de conscience, Gower ouvrit le coffre dans lequel il rangeait armes et harnois, et alors quelque chose attira son attention.

Edward s'en aperçut :

— Qu'y a-t-il ?

— J'avais un corselet dessus le reste, je m'en souviens car j'ai changé les lanières voici quelques jours. Il n'y est plus…

Il sortit plusieurs pièces de harnois qu'il examina l'une après l'autre.

— Manque aussi une chemise de mailles… Mais qu'est-ce que ceci ?

Il montra deux agnels d'or trouvés au fond.

— Ces pièces n'étaient pas dans ma huche.

— Thérouanne t'a payé le corselet et le haubergeon, conclut Holmes. Il n'est pas parti…

— Il est parti avec mon corselet plutôt…

— En aurait-il eu besoin s'il quittait Paris ? Des Armagnacs ravagent les campagnes à moins de dix lieues, il les aurait facilement rejoints. De surcroît, s'il avait abandonné la capitale, il aurait attendu notre réveil et demandé un cheval comme on en était convenus. Donc, une seule conclusion s'impose : il est resté en ville pour s'en prendre à Grigny et Longvilliers.

— Admettons. Mais après tout, quelle importance ? Leur querelle ne concerne qu'eux !

Thérouanne ne peut vaincre ces deux-là. Or, vois-tu, cela m'affligerait que Grigny remporte la partie après ce qu'il a fait ici et à son épouse. Sans compter qu'il finira par s'en prendre à nous, comme il l'a promis.

— Entendu ! accepta un Watson conciliant. Portons-nous donc à la rescousse de cet Armagnac. Mais comment ? On ignore où il est et ce qu'il envisage de faire.

— Il s'est rendu chez Grigny ou à l'hôtel de Flandre et, là-bas, il guette à coup sûr la sortie de ses ennemis.

C'est la raison pour laquelle il avait besoin de ton corselet et du haubergeon.

— Sauf qu'il ne m'a pas pris d'épée. Or, il n'en a pas. Comment compte-t-il se battre ?

Watson voyait juste, mais Holmes n'avait rien d'autre à proposer. En fin de compte, ils décidèrent d'aller faire un tour vers les deux hôtels.

L'eau recouvrait maintenant le Grand Chemin du Roi et quasiment personne ne se trouvait dehors. Ils se dirigèrent droit vers l'hôtel de Flandre dont ils firent deux fois le tour. Pas de Mathieu de Thérouanne en vue. Holmes décida donc de filer vers la rue Saint-Martin.

Cependant, ils n'aperçurent pas davantage le chevalier et son servant aux alentours de la rue des Lombards et de la rue de la Vieille-Monnaie.

Que faire ?

— Et s'ils étaient allés chez dame Maqueron ? proposa Watson.

— Pourquoi le chevalier se serait-il rendu là-bas ?

— Peut-être n'a-t-il pas pris d'épée chez moi car il craignait que Catherine ne le remarque et nous prévienne. On peut dissimuler un corselet, pas une brette. Or le seul endroit où il pouvait avoir une épée, c'est chez Chabridel.

— Tu as raison, allons-y !

Des barcasses naviguaient dans la rue de la Tixeranderie ! La place de Grève se confondait avec la rivière et l'eau atteignait les voûtes de la maison aux Piliers qu'Étienne Marcel avait fait acheter pour y loger les institutions municipales.

Impossible de faire monter destrier et mule sur une barque pour se rapprocher du pont Notre-Dame.

Ils choisirent donc d'avancer en chevauchant. Mais, à proximité du pont, la mule, inquiétée par le flot, refusa d'aller plus loin. Il fallut qu'Edward lui parle longuement pour qu'elle accepte de continuer.

Le courant était rapide et branches, troncs et, bien sûr, cadavres d'animaux gênaient le passage. Néanmoins, ils parvinrent sur l'autre rive. Dans l'île, l'eau était heureusement moins haute et, devant l'apothicairerie, il y en avait à peine un demi-pied.

En l'absence de clients, la boutique était close. Toutefois, à force d'appeler, Chabridel arriva.

Oui, Coline et lui avaient vu le nommé Mathieu et son servant à l'aurore. Ils n'avaient pas demandé d'épée, comme le supposait Watson, mais de quoi écrire. Il les avait fait entrer dans l'ouvroir et avait laissé au chevalier l'usage de l'écritoire. Ce dernier avait rédigé deux lettres, cachetées d'un simple sceau de cire, puis laissé quelques niquets en dédommagement et il était parti avec son valet d'armes.

— Comme je suis curieux, ajouta Chabridel avec un fin sourire, je les ai suivis. Ils ont filé par le pont Notre-Dame, puis pris une barque et je les ai perdus de vue. Par chance, j'ai pu monter avec un autre passeur et retrouvé le Thérouanne dans la rue Saint-Martin. Il s'est rendu droit à l'hôtel de Flandre où il a laissé sa lettre au portier. J'ignore ce qu'était devenu le servant.

» Il est revenu ensuite par le pont au Change sous les flots. J'ai bien cru ne pas pouvoir passer car la hauteur d'eau dépassait les deux pieds. Je suis quand même parvenu à le suivre jusqu'au Petit-Pont où il a loué une barque. Moi, je suis rentré. J'étais trempé et je n'avais pas envie de poursuivre l'aventure.

— Tu as fait beaucoup, Enguerrand, et ce que tu me dis confirme ce que je craignais, fit Holmes avec une mimique satisfaite. À coup sûr il est allé annoncer au baron de Longvilliers qu'il l'attendrait à l'hôtel de Taranne. Il a dû cacher ses armes quelque part là-bas.

— Pauvre baron ! plaisanta Watson. S'il se rend sur le terrain de son ennemi, c'est la mort assurée. Après tout, tant pis pour lui s'il n'a pas de jugeote.

— Longvilliers n'en a peut-être pas, mais Grigny en possède pour deux. Si j'étais à sa place, j'aurais envisagé qu'il retourne dans sa maison…

Il demeura silencieux un moment avant de rappeler :

— Quand nous avons visité l'hôtel de Tarrane, nous avons vu leurs affaires. Les ouvriers ont pu les découvrir eux aussi, et prévenir le secrétaire de Morvilliers…

— Qui aura averti Grigny ! ajouta Watson en opinant du chef.

— Dans le mille, Gower. Il faut y aller !

Un air contrarié balaya le visage de l'ancien archer d'Azincourt.

— Qu'y ferons-nous ? protesta-t-il. Tu n'es pas armé, je suis seul avec une épée. Et j'avoue n'avoir nulle envie de me faire tuer pour un Armagnac !

Holmes regarda Chabridel, qui demeura silencieux, ne voyant aucun intérêt à se mêler à l'affaire et à contrarier encore sa femme.

— Ton arc changerait le rapport des forces, proposa le clerc à son ami.

— Mais il se trouve rue du Coq !

— Alors, allons le chercher !

— Vous ne franchirez pas la Seine avec vos montures, prévint Chabridel.

— Nous sommes passés tout à l'heure.

— Regardez !

Il désigna le sol. L'eau était montée de plusieurs pouces.

— Alors nous te laissons la mule et le cheval et nous nous rendons chez nous à pied.

Joignant le geste à la parole, il descendit de l'animal.

Gower soupira. Il savait que, lorsque son ami avait pris une décision, aucun raisonnement ne pouvait l'arrêter. Il l'imita donc, lança un regard fataliste à Chabridel et se mit dans les pas du clerc qui s'éloignait déjà, laissant à l'ancien mercenaire le soin de s'occuper des bêtes.

Au pont Notre-Dame, ils durent attendre longtemps une barque qui accepte de les conduire jusqu'à la rue du Coq. Et une fois à la Corne-de-Cerf, ils se heurtèrent à une autre difficulté.

Les gens de la maison travaillaient sous le porche à renforcer le muret qui atteignait maintenant une toise de large sur une hauteur de presque trois pieds. Le flot dans la rue coulait dangereusement à quelques pouces du bord.

À cause de ce barrage, personne ne pouvait sortir ni entrer. Watson demanda donc à Robin et Michel d'aller chercher dans sa chambre son arc, des cordes, des flèches et une dague.

Pendant ce temps, Holmes et lui demeurèrent dans la barque et Constance leur fit porter une outre de vin et une portion de tourte qu'ils partagèrent avec le passeur.

Ce dernier leur assura qu'il n'avait jamais connu la Seine si haute. Elle dépassait les vingt pieds au Petit-Pont, lui avait-on dit.

Une fois Gower en possession des armes, Holmes demanda au marinier s'il pouvait les transporter à l'abbaye de Saint-Germain-des-Prés.

— Trop dangereux, messeigneurs ! La rivière a beaucoup de courant et charrie de grosses branches qui nous feront chavirer, refusa l'autre.

Cependant, quand le clerc lui proposa quarante sols, il accepta.

Il laissa filer sa barque jusqu'à la rue Beauvais, noyée sous trois pieds d'eau, et l'engagea dans l'étroit passage entre les maisons érigées contre l'ancienne muraille de Philippe Auguste. Cette voûte communiquait avec la rue de l'Autriche et, une fois à l'intérieur, ils durent tous baisser la tête pour ne pas heurter les poutres soutenant un étage. Ensuite la barque suivit le flot jusqu'à la tour du Coin. Dans le fleuve, le passeur prit adroitement le courant et, Watson s'étant emparé d'une seconde rame rangée dans le bateau, ils parvinrent après beaucoup d'efforts à naviguer dans ce qui était le Pré-aux-Clercs, et pour l'heure un grand lac. Cependant, dès lors tout fut plus facile et le marinier les laissa au coin de l'enceinte de l'abbaye avec la ruelle Madame-la-Valence.

Elnard de Grigny venait d'entrer dans la chambre, accompagné de deux hommes et d'une damoiselle.

Mathieu comprit sur-le-champ qu'il avait gaspillé son temps à écouter Rambures. Quel sot il était d'avoir oublié son complice ! Il saisit son épée, encore à portée de main et, avec l'aide d'Anselot, se releva pour faire face aux nouveaux venus.

Dans celui qui avait parlé, il reconnut bien sûr Charles Longueval, mais les trois autres lui étaient inconnus.

— Lâche ton épée, lui ordonna avec flegme Grigny.

Il ne tenait pas d'arme, ni ses compagnons. Mais ces deux-là n'en étaient pas dépourvus : brette, coutille, badelaire et tranchelard pendaient à leurs ceinturons.

Il s'agissait à l'évidence de saquemans[1].

— Messire de Longvilliers ! Êtes-vous blessé ? Mathieu ! Est-ce toi ? s'exclama alors la jouvencelle d'une voix apeurée. Où est mon frère ?

Elle parcourait la pièce du regard, s'attardant sur les cadavres, puis sur le chevalier.

— Mathieu ? Es-tu blessé ? Que se passe-t-il ici ?

En l'entendant l'interpeller ainsi, Thérouanne demeura bouche bée. Qui était cette jeunette qu'il n'avait jamais vue et dont la figure lui rappelait quand même quelqu'un ?

Ce front large et noble, cette chevelure blonde serrée en boucles sous une crépine, ce regard doux et décent qui devait être rieur et charmant en d'autres circonstances, ce maintien assuré, il les reconnaissait.

Soudain, tout fut clair : la damoiselle avait les traits de Baudoin !

Elle fit deux pas vers lui et s'arrêta devant son air surpris.

— Mathieu ? répéta-t-elle. Je suis Agnès d'Avesnes... J'ai dû bien changer depuis la dernière fois où tu m'as vue... Mais toi, tu es resté comme dans mes souvenirs.

Il ouvrit la bouche mais n'eut pas le temps de parler car elle se tourna vers Grigny pour l'interpeller d'un ton accusateur :

— Pourquoi ces menaces ? Pourquoi ces morts ? Qu'est-il arrivé à messire de Longvilliers ? Vous êtes venu me chercher en m'annonçant que vous aviez

1. Mercenaires, hommes de main.

retrouvé mon frère et Mathieu de Thérouanne. Où est mon frère ?

— Décidément, je ne regrette pas d'assister à ces émouvantes retrouvailles ! s'exclama fielleusement Grigny. Maintenant elles sont terminées. Vous, Agnès, taisez-vous, il fallait bien que je dégoise quelques contes pour vous convaincre de m'accompagner. Sachez que vous n'êtes ici que comme otage ! Quant à toi, Mathieu, et à ton servant, je le répète, laissez tomber vos armes.

— Une nouvelle fourberie ! Mais penses-tu me faire peur, misérable petit bonhomme ? rétorqua le chevalier dans un rictus méprisant.

— Corne diable ! Quelle insolence ! Crois-tu pouvoir m'échapper ? s'exclama Longueval.

Il se tourna vers l'un de ses séides :

— Grigolle, attrape la fille !

L'autre bondit, saisit un bras d'Agnès et la tira vers lui avant que Thérouanne ait pu esquisser un geste. Il faut dire que, blessé comme il l'était, il ne disposait plus de tous ses moyens.

— Si tu n'obéis pas, Grigolle lui tranchera le cou, poursuivit l'ancien servant de Rambures.

— Tu n'oseras ! gémit ce dernier qui suivait, impuissant, ce qui se passait.

— Oh, il osera ! répliqua Mathieu en gardant sa lame. Il a déjà tué ta sœur.

— Marguerite ? souffla le mourant.

— Oui, ta sœur qui me gâchait la vie, ricana Grigny. À cette heure, elle nourrit les poissons. Comme ce sera bientôt le sort de celle-là !

Rambures râla dans une sorte de sanglot et parut s'éteindre.

Mathieu se mit alors à rire, mais d'un rire sinistre, menaçant, terrifiant, même. Ensuite, il gronda :

— Déjà à Fressin, j'avais observé combien tu avais l'esprit pauvre, Longueval. Tu ne t'es jamais demandé pourquoi je suis venu à Paris ?

— Tu nous cherchais !

— Point ! Je croyais Rambures mort et le pleurais. Quant à toi, je pensais que tu avais subi le même sort en essayant de rassembler notre rançon. Au fait, y es-tu parvenu ?

— Ta mère s'est endettée et l'intendant du père de Baudoin me l'a remise. Mais pourquoi vous l'aurais-je portée ? Je ne vous aimais pas et je ne vous devais rien. Mon seigneur, votre ami, s'était conduit en lâche, aussi j'ai décidé de vous oublier. J'ai gagné Amiens avec quelques centaines de livres et je me suis mis au service de Jean de Morvilliers, le mayeur d'Amiens, qui m'a fait rencontrer son frère, alors président de la Cour de justice. J'ai accompagné ce dernier lors des négociations du traité de Troyes et, revenu à Paris, je suis devenu son homme de confiance.

Tout cela fut annoncé d'un ton satisfait.

— Voilà de nouvelles félonies à mettre à ton actif. Décidément, tu n'auras point assez de peau.

Grigny plissa le front sans comprendre.

— Oui, de peau. Laisse-moi donc t'apprendre que je suis à Paris pour toi et Morvilliers, ton maître. Je dois vous saisir et conduire à Bourges où vous serez jugés, puis écorchés et éventrés en place publique pour vos crimes. Car le roi veut faire un exemple avec les traîtres.

Longueval avait déjà perdu un peu de son assurance mais, en entendant le sort abominable qu'on lui réservait, il ouvrit la bouche sans parvenir à émettre un son.

— Donc je ne lâcherai pas mon arme, poursuivit Mathieu. Avec Anselot, nous ne ferons qu'une bouchée de tes hommes, sois-en sûr, et tu seras à nous. Si tu tentes de causer des torts à Agnès, je te découperai moi-même en petits morceaux, tes doigts, tes oreilles, tes yeux, tous ces bouts de chair te seront inutiles quand on t'écorchera et tu auras ainsi un avant-goût de ce qui t'attend.

Le survivant des compagnons au mouron rouge sentait la vigueur revenir et monter en lui comme la sève des plantes au printemps. La haine qu'il éprouvait envers le félon lui faisait oublier sa douleur.

— Fais un pas et il la tue ! glapit un Longueval maintenant épouvanté.

Soudain, ce fut le drame.

La bouche de Grigolle cracha un flot de sang et le saqueman s'effondra en faisant tomber Agnès. Son compère, de l'autre côté de Longueval, bascula de la même façon, révélant une flèche fichée dans son dos.

Grigny demeura stupéfait. Mathieu et Anselot se montrèrent moins surpris car ils avaient vu Watson tirer les deux flèches à la volée. Holmes apparut dans le dos de l'archer.

— À temps, non ? clama joyeusement Gower.

— À temps, messire ! Mais je crois que j'aurais pu me débarrasser d'eux tout seul, répliqua Mathieu en se précipitant vers Agnès qu'il aida à se relever.

Il vit alors sa robe en drap de Picardie pastel tachée de sang et prit peur :

— Dieu tout-puissant, tu es blessée !

— Non… non, le rassura-t-elle en se serrant contre lui. C'est le sang du maraud.

Profitant de l'inattention, Grigny avait tourné talon, mais il se heurta à Holmes et à Watson, l'un tenant dague et l'autre épée.

Il se jeta alors à genoux en demandant miséricorde.

Un moment plus tard, Mathieu ayant révélé à Agnès la fin de son frère, puis rapporté aux Anglais ce que Rambures lui avait avoué et les dires de Grigny, tous cinq évoquèrent l'avenir en ignorant un Longueval solidement entravé, qui sanglotait convulsivement en songeant à son effroyable sort.

— Je l'emmène, conclut le chevalier en le désignant. Les chevaux dans l'écurie me permettront de gagner l'endroit où l'on m'attend, là où je devais rapporter ma chasse. Je n'aurai eu qu'un seul gibier mais, pour moi, il compte double.

— Et moi, Mathieu ? demanda timidement Agnès.

— Je ne te quitterai plus, n'ai-je pas promis à ton frère de te protéger ? M'accompagneras-tu à Bourges ?

— J'irai où tu iras, répondit-elle en gardant ses mains dans les siennes.

— Hum… Il ne me paraît pas sage qu'une noble damoiselle voyage seule avec deux hommes, objecta Watson. La dame de Beauffort d'Avesnes a besoin d'un chaperon.

— Nécessité fait loi, lui rétorqua Mathieu.

— Il ne tient qu'à vous qu'il n'y ait point de médisance sur elle, insista Watson.

— Comment ?

— Dame Pernelle pourrait voyager avec vous.

— Une fois de plus, Gower est dans le vrai, approuva Holmes. Préparez vos bagages et les chevaux, nous autres irons à l'abbaye et je me fais fort de ramener la dame.

Ainsi fut fait.

Une bonne heure plus tard, les Anglais revinrent avec dame Pernelle. Edward avait dû négocier pied à pied avec un abbé âpre aux gains sur le partage des biens de la veuve et sa libération. Il rédigerait les actes afférents à ce qui resterait de sa fortune et les remettrait au chancelier de Notre-Dame. Pernelle pourrait retrouver une grande part de celle-ci quand elle reviendrait à Paris.

Elle avait tout de suite accepté le marché. Après avoir été battue pendant des années, un voyage à Bourges ne lui faisait pas peur et présentait moins d'effroi que d'être enfouie vive.

Mathieu de Thérouanne, la sœur de Baudoin, Anselot et Pernelle partirent peu après. Grigny était solidement ficelé sur un cinquième cheval tandis qu'un dernier transportait leurs bagages.

Quant aux morts, Holmes demanderait à l'abbé qu'ils trouvent place dans le cimetière de l'abbaye, sans être certain que sa requête soit acceptée car, en une semaine, la présence de Mathieu de Thérouanne, avait provoqué une douzaine de victimes.

La décrue se fit sentir une dizaine de jours plus tard et, à la fin du mois de juin, la rivière était revenue dans son lit.

Alors que la vie reprenait, la maison à la Corne-de-Fer reçut la visite de Clément de Fauquembergue, le greffier du parlement de Paris. Ce dernier venait à la demande du premier président pour demander à maître Holmes de conduire des recherches au sujet de messire de Grigny et de son beau-frère, le baron de Longvilliers. Une affaire très singulière, expliquat-il tandis qu'Edward l'écoutait avec attention. On avait retrouvé le baron assassiné dans l'hôtel de Tarrane, avec d'autres cadavres. L'enquête du prévôt de Paris n'avait rien donné, bien que ce ne soient pas les premiers meurtres commis près de l'abbaye de Saint-Germain. Mais, plus que ces crimes, c'était la fin de messire de Grigny qui fâchait messire de Morvilliers.

En effet, celui-ci avait disparu de Paris depuis des semaines or, la veille, le premier président avait appris que son commissaire sur le fait des confiscations et forfaitures avait été jugé et condamné à Bourges. Il avait subi un châtiment effroyable puisque tenaillé au fer rouge, il avait ensuite été traîné par un cheval dans des champs fraîchement fauchés avant d'être écorché encore vif.

Comment s'était-il retrouvé là-bas ? C'est ce que messire de Morvilliers voulait apprendre. Le prévôt de Paris lui avait dit que seul un homme aussi talentueux que maître Holmes pourrait mettre au jour la vérité.

Mais le clerc avait décliné cette enquête, trop difficile à ses yeux.

S'il avait eu connaissance du journal de maître Holmes, qu'Edward appelait ses « Chroniques[1] durant la cruelle et sanglante guerre entre les Armagnacs et les Bourguignons », recueil de textes qu'il s'était promis d'offrir au collège d'Oxford où il avait fait ses études, le président du parlement aurait su ce qui s'était passé. Mais il ne devait jamais l'apprendre.

1. *The Chronicles of Edward Holmes under the Regency of the Duke of Bedford.*

Edward avait donc profité du temps de la décrue de la Seine pour écrire les événements des dernières semaines. Comme toujours, il mettait un titre à ses historiettes et il avait demandé son avis à Gower.

— J'ai pensé au « Quatre signes », puisque apparaissent la fleur de mouron et trois figures blasonnées : la fleur de lys, le léopard d'Angleterre et les gouttes des Roos.

Watson avait fait la moue.

— Aurais-tu une meilleure proposition ? avait interrogé son ami, piqué de ce manque d'enthousiasme.

— Ma foi, si tu me le demandes, je te suggère « Le Signe des Trois ».

VRAI ET FAUX

La description que nous avons faite du château du Fressin est proche du nouvel édifice qu'a fait construire, après Azincourt, Jean V de Créquy, devenu conseiller de Philippe le Bon. Sur l'ancien château, on ne sait pas grand-chose, mais sans doute le nouveau en a-t-il repris la forme et peut-être certaines fortifications.

Pour éviter les longueurs, nous n'avons présenté que deux des enfants de Jean de Créquy : Raoul, qui trouvera la mort à Azincourt, et Jean, futur chambellan de Philippe le Bon.

Nous ne sommes pas entrés dans les détails de la bataille d'Azincourt, puisqu'il existe une très importante littérature à ce sujet. De même, nous avons simplifié le massacre des prisonniers français à la fin de la bataille dont on dit qu'il concerna des milliers de combattants.

Nous avons peu d'informations sur l'inondation de 1426 qui fut à son maximum en juin. Écoutons le bourgeois de Paris :

Au mois de juin furent les eaux si grandes par toute France que la propre nuit de la Saint-Jean, quand le feu fut bien allumé et que les gens dansaient autour, la rivière crût tant qu'elle vint éteindre le feu... cinq jours ou six après, elle fut si démesurée qu'elle passa la croix et furent les marais de Paris pleins d'eau. Elle commença à l'entrée de juin, et fut avant dix ou douze jours au mois de juillet.

On ignore la hauteur d'eau atteinte dans Paris lors de ce débordement, aussi nous nous sommes inspirés des inondations plus tardives pour lesquelles nous connaissons les hauteurs.

Certains lecteurs auront reconnu dans le *Liber de simplici medicina* le célèbre manuscrit de Voynich qui daterait du XIVe siècle. Beaucoup l'attribuent à l'Anglais Roger Bacon (1214-1294). D'autres à des extraterrestres.

Grigny, Longvilliers et Mathieu de Thérouanne sont des personnages imaginaires. On sait peu de chose du château de Thérouanne et encore moins du fief.

Saïtano est un personnage de Michel Zévaco.

L'abbaye de Saint-Germain devait bien payer à Saint-Magloire une redevance de trois muids de vin et de six setiers de froment à la condition que l'abbé de Saint-Magloire vienne dire une messe le jour de la Saint-Germain.

L'abbaye a effectivement eu en sa possession les vases de Salomon.

Le château de Rochefort fut enlevé en 1426 par les Anglais puis recouvré en 1427 par Géraud de la

Pallière avant de retomber aux mains du comte de Salisbury.

En 1426, les portes de Buci et Saint-Germain (ou des Cordeliers) étaient bien murées et, pour se rendre à l'abbaye, on devait passer par la porte Saint-Jacques.

REMERCIEMENTS

Comme d'habitude, je dois remercier ici mon épouse, qui est ma première lectrice.

La qualité du texte final de ce roman doit beaucoup à Sophie von Kayser, qui en a fait une relecture attentive et qui m'a proposé des corrections toujours pertinentes.

BIBLIOGRAPHIE

AMBÜHL, Rémy, « Le sort des prisonniers d'Azincourt (1415) », *Revue du Nord*, 4/2007, n° 372, p. 755-787.

AUZEPY, Marie-France et Cornette, Joël (dir.), *Palais et Pouvoir. De Constantinople à Versailles*, Saint-Denis, Presses universitaires de Vincennes, 2003.

BAYARD, Didier, « Amiens », *Revue archéologique de Picardie*, numéro spécial 16, 1999, p. 199-214.

BELLEVAL, René de, *Azincourt*, Paris, J. B. Dumoulin, 1865.

BERTY, Adolphe, « Recherches sur l'origine et la situation du Grand Pont de Paris, du pont aux Changeurs, du pont aux Meuniers, et de celui de Charles le Chauve », *Revue archéologique*, 12e année, 1855, 1re partie, p. 193-220 ; tiré à part, Paris, A. Leleux, 1855.

—, *Topographie historique du vieux Paris. Région du Louvre et des Tuileries*, 2e éd., Paris, Imprimerie nationale, 1885, 2 vol.

BORDONOVE, Georges, *Charles VI, 1380-1422. Le roi fol et bien-aimé*, Paris, Pygmalion, 2006.

BOUILLART, Jacques, *Histoire de l'abbaye royale de Saint-Germain-des-Prez*, Paris, G. Dupuis, 1724.

BOVE, Boris, « Les palais royaux à Paris au Moyen Âge (XIe-XVe siècle) », *in* Marie-France AUZEPY et Pierre CHAMPION (dir.), *La Vie de Paris au Moyen Âge*, Paris, Calmann-Lévy, 1934.
CHARTIER, Jean, *Chronique de Charles VII, roi de France*, Paris, P. Jannet, 1858, tome I.
CONTAMINE, Philippe, *Azincourt*, Paris, Gallimard, coll. « Folio », 2013.
—, *La Vie quotidienne pendant la guerre de Cent Ans. France et Angleterre*, Paris, Hachette, 1976.
CURRY, Anne, « Participants in the battle of Agincourt », *Oxford Dictionary of National Biography*, 2008.
FAUQUEMBERGUE, Clément de, *Journal de Clément de Fauquembergue, greffier du parlement de Paris*, Paris, Librairie Renouard, 1915, tome III, 1417-1435.
FAVIER, Jean, *Paris au XVe siècle*, Paris, Hachette, 1974.
FOWLER, David C., *The Life and Times of John Trevisa, Medieval Scholar*, Washington, University of Washington Press, 1995.
GAUVARD, Claude, *« De grace especial ». Crime, État et société en France à la fin du Moyen Âge*, Paris, Publications de la Sorbonne, 1991.
GOBRY, Ivan, *Charles VII*, 1403-1460, Paris, Tallandier, 2001.
GODART, Gauthier, *La Bataille d'Azincourt*, Paris, 50 Minutes, 2014.
GONTHIER, Nicole, *Le Châtiment du crime au Moyen Âge (XIIe-XVIe siècle)*, Rennes, Presses universitaires de Rennes, 1998.
HAMON, Étienne, et WEISS, Valentine, *La Demeure médiévale à Paris*, Paris, Archives nationales, 2012.
JOUET, Roger, *La résistance à l'occupation anglaise en Basse-Normandie (1418-1450)*, Caen, Cahier des Annales de Normandie, n° 5, 1969.

Journal d'un bourgeois de Paris, 1405-1449, Paris, Le Livre de poche, coll. « Lettres gothiques », 1990.

LACROIX, Paul, *Mœurs, usages et costumes au Moyen Âge*, Paris, Firmin-Didot, 1877.

LEGUAY, Jean-Pierre, *Vivre en ville au Moyen Âge*, Quintin, Jean-Paul Gisserot, 2012.

LEMAN, Victorien, « Les seigneurs de Créquy en leur château de Fressin : l'environnement matériel d'une famille d'aristocrates à la fin du Moyen Âge », *Bulletin historique du comité d'histoire du Haut-Pays*, n° 77, 2011.

LEMAN, Victorien, et JEANNERET, Lucie, « Le château des Créquy à Fressin. De la résidence seigneuriale à la forteresse (XVe-XVIIe siècle) », *in* Thomas BYHET et Christine AUBRY (dir.), *Places fortes des Hauts de France*, tome 1, Publications de l'Institut de recherches historiques du Septentrion, 2018.

LOMBARD-JOURDAN, Anne, *Les Halles de Paris et leur quartier (1137-1969)*, Paris, École nationale des Chartes, 2009.

LONGNON, Auguste, *Paris pendant la domination anglaise (1420-1436). Documents extraits des registres de la Chancellerie de France*, Paris, Champion, 1878.

LORENTZ, Philippe, et SANDRON, Dany, *Atlas de Paris au Moyen Âge*, Paris, Parigramme 2006.

MUND, Stéphane, « Antoine de Bourgogne, prince français et duc de Brabant (1404-1415) », *Revue belge de philologie et d'histoire*, tome 76, fasc. 2, 1998.

NOYÉ, Ghislaine, *Thérouanne, archéologie d'une ville abandonnée*, Paris, École nationale des Chartes, édition en ligne, 2010.

PALADILHE, Dominique, *Azincourt*, Paris, Perrin, 2002.

RITTIEZ, François, *Histoire du Palais de justice de Paris et du parlement, 860-1789*, Paris, Durand, 1860.

RODIÈRE, Roger, et PENTEL, Abel, *Notice sur le château fort de Fressin*, Commission départementale des monuments historiques du Pas-de-Calais, 1926.

SCHNERB, Bertrand, *Armagnacs et Bourguignons. La maudite guerre, 1407-1435*, Paris, Tempus/Perrin, 2009.

WHITEHEAD, Charles, *Lives and Exploits of English Highwaymen*, Philadelphie, Carey et Hart, 1835.

http://www.monarchie-noblesse.net/noblesse/france/crequy/crequy.htm

Sur Samkin Aylward, le lecteur curieux dégustera *La Compagnie Blanche*, et, *Sir Nigel*, d'Arthur Conan Doyle.

Et bien sûr, toujours de Conan Doyle, *Le Signe des quatre*.

Les Chroniques d'Edward Holmes sous la régence du duc de Bedford et durant la cruelle et sanglante guerre entre les Armagnacs et les Bourguignons comprennent :

Une étude en écarlate
Le Chanoine à la lèvre tordue (dans : *Les Exploits d'Edward Holmes*)
Le Chien des Basqueville
Cinq médailles d'argent (dans : *Les Exploits d'Edward Holmes*)
La Ville de la peur
L'Escarboucle de Marco Polo (dans : *Les Exploits d'Edward Holmes*)
Le Pont de Montereau
La Maison de l'abbaye
La Danse macabre
Le Signe des Trois
Le Rat géant de l'hôtel Saint-Pol

Vous pouvez joindre l'auteur :
aillon@laposte.net
www.grand-chatelet.net

Du même auteur

Aux éditions Le Grand-Châtelet

La Devineresse
Nostradamus et le dragon de Raphaël
Les Premières Enquêtes de Louis Fronsac
La Conjuration des Importants
L'Énigme du clos Mazarin
L'Exécuteur de la haute justice
Le Vol du Sancy
Guilhem d'Ussel dans la tourmente

Aux éditions Le Masque

Attentat à Aquae Sextiae
Le Complot des Sarmates
L'Archiprêtre et la Cité des Tours
L'Enlèvement de Louis XIV
Marius Granet et le trésor du Palais Comtal
Le Duc d'Otrante et les Compagnons du Soleil

Aux éditions Jean-Claude Lattès

La Conjecture de Fermat
Le Captif au masque de fer
Les Ferrets de la reine
Les Rapines du duc de Guise
La Guerre des amoureuses
La ville qui n'aimait pas son roi
Juliette et les Cézanne

Aux éditions Flammarion

Le Secret de l'enclos du Temple
La Malédiction de la Galigaï
Dans les griffes de la Ligue
La Bête des Saints-Innocents
Rome, 1202
Rouen, 1203

Le Grand Arcane des rois de France
L'Évasion de Richard Cœur de Lion
Béziers, 1209

Aux éditions J'ai lu

Marseille, 1198
Paris, 1199
Londres, 1200
Montségur, 1201
La Vie de Louis Fronsac
Récits cruels et sanglants
Guilhem d'Ussel dans la tourmente

Aux Presses de la Cité

De taille et d'estoc
Férir ou périr
Les Collèges fantômes
La Quête du trésor du Temple
À lances et à pavois

Aux éditions Plon

Le Grand Incendie
Wartburg, 1210

Aux éditions 10/18

Une étude en écarlate
Le Chien des Basqueville
La Ville de la peur
Les Exploits d'Edward Holmes
Le Pont de Montereau
Le Dernier Secret de Richelieu
Menaces sur le roi
La Danse macabre
La Maison de l'abbaye
Le Mystère de la Chambre bleue
L'Exécuteur de la haute justice
L'Énigme du clos Mazarin
L'Enlèvement de Louis XIV
Le Signe des Trois

MIXTE
Papier issu de
sources responsables
FSC® C003309
FSC
www.fsc.org

10/18, une marque d'Univers Poche,
est un éditeur qui s'engage pour
la préservation de l'environnement
et qui utilise du papier fabriqué à partir
de bois provenant de forêts gérées
de manière responsable.

10/18 – 92 avenue de France, 75013 PARIS

Imprimé en France par CPI

N° d'impression : 3044485
X07828/01